2021 短 篇 小 说

21世纪
年度小说选

2021
短篇小说

人民文学出版社编辑部 编

人民文学出版社

图书在版编目（CIP）数据

2021短篇小说/人民文学出版社编辑部编.—北京：人民文学出版社，2022
（21世纪年度小说选）
ISBN 978-7-02-016660-2

Ⅰ.①2… Ⅱ.①人… Ⅲ.①短篇小说—小说集—中国—当代 Ⅳ.①I247.7

中国版本图书馆CIP数据核字（2022）第032579号

责任编辑	徐晨亮　黄彦博
装帧设计	李思安
责任印制	宋佳月

出版发行	人民文学出版社
社　　址	北京市朝内大街166号
邮政编码	100705
印　　刷	北京新华印刷有限公司
经　　销	全国新华书店等
字　　数	423千字
开　　本	880毫米×1230毫米　1/32
印　　张	16.125　插页3
印　　数	1—6000
版　　次	2022年3月北京第1版
印　　次	2022年3月第1次印刷
书　　号	978-7-02-016660-2
定　　价	59.00元

如有印装质量问题，请与本社图书销售中心调换。电话：010－65233595

出版说明

我社自1977年起，即每年编选和出版年度短篇小说选和中篇小说选，两种年选曾经深得读者的喜爱，在文学界和读者中具有广泛影响。1994年后，这项工作一度中断。21世纪肇始，根据文学界人士和读者的建议，我社决定恢复中、短篇小说年选的编选和出版工作，以便及时总结年度中、短篇小说创作的成绩，向读者集中推荐优秀的中、短篇小说，也为新世纪的文学积累做出我们的贡献。

恢复出版的中、短篇小说年选总冠名为"21世纪年度小说选"，以示我们一百年不动摇，长期做下去的决心。"21世纪年度小说选"分中篇小说和短篇小说，各编一册，于次年出版；编选范围为当年全国各报刊上发表的中、短篇小说，入选篇目的排列以作品发表时间先后为序。

"21世纪年度小说选"的编选工作得到许多著名文学评论家和编辑的支持和帮助，他们应我社之邀，对当年的中、短篇小说创作状况进行深入、广泛的研讨，提出许多极有价值的选目。我们在广泛阅读的基础上，充分参考专家们的意见，严格进行编选。在此，谨向诸位专家深表谢忱。

人民文学出版社编辑部

目录

·001· 灵异者及其友人　鲁　敏

·023· 会唱歌的浮云　叶兆言

·042· 虚构的花朵　张　者

·055· 荷花姜　潘向黎

·072· 灰　地　林培源

·094· 船越走越慢　徐则臣

·109· 阎罗算法　陈楸帆

·129· 信　使　铁　凝

·148· 演唱会　艾　伟

·163· 故　乡　薛忆沩

·188· 喝汤的声音　迟子建

·209· 缓　步　班　宇

- 228 · 蓝 牙　黄咏梅
- 246 · 跳 马　路 内
- 257 · 路遇见路　裘山山
- 280 · 水漫蓝桥　杨知寒
- 300 · 日光照亮北斗　蔡 东
- 323 · 雪山大士　陈春成
- 337 · 圆周定律　三 三
- 366 · 半张脸　石一枫
- 392 · 冉冉云　张怡微
- 409 · 地上的天空　钟求是
- 428 · 传 灯　斯继东
- 445 · 狼 踪　韩 东
- 461 · 无法完成的画像　刘建东
- 478 · 奇迹之年　东 来

灵异者及其友人

鲁 敏

又有朋友跟我说起了小神仙,第几次了?得有十回了我想。小神仙,你肯定也听说过,大概每一个基数单位的人群里,比方说,两万人左右吧,就会有这么一位,也有的叫大师、巫婆、预言者,类似的。人们总会在口耳相传中,交换他(她)的各种灵验案例。你们当中的那个是什么名号?我们这个叫千容,据说是朋友圈昵称,就都这样叫开来,虽然大部分人并没有加她为好友的运气。

"听名字是个女的?"虚假地,显示我对她一无所知,以听到更为详尽的其人其事。

"哦!你!"朋友满意地摇头,"居然都不知道,真正的小神仙哎。"显出蓬勃的讲演欲。她学工艺设计的,在新西兰念过一年研究生。她一直对这些感兴趣,并且强调,外国大学或机构里,专门研究转世记忆、巫术原理、灵异事件的,多着呢,也算人类学的一个小切口。

"多大了?长得好看吗?"

"哦！"这回是责怪地摇头。对一个神仙，怎么能关切她是否漂亮呢？但朋友还是迁就了我，认真想了想，像回忆一个太过熟悉的老友："以前很苗条，结婚生小孩后胖了点，胖点更好看。"

"结婚了，都。生小孩了，都。"我喃喃重复。也一样的程序啊。婚姻、工作、学区房、车牌摇号、婆媳相处、双语幼儿园。她会比平常人笃定和幸运吧，最起码会很顺利。

"她前面还离过一次婚呢。"朋友也若有所思，语调随即上扬，"预言者从来都不算自己的。见过理发师自己剃头吗，医生自个儿开刀吗，送葬人自己入殓吗？再说，也许她命里头，就该着离一两次婚的。"

"也是也是。你接着讲。"懊恼不该打岔。纯粹的"信"，会使讲述更加动人。就前面若干次听闻千容的经验来看，有讲得特别投入的，双目圆睁起来，听得我汗毛为之倒竖，十分痛快。也有一边讲，一边哂笑着自嘲或解构，这就十分地不好玩了。

其时，我们正从屋里走到南阳台，正事已经谈完，随意寒暄到花花草草。朋友窗台上一溜排装置般的草木，配有山石沙地，皆极为袖珍，没一个大过巴掌的，品种我一个也叫不上来。"你可真讲究，我只会水培绿萝，那玩意儿好伺候，从桌子爬到空调，从空调顺着晾衣架，能把半片窗户都绕得绿油油一大圈。也挺热闹。"我其实带点自夸。

"你绿萝下面的水里，有鱼没？"朋友打断，语气像抓住什么要害。

"鱼？"从没想过，能惦记着换换水就不错了。

"绿萝还好，要别的爬藤类，可不能养在屋子里。那个，最是吸人精气。所以要放点活物，回去买几条小金鱼丢进去吧，游来游去的就好了。真的，千容说过。"她就是这样说起千容的。

为了进一步奉劝，她随即神色凝重地讲到她一个朋友。律师，自己开事务所，精干得不得了，以前专门做经济案子，这几年迷上传统文化，也顺带做些版权保护之类。有天，她正跟一位书法家在事务所谈事情，书法家途中接个手机，谁的呢，就是千容的。千容一通手机，马上就对书法家说，哎哟，你现在待的地方不大好啊，赶紧的，叫你身边那位朋友，把房间里的大株植物统统都移走。一株不留，快快地。可惜了可惜。

我显得愚蠢地摇头："这可怎么讲呢？不都说植物净化空气嘛，人与自然的和谐。"

"我那律师朋友跟你想法一样。再说，隔个电话，都不认识，平白无故的，可惜个啥，她可什么都好得很。听之不理。好了，两个月后，查出乳腺癌，晚期。赶紧地再求教千容，千容也是老实，说她并没有办法解救或挽回，她只是可以'看到必将发生之事。至于爬藤，是她看到事情的一个通道或信号，爬藤与病症是关联的。我那律师朋友现在胸前空空，装了逼真的义乳也没用，还是得了抑郁症，成天地瞅人不注意，要扒窗户往外跳。"

"千容，她替你看过什么吗？"我听她谈起千容的口气，很是随意。

"哦，我还不认识她呢。"朋友扭开头。"那你怎么说她胖点儿好看？""我是一直觉得吧，女人，还是稍微胖点耐看。反正我从此就不再养大株植物，体质本来就寒，再给吸了气，还了得。小盆景也好的，你凑近点，定住了往深里看，有点日式小庭院的意思吧。"

最早听到千容的神异预言，是一桩好姻缘，十多年前了。也是听一个朋友所说。朋友是个泛指，但也对，大家每天出门，碰上的、彼此说话的，不都是朋友吗？这个朋友，跟千容是真的认识，故而讲得要详细些。

千容啊，她有一双好唇，圆圆的，微嘟。她喜欢松松地扭一根辫子，系一条复古的艳绿色丝带，拖过来搭在一侧肩膀上，搞得小年轻们挺爱慕呢。可一听说她有那本事，嗬，全跑了。你想，谁能接受枕边躺个巫婆啊。其实她挺能干的，一直在外头自己做事，给各处的网站做客服外包，旅行社、培训班、连锁酒店、小剧场、茶庄,什么活儿都接。嫁第一次人的时候,辞了工回家。离了就又出来做。再嫁,就又回家,专心备孕带小孩,算是贤惠型的吧。

那她帮人看这看那的,收费吗?才不,从不,连谢礼都不要。千容也从不有意地拿腔拿调,给人家看个高考或大买卖什么的。我感觉着,她做这事是要有灵感的,碰巧看到了、晓得了,就自然会告诉对方。硬赶着问,似乎不成。

她替你看过啥呢?记得我当时多次追问,朋友也是多次地避而不答,反倒更紧地抿起嘴巴,似乎哪里牙齿里漏一道风,也会走漏命运的信息。碍于我们的交情,她会略做解释。这么跟你说吧,你在外面按摩过吧——打个不恰当的比方,跟那个一样的。她按得我哪里痛、哪里酸,只我自己才有数。讲给你也是白讲,你听不出窍门的。

她倒是愿意讲讲别人的事。下面是她说的,那桩姻缘——

我有位朋友,算是老师兄,一九八六届的复旦中文系,出名的书痴书疯子,出来后分到古籍社,一头扎进去,万事不管,慢慢做成古书上的头块牌子。他太太呢,研究宋词,比他还要呆上十倍,从不社交,只给学生上课,可她的讲义,整理出来,卖得很好,也是著名学者了。他们有个宝贝儿子,不负书香子弟之谓,一门心思专攻古代戏曲研究,也是三记大棍敲不出一个闷屁。有什么与众不同吗?哦,他特别耐寒,一件厚衬衣就能过冬。千容不知是什么场合见到这孩子一回,远远看了一眼,便对我那老师兄断言道,你家公子啊,二十七岁上结婚,会娶个演员,小演员,不是太红。

师兄掰开指头数数,儿子那时已虚岁二十七了,时至年底,他生日是五月,满打满算也就还有半年,他连初恋都不曾有过,就能结婚?再说,演艺圈,怎么可能!他们全家人就是分三批次绕地球跑上一圈,也遇不上那个圈子的呀。不用说,师兄跟我们转述时,口气是大大地发笑的,也带点骄傲。

千容不可能看错。半个月后,我这师兄被邀参加地产公司的一个年度庆典,这家地产公司的所有楼书,都喜欢做成线装古籍的样子,摘引起文乎乎的断篇,跟社里算是有些合作,这且不讲。碰巧那几天师兄患上风寒感冒,西药汤剂齐下,也不见效果,只落得个昏昏欲睡,不敢开车,便让儿子接送他往返。地产界都是活络的人,哪里肯让他公子回家呢,留下来一起参加庆典吧。而这庆典上的蓝色水钻短礼服的主持人,便是他儿子当晚将一见钟情的明日娇妻。

确实是小演员,排不上号的过路角色,三四集之后就不知所终,是闹热娱乐圈的寂寥人。可能正因为如此,他们互相感知并爱慕了。当晚所有能同时看到他们两个的人,都会看出来,有爱降临了,端庄庞大,空气都在颤动。独我那师兄后知后觉,他被安排在主桌,因药物缘故,总是倦眼蒙眬,只靠拼命喝水提神。晚宴过后的回家路上,他从一上车就开始让儿子找公厕要撒尿。直到他第二回放空膀胱,坐到车上,猛然发现,后排坐着一个亮闪闪的蓝衣少女。他惊骇地询问驾驶室里同样脸颊带光的儿子,后座传来细丝丝但毫无怯意的抢答:我是他女朋友,可以叫你爸爸吗?

三个月后,他们在民政局排起短短的队伍,怀揣旁若无人的甜蜜。

这朋友的讲述大头小尾,把老师兄夫妇介绍得挺详细,对新人的终身之定只草草带过。但在当时听来,反显得更加可信。毕竟,一对年轻人,如何结识,如何闪电相爱,并不重要,比这更离奇的姻缘可有的是。厉害之处在于千容,是真的提前知道,她"掐"出来了呀。我都能够想象到,那一对"老书虫"夫妇,面对这戏剧化的"飞来横喜",回想千容半年前的预言,会是什么反应呀?跌落海底,还是升入高天,就此修正笃行大半生的辩证唯物主义吗?

那个时候我就有点动心了。我想，得结识千容，让她也给我看看。当时我正好陷入一段荒谬的恋爱，是一个诗歌论坛上的宿敌，我们观点相异、势不两立，总是鼓捣着各自的队伍大吵，有一天被坛主拉着，在线下结识，并……强烈地互相吸引。他太年轻，一无所有，脾气很暴，所有理性可及的现实主义条目，都不符合婚配中最起码的杠杠。我对他而言，恐怕也一样。我们像拙劣的对子，明显不工整不对仗。可他妈的，激情又像大江大海似的在奔涌啊。

我这情况，不是比她师兄的儿子那根本无影无踪的缘分有更多线索吗？假如千容也能远远地看我一眼，肯定就会提前"看到"，我这场恋爱到底有没有结果了。然后给个暗示也行啊，是否要继续纠缠和犹疑下去。我这人从小被家里教育得，对"珍惜时间"很有执念，替自己想，也替别人想着，别瞎耽误工夫。而搞恋爱，免不了要看苦月亮，没完没了地谈话，幻想或辩论将来的可能性。多浪费时间啊，等于慢性自杀或谋财害命，鲁迅先生都这样说的呀。当时我真太急于解决此事了。

可我没有吭声。我这位朋友是因为别的事情认识千容的。就算认识了，她也从来不问千容任何事情，只等千容无意中看到了，才会得到忠告。总之，要结识到千容，并得到其指教，这简直比恋爱本身还要微妙，连介绍认识都不被允许的——因为你先自就存着主动的想法。而千容的天眼，得在全然"空无目的"的状态下，才会开，其预言才有如神算。

这些，都是我这个老朋友很早就警告过我的。确实，我完全同意。命啊，多么玄虚，哪能那么容易识破呢？故我始终压制着请她引见的渴求，只茫然等待"无意中"结识千容。

好在我总还是能继续听朋友讲到千容。

那之后隔了大概有三年吧，有天我在街上拐进一家假发店——我想剪掉长发，那瞧上去太温顺了，又土。换个爆炸头可以？得找一顶类似的假发试试，看是否合适——带着伪装的购买意愿，一看二问三试，在导购员的帮助下，终于套上了一顶八十年代港味的满头细卷，正对着镜子照前照后，突然感到有人使劲拧了一把我的大腿。什么情况，有这么笨拙的性骚扰吗？我忍痛扭头寻觅，那家伙影子一晃，已出了店门，却隔着透明橱窗跟我直招手。眯眼一瞧，认出来，老朋友啊，毕业那年，我们在同一家报社实习过，当时处得很好。

她仍在招手，幅度更大，是叫我出去的意思。我只得匆匆又照了几眼镜中的自己，确定了我跟这种发型是不相宜的，摇摇头放下假发就出来。

"好好讲不行啊，拧得我，恐怕腿上都青了。"我亲热地抱怨。多年不见，正好斜对过有家西点坊，进去要了两个甜品。

"我不好讲的，怕店员打我。镜子！假发店的镜子，是千万不能照的。"

"镜子？"我盯着她，几年不见，她脸上跟我一样，留下了时间的印痕，可以看到一连串跌爬过去的障碍与栏杆。做过人流。还在换工作。三人合租并且是最小的那间。开了双眼皮但很不自然。与最近一个男朋友分手了。

"知道什么人买假发最多吗？除了一小部分爱臭美的，大部分都是各种原因秃顶的，或者做化疗的。"她用明显偏见的口气，"外头的镜子，真不能随便照。对你不好。"

我没吭声。谁有资格嫌弃谁啊？她以前可不这样，当年在报社，我们被版面编辑派着，跟一家国企跑戒毒所，拍中秋节送温暖的照片，她还拼命争取着，要给照片里的戒毒人员打马赛克。

"这并不是我本人的认识论。"她看出来我的态度，立即补充，"也是听以前公司的一个副总讲的。他认识一个，怎么讲呢，巫婆吧可以这么说，懂这方面的门道。关于镜子，讲究可多了。"

"叫什么？"嘴唇沾了一大块奶油，不及拭去。我有预感。

"千容。反正我听他们都这样叫她。"朋友面带敬意，压低声音。多么熟悉的腔调啊，我心里也立即升起了那股子熟悉的贪婪感。

店里进来一对搞早恋的学生党，挨得很近共同挖舀一桶冰淇淋。这毫不影响我们的交谈。

"千容对镜子特别有研究。她有次跟着一帮人到我那位副总家里玩，他爱收老玩意儿，旧铁壶旧烛台旧花瓶什么的，啥都捡回家。老婆早已离婚，儿子在澳大利亚留学，所以甩开膀子来，到处瞎收，家里堆得满地。这可好，那千容一进门，脸色就变了，副总又跟她不熟，问怎么了，哪里不舒服。她只说需要歇一下，也不跟众人四处看东西，只在沙发上喝烫茶，一杯接一杯。等到聚会散了，她却磨蹭着留下一步，私下问副总，你是不是收了什么老镜子？镜子，没有啊。副总想半天。哦哦，有个带镜子的老梳妆台，算吗？有点残破，我放在楼上小阁楼里了。

"千容点头。你这镜子，起码三个女人死在里面。一个是小脚，她抽烟袋，脖子挂一长串珠子，穿得倒是气派，就是老得不成样子。再一个，又小得不成样子，都没照到二十岁，白衣黑裙的学生样。镜子里照到她最后出门那天，手里还挺神气地举着小标语。还有一个，镜子里模糊些，但一看是见过世面的样子，经常关起门在家对镜子穿各种洋装，出门却换上灰蓝工装。有天被拉出去开会，回来一照，头发被剃掉一半。然后就开了柜子把所有洋装统统剪碎，然后系上绳子把自己吊起。千容逐一地说，好像面前有本影集，她在翻看那三个女人。

"你想那位副总，搞收藏的嘛，倒是乐坏了。你刚才说的长珠子，是不是朝珠啊，那没准是个诰命夫人呢，她后面的女学生，搞运动的吧，时间对得上。嗬，这可是捡着了！我收来时一个角被砍，破相了，价格很便宜。走，带你上楼近了瞧瞧，你要能看出来那老太太身上衣服的纹样，我就能推出来,她大概是几品……男人啊,也真是心大,也不想想,千容一进门,可是给镜子里三个女人给惊着的呀。千容又捧起茶杯来喝,咂了一口,凉了,换上滚烫的,喝那烫茶。不了,她不要看。她只是说,这老镜子啊,孤单了,还是要喊个女人来照。你家要有个女人了。副总想着,这是暗示他会再婚,无所谓地大笑。他为人有趣,确实也有一二亲密女友,这事儿,还用老镜子来呼唤吗?"

朋友讲到这里,定睛瞧我,我也瞧她,足够的停顿过去,她嘘一口气:"过了没两个月,副总的儿子从澳大利亚回来,已做完变性手术,上面下面,相关的器官各有增减。退掉两年的学费做的,还加上两年打工所赚,还借了一点点钱,总之是没要老爹出钱。能说什么呢,副总于是把老梳妆台送给变成女儿的儿子了。"

挺叫人唏嘘的,可得承认,听着很满足,千容从来不会让我失望。

朋友用小叉子戳起最后一口甜品:"千容说,每个人就最好用自己的镜子。镜子啊,特别能藏,所有照过的那些人,不管死的活的,魂魄精气都留在里面,时间久了,就要出来人间瞧瞧转转,可能啥事不碍,也可能要闹一闹,兴风作浪的。所以,你推推这个道理,假发店镜子里藏着的,可全是焦虑症忧郁症工作狂绝症之类的呀。"

她后面的说法有些生硬,算是她的创造性发挥,但无论如何,这显示了她对我的关切。能有人关切,多好。我当即郑重点头:再也不照假发店的镜子了。其实我心里更高兴的是,又听到千容了,她还在我的朋友们口中流传,总在为朋友、朋友的朋友们显现出她的灵异之力。这不能不让我重燃某种希冀,也许,我正在以不可知的弯弯绕的轨道向着她那个方向缓慢靠近,并将在某日,达成"不期然"的相遇。

不过当时,那场令我纠结无比的激情恋爱,早已安然作古,无疾而终还是恶病发作,都想不起来了。但我对千容的向往依然强烈,因我正陷身一个更难的抉择——对,在考虑换工作,有一个很不错的机会,但不是简单的跳槽涨薪,是完全的连根拔起,到一个偏远的北方城市。北方,对我到底意味着什么呢,面食、干燥、儿化音、暖气。当然不止这些,甚至不是这些。橘生淮南则为橘,生于淮北则为枳。连橘子都会变种,何况人呢?心里可真是不踏实,午夜梦醒,想到故土难离,远地未卜,实在辗转难安。

"你呢,现在咋样?"久别重逢,必然会聊到这一步。她刚刚说了她的情况,跟我第一眼从她脸上看到的信息差不多。于是我也说了我的,这不丢人,谁不是一串瞎扑腾总摔跤的冰糖葫芦,尤其说到我南北之移的为难,顺便想听听她的意见。我又问店员要了两杯饮料。

朋友直摇头:"我能有啥见识。要有千容替你看看就好了。她可不光懂镜子。"那对学生情侣走了,又来了一对可能刚刚吵完架的母女,她们仇怨地彼此错开视线,要了不同口味的大杯奶茶,分得较远地默然坐下。朋友过渡性地观察了一会儿她们,又讲起千容的另一个故事。

是那位爱收旧玩意儿的副总讲的。不用说,儿子变性之后,他成了千容的铁杆追随者,四处搜集和传颂她的预言故事。为了减少转述中的损耗,我把朋友的这一层转述去掉,好比是直接听那位副总讲吧。

"千容可看得远了,前因后果,三生三世。生人就不讲了,讲了你们也对不上号。就讲带她来我家的那位朋友吧,我起先就是找他打听的。他做药材生意,天南海北地跑深山老林,收各种草木藤根,回头加工一番,就成了名贵中药材,赚得可狠。他有时在乡下看到老家什老物件,三文两文也替我收了带回来。我们也算是铁交情。见我打听千容,他马上就端正身子,抹一把脸,用眼睛盯着窗外。我也跟他盯着窗外,外面空空的呀。盯了一会儿,他才说,还记得我媳妇不?能不记得吗?那可是个标致人,陕北妹子,做一手好吃食,我因为孤家寡人,常去他家蹭饭。

"可他媳妇后来不见了,挺突然的。那一回,我听闻他长途收货回来,便像从前一样,拎着几包熟食,径直踩着饭点过去。一见门却发现家里冷锅冷灶,四壁颓然,黑灯冷影里,我兄弟一人枯坐着呢。大半月没见,瘦缩了一圈。怎么回事啊这?我咋呼着,开了各处的灯,唤找他媳妇出来收拾吃食。这四处一转,发现他家里跟地震了似的,墙上画,案上瓶,地上凳,房里床,各样东西或是移了位,或是颠了倒,都瞧着不顺了。关键是,少了一个大活人呀。他媳妇人呢?好在也算熟门熟路,我到厨房找出碗碟筷子,又翻出上次没喝完的老酒,摆好,拉小兄弟坐下。他压着胡子连喝几口,才缓过劲,从嗓子里拖出一团湿棉絮来:我没去山里收货。就在家里,花了半个月,好不容易才把她给赶走了。

"这是什么话呀?我惊得酒都洒了半盅。他又连喝几杯,我强夹给他几片猪耳朵,让他慢慢说。他却又什么也不肯说了,只管摇头。反正打那以后,我就再没见过他媳妇儿。算算也是三年前的事了,要不是他这会儿自己提起,这谜底恐怕还一直不会揭开。既然,你还记得我媳妇,又问起千容,该着的,我是可以讲了。再保密下去也没意义了。他看着窗外跟我讲。

"起先是病,他媳妇患上疑难女症,有大半年了,下红淋漓不止,四处求看,药汤喝下去能有半条河,仍是只见重不转好。虽说不是立时三刻致命,但怎是多强壮的身子,也经不住这样的流泻。有天他在小区里烦恼地瞎转,脚上踢到一只野猫,全身通黑,一对绿莹莹眼眸,喵呜嚷他一声。他不管,继续闷头走,哪晓得小东西竟窜到前头,绕在脚前不去。他想起媳妇一直好猫,身上常年揣着鸡肉肠,院子里的野猫她认得十有八九。可能这一只,也是她一向喂熟的呢,他心里一软,慢下步子。黑猫真跟带路似的,一步两回头,带着他曲曲折折地走。不过,这就是小区嘛,还能走到哪里,走到头就是西侧门,侧门外就是水果铺子。黑猫把我兄弟给带到水果铺子,绿眼睛一眯,就跑不见了。行,都到这儿了,那就,称一把香蕉、买五斤苹果呗。他挑拣起水果。

"你呀,恐怕得买梨子,回家跟你媳妇分着吃。他刚要付钱,给人拦下了,让他换成梨子。是个不认识的女人,也是买水果的,一边挑她的桃子,一边瞅我兄弟的脸色。她把他拉到边上,两句话切中要害,全是媳妇的内中症候,然后不轻不重地指点了几句:'她不能跟你一起待家里了,要往西南方向,一千公里,在那边正经住下来,调理半年。我能同去吗?不行,你得老死此地。并且你还要回去,把家里的东西,如此这般地做一番颠倒与挪移——那便是我当时去他家所看到的局面。当时连他自己也觉得此事太过离奇,所以不肯跟我细讲,怕万一不灵,反落个大笑话。

"他给我讲到这里,吁一口气,把眼光从窗外转到我脸上。是灵的。他媳妇一到西南某小城,一个星期不到,身上就清爽了,两个月下来,肉长回来了,脸上又有颜色了,等住到半年,月事恢复正常,发来的照片,简直大姑娘似的。这当中,一有媳妇好转的消息,小兄弟便千恩万谢地向那水果摊上偶遇的女人报告。他跟千容从那时起,就算是有了交道。可千容总是半点喜色也无,也不要他的谢谢,只说不要恨她便好。你们想想这话啥意思?我这时其实也回过来神了,对啊,这都过去了三年了,他媳妇身子是早就好了,可人也回不来了,身子和心皆已生根在西南边了。连这个,千容也是知道的,或者说,她真正所提前预知的,就是他媳妇在西南边的另有归属。所谓病症的调治与家具的颠倒,不过是一种过渡与形式。他跟我回顾到这里,平静地补充道,怎么可能气恨千容,服气还来不及呢,到底是救了媳妇儿一命。是恩人。"

朋友转述了她从副总那里听说的,他那位小兄弟千里逐妻的救命之事,然后跟我总结道:"看,千容就能知道,这人,跟哪里哪里的水土,是合的。合才能养人、才能安人,也才能久居。可惜我离开那公司久了,跟那帮子人来往少了。要不要我试试看,这位副总人挺热心,叫他替你跟千容拉个线？你这毕竟，也是大事啊。"

我心里一动，还是忍着，摇头谢绝了。并带着一丝丝优越感想着，她也是只知其一不知其二啊。怎么能主动去结识千容呢？要也能有只全身黑的绿眼睛野猫给我带路还差不多。

不过人的想法会变。尤其最近这几年，这事那事的一层层覆盖，每到难处险处跌跤处，便多次为当时的拒绝而感到懊恼。她都那样说了，就嘴边上的事，我点个头就行的呀，那现在又何至于这样，凌乱中抓瞎。痛中反思，我在心里反复给自己叮嘱，假若再能听到"千容"二字，别再一根筋了。世界上哪有什么纯粹"不期而至"的相遇，还是得努力，得事在人为吧。

好在千容毕竟是大家的，月亮或星星一样，或是这里那里升起，或是这里那里闪烁。那天我带果果去打针，就又听说到她。果果，对，是我胖儿子，两岁了，那周该着打乙脑疫苗。

那两年，我有几样事，是串在一起发生的。当时我差不多已决定去北方了，还有些细节想去人社局打听一下，同学群里有人说，有位高一级的校友应当在那里做事，几个话头一捎，便联系上，原来是他呀，我们都在校广播站干过。他颇热情，替我考虑到伴侣跟随政策、购房、医保接续、人才流动等各种政策细节，连两地工资水平，甚至未来的养老金发放标准等都打听到了。前后有一个月，他带着我东跑西跑。有天正好碰到大雨，我们给困在一家小面店，对着桌上只有残汤与菜叶的大碗，他突然开起玩笑，说在校广播站的"共事"，他那时还暗恋过我呢。

玩笑还是真话？但这话，能说出口来，就是个意思与信号吧。再说我真挺谢谢他的，那一阵子，我是太飘忽了，抓个浮枝都能当铁锚的。当晚就跟着去了他的住处。他跟我讲了他突然逃婚的前女友，语气甚是悲凉，这让我意识到，他还没走出那一段儿。随后，我继续准备有关调动的琐事，同时等待北方那个城市的各种回复，一边麻木地继续与他同睡，不顾前路。

然后就发现自己开始呕吐。两人都太粗心了，准确地说，是对自己和彼此都浑不在乎。那怎么弄呢？沉默地看了一会儿验孕棒上的两道杠，他斟字酌句：要是你舍不得打掉，就别去北方了。我心里一块石头轰隆隆滚落，突然放松了，这个宝宝就算是留我这里的吧。至于跟什么人结婚，也没那么重要。总之，就那两个月，去留问题、婚姻问题连带着怀孕一并解决了。

果果打疫苗有个特点，人多必然长号大哭，人少则软绵绵哼唧，若只母子二人面对医生，说不定还笑嘻嘻。所以我尽可能地磨蹭着，很不积极地排队。然后就发现，有一位妈妈，似乎跟我是一样的想法，我们像两个"慢车比赛"选手，只等着大批的哭闹主力军过去。无聊之中，两个孩子在我们手边就近玩了起来，无法，我们也只能相就着一起打发时间。而这种两个妈妈抱着孩子在疫苗接种区的聊天，恐怕是世上最乏味，也是最奔放的聊天，三分钟之内，就能从小孩一天大便几次到乳房缩小与下垂程度，聊到盆底肌恢复情况以及是否漏尿等隐私话题。

"你知道人类平均每年应当做多少次爱吗？"瞥了一眼正彼此吐泡泡与口水的孩子，园园妈妈突然抛出这个问题，我一怔，还真没想过。她马上灵活地从微信收藏夹调出一篇公众号，伸手到我眼前，标题上就有显示：一百零四次。

"园园爸爸是达标了，他一直在外面乱搞。要是什么有情有义的小三，那也还能讲得通。可是他，全是刷的约炮软件。"明白了，怪不得她眉目间总有点忧色，讲起性的话题来好像别有一种亢奋，"可笑就可笑在，这还是千容跟我说的。"她很随意地提到千容。我不敢相信，可能是名字相近的人名？

"谁？你朋友吗？"

"才不是，公司网站的客服。你想，连个外包客服都能看出来，说明我这是呆到什么程度，说不定办公室所有同事都知道了。我就说呢，他跟我，连人类平均次数的十分之一都没有，另外十分之九，全都在外头哪。"她露出这种情况下常见的怨愤。想到以前听说千容是做客服的，看来应当就是她。我露出愿闻其详的同情之情，心里不敢惊动地轻声喟叹。来了，千容又出现了。不过，听说她再次结婚后，好像不工作了呀。

相对我以前听到的千容故事，尤其是讲述者那种有意的起承转合，节奏和因果上的拿捏，园园妈妈这个就显得太过平常了。她只是因为在公司里负责跟网站客服对接，所以两人打交道比较多。你们见过吗？没有，她客服呀，就微信上聊聊。园园妈妈显然把千容看成一个有点多嘴的八卦婆，从别的某处听说，按捺不住，告诉了她而已。

园园妈妈兀自沉浸在她的痛苦中："关键两边老人都很烦，几个老家伙一条心，整天盯着我要二胎，说既然政策放开了，当然得用足啊，正好换个品种，要个女孩。以为这是点菜吗？点什么就有什么。关键是，没有人给我撒种啊。我都三十五了，高龄产妇了。"她的忧虑显然还包括生育。

"你，听听千容怎么讲呢？"我想把话题往千容身上引，她只是一带而过。

"她能知道什么，自己也是个单身妈妈呢，搞得一塌糊涂。"虽然我知道卜者不自占的道理，可她的口气让我很是不安，"不过，你这一说，我想起来了，"园园妈妈沉吟道，"她当时跟我讲了两个消息，一个是园园爸爸的事。还有一个是讲我，说能看到我后面有一条大河。说大河主富贵，我过几年就要发大财了。你说怎么可能呢，就这指甲盖大的微信头像，她还能看出条大河来？真要能发大财，妈的我这家里一样不拿，连手机都不要。"她作势要把须臾不可分的手机都扔掉，表示弃绝之烈，"带上园园就走,我他妈的也找男人去,一年搞一百零四次。"她使劲儿地笑,苦中作乐、绝无可能地笑。

我颇为羡慕地看着她。我知道,千容"看到"的肯定能成真,她多么有福啊,眼下这根本不算个什么。可她,也太不拿千容当回事了,实在叫我看不下去。膀子里两个小孩不知啥时都睡着了,打针的队伍还是臃肿着,保姆、爷爷、爸爸、外婆、小姨,一个小孩起码两个大人跟着。我们两对母子倒像一个小小的岛屿。我突然一阵冲动。

"你啊,是真不晓得千容?她可是顶顶出名的小神仙哪。"我把果果在手里换一边胳膊,把从前打各个朋友那里听到的案例全都讲了一通。可能有些地方比较含糊,或转折过于凶猛,毕竟时间久了,记不清,得边想边说。即便如此,我满意地看到,她把她儿子也换了一边胳膊,向我这里靠得更紧,梦魇似的,眼皮半睁,眼珠快速转动。她这模样加剧了我转述的愉悦程度,也增添了我转述中的华彩,我甚至编造了些更有趣的细节。比如,对那个在澳大利亚变性的孩子,千容甚至从镜子里看到了她(他)回国后初次揽镜自照的模样:一套红蓝条纹的连身工装女裤,唇膏和眼影都是银色的。诸如此类。这并没有改变事情的本质,不是吗?

偶尔地,在停下来喝水时,我一闪念中也会想到,以前听朋友们讲述时,我也是这样迷醉的梦魇之状吗?而她们,也同样地,会不由自主地添油加醋吗?但我咕咚咕咚地喝水,并把这样的念头一并咽下。不管这些,毕竟,这个过程太有成就感了,我简直把园园妈妈给换了一个人。

她的样子慢慢恭敬和拘谨起来,在我提到千容时,会小声跟一句,我们该叫千容大师吧。但对我,反倒有点倨傲和防备了。她现在也知道了,不日,她将要大富贵了,哪怕就是三年五载之后,那依然是显见之事,必将到来的呀。

"介绍我认识一下千容吧。"我直截了当地说。铺垫得够多了,也许太多了。打针的队伍已到尾部,再过半小时,上午的门诊都要结束了。

"这个,她又不是我朋友,只是外包客服呀。对客服这一块,我们公司有规定,我不好私下里……"她支吾着,好像千容反过来成了她必须尽力维护的什么宝藏,当然,她也有点不好意思,伸手到包里乱翻,又慌张地摇怀里的儿子,想喊醒他,"这样,我给你指个路子,你呢,就直接到我们公司网站下面去留言,反映问题,客服就会出来跟你沟通的。千容,不,千容大师就跟你直接会话了……"她一扭腰抱着儿子站起来,快步往队伍后面走去。

"你什么公司啊?"我也一把抱起果果,腿都差点一软,不依不饶地也挨着她排上去。

"弗兰卡厨具,华东大区。"她匆匆作答,拿出她的号码条,跟前面两个人说了什么,一下子就插到最前面,刚好里面有两个老人合抱着一个哭得直打挺的娃娃出来,她便一大步挤将进去了。

谁叫我跟园园妈妈只是这种偶然的闲聊关系呢,就是刚刚谈过乳房下垂和性交频率又怎么样?我也没太伤心。只在心里默念那个厨具品牌,有些不情愿地想着,真去售后客服那边留言吗,或者当真给家里换一套整体水槽?这是合理程度的努力吗,还是有点过头?关键是我不太喜欢售后客服这个背景,千容那是在工作之中吧,总觉得氛围不对。

可惜刚才没问清楚,千容是真的又离婚了吗,她过得怎么样吗,她就不能找另一个小神仙(同行之间也会有联系的吧)给她自己也把一把不好吗?我拉拉杂杂地想着,心里倒替她感到有些纷乱不安。我自己这边,其实最近还好,虽有小烦小恼不断,但到底一家三口算安定下来了。就算前面可能埋伏着什么,正淌着哈喇子打算吞我下去,我也没必要提前操心。就这么着,暂时搁一下吧。只要千容还在我们当中就行了。

"记住啦,回家路上你拐到菜场去,买两条小鱼。你要信!可别也整

017

出个什么毛病出来。"再次叮嘱一番之后,我朋友左右交替挪动双腿,右手无意识地抓捏,这是急于要送我出门的架势。可能是因为刚刚承认了她并不认识千容,有点儿不自在。可更多的是,我能看出来,我太熟悉这感觉了——这些年,她显然也都是从不同的朋友那里听说千容,并跟我一样惦记着,有着求而不得的憾恨。

Two heads are better than one(人多智广),想起初中时学过的这句英语谚语。我们不如合力把各方面信息碰一碰,不是更能接近渴慕之人吗?我们是从业务关系慢慢变成好朋友的,知道对方的为人和生活情况,也足够地信任彼此。

前年,我儿子果果被两家大医院和一个研究所都诊判为智力发育障碍,也就是大家骂人时常讲的"弱智",果果爸爸崩溃得很彻底,第二天就离家出走,切断所有联系,一个半月后托人捎话,说再也不回来了。曾宣称暗恋我后娶了我的高中广播站成员就此成了前夫。能怎么办呢,他先抬了腿,不要讲出走,我连寻死也轮不到了,总得有人把果果给拖大,还得挣下我死了之后他的养老钱。

想想一个小文科生,除了敲打键盘,能干什么呢?长夜苦思,看几眼痴睡的果果,我开始挨个儿给淘宝上的小破店留言,尤其是那些一看就没有策划包装的店铺,提出我的全套文案服务,诸如广告词、产品描述与解说、创意命名之类。比如,卖干花的,我会替它搞一个"紫色心情"或"窗外"系列,类似这样:"时间驻留往昔芬芳,化为颊边的恋人絮语"。卖百香果或紫薯的,则是"我们采撷大地深处的精华,穿越千山万水,纯正原香只为换取你的每日维C一笑"。而卖棉服饰的,则需要给那些皱巴巴的裙子取出名字来,叫"湖畔相遇""庆历四年春分"等等。三四流的土味诗意,正好够用。这一谋生的想法,多少也算来自千容吧,我相当于她的上游产业,负责勾起购买欲,她那里则是跟进售后。既然她一个人能单干，我干吗不试下？

没有料到，这还真做出点名堂，需求之大、收入之易超乎意料，后来我索性辞掉小文员差使，找了一个肯吃苦的姑娘做帮手，全心全意做起这无本生意来。而我眼前这位朋友，手上开了五家淘宝店，不排除还要扩大，全都是我替她从无到有一手托举起来的。她起先卖女包，小作坊流水，好在皮子还可以，我给她的定位就是意大利风格的小众品牌，价格立刻翻了两倍。后来她卖贝壳饰品，成本很低，有时就是残损边角料，我给她所有的文案和页面配乐等都指向跨性别与多元文化，黑酷范儿，卖得可好。生意上，她确也离不开我的。

所以也没多想，我把意思跟她说了出来："不如一起找找人，跟这个千容结识下。明面儿上，我们可以说是请她做你的售后客服，这很自然……"

不等我说完，她用手势打断，把我从阳台引回室内。"假如真能认识，就太好了。我正碰到……"她停住，毫无过渡地突然抽泣起来。她戴着用深海贝壳做成的异形项链，随着她肩部的抖动，它们散发出蓝绿色的深海荧光，一点也看不出廉价。我所有朋友中，她留过学、父母不用她养、丈夫很顾家、女儿找人上到双语幼儿园、生意很可以、定期健身，真是什么都好的呀。可那怎么也控制不住地抽泣，又表明她绝对碰到大事情，远大于我以前或眼下碰到的任何事儿。"我实在扛不住了。有一个多月了，得不断增加药片，才能勉强睡一会儿。快说吧，我们怎么能认识她？"她那口气，像急等汤药入口救命。

"你真的，相信她能帮到你？"不知怎的，我问出这愚蠢的问题。可能是她表现得太急切了，让我十分忧心，万一千容解决不了呢，那种完全扑上去却一脚踏空的破灭，我是不敢想象的。她是我流水额最大的旺铺客户，跟我的结算是佣金式的，她生意好，我的收入才能多些，果果将来便更多几分保障。她闭着眼睛抽泣,所答非所问:"需要,我需要的呀。"

我们于是有商有量地,从所有讲过千容的那些朋友里,各自分头打听起来。事实上,这工程并没想象中的庞大或曲折,知道她的人比预想中还要多。没费太久,千容的喜好、工作、生活、社交圈等皆已了然——确实是又离了,自己带孩子。年前出过一起车祸,断了三根肋骨,但恢复很好,基本无碍。工作不再是单干了,给一家公司收编过去,而今只负责家用电器方向的客户。她性格偏内向,但朋友倒是不少。喜欢看电影,尤其动画片等一大堆有用无用的细碎情况。

最终,找什么人来引荐,大家约在哪里吃饭一边聊聊,也全部敲定:就这个周六中午,粤式茶餐厅,据说那里的海鲜粉丝煲和招牌腊味饭口味甚好,是千容惯吃的。看看,这就搞定了嘛。我与朋友击掌相庆。这会儿,就是叫我们去结识我们都喜欢的布拉德·皮特,恐怕也非难事。

其实每个周六我都要带果果去海洋馆泡一天,他最喜欢待在那里面。算了,只能把他送到一家托管处,那托管处居然同时接管宠物,气味不大好闻。可这次见面太重要了,我不希望果果出现在那边。然后便急急忙忙回家收拾打扮,试了起码五六套衣服,连背什么包都琢磨了半天。我心里在不停地翻滚和盘点,带点劫后余生般的兴奋劲儿,千容让我回想起若干的、我最需要她的那些艰难时刻,一浪又一浪的恐慌与打击。单方面看,我认识她得有十年了吧,都能算是老朋友了。可她还没见过我呢,所以真得好好收拾下。我简直有点面试的心态,要显出我老到的职业状态,同时很会过生活,当爹当妈一把手,虽然经历了些坎坷,可对付得还行……也许就凭今天看我的这一眼,她看到了一切……

我提前一小时收拾,扔了满床的衣服,最终出门还是迟了。滴滴叫车要排队,还碰着个慢性子水平又菜的司机,一路吃红灯。粤式茶餐厅在美食中心中庭三楼,我气喘吁吁地,老远就在扶梯上就看到那家店,落地玻璃里,我朋友的玫红色绲边套装十分触目。她昨晚就发了照片给我，选了最贵的，然而我认为是最难看的一套，好处是让我一下子就看到他们四个。

我们俩共同的一个朋友，打横头坐着，正跟服务员讨论菜单。有一位男士，昨天我们也加上微信了，他是我俩共同朋友的朋友，是他带了千容过来。男士与千容都背朝扶梯这个方向坐着。我朋友正跟千容在讲话，我看到她鲜艳的上半身，两只胳膊不对称地挥舞，显得过分活跃。她旁边空着，那是留给我的位置，跟千容斜对面。

我理理头发，触到脸颊的两根指头冰凉，像两根迷你冰棍。我上了扶梯，又从边上掉头下来，打算再上一遍。他们聊得正好，我反正已经迟到，对结识千容而言，等这么些年了，还在乎这几分钟嘛。

扶梯很慢，甚合我意。我得以远远地张望千容的背影，带着莫名的温存与眷恋。近在咫尺啊，只最后一步，就要抵达她了，从此将失去对她的所有期盼与无限寄托。

碎短发，并不是某个朋友曾描述过的粗长辫子。从背影看，也谈不上微胖，是相当清瘦的体形。扶梯到最高处时，能看到她小半个侧脸，肤质有些糙，发黄，好像蛮沧桑的。还能看到她脚下搁着个大挎包，鼓鼓囊囊的，款式和颜色跟我以前一个同事的一模一样，我刚刚送儿子去托管处，用的也是类似这种大包。这让我有一种悸动的亲切。这就是奔波中人常用的包嘛，轻、能塞。像今天，我装进了儿子只肯吃的两种零嘴、惯用的水壶、替换的小毛巾，还有他走哪儿都要带着的一只毛绒企鹅。猛然间想到果果，我心头一空，感觉离开他很久又很远，突然很不放心起来。想想看，为着周六的海洋馆，他等了整整一周，这可是他最大的盼头。他会一直在哭吧，不远处还全是狗吠猫叫，臭味一阵一阵。

这让我有点不安，但仍然重新踏上扶梯，一边张望千容，一边在心里念叨：这么多年啊，可终于等来她了。可是，等一下，突然一阵剧烈的心跳,继而几乎骤停:如果真在多年前遇到千容,而她也平静地指示出我今天的必然,在确凿的命运线中,我真能走得到今天吗,眼睁睁地看着自己一头撞向透明的冰山?或者,我将由于她的预见而拼命抗争,纵身投入那一无所有的恋爱,一意孤行去往北方,逃命般地通往另一段婚姻,以求像大部分人那样生下一个健康的宝宝——那么,我将没有果果?

不,我受不了这样的假设,我甚至已不能接受跟果果有超过半天的分离。我在后怕中大感庆幸,随之而来的,是心乱如麻,是更大的愧痛,有如锥刺。我怎么能一下子想到这许多,太冒犯了。若以此类推,今天,当真结识千容之后,未来的生活……

像个冲到悬崖边的胆小鬼,或是差点伸手去按动类似核武器的启动按钮,都等不及到顶头再换乘了,我有些踉跄地扭头就往下逆跑,用力跑,加速跑,才能跑过扶梯本身的上行速度。正是饭点儿,扶梯中挤挤挨挨全是赶赴约会的人们,带着空腹,也带着期待地交头接耳,他们由远及近又由小而大的面孔,在我失焦的瞳孔中,像美好的花朵一样轻微晃动。我喜爱他们那无知无觉的样子,多么天真啊!对不起,让个道,对不起。我向他们所有人抱歉。

双脚终于着地的时候我突然想到,千容应当早就知道了,说不定也早已告知我那玫红套装里的朋友,以及在座其他两位了。她斜对面那个位置,将会一直空着,我不会与他们一起共享海鲜粉丝煲和招牌腊味饭。她什么都知道的,对吧?这个想法让我大为释然,几乎愉快起来。我最后一次扭过脖子,抬起眼睛,像暗中浇灌并拥抱某种不为人知的深沉友谊,远远凝望茶餐厅那个方向,虽然已看不到千容的背影。

(原载《花城》第 1 期)

会唱歌的浮云

叶兆言

一

1953年春节是阳历2月14日，老魏单位里放假四天，这四天，扣除路上时间，也就整整三天。妻子云裳正好身上来那玩意，好不容易才盼到几天探亲假的老魏十分憋屈，很窝囊，很让人恼火。时间就这么不凑巧，老天就这么不帮忙，憋屈也好，窝囊也好，恼火也没用，反正这事不太好对别人说，只能跟自己生气。

老魏所在的工厂，是一家很大的化工厂，在长江北面的六合，也就是在南京城的江对岸。搁在今天，距离市区并不太远，可是在那时候，长江大桥还没建造，可以说很远很远，相当地远。咫尺天涯，一年只能有一次探亲假，怎么使用好，极其珍贵绝对讲究。到了3月5日这一天，广播喇叭突然放起哀乐，苏联人民的伟大领袖斯大林逝世了。当时的悼念规格非常高，各单位立刻设了灵堂，挂上斯大林像，很多人为这个人的离去戴孝哭喊。

　　这也是老魏第一次从广播里听到哀乐，从此哀乐开始流行，一旦收音机里播放这个哀婉激昂的旋律，他就知道是死人了，一定是死了个很重要的大人物。斯大林的万人追悼大会在新街口举行，时间是3月9日，老魏所在的工厂也派代表参加。他和同科室的老王有幸被选中，坐着厂里的两辆大卡车，大清早出发，黑咕隆咚地一路开到江边，乘轮渡过江到下关。然后乘马车到达新街口附近，人已经很多了，人山人海车水马龙。

　　追悼大会很隆重，结束了，率队的马副厂长发话，说这次活动吗，有意挑了家在南京的同志，当然，也有家不在南京的同志。马副厂长是南京人，解放前是南京的地下党，老革命，资格很高，他知道家不在南京的人，譬如几位从东北南下过来的，可能就没在南京玩过，马副厂长的意思，好不容易进了南京城，今天有一部分人可以先不离开。他跟厂部交代过，明早会再派辆卡车到江对面的浦口来接大家，愿走愿留自己定。

　　于是兵分了两路，一路人马当天先回去，还有一些同志就留了下来。老魏自然属于留下来的，不只老魏留了下来，与他一起的老王也没走。这个老王在南京上过大学，没毕业，他有位同学是南京人，关系挺不错的，当年上大学，经常去他家聊天。老王想的是借此机会，去看望一下老同学叙叙旧，没想到老同学久不联系，早已离开南京去了西北。老同学的家与老魏家相距不远，也是顺路，老王扑了个空，老魏正好就在他身边。

　　老王说："没想到会这样，这怎么是好？"

　　老魏说："没关系，不行就住我们家去，总会有办法的。"

　　老王就跟着老魏去了他家，老魏突然能够回来，全家都很高兴，也很意外。老魏的老丈人没有参加追悼大会，对追悼会很有兴趣，追着能说会道的老王问这问那。老先生这一年已七十六岁，白发白胡子，穿着中山装，胸前还插着支派克钢笔，依然是民国遗老的模样。老王很有耐心跟他描述，敷衍了好一会，一起吃中饭，继续聊国际形势，继续说国家前途。那时候，老魏家也就两间房子，老丈人和丈母娘住一间，老魏夫妇带着两个儿子住一间。

云裳回来很晚，她回来的时候，已经是要吃晚饭，桌上饭菜早就放好，老魏和老王开始陪老人喝黄酒。老王向云裳解释，说自己太冒昧了，冒冒失失就跑来打扰。又说他本来准备去中山码头坐一夜，没想到老魏好心人，非要拉他过来，非要让老王住到他家。云裳说你当然应该过来，这不用客气的。老王是个话多的人，特别会讨老人家的好，会说让老人高兴的话，吃饭的时候，基本上一直都是他在说，老魏和云裳也插不上话。

这一年，老魏三十三岁，云裳比他小两岁。老王比他们都大，他们俩既然插不上话，就只能互相对看，你看我一眼，我看你一眼，眼睛里都是话，各自心照不宣。老魏知道云裳心里在想什么，云裳也知道老魏心里在想什么，老魏想表达的是无奈，想表达的是无辜，他也是没办法，只是顺口说了一句，没想到就真把老王带回来了。恰巧话题到了晚上睡觉怎么安排，老王说老魏跟他说过，反正他们家是地板，到时候打个地铺就行。

老魏家说起来有两个房间，其实这两个房间原来只是一间，是一间大客厅，中间用木板隔了一道墙。吃完晚饭继续聊天，老魏大儿子胜武很快要上小学，云裳开始教他识字，因为识了几个字，便让他为大家表演，认纸片上的方块字。纸片上的字是老魏老丈人用毛笔书写，老人家的字很好，非常地道的唐楷。七岁的大儿子胜武很卖弄地表演，两岁的小儿子利和在一旁捣蛋，要抢哥哥手上的纸片。

打地铺确实简单，可是地铺究竟打在哪个房间呢？商量来商量去，最后还是决定安排在老人房间里，毕竟这间略大一点。老魏松了一口气，脸上露出不经意的微笑，正好被云裳看见，狠狠地白了他一眼。这一个白眼反让老魏真的笑起来，一种不加掩饰的笑，掩饰不住的坏笑。云裳便说你笑什么，有什么好笑的。老魏说我回到自己家，为什么不能笑，为什么。

终于睡觉了，终于关灯，老魏迫不及待地掉头睡，摸黑爬到云裳那头去了。大床上还有两个沉入梦乡的儿子，关灯前，老魏与胜武睡在一头，云裳与利和睡在一头。灯一关，他也就不老实了，用不着再老实。云裳害怕弄出声音，不让老魏动，老魏便轻手轻脚小心翼翼。可能是憋得太久，也可能是外面睡着一位老王，距离挨得太近，老王的地铺就在门口，云裳一直在拒绝，一直在反抗，老魏只能霸王硬上弓，不管对方配合不配合，不管对方愿意不愿意，一味使蛮劲，折腾了没几下，刚入港，便心满意足地结束。

这一夜，老魏睡得非常香，一觉醒来，天都快亮了。云裳没睡好，老魏呼噜声很响，老王的呼噜声更响，隔着门板，一阵阵传过来。迷迷糊糊睡了醒，醒了睡，刚要再次睡着，老魏又来劲了，要二次进宫。这次云裳没拒绝，也没反抗，也谈不上配合，感觉自己是醒着，又好像是睡着了，心里希望老魏快点结束，又好像不太愿意他很快就完事。说老实话，她也不知道自己是怎么想的，心有点不在焉，不知身在何处。隔壁老王的呼噜惊天动地，他已经三十七岁，还是单身，人也很瘦，云裳想不明白老王那么瘦的一个人，为什么呼噜声会这么嘹亮。

二

弹指一挥间，转眼三十多年过去，到了 1991 年的 8 月 20 日。这一天是云裳六十九岁生日，民间有做九不做十的说法，老魏决定隆重庆祝一下。他今年七十一岁，夫妻俩岁数相加，正好一百四十岁。老魏很喜欢 140 这数字，觉得这个数字很吉祥，很有内容。人生七十古来稀，他们老夫妇退休在家，既能吃又能睡，身心健康，这个那个什么都行，活得非常愉快。

所谓隆重庆祝，无非在楼下新开的一家馆子吃一顿。除了自家人，又喊了一位老朋友过来，这个老朋友就是老王。这时候，老王已七十六岁，精神矍铄，头发居然还没有全白，原来是个瘦小子，现在变成了大胖子。他单身很多年，熬到五十多岁，才与比自己小十五岁的小黎结婚，小黎的前夫在"文革"中患病去世，留下一儿一女。两年前，小黎患乳腺癌走了，老王便与继子一起生活。

老魏的儿女们都已成家，吃完了各回各家。老王喝得有点多，面红耳赤，老魏夫妇便邀请他上门坐一会，喝口茶醒醒酒。老王没有推辞，说也好，说我是要看《渴望》的，这会赶回家看也来不及了，就到你家去看，看完了再回家。那一阵子，电视连续剧《渴望》正热播，已是播放第二轮，老王认认真真地在补看。老魏夫妇第一轮就看过，都觉得不错，很愿意陪老王再看一遍。老魏说我们可以一起看，看完了，你要是愿意，就在我这住一晚也没关系，反正床铺都是现成，为小孩回来准备的，空着也是空着，对了，我还告诉你，我们现在有空调了，很凉快的。

电视剧只放两集，打开电视，第一集都快完了，很快又看完第二集。外面很热，南京的夏天一向是很难过，恰巧老魏家今年新安装了空调。那时候，后来大名鼎鼎的苏宁电器，创业还不到一年，只能说是刚刚起步，大多数南京人家里都没有安装空调。因为用电紧张，能否安装空调也和级别有关，必须是相当级别的干部，才能够得到电力部门的批准。当时的最荒唐之处，商场里已经开始大卖空调，只要你花钱，谁都可以买，买了是否能安装，是否能让供电局盖章，就要看你的能耐。

老魏的女婿下海做了生意，思想比较开放，比较新潮，胆子也大，自己先买了一台空调偷偷地享受起来，又为老丈人老丈母娘买了一台。说是说未经允许，不能私自安装，否则就属于非法，就有可能取缔。不过你真大胆安装了，也没有什么人会过来干涉。只是电压经常会有些问题，用电高峰的时候，空调就启动不了，因此每天下午四点钟左右，必须先把空调打开，空调机一旦启动，一旦已经开始制冷，就再也不存在打开不了的问题。

老王很羡慕老魏家新安装的这台空调，在南京过夏天，有没有空调，能不能享受空调，完全是不一样的人生。他几乎立刻就下了决心，明年夏天一定也要买台空调，一定要买，不管电力部门允许不允许，管它合法不合法，一定要安装。说起来，老王也算离休干部，也是一把年纪，能享受就应该赶快享受。从老魏所在的科室调走以后，老王一直都在人事处上班，老魏说根据你老王的级别，很可能是可以使用空调的，你可以先申请申请，如果可以，就不用像我们这样偷偷摸摸。

老王说："今天就在你们家，有空调真是舒服，这么凉快，都舍不得离开。"

老王又说："还记得上一次住你们家，那次也是冒冒失失，一晃多少年过去，唉，我们是真的老了。"

老魏家的空调装在客厅里，老王说住下就住下了，有空调的感觉确实不一样。云裳为老王找了一套换洗衣服，先安排他洗澡，然后他们夫妇分别洗澡，再然后是洗衣服，随手把老王换下来的衣服一起洗了，晾在阳台上。云裳提出要去小房间，说她不怕热，吹吹电风扇就可以睡，说她其实也不是特别喜欢空调。老王便连声说这不行，肯定不行，这不是要让我走的意思吗？云裳想想也对，离开空调房间真的会很热，说那好吧，我歪在单人沙发上先睡，你们把长沙发放下来，一边看电视，一边聊，想怎么聊就怎么聊，想聊多晚到多晚。

老魏家客厅里有张可以折叠的长沙发，打开来就是大床，两个男人继续聊天，聊到临了，都有些犯困，都开始打哈欠，迷迷糊糊中，电视里插入新闻，说苏联领导人戈尔巴乔夫被抓起了，莫斯科正式宣布宵禁。报道来得很突然，老魏和老王大吃一惊。男人对政治总会有些莫名其妙的激情，他们立刻困意全无，想弄明白怎么回事，可惜电视里新闻，就短短几句话，播完便没下文。遥控器不停地换频道，换来换去，好不容易有报道，说到一大半，已是最后几句话。电视节目终于都结束了，变成了一个个足球一样的测试圆台标，仍然没弄明白究竟发生了什么事。

第二天一早，天还没亮，云裳醒了。两个男人还在呼呼大睡，呼噜声此起彼伏，也不清楚哪个是老魏，哪个是老王，声音都响，都是地动山摇。她不由地想起很多年前，也就是上次老王借住在她家的那个夜晚，那时候还住在老房子里，云裳父母都还健在，她和老魏以及两个儿子睡在里屋，老王与她父母睡外屋，睡地铺。那时候，老魏偶尔也会打呼噜，那时候老王的呼噜已经很响，隔着一扇房门，像冬日的西北风一样呼啸，正是因为太嘹亮，云裳永远忘不了。

当然也是因为那一晚特殊，因为那个特定的日子，他们有了女儿玲安。金风玉露一相逢，对于分居两地的夫妻来说，每一次探亲都会不同寻常。老魏家的新居偏东朝向，天刚蒙蒙亮，朝霞红了半边天，初升的太阳很快通过窗户射了进来。两个男人还在睡，睡得正香，睡得太香了，云裳悄悄爬起来，上了趟厕所。单人沙发睡觉并不舒服，然而有了空调，总比在外面好，在没有空调的岁月，夏日南京是著名的火炉，晚上根本没办法睡个安稳觉。

老魏和老王终于也醒了，老王惦记着还要听收音机里的早间新闻，云裳说我和老魏天天早晨要去公园锻炼，我们可以一边去散步，一边听你的新闻。老王就笑了，说什么叫我的新闻，新闻是国家大事，怎么变成我的了？三个人刷牙洗脸，老王换上自己的衣服，与老魏夫妇一起去公园。老魏家附近有个小公园，不仅有人在散步，还有人在吊嗓子唱京戏。云裳为老王找了个小半导体收音机，因为不经常用，也不知是电池原因，还是接触不好，一会有声，一会又没声音，老王想听听新闻，想听听来自莫斯科的消息，结果也不能如愿，还是听不明白。

散完步，一起在小摊子上吃烧饼油条，沿街放了一排小凳子，就两张小餐桌，一人一碗豆浆。老王又是羡慕又是感叹，说你们的这个小日子，过得才叫舒心，才叫爽快，天天能散个步，再吃个烧饼油条，这才是人过的日子，现做出来的烧饼油条就是好吃，就是不一样。老魏说天天都这样，也没什么，很容易的事。老王说什么叫没什么，能这样就行，就很不错了，唉，可惜我们这一生，知道什么叫好日子，开始明白人应该怎么活，人生都已经快到尽头了。

老魏说你老王能想开一点不就行了，到我们这岁数，到我们这把年纪，钱留着也没用，想吃就吃，想用就用，你说你还留着那些钱干什么呢？老王叹气，说话是这么说，毕竟我是一个人过，也没什么意思对不对？停顿了一下，又接着往下说，我那个儿子和儿媳妇呢，对我也不能算不好，不过毕竟不是一代人，话也说不到一起去，想法也不一样，要是小黎她还在，小黎还在，两口子一起过，情况就完全不一样了。

一提起小黎，三个人不约而同，突然都不吭声。看得出来，老王并不想提到小黎，不愿意提到自己已经不在的妻子。尤其不愿当着老魏夫妇的面，而老魏夫妇呢，也是尽可能地避免谈起。老王只不过是脱口而出，说了便有些后悔。云裳情不自禁地看了老魏一眼，老魏立刻也显得很不自然，有一些尴尬，有一些沮丧。老王低头不语，此时此刻，大家心情都变得很沉重。云裳叹了一口气，说人生无常，想不到我们几个人中，小黎最年轻，反倒是她最先离去。

三

送走老王回到家，老魏与云裳已一身臭汗。南京的夏天就是这样，南京的夏天就是个大蒸笼。回家的路上，在菜场顺便买些菜，买了几条黄鳝，买了点青椒和洋葱。黄鳝是现杀，老魏很擅长爆炒黄鳝这道菜。一路都无话，云裳有些话想说，憋在肚子里没说，很难受。老魏知道她有话要说，云裳不说，让他这么干等着，要等她说出来，也挺难受。

到了家里，老魏先把杀好的黄鳝放进冰箱，然后摊开纸墨，脱去汗衫赤着大膊，用小楷抄一遍《摩诃般若波罗蜜多心经》。年轻的时候，老魏喜欢写毛笔字，后来多少年都放弃了，退休以后才重新拾起。他最初是习隶书，老了反而转向毕恭毕敬的楷书。老魏坐在那儿写字，云裳开始收拾房间，把收起的长沙发重新放下，理了理，再一次折叠起来。

过了一段时间，云裳拎着老王换下来的衣服，走到老魏面前，说老王穿过的这衣服，我也不准备洗了，直接扔了吧。老魏一怔，说要扔就扔了，你用不着跟我说。云裳说我当时就是挑了一条你没必要再穿的短裤，看这料子也不像全棉的，不瞒你说，我早就想扔了。老魏继续写字，他知道云裳有洁癖，别人穿过的内衣，她肯定是要嫌弃，是不是全棉并不重要，她要扔就扔，也没什么舍不得。

到了中午要做菜，老魏系上围裙，从冰箱里拿出黄鳝，十分细心地洗干净。云裳在一旁当下手，青椒和洋葱已为他收拾好。油锅已经下油了，油开始升温，开始冒起青烟，老魏正准备将黄鳝下锅，云裳轻轻地在旁边问了一句：

"老魏你能不能跟我说句老实话，你和小黎不会真有过一腿吧？"

老魏一怔，将手中的黄鳝倒入油锅，嚓的一声，手上快速翻炒，嘴里嘀咕了一句：

"说什么啦？"

云裳不吭声，沉默了一会，看老魏做菜。老魏手上一阵忙乱，将爆炒过的黄鳝盛出来，再加油，爆炒青椒和洋葱，加上各种作料，将煸过的黄鳝再次倒入锅中，继续翻炒，加胡椒粉加水淀粉，洒上明油，然后正式起锅，盛菜装盘。云裳不说话，一直看着老魏，老魏终于忙完，老魏终于又一次开口：

"你脑子里又在想什么呢，真是莫名其妙。"

"是有点莫名其妙。"

"让我说你什么好，真不知道该怎么说你。"

云裳笑了，说我知道不应该这么问你，不应该问，我也就是随口问问，你千万不要往心上去。云裳说也就是突然想到，脑子里突然就有了这些念头，其实我早就说过，你与小黎真要有什么，也没什么大不了，真要是有了什么，我是说真要有什么，不开心的可能不光是我，老王心里会更不好受对不对？他应该更在乎对不对？云裳的意思是男人肯定更应该吃醋，男人肯定更不能忍受戴绿帽子。明知道老魏不想听这些话，不愿意听这些话，云裳还是忍不住要说，说了，就有点停不下来。她说不光是我在乱想，我在胡思乱想，老王很可能也一直在这么想，对不对？

老魏说："你要让我说什么呢？"

云裳说："我又不要你说什么，我已经说了，这事我早就不在乎了。"

云裳嘴上说不在乎，心里当然不是这么想。时过境迁，她这一生中，如果说夫妻之间真有什么太在乎的事，可能就是这一桩。老魏也知道她会在乎，知道她很在乎。女人的心思永远琢磨不透，每一次结局都是一样，云裳嘴上说不在乎，说相信老魏，心里还是非常在乎。这次过生日要请老王，说起来也是云裳的主意，她主动提出来，她提出来了，老魏还真没办法拒绝。云裳说我这一辈子最后悔的，就是从来也没有与小黎好好谈一次，我也是真够傻的，有太多的机会，好几次话都到嘴边，都没说，都没好意思说出来，唉，为什么不趁她活着的时候，把话说说清楚呢？

小黎显然是云裳心中永远解不开的疙瘩，永远是飘在她心头的一块浮云。三十年前，那时候女儿玲安刚上小学，老王和一位姓宋的女人，冒冒失失地找到了云裳所在的那所中学。在云裳的办公室，和云裳进行了一场非同寻常的谈话。那个姓宋的女人开门见山，问云裳与老魏的婚姻生活，是不是有什么不和谐之处，有没有感情方面的危机。问题很突兀，很无理，云裳一时都不知道应该怎么回答。她转向老王，问他是不是老魏犯了什么错误。老王那时候刚调往人事处，他支支吾吾地说，这事现在也不好说，我们呢，主要还是想先了解了解情况。

云裳第一次听说有个叫小黎的女人，第一次看到了小黎的照片。不能说那个叫小黎的女人有多漂亮，眼睛不大，眉毛细细的，嘴唇有些翘，老王解释说，小黎丈夫是一名现役军人，他写了一封告状信，说老魏与小黎有着不正当的男女关系。老王特别强调，目前只是那个男的这么说，只是那男的这么认为，究竟有没有这事，组织上也不清楚，他们过来跟云裳谈话，也就是想摸摸情况。那个姓宋的女人始终在观察云裳的脸色，她的表情很严肃，态度很不友好，好像什么事都知道，什么事都在她的掌握之中。

云裳说："你们想让我说什么？"

姓宋的女人说："我已经问过了，你们的夫妻生活，究竟正常不正常？"

"什么叫正常，什么叫不正常？"

"这个当然只有你们自己才知道。"

云裳看着那个姓宋的女人，痴痴傻傻地回了一句："我不知道，我什么都不知道。"

风雨晨昏人不晓，个中甘苦只自知，云裳与老魏结婚时二十三岁，婚后很快有了儿子胜武，然后又有利和，同居没几年，老魏就去了江北六合的化工厂，从此开始漫长的夫妻分居。夫妻分居百事哀，一年有一次探亲假，说正常也正常，那年头夫妻分居并不罕见，分了也就分了，老天爷就是这么安排,夫妻因为分居而离婚的也不多。说不正常,当然不应该算正常,绝对不正常,夫妻不在一起过怎么能算正常呢?云裳记忆中,不如意的事情太多,都说久别犹如新婚,最担心的是老魏要回来探亲那几天,自己身上恰巧来例假,有些事拦都拦不住,有些事该来还得来,越担心就越会发生。

那段时候,云裳正准备往六合的一所农村中学调动,只是为了离老魏近一些。她做好了离开南京的准备,为了夫妻团聚,为了能和老魏在一起,她已经决定不再管孩子们。三年的自然灾害时期刚过去,国家经济形势正开始好转,如果没有小黎这事,老魏夫妇很可能会少分居二十年。生命苦短,人生能有多少个二十年?姓宋的那个女人言辞严厉,说破坏军婚的罪行如果确实,你男人是要坐牢的,这个不是什么闹着玩的事,这不是一般的生活作风问题,军婚可是受法律保护的。

结果是不了了之,老魏不承认,小黎也不承认。事出有因查无实据,组织上做出了最后处理意见,认定他们的关系显然有不妥之处,譬如不止一次相约去电影院看电影,曾经在厂外的僻静处散过步,两人也都对对方表示过好感。小黎与老魏在同一科室上班,因为这件事,小黎被调动,去了别的厂区别的科室。也是因为这件事,流言蜚语漫天飞,到处有人说闲话,云裳和老魏闹得差点要离婚,调动的事也没有进一步落实。她不止一次地逼老魏把这事说清楚,她想要知道真相,可是老魏说不清楚,没办法说清楚,他说根本就没有什么真相。

三十年过后,七十初度的云裳满头白发,早已不在乎什么真相。真相也许就像老魏说的那样,根本没有真相。真相困扰了云裳大半辈子,真相早就变得不重要,真相有没有也就那么回事。退休后的老魏夫妇,与同样也是退休的老王夫妇,关系相处得挺不错。他们最后都从江北六合的工厂区,重新回到南京城里定居。小黎也是地道的南京人,地道的南京女人，她家在城南还有私房，改革开放后私房拆迁，换上了新房子，与云裳家一样，居住环境才大为改善。云裳到了晚年，时不时地会感慨人生，恨他们这一代人活得太压抑，活得太窝囊，会觉得他们的所谓夫妻生活，直到退休才重新开始。退休前一切都是身不由己，感觉就仿佛在石头缝里过日子。退休后分配了新房子，孩子们各自独立，他们才开始有了属于自己的空间，才开始可以肆无忌惮，才可以在光天化日之下，像年轻人一样，甚至有时候比年轻人还过分，尽情地做些自己想做的事情。

老魏做的爆炒黄鳝，略微有些小失败，稍稍焖老了一些。老魏说这都要怪云裳，怪她不应该提起小黎。老魏说不要说我和她没什么，真要是有什么，你也没必要在今天这个日子里提起。云裳说有什么应该不应该，这事我早就不在乎了，你又在乎什么呢？老魏说我怎么能不在乎，当然要在乎，这很影响情绪的。云裳说影响屁的情绪，你现在的情绪不要太好，骨头不要太轻。吃中饭前，老魏一本正经地拉上窗帘，打开了空调，说今天我们应该喝点黄酒。通常都是在下午四点多钟，用电高峰之前，他们才会开始启动空调。云裳知道老魏此时兴致勃勃地拉窗帘开空调，显然是有别的目的，是别有用心，无非又是老一套。她知道接下来会发生什么，知道老魏人老心不老，已经蠢蠢欲动。

四

云裳第一次见到小黎，是1976年暑假，唐山大地震期间。长江大桥早就通车了，她骑车去江北的六合看望老魏。这是云裳第一次去六合，第一次主动去看望老魏，也是第一次听说老王也结婚了，第一次听说老王娶的女人就是小黎，老王结婚已好几年。

这一代人的称呼很有意思，也不知怎么的，都习惯称"老"或"小"，老魏老王小陈小黎，喊着喊着就固定下来。不只旁人这么叫，夫妻之间也如此称呼。老也好小也好，现在都已经有了白头发，小黎比云裳还要小好多岁，看上去白头发似乎比云裳还要多。这是继上次老王与她谈话后的初次见面，一转间，又是十多年。当时是从厂部电影院出来，看的是一部反击右倾翻案风的影片《决裂》，老王认出了云裳，热情地打招呼。云裳也认出了对方，老王已开始发胖，她不知道他身边的那个女人就是小黎。回到宿舍，才从老魏嘴里得知，才知道他现在的这个太太就是小黎。

　　第一次见到小黎，云裳心情有些复杂，难免激动又很快平静，反倒是老魏坐立不安，说话都支支吾吾。事发有些突然，没有想到与小黎的见面，会如此直截了当。自从有了那次该死的谈话，云裳整个人生都被颠覆，这以后，她经常会为这事敲打老魏，找老魏的碴，跟老魏赌气，与老魏冷战，老魏呢，做出各种无辜和生气的样子。这个世界上有许多事说不清楚，云裳自己也不太明白，不知道是应该相信老魏和小黎没事，还是应该认定他们就是有事。有时候她这么认为，有时候她又那么认为。老魏一口咬定自己鱼没吃着，沾了一身腥。老魏说我要是真有这事，你跟我闹我也认，什么事都没有，你凭什么这样，凭什么？

　　因为夫妻长年分居，长年不生活在一起，最初的那十年，老魏会按时给云裳写信，诉说对妻子的思念之情。云裳一度很享受这个，事实上，她也很想念老魏，然而很少回信，很多话只是放在心上。都说两情若是久长时，又岂在朝朝暮暮，女人和男人不一样，女人再想念男人，那些太肉麻的话说不出口。自从有了小黎这档事，事情开始变得不可收拾，老魏的情书开始变得尴尬和暧昧，仿佛又有了另外一层含义，可以有另外一种解读，太亲热不好，不亲热也不好。信写来了，云裳懒得回复，故意让它有来无回，一而再再而三，老魏也就干脆不再写信，先是省了事，再以后也就省了心。感情这玩意就这样，冷了就会淡，淡了也就渐渐无所谓。

两人如果再往前走一步，要离婚也就离了，离了就离了。老魏与小黎究竟是怎么回事已不太重要，很长一段时间，他们的婚姻不死不活，只能说是聊胜于无。云裳平时根本也不会想到老魏，老魏恐怕也是这样，因为分居，一年见一次面，法律上的离不离婚就那么回事。好在这段时间正好是"文革"，这个运动那个运动，世道也不怎么太平，什么事都能忍，什么事都能凑合。到日子老魏还会回来，回来探亲无非老一套，再到日子，老魏又走了。南京长江大桥通车后，两个人都希望有所改变，老魏与云裳商量，是不是考虑买辆自行车，有了自行车，来往可以方便许多。

结果还真是买了辆自行车，只是让云裳先用，当年她是一心想往老魏所在的六合调动，打过申请报告，为了小黎这事犹豫了一下，耽搁了，没想到最后把她调到南京南面的江宁，离江北的六合更远。那个时代的人都很听话，必须服从组织分配，一切听从党安排，领导上真这么决定了，想更改都不行。当时的最高省领导是省革命委员会，委员会的主任是许世友将军，许将军在江宁弄了几个小煤矿，配套建立了小学和中学，云裳正好就被选中去当化学老师。那地方在今天也不算远，可是搁在当时，骑自行车起码一个多小时，只能每周回一次南京。因此说起来，老魏夫妇的家在南京，事实上那段时间，云裳每周回去一次，老魏一年回去一次，真不太像个正常的家。

云裳在江宁待了两年多，煤矿不弄了，根本就挖不出什么煤。她也重新调回南京城，这时候，林彪事件也发生过了，她已经五十岁，父母都不在了，都已死了好多年。孩子们也一个个地离家，老大胜武大学毕业分配去了石家庄，老二利和中学没毕业就当兵去了，女儿玲安在农村插队。人说老就老，云裳开始有些在乎老魏，开始不断地思念他，少年夫妻老来伴，她突然觉得身边没有男人的日子，真的是很不好。老魏的想法也差不多，过去这二十多年，有老婆的单身汉岁月，实在是太不好过。有了大桥，从六合的厂区回南京方便许多，骑自行车两个多小时也就到了，于是探亲节奏开始改变，不再是一年一次，改成每个月回一次家。

1976年的夏天，云裳五十四岁，再过一年就要退休，忽然心血来潮，忽然特别想念老魏，决定不顾路途艰难，骑车去老魏那里过暑假。没想到会立刻遇到小黎，也没想到很快又会遇到地震。唐山大地震很遥远，与这里风马牛不相及，可是流言不止，大家都生活在谣传的恐慌之中。有那么一阵，户外都在搭建简易防震棚。与小黎的见面纯属偶然，这工厂有几千号人，有好几个厂区，隔得也很远，老魏与老王夫妇平时很难见面，或者说根本就不见面。云裳相信情况就是这样，她变得十分理智，变得通情达理，既没跟老魏撒气，也没让老魏下不了台。大老远骑了三个小时自行车，好不容易才来到这，不值得为若有若无的小黎，再闹得不可开交。

再往后，云裳和老魏不仅不再回避，而且可以心平气和地谈论。最初向组织交代问题，老魏只承认和小黎一起散过步，散步时拉过手。这事有人亲眼目睹，想赖也赖不了。一起看过电影，这也是在吃瓜群众眼皮底下发生，同样抵赖不了。坐在电影院里，坐在黑暗中，又干了些什么，又做过些什么，难免有不同版本，坊间传说很多。小黎和老魏各自的表述就不一样，拉着手是肯定的，暧昧是肯定的，有一点过分也不容置疑。发乎情止乎礼，时间是大冬天，都穿着厚厚的棉裤，再怎么暧昧和过分，也就那么回事。

从老魏嘴里，云裳听到不少与小黎有关的八卦。按照老魏的交代和描述，显然还是有所遗憾，显然还是心有不甘。与小黎没走到什么实质性的地步，但是，但是可以肯定，从老魏所在的科室调走，在新的工作环境，小黎起码又与两个不同的男人发生过婚外情。这事很多人都知道，根本瞒不住。小黎有个众人都知道的毛病，只要干那活做那事，就会忍不住发出杀猪一样的声音。破坏军婚的罪名确实存在，小黎前夫老韩为此很痛苦，非常烦恼，一次又一次给厂领导写信，可是小黎属于那种不怕撕破脸的女人，敢作敢当，老韩也拿她没什么办法。为了保住婚姻，最后不得不妥协，最后不得不让步，只能灰溜溜地要求转业，转业到老魏他们厂的保卫处，当处长。

老韩所在的保卫处，与老王所在的人事处，房门恰好正对着，大家低头不见抬头见。都觉得小黎这位前夫是个非常不错的男人，人长得也挺帅，都觉得小黎太过分，不应该那样对待自己老公。老韩转业到地方上，夫妻不再分居，关系变得正常，开始恩恩爱爱过日子，对小黎可以说是百般呵护。渐渐地，与老王也越走越近，成为无话不说的好友。他们是同乡，老韩参加过抗美援朝，手臂被炸弹炸断过，身体一直不好。进厂时正好"文革"开始，不久诊断出患了癌症，拖了没几年，临终前托付老王，希望能帮着照顾好小黎，照顾好他留下的一儿一女。

就这样，老王到了五十多岁，终于结束单身生活，与小黎结了婚。婚后感情相当好，据说小黎曾向老王忏悔，说年轻时不懂事，对不住老韩。她对老王的照顾无微不至，还为他怀过一次孕，可惜最后小产了，没有能够保得住胎。和老王刚结婚时，厂里单身汉闲着无聊，经常会溜过去听房。小黎家住在一楼，最西边一个单元，楼前有一片很矮的小树林。都把这事当笑话讲，也是因为有人会偷听，老王和小黎不得不小心翼翼，不得不让她嘴上咬住一块毛巾，不得不把床脚垫了又垫。可是真一点动静都没有，很快又传出另外一种流言，这就是老王不行了，他的那个什么很可能有问题。

老王很生气，真的很生气，非常不服气。老王最不愿意别人觉得他老，虽然他比小黎大了十五岁。个性倔强的老王好钻牛角尖，知道有人无聊，知道无聊的人下作，不要脸，他索性大气一些，他索性豪放一些。让一切禁忌都去他妈的，老王想怎么样就怎么样，老王要怎么样就怎么样。不就是有人想听个什么吗，不就是想知道老王还行不行吗？那就给他们来一个痛快。老王将计就计，让小黎嘴里不用再咬毛巾，床脚不平也懒得再去垫。老王甚至还故意很配合地喊上一两嗓子，厂保卫处派人躲在他家屋外留守伏击，一下子抓到了五个偷听的小年轻，都是厂技校的学生。

口无遮拦的老王说自己直到结了婚，才开始怀疑人生，才开始感慨人生。失之东隅收之桑榆，老王说他想不明白，不明白怎么就单身了那么多年，直到跟小黎在一起，才知道成双结对的好，才明白有女人有家庭的不一样。老魏告诉云裳，老王曾不止一次地对他吹牛，说自己绝对没问题，说自己很厉害。说他的婚姻开始晚了一些，可是宝刀不老，起点很高，过了七十往八十走，仍然天天还照样晨勃。云裳一时不太明白这话，老魏笑着向她解释，她听了十分鄙视，撇着嘴说你们男人真无聊，真是老不正经。老魏说我们这一代人，只能是到了老了，退休了，才能老不正经，年轻时想不正经都不行。

云裳与小黎见面后不久，那一年十月，"四人帮"粉碎了。老王也到退休年龄，紧接着云裳退休，小黎退休，女人退休年限要早一些，最后才是老魏。说退休就都退休了，虽然退休，大家精力依然旺盛，还有用不完的劲，美好生活才刚刚开始，好日子刚开头。社会突然之间发生了大变化，他们的人生也跟着大变化。首先是居住环境改善，这是最重要的一个进步，因为住得都不太远，可以经常聚在一起打麻将。云裳和小黎都喜欢打，女人的麻将瘾往往比男人更大。有一段时候，也就是上世纪的八十年代，几乎天天都要打几圈麻将。

打来打去也就那么几个女人，不是在老王家，就是在老魏家，或者在老钱老杨家。老王和老魏只有遇到三缺一，才会偶尔上场。退休生活别有一番天地，女人们在一起打麻将，嘴里往往不肯闲着，不是嗑瓜子，就是胡说八道，什么都说，什么都敢说。最喋喋不休的是老钱，她是国营菜场的退休职工,回忆起物资缺乏年代,总会有股按捺不住的得意。作为一名卖鲜肉的小刀手,当年讨好她的人实在是太多。上岁数的人回忆年轻时,都会说当年怎么好,青春总是美好的,说着说着话锋转移,变成了忆苦思甜,突然感慨当年那样的日子,怎么稀里糊涂地就过去了。譬如一说起夫妻分居,老钱就很疑惑,忍不住要问云裳,说你们夫妇是他妈怎么熬的?

有一天在老王家打麻将,云裳和小黎都已听牌,等着有人点炮,结果旧话重提,老钱又说起云裳和老魏的分居,说这都叫什么事呀,这么多年,是怎么熬过来的。没想到她打出去的这张牌,一炮两响,正好是云裳和小黎都想要的,云裳很平静地回了一句:

"什么叫什么事呀,这不就是熬过来了吗?"

(原载《长江文艺》第 3 期)

虚构的花朵

张 者

沙漠和绿洲只有一步之遥。

在绿洲和沙漠之间有一条细细的水渠,渠水流淌,滋润着绿洲。我们的学校就在这片绿洲内。如果你来到教室后,跨过那条水渠,爬上不远处的沙丘就能看到一望无际的塔克拉玛干了。这是"进去出不来的地方",我们当然不敢贸然闯入,但我们却喜欢爬上沙丘晨读,读高尔基的《海燕》,能读出大海的感觉。

"在苍茫的大海上……海燕像黑色的闪电,高傲地飞翔……"

晨读犹如晨祷,声音空灵,庄重,悠扬……能将大漠唤醒。

站在沙丘上远望,大漠广阔无边,沙丘连绵不绝,就像前赴后继的海浪。只是,那海浪却没有涛声,也没有海燕劈波展翅高傲地飞翔。天地沉默不语,万物寂寥无声。那种广阔的"无",却比"有"更能震撼人心,摄人魂魄。面对死亡之海晨读,那是需要勇气的。

如果你的魂魄都没有了,还能读懂课本上的文字吗?

你读，你诵读，你朗读，无论你读错读对，大漠都沉默着。无论是爱是恨都可以朝向大漠喊出来。大漠会无声地告诉你，它都知道了，它可以收纳一切，隐藏一切。我曾经站在沙丘上大骂过数学老师，也曾经喊过，陈红梅我爱你。这一切谁都没听见，只有大漠知道，这是我和大漠的秘密。

有一段时间那沙丘还成了我们上作文课的地方。

语文老师叫张小纸，奇怪的名字。他年轻，洋气，也阳刚，脸白，分头，说话自信，好像一切都在自己掌控之中，仿佛什么都知道。他是一位上海知青，他们自称"上海青年"，一字之差，意味深长，仿佛他们代表了整整一代年青的上海人。

他喜欢上作文课时带我们爬上沙丘，让我们极目远眺，他说这叫观察世界。他问我们看到了什么？很多同学都会朗朗上口地来上一句，"大漠孤烟直，长河落日圆"呀，啊哈哈……

张老师笑笑，说我可没有看到这些，我看到了上海。他这样说让人十分吃惊，随着他极目远眺，当看得眼花缭乱、泪光盈盈的时候，我们真看到了远方的高楼大厦，车水马龙，花映人影，江水迷蒙……可不就是上海嘛。上海栩栩如生地出现在我们眼前，是那么缥缈、梦幻、多情……美不胜收。

老师说这是海市蜃楼，有缘人才能看到大漠中的上海，你们都是有缘人呀。

有同学问，是不是有缘人将来都能去上海呀？

大家都笑了。张老师也笑了，说那就得好好学习，考上上海的大学。

我们都是新疆兵团人的第二代，简称"兵二代"。出生在沙漠边缘的绿洲内，谁也没有去过上海。海市蜃楼就是我们对上海的第一印象。这印象太深刻了，它象征着现代、美好、高级……那是我们努力的方向，那是我们向往的天堂。

在这个天堂里，我们还认识一位天仙般的上海姑娘，她是我们张老师的女朋友，叫王筱洁。我们当然没有见过王筱洁，是从张老师的嘴里认识的，并且已经相当熟悉。她是上海某国棉厂的纺织女工，他们是同学，估计是在初中时好上的，属于早恋。王筱洁初中毕业被招工，张老师上了高中，却在毕业时没有找到工作。他闲着没事干就去厂大门口接女朋友下班。那么多纺织女工，张老师能在万人丛中一眼盯牢她。王筱洁身材高挑，穿一件那个时代流行的暗红的格子外套，戴无檐帽，套白色围裙，胸前有两个红字：国棉。

张老师陶醉地说，她出厂门一般都戴着口罩，不苟言笑，目不斜视，亭亭玉立地向我走来，只有见了我才会把口罩摘下，露出笑容。口罩摘了也不取下，就挂在耳朵上，高傲得不得了哇。

当年，去纺织厂大门接女友下班是上海的一景。上海有三十七家纺织厂，下班的时候，有几十万纺织女工从各个厂门走出来，相当壮观。上海纺织女工走出了那个时代最美好的景致。上海的美女都在她们中间，上海的帅哥都站在门口等待。没有女友的小伙子也赖着不走，热切地张望，用一声尖厉的口哨声去吸引姑娘的注意，企图入梦。

张老师能丢下那么好的女朋友到边疆来，到祖国最需要的地方来，让我们肃然起敬。张老师是一个文学青年，据说他在《新民晚报》上发表过文章，这也是能成为我们语文老师的重要原因。张老师是《新民晚报》的忠实粉丝，他和很多上海青年一样，哪怕是到了大漠边缘，也坚持订阅《新民晚报》。《新民晚报》通过邮局到达大漠已经是"新民月报"了，可是上海青年却看得津津有味。那些收到《新民晚报》的上海青年如获至宝，洗干净了，还搽雪花膏，搬个小凳，坐牢，在宿舍门前看。这时会有孩子撅着屁股看背面，他们会抬起脚，踢一下，然后瞪着眼骂："小赤佬，阿勿卵，呆开,呆开。"

张老师不但是那个时代的热血青年,而且还充满了浪漫的小资情调。他把自己的恋爱拉长了距离,一直从上海拉到了遥远的塔克拉玛干。张老师认为爱情就应该拉开距离,在那遥远的地方有位好姑娘嘛,有了思念才叫恋爱。

张老师在大漠边和一位上海姑娘恋爱,这场恋爱谈得惊天动地,轰轰烈烈,成为我们那一带无人不晓的大事。张老师从来不回避这场恋爱,每一封情书都会在上海青年中流传,然后掀起波澜。那些想家的上海青年,会在忧郁中来找张老师谈谈王筱洁,让张老师念念王筱洁的信,以了却对上海的思念。可以这样说,张老师的恋情成了上海青年情绪波动的晴雨表,随着两人感情高潮而激动,随着感情的低潮而忧伤。

十万上海知识青年支边进疆,成为新疆兵团的一员。他们带来了城市文明,把我们这些生在沙漠边缘的绿洲人,从蒙昧的原始状态唤醒。上海青年在我们一个团就有上万人,这已经不是张老师一个人和王筱洁谈恋爱了,是大漠边缘的上海青年和王筱洁谈恋爱。

张老师和王筱洁谈恋爱主要的方式是写信,来往情书不断。无论是来信还是回信,张老师都会在上作文课时给我们宣读,读到我们最爱听的地方,他总是羞中带笑地说,以下省略五十字之类,吊我们的胃口。可见,张老师的省略法比后来的作家提前了很多年。每周的作文课都是我们最期待的节日,现在看来张老师的情书是那时候我们真正的文学教材。情书就在我们眼前收发,鸿雁往来,充满了现实感,比课本上的文章有意思多了。通过王筱洁的来信,我们对上海有了一些了解,通过张老师的回信我们学会了怎么抒发自己的感情,学会了怎么写情书,这为以后给班上的女同学写情书打下了坚实的基础。

问题就出在张老师的某一封情书上,那恐怕是张老师比较得意的一封情书。依稀记得有这样的句子:"你就是冰山上的雪莲,冰清玉洁;我是那坚强的雪鸡,守卫在你身边。在天将破晓的时候,一唱雄鸡天下白……"

老师念这封情书时,我们心里都犯嘀咕。我们属于南疆,有沙漠,有戈壁滩,有荒原。荒漠中生长最多的是红柳。红柳开花的时候当然也很美丽,能把沉睡的荒芜唤醒,把大地打扮了起来,涂满一望无边的红。雪莲生长在雪线之上,没有雪山和冰大坂,哪来的雪莲呢?我们这些南疆人,从来没有见过真正的雪莲花开。

后来有同学说,张老师抽的是"雪莲牌"香烟。他把女朋友比着雪莲,相当于天天和雪莲接吻,这是真正的爱情呀。这种脑筋急转弯的解释,让我们恍然大悟。我们也只见过香烟壳上的雪莲,那是一幅画,而画上的美丽只能入梦。张老师却要把画上的东西当成现实的,还声称要保护。可不是嘛,他确实保护着那朵雪莲,或者说那包雪莲烟。香烟就藏在他的胸口,外面还套着一个高级的塑料盒,透明的。

关键是张老师的这封信起了作用,他女朋友的回信很快就来了。她对雪莲之喻充满了惊喜。惊喜是惊喜,却有一个不情之请,大意如下:你把我比着雪莲,阿拉谢谢侬,可是"上海雪莲"从来没见过"冰山雪莲",你能给我寄一朵冰山上的雪莲花吗?我会把它插在花瓶里。冰山雪莲在床头开放,我们互相面对,那该多么美妙呀。

王筱洁的回信完全是"人面桃花相映红"的意境。

王筱洁把冰山雪莲当成江南的荷花了。把冰山雪莲插在床头的花瓶,这真是心血来潮呀。

此信一来,张老师蒙了,我们也傻眼了,连整个大漠边缘的上海青年都不知所措了。有上海青年就骂:"阿勿卵兮兮,阿纸呀,你见过雪莲吗?到哪去给她采雪莲呀,十三点。"

张老师面临两难的选择：一个选择是回信老老实实告诉王筱洁，我们所处的南疆，只有大漠没有雪山。雪莲生长在冰山上，我并没有见过，对雪莲的描述是一种虚构。

虚构是什么？虚构就是把没有的说成有的，在文学作品中是允许的，在现实生活中这不就是骗人嘛。明明没有的东西，却说得天花乱坠，这会让女朋友觉得你不诚实，这是欺骗。

欺骗是恋爱的大忌，虚假是爱情的毒药。

第二个选择就是坚持有雪莲说，那你就得寄。不寄就说不过去了，既然我们的爱情是那么纯洁无瑕，我不要金子也不要银子，我要一朵雪莲你都满足不了？雪莲是啥，就是一朵花嘛，给女朋友送花不是天经地义的嘛。

张老师当然不敢承认雪莲是他虚构的，却也不敢贸然答应给女朋友寄去雪莲花。没有，怎么寄？他给女朋友回信闭口不提雪莲，王顾左右而言他。

张老师爱情的小轿车，方向盘有些失灵，眼睁睁地偏离了美丽的爱情之路，驰向危险的方向。

这时，有上海知青给他出主意，让他求助北疆的上海青年。没想到北疆的上海青年很爽快地答应了，真给他寄一朵雪莲花。这个消息让我们为张老师欢呼，这下就圆满了。终于，张老师收到了一个北疆的包裹，那肯定是雪莲。我们都急切地等待着张老师打开包裹，想第一时间目睹雪莲的美艳。那也是我第一次见到雪莲，只是那雪莲一点也没有我想象中美丽。雪莲就像一朵刚要开放却又死去的向日葵，干瘪、枯燥、没有任何美感。

啊，这能象征着爱情吗？你敢说这就是冰清玉洁，这就是你心中的王筱洁……张老师可不敢把这样一朵雪莲花寄给王筱洁。

接下来，在相当长一段时间张老师都在为雪莲发愁。他上课时无意识地将那包雪莲香烟拿在手里，翻来覆去地琢磨。在作文课时给我们的命题作文是《雪莲花生长的地方》。

我对每周五的作文课比较重视，因为张老师总是讲评我的作文。张老师还表扬过我，说我是一个写作天才，这让我忘乎所以。我开始疯狂地读书，想方设法从上海青年那里借书看。最主要的方法是偷家里的鸡蛋换书，两个鸡蛋可以借一本书。那些五花八门的书都是从上海带来的，散发着都市的气息。小说当然是最多的。

我在上数学课时看小说《青春之歌》，被数学老师发现，把书没收了。这问题就严重了，两个鸡蛋换一本书看，赔一本书要一只老母鸡。我除了在沙丘上冲着大漠骂数学老师外，还偷了自己家里的下蛋鸡去赔偿。我娘满世界找鸡，我说你别找了，鸡逃进大漠了。我娘不明白为什么鸡要逃进大漠，我说你天天抠鸡屁眼，谁受得了，人家不逃进大漠才怪。

其实，会写作文没啥了不起，只要拼命读书，写作文自然就得心应手。这是我的秘密。

张老师让大家写《雪莲花生长的地方》，他一下给我发了十张纸。每次写作文都要发作文格子纸，那是张老师刻蜡纸油印的。张老师给每位同学发两张，每一张四百个格子，要写八百字，却给我发十张。这是对我多大的期待呀。我不把纸写满就对不起张老师。为此，我的那篇作文写了四千字。

我写了雪莲花在雪山上傲霜怒放，也写了一只雪鸡守护在那盛开的雪莲花旁。其实，这种守护有些牵强，为什么动物会守护植物呢？当然，这用的是张老师情书的意境，算是散文笔法。然后，我笔锋一转，在风雪中出现了一位少年，他手持长剑，上了雪山。这个有点像现在的武侠小说形象，可我当时并没有看过《七剑下天山》之类的武侠小说。开始那少年手持的也不是长剑，是羊鞭。这是当年受《草原英雄小姐妹》的影响。我嫌羊鞭太软，曾经还改成铁锨，又觉得铁锨太土，居然就改成了长剑。长剑好呀，可以挖雪莲，还可以防身，因为雪山上往往会有狼出没。

我塑造了一个英雄少年，还有情节，这基本上就属于小说笔法了。我知道要想把作文写长，必须有情节和人物。我写了一个英雄少年为了爱情，爬雪山过草地去采集雪莲，最后手捧美丽的雪莲花献给了自己心爱的姑娘。张老师非常喜欢我的这篇作文，可能被那美好的结局迷住了。他把作文用毛笔抄写，贴在了教室的黑板报上。为了让更多的人看到这美好的结局，张老师还偷偷把我的作文寄给了《新民晚报》。

我在作文中塑造了一位英雄少年，这位少年英雄和草原英雄小姐妹不一样。前者为了公社的羊，为了革命事业斗风雪；我这是为了爱情斗风雪。我敢写爱情，可能是刚读过《青春之歌》的缘故。写出这样的似是而非的有些奇幻色彩的爱情故事，这在当年是新鲜的，也许正是这种新鲜，《新民晚报》居然刊登了出来。

作文在《新民晚报》发表，这在我们那一带是件大事。在大漠边缘的绿洲内立刻就引起了轰动。这件事给我带来了很多好处，第一个好处是，我收到了五块钱稿费，这是平生第一次挣钱；第二个好处是，上海青年从此无偿借书给我看，不再用鸡蛋换；还有，就是我收到了人生的第一封情书，我暗恋的陈红梅首先给我写了信，这让我冲着大漠嗷嗷叫。

当然，对张老师的影响更大，他在我的作文中得到了解决自己问题的方法，那就是爬雪山过草地采雪莲。

暑假时张老师去了北疆。据说，在北疆上海青年的带领下还上了冰大坂。张老师真的采撷到了美丽的雪莲花。只是，当张老师捧着雪莲就像盛夏里捧着雪糕，坐火车回到上海时，那雪莲同样凋谢了。那花还不如我们看到的那朵呢，那朵经过了风干处理，还有花形，可以入药。张老师采撷的雪莲花，到了上海后几乎就成了一把花泥。无论张老师一路多么当心，都无法阻止那朵雪莲花的凋谢和腐烂。张老师都不敢把风干凋谢的雪莲送给女朋友，更不要说把充满了腐臭气味的花泥送给王筱洁了。张老师甚至都不敢见女朋友，也没脸见，只是躲在棉纺厂的大门口远远地张望，在我们开学时从上海回到了大漠边沿的绿洲。

这时，在他的办公桌上已经摆了三十封信。在张老师去采撷雪莲花并回上海期间，王筱洁几乎每天一封信。在第三十封信中，王筱洁把她和张老师的爱情画上了句号。结束了，王筱洁无法忍受张老师一个月的失联。在这一个月里，张老师一直幻想着手捧雪莲花，在棉纺厂大门口，在成千上万的下班女工面前，向王筱洁献花的美妙情景。那冰清玉洁的雪莲花会轰动整个上海滩。他认为这比写信更重要，更能表达自己的爱情。

张老师读完那三十封信后，心如刀割，泪流满面。在开学的那段日子，他一封一封地回信，写了三十封回信，每天寄出去一封信，企图挽回他的爱情。当三十封信都寄出去后，他进入了漫长的等待。

我们也进入了漫长的等待，等待着王筱洁情书的到来，那是我们的文学教材。

这期间，张老师给我们的命题作文是《雪莲是怎样生长的》，可以看出这是从《钢铁是怎样炼成的》套用过来的。这次，张老师给我发了二十张作文格子纸，这意味着我要写八千字。

我在作文中首先写了雪莲生长的过程。这些生长过程的现场是我想象的。另一部分是我从北疆的那位哈萨克补鞋匠巴合提处听说的。还有就是四处找上海青年借书，希望在书上找到雪莲的影子。有一本养花的书让我如获至宝，那上面介绍说：

"雪莲花，顶形似莲花，故名雪莲花，简称雪莲。为菊科、风毛菊属，多年生草本，花果期七至九月。有白色或淡黄色长柔毛，茎棒状，中空，叶互生，花两性。从发芽到开花需历经三至五年，种子在零摄氏度发芽，三至五摄氏度生长，幼苗能够抵御零下二十一摄氏度的低温。"

在"繁殖方式"一栏，介绍了雪莲生长在雪山上，适应冰天雪地的气候。花期时种子在山间随风飘散，只有遇到适宜环境时才可能发芽和生长。这让我怦然心动，也就是说雪莲花的繁殖有点像蒲公英，这让我展开了想象翅膀。这次作文我塑造了一位帅气的农学院的大学生，为了爱情培育雪莲的故事。我还写了一些生动的故事情节，让大学生在实验室里模拟冰天雪地的气候，不断试验，从播种，到萌芽，然后含苞，最后开放……结局当然是美好的。这次，我让雪莲花在花盆中开放。大学生手捧花盆坐上了特快列车去远方，向美丽的姑娘献花。当时，我无论如何也想象不出高铁，飞机也没敢想，特快列车是那个时代最快的交通工具。

然后，我在作文中煞有介事地论证：只要有冰雪，有寒冷的气候，雪莲就应该能人工播种。既然它可以随风而去，人工播撒有什么不行。最后，我下了一个重要的结论：南疆的气温和北疆一样寒冷，南疆干旱，降水量极少，不下雪。但可以洒水成冰，碎冰成雪，在一个特殊的小环境里，雪莲完全可以在南疆人工栽培……

张老师看了作文如获至宝。这篇作文是八千字，用毛笔无法抄录，黑板报的墙上也贴不下。他就用上海普通话拿腔别调地在课堂上全部读了一遍，并声称推荐给《新民晚报》，肯定能发表。

那作文当然没有在《新民晚报》上发表。就在我热切地盼望着《新民晚报》到来之时，张老师突然收到了王筱洁的回信。

王筱洁在信中告诉张老师，她已经结婚，不要再给她写信了……

张老师看了那封信，没有照顾我们的热切期盼给我们宣读，而是显得很轻松很陶醉的样子，微笑着给我们一遍又一遍地朗诵高尔基的《海燕》，仿佛《海燕》就是王筱洁的情书。

那天晚上，在我们学校的操场上放露天电影，应该是《庐山恋》。这部电影我们已经看了好几遍了，但是每一次重新放映，都是我们的节日。因为看电影时就是我们的幸福时刻，我和陈红梅可以在一起。在电影开始前，我和陈红梅会相约在某个地方见面，然后在巴合提那里为陈红梅买一缸子葵花子。补鞋匠这时成了卖瓜子的小贩，他喊着："瓜子，瓜子，好瓜子。上海的缸子，新疆的瓜子。"他这样吆喝让上海青年倍感亲切，生意兴隆，仿佛用上海生产的缸子舀瓜子，那瓜子就会变得更香甜了。看电影《庐山恋》到了紧要处，我和陈红梅的手会越握越紧。第二天早晨我们还会在沙丘上见面，把《庐山恋》回忆一遍，然后就像张瑜和郭凯敏一样面向大漠晨读英语。我们都暗暗下定决心，一定要考上大学，逃出大漠，去过电影中的日子。

我们在看电影时会悄悄耳语谈论张老师和王筱洁的事。同学们都看过王筱洁的照片，我们都坚定地认为，王筱洁长得像《庐山恋》中的张瑜。那次看露天电影我们谈论这个话题时，却出现了状况。在电影放到一半时，有人突然大喊："王筱洁，我对不起你呀！"

我和陈红梅吓了一跳，我们听出来了这是张老师的声音。

"王筱洁，你对不起我呀！"

张老师又大喊了一声，然后是哀号。不知道到底是他对不起王筱洁，还是王筱洁对不起他，颠三倒四的。

我们的张老师在看电影时突然发疯了。

第二天，他没有来给我们上课，第三天也没给我们上课。我们盼望着张老师给我们上课，可是，他再也没有走进我们的教室。

张小纸当然不能当我们老师了，他的精神已经错乱。按照上海青年的说法，他已经成了"刚笃"，刚笃就是傻瓜的意思。还有上海青年说，都是张小纸的名字没有取好，命如纸薄。一张纸哪能套牢王筱洁这么漂亮的上海姑娘。

我再一次见到张老师时,他正在沙丘旁游荡,那是曾经给我们上作文课的地方。他嘴里不断地念叨着:"都是我的错,我的错,使人笑话,使人笑话……"

我捧着语文书,在那金色的沙丘上晨读。我已经不再南观大漠,而是北眺天山,因为在雪线之上可能有雪莲花开。

我们这里也是天山山脉,同为天山,为什么这里没有雪莲?

在晨读时,我还会寻找语文老师的踪迹。看到了他的身影才会放心地去教室,天天如此。

我时常会发现张老师在沙丘的背风处挥舞着砍土镘,弥漫的沙尘就像要酝酿一场沙尘暴。原来,他挥汗如雨地劳动,是在开垦一块沙地。为了阻挡可能的沙尘暴,老师移栽了大量的红柳。那些正开红花的红柳,来年肯定不能成活,但眼前却极为壮观,像燃烧的火。

到了冬季,张老师开始在水渠里凿冰,用抬筐挑去沙地,把他的沙地变成人工的冰山雪地。我知道张老师这是要种植雪莲。

一朵雪莲花能拯救他的爱情吗?

一直到我们高中毕业,张老师也没有能种植出雪莲来,不过他却没有放弃,夏季挖沙,冬季凿冰,无穷尽也。

兵团人的第二代通过高考纷纷离开新疆,飞向了全国。陈红梅同学考上了上海的大学,而我却去了西南,天各一方,先是情书往来,后来就不了了之了。

在临行前,我用生活费给张老师买了一条"雪莲牌"香烟。就在我要拿去送他时,没想到他居然找到了我。他给我背来了一捆作文格子纸。我看到他的瞳孔中有两朵雪莲在开,他的目光似是而非的,无法和我的目光对视。

我能看到他眼睛里的雪莲，他却无法看到我眼睛里的雪莲。

我望着那捆纸，下定决心要把那些格子填满。虽然在那个年龄段，我已经无法通过想象和虚构来拯救我的老师了，但是，我要写下去，希望能拯救张老师的灵魂。

我把那条"雪莲"烟递给他，他拆开了，抽出一根，就像抽出他的魂。我给他点上，我看到他的魂从鼻子里冒出来，魂飞，魄散……

几十年后，我的学生一位哈萨克姑娘大学毕业回新疆。她临走时问我最需要新疆的什么礼物。

"雪莲。"我答。

她说我每年都会给你寄一朵雪莲花。我告诉她最好寄两朵。她问为什么是两朵，不是三朵或者更多。我说一朵是我的，另一朵送给我的老师。

后来，我每年都可以收到两朵新鲜的雪莲花。雪莲花在保温箱内通过快递伴随着冰雪开放。只是，我的张老师却再也没有找到。

（原载《当代》第 2 期）

荷花姜

潘向黎

每一次看见那个女人,丁吾雍心里就有一个声音响起:应该去报案。

开餐厅这么多年,丁吾雍记住了一些客人,他们的脸、他们的衣着、他们的点菜偏好、他们对钱的敏感度(不是经济能力,因为人是一种有趣的动物,支付能力是一回事,对钱的敏感度是另一回事),还有他们的姓,甚至有的是连名字都知道了(通过订座位、刷卡签字、在席间与别人通话的自报家门等等)。但是丁吾雍不会一直记得他们,一般只要他们超过两年不出现,这些本来清晰如结晶体的印象就会在时间的水流里渐渐消融,那些晶体不是被水流冲走,而只是在水的浸泡中渐渐地钝了棱角、小了体积、模糊了边界,然后坍塌,直到消失在水中。你知道它们仍然在水里,但是水中已经看不到那些清晰的存在了,当然它们不至于消失得干干净净,假如那些客人在两年的边缘出现了,丁吾雍还是会觉得脸熟,他会笑着打招呼:好久不见。然后用那种久别重逢的笑容给对方照出一条路,让对方顺利地坐下来。然后慢慢回忆曾经了解的这人的喜好,以及对钱的敏感度。如果超过两年，这项功课就得重新进行。

但是有一个人，丁吾雍确定不会忘记。

人对某些人的记忆，是另一种质地，表面看上去也是晶体，但硬度很大，水不可能溶解它的，相反，不论过多少年，它都可以拿来划玻璃。哪怕被记忆的那一方已经从你的眼前甚至这个世界上消失很多年。

当这个女人第二次出现，丁吾雍就确定这是他的记忆中不可溶的那一类晶体。

第一次出现，她穿了一件沙滩色的麂皮猎装、牛仔裤、一双长到膝部的长筒靴，头发是盘起来的，但有一些细碎的卷发，像小浪花一样到处飞溅。丁吾雍看了一眼她的脸，第一个反应是：哇。第二个反应，想起了很久以前在一本书里读到的两句——"身量苗条，体格风骚"，那本书叫什么，想不起来了。后来多看了几眼之后，丁吾雍判断：她应该三十岁出头了。丁吾雍知道，五官是爹妈给的，满脸的胶原质是年轻的附赠品，而这份苗条、这份动力十足的力量感和流畅的韵律感，却一定是多年运动和自律才能拥有的。

根据多年阅人无数的经验，这样的女人身边的男人，要么像鲜花下的泥土无法入画入眼，要么只能当陪衬的绿叶若有若无。但这女子不但自己亮眼，连和她一起来的男人也旗鼓相当。这男人浑身上下从里到外一身的黑灰色，全部是那种吸收光线的上佳质地，又无一不是半新不旧，中等身材，相貌端正而不出奇，记得在哪里读过：这样的男人适合当间谍，因为不容易引人注目，也不容易被记住。但是见了他两三次之后，丁吾雍就知道自己错了，这个男人绝对不适合当间谍——他寻常的身高和相貌是个看似平凡的灯笼，灯笼的光一旦亮起来，就看不见灯笼只看见光了。这个男人举手投足就是有一股子味道，和一般人不一样，一定要说出来有什么不一样，只能说：好像他每次出现，身后都跟着一队随从。好像他往哪里一站，追光就自动跟到哪里，他一抬眼，就有一个麦克风自动从空中挂下来，停在他面前恰好的位置。

他很少说话，好像真的有一个麦克风正对着他，而他要说的话偏偏是惊天的大秘密一样。他几乎不说话，至少丁吾雍在很长一段时间里没有听到他说完整的一句话，只听到他说："谢谢。"这是用毛巾托递热毛巾给他。还有，他有时候对身边的女子说："好。"这是女子拿着菜单在问他要不要点一个金枪鱼Toro（鱼腩），还是甜虾刺身。他也有主动开口的时候，比如说："走吧。"那是他们就着一大瓶的"菊正宗"或者"大吟酿"吃完一整套的"旬之味"会席套菜加散点的煮物和渍物，又喝了两杯热茶之后。每次说出这两个字，女子的行动也很迅速，他们在两分钟之内一定会离开。那个男人总是在喝茶的中间已经把账付了，他还是不说话，只用手里的钱包和眼神示意，然后用现金把账付了。

一个很特别的男人。一身黑灰色，寡言，用现金。

女子则正好相反，她整个人像一挂瀑布。不但引人注意而且始终是热闹的，她说个不停，而且表情多，时而眉飞色舞，时而大笑，时而噘嘴，时而手托着下巴翻一个白眼，时而笑着笑着突然把脸埋在自己的臂弯里——她把双臂放在吧台上。也不知道是笑得累了，需要调整气息，还是笑着笑着变成了别的表情，又不想让别人看见。

令丁吾雍有些奇怪的是，他们经常坐吧台。只看一眼，丁吾雍就知道他们不是夫妻，也不是工作关系，更不是一般朋友。丁吾雍觉得他们会需要包间，这里有的是清雅安静的包间，那些包间每一间都有自己的名字：驿、涧、梅、雪、竹、兰、松、风、月……都适合一些希望清静的客人，也适合那些不愿意示人的对话和氛围。但是这两个人似乎不需要，他们大多数情况都只坐吧台。大概是那个女子喜欢高高在上的吧台？或者那个男子出于某个理由宁愿选择众目睽睽的吧台？一身黑灰的、用现金的、寡言的人，应该拒绝吧台的，为什么偏偏坐吧台呢？丁吾雍猜不出来，也就放过了。

日常里，许多事情都是这样的，再奇怪再想不通，发生的次数多了也就成了惯例成了自然，也就习惯了。许多百思不得其解的结局，并不是最终"得其解"，而是大家慢慢习以为常、不再求解。

丁吾雍这个老板，不是那种只投资、不掌握核心技术的老板，他自己就是主厨之一，而且是餐厅的招牌。当初日本留学后回到上海，许多人都用带回来的钱买了房子然后进一家日企，而他，不喜欢朝九晚五的刻板，似乎对在人堆里谋生有一种天然的畏惧，于是选择了自己开餐厅。他知道，这样一选择，就再也不能回到正常上班族的轨道了，所以他必须掌握核心技术，才能不因为主厨的变动而使自己陷入困境。后面的事情也没什么可说，一个天赋高的人一旦投入，事情早晚总是会顺利的。唯一的痛苦，就是丁吾雍被捆在了店里，除了一年一次的春节休息七天，丁吾雍几乎一周六天都在店里，而且只要有客人，他的位置就是在吧台内的操作区，站着。休息的那一天，他睡觉、看书，有时候去钓鱼。作为一个四十多岁的男人，丁吾雍似乎没有任何中年危机。但他心里清楚，之所以没有中年危机，是因为他自从大学毕业就不再年轻，提前进入了中年，他觉得自己二十年前就是中年了。

和他相比，余清是个正常的女人。余清经常抱怨，说他回家太晚，害得她早睡不成，影响皮肤。余清不是丁太太，两个人在一起没什么不好的，但好像没想起来结婚，或者说缺乏动力去做这件事，当然也没有人用传宗接代生孩子之类的来烦他们，就这样，两个人同居十年了，关系稳定。

丁吾雍经常在吧台内的操作区，因为这一对男女总是坐在吧台一角，所以只要他抬头，不用刻意把脸转过去，用余光就可以知道他们的动静。相距不过六七米，他们说话的声音如果稍大，丁吾雍也能听个大概。这样的客人，丁吾雍希望他们能一直来，于是他采取了最稳妥的做法：保持距离。他们和其他客人不同，太不同了。丁吾雍不但不和他们攀谈，也暗示穿着和服的女侍者不要和他们攀谈，除了上菜和送饮料，不用给他们倒酒，尽量减少打扰他们的可能。丁吾雍自己，连目光都很少打扰他们，除了他们进来时例行的"欢迎光临"，丁吾雍甚至连每次对坐吧台的客人递上的微笑都减到半明半灭。丁吾雍想让他们觉得：自己在忙着呢，根本没太在意他们的出现，当然也不会记住他们，更不可能期待他们的到来。既然他们选择了离他很近的吧台，应该是一种对丁吾雍的信任，那么丁吾雍必须让这种信任的幼苗扎根、长大、枝繁叶茂。就要让自己隐入背景之中，虽然就是站在他们斜对面的一个大活人，但他要尽可能让自己就像店里的一架屏风（那架黑色底子上画着硕大宽纹黑脉绡蝶的漆艺屏风）、一盏灯笼（那盏白色的和纸上面飘着枫叶的灯笼）、一瓶花（那瓶吧台上每周更换的大型插花，经常是蝴蝶兰、菖蒲、绣球、洋水仙、六出、锦带），总之是一个自然、安静、绝不可能泄露任何秘密、令人毫不设防的存在。

  他做到了。他们越来越无视他的存在，那个女子，丁吾雍始终不知道她的名字，连姓也不知道，但是丁吾雍知道她最喜欢的一道菜：荷花姜，于是丁吾雍在心里暗暗叫她"荷花姜"。

  如果在网上查"荷花姜"，可以看到——

  即阳藿，又叫茗荷。英文：myoga，日语：ミョウガ。

  姜科姜属多年生草本植物。喜温，遇霜茎叶凋萎，耐阴湿，有较强的抗病虫性。食用部分为花蕾，味芳香微甘，可凉拌或炒食，也可酱藏、盐渍，富含蛋白质、脂肪、纤维及多种维生素等。有很多别名，俗称芽何，又称蘘荷、野姜、蘘草、嘉草（《周礼》）、猼月（《史记》）、蒚蒩（《说文》）、芋渠（《后汉书》）、复葅（《别录》）、阳藿（《广西志》）、阳荷（《黔志》）、山姜、观音花（《浙江中药资源名录》）、野老姜、土里开花、野生姜、野姜、莲花姜。在日本又称茗荷，应为阳荷的变音。

有特殊的香气，素有"亚洲人参"之美誉，是东南亚各国家、地区居民喜食的菜肴。一般七月中旬至九月中旬收获。在中国的江淮地区多有种植，常与毛豆或咸菜同炒，味香，当地人称为蛇禾或舌禾，又因为此地方言繁杂，又有一种叫法即阳荷。在中国分布于安徽省、陕西省、江苏省、江西省、福建省、湖北省、湖南省、海南省、广东省、广西壮族自治区、四川省、贵州省、云南省。

据《本草纲目》记载，阳藿不仅可作为蔬菜食用，还有活血调经、镇咳祛痰、消肿解毒、消积健胃等功效。

但是作为日式料理店老板的丁吾雍，当初之所以毫不犹豫地在菜单上加了这道菜，是因为他知道茗荷在日本是受重视的。在日本，高知县、群马县、秋田县、宫城县都有栽培。还有一个传说：释家的弟子因吃了美味的茗荷料理，饱食之后居然忘了应该做的事而睡着了。茗荷的花蕾和花茎具有特殊香气、色彩、辣味，是季节感明显的香菜君王，在小菜、汤、酢渍、油炸、酱菜等日本料理中到处可见。

也许是日本人一向重视粗纤维菜品的习惯吧，就像他们一向爱吃牛蒡一样。但是丁吾雍猜测也因为荷花姜的美。荷花姜的轮廓很像毛笔笔毫的部分，写大字的，蘸满了墨，又像迷你的竹笋，有交错覆盖的硬壳；可是顶端的颜色是花一般鲜艳的，中间大部分是嫣红或者玫瑰红，只有根部和顶端泛出一点儿淡黄色，有时是雪白。丁吾雍觉得荷花姜作为食物，太好看了，简直性感。

另外，这是在中国，而且是中国也出产的食材，还是叫它"荷花姜"好听，也好记。所以在菜谱上，丁吾雍日文写的是"茗荷（ミョウガ）"，中文写的就是"荷花姜"。

丁吾雍在"煮物"和"天妇罗"里都用了荷花姜，第一次看到的人，往往会说"哇，真好看"，然后小心翼翼或者兴致勃勃地放到嘴里。接下来的情况就很难预料了，有人是新奇地辨析一会儿，然后说："这个很特别，嗯，一种特别的香。"有的人则是一下子吐出来："呸，这个什么味道啊？好奇怪！"荷花姜就是这个样子，模样娇艳，味道奇特霸道，不是人人都能接受的。

为了不让荷花姜受委屈，后来遇到有客人点，丁吾雍总是先问一句："您吃过荷花姜吗？"如果对方说没有吃过，丁吾雍会说一句："味道有点儿特别，不是人人都喜欢，您确定要试一试吗？"

但是那个女子，第一次吃了荷花姜——那是丁吾雍和笋、土豆、狮鱼鳃、猪肉片一起炖出来的荷花姜，马上大声说："老板，这个真好吃！从来没吃过！这么好吃！"

丁吾雍说："你喜欢就好。"

那个女子问："这个叫什么？"

丁吾雍说："荷花姜。"

女子把筷子上的荷花姜转动着看，一边说："这么好看，到底是花还是菜？"

丁吾雍说："这个，不好说，是花，也是菜。"他把手里的金枪鱼中段切好了，加上一句，"明明是花，人把它当菜吃，它就是菜；明明是菜，你把它当花看，它就是花。"

一身黑灰色的男人深深地看了丁吾雍一眼。丁吾雍有点儿后悔自己话太多了。

那一眼，让丁吾雍想起了一句话"他的俊目一贯含有清莹的倦意"，木心这样说罗马的培德路尼阿斯。丁吾雍喜欢过木心，《哥伦比亚的倒

061

影》《即兴判断》都读得很熟。

那个女子，丁吾雍后来在心里叫她"荷花姜"，不是因为她爱吃荷花姜，是因为她与荷花姜颇有几分神似：俏丽，鲜艳夺目，但不是"甜"那一路的，更不柔弱，相反从外表到质感到气味都是洗练明媚和动荡妖娆的奇异统一，具有一种容易引起争议的、特殊的刺激感。

但是这两个人罕见地般配。男子出色，女子也出色，而且男子像一个黑色的瓷碟子，托着荷花姜的尖、俏、艳，格外显出她的醒目，而荷花姜也反衬出他的不动声色和深不可测。

突然有一天，那个一身黑灰的男人不见了，荷花姜一个人来。

她一个人坐着，脸上的表情让丁吾雍知道今天那个男人不会出现。但是她的胃口还可以，和那个男人在的时候差不多，只是酒喝得多。她自己一个人喝，点的是烧酒。过去丁吾雍给她推荐过出羽樱和白波，她喝了几种之后选定了另一种——黑雾岛。每次都喝个半瓶左右，剩下的就存在这里，本来应该问她姓什么，但是丁吾雍当着她的面，写上了"姜"，他说："荷花姜的姜。"女人深深地看了丁吾雍一眼，眼光里似乎有遇上知己的感觉，又似乎第一次有了怨恨和委屈——在这里出没这么久了，连自己的姓名都不能公开。

每次吃完她都是自己走的。丁吾雍心想：以前他们两个都喝酒的时候，都是那个男人的司机开车吗，还是找人代驾？现在她一个人来，是另外有人接，还是干脆打车回家呢？

丁吾雍的好奇心仅止于此。因为这个城市里，盛产的就是男女间的各种相遇和离散，何况是这种女人遇到这种男人。女人越出色越不容易甘心，男人越出色越多顾忌，花落水流，无可奈何，那是一定的。但是，他们都是这个城市里的人，他们不会有太出格的举动，短则两个月，长则半年，个别死心眼儿的，也许一年？感情创伤是有期徒刑，刑期都不长，刑期一满,也就都过去了。释放了自己,新一季衣裳一着,换个发型,阳光下面,又是光鲜的、体面的、没有过去的城市栋梁了。

丁吾雍料错了。有一天,这女人出现,穿了一身黑色的吊带连衣裙,脸上没有化妆,素颜本来很好看,却偏偏突兀地涂了烈焰般的口红,让丁吾雍非常不习惯。当然,心情不好的女人,这个程度的反常才是正常。

她不坐平时的吧台角落,而是坐到吧台的中间,喝着喝着,对丁吾雍说:"我请你喝一杯。"

丁吾雍不废话,递过去一个杯子,她给他倒上,丁吾雍喝了一口,似乎出于礼貌地说:"吃得还可口吧?"

她抱歉地笑了一下:"一直忘了说,你的手艺真好。"

丁吾雍说:"谢谢。"

她看了看他,突然说:"你也话少。"

丁吾雍微笑,等着她往下说。

没想到她不说,而是反过来提问:"你怎么不问,他到哪儿去了?"

丁吾雍又喝了一口,他不知道该说什么,因为不知道对方是否愿意说,还有,酒醒之后会不会后悔。如果后悔,她就不会再来了,那样的话,这里就会失去一个喜欢荷花姜、长得也像荷花姜的客人。如果那样,他宁可她什么都不要说。况且,丁吾雍真的不算一个好奇的人,因为他相信太阳底下,真的没有新鲜事。

但是这一刻,这女人眼神里有某种东西,让丁吾雍突然觉得,自己可能太自信了。他的预感马上被证实了,她身子探过来,凑近了丁吾雍,用一种介于耳语和正常对话之间的音量说:"你不问,是因为你猜到了,对吗?"

丁吾雍只能含糊地点点头。

她说:"对,他不会再来了。"

她眼里碎玻璃一样凌乱而锋利的光芒,让丁吾雍确认:自己过于自信了,这件事,超出了他的想象。

她说:"对,他死了。"

说出这句话,荷花姜似乎用尽了力气,颓然坐回了吧椅,在这个半失控的过程中,她很哀伤很诚恳地说:"他死了。是我把他杀了。"

丁吾雍觉得整口烧酒突然卡在了喉咙里,而且像火一样烧了起来。这样的话,他本来以为只会在电影里听到,绝对不会和自己的生活、自己的店有任何关系。想当初,看见荷花姜和一身黑灰的男人走进来的时候,他马上判断出了他们的关系,同时他也马上决定要长期欢迎他们,反正挣谁的钱不是钱呢?这种关系,在钱上总会格外大方的。加上客人养眼,不是福利吗?当然丁吾雍知道,短则一年,长则三年,他们一定会分开的,就像知道店里插花的蝴蝶兰可以开一个月、六出花一星期一样。但是丁吾雍没想到,有时候,还没到花谢的时候,半空中一个雷劈下来,连花带瓶震倒了,碎的碎,流的流。

丁吾雍觉得自己应该去报警,但是又没有把握自己一定会那么做。他不喜欢这种纠结,他只能希望那个女子不要再来了。那样,丁吾雍就不用纠结了。

可是荷花姜还是继续来,和原来的间隔差不多,就是一星期来一次,她还是坐吧台一角,总是继续喝她的黑雾岛,喝不完的存着,没有了就再来一瓶,菜交给丁吾雍安排。丁吾雍依然会按照她的喜好和时令,给她安排妥帖的三四个菜。她来者不拒,看着手机,一会儿看一下,一会儿写几句话,写的时候很专心,好像不是来吃饭喝酒,而是来写那些话的,写完了就把手机往旁边一丢,然后继续不紧不慢地吃喝着,有时候往门口看一眼,继续吃喝。吃喝完了,就自己走了,有一次走到门口,还会回头看一眼,好像奇怪身后的人怎么不跟上去似的。

身后哪里会有人?早就没有了。那一瞬间,丁吾雍感到在她的身后,是一大片空虚,空虚得连整个店和店里所有的人都不存在了。

那之后,她没有再和丁吾雍聊什么,似乎根本不记得曾经说过什么。丁吾雍怀疑她是酒醒之后忘记醉时一切的那种人。要不然她怎么敢继续出现在这里,还这么若无其事?难道在等丁吾雍下决心报案,好把她抓起来吗?丁吾雍又希望,那是她的醉后胡说,那个男人还活得好好的,这个女人只是这么说说出口恶气罢了。

可是,那个男人呢?丁吾雍也越来越不相信他还活得好好的了。

黄梅天了,有一天,荷花姜刚开始吃,雨下得大起来,下得都不像黄梅天通常的那种慢脚雨,下成了瓢泼,下成了满城风雨、一世飘摇、充满末日感的那种阵仗。丁吾雍知道,这种天气特别容易喝醉,可能是湿度太大了,不利于酒气蒸发。果然,荷花姜喝着喝着,满脸红晕,一只手支着半边脸,眼神迷离。

丁吾雍破例说一句:"差不多了,别再喝了。这个天气,你怎么回去?"

"我怎么回去?我回不去了。哪里都不是家,哪里都没有人等我回去,我怎么回去?我回哪里去啊?"她大哭起来。

酒气蒸腾,水汽弥漫,整个店里充满了一个女人的哭声,那种哭声很可怕,虽然很响,但又很压抑,既像一个旧时代的乡下女人苦候多年却听到丈夫死讯,又像一个五六岁的孩子被困下水道里挣扎不出来,用最后一点儿能量来拼命完成的号啕。

丁吾雍心里一凉:那个男人,恐怕真的是死了。要报警吗?

晚上回到家,看见余清在灯下插花,洗过的头发还半湿地披在肩上,他心里一动,上去对她说:"简单一点儿结个婚,怎么样?"

见余清一脸不解,丁吾雍说:"好像觉得还是结婚比较好,你说呢？"

余清说："你想和我结婚？"

丁吾雍说："是啊。"

"让我想想。"余清说。

丁吾雍说："你还要考虑啊？"

"有人求婚，然后自己考虑，这是待遇，总要享受一下吧。"余清说完，笑了起来。丁吾雍也笑了。

看见她的笑容，丁吾雍有一种说不出的感觉，好像是如释重负，好像是通过了一场原本担心通不过的考试，发现自己高估了考试的难度。多大的事？不就是结个婚吗？要弄得那么吓人，哪至于的。

第二天，荷花姜又出现了。才下午五点，店里还在准备。

她说："老板，今天不吃饭，我是来还你钱的。"

昨天晚上，她确实喝醉了，上了洗手间吐过之后，丁吾雍替她用打车软件叫了车，用店里的大伞送她上了车，谁都没顾上结账的事。

"下次来的时候顺便结就可以了，你还特地来。"丁吾雍说的是真心话。有的人，一看就知道是一辈子都不会赖账的。荷花姜，就是这种人。其实那个一身黑灰、眼睛里有清莹倦意的男人，也是这种人，只是不知道为什么欠了这个女子的。

荷花姜的脸看上去已经没有什么异样，要存了心仔细搜索，才能看出眼皮略略有点儿肿，脸色不如平时好，除此之外，依然是一个引人注目、打扮入时、举止得体、行动流畅的摩登女郎。上海的黄金乃至钻石地段有许多高级商务楼，而这些现代女郎的气场让人坚信她们有能力敲开其中的任何一扇门，在正南朝向、一尘不染，光线、温度和设备都无可挑剔的房间拥有一个任她们自如挥洒的位置。

她们的妆容含蓄、皮肤白皙、五官精致、轮廓秀美、神情矜持而举止干练,在她们脸上,你看不到黑眼圈、细皱纹和斑斑点点,那些都在十分服帖的粉底霜下面；你更看不到哭泣、动怒、灰心、丧魂落魄的痕迹,那些都在她们心里,就像藏进了深海之中。女人心,海底针？说这话的人还是小看了女人。女人心,就是海本身。

"我要到外地去一段时间,接下来要几个月不来了,所以今天来一趟。"

丁吾雍马上想：太好了！他从此不用见到这个女人了。如果她是真的出差,离开一段时间,可能会因为换了环境而想开,总之应该不会再来这个伤心地了。如果她是逃走,那也帮了丁吾雍的一个忙,那样,她就和丁吾雍一点儿关系都没有了,丁吾雍也不需要再纠结了。

她真的消失了。半年过去了。

偶尔,看到钵里的荷花姜,丁吾雍会微微有点儿出神,这么好看,怎么可能杀人？可是,锋芒毕露,又好像有点儿杀气。这样的女人,会是什么命运呢？空闲的时候,丁吾雍有时会望着那两个位置。曾经坐在那里的那两个人,他们都在哪里呢？甚至,那个男人,还在这个世界上吗？从今以后,不可能再看到那样悦目的一对,出现在自己的店里了。不知道为什么,丁吾雍真心觉得遗憾。

到了年底,生意忙了起来,丁吾雍渐渐不再想起那两个人。

一天,七点的时候,正在忙碌的丁吾雍,看见当班领座的小茉莉带进来两个人。一个中年女人,风韵犹存,一身讲究得稍微有点儿过分的打扮,脸色倨傲中有几分阴郁。走近几步,她身后的人露了出来,竟然是那个男人,那个一身黑灰。

丁吾雍大吃一惊,以至于习惯性的"欢迎光临"都中途变了调门,小茉莉不无疑惑地看了他一眼。

这个男人没有死？他还好好的,那么就是他不要荷花姜了。荷花姜说的是气话。不要荷花姜，居然还带着自己的老婆到这里来？丁吾雍觉得自己错看了这个男人，谁知道是这样的人，完全不在道。上海滩的餐厅酒家天上繁星似的，这个人带不同的女人，偏偏来同一家，胆子倒也不小。他就不怕这么多眼睛吗？

小茉莉直接把他们带进了包间，丁吾雍心里冷笑一声。等到小茉莉过来，丁吾雍问：那两个人谁说要进包间的？小茉莉说，他们预订的。有个男人打电话来，不知道是不是这个男的本人，说要一个小包间。

这就奇怪了。和情人倒光明磊落坐在外面，带老婆反而一定要躲进包间，什么年头？什么人？

丁吾雍亲自上菜。那两个人在交谈，但是不起劲，零零碎碎听到什么"学校""租房子""美金""同学"。丁吾雍实在猜不透这两个人在谈什么，而且感觉他们的关系，坐下来细看，也不那么像夫妻了，倒有几分像讨债的和欠钱的。

等到要上雪花和牛涮涮锅的时候，丁吾雍在大托盘里放上了一个青海波纹小碟子，里面是三枚盐渍荷花姜。盐渍过的荷花姜，娇艳的颜色暗淡了许多，但是转成了一种憔悴的风情，充满了欲言又止的过去。上桌的时候，男人看了一眼，说："我们点这个了吗？"丁吾雍说："这是送的。"一身黑灰的男人看了一下荷花姜，然后看了丁吾雍一眼，丁吾雍接住了他的眼神，两个男人似乎完成了一次无声的对话。

丁吾雍还没出包间，就听见男人毫不避忌地说："钱我带来了。"他把一个厚实的信封交给女人，信封口是开着的，看颜色就知道是美元。又是现金，只用现金。这是个固执的人。

出了包间，丁吾雍转身拉上拉门的一瞬间，听见女人平淡地说："明年一年的够了。"

什么够了？这个女人一年的开销吗？如果他们是夫妻，怎么会这样一年一次给钱？如果不是，又为什么要给钱呢？丁吾雍觉得自己脑子不够用了。

过了几壶酒的工夫，拉门开了，那个女人出来了，走了。谁都不知道她那个华丽的漆皮包里比来的时候多了什么。丁吾雍这时候明白他们为什么要进包间了。但是这一点点合理，像太少的水，不能熄灭他的好奇之火，反而让火更加熊熊燃烧起来了。

那个男人并没有跟出来，而是又叫了一瓶烧酒，开始自斟自饮。

一个小时以后，丁吾雍进去添茶。他心里好奇，但丁吾雍是个在上海滩做了十几年生意的人，这种人，无论心里想什么，做出来，总归是合理的——至少有一个合理的解释。这时候进去，是餐馆的常规动作，就是以添茶的名义，看看客人是否要添主食、要咖啡，或者是否要埋单。如果遇上客人酒足饭饱还想独自坐一会儿，就会添上热茶，然后不动声色地出去，让客人自己安静地剔牙、打饱嗝、发呆或者独自疗伤。平时这件事是服务员做的，今天既然是丁吾雍自己负责这个包间，那么，他可以让服务员来接手，也可以自己去。

此刻，丁吾雍拉开了门，进去添茶。

茶水注入茶杯中，细细的清香腾起。一身黑灰的男人说："谢谢。今天你亲自照应。"

丁吾雍说："不客气。"他注意到男人有了酒意，脸红了，精神看上去和过去不同，没有那股有棱有角的气势了，但萎靡里透出轻松，显得真实。就说："今天吃得还可以吗？"

这个"还"用得妙。既表示委婉和分寸，也可以是"依旧""如常"的意思，加上"今天"这个提示，那就是在问：过去喜欢的口味，隔了一段时间，你觉得怎么样？重点是：有过去。

"很好。你这里的菜一直地道的。"

丁吾雍听见他用"一直",居然是对过去的一切认账的口气,就说:"说起来,您有一阵没来了。"这话是试探,但也可进可退。

男人叹了一口气。丁吾雍不敢相信自己的耳朵,看向他,听见他说:"她,后来来过吗?"

这话包含的意思太多了,简直把丁吾雍当成哥们儿了。看来他今天是喝多了。丁吾雍一时不知道怎么回答好了,就点了点头。

男人又叹了一口气。"恨死我了,一个个,都恨死我。"男人用双手用力揉搓自己的脸,好像一个寒冷的清早,清洁工在马路上扫着落叶一样,既孤单又萧瑟。

一阵不可理喻的同情攫住了丁吾雍,丁吾雍马上提醒自己,正是这个男人,让那个女孩子那么伤心的,而且还毫不介意地和一个身份不明的女人又到这里来。

"你太太也很漂亮。"丁吾雍说,这话不知道怎么就突然蹦了出来。说了之后,发现这句故作莽撞的试探妙不可言。

男人抬头看了丁吾雍一眼,有点儿惊讶,有点儿迷茫,然后露出了一点儿笑容。"太太?哦,前妻。刚才那个,是前妻。"

丁吾雍不轻易放下戒备,"您后来又结婚了?"

"没有啊。活剥一层皮才离了婚,我怎么会再结?就二十年前结了一次婚,生了一个女儿,烦到现在都烦不清楚,前妻的保险啊、房子啊、女儿的留学啊……我有几条命,再去结婚,再去生小孩?"

丁吾雍吃了一惊,暗暗有些羞愧,同时有更多的如释重负。他不说话,因为不知道说什么好。

"哎?"男人突然语气一挑,"怎么,难道你以为我有家庭,每趟和我一起来的是……情人?"

丁吾雍的脸有点儿火辣辣的。

男人笑了起来,"那是我的女朋友。我们都是单身,光明正大来往的。只不过我不想结婚,她想。"

丁吾雍说:"不结婚,就要结束?"

"给不了她想要的,就放人家走吧。"男人用手搓了搓脸。

丁吾雍说:"人家会觉得你是在寻借口。"

男人笑了起来。那笑容似乎在说:自然是这样。又似乎在说:随便吧。好像在说:我怕什么?又好像在说:哪有这么便宜?

丁吾雍端起茶壶转身的时候,男人突然说:"她后来一个人来喝酒的,对吗?"

丁吾雍叹了一口气,点点头。

男人说:"她……哭了吗?"

(原载《人民文学》第 5 期)

灰 地

林培源

一

隔着客厅玻璃门,他听到两个儿媳在说话,高的声音讲:"我昨天送货回来,在公路上看到了,烟很大!"低的声音问:"烧死人无?"高的声音答:"这就唔知了——"闭着眼他也能想象阿华说话的表情。她消息灵通,总是能把听来的小道传闻讲得传神,仿佛自己也亲历了一般。阿洁只是应和,蚊声细语的。红木茶几摆了一盘樱桃,阿华斜倚沙发,阿洁坐在扶手椅上,身子朝前倾,伸手捏起一颗樱桃。

他在楼梯口立了一阵。耳鸣又犯了,耳道像灌满了水,客厅的说话声听起来嘤嗡一片响。他大口吞咽、呼吸,但不管用。这是年轻时跟人打架留下的后遗症。问过好几个医生,得到的结果都是,耳膜没破,免担心。可是耳鸣的毛病一直未见好。现在时不时就会听见回音,一阵叠过一阵,如同有人手持利器狠狠地刮擦铁皮。

过了许久，那股潮水慢慢退去。他迈进客厅，阿华、阿洁的说话声停了。她俩同时和公公打了招呼。

他从喉咙底部发出"嗯"的一声，拖过一张塑料椅，坐了下来。

阿华靠坐在红木沙发上，挺着个大肚子。怀孕后，她的脸浮肿，眼袋凸显，肚子圆得像只皮球。阿洁看那样子也快了。他至今都很自豪，在同一年给两个儿子摆了喜酒，创下的纪录在乡里无人能及。两个新妇前后脚嫁进门，家中逐渐热闹。很快，他就要当阿公了。

他的目光缓缓扫过她们身上。股骨的部位酸胀得很，他侧了侧身，挪了个舒服的姿势。

窗外日头照进来，客厅墙上瓷砖映着倒影。这次，音乐的轰鸣涌了过来。昨夜酒局上，他靠在沙发上睡过去两次，醒来时抓住陪酒女的手。她化了浓妆，年纪足可当他女儿，说话时假睫毛扑闪扑闪。他们脸贴着脸，低声说话。他时不时抬眼盯着对面手握话筒、脸涨成猪肝的老头，揣摩刚签下的那纸合同是不是吃亏了。而她咯咯笑，下巴肉嘟嘟，假睫毛快掉下来。酒酣耳热之际，他突然说起一桩事来：乡里有个开钢筋铺的老板，工场挨着马路边。老板让老父亲夜里睡在工场的铁皮棚，以防有人盗钢筋。那段路坡度很大，空气对流强。冷月降温，大风刮了一宿。隔天巡工场，老板发现老人家冻死在了铁架床上，浑身硬邦邦的，像条咸鱼干。从此以后，他再也不敢跟人吹嘘盖别墅花了五百万元。

故事说完，他看了陪酒女一眼。她脸上掠过一阵惊讶，接着捏起酒杯，灌了一口。

他自讨没趣，将她的肩头搂过来，另一只手沿着大腿往上，摸进了裙底。

散场时他独自走出包房。酒吃得有点多，头犯晕，胃酸一阵阵地往喉咙头涌。包房通往楼梯的路不长，他像是踏进坑坑洼洼的战壕，不断抬脚、侧身、落脚。之后，他狠狠跌了一跤，巨大的疼痛登时将他攫住。头顶灯光炫目，他瘫坐着喘气，额头渗出硕大的汗珠。缓了很久，他扶住楼梯爬起来。走廊空荡荡的，他们都去了酒店。手机铃声一遍遍地响，他摸出来凑到眼前，话还没说，手机电量耗尽，自动关机了。

阿华还在说着昨日的火灾，嘴巴像机关枪一样没停歇。那是镇上一家塑料玩具厂，起火处据说是库房，囤积的货物用防尘布罩着，火烧了个把钟头才扑灭。两天前，保洁公司的清洁工在厂内收垃圾，有人怀疑工人丢失的钱包是他顺走的，双方差些打起来。清洁工打电话给他，他闻讯过去调解，要厂里调监控。盯了半天，也没看出什么动静。负责那片区域的清洁工是个矮胖的河南佬，监控证明他是冤枉的，走的时候，他骂骂咧咧，朝地上吐了口浓痰，身子晃来晃去，像只瘸脚鸭子。

他站在玩具厂的水泥埕，看着河南佬离去。机器吭哧吭哧，他感到心脏被春来春去。站了没多久，他就像个因不满厨师手艺而愤怒离席的食客，行出了大门。隔日，玩具厂就起了火。大火烧得蹊跷。他想到河南佬那愤怒的表情，眼底灼灼作痛，好像火烧到了胸口。起火的地方不会是库房。地方上的老板，个个会耍花样——厂里有保险，眼下这样的时节，天干物燥，随便一把火便能烧起来，只要扑得及时，还能捞上一笔赔偿。他望着窗外的天空，想象消防车鸣着警笛，从国道另一头疾驰来，围观者让开一条通道，消防员冲下，架起水枪，速战速决，如同完成一次编排已久的演练。

这些操作他再熟悉不过了。刚起家的年月，为了租占一块工地，他没少花心思。请人吃饭、洗浴、上酒店泡一晚夜总会，白兰地、人头马，红的、白的，喝了吐，吐了喝……只要酒喝得够多，玩得够尽兴，就能搂住对方，额头抵着额头称兄道弟。现在他双脚踩着的地方正是当年的工厂。这里背靠国道，挨着镇政府，往前是一口大池塘，坐南朝北，视野开阔。懂风水的人都说此地聚财，是块好地方。当年他的目标很明确，先把地承租下来，生意做大了再将租的地收入囊中。他有个隐蔽的愿望，要起镇上最高的楼，每次从水利渠边经过，那栋六层高、贴着马赛克瓷砖的别墅总会引起他的注意。他停下来，抽支烟，细细观赏。日头照在瓷砖上，亮晶晶，白晃晃，像嵌着夺目的宝钻。有那么一瞬间，他的双脚自行离地，沿楼梯行至顶楼，风吹得他的的确良衬衫猎猎作响，远处的老厝区和近处的新洋房尽收眼底。

他的房子早已取代那栋陈年别墅，成为镇上唯一装了电梯的民宅。楼有八层高，从远处看很像一座灰色水泥塔。施工队见过他请人设计的图纸，指出房子格局不科学，譬如缺少独立阳台，也没有留出足够空间用来挂空调外机等。他并不在意，自己的房子，想怎么起就怎么起。乡里人议论，好好的风水毁了。被诟病得最多的还是布局，从外面望不到阳台，四处密封，有人打趣说，像一口只进不出的棺材。入宅祭神那天，他亲自点燃鞭炮，厝边头尾出来围观，妻儿站在一旁。他望着鞭炮噼啪作响，红色纸屑扬起落下，想起当年许下的心愿，鼻头发酸，冒出热泪。

工厂起初为平房，铁皮屋顶，里边是做工的地方，外面是宽大的水泥埕，被砖头围墙圈起来。工厂主要承接木工和铝合金门窗的活。开始时他招了三个工人：一个哈尔滨来南方打工的，一个邻近的饶平人，一个本地人。三个工人里，哈尔滨跟他时间最长。当年哈尔滨下岗了，搭火车南下，一路打零工，先到北京，再去河南，接着绕道江西，落脚在这个省尾国角的小镇上。饶平人负责木工活，本地人则跟哈尔滨搭手做铝合金。那个年头，政策宽松，经济跟着好转，乡里人纷纷做起了生意。一夜之间，似乎个个鼓起了腰包，新厝区就是那时候起来的。他预感到，挣钱的好时机到了，便也动起了心思。起初他囿于资金短缺，拉不起建筑队，只好求其次，先搞装修。乡里人起新厝入宅，除了循例购置厚实锃亮的红木家私外，剩余的吊顶、水电和门窗等，他的团队都能包办。这是稳赚不赔的生意。

真正让他发家的，还是那些铝合金窗。铝合金轻便、牢固，成本不高，是那个年代的时尚。他的工队从购置材料到制作组装，一条龙服务，加上价格公道，乡里起新厝的都来找他。生意最忙时，工队一天要转四五家。材料用三轮车拉过去，后来三轮车不够用，他索性搞了辆二手的五菱皮卡。铝合金窗做好后，他给厝主散烟，游说他们在窗外焊上不锈钢防盗栏。乡里治安不好，小偷小摸、入室盗窃的都有，该防的还是要防。工人们于是又掌握了一项电焊的技能，焊接时手举面罩，火星闪闪喷溅，煞是夺目。

一晃二十余年，他的工人流水一样换过一批又一批，只有哈尔滨牢固得像根柱子。每次他到外地谈生意，哈尔滨都会跟上。有哈尔滨在，他觉得安心。头几回去夜总会，哈尔滨坐在一角，看老板们唱歌嬉耍，连陪酒女的手也不敢摸。后来这种场合去得多，他的胆子渐渐大了起来，几杯洋酒落了肚，耍起来比谁都疯。

他想起初次见面的时候，哈尔滨拖着一只沾满了灰尘和油污的旅行袋，几缕刘海贴在额头上，从头到脚蹿出一股酸臭味。他嘻嘻笑着，老板包吃住吗，一个月多少工资？从那刻起，他就知道，此人身上有股不服输的劲头，是干事业的好帮手。哈尔滨年纪大了以后，鬓角花白，啤酒肚也日渐隆起。他现在是工队监工，平时除了工作，最大的爱好是去海钓。海钓是个费时费力的爱好，一出海往往都是一整天。哈尔滨从老板手里买下那辆旧雅阁，闲暇时呼朋唤友，开车去海边。常去的地方是饶平的三百门和柘林，租附近渔民的舢板出海，钓上来的海鱼（什么金鲳啦，黄立啦，春指啦），扔给店家。现杀现做，肉质鲜美，配上几盅白酒，简直快意人生。

他陪哈尔滨去过一次，上了舢板晕船，感到眼前天旋地转，船刚开，他就让船家掉头，上岸歇息了。哈尔滨笑话他，上床倒可以，上船你不行。

哈尔滨的潮汕话讲得和本地人无异,不过该用谐音时,他还是蹦出了东北腔。他坐在岸边歇息,觉得大海起伏无定,还是地上叫人安心。

凌晨那个电话就是哈尔滨打来的,今早醒了酒他才拨回去。响过几遍,无人接听。他把电话拨去哈尔滨家。哈尔滨的老婆哭哭啼啼说,这个死人一夜未归,不知是不是又出海了。他张嘴说了些什么,电话那头絮絮叨叨,他不耐烦,挂了电话。

墙上的电子时钟嘀嘀嘀报时,他顿觉眼皮沉重,连着打了几个哈欠。

二

开车出门的路上,他又打了电话,语音提示,您所拨打的手机已关机。路过哈尔滨常去的那家茶铺时,他停好车,走进去喝了几杯茶,问过一圈,无人知哈尔滨的行踪。

回家时,他神色凝重。妻子问发生了什么事。他答,哈尔滨唔知去哪里了。妻子说,他去哪里关你什么事?还想被他拖累吗?他闷声不响。过了一阵,他喊妻子帮他涂活络油。

午休时,他褪下裤子背转过身,镜子里映出屁股处显出的乌青。妻子用力揉几下,他疼得龇牙咧嘴喊疼。接着,她在乌青处重重拍了一把,声音响脆,他受不住痛,张口就骂。妻子哈哈笑,还喝酒吗?他不说话。妻子道,睡醒了去阿贵那里看看。

阿贵的跌打铺开在阿华的花店对面。铺面不大,红漆的"祖传,专治跌打久积"招牌被风吹得来回晃动。阿贵做了二十多年跌打师傅,生意一向红火。每次他去花店,要从跌打铺门前经过。铺内光线暗沉,客人坐在长条椅上,他看到阿贵的身影,有时坐下,有时站起。阿贵有双粗壮的手,手掌厚实,指头圆滚滚的,揉捏抓握,恰到好处。大凡被"抓"过的人无不称赞，说阿贵的手过神奇，探雷针一样，总能准确探到痛处，来回推移之间，疼痛消去大半。除去治跌打，阿贵还卖些跌打酒和药丸。跌打酒和药丸都是祖传秘方。药丸口服，跌打酒涂搽，二者互补，疗效更好。销路最广的是自制的药丸药酒。生意好的时候，远近的漳州、饶平人也闻讯而来。靠这片铺头，阿贵养大了一儿一女，还盖了一栋四层新厝。当年地基打桩，就是他们工队做的。

因为打桩的事，他领教过阿贵的"咸涩"。大到钢筋，小到水泥，阿贵都亲自验收，核对价钱，一分一厘不肯吃亏。工程收尾后，余下的款项迟迟不到账。哈尔滨说，荣哥，你开个口，我上门找阿贵讨。他劝哈尔滨勿冲动，阿贵迟早会还的，乡里乡亲，总要顾个脸面。果然，大年三十那天，阿贵提了一条烟、一双柑，笑眯眯登门来了。

大红包摆在茶几上，他给阿贵沏了滚烫的一杯茶。

这天下午，他将黑色奥迪停在村委会门口，走到花店。花店对面有棵大榕树，枝叶繁茂，遮挡了暴烈的日头。沾了榕树的光，阿贵铺头的红漆字招牌和绿色枝叶相映成趣。

这时阵本应是最热闹的时候，但跌打铺却门窗紧闭。

他正犹豫要不要开车去医院骨科看看时，听见了阿华的声音。

"爸啊，帮我扶一下。"阿华的电瓶车停在了对面，车后座架着一只宽大的铁丝篮，筐里装满鲜花。他循声望去，红的粉的，被日头照着，很是惹眼。

他走过去，把倾斜了的铁丝篮扶住，解下绳子，将一篮花从车后座抱下来。

这家花店，阿华嫁来之前就在经营。花店所在的位置很好，旁边是个十字路口，再过去是学校、镇政府和村委。从前，这里是阿华父亲养家的杂货铺，老人家年纪大了干不下去，因为租不出去，荒废了些时日。阿华一开始打算把杂货铺改成服装店。妹妹说，乡里服装店太多了，女装男装童装，什么都有，你卖不过人家。

有次阿华骑摩托车去邻镇，路过一家花店，铺面崭新，铺前花花绿绿，一个穿围裙的女人，扎马尾，蹲坐在那里修剪花枝。阿华把摩托车停在路边，看得入迷。

镇上素来有在祠堂摆喜宴的风俗，办喜事要迎亲，迎亲就得装饰婚车。这是典型的一次性买卖，只要把口碑做出来，不愁没出路。阿华当下打定了主意，回家后上网看视频学扎花。白天研究，夜里睡觉前也看，绸带如何搭配，花的品种和颜色如何选择，用什么材料固定，扎什么样的形状更方便快捷，都一一牢记。试验失败了十几次后，她终于摸到了扎花的精髓。她将扎好的花拍照，印刷广告图片，挂起招牌，花店就开张了。除了装饰婚车，店里也摆点盆栽、插花卖。夜幕降临，招牌上的霓虹灯亮起，"蓝蓝花店"四个字格外耀眼。

两个儿媳中，他对阿华印象最好。阿华读书时学过会计，去年他名下的装修队和保洁公司结算，都是阿华一手包办。往年要花几日才完成的工作，阿华用电脑摆弄摆弄，三下五除二就算好了。哈尔滨开玩笑说，小心公司给你撬走咯。

阿乐在镇上一家玩具厂做设计，除了上班，多数时间都会来阿华店里帮忙，给盆栽和花喷点水，清理掉烂了的叶子。人手不够时，阿华喊亲戚朋友过来。停在水泥埕上的婚车，堵住了半条路，厝边头尾的孩子跑出来围观，顺手捡起掉落地上的彩绸。

去年过完年，阿华翻修了铺面，跑工商局注册了营业执照。这次，她的目光盯在了母婴用品上。港货走俏时，镇上有七八家店在卖港货，主打美赞臣、惠氏、雅培、雀巢这些大品牌。后来香港"乱"，货物流通不顺，进货价提高了，生意不好做。她嗅觉灵敏，将注意力转移到海外市场，找了个在澳洲留学的表亲做奶粉代购,鲜花生意从此沦为副业。

怀孕七个多月来,阿华一直没歇过。阿乐在厂里加班,阿华原本打算让公公载她去拉货,转念一想,他的奥迪是新买的,后备厢放不下那么高的花束。

两人在店里忙活,周围是堆得高高的奶粉罐、尿不湿和童装。他让阿华搬了张矮凳,坐着剪花茎,减轻腰臀的疼痛。阿华看他坐姿僵硬,问他怎么了,他说,跌了一跤。没提喝酒的事。阿华说,去医院看看吧?我有个同学在那里。

他摇摇头,等阿贵开铺吧。

过了一阵,他问乡里谁摆酒。阿华答,阿贵啊,他孥仔明日结婚,今夜迎亲。

他若有所悟,难怪今日没开铺。

阿华附和道,欢喜事忙不过来,歇几日无所谓啦!

他问,阿贵摆了多少桌?阿华说,六十六。他听了,眉头皱起来。去年给儿子办喜宴,年头年尾,两场加起来拢共百来桌。他记得清楚,小儿子摆酒时,来的人太多,坐不下,有一桌只能摆在祠堂外的水泥埕上。

他瞥见柜台上缀着流苏的红色喜帖。他起身拆开,一手漂亮的行书映入眼帘。阿贵不单治跌打功夫出名,字也写得好。镇上文体活动中心是他常走动的地方,过年时老年人协会组织赠春联的活动,阿贵都积极参与,两张八仙桌一拼,毛毡垫底,红色对联纸铺开,唰唰几笔,雄浑大气的对联就写成了。那年除夕阿贵还钱时,还特地赠了他一副,他差哈尔滨贴在了新的工厂大门上。

阿华说,爸,阿贵派的喜帖在这里,我和乐哥忙,你代我们去?

他没说要去食喜酒,也没说不去。缀了红色流苏的请帖看起来如此碍眼。

阿华这时指了指靠里边的厕所说,哈尔滨昨晚找我拿钥匙,说借铺头睡一晚,也不知发生了什么事。早上我过来开铺,发现厕所没有冲水,臭死了。

阿华话音未落,他差些跳起来:哈尔滨什么时候走的?

阿华摇头说,钥匙放在门垫下,人不知去了哪里。

他听着这些话,觉得太阳穴一缩一缩的,像针扎过。正琢磨着的时候,手机响动起来。

他走到花店门口,随后把玻璃门拉上了。

电话那头,哈尔滨哑着嗓子,声音听起来暴怒无比,连骂人都不说本地话了。

龟孙子,老子弄死他!

他问哈尔滨到底什么事,有问题先参详。

参详个屁!我没受过这么大侮辱,他妈的糊弄谁呢?人没死,老子赔点医药费得了!

哈尔滨的说话声带着恼人的回响,他把贴在耳边的手机往外推了推。

他说,我四处找你。

哈尔滨说,我在山顶。

山顶哪里?

听到哈尔滨的回答时,他着实吓了一跳。耳鸣又开始了,他让哈尔滨往外走几步,找个信号好的地方。

手机里传来一阵窸窣的响动。他问,你上山的事有无人知?

哈尔滨说,除了你,我谁人也不敢联系。

他思忖着哈尔滨的话。花店门前人来人往,把榕树投下的影子踩得稀碎。他叮嘱哈尔滨先返回去,暂时勿出来。

三

　　日头照得地上反光,像一面磨坏了的镜子。他站在花店门口抽烟,不停地走动,皮鞋将门槛踢得啪嗒作响。阿贵的跌打铺仍旧大门紧闭,榕树下卖草粿、粿汁的摊档生意正热闹。这时,他看到阿文和阿洁走过来了。阿洁挎一只棕色提包,一身派头看起来像要去行街。

　　阿文退伍三年,还剃着在部队时留的板寸头。和大哥阿乐比,他显矮,也瘦弱一些,笑起来眼睛眯得厉害。当年他干的是勘测水文地理、侦察敌情的侦察兵。在部队三年,他出了好几次任务,通常是二人同行,身着数码迷彩服,挂满野外露营的装备,活动于沿海丘陵深山一带。从山腰上,能清楚望见金门,野外露宿时,他和队友专拣新修的墓地,墓前铺好光洁的水泥,方便搭帐篷。有的墓修得豪华,还凿了蓄水池,用来洗漱再好不过。退伍回来那年,阿文四处闲晃了一段时间,才答应父亲去接手保洁公司。哈尔滨管这个叫"转正上岗"。镇上的环卫和垃圾处理都是他们家承包的,这是一桩垄断性的买卖。县里搞"创文",镇政府每年投入不少,钱因此都落了他们家的口袋。乡里人都知道,这一家和镇长、书记搭台唱戏,连驻扎在后山兵营里的垃圾也靠他们收。有了这层便利,他们无须报备就可自由出入兵营。

　　阿文让阿洁先进去店里帮忙。

　　他弹掉烟头,告诉阿文,哈尔滨现在在后山的防空洞。

　　阿文一脸吃惊,他躲去那里做什么?

　　他往下压了压手掌,示意阿文说话小声。没办法啊,他不上去,会被打死。

　　阿文说,那里是随便能上去的吗?

他顿了一下,补充道,先顶过这个风头吧。

阿文盯着地上的烟头,运动鞋用力踩上去,像踩死一只无辜的蚂蚁。

他说,我不方便出面,你买点吃的喝的,开车送上去。

阿文迟疑了一阵,接过车钥匙揣进口袋,扔下阿洁,兀自去了。

阿华喊他进去喝茶。他看到阿洁半只身子杵在原来他坐的矮凳上,露出一段圆圆的腰身。阿华靠着柜台坐定休息,肚子显得更大了。他站在花店门口,觉得周遭空气紧缩,将他团团围了起来。他去洗手间洗手,看到垃圾桶里丢满了烟头。

他在超市门口赶上了阿文,阿文抱起一只塞得满满的纸箱,正往后备厢放。

他打算一起上山。阿文说我来开车。他不让,也不管臀部还酸胀着,一屁股坐上了驾驶座。车拐进国道的时候,他问阿文,视频还在传吗?阿文冷笑,当然了,现在乡里无人不知,哈尔滨买间破厝,行了衰运。

他叹气道,我早就叫哈尔滨莫买那间厝……你知那里以前住谁吗?劳改犯!我小时阵,你阿公阿嬷警告,那人刚坐监出来,专门食孥仔。后来我才知,那人在东司墙上写了侮辱毛主席的话,被批斗,关了"牛棚"。没多久转去劳改,摘帽之后回来乡里,没人接收他。老人组筹了点钱给他做生活费,算作安抚。谁知当时他脑子坏掉了,时不时发作,经常骚扰厝边头尾,到处偷鸡摸狗,每次被抓到都装疯。看他那个样,无人敢动,怕发作起来,提刀削人。

阿文问,后来呢?那人怎么样?

他说,死在那间厝内,尸体发臭,双目给老鼠咬出来了。

阿文眼神发愣,谁给他收尸的?

一个远房亲戚,出点钱把人埋了,顺手拿走了厝契。哈尔滨不久前找到那人,现在七老八十,见到钱,双目都看花了。

阿文不屑,哈尔滨以为捡了个大便宜。

所以说,做人莫贪心,哈尔滨不信邪,他要是听我建议,请个风水先生,拜拜地主爷,一定不会出事,那间厝地阴气太重了。

阿文掏出手机,点开那条到处疯转的视频。

视频里人声嘈杂,他的视线直直地落在前方。山路在眼皮底下朝前铺展,道旁草丛在风中摇来摇去,仿佛夹道同他招手。他心情越发沉重,眼前浮现福圭老人从废墟里被人背出来的惨相:一身洗得发白的睡衣,头歪向一侧低垂,手和脚耷拉,太阳穴破了口,鬓角赫然一道长长的血迹。拍视频的人大喊:"大家人看,福圭伯间厝塌了——"镜头随后横扫过去,对准那面倒下的墙。福圭老人小卖部搭的是简易瓦棚,木杉横楹断了,石棉瓦散落地面。从镜头里依稀可以辨识货架上花花绿绿的酱油瓶和泡面包装。灰尘搅得到处都是。小路上堵满了人,个个伸长脖子,警察拉起警戒线,将围观者隔开。镜头迅速晃回,一个清癯的背影早已隐没在救护车上。车缓缓开走,人群一阵骚动。

视频到此结束。

福圭老人八十多岁,慈眉善目,像尊菩萨,是乡里出了名的好人。他的小卖部开了几十年,没卖过假货,也不短斤缺两。乡里人都道,福圭老人命真硬,躲过这一劫,必定活过百岁。眼下,人人都在唾骂哈尔滨,说他好死不死,买那间厝做什么?墙体多年失修,早就不稳,倒下来压垮了小卖部的屋顶,屋顶砸向货架,正好斜斜横在福圭老人的眠床。清早,厝边头尾还沉在睡梦中,屋顶倒塌的巨响把众人惊醒。福圭老人蜷缩在货架和墙壁的夹角里,满头满脸被灰尘覆盖,侥幸死里逃生。

这事掀起了轩然大波,不断发酵,很快上了县电视台的新闻,记者一番渲染,歌颂当地政府和公安办事有力,保卫了人民群众生命财产安全。只有乡里人知内情,他们议论,哈尔滨一个外乡人,老老实实过日子,有套厝可住就要满足,不应贪心再置一间。有人补充,哈尔滨这是要留条后路。他儿子不孝,挣的钱拿去赌了,出这么大的事,不赔个倾家荡产,也要丢去半条老命。

果然,福圭老人前脚进医院,他的儿孙们便纠集一伙人,浩浩荡荡,去找哈尔滨讨说法。

这是前几天的事,加上玩具厂那场离奇的大火,一时成了镇上人人乐道的新闻。

他一想到这些就头疼不已。烧坏的库房和他无关,倒塌的墙也和他无关,可他就是难受,似乎有人专门和他作对,故意生出些事端叫他应接不暇。

恍过神来的时候,车子停在了营房外埕上。

他亮出通行证,朝站岗哨兵挥了挥,钢盔罩眼、双手紧握钢枪的哨兵,朝他们点了点头。

四

此处是个天然堡垒,用军事术语形容,叫易守难攻。四周是山,满坡绿树,山腰圈了很长一围铁丝网,戒备森严,营房的几栋建筑错落中间,紧凑规整。如果不是出操时的哨子声和口令声,外人根本不知这里藏了一支部队。

他没有朝营房大门走去,而是拐左上了一道斜坡。

阿文抱着纸箱随在身后,时不时停下,朝后方回望。从山腰处俯瞰,白色围墙内停了辆军绿色吉普车,训练场有人跑步,双杆单杆,沙坑鞍马,和他当年所在的部队很像。

天近黄昏,日头擦过山林边沿处。阿文走得慢。起初阿文和部队管后勤的人接触时，还是一副正襟危坐的样子，双手搭住膝盖，拇指食指互相顶着，不断掐指尖——这是当年在部队严守纪律留下的习惯，但凡遇上正式场合，就会这样。

再往上走时，阿文问，哈尔滨不在里面？

哈尔滨没有通行证，哪里敢进去？后山这里一共有两处防空洞：一处被军营围起来，给部队演习；另一处就是他们要去的地方。这片山林本来归镇上管辖，自从部队驻扎后，虽无明文禁令，但无人敢上来，都怕枪子不长眼。

说起防空洞，阿文在学校接受国防教育时听老师提起过，那是好多年前的事了。做侦察兵的年头，他和战友漫山遍野跑，进过山洞避雨，也未见过真正的防空洞。听父亲说哈尔滨藏身其中，他倒生出好奇，想要探个究竟。

前几日落过雨，泥水淤积山路，鞋底踩过，吱吱呀呀。他想起小时候，有一年热月连下了几宿暴雨，海边溃堤，海水发狂，漫过田野，冲进了乡里。那时没有现在这般通畅的排污系统，水灌进来，像长了脚，闯进各户人家。锅碗瓢盆、竹椅、柴薪……但凡漂得起的，全让海水拐了出来。鸡鸭鹅咕呱乱叫，顺水凫走；狗扒拉在漂浮的门板上，伸长舌头；猪困于圈内，挣脱不得。跑得及时的人家早早躲去山上，走得慢的只能攀上自家厝顶，无奈地看着洪水四下流淌。不到半日，乡里有如遭遇劫掠，远近哀号不断。如今他踏着山路，还能感受孩童时逃命的恐惧。水像蛇游于身后，紧追不舍，父亲将他驮在肩头，顶着齐腰深的水朝前走。他小小的手紧紧箍住父亲脖颈，身体哆嗦起来。

他问父亲，我们为什么要去山顶？

父亲说厝塌了，我们没地方好去了。

后来他懂事了，才知道有间风吹不跑、水冲不走的大厝，是何等切要的事。

这些经验,阿文这辈人自然无法体会。登至半山,他停下来叉腰歇息。有风吹过,山林簌簌作响。他朝山下望去,整个小镇隐没在一堆灰色之中。他的目光越过被烧坏的玩具厂房,在一片低矮的厝区徘徊,最终落在自家楼顶上。那里耸立着高高的贮水箱,铁皮裹身,通体锃亮,像一枚随时准备发射升空的导弹。

拐过一道斜坡后,他停住了。斜坡朝上,凿了几级台阶,山体爬满野草、何首乌和叫不出名的植物。他们右首的山坡垂下来一蓬马缨丹,上面缀满小花,里边淡黄,外边玫粉,每朵花蕊不到指甲大小,衬着暗绿色叶子。父子俩靠近时闻到一股臭味。那是马缨丹发出的,当地人叫它臭花。垂下的臭花挡住了防空洞的一边,花岗岩砌的洞门爬满了苔藓。

他在洞口点亮了手机手电筒,摸索着朝里走。

洞有一人多高,顶上呈拱形,花岗岩石板铺地,墙体的下半部分砌了花岗岩,上面抹了水泥,有的地方剥落,露出黑乎乎的沙石,隐约可见"激发爱国热情,共筑地下长城"的字样。从洞口往内走,空气越来越湿。阿文双手紧抱纸箱,慢慢适应了洞内的阴冷和幽暗。

阿文点亮手机的手电筒,光线照得父亲影影绰绰。他们边走边说话,发出的回响像水花撞到岸边,再缓慢地荡回。

阿文惊叹道,这个洞什么时候有的?

他答,我小时阵就有了,听你阿公讲,最早这里是个山洞,防日本鬼子的。后来为了躲台湾的导弹才修成现在这样。当年发大水,你阿公背我,在这里躲过。

经过一间地下室时,他停下脚步。阿文差点撞上去。此时,他们都没说话。地下室传来细微响动。手电筒的光亮赫然照见一只人影。哈尔滨瘫坐地上,手遮额头,身上盖了件衬衫。

哈尔滨像是从垃圾堆里走出来，几日不见，老了许多，眉角爬满皱纹，浑身散发着一股难闻的汗酸味。不远处的地方，散落一只矿泉水瓶，里面盛满了黄色液体。

他将手机翻过来，立在墙边照明。这时他看见哈尔滨脸颊有道细长伤疤，忙问怎么回事？

哈尔滨说，半夜摸出去洞口，被臭花的刺割着。

阿文打开纸箱，翻出吃的喝的递过去。哈尔滨拧开宝矿力的盖子，仰起脖子，咕咚咕咚喝起来，又撕开一袋吐司，取出一片，捏成团，塞到嘴里。因为吃得太快，他噎得咳嗽起来，好不容易缓过神，开始打听山下的情况。

出事后，哈尔滨说他想出去躲几天，他没答应。他跟乡里人打交道，知道内情，这帮人平日和气，实际上对外乡人并不待见。哈尔滨本来就理亏，一跑，更洗不清了。

哈尔滨说，当年老父死了，他回东北奔丧路上，一直犹疑要不要回来。他到此地二十余年，户口迁了，厝也买了，但钱到底买不来信任啊。说到这里，哈尔滨几欲落泪。那天面对福圭老人那帮儿孙，他纵有暴躁的脾性，也吓得萎靡，只能站在门口，进不是，退不是，拼命道歉。有事相参详，医药费我来赔……

他赶到哈尔滨家门口，遇上双方在激烈争吵。哈尔滨被众人围堵，扯开嗓子，喊得脸红脖子粗，但声音很快被盖过去了。妻子站在哈尔滨身后，又骂又叫，不断抹眼泪。有人将他们家门口的花盆推倒了，几朵淡粉色的海棠花，被众人踩成了碎渣。

福圭老人的大儿子做家私生意，店开在公路边。这人精得很，他料定哈尔滨凑不出那么多钱，不过有个老靠山，靠山出面，钱的事自然好解决。

双方坐下来谈赔偿。听到对方开口要二十万元,哈尔滨憋不住,张口骂爹骂娘,你们这是要我命!他将哈尔滨摁住,喝令他闭嘴。他知道,如果不答应只会吃大亏。待老人家的伤情鉴定出来,不论轻还是重,他们一定会拿来做文章。不如现在签字商定,两不拖欠。

赔偿福圭老人的钱自然由他出。按理说,钱落了口袋,加上老人伤势并不严重,这桩矛盾应该就此打住的,可事情坏就坏在,哈尔滨的儿子在赌场熬了几日,输红了眼,眼下正是要钱时候。得知父亲赔了人家二十万元,他急得暴跳,当晚拉了一帮同伙,撬掉家私店门锁,将值钱的酸枝木沙发、明式贵妃椅等悉数搬出,用卡车运去倒卖,自此跑路,了无踪影。

警察通过监控,锁定了主犯,顺藤摸瓜,把哈尔滨拉去派出所录口供,要他老实交代儿子行踪。他问警察儿子抓到要判几年。警察反问,特大盗窃案,你说呢?哈尔滨想到自身惨状,儿子此刻又不知流落何处,想到了伤心处,呜哇哭了起来。

哈尔滨说,从派出所出来后,他不敢回家,借阿华花店窝了一晚,天未亮,就跑来山顶了。

他点了点头。

荣哥,我买间厝地,给自己留条后路有错吗?他说,错不在你,不用自责。

我阿孥好赌,屡教唔改,能怪我吗?

他说,不能怪你。

荣哥,你的恩情,我这世人还不尽。

他说,不讲这些见外话。

洞内光照晦暗,哈尔滨握住他的手,看看阿文,又看看他,双目发红。

三只歪斜的影子,叫灯光拍在了湿漉漉的洞壁上。

五

天刚擦黑,山林阒寂,远处阵阵虫鸣。夜风吹上来,阿文在洞口蹲守良久,待到月亮升高,半山腰传来突突突的引擎声,才转身返回洞内。

垃圾车每晚九点会准时停在营房门口。他们掐算好时间,等河南佬把垃圾车开走的时候,让哈尔滨搭着车离开。

从上山到现在,半日过去了。他们父子二人从斜坡上缓缓走下,远远和哨兵打了声招呼。月影下,哨兵站得笔直。

哈尔滨取道另一边,行至山脚下,穿过一片荔枝林,低伏在路边候着。

他们在营房门口站着。没多久,河南佬拖着两只半人高的垃圾桶,吃力地走了出来。见到老板,河南佬脸上的表情有些吃惊。

他给河南佬派了烟,河南佬接过来,别在耳郭上,点头哈腰,问他们有什么吩咐。

阿文插话,等你搞完垃圾再说。

河南佬满脸疑惑,来回几趟,终于将营房的大小垃圾运完。垃圾车的长方形车斗上,填满了鼓鼓胀胀的黑色垃圾袋,酸臭味很快溢出来,飘在空气中。

这段时间,已足够哈尔滨从防空洞离开,去往约定的地点。

这次轮到阿文开车,他坐副驾。车掉过头离开了营房,垃圾车紧跟着,一前一后,绕山路缓行。他摇下车窗,目光在茂密黢黑的山林间巡视。车灯压过土路,一截又一截,两旁树影婆娑,草丛摇曳。他清楚地听到轮胎碾过沙石,发出咔嚓咔嚓的细响。

路旁闪出来一个人影。他让阿文停下车,推开车门,走了下来。哈尔滨佝偻着背，定定站着，没敢往前再踏一步。他朝河南佬招招手，河南佬停住车，从敞开的驾驶座上跳下来。他附在河南佬耳边，把事情交代完毕，塞了一卷钱过去，河南佬接过钱，放进裤兜里。哈尔滨这才跑过来，抓住垃圾车的车把，登上了驾驶座。阿文掉转车头往前开，让开一条道。河南佬发动引擎，车朝前开去，留下突突突的声响。月光下，他看到两只头颅变成了暗影，和夜色融成一团，模糊地消遁了。

回到家里，他像是跑过一段漫长的赛道，瘫坐在沙发上，一时没了言语。

乌青处擦过活络油，烤熟一般热辣生疼。无论如何，阿贵开了铺，定要找他捏一捏。

这天深夜，月光透过窗缝，照落在床边。他爬起身，走出房门，搭电梯，上了顶层。

贮水箱发出呼呼声，他站在底下，抬头望天，半片月亮的淡影沉下去了。从山上返回的路上，他问阿文，我们这么做对吗？阿文说，爸，这么多年，谁人都知你对哈尔滨亲如兄弟，问心无愧就好了。他陷入了沉思，望着往前延伸的公路，猜测哈尔滨离去后的行踪，当年哈尔滨从北方过来，也曾路过这里。

他点燃一支烟，凉风习习，烟灰拂落，吹在了睡衣上。

他想起好多年前，有一天他在工场喝茶，哈尔滨疯了般冲进来，闷声不响，抢起地上一根钢管，坐上三轮车骑了出去。他恍过神的时候，赫然看到日光下，哈尔滨裹在头上的毛巾渗着血，鲜红一片。

到了出事的地方，他远远看到有个人弓着背，倒在地上哀号不止。地面散落着凌乱的电线、三合板和烟头。哈尔滨背对他，露在毛巾外的一小块后脑勺青筋毕露，似乎每根血管都在跳动。

那次斗殴的后果是双方私了。作为哈尔滨的老板，他不得不替哈尔滨擦屁股，将伤者送到卫生院检查，赔了医药费。

哈尔滨告诉他，老父亲跳楼，死了。老人家在一家毛纺厂当了半辈子会计，熬到快退休的年纪，遇上厂里改制，领了遣散费后就离开了。老人家下岗后找了几家，都没人愿意雇他。那年头，风水轮流转，谁他妈想得到，国企也会垮？撒泡尿的工夫，啥也没有了。自从下岗，家里日子越过越糟糕。如果不是这样，谁稀罕来你们这儿呢，累死累活，还要遭人白眼。哈尔滨顿了一下，眼圈发红。看到寻呼机上熟悉的号码时，他一走神，手中的电钻滑落，砸到了站在身后监工的厝主脚板。那人嘴巴不停，用本地话羞辱他。哈尔滨不会讲本地话，也听不懂。厝主喷着唾沫骂他"死父仔"，他一下子被点燃了，抓起厝主衣领，之后就陷入混战。不巧厝主是个退伍老兵，哈尔滨长得虽粗壮，也不是他对手。酣战一半，他朝哈尔滨头上扣了一砖头。

在火车站的时候，他塞了一只信封给哈尔滨，信封内装了两千块钱。

哈尔滨眼窝蓄满泪，接过信封，转身朝进站口走去。

第二天，工厂停了电。还是热火天，他坐在摇椅上，心烦气躁地扇扇子。本地人说，哈尔滨欠我一包烟，会不会去了唔返？他头也不抬，回了一句，谁知道？饶平人买来西瓜，打了一桶凉飕飕的井水，将西瓜泡进去。日光明晃晃，他的视线落在上下浮动的西瓜上面，想起了哈尔滨圆溜溜的脑袋。他来这边没多久，就到发廊剃了个光头。你们这里热，光了头凉快。哈尔滨本来颧骨就高，头发剃光，眉目显得更粗犷了。如今一晃而过，哈尔滨每天敲敲打打，风里来雨里去，骨子里越发粗粝，说话时乡音未改，一激动语速就快，别人需要吃力辨认，才能听清他嚷些什么。

谁也没料到，回去不到半个月，哈尔滨就回来了，头皮剃得更亮了，里里外外，像是换了一个人。

哈尔滨说我自幼没了娘，这次回去把房子卖了，今后窝着不走啦。

过了没多久,他招募了新的工人,开始承接大小新厝打桩的活计。以前起厝,地基都是人工夯实,浇筑水泥,钢筋起柱。有了机器打桩,地基能打得更牢,楼盖得更高。卖机器的人拍着胸口说,台风刮不动,地震也不怕。打桩机的投入虽不少,但能节省人力,挣得更多。那一年,哈尔滨当上了包工头,娶了他介绍的对象,隔年开春,迎来了一个白白胖胖的儿子。

这些,竟像梦那般邈远了。此刻小镇在沉睡,路灯昏黄,照得他两眼发慌。他听到远处传来手持礼炮砰砰砰的巨响,那是阿贵家的婚车半夜迎新娘。他的目光扫过新厝老厝,没有一栋房屋比他家高。恍惚间,池塘上浮起一簇淡蓝的光焰,颤悠悠,明晃晃,由远及近地飘过来。他觉得冷,便将烟头弹出去,火星闪了闪,随即熄灭。

(原载《花城》第3期)

船越走越慢

徐则臣

雨天是赌钱的好时候。风雨漫天,芦荡苍茫,雨打顶棚敲出一艘船的轮廓。舱内安稳,偶尔飘摇晃荡,香烟的浓雾从这一头流到那一头,温暖地包裹住一张四方牌桌和吊在棚顶的罩灯。赌徒陈三在拘留所里描述他的水上赌博经历,两眼里还有断舍不掉的迷醉。抓他是因为他老婆喝农药了。他老婆喝农药是因为他把家里的钱都败光了,她正在医院里抢救。我带了一个警员等在门外。医生伸出头说,灌肠成功,活过来了。我对警员递了个眼色,他铐上等在一边的陈三就走。

抓赌是所里的常规动作,旱地上有,水上也有。这帮赌棍也聪明了,习惯了在水上赌。找条船,在河上风轻云淡地走,窗帘后头赌得地动山摇。小赌怡情也不行,抓赌小组里必须有几个兄弟一年四季在水上忙活。陈三就是在水上,从小赌怡情玩大的,把家底子败了个精光。也是从他嘴里,我们才知道有艘船专门干这个,船主负责大家安全,你输掉裤衩他不管,只抽赢家的成,到手的百分之二十归他。吃喝拉撒全包,但只有玩大的才有上船的资格。

"船都去哪儿？"我问。

"小鬼汊。"

我一听头皮都发麻。鹤顶人肯定都明白。那无边无际的一大片芦苇荡挨着运河，传说几百年前就亡魂遍布。清兵跟明朝的军队在里面打过，死人之多，把芦苇荡的空隙全填满了。据说芦苇吸饱了血水，好几年长出的苇叶都是红的。打日本鬼子那会儿，小日本把鹤顶周边的老百姓赶进芦荡里，开始用刀砍，砍累了用机枪扫，尸体堆积出了一条弯弯曲曲的肉坝，把芦荡和外面的运河隔出了两个不同的水位。当然，后来我们也把很多小鬼子的命留在了芦荡里。

小鬼汊这名字什么时候叫出来的，我没深究过，真他娘形象，芦苇荡里的死鬼如麻，比芦苇少不了多少。更可怕的是，一到阴暗湿冷的时候，小鬼汊里就摇晃不止，无风也起三尺浪，如有伏兵百万。本地人也绕着走。据说小鬼汊地形极复杂，芦苇生长循着我们看不懂的规矩，敢进去的人不多，能出来的更少，绕晕了正常，绕死了也不意外。平常捞鱼摸虾打猎捡鸟蛋的，也只敢在边缘处活动，怕深了命丢到里面。所以，听说赌局设在那里，我着实吸了口凉气。

早两年，陈三还真有点钱，手头有个小砖瓦厂，隔三岔五地应酬，被供成了牌桌上的大爷。最后一哆嗦就是在小鬼汊，大手笔，砖瓦厂也押了进去。哐啷一声，成了穷光蛋。尽管他无比怀念船上温暖的牌桌，但当他的神思从船上下来，还是被夜雨中的小鬼汊吓得鸡皮疙瘩爬了一身，裤裆里都疙疙瘩瘩的。他说中间出来撒泡野尿，想换换手气，对着喧嚣凄冷的芦苇荡，愣是没尿出来。他感觉自己正孤零零地站在风雨飘摇的坟场上。那泡尿还是回到船舱的厕所里尿了。接下来他的手气更差了。

"进小鬼汊的路线记得吗？"

"看都看不见,哪记得?"陈三说,"滨河大道尽头的那码头,上了一艘船,两眼就被蒙上了。有时候还让闷两口老酒,'少陵醉'。人晕乎着。七绕八绕,比猫玩线团还乱。芦苇打到船上和我身上,唰唰的。苇叶还划破了我的脸,你看。"我用旁边的记录本推开他油腻的脸,人到中年,庸俗和腐朽一样不落地聚集在他的表情上。"到那船前才停下,取下黑布条,有人接我上船。那船不小,平平常常,混在一堆客船里反正我分不出来。站在船上,我踮起脚尖,满眼除了芦苇还是芦苇,连绵起伏,就像一阵风一直刮到天边。我跟你说仝所,不到小鬼汊,你都不相信咱鹤顶还有这么大的一个芦苇荡。"

我站起来往外走。

"哎,我说仝所,我什么时候能回去?"

"找到那条船再说。"

想假扮赌徒混上那条船的方案行不通,对方太狡猾。我们按陈三提供的联系电话打过去,报上了姓名、身份证号、家庭住址和成员、财产状况,然后照约定的时间在码头接头。人没来。也可能来了,发现哪里不对头又走了。副队长白穿了两个小时西装。他说这是他有生以来第二次穿西装,觉得整个人都是方的。第一次是结婚。

只能自力更生,我们自己找。特别行动组兵分两路:一路加强运河沿线的巡察,一路尝试进入小鬼汊。一周后,大家垂头丧气地坐到会议桌前。巡察没有意义,你不知道它什么时候出现,以什么面目出现。陈三说,船主为确保安全,隔三岔五就给船整一次容,经常整完了自己都不认识。而且此人用来干这行当的船不止一条。所以,在运河里拦下空船没有意义,堵在小鬼汊里的才算数。可是,试图进入小鬼汊的那一路说,每根指头上都装一个指南针也没用,诸葛亮的八卦阵跟芦苇荡比,就是个小儿科。他们每次进去,想得最多的不是如何摸清地形、深入敌后,而是能不能活着出来。"除非一把火把芦苇都给烧了。"

副所长摸了摸秃了半截的脑门,说:"我推荐个人。"

大家立马直起了腰。

"老鳖。"副所长说,"别子他爹。"

腰又软下去。

我说:"让我想想。"

别子失踪一个月零两天了。

别子,别大伟,我们招募的编外辅警,主要工作是在运河上下巡逻。当初决定录用别子,一是因为他水性好。鹤顶的男人没几个不会水的,水性比别子好的,我看没几个。这小子在水下能憋十一分钟半。吉尼斯世界纪录一说十八分钟,也有说二十二分钟,没见过,不知道神奇到啥程度。别子我是见识了,他对着脸盆把脑袋埋进去,我掐的表,十一分钟三十一秒。另一个原因是他的姓,别。孤陋寡闻,查了《百家姓》我才知道世上还有这么个奇怪的姓。别,别,就你了。我拍了板。

他不是理想人选,甚至相当不理想,他是个瘸子,左脚脚筋被船尾的螺旋桨割断了。小时候他帮别人忙,潜水去解缠在人家船尾螺旋桨上的铁丝网。弄清爽了,他还没来得及离开,那人就启动了引擎,好在他动作麻利,但在水下转身时还是被扫到了脚后跟,落下了残疾,跑不快,但在水上他不必跑,他只要骑着他的摩托艇跑得快就行。这对他没任何问题,沾了水,空身人是浪里白条,骑上摩托艇就是水上飞。所里给他配了一辆摩托艇,别子不喜欢,觉得自己的那辆改装的旧摩托艇更顺手,加速快,嗖一下就能飞出水面。到所里之前,他靠这辆摩托艇为生。摩托艇后头装了个货架,每天他就驮着一堆日常生活用品在运河上穿梭叫卖,坑蒙拐骗的事可能也没少干。他说,你们猜,水上哪两样东西最好卖?我们说了一堆不靠谱的货物。

"错,"他一脸坏笑,"第一,方便面;第二,避孕套。"

他让人在摩托艇后头画了个杜蕾斯的商标,大老远就对你做广告。但他从不卖杜蕾斯,他卖的是普通避孕套,要的是杜蕾斯的价。

但这小子失踪了。那天晚上跟小分队去运河上巡逻,他跑得快,跑丢了,收工了也没回来。同事们把上下五十里运河捋过一遍,还是音讯全无。我们都有不祥的预感。这会儿去请老鳖出山,合适么?

老鳖是外号,当然姓别。常年吃水饭,往哪儿一杵又不爱吭声,老别就被叫成了老鳖。我还是硬着头皮去见了老鳖。

他孤身一人,五十八岁长了一张七十八岁的脸。都说河边的人皮肤好,细腻饱满,老鳖完全是反例。该有的风湿病倒一样不少,看他那张脸就知道,身上每一个关节到夜里都会钻心地疼。手和脚的关节粗大扭曲,全都因为风湿病变了形。他不认识我,但认识警察的标牌。对我笑一下也花了他不小的气力,直到脸上所有的皱纹堆到一起,他才把笑这个动作做完。

"你是……?"老鳖坐在厨房的土灶前,借着尚未熄掉的柴火灰烬烤两个膝盖,"我没——大伟出事了?"

"没事,"我挨着他在旁边的板凳上坐下,"别子出了趟公差,要等些日子才能回。没办法,跟兄弟局所总要合作办些案子。别子干得很不错。"

"我也说,有阵子没回家了。"老鳖低头看灶膛,想铲出个火块给我点烟。我让他别忙活了,用打火机先给他点上,再给自己点。

"前天他电话里委托我捎来点零花钱。"我拿出准备好的一千块钱,还有两瓶少陵醉。据说唐朝大诗人杜甫南下时经过鹤顶,咱们这里的一种土酒把他喝趴下了,后来这酒就叫少陵醉。驱寒祛湿一等一。"别子孝顺,真好。"

老鳖赶忙把钱和酒往外推:"哪能要,哪能要。"

"不是我的,"我让自己笑出声,"别子的工资,他授权支出来的。"

"他的钱我也不要。"老鳖继续推,"你们给存着,攒起来让他找个姑娘结婚。这都多大了。"

"结婚的钱另外有,还有咱们所里的这些兄弟呢。"硬塞给了他。

"领导,你们要在这吃饭吗?"

他这是在赶我走?我跟副所长对了下眼神。副所长说:"我们不吃,谢谢您别叔。是这样,我们想求您帮个忙。"副所长年轻,说话没负担。我装着到院子里遛一圈,离开了厨房。

一个老院子,半砖半土的墙,苔藓从墙根往上爬了很多年。院子西南角搭了个棚子,乱七八糟地堆满日常杂物,还有一条锈迹斑驳的铁皮小船,旧渔网缠在上面。三间堂房,从中间敞开门的那间看进去,一张小八仙桌前有一张四方的木头小方桌,阳光照亮了桌上灰黑的污垢和永远也刷不干净的碗碟。桌边是凌乱的三张小板凳。八仙桌后面有个香案,幽暗的神龛里供着的不知道是龙王、南海观音还是妈祖,也可能是陈宣。后者在永乐十五年做了漕运总兵官,对运河与漕运的发展做了大贡献,吃运河饭的,不少人把他供作神灵。八仙桌上立着个相框,别子母亲的遗像。别子进所里前两个月,他母亲去世,别子说,肝癌,活活疼死的。

我在院子里抽了两根烟,副所长出来了。他对我点点头。

老鳖答应得极为勉强,他说很多年没进小鬼汊了,怕进去也迷路,反误了我们的大事。答应就好。请教了好几个渔民,一致推荐老鳖。他们说,如果老鳖绕晕了,那别人进去了得绕死。他们还说,老鳖立春时看一眼水流的方向,就知道接下来芦苇往哪里长。

可惜如今水饭难吃,这一身本领要在过去,走哪儿都吃香的喝辣的。老鳖这辈子应该没享过那种福。过去旁边没桥,他做渡公,每天把船从河这边撑到河那边;五年前修了桥,环保部门招他做了清洁工,负责在鹤顶这一段运河上捡垃圾。老鳖干活认真,在河上从早漂到晚。

前两次进小鬼汊踩点,一次机动船,一次手摇。都在大白天,艳阳高照,踩点必须挑赌船不可能出现的时候去。老鳖习惯驾驶自己的船。船上装了个柴油机,响起来地动山摇,突突突直冒黑烟。我跟副所长坐船上,另外有两个弟兄骑摩托艇跟在后头。他们活动范围大一点,经常绕出去看看线路周围的情况。我们无法确知那条赌船会停在哪里,陈三的供词帮不上任何忙,芦苇荡中随便找一处,跟他提到的场景都一样。除了芦苇就是水,连在芦苇丛里飞蹿的野鸡野鸭和水中游鱼长得都一样。副所长还诌了句听上去十分耳熟的诗:接天苇叶无穷碧。没错,就是这感觉,无边无际,一片风起云涌的绿色沙漠。

要不是坐船还算习惯,我早就被绕晕了,你问我东西南北,我可能都会往天上指。我们是沿着芦苇少的水面走,要不船也穿不过去,而芦苇的生长完全不按人的规矩来。曲曲折折。曲曲折折。忽宽忽窄的水面,也可能拐个弯路就断了。小鬼汊里布满了死胡同。一路都是野鸭在飞。还有很多五颜六色不知名的鸟,老鳖瞥一眼它的尾巴就报出了鸟名。老鳖话少。有时候船会停下来,他坐在船头上抓半天脑袋,然后再走。我觉得船在来之不易的宽阔水面上行驶的速度挺快的了,他还是咕咕哝哝自言自语:

"船越走越慢了。"

他老说。我就说:"不慢呀,你看船头激起的波浪。"

"船越走越慢了,"他盯着前面被芦苇遮挡的水面,成千上万棵芦苇弯腰向我们致意,"大伟他妈在船尾呢。"

开机动船时他这么说我还没当回事,手摇船再进小鬼汊他又说了几遍,我就上心了。我问:

"你说啥?谁在船尾?"

"大伟妈,"老鳖说,根本不看我,"大伟他妈拖着船尾呢。船越走越慢。"

我跟副所长的寒毛都竖起来了。

"别婶儿拖着船尾?"副所长结结巴巴说。

"拽着呢。"老鳖说,"死人都好拖船尾,不让你走。"

我往船的前部移了移:"老嫂子不想让你吃水饭?"

"大伟不娶媳妇她不放心。"老鳖好像说一件跟自己无关的事,"她把自己拴到船尾上,跟着我。昨天夜里我又梦到她了,挂在船后头催我挣钱呢。"

我往船尾看两眼。只有水花、芦苇和跳起来的鱼。一大块黑云走在太阳前面,小鬼汊暗下来,风似乎陡然大了,团团簇簇的芦苇拥挤着向我们压过来。老鳖停下划桨,前头一片芦苇堵住了我们。死路。

"走不动了。"老鳖说。

我站起来向四周看了看:"差不多了。"其实这一次我看见的,跟上几次没有任何区别,依然是一望无际的芦苇荡。但我们的确进入小鬼汊相当深了,如果再往前走,离小鬼汊另一个边缘应该就不远了。这一边连着我们鹤顶段的运河,那一边跟另一个县的飞马湖接在一起。我要是老板,我会把赌船停在中间位置,两边都难找,安全。

往回走。分不清是不是原路。听老鳖的。有时候他表现出果决,有时候他又困惑,有时候他会走回头路,有时候他肯定也在绕圈子,刚见过的那两棵拦腰折断的芦苇,五分钟后我又看见了。老鳖经常现出紧张的表情,更多的时间里他都魂不守舍,嘴里念念有词。

副所长凑到我耳边,压低声音说:"听别子说过,他妈死了之后,他爸就有点神神道道的了。"为了宽慰我,副所长又说,"湿气太重,人难免疯疯癫癫。"

我也搞不懂他说的有没有道理,但两次我们都顺利地回到了运河里。

给运河上下游的兄弟单位都发过请求。相当于把运河用篦子给篦了一遍，还是没找到别子。我相信他们也尽力了。这一个多月除了正常死亡，方圆百里都没有凶杀和意外死亡，陈三的老婆灌了两次肠也活过来了。别子人间蒸发。怎么给老鳖解释，真让人挠头。当他说别子妈把自己拴在船尾，拽着船不让走，瘆得慌的同时，我也惭愧得想一头钻进水里。一生气我又把陈三拎来，再审。

"说啥？"陈三问，"所长大人，该说的我都说了啊。"

"那就说不该说的。"

陈三揪下来一根头发："瞎说？那瞎说啥呢？"

"想不明白的。还有你的猜测。"

陈三去船上赌了两次。我怀疑有人给他做了局，要不很难两次就把他掏空。最初牵线的是邻县一个姓黄的小老板，跟陈三有几笔业务往来。联系赌船的电话就是黄老板给他的。输成个穷光蛋后，陈三再找黄，没影了，电话也注销了。

"想起来了，"陈三说，"第一次上船，赌了半截船主说有洋酒，就让服务员用一个不透明的布罩子罩住牌桌，喝完了再启封。喝洋酒的时候，一个秃顶的家伙问我是不是头一回来。我说是。他说，哦，那还有翻本的机会。那天夜里他输了个精光，手腕上的一块金表都搭进去了。我猜，是不是一个人只有两次上船的机会？"

"嗯，继续。"

"没了。"

"继续。"

"仝所，肠子都翻出来给您看了啊。"陈三开始揪第二根头发，"好吧好吧，我再想想。有了，两次接我的是同一个人。那个人长相都跟你们说过了，男的，三十多岁。头一回划的桨，第二回，是机动船。那人一路不吭声,我想套点信息出来,就没话找话跟他说。大晚上的,去的还是小鬼汊,我怕嘛。我就问,都是你一个人接？他摇摇头。我问,接送的人你们有多少？翻来覆去他只说,还有。我又问,为啥上次是划船,这次机动船？他说,下雨,机动船也听不见。"

我点点头,跟我们的判断一致。机动船从运河拐进小鬼汊,在月明星稀的晚上很容易暴露,所以我们准备了两套方案。"还有呢？"

"还要有啊？"他又开始揪头发,"能给根烟不？"

我点上一根扔给他。

"仝所这烟不咋的,劲儿倒挺大。这一条不一定对,赌钱的时候听大家聊天,好像都在每月逢八的那天船才来。反正我两次去都是逢八。想想也对,八,发嘛。"

陈三狼吞虎咽地抽完了那根烟,还想再要。我对旁边的警员挥挥手:"把他带走。"

是否逢八才赌不知道,但六、七两个晚上我们埋伏在运河与小鬼汊连接地带,的确一条可疑的船只都没发现。他们会不会从飞马湖进小鬼汊？当然有可能,但我们没权力到别人的地盘上去执法。熬到晚上十点半,我让大家赶快回去休息,养好精神明晚再出动。十八号了,有枣没枣都得认真打一竿。

跟老鳖约好了,晚上出工,划船进小鬼汊。划船更保险,动静小,不容易打草惊蛇,但缺点是慢,在眼前你也不一定追得上。傍晚时分下起雨,看架势一时半会儿停不下来,行动组最后商定,手摇船和机动船同时上,能用哪个用哪个。

整个行动组都出动了。三条船,其中一条主要放三艘摩托艇。我们停在可以用望远镜看清小鬼汊入口的隐蔽处,等时间慢慢往黑夜走。雨还在下,天地间都是水声。雨落在运河里,雨打在芦苇上,雨击打船舱。我们把船上的灯都灭掉，我看见老鳖在黑暗中掏出一只酒壶，拧开盖喝了一口。铁质的酒壶不知从哪里借来的光，温和地闪了一下。

前方侦查的兄弟报告说，有情况。我在望远镜里看见一条小船驶进了小鬼汊。一刻钟后，又有情况。再看，又一条船进去了。我让大家把家伙什都整利索，睡了一天，考验精神头儿的时候了。一共三艘小船进去。按前方的观察，三艘船来自不同方向。好，让他们再走一会儿。

半小时后，我们摸黑往小鬼汊靠近。老鳖和几个年轻的警员穿着雨衣划船。雨下得更大了，小鬼汊里风动芦荡，雨打苇叶，如同千万人在齐声低吼，每个人声音都不嘹亮，但和声却极为高亢，几声响雷滚进小鬼汊里，也会被风雨声淹没。我说，执行第二套方案，机动船，摩托艇，出发。

雨夜的小鬼汊的确比迷宫还凶险。我终于意识到老鳖这样的老把式的价值，他们能在迷宫里顺利穿行，真不是因为他们熟悉地形，芦苇荡大规模地摇动，整个小鬼汊似乎都在倾斜翻滚，没有任何一条路还是同一条路，他们辨别方向靠的是经验、直觉和本能。老鳖操纵着他的机动船，我们在往想象中的战场逼近。

有一阵子绕了很多弯，速度也慢下来。我凑到老鳖耳边喊：

"遇到麻烦了吗？我们得快点了。"

进来了就得争分夺秒。一旦他们发现了，钻到哪里躲起来，忙活一夜我们也找不到。

"跑不动，"老鳖也喊，"大伟他妈拽着船。"

我不知道该说什么。探照灯的光柱里大雨密集地连成了线，芦苇丛后头黑洞洞的。说实话，那种环境下，你跟我说芦苇荡里藏着十万头妖怪我也信。可知的世界只有光柱这么锥形的一片，我们仿佛被屏蔽在光柱和风雨声里。外面的世界消失了，一个更广大的世界抛弃了我们。我们正追随着跳动的光柱在沉重的黑暗里钻探。

老鳖左拐、左拐、左拐。他在画圈。

"她对我说的最后一句话是,"老鳖对我喊,"你得让大伟说上媳妇,咱儿子是个瘸子啊。"

我对老鳖说:"老哥,我们不会扔下别子不管的。"

老鳖开始右拐。满天都是看不见的雨。陈三说得没错,这样的天气,能在温暖的船舱里专注地赢钱,的确是件快活的事。我们的船头前开路,后面跟着另外一条船,两艘船的旁边,交错跑着三辆摩托艇。我们在向芦苇荡的中央逼近。

偶尔还是会绕圈。柴油机动力像个资深的哮喘病人,突然咳嗽几声就慢下来。我希望快一点,再快一点,越快越好。我坐到老鳖旁边,雨水顺着雨帽和袖口的边缘流到身上,风大雨急,我感觉不到冷。快一点,再快一点,着急得我冒火。我把裹在塑料袋中的烟拿出来,点上一根插到老鳖嘴上。我也点上一根,赶在雨水打湿它之前狠嘬几口。火灭了。我继续叼着,直到它被雨水打烂,只剩下过滤嘴夹在我两唇之间。

在我的办案史上,从来没有哪次时间过得比这一次慢。我在风雨落到芦苇荡的巨大喧嚣声中,听见了秒针嘀嗒嘀嗒迟缓的脚步声。

听见摩托艇的声音之前,先看见一道狂舞的光柱,接着一辆摩托艇从黑暗里冲出来。骑摩托艇的人扭头看了一下我们,弯下腰加了油门冲进黑暗里。因为雨衣的帽子遮住了那人的大半个脸,我们都没看清他的长相。老鳖突然叫起来:

"大伟!大伟——"

按照事先的安排,出现突发状况,三辆摩托艇里的两辆先出击。两个兄弟从船两侧冲向前去。在他们摩托艇的灯光下,我看见了那人摩托艇屁股上画着一个杜蕾斯的商标。看不清脸,我也知道那人不是别子。副所长拍了一下我的肩膀,他也知道是怎么回事了。

我一把抓住老鳖的胳膊，大声对他喊："老哥，别子是个好兄弟！别子好样的！"

这个晚上老鳖头一次扭头看我的脸，看了得有三秒钟。然后转向前方，从怀里摸出铁皮酒壶，一手攥着，只用右手的拇指和食指拧开壶盖，咕咚灌了两口。少陵醉。酒壶塞回兜里，船速猛地加快了。

现场不必描述了，乒乒乓乓的事。我说的不是枪声阵阵、枪来枪往，没那么多枪。我们的枪管得严，我的原则也是能不用就不用。他们竟然有两支改装的猎枪，好在我们预料到了。单非法持枪这一条，就够那赌船老板蹲几年的了。老板姓邓，住飞马湖对岸，被摁倒在船头还嘴犟，大喊大叫他不是鹤顶人，不归我管。我跟他说，船没进小鬼汊，不归我管，进来了就是我的菜。

总得有一番打斗，打斗都差不多。真要好好感谢我这帮弟兄，平常训练时的血汗没白流。上了船三下五除二就把姓邓的招募的三个打手给放倒了。那三个乡村二流子，靠人高马大能唬人混饭吃，动起手来都是糠心萝卜。两个接送赌客的船夫，你大喝一声他们就老老实实靠一边站，他们知道自己不过是姓邓的临时找来的搬运工，犯不着跟我们对着干。倒是有个船夫见钱不要命，隔壁镇上的一个赌客趁乱跳上他的船，出价一千块，让他带着逃命。船跑出去没半里路，就被所里的一个兄弟骑摩托艇押回来了。

跑得最远的就是骑别子摩托艇的那个。他是个放哨的，所以最先发现我们。看见我们他就去给赌船报信，油门加到了底，离赌船老远就开始喊狼来了狼来了。但那夜里雨实在太大，声音出不去，本该守在船头把风的打手进船舱里了。船舱的窗户遮得严严实实，从外头看不见一丝光。那条船就像建在芦苇荡里的一间黑黢黢的房子。舱里头一定赌得热火朝天，没人听见"狼来了"。等我们踹开门喊了不许动，一群人在乌烟瘴气的船舱里完全没回过神来。等姓邓的和三个打手想起身去拿改装的猎枪，已经腾不开手了。兄弟们的拳头和手铐已经到了他们面前。

骑别子摩托艇的那人绕着赌船转了两个大圈，一直喊，见船上没反应，干脆一个人先溜了。后来提审时，这家伙还抱怨，他花了那么大的力气喊，居然没人搭理。我跟他说，没人搭理太正常了，着急忙慌的，你那声音完全乱了章法，听上去真不像人发出来的，使的劲儿越大，发出的声音越小。那天夜里他转了两圈就想溜，一个骑摩托艇的兄弟跟在后头就追。这一带地形那小子挺熟悉，但他真是慌了，天又黑，还有兜头的大雨，在芦苇荡里绕来绕去就把自己绕晕了，眼看着眼前有条宽阔的水道，再加速，一头撞到老鳖的船上。老鳖把他的船横在路头。那小子斜着飞上了夜空，然后像颗炮弹一样栽进了水里。等他从水里钻出来，老鳖的手电灯光罩住了他，老鳖大喊：

"我儿子呢？"

"你儿子？"那小子把一头一脸的淤泥往下抹，"你儿子是谁？"

"我儿子别大伟！"

"别大伟是谁？"

老鳖把船靠近摩托艇，给它熄了火，从水里拖到了船上。他拍着摩托艇的车座厉声说："他！"

"你说的是他啊，"那小子从水里站起来，露出脖子以上部分，"一个多月前，有天晚上他跟踪我到了这里，被哥几个给放倒了。一棍，"他站在黑暗的雨夜里对着自己的后脑勺比画了一下，"就这么一棍。一铁棍。那棍重二十多斤呢。"

手电筒的灯光在老鳖手里抖起来，某一个瞬间照亮了他的脸。

"你不是那个，老鳖么？"那小子激动地叫起来，"你不是给我们邓老板送客人的吗？你怎么当了叛徒？你收了钱还吃里爬外！"他喘口气,好像突然醒悟过来,"你儿子竟然是个警察!要知道那狗日的是你儿子——那也不行,不解决他我们都得进去。"

"解决了别子,你在里面会待得更久。"提审时,我走到那小子跟前,劈头盖脸先给了他两个耳光,眼泪跟着就下来了。"第一下,"我说,"是为我一个兄弟;第二下,是为我一个老哥。"

在小鬼汊里地毯式搜索了两天,终于找到别子。他已经给鱼和鸟和细菌吃得不成样子。下葬时,经老鳖同意,我们把画着杜蕾斯商标的摩托艇也埋进了土里。

(原载《收获》第 3 期)

阎罗算法

陈楸帆

安琦最近心烦意乱，像是人生走到了一个交通灯坏掉乱闪的十字路口，不知道该往哪个方向迈出步子。

跟那个苍蝇般招人烦的追求者无关，吴宝骏吃了几次瘪后，似乎又把目标转移到新加入学生会的小师妹身上。这让安琦松了一大口气。

她是幸运的，作为一名中山大学医学院临床专业本博八年连读的学生，已经读到第六年，还有两年就可以拿到博士学位，导师李成浩又是领域里的大牛，进任何一个大医院照理都不成问题，论烦心怎么也轮不到她。但她又是不幸的，这份不幸不单属于她一个人，而是整整一批临床专业的学生都在哀号。就当他们在课堂、实验室、实习单位之间疲于奔命地积学分、发论文、攒经验值时，一场无声的变革像黄梅天的潮闷之气，已经悄然降临在整个医院系统。

今年的对口实习机会异乎寻常地少，许多医疗机构已经缩减，甚至停止招收实习生，安琦也是托了李老师的人脉才在汕头大学第二附属医院门诊部勉强挤了个位置。

跟她小时候印象中的门诊部完全不同,如今大部分头疼脑热的轻微病症患者都可以足不出户,通过移动端设备进行体温、体表、瞳孔、脉搏、血压等基础数据的采集,上传到云端平台由 AI 算法进行初步诊断,直接给出诊疗方案,十分钟内药物就到家了,根本用不着上门诊。所以也没有了以前那种人山人海的壮观场面。

只有那些"云端"无法解决的疑难杂症患者才会"肉身"看病。推行了多年的医疗大数据计划打通了以往医院之间的信息壁垒,让所有病人的历史数据都能流通起来,去训练出更聪明、更精确、更高效的 AI 诊疗算法模型,已经远远超出了人类医生所能达到的专业水平。只是因为伦理道德和法律问责的理由,立法机构将 AI 定位为辅助诊疗工具,最后决策者还是人类医生。大部分的医生虽然拥有最后的抉择权,但是都不敢轻易推翻 AI 的诊断。

万一人类错了呢?医闹可是在哪个时代都惹不起的杠头。领导说,就让他们去砸机器好了。于是门诊部总会摆着几台看起来很贵其实只是花壳子的便宜货,供家属泄愤。

久而久之,世道真的变了,人类真的沦为帮机器打下手的勤杂工了。

每当安琦只能干一些杂事儿,像指导病人怎么使用采集设备,告诉老人饮水机位置,甚至配合着家属唠唠家常撒撒谎的时候,她总会愤愤地想:当年考大学挑专业的时候可不是这么说的。当时招生办的老师还挥着一份报告,像煞有介事地说:"看看,未来 AI 取代护士的概率只有 6%,医生更低,才 2%!你们就放宽心吧!"

可未来就这么来了,来得猝不及防,像是夏日午后的一场暴雨。

实习生名额缩减只是一盏闪烁的黄色信号灯,它暗示着背后更大更剧烈的变化。安琦在医院食堂里听到一些小道消息,说有关部门经过长时间的观察，认为 AI 诊疗系统无论从效率还是准确性上都非常出色，已经完全可以承担社会日常的医疗需要，将成为今后行业发展的重点扶持方向。这也意味着，以后不再需要那么多人类医生了，那么，临床医科生的选择也就变成了转行，或者选择一个专精的科研方向钻进去，这也许就是一辈子的事情。

听到这个消息的时候，安琦像是嗓子眼被什么东西堵住了，完全没了胃口。这和她给自己规划好的人生道路分岔了。

安琦的爷爷、爸爸、叔叔、婶婶都是医生，从小就给她灌输了救死扶伤、悬壶济世的价值观。上一次席卷全球的大疫情中，她也亲眼见过许多垂危病人因为父亲的努力，重获新生的动人场景。父亲眼中那种巨大的神圣感与满足感令她印象深刻，这也是她会走上这条路的重要原因。

现在倒好，医院有 AI 了，病人不需要你了，你继续回到实验室里对着大鼠和果蝇过完你的下半辈子吧。

安琦情感上实在接受不了，何况谁又能保证哪天同样的事情不会发生在科研和制药领域呢？

"奴啊（孩子），你怎么吃啊吃就哭了？饭菜不合胃口哇？"

一位穿着浅蓝色病服、光着脑袋的瘦老头站在她旁边，一脸关切地问安琦，声音磨砂般嘶哑，身板单薄得像纸片，体态动作要比那张脸显得苍老许多。他身后还跟着一个圆滚滚的陪护机器人，柔软的白色头部变形成座椅形状，让老头坐下。他几乎是毫无重量地贴在上面。

"没、没事儿，吃太快噎着了。"安琦赶紧抹掉眼角的泪花。

"那就好。我呢，每个星期都要来这儿吃个红烧蹄髈，香死咯，可那个什么 AI 就是不让我吃，我就找人偷偷地给我买，嘿嘿……"老头露出了狡黠的眼神。

"那怎么行？您要严格遵照医嘱，吃出问题怎么办？把腕带给我看看。"安琦这时变了个人似的,像个真正的医生那样板起了脸。

老头像小孩一样乖乖地举起左手,露出红色塑料腕带,里面嵌着小小的芯片,可以精确到厘米级的定位,监测生物信号,同步信息,发出警报。

安琦用便携式设备靠近腕带,"嘀"的一下,屏幕上出现老头的病历档案数据。安琦滑动屏幕快速扫了两眼,脸色一下变了,她抬起头再次打量眼前这个老头,他还是若无其事地撕着蹄髈上的肥肉,动作僵硬缓慢,嘴角油光闪闪。

档案显示老头叫王改革,今年六十三岁,重症特护患者。十八个月前由于肿瘤破裂出血被诊断出肝癌,随即进行三次介入治疗,做右肝切除术,三个月后复发,由于之前数据入库配型及时,在广州做肝移植手术,AFP 一个半月后降至正常值。十二个月前 AFP 缓慢上升,开始服用肝癌靶向药物,AFP 反而快速上升,其间曾小幅下降然后开始反弹,药物Ⅱ度手足皮肤反应。三个月前因头痛检查发现癌细胞向脑部转移,脑部肿瘤体积 $1.9cm \times 3.0cm \times 2.8cm$,因无法手术入院接受放疗,同时改服一种激酶抑制剂,出现严重的药物副作用,包括高血压、手足疼痛、肌肉痉挛、胸闷乏力等。

他居然还能笑着在这里吃蹄髈。

"姑娘,叫我老王就好。他们说我现在被排在那个什么 LMA 计划里,说是机器能算出来我还能活几天,您能帮我看一眼我还有几天活头不?"

还没回过神来的安琦看到档案右上角有个红色的标签,写着"LMA",点开一看,原来是"Life time Maximizing Algorithm"(最大化延长生命算法)的首字母缩写。里面简单说明了当 AI 诊疗系统对病人的治愈概率降为 0% 时,将依照病人或家属需求启动这一计划,目标是通过各种治疗手段及日常生活的精细化管理，最大化地延长病人的存活时间，可以精确到正负三天。

那个鲜红的数字"0"显得尤其刺眼，时间点正是老王被发现癌症转移到脑部的当口。

安琦的手指在空气中犹豫了片刻，最终还是没有点开下一页。

"不好意思，老王，我只是个实习生，权限不够……"

"无事无事，不在乎这多一天少一天的。"老王幅度很小地摆摆手，动作显得有些滑稽。安琦知道这是为了避免出现肌肉痉挛，药物副作用之一。

她慌乱地告辞，逃也似的离开了老王的视线。她受不了那种死亡往脸上吹气的感觉。

老王摆手的动作和那个红色的0%像鬼魂般缠着安琦，不断回放，让她心里不得安生，总觉得有哪里不太对劲。同科室的赵阿姨看她呆呆的，问小姑娘怎么了，是不是失恋了？她便一五一十地说了遇见老王的事情。赵阿姨听罢点点头，说这个老王是蛮可怜的。

原来老王在这汕大附二医院里也算是个名人，他生病前是个不大不小的潮汕老板，正在谈被上市公司并购，就出了这档子事情。花钱请了最好的主刀，吃最贵的靶向药，可命就是不好，被 AI 判了死刑。两个儿子为了公司大权顺利交接，也为了走完并购流程，于是给老王上了 LMA，务求尽量延长在世时日，却一直不把 AI 算出来的日子告诉老王，只是让他必须严格按照 LMA 的方案吃喝拉撒，精确到分钟。老王一辈子当惯了王总，指东下属不敢往西，这下倒好，成了机器的提线木偶，别看脸上笑嘻嘻，心里苦不堪言。但是戴上了红色腕带，想自杀都没戏，系统会提前判断并加以防范，约束其异常举动。

老王见人就说,受的是活罪,判的是死刑。

听完之后,安琦心里对老王又多了几分同情。

"那他到底还有多长时间?"

赵阿姨打开界面瞟了一眼:"九十一天,正负三天。"

不到三个月。安琦默默地记在心里,想起自己到那会儿应该实习期满,不知为何如释重负。

晚上导师发来信息,问实习得怎么样。

安琦写了删删了写,最后只留下一句:"谢谢老板给这么宝贵的机会,希望不会给您丢人。"

过了好一会儿,导师才回过来一句,丢不了,我让你去实习,就是让你别光盯着数据,好好跟人打交道,搞清楚人的需求,这年头要当好医生,可不光是看病开药。

安琦若有所悟,回了一个表示"明白了"的猫咪表情包。

吴宝骏不识时务地蹦出来一堆信息,安琦瞄了一眼,又在好为人师地教育她还是得走产学研结合的路子,当医生没前途,还必不可少地提起他那当投资人的爹,口气就像是把安琦当成一个有待孵化的项目,直看得她胸口憋闷,脑壳生疼。突然火气上扬,三下五除二把吴宝骏拉进了黑名单。

油腻腻的世界一下子清净了。

第二天,她又在活动中心撞见了老王。老王带着陪护机器人,正跟工作人员扯着嗓子理论着什么。

"怎么回事啊?"

"奴啊正好你来了,你跟他说说,我是不是快死了。"老王看到安琦像见到了救星,把她拉到身边。

安琦一时语塞,不知道该说什么好。

"根据规定，红色腕带的病人，需要严格按照系统制订的计划来生活，我这边没有收到这条任务请求，这是为您的健康负责……"工作人员说话口气也跟机器差不多。

"我就想死之前打个乒乓球，怎么就不行了！"老王嘶哑的声线艰难地抬高了八度，活动中心其他病人都扭头看了过来。

"王叔叔……老王，"安琦心头一动，哄着激动的老人，"我陪您聊聊天吧，您看您那胳膊，也不方便挥拍不是？"

老王气呼呼地往陪护机器人脑袋上一坐，机器人就变成了轻便助力车，把他托到了旁边的花园里。阳光下，红的花，绿的草，闪着金色光泽，像是有生命力溢出来，喷溅到老王的脸上，他的气色似乎也红润了起来。

"妞啊，你叫什么名字啊？"

"安琦。"

"名字过好，听起来就很有活力。"

"您为什么想打乒乓球？"

"想吃的不让吃，想玩的不让玩，这活着还有什么意思？关键想死还不让死。"老王嗤地发出一记冷笑，让安琦心头一颤。

"活着多好，干吗想死……"

"那是你没被 AI 阎罗判死刑……"

"AI 阎罗？"

"被拉进 LMA 计划里的人都这么叫它，阎罗要你三更死，谁能留人到五更？"

"哦……"不知为何安琦突然有点想笑，她使劲忍住。

"开始大家都是很怕的，怕死，怕不知道自己什么时候死，就像是脑袋里被装上一颗嘀嘀嗒嗒响的定时炸弹，自己还看不见倒计时。你感受感受。"

"是挺吓人的。"

"后来 AI 阎罗告诉你,要想活得久,就得照它说的做,大伙儿都说这叫阎罗王送礼呢。按点起居作息,吃什么都精确到克,药不能停。要是第一种让器官衰竭,又得加第二种药抗衰竭;又过敏,手指关节肿得像胡萝卜,晚上疼得睡不着觉,再加第三种;又便秘,再加。补丁上打补丁,没完没了,人都活成了药罐子。可 AI 阎罗只有一个目标:就是让你活得越长越好,才不管你活得开不开心,痛不痛苦,有没有尊严。这份大礼,我怕是受不起呢。"

"可你自己不也想活得久一点吗?"

"要是我能说了算就好啦,上 LMA 是两个龟儿子软磨硬泡让我签的字,说不这么做会让人背后说闲话,说潮汕人就讲究个'孝'字。其实我心里明白得很,都是为了生意。如果我提前走了,就像一家店的金字招牌被拆了,收购对价肯定会受影响。"

"原来是这样。像您这样的……病人还有多少?"

"十几个吧,都是被判了死刑的,掐着手指数日子,难受着呢,只能互相鼓励,再熬一熬,说不定明天就到头了。"

安琦陷入了沉默,她没想到一项设计用来帮助病患尽可能延长寿命的科技,竟然会变成一场肉身与心灵的双重酷刑,这里面肯定是哪里出了问题。

"安琦姑娘,你能不能答应我个事儿?"老王突然开口,眼睛却还直直地盯着远处的绿树。

"您说,我尽力。"

"下次给我带瓶酒吧,不,就一口,最容易搞到手的那种就好。"老王的眼睛突然放出精光,像是回光返照,"你说人真是有意思,酒把我害成这样,可我还老惦记着,惦记得不行……"

安琦面露难色:"老王,我不知道……我真的……"

"唉,我晓得……不难为你了。"眼里的光又暗淡下去,像两口枯井。

"您再坐一会儿,我得回去了。"

安琦感觉自己又一次逃跑,留下失神的老王和满园浓得化不开的夏色。

安琦借助学校图书馆数据库和智能助手,很快生成了一份关于临终关怀研究的概述报告,涵盖了过去十年的最新研究成果,遗憾的是,大多数成果来自海外学术及医疗机构,国内一线的临床报告寥寥无几。

她认真做着笔记:

……每个个体的死亡观都是不同的,需要区别对待……

……从否认到恐惧到接受死亡是一个普遍的心理转化过程……

……鼓励病患将死亡诊断作为一个重新评估自己与他人关系及生活价值的机会……

……

老王近乎哀求的眼神在她眼前闪现,挥之不去。

安琦从屏幕前抬起头,在心里做了个决定。

她的手机突然猛响起来,是一个陌生号码。接起来竟然又是阴魂不散的吴宝骏。

"你这人怎么回事,我都把你拉黑了……"安琦怒火攻心。

"这世上就没有我吴宝骏打不通的电话。先不说这个,我得到内部消息说你们医院被攻击了,你没事吧?喂喂……"

医院?攻击?安琦耳边一片嗡嗡作响,她都不知道自己怎么挂了电话,又怎么拦了车来到医院。

门诊部一个人也没有,这可是从来没有发生过的情况。各种猜测从安琦脑海里滚过,她试图联系赵阿姨,可是信号没有接通。所有的屏幕上都是一团杂乱拼贴的色块,扭曲、抽搐、失真,像是机器也在垂死挣扎。她终于抓住一个奔跑着经过的护工,那个男孩脸色煞白,满头大汗,说医院的系统被黑客攻击了,所有自动化智能服务都瘫痪了,现在医护人员都在抢救那些急重症患者。

攻击?黑客?为什么?怎么办?

安琦脑袋嗡嗡作响,手足无措,像是再次站在喇叭乱响、信号灯乱闪的十字路口,不知道该往哪个方向迈出脚步。她的手指不经意间触碰到白大褂兜里那硬而滑的物件,想起了老王,心一下子揪到了嗓子眼。

安琦小跑了起来,她担心失去了系统约束的老王会做出极端选择,来提前结束这一切。

医院里到处是病人与家属,受惊的动物般游荡着,试图抓住任何一个看起来像医护人员的过路人询问情况。有些情绪不稳定的人开始啜泣,哭声如传染病般蔓延,高低起伏,带着不同的音色和节奏,宛如一首多声部的大合唱,唱得安琦心里发毛。

人们过于习惯生活在机器之翼的庇护下,冲击之下,没有了实时监测数据,没有用药指引,没有通过高速网络与云端诊疗系统连接起的生命线,人们自觉像被撬开的贝壳,裸露在险恶的自然中,内心的脆弱便被无数倍地放大出来。

她终于找到了老王,还有其他几个同样被 AI 阎罗判了死刑的囚徒。

和外面那些鬼哭狼嚎的病号不一样,这些真正死期将近的人,静静地待在特护病房的活动室里,像是断了线的木偶,姿态各异,却都保持静止,像是在思考着什么终极的宇宙命题。

安琦走进房间,看到了地板中央一堆被剪断的红色腕带,章鱼触手般纠结成团,心里明白了几分。

老王看到她，神情有点紧张，颤巍巍地站起来向众人辩解：不是我叫她来的。

安琦："是你叫我来的。"老王："我叫你来做什么？"安琦："给你带礼物啊。"说着，把兜里的东西给老王透露个形状，一个扁扁方方的瓶子，老王的眼珠一下子直了。

老王："噢对对对，带礼物，快给我。"

安琦往后退了退，躲开老王伸出的手："等等，你们这是要干吗？"

老王满脸堆笑："不干吗……"

"出去玩啊，好不容易等到AI阎罗宕机这一天。"一个脸色苍白的瘦弱男孩憋不住了。

"玩什么玩，没有系统监护，我们怎么按时吃药，怎么吃饭，怎么知道病情没有恶化，分分钟去见上帝好不啦！"一位戴着夸张卷曲假发的阿姨声线尖厉。

"反正都是死，早一天晚一天有什么分别？早点解脱还不用受这份活罪，你说对吧老王？"一个大叔脸色黄得吓人，那是某种靶向药的副作用。他的话引起众人点头附和，目光又聚焦到老王身上，老王却没有接话，斜眼看安琦的反应。

安琦点点头："大家好，我叫安琦，今天我是你们的特别陪护员，咱们来做一些不需要AI和数据的游戏。老王，你来帮我组织一下，好吗？"

她有意无意地把手放在衣兜的位置，手指鱼饵般抖动着。

老王舔了舔嘴唇，像是很渴的样子，喉结上下一动，"唉"了一声，也不知道是无奈还是松了口气。

"大家都听安琦大夫的，都到我这边来……"

受攻击四个小时后，汕大附属第二医院的信息系统模块陆续恢复运转,这时,从其他医院临时抽调增援的医护人员还没有完全到位。机器的容灾能力顿时凸显优势。

首先恢复的是边缘计算模块,允许一些基础诊疗应用从本地存储调用数据,解决一些计算量不大却关系到病人切身感受的问题。比如对病房环境(温度、湿度、光照、色彩等)的智能控制,比如生物信号的实时监控和显示,让病人感觉自己的身体再次回归掌控,尽管没有AI的解读,大部分数据对于普通人毫无意义,但正是这样的认知小伎俩足以安抚人们的焦虑情绪。

系统完全恢复正常已经是那天深夜的事情,网络犯罪科的警官也同步展开工作,初步调查结果将嫌疑人圈定在几户与院方产生过医患纠纷的病人家属。他们先是质疑人类医生的诊断有误差,当被告知AI系统也做出同样诊断后又将矛头指向机器,总之质疑一切与他们脑中预设不符的结论。

当然,他们最终还是需要借助技术代理人来实施复仇计划。

安琦等到所有LMA病人都换好红色腕带后才离开,回到住处已经筋疲力尽,迅速进入梦乡,丝毫没有想过自己将面对多么大的麻烦。

第二天,她睡到将近中午才一下翻身惊醒,手机上一整屏未接来电和信息提示。她脸都没来得及洗,蓬头垢面地就往医院奔去,却不是去门诊部,而是直接被叫到副院长办公室。

进了门发现导师李成浩已经在那儿坐着,脸色铁青,劈头盖脸就来一句:"安琦,你可真没给我丢人。"

副院长倒是态度很和蔼,先让安琦坐下,又给她倒了杯茶,问她昨天是不是累坏了。

安琦一脸茫然,说还好,平时也不怎么忙,昨天属于特殊情况。

导师一听噌地站起来:"你也知道是特殊情况,怎么就那么自作主张？"

安琦："我……我怎么了？"

副院长对李成浩使了个眼色，让他冷静下来，又转向安琦："小安啊，现在是这么个情况。有几个 LMA 计划的病人家属投诉你，说你的行为违反了之前他们与院方签订的协议，干扰了正常的诊疗程序，还有人对你的医德提出质疑……"

安琦像是被人当头浇了一桶冰水，透心刺骨的寒意，她张了张嘴，却什么都没有说出来。

副院长继续："所以我们调出了当时的监控视频，需要你尽可能详细地告诉我们，在系统宕机的那段时间里，你究竟对病人们做了些什么？"

雪白墙面随着副院长的手势闪烁了几下，出现了昨天在活动室里的一幕：病人围坐成一圈，中间是一团被剪断的红色腕带，像将熄未熄的篝火。安琦游走在病人与"篝火"间的空白之处，手里比画着，嘴里说着什么。那些生命进入了倒计时的人，竟然听着听着，脸上也露出了一丝笑意。

安琦感觉左肩落了一只鸟，惊愕地回头，原来是导师的手。

李成浩脸色有所缓和，说："安琦，这不只是为了医院，也是为了你好。说出来，我们都会帮你的。"

安琦点点头，略为沉吟了一下，便配合着画面的节奏把那天后来发生的事情陈述了一遍。

首先是引导病人说出自己对于 LMA 项目的理解，以确保他们没有被误导、隐瞒，或者产生认知偏差，以避免预期错位。

还好，所有人都知道死神将至，没有人会期待 LMA 带来奇迹般的转机，只是尽可能地延长生存时间。阎罗送礼，多一天算一天。

接着,安琦让每个人通过量表评估自己对于目前生活质量的满意程度,1 分为最不满意,10 分为最满意,平均分 3.2 分,也就是非常不满意。每个人不满意的点有差异,但基本集中在"信息不透明""治疗所带来的副作用""无法自主选择生活方式"这几个选项上。

副院长的眉头抬了抬,流露出一丝不易觉察的讶异。

安琦继续,她做了一个假设,如果每个人都只剩下十天的生命,每天只能选择做一件事,你将会如何安排你剩下的时光。她邀请每个人都说出自己的心声。

一开始有些艰难,大部分人陷入了沉思,久久不愿开口。尽管他们心理上早有预备,可当把一项残忍的假设作为事实摆到自己面前的时候,这种认知与情感上的冲击力是巨大的,这意味着你将需要从一个与以往截然不同的视角去定义你的人生价值。

那个脸色苍白的男孩首先打破了沉默,他站起来,手舞足蹈。他想把想玩而没玩过的游戏都玩一遍。

此时此刻,对于你而言什么是最重要的,显然不会是金钱、权力、性,或者其他功利主义的满足感。大部分人提到了情感关系,希望能够利用余下的时间来修复或重温曾经美好的亲情、友情与爱情,却往往不知从何入手。

黄脸大叔说起自己的心结,他和女儿已经十年没说过话了。这次把他送进"LMA",也是女婿一手操办的,女儿每次来都是匆匆放下礼物就走。大叔明白这是在报复自己。年轻时,他觉得领导重要、生意伙伴重要、朋友兄弟更重要,却缺席了大多数女儿人生中的大日子:生日、成人礼、毕业典礼,甚至婚礼。他总是吩咐手下购置昂贵的礼物替自己送到,甚至连贺卡也是秘书代笔。他以为这样就足够了,女儿却越来越把父亲当成一个陌路人。

黄脸大叔说着，两行浊泪止不住地淌下，他心里明白女儿不肯原谅自己，却还要让父亲尽可能长地活着，孤独地活下去。这对于他，是比病痛更为残酷的惩罚。他却不知道该如何去化解这份经年累月的怨恨。

他的讲述在哽咽中停止，所有人都陷入了沉默。

还有人提到了久被耽搁的个人愿望，多半来自年长者与事业型人士。他们习惯于扮演掌控一切的社会角色，将来自外界的期许刻意伪饰为内驱力，却忽视了潜藏在内心深处的渴求，哪怕是最简单的小小心愿，都会被无限期地拖延，被列入最为可有可无的事项行列。

只有在确定的死亡面前，人们才能看清自己的生活，卸下沉重不堪的包袱，去重新排序，去尽可能地拥有快乐而不留遗憾。

画面上，老王痛哭流涕，他觉得自己并没有真正地为自己活过。其他人紧握着他的手，表示感同身受。

列出了十项愿望清单之后，安琦又给了大家一个新的假设：如果你们现在还有一百天，你会如何制订详细的计划，把这张愿望清单尽可能完美地落实到每一天每一小时，甚至每分每秒。

戴假发的阿姨突然站了起来，发套差点脱落，问，我们真的还有一百天？欣喜之情溢于言表。她代表了所有其他人的感受，从十天到一百天，生命像是突然中了彩票般被延长了十倍，哪怕只是假设。

在那一瞬间，安琦几乎要落泪，她想起自己那些被闲聊、发呆、垃圾综艺节目，以及吴宝骏冗长的语音信息随意浪费的生命，对于面前的这群人来说，却是比黄金钻石还要珍贵千万倍的。

她没有正面回答，只是让大家"想象这是一份从天而降的大礼"，然后把讨论后制订的计划与自己的家人沟通。

副院长突然打断安琦："所以你并没有建议他们停止服用药物或者不再接受治疗？"

安琦摇摇头:"没有人能够替他们做决定,就算是家人,也需要尊重生命最后时刻的意愿。这才是真正的爱吧。"

画面中,那些行将就木的病人像是在安琦施下的魔法中恢复了活力,他们脸上绽放着光彩,挥舞着手臂,围绕着那堆碎裂的红色腕带大笑、起舞,仿佛回归到久远的文明之初。那时候人类与世界还依靠着萨满与鼓点相连接,万物都充满了灵性,死亡也不是生命的终点,而是新轮回的开始。

房间突然亮起,篝火聚会被打断了,系统恢复了,工作人员进来为每个人换上了新的红色腕带。安琦跟每个人握手道别后,离开了房间。

副院长暂停了视频,看了看李成浩,后者眉头紧锁,许久才开口:

"你是从哪儿知道这些的?"

安琦似乎还沉浸在刚才的情绪里,喃喃地回答:"图书馆的数据库……"

"所以你觉得自己能够比 LMA 做得更好,就靠这些网上看来的东西……"

"老板,您让我好好跟人打交道,搞清楚人的需求,别光盯着数据。我觉得,这些人需要的不是冷冰冰的日程和治疗方案,他们需要的是温暖,是爱。需要被优化的不是生命的长度,而是品质和体验。"

导师张了张嘴,竟无言以对。

副院长站出来打圆场:"小安说得也没错,只是可能方式上稍微鲁莽了一些,年轻人嘛,可以理解。我刚才其实只告诉了你一半,还有另一半……"

安琦眼中透着问号。

"投诉你的是病人家属,但是所有 LMA 计划的病人,一致要求你加入计划,成为常设的陪护员,陪他们走过这最后的时光……"

安琦的表情由茫然，逐渐透出光亮，最后露出了一个大大的笑脸。

李成浩听到这里也松了口气，也面露微笑，但这微笑没有维持太久，又被新的疑虑所打断。他指着画面里的一个人影，问安琦："这个病人是要做什么？"

那是老王，他伸手拽住正要离开的安琦的白大褂一角，像是有什么急切的要求。

副院长挥手让视频继续播放，老王跟着安琦来到室外，切换到走廊视角，安琦掏出一个小瓶子，左右看了看，老王一把抓过，朝嘴里灌了起来。

"你给他喝的是什么？"副院长和李成浩同时瞪大了眼睛。

安琦面露窘迫，憋了半天，只说出两个字：

"礼物。"

老王双目微闭，躺在病床上一动不动，身上接满了各种管道电线，连到周围闪烁着数字与曲线的仪器上，活像是个半人半机器的赛博格。

安琦悄悄地在床边坐下，生怕惊扰到老人，毕竟现在已经进入了LMA所谓的"倒计时"阶段，老王已经濒临弥留之际。

"是安琦吗？"没想到老王先开了口："一直等着你呢。"

老王更瘦了，每吐一个字都艰难而缓慢，像是用尽全身力气。

"我今天是来检查作业的哟。"安琦拿起平板，屏幕上出现一个表格，她往下滑动，用手指打着钩，"停止化疗和副作用太强的药物……和每个家人谈心……吃一顿心爱的大餐……写信给人生中最好的朋友们……准备告别礼物……这些都完成得很好。设计自己的葬礼，这个你想得怎么样了，老王？"

老王嘴角露出一丝熟悉的狡黠笑容："都交代好了，到时你一定要

125

来哟,我给你准备了个惊喜……"

"放心吧,我一定会到。"安琦心头突然涌起一阵伤感,这样的对话她还将重复上许多次,跟许多不同的人告别。

院方经过与病人及家属协商之后,达成妥协意见,允许聘请安琦作为 LMA 计划的特别陪护员,在追求最大化延长生命的 AI 算法与追求生活品质与尊严的临终病人之间扮演一个中介,一个人性化的情感缓冲地带。

这次突发事件,让院方与技术供应商打开了新的思路。特别陪护员根据对病人的共情理解,帮助 AI 来制订不同的个性化医护方案。在乎剩余时间长短的,与关注日常生活质量的,将得到不同的建议,包括是否告知预期死亡时间,是否采用 LMA 算法,等等。在理性与科学之外,病人拥有了更多人性的维度,来达到生活质量与延长寿命之间的平衡。

比起通常的医护人员,特别陪护员需要花更多的时间来了解病人,陪伴病人,安慰病人,与病人一同制订临终计划。除了医学与护理知识外,共情能力与沟通能力尤其重要,将成为特别陪护员的核心技能。

在汕大附属第二医院的示范作用下,其他医院也纷纷跟进,学习新的"AI+人"临终关怀模式,而安琦自然而然成为传授经验的模范,被邀请到各大医院进行分享。同时作为一项新的工种,"临终特别陪护员"的职业标准与规范也提交到行业协会进行讨论与制定。

原本迷惘的安琦突然眼前一片绿灯,这是一条她从未想过要走的路,如今却无中生有地平地而起。她心怀感激,但惊喜远远不止于此。

"安琦啊,我还想最后再加一条……"

"您说,我记着。"

"……我还想要你送我一份礼物,嘿嘿……"老王的眼睛突然亮了起来。

安琦从平板上抬起头，又是好气，又是好笑。

"我说老王，你别以为自己活得比 AI 预测的长就了不起了，你那是运气好……"

特殊陪护员像是启动了某种尚未得到科学验证的安慰剂效应，一些病人的预计寿命竟然开始"逆生长"，甚至超出原先 LMA 算法计算出的上限。对于一些等待新药投入临床试验或者器官移植排期的病人来说，这不啻给了他们二次新生的希望。许多机构纷纷开展研究，希望探寻情感或者心灵抚慰在疗愈过程中长久以来被低估的重要性。

也许人类一直低估了爱对于死亡的抵抗力。

"可你上次骗了我呀，那又不是真的……"在即将说起那个字眼的时候，老王赶紧住嘴。

安琦做了个鬼脸，上次她给老王的是一种经过基因改良的大麦饮料，口感上非常接近啤酒，但却不含酒精成分。

"好吧好吧，给你记下了，只要你加油，我会把礼物给你的。"

"说话算话，拉个钩吧。"

老王像小孩般颤巍巍地抬起小指，安琦笑着，也伸出小指钩住，用力地拉了拉。他们两人心里都清楚，这近乎玩笑般的举动，只是个情感上的安慰剂。安琦不可能违背医院规定给老王喝酒，老王也不可能把这样的承诺当真。两人像是默契良好的演员，配合着上演一幕不说再见的告别戏，一切尽在不言中。

"老王……"

安琦突然一阵哽咽，像是有巨大无形的石头压在肩上，那正是父亲口中经常提到的"神圣的重担"。她希望所有的数字和曲线都停止变化，就让时间凝结在这一刻，就像眼前的这位老人拥有了某种永恒的生命。她深深吸了口气，努力不让眼眶里的泪珠成形。

老王微微一笑,说出了最后的台词:

"安琦啊,比起阎罗王来,我更喜欢你的礼物啊。"

(原载《花城》第 3 期)

信 使

铁 凝

四月的这个下午，空气清透，雾霾不在。街边的樱花、榆叶梅忽然就盛开了，白丁香、紫丁香也这里那里喷放着苦而甜的团团香气。陆婧坐在车里，车窗关着，也能感受到樱花的烟云带给她的眩晕，丁香的苦甜有点呛人。她落下车窗，像有意咂摸这春天的"呛"，享用这扑面而至的"呛"带来的鲜亮欢喜。

在一个嘈杂的路口，车遇红灯。陆婧偏头看着窗外，眼光落在临街一间门脸不大的体育用品商店。一辆人力三轮车停在门前，两个年轻人正从车上卸货。一个腿有残疾的女人从店里出来，身体歪向一边。她跛着脚走到三轮车前，弯腰从地上拎起两摞半人高的捆绑在一起的鞋盒，板鞋？跑鞋？当她抬起头无意间扫一眼路口停滞的车队时，陆婧的眼光刚好对上了她的扫视。这是一位已不年轻的妇女，一头染成灰咖色的整齐的直短发，颧骨的颜色偏酡红。同样已不年轻的陆婧早就是戴花镜读报的视力，可瞬间还是认出了这张脸：李花开！

李花开是陆婧三十多年未见的故人，虽然这故人如今拖了一条残腿，但陆婧还是很肯定，她就是李花开。拎着鞋盒的李花开没有认出坐在车里的陆婧，她扫视的是车的洪流，临街店铺的门前，哪天没有车流呢。很快，她两手各拎着一摞鞋盒，斜着身子进店去了。

绿灯亮了，车子倏地驶过路口，陆婧甚至没有看清那间商店的名字。她不打算叫车停下，开车的是她丈夫。副驾驶座上的女儿，正掏出气垫粉饼补妆。陆婧盯着女儿的后脖颈，女儿的丸子头使后脖颈落下一些散发，故意落下的吧，看似不经意的慵懒和风情。她们母女并不交流这方面的内容，但在这个下午，陆婧从女儿的后脑勺上明确地看见了三十多年前的自己：克制地追逐时尚，貌似叛逆，有点虚荣。三十多年前，陆婧和李花开同在一座城市，一座名叫虽城的北方城市。

那还是一个人人需要单位的时代，没有单位的人总显得可疑。幸运的是她们都有稳定的单位，陆婧在一个地方戏研究所当编辑，李花开在市属的印刷厂做文秘。一个时代有一个时代的词汇，二十世纪八十年代，陆婧和李花开是大学同学，是朋友。套用时下的说法，她们是"闺密"。这"密"后来又通俗成了腻乎乎的"蜜"。当年的她们漠视一些老词，不像今天，人们把老词翻腾出来再做揉捏变作另一种时尚。传统意义上的闺中密友大多连带着两家通好，陆婧和李花开的两家长辈却互不相识。

从西客站回家时，陆婧在副驾驶就座，女儿已下车，乘高铁去了外地出差。陆婧的方向感很差，这时却发现车子是循着原路返回，再遇那个路口，她那混乱的方向感突然明晰起来，她觑着眼朝马路对面一溜儿商铺望去，看见了那个小店："时代体育"。

她认出这是东单，同仁医院附近。医院附近的车多人乱又给她的方向辨别带来了困难。她是急切地想要记住"时代体育"的准确位置吗，还是对跛脚的李花开怀有好奇？想不到三十多年后李花开也来了北京，她丈夫,那个叫起子的也来了吧?陆婧心里加重着"也"字的分量,好像北京是她的地盘,李花开的现身让她有种不适感——曾经的闺密往往最方便成为仇敌。什么时候她的脚给跛了?敢情她也受过伤啊。"也",她心里玩味着这个字,刚刚迎接着她的这个美得眩晕的春天,那呛人的丁香、樱花们不也慷慨迎接着从"时代体育"里走出来的李花开吗?

一

那是她们共同的激情时代。先是李花开突然告诉陆婧她要结婚了,对方是虽城的远房表哥。李花开说,表哥在街道办的一个镜框社画出口彩蛋。陆婧嗤之以鼻地抢白道,那也叫单位呀。李花开说就算不是单位吧,可他有房,私房,独院儿。硬道理在这儿呢,陆婧想。

李花开是当年系里的美人,有男生为她那长而柔韧的脖颈献过诗。她的脖子洁净、细润如骨瓷,女孩子拥有这般脖颈,会显得傲然,且十分方便左顾右盼。可她并不自知自己有条好脖子,不会搔首,亦不懂弄姿,还常常爱犯轴脾气。轴,在北方语系里通常形容性格而非品德,和一根筋、死心眼相近。李花开穿家做布鞋,常年背一只紫红两色方格交织的土布书包,好比特意拿自己乡村出身的背景示众。她家在离虽城百里外的山区,穷。大二时,一次李花开的下铺丢了几张饭票,认定偷窃者是上铺的李花开。李花开激愤地绝食两天以示清白。第三天,同宿舍的陆婧强行背着李花开到校医务室去输生理盐水、葡萄糖。过了一个星期,下铺的饭票找到了,在她送回家去洗的一包脏衣服里。和李花开不同,陆婧家就在虽城,工作之后仍然和父母同住。李花开住印刷厂的集体宿舍,周末经常被陆婧拉着去家里吃饭。陆婧记得母亲第一次见到李花开时还感叹了一句:真是高山出俊鸟呢。

冬日的一个周末，陆婧随李花开去了她将要嫁进去的私房、独院。推开吱嘎作响的单扇榆木院门，眼前的院子只是一条狭窄的夹道。夹道一侧仅两间西屋，另一侧是院墙，院墙即是前院人家的后山墙。若从西屋推门出来，仿佛走几步就能撞墙。虽不能比喻成开门见山，却可以说是出门见墙。西屋窗下整齐地码着蜂窝煤，挨着蜂窝煤的，是被旧提花线毯盖着的同样码放整齐的大白菜和鸡腿葱，叫人嗅出过日子的烟火气。当年的陆婧们不屑于这类烟火气，眼前的蜂窝煤、大白菜只让她相信，李花开真的要结婚了。李花开说这是表哥的爷爷留下的一点房产，爷爷从前是个经营南方竹货的小业主。想必，经过了那场革命，这院子是被挤占去了大部的剩余吧，陆婧思忖。

那天陆婧见到了李花开的表哥，一个微胖的长发青年，李花开叫他起子。起子热情地和陆婧握手，三人进屋后他还伸手从李花开肩上择下一根头发，或者不是头发，是线头，或者什么都没有，他只是愿意让人看见他在她肩上择。这个表示关切或男女关系不一般的动作让陆婧觉得多余，但那感觉仅仅一闪，因为房间正中一只铸铁蜂窝煤炉子引起陆婧格外的好奇。那本是一只普通的青黑色铸铁炉，圆柱形炉身、正方形炉盘。在暖气并不普及的时代，北方城市大多人家都有这类炉子，取暖、做饭、烧水，间或也充当烤盘：烤馒头、烤窝头、烤包子、烤枣儿。起子家这只炉子之所以引人注目，是因为它那锃光瓦亮的炉盘，陆婧还没见过谁家的铁炉子能有这样一尘不染，这样光明可鉴，这样泛着蓝幽幽光泽的镜子般的炉盘。他们围炉而坐，受着这炉子的吸引，又好像这神气活现的炉子才是这家的主人，乃至屋内所有家具的主人。炉子上坐着一把熟铝壶，壶中水已烧开，壶盖噗噗响着，壶嘴冒出缕缕水蒸气。起子拎起壶去给客人沏茉莉花茶，他把热茶端给两位女客，顺手抄起铁炉钩，从炉前铁畚箕里钩起同样锃光瓦亮的炉盖，半遮半掩盖住炉口，复又将水壶错开炉口坐上炉子。这样水能保温，炉口减弱的火力也不至于把壶烧干。陆婧喝着热茶，问起这炉盘如何能这般明亮。起子说用猪皮擦的。他母亲在世的时候每天必擦几遍，即使在肉类凭票供应的年代，也总能想法子省出指头长的一块猪皮供炉盘去"吃"。擦了二十几年，生是把一块粗糙的铁炉盘擦成了镜面。母亲去世后，他接过这活儿，有空儿就擦，才保持了这炉盘的成色。

陆婧喝着热茶，想着一个大小伙子除了画彩蛋，就是手持一块猪皮在炉盘上擦呀擦的，她好像还闻见了猪皮蹭上热炉盘那嗞嗞的响声和轻微的油烟，不臭，也不香。看看李花开，李花开显然对猪皮擦炉盘不感兴趣。煤是金贵的，她家烧柴火灶，上大学之前她就没见过铁炉子，也很少见过真的煤。结婚以后起子会让她擦炉盘吗？她可不情愿。这需要耐心，更多的是一种情趣。就陆婧对李花开的了解，她不具备这方面的情趣。出了那院子，李花开只问了一句：你说值吗？陆婧没有回答，眼前只闪过一个模模糊糊的影子，李花开对她讲过的一个中学同学名叫锁成的，和她同村，后来她考上大学了，他没考上。

几天后，一个坏消息震惊了她们：当年那个下铺的母亲，因为厂里分房不公平，吞了过量的安眠药。李花开说，房比命大吗？陆婧说，房是命的一部分吧。李花开又问：你说值吗？她没有听见应答。很快，她嫁给了表哥。很快，陆婧也恋爱了。

二

陆婧的恋爱像是一场无药可救的疟疾。民间对疟疾的归纳有间日疟、三日疟等等，意指隔日发作一次或三日发作一次，高热、高寒乃至抽搐。陆婧的爱之疟疾却持续了近两年。对方名叫肖恩，是她父亲的同学，且有家室。陆婧刚读初中时，肖恩随着他的单位——北京一个大部的文工团来到虽城做集体改造锻炼，他们被安置在当地驻军大院，过着半军事化、半农场农工的生活。军队有自己的农场。平时不准离院，每周休息半天。肖恩在这座举目无亲的城市联系到了他的大学同学，陆婧的父亲。当革命和运动使熟人、朋友都断了消息的时刻，陆家为肖恩在虽城的出现尤为高兴。那段时间，陆婧的家是肖恩吃饭解馋、放松身心之地。每周的半天休息，他差不多都是在陆家度过。那时陆婧叫肖恩叔叔，逢肖恩感冒生病，或者为部队演出突击排练不能前来时，陆婧会自告奋勇地骑上自行车，为肖叔叔送去母亲烹制的鸡汤、榨菜炒肉丝。满满一罐榨菜肉丝够肖恩吃一个星期，也要用掉陆家半个月的肉票。那个推着自行车站在部队大院门口、冒着寒风等待他出来的陆婧，那个围着大红围巾、戴着厚厚的棉巴掌手套、晶莹的鼻头被冻得通红的孩子，给肖恩留下了美且干净的印象。他送给陆婧一双淡绿色斜纹卡其布芭蕾鞋，足尖嵌有软木的真正的芭蕾舞鞋，正热衷于校文艺宣传队各种活动的陆婧，连续一个星期每晚睡觉都把这双鞋供在枕边。后来陆婧并没有在舞蹈方面有所长进，以她当时的年龄，腿已经太硬，开胯也不再容易。当年那些小女孩对文艺的热爱，充其量相当于今天的时尚女生对奢侈品的追逐。

　　十年之后，肖恩已是北京那个大部文工团的业务团长，陆婧的父亲也做了虽城文教局局长。肖恩的文工团有时来虽城演出，他带着演出赠票和茅台，到陆家和老同学畅饮。肖团长和陆局长一改从前的落魄，精神、气色俱佳，就像换了个人。陆婧从旁看着想着，人没换啊，换的是人间。

　　换了人间。肖恩再见十年后的陆婧，他惊喜地打量着她，喃喃自语着小姑娘已经出落得、出落得……他始终没有完成那后半句话：她出落得怎样？但半句话对陆婧足矣，她尤其喜欢"出落"这个词，一个带有弹性的神奇蜕变的好词。陆婧突然不叫肖恩叔叔了，她叫他肖老师。每逢文工团来虽城演出，陆婧便也忙了起来。她为同学、朋友、同事、近邻向肖恩讨要招待票,她替当地媒体联系采访肖恩以及团里的男女演员,她不是名人,但她已是个认识名人的名人,她为此得意、满足,她和肖恩的关系也就落入了那个时代可能的套路。肖恩开始邀请她去北京看戏看电影——一些尚未公开、只供圈内人优先欣赏的外国电影,陆婧自己也频频寻找去北京的理由。一个地方戏研究所原本没有更多出差北京的机会,多数时间她利用周末自费前往。那些日子她轮流住遍了亲戚家:姑姑、叔叔、舅舅、姨妈。她庆幸他们的家都在北京,就像从前她的父母一样。在北京疯跑的时光里,她作为一个曾经的北京孩子,常常生出些情不自禁的得意和略带焦灼的期盼。

秘密恋爱固然秘密,却仿佛必得选出一个可靠的人分享才更够秘密。几个月之后,陆婧把李花开约到一家卤煮火烧小馆。她脸色潮红、嘴唇颤抖,十指交叠着扭绞着,忽又神经质地把双手搓来搓去。她的讲述琐碎累赘而又宏大激昂,她顾自笑着,眼里有泪光,她已经为自己这高级的恋爱所倾倒,她的闺密李花开也必将为她这不凡的倾诉所倾倒。

李花开的嘴里却只是偶尔迸出一句"我娘!"逢关键时刻,李花开的山村口头语还是会冒出来,比如"我娘"!听着生硬,但干脆、有劲。这是一个本身不含褒贬的感叹词,但在此刻,李花开喊出它来表达的是决不同意。两人争吵起来,昏天黑地。陆婧急赤白脸,碗中的卤煮火烧一口没动。李花开连吃带喝,一海碗卤煮火烧下肚,也没能堵住她那张压着嗓音、连呼反对的嘴。直到碗空了,她才发现了陆婧的一脸憔悴,她闭嘴了。或许恋爱中的憔悴才能唤起人的怜悯,而绝对平等的友谊也并不存在,似乎总有一方在紧要关头非服从另一方不可,比如让卤煮火烧和争吵弄得满头是汗的李花开。陆婧判断李花开有缓和的迹象,再添些央告加耍赖的言辞,李花开到底让了步。她答应保密,还答应了陆婧的提议:肖恩写给陆婧的信从此寄往李家。在一场无法光明正大的恋爱里,情书寄往当事人的单位是危险的,李花开的家,那私房、独院在陆婧看来最是安全。

北京寄往虽城的平信隔天可到,陆婧一个星期至少两次去李花开家取信。那个当初在她看来有点陈旧、俗气的小院,如今在她生命中已变得如此要紧,如此友善而温暖。她多是在晚上下班后赶往李家,弓着身子把自行车骑得飞快。不能用奔向或跑向来形容她的姿态,那是扑向,扑向一团情话或者简直就是一场约会。她进了门,敷衍地和李花开或者李花开的丈夫——那位叫起子的寒暄几句,接过李花开递上的有点压手的厚厚的信封,便逃也似的夺门而去。她不急着回家,此刻家也危险。她急不可待地找一根电线杆把自行车和自己都靠上去,就着昏暗的路灯开始捧读肖恩写给她的大段的文字。她的心大声跳着、酥着、醉着。在夏日,那些粗糙的松木电线杆上爆裂的木刺有时会扎进她的衬衫。当她回家之后脱下衬衫小心择着上面的细刺时,她会偷着笑。她被扎疼过吗?这样的时刻,疼也是幸福。

有时李花开在厂里加班回家晚,陆婧奔到李家推门进屋后,永远在家的起子会代替李花开把信送至陆婧手中。他并不留她坐一会儿,像通常主人对客人那样。他知道她不需要,就像陆婧也明白起子已经知道了她的恋爱,他和这幢私房、独院共同知道了她这场恋爱,再坐下假装等李花开回家反倒虚伪了。第一次从起子手里接过肖恩的来信,她只是稍显尴尬,也仅是稍显,对肖恩来信的渴望压倒了一切,一切都不在话下。

三

又是冬天了,起子画了一会儿彩蛋,外贸公司的订单,复活节前要发货的。画彩蛋是个手艺活儿,类似简单的重复性劳动,起子得心应手,或者说熟能生巧。初中没毕业他就跟着邻居家的一位师傅学画彩蛋，多少年画下来，有时他也感到腻烦，看着纸箱中被瓦楞纸板隔开的那一排排花里胡哨的蛋们，常常觉得自己就是个卖鸡蛋的。李花开没有嫌弃他这份活计，他不用出去上班正好在家做饭。可那个陆婧从一开始就对他怀有轻蔑。那轻蔑是暗含的不易觉察的，起子还是莫名地感受到那轻蔑的蛛丝马迹。他是个小心而敏感的人，又是一个随着惯性生活的人，每当自卑心翻腾上来，他便会拿他的私房、独院将其打压下去。是啊，在计划经济时代，福利分房时代，有人会为分不到住房吞一把安眠药的时代，他起子能够坐拥一个院子一套私房，你们还要怎么样？"你们"是指他的对立面，有时指李花开和陆婧吧，多数时间是泛指。这时他的情绪又昂扬起来，他尤其喜欢"坐拥"这个词，这是个主动、气派、敞亮的词，他不仅坐拥房子院子，还坐拥单纯貌美之妻子。生活对他不薄。

　　想想这些，起子放下手中的彩蛋，揉揉眼——画彩蛋费眼。他花三分钟做了一套自编的用力眨眼的眼保健操，接着他要犒劳一下自己。他把粘着颜料的手仔细洗干净，行至那炉盘锃亮的著名炉子跟前，拎起那把铝壶，壶中水开着，顶得壶盖噗噗响着。他沏上一杯茉莉花茶，搬把椅子坐在炉前，喝两口热茶，放下茶杯，起身把房门锁好，然后才从他的彩蛋工作案的小抽屉里拿出一封信，邮递员刚刚送到的北京来信。他举着信复又坐回炉前，将信封一端凑着炉盘上铝壶壶嘴里冒出的徐徐水蒸气来来回回扫那么几次，信封一端便软塌下来。他就势拿根牙签轻轻挑开信封封口一角，封口轻易就打开了，如同吃酥皮点心时用手揭去那层层酥皮，绵软、无声、可心。起子从大张着嘴的信封里抽出不薄的情书，从容不迫地欣赏起来。一些段落仍然让他耳热心跳，但情绪已不像初读第一封信时那般亢奋了。他始终腻歪的是肖恩在信中把陆婧称作"我的小软木塞"。他常常半是艳羡、半是鄙夷地把过目后的信推送进信封，再小心翼翼地用胶水封好，以手掌外侧轻按均匀，宛若终于为肖团长放行的秘密检察官。

第一次把北京来信送到陆婧手上，他就已经生出一种身在暗处的优越感。这时期的陆婧，却仿佛处于下风头了。陆婧不时会给他们夫妻带些礼物，给李花开买过马海毛的毛衣，还送过起子一件当年正时髦的沙色皮夹克。这本是朋友间的心照不宣，却渐渐让起子愈加不满足了。优越感是什么呢？那就像是人生的一种主动，起子就在一次次优先阅读那些北京情书的亢奋中获得了既朦胧又主动的渴盼：难道他当真要画一辈子彩蛋吗？

这天上午，陆婧在办公室接到起子的电话，只电报式的两个字：有信。这是个善解人意的电话，起子的积极热情使她连矜持一下的表演也用不着了，她决不打算等到晚上下班后再去取信，甚至中饭也不吃，骑车直奔那"有信"之地。

他和她对坐在炉前，炉膛里淡橘色的火光恰到好处地映着两人的脸。她本不想坐下，打算拿了信就走的，但起子邀请她坐下。她发现他手里没有信。他当然看出了她的疑惑，随即从裤兜里抽出一个他们都已熟悉的信封：红蓝两色斜线圈边的航空信封。在这儿呢。他说。他微微前倾着身子从炉口上方把信封递向对面的陆婧，在陆婧看来这很危险，好像那信是要蹚过炉火才能抵达它的目的地，又好像起子原是要把那信封丢进炉中的。陆婧伸出双手在炉口上方托住那信封，手背让炉火炙烤得一阵干疼。当她终于将那沉甸甸的信封"引渡"到自己胸前，仍然双手托着它，就像托着一个刚从火海里得救的人。接着，她觉得这姿势有点失态，便把信封平放在腿上，这又仿佛肖恩正把嘴吻在她腿上，说着绵绵絮语。她的腿一阵阵酥麻，腿暗示了她拿起信封，掖进棉大衣口袋。这时起子说出了他的想法。

陆局长肯定能办到,群众艺术馆啊,艺术学院啊,画院啊,都行。他说。

你和李花开商量过吗?她问。

这不重要,我的事还是我直接说更好。他说。

可人的调动需要多种条件,特别是艺术类的单位,不是普通人就能去的啊。她像是在提醒他。

但我觉得我不是普通人。他坦然地看着她,也像是对她的提醒。

她听出了话中的厉害,也领会到这位起子的"不普通"。想到李花开随厂领导去南方几家印刷厂参观学习,两个星期才能回来,起子是特意选了这个时间的空当来和她谈如此要事吧?

她从炉边站起来,眼睛并不看他,只答应回家试着跟陆局长去说。

陆婧选了一个晚饭时间对陆局长提及起子的事,晚饭时间家里的气氛是轻松的。陆局长却立刻拒绝了女儿的请求,"异想天开,异想天开!"他手很重地把筷子拍在饭桌上,一迭声地重复着这四个字,不知是讥讽起子,还是斥责女儿,也许二者皆有。基于对父亲的了解,她知道结果会是这样的,曾经闪过的一点侥幸之念确凿地破灭了。

这天,她又在办公室接到了起子的电话,还是两个字:有信。

四

她和他对坐在炉边,这次他没有空着手,给她开门便及时送上捏在手中的信封,仿佛以此迎接她将带给他的好消息。她迅速把信揣进大衣兜里,就像生怕这信会遭遇不测。

开口是艰难的,但她必须开口。她向起子道了声对不起,说再等等看还有没有其他办法。这明显的官腔让起子十分不悦,他举了某某熟人因为有关系而进入了似乎不可能的单位。

她打断他说,在我们家真的不行。

他直视着她,放慢语速说,要是不行也得行呢?

她这才有点警惕地向后捎着身子问道,你这是什么意思?

他说,我不是在央求你,是在要求你。

她觉出了他的无礼和过分,但大衣口袋里那沉甸甸的信封可是经由他的手抵达她手中的,她努力使自己克制并且客气。她站起来说,等李花开回来咱们再一起商量也许更合适。

起子也站起来,果决地告诉陆婧不用商量,他就是要去陆局长所管辖的那些单位。

陆婧到底没能把持住自己,她扫了一眼对面的起子,第一次发现他那一头打绺儿的"艺术范儿"长发滋着过多的油脂,好像每每以猪皮擦完炉盘都会捎带着再往头上蹭去。她恼火起来,边向门口走边提高嗓音说,你有什么权力命令我啊,你以为你是谁!

在她背后传来起子的声音:我知道我是谁,更知道你是谁!你不就是肖大团长的小软木塞吗?

她那刚伸向门把手的手缩了回来,后脑勺仿佛遭遇了棒击,似有一个黄豆大的小气球在颅内的某个位置炸了,一个瞬间,嗡的一声,她脑海里一片白色。她还是顶着一颗白色的头颅转过了身,并努力站稳自己,身体却已有点瑟缩,像曾经有过的梦境:她裸体着站在街上,到处找不到要穿的衣服,而街上面目不清的人们正肆无忌惮地看着她,比如此刻的起子。

起子就像听见了她那无声的感受,加码似的继续抖搂:是啊,不怕你笑话,我全看过,七十七封信,包括现在你大衣兜里这封。

她一边下意识地将手伸进大衣口袋,死命握住那信封,好比攥住了肖恩的手,一边咕哝着你怎么能、你怎么能……

我怎么不能?起子复又在炉边坐下:凭什么你们里里外外、明的暗的都是体面,又体面又浪漫,我就非得窝在这儿画一辈子彩蛋不可呢?我,我们全家还得替你收着、守着这些个不体面的信。说到不体面,我的要求不过是要通过这些不体面的信得到一份体面的工作,为了我们全家、我们未来的孩子,这有什么过分吗?

她不动地方地站着,拼力捕捉着他话里的信息,她想到了李花开,不敢去想这是他们夫妻的合谋,可难道他们不是夫妻吗?还有孩子,李花开是不是怀孕了?陆婧的恋爱袭来之后,目中已无他人,所有的时间更不情愿分配给他人,识趣的李花开也久已不主动和她联系了。她不甘心着还是喃喃着说:"李花开知道你……"

他不等她说完,截住她的话说,知道怎样?不知道又怎样?用不着假装清高,也别想对我使用什么不好听的词儿。我就这么一件事,陆局长动动小手指头的事,有什么办不了的呀。

清高,陆婧想到了父亲。本来她有些抱怨父亲那决不通融的清高的,但在这时,她忽然感叹世间毕竟还存在着这么点清高。为了这点清高,她决不打算接受这蛮横而阴暗的命令。她不接受,还得显出不示弱,她一字一顿地对炉边的男人说,还——就——是——办——不——了!

起子站起来,遭受了冤屈似的,走到摞在地上的彩蛋箱子跟前,从最下面的箱子里拽出一只白得刺眼的纸袋,举起来冲陆婧晃着,叹了口气说,都在这儿呢,六十七封。我用微距拍好,借朋友暗房冲印出来的,后来的十封没来得及冲洗,不过已经足够了。说着从中抽出一张印满小字的黑白放大照片,送至陆婧眼前。

陆婧只瞄一眼便认出了肖恩的笔迹。起子这层层递进的胁迫宣告着陆婧的节节败退,她平生第一次感受到巨大的惊恐和侮辱。她的小腹突然开始酸胀下坠,伴随着酸胀下坠的是两条腿的绵软。于是她知道,腿软并不是从腿开始的,是小腹里酸胀下坠的物质游移到耻骨再无情地沉降至大腿、小腿、脚底、脚趾,迅速侵蚀着那里所有的骨骼、韧带、肌肉、血液……接着无腿感袭来,她的小腹好像直接落在了地面,人也顿时矮了下去。她拼命用意念寻觅着腿脚,顽强地动了动灯芯绒棉鞋里仿佛已经虚无的脚趾,脚趾总算有了些微的痉挛。那么,她是有腿的,她还在站着。她迈前几步,本能地伸手要夺下那刺眼的白纸袋把它投进炉火。起子将纸袋背到身后说,胶卷还在我这儿,烧有什么用呢?如果陆局长帮了我,我肯定当着你的面连胶卷一股脑儿烧了它。不然,你能猜到后面会发生什么。

她腿软着,绝望地站在他面前,望着这个在炉子边上踱着小步的男人,就像望见了一个非人类的物种。比如鳄鱼,不!鳄鱼甚至也要好于眼前这个物种。她把涌到嘴边的所有形容词都压了回去,她的绝望使所有的词语都已失效,这绝望却也迫使她从溃败的谷底捞起了她久已失散的自尊。她被亮在眼前的撒手锏打蒙的同时,仿佛也被打醒了。当她确信自己的两条腿能够带她迈出这间屋子时,她把大衣扣子一个一个扣好,接着,她以自己也未曾料到的动作,突然奔向那炉子,拎起坐在炉盘上那把沉甸甸的铝壶,高高提起,壶嘴向下,向着那炉火正旺的炉膛猛地浇灌起来。霎时间水火交战的炉膛发出刺刺嘎嘎的怪响,一股股灰白色气体伴着浓烈呛人的臭屁味儿冲上屋顶,弥漫着房间,也吞噬了炉边的男人。烟雾中她把空壶"哐当"丢在地上,拼力拉开屋门,又狠劲把门摔上,就像将一切的担惊受怕,一切的提心吊胆,一切的错愕、愤怒乃至一切的恶心,全都摔在了身后。她听见门玻璃碎了,那起子没有追上来。

她想找个没人的地方大哭一场,但急切地要给李花开打电话声讨的愿望压制了她的大哭。她没能和李花开通话,她的青春年代,和远在南方几个省出差的人长途电话联系尚不那么便捷。她又跑到邮电局给肖恩打电话,在排队等待接线员叫号的时候,她在长途电话间的门玻璃上看见了自己的脸。一夜时间她的脸怎么会变成这样?腮帮子嘬着,太阳穴瘪着,鼻翅儿扇着,耳朵片儿干着……这是刘宝瑞先生一段相声里的句子,形容的是一个受不孝儿子虐待、饭都不给吃饱的老太太的凄惨面相。她不是那位倒霉的老太太,以她的年龄,也还不具备自嘲的能力,她的脸让她突然想到相声里那老太太的脸,只激起了她更加强烈的愤懑,更加确切的无助。她和肖恩通了电话,当她语无伦次地讲了这边的事,对方始终沉默着。

第二天,陆婧单位的领导收到了起子制作的黑白照片,本市的平信当日可到。陆局长也收到了。两天后肖恩团长的上级领导也收到了。

李花开出差回来,陆婧立刻把电话打到了印刷厂,那是一个悲愤加绝交的电话,一个鄙视得不容分说的电话,一个曾经的"闺密"必须洗耳恭听的电话。陆婧那一波又一波语言的风暴如耳光噼啪,痛打在电话那头的李花开脸上。陆婧只听见李花开一迭声叫着"我娘!我娘啊!"又听见她"呕呕"了两声,像在呕吐。陆婧摔了电话。

肖团长受到了处分。

陆婧受到了处分,被陆局长轰出家门。

五

四月的又一个下午,太阳很好,雾霾不在。陆婧打车来到"时代体育"。朋友送了她两张老时光博物馆的门票,她看看地址,发现就在东单,离那间"时代体育"小店不远。这正好是个自然的理由:可以先到"时代体育"看看,再去博物馆参观,这样,走进商店便显得更像顺路。

"时代体育"有年轻的顾客出入,咄咄逼人的青春扑面而来。陆婧掺在其中,自觉有点碍眼。她在跑鞋柜台驻步,但她从不跑步;她在泳具柜台驻步,她也不打算游泳。她在等一个合适的时机,和坐在收银台的李花开打一声招呼。其实她一进门就看见了这位故人,三十多年未见的故人,即便是仇敌,难道不也能生出几分亲切吗?就算谈不上亲切,她至少怀有那么点不愿承认的屈尊的好奇。

时间是毒药,也是偏方。她记起哪个作家的句子。

店堂里人少的时候,她来到收银台前,将胳膊肘架上齐胸高的台面,明确地招呼了一声:"嗨,李花开。"

李花开抬起头,她认出了陆婧,随着一声"我娘!"陆婧看见了她脸上的惊奇和真切的欣喜。

……

她们对坐在一间粥铺喝粥。李花开说她常到这儿来,离店面近。陆婧要了蔬菜鱼片粥,李花开要了皮蛋瘦肉粥,又点了拍黄瓜和两个芝麻烧饼。

这几十年我常常想着要是看见你,第一句话到底怎么讲,千头万绪的。李花开说。

是我摔了电话。陆婧说。

我放下电话就去单位找你,哪儿都找不到你。后来,单位说你报了一个什么进修班,去北京了,和谁都不联系。过了几个月,又听说你出国了。

是出国了,陪读。算是闪婚吧。年前刚退休,业务荒疏大半,职称副高。女儿自立,丈夫厚道。陆婧以短信似的句子讲述了自己的三十多年。

你呢?

离了。李花开端起粥碗又放下,这粥碗挺大,小西瓜似的。陆婧恍惚又坐在了当年那个卤煮小馆。

就为我？陆婧心有不安地问。

我最怕的就是你这么想。不是为你，是非离不可。李花开的讲述也很简明。开始他不离，让她替肚子里的孩子想想。她上了房，站在房顶逼他同意，不然她就跳下去。他跪在院子里求她，不松口，不信她会真的跳。刹那间她迈前两步，眼一闭就跳了下去。

陆婧的心像遭到突然坠落的重物的击打，一阵沉闷的钝痛。她下意识地望着李花开的脖子，岁月给这优美的脖子增添了几纹皱褶，但依旧柔韧、光润，且不松垮。从房上跳下万一戳中了脖子……她不敢想了，后脖颈被冷汗浸湿着。她不愿用自惭形秽来形容此刻的自己，只朝桌子对面伸出手，却不好意思去握李花开的手。三十多年的隔绝，让人无法产生轻易的肢体接触，即便是曾经的"闺密"。她收回了手，机械地问着：后来呢？

后来就离了。李花开淡淡一笑，告诉陆婧，她原是要把孩子"跳掉"的，这孩子却结实。她残了一条腿，回老家生下儿子，在县中学当了老师直到退休。儿子从小就善跑，初中选进省体工队，再后来又进国家队，亚运会拿过名次。就好像，她拿自己的残腿，换来了儿子日后超速的奔跑。

你这是，轴得不要命啊。陆婧用了一个"轴"字，觉得不恰切，又找不出更合适的词。

李花开把身子靠上椅背说，谁愿意不要命呢，可当时我已经站在房上了。我站在房上往下看，索性想着跳下去无非就是两条路，要么死得更快，要么活得更好。

陆婧竭力眨着眼往回憋着泪说，你是活得更好的。

李花开说，那也先得敢往下跳哇，况且，还得有信使给鼓着劲。

"信使"两个字是陆婧的忌讳，那是旧年的伤口，尽管那伤口已经疲惫得睁不开眼，可她们的会面又无论如何绕不过这两个字。李花开说，其

145

实你也是我的信使。我第一次把信送到你手上的时候，你就已经是了。到最后，没有那些事，没有你摔电话，我也下不了决心去奔真心想要的日子。记得我跟你提过我那个中学同学吧？

陆婧猜到了什么。但他的名字她早已记不得了。

他在老家当导游，我们那儿穷，山水可好看。从前北京人不知道，玩到十渡就不往里走了，其实越往深里走越奇崛，大峡谷、风动石、空中草原。后来他自己弄了旅行社，和县旅游局一块儿开发。我回老家后，他一直照顾我，生孩子都是他守在身边。这么多年，我们过得挺好。李花开猛地扬了扬下巴，郑重地介绍说：他叫锁成，姓赵。

这间店呢，"时代体育"。

是儿子的。儿子退役后盘下这个小店，有时间我就过来帮他照应几天。往后他该忙了，区体校聘他当教练，准备国庆游行呢，其中一个方阵有他们参与。

她们共同意识到，这是二〇一九年的春天了。陆婧仿佛又闻到了白丁香、紫丁香那一团团苦而甜的香气。

两人出了粥铺，天已经黑透，李花开要回"时代体育"，和陆婧在此道别。陆婧望着眼前车的河流、人的河流，意犹未尽地说，那年我一气之下逃到北京，才知道偌大个北京不会安慰你的委屈。

可偌大个北京能够包容你的委屈。李花开接上陆婧的话。晚风吹拂着她略微倾斜的身体，吹拂着她的短发，那样子实在很飒。

几天后陆婧去了老时光博物馆。她从家里走路去的，有点远，大约十公里。她换了运动鞋，打开手机的百度导航，调至"步行"模式，方向感再差便也不会迷路。她很久没有这样专注地、长时间地在北京街上走路了，她要用尚是健康的腿脚而不是车轮，把北京仔细走一走。她走得挺好，近三个小时，顺利到达目的地。那是一间展览旧器物的民间博物馆。在众多旧物件里，她意外地发现了那只曾经那么神气活现的炉子。如今它的炉盘已不再锃光瓦亮，但炉膛里却闪着橘色的火光。她走近前，把脸探向炉口，发现炉膛里填充着仿不规则煤块的LED盐灯。LED是冷光源，炉子并不发热，只让参观者感受着一种亦真亦幻的安全的温度。

(原载《北京文学》第6期)

演唱会

艾 伟

卖烤羊肉串的车从黑暗深处推入广场的光亮处,火炉也随之从刚才的火红色变成淡黄色。车轮在雪地上留下两条黑线。刚才有零星雪花,这会儿完全停了。

好像是烤羊肉串引起了男人的饥饿感,他拍了拍体育场那根巨大的钢柱,从黑处钻出来,来到那个卖烤羊肉串的新疆人摊上,买了两串。他迅速地咬了一口油滋滋的肉串,很烫,口腔产生痛感。他皱了一下眉,向一边走去,把其中的一串烤羊肉串递给那孩子。

男孩的脸仰起来,看了看他。男孩戴着墨镜,男人看不到孩子的目光。是个瞎子吗?孩子的左手中拿着一根荧光棒,右手拿着一张演唱会的门票。孩子犹豫了一下,把门票塞进兜里,伸手接过烤羊肉串。孩子又看了他一眼,然后看着烤羊肉串,咽了一口口水,像是不知从哪块肉下嘴。

"快吃吧,趁热,天这么冷,等会儿就凉了。"男人说。

孩子咬了一口,味道很好。孩子的脸很严肃。孩子又看了男人一眼。

"我受骗了。"孩子嚼着肉含混地说,"黄牛给了我假票,我进不去。"

孩子没钱,买不起门票,演唱会开场后,能够买到黄牛手上多余的票,可以把票价压得很低。结果票是假的。

他看了看孩子,说:"把票给我看看。"

孩子用嘴叼着羊肉串,腾出一只手,拿出刚才塞到口袋里的票子,递给男人。

"是假的。该死的黄牛。"男人说。

男人看了一眼体育场。光芒从体育场上空升起来,像盛开在黑暗中一朵硕大的花。

"我看你在雪地里站了好一会儿了,这儿又听不到什么。"男人说。

"我要找到那个黄牛,让他坐牢。"孩子说。

男人冷笑了一下。看来是个固执的孩子。固执令人讨厌,就像一只蚂蟥叮着你的腿肚子吸血,甩也甩不掉。男人把一串烤羊肉一嘴撸了,随手把用来串羊肉的细竹条掷到雪地上,擦了擦手,走了。

男孩觉得乱丢垃圾不好,去捡细竹条。孩子走得太快,滑倒在雪地上,荧光棒甩出老远。孩子爬起来,开始在雪地上摸索荧光棒。他真的瞎了吗?孩子接触到荧光棒时,脸上露出笑意,眼睛却并没瞧它一眼,好像他的手就是他的眼睛。

其实男人并没有看到男孩跌倒的样子,他的背后有双眼睛似的,看见男孩刚才的样子。也许是男孩发出的声音让他在脑子里形成某种图像。他的心里面抽了一下,像是一股冷气突然从衣领口子钻入,钻进他的心脏里。

男人站住,回过头来问:"你想看这场演唱会吗?"

男孩看着男人,不知道男人什么意思。他不相信男人能带他进体育场。突然吹来一阵猛烈的风,把地上的雪吹了起来,打到孩子的脸上。孩子看到不远处灯光下那烤羊肉串的车也被雪击中,晃动了一下,火苗跟着暗了一下。孩子的脸上露出迷惑的表情。

男人抹去脸上的残雪,恶狠狠地说:"站着干吗,跟我走啊。"

他们并没有进入体育场。男人带男孩进了附近的一家游乐场。游乐场大门紧闭,他们是从围墙上爬进去的。男人先爬到围墙上,然后倒挂着伸出手,拉住孩子。孩子不重,快到墙头时,男人一把抱住男孩,然后一起跳下去。下面是松软的积雪。孩子看到远处的摩天轮亮着灯光。灯光没有动,摩天轮应该是停在那里。摩天轮已是永城一景,游乐场关门后,摩天轮还亮着的,人们在黑夜里看得见它像佛光一样缀在永城的上空,轮廓庞大而圆满,给人一种神秘而梦幻的感觉。

他们向那光亮的方向走去。摩天轮的光有点强烈,刺人双眼。

"你为什么戴着墨镜?眼睛瞎了?"男人说。

"我没瞎。"男孩说。

"把你的墨镜给我,看见光线我眼睛会流泪。"男人说。

男孩摘下墨镜,递给男人。男人第一次看见男孩的双眼,一双明亮的大眼睛,一双你怎么骗他,他都会相信的眼睛。怪不得会买到假票,不骗这种缺心眼的孩子还去骗谁?男人看了看手中的墨镜,太小了,放不到他这张大脸上。男人试了一下,不能。男人还给了小男孩。

游乐场非常大,男孩不知道男人要带他到这里来干吗。刚才他说让他观看演唱会的。不过男孩似乎忘了演唱会,他被摩天轮吸引住了,几乎是跑向摩天轮。一会儿,他们来到摩天轮下面。男孩有点气喘吁吁。摩天轮静静地停在那儿,那些座位上积了厚厚的雪。男孩拿下墨镜,抬头朝摩天轮张望,每一个座位处对称地向两边射出一束光线,这些光线规则地悬于头顶,刺穿黑夜,黑暗和明亮的交会处有一层雾状的悬浮物,仿佛光线融化在了暗中。

男人掸去摩天轮不远处的一条长凳上的积雪，坐了下来，他点了一支烟。男孩看了男人一眼，他的右边不远处就是体育场，摩天轮的圆轮正对着体育场，好像摩天轮随时会向体育场滚去，把体育场碾碎。刚才的兴奋劲儿过去了，男孩听到了从体育场传来的声音，歌声伴着歌迷的呼喊声，意外清晰，比刚才在体育场外的广场要清晰得多。

男人让孩子在摩天轮的一把椅子上坐下来。男孩模仿着男人的模样，抹去椅子上的积雪，然后坐下来。他想象摩天轮转动的景象，他玩过摩天轮，摩天轮转动起来，他就会跟着轮子升起来，又落下去。那种感觉就像波浪一样，一浪一浪地涌动，前进后退，分外刺激。

男人来到男孩身边，拿起座位上的安全带，把男孩的身体扣死。

"等会儿升上去你会害怕吗？"男人问。

男孩不清楚男人这么问是什么意思。他看着男人，然后摇了摇头。男人丢了烟头，站起来，向不远处的操控室走去。男人不知施了什么魔法，打开了操控室的门，然后按下了那个红色按钮。

摩天轮突然转动起来。这让男孩猝不及防。他先是看到灯光在摇动，然后才意识到自己在上升。男孩几乎本能地摸了一下系在身上的安全带，扣得很紧。一会儿男孩适应了，他把目光投向男人，男人正从操控室出来。男孩怀疑男人是游乐场的操作员，这个念头让他放宽了心。

在上升到三分之二高度时，男孩看到了体育场内的情形。整个体育场镶满了五颜六色的灯饰，在闪闪发亮。从这儿看去，舞台上的歌星只有手掌这么大，他在台上跳着唱着，台下满是荧光棒和尖叫声。男孩会唱歌星的每一首歌。男孩从怀里取出荧光棒，情不自禁地一边摇动，一边跟唱。

男孩又落了下来。好像一个波浪把他打没了，男孩有一种淹在水里的感觉，看不到体育场内的一切。男人在摩天轮边上站着，双手插在裤袋里。

"这家伙很红吗？"男人问。

"他是我偶像，舞跳得特别棒。他是从韩国学的音乐和街舞。"男孩说。

男孩还没来得及说完，又升了上去。这种感觉真的很像在冲浪。虽然男孩没冲过浪，他想象冲浪大概就是这样子。

男孩再一次从浪尖下来时，发现男人消失无踪。灯光照在那把长椅上，长椅孤零零的，像是从没人站在那里过，那男人只不过是个幽灵。男孩慌了神，他担心男人抛下他走了。如果男人不回来，意味着没有人替他把摩天轮关掉，摩天轮将永远这样转下去，他将在摩天轮待上至少一个晚上。晚上可能再下一场雪，他会被雪盖住，结成一个冰人。也许根本不用下雪，寒冷的北风足够让他冻成冰块。

男人再一次出现在摩天轮下，男孩才松了口气。他对自己刚才的怀疑感到羞愧。现在他放心了，男人不会丢下他。他再次专注于演唱会中。他看到演唱会达到高潮，整个体育场内的歌迷都在放声高唱。

男人对演唱会没有兴趣，他又点上一支烟。他吸烟时，那火光亮得像在燃烧。男人看了看手腕上的电子表，已过了九点。他想象体育场里边群魔乱舞的情形，他觉得里面的每个人都相当滑稽，为什么他们见到一个明星就变得如此幼稚？他听到摩天轮上的男孩在唱一首摇滚乐，童声稚嫩，时断时续。歌声迅速消失在黑暗中。一道流星从游乐场上空忽地划过。

歌声的结束处，男孩举起双手伸向天空。随着摩天轮的转动，他手中的荧光棒划出一道旗帜一样的光屏。男人猜想，一定是体育场内的歌星也做了这样一个动作。

"你这么晚不回家，你爸妈放心吗？"男孩降下来时，男人问。

"我爸妈离婚了，我判给我爸，我爸又结婚了。我奶奶带我，我奶奶天一黑就睡了。"男孩脸上露出庄重的表情，好像男人问的是一个荒唐的问题。

"你妈呢,也嫁人了?"男人问。

男孩又升了上去。孩子做梦也没想过他可以在摩天轮上看演唱会,他觉得这比在现场观看都好,他感到幸福。他甚至有点庆幸今晚买到了一张假票。

体育场内正在演唱一首摇滚版的《国际歌》。这首人人会唱的歌曲使体育场内的气氛达到高潮。同时男孩意识到演唱会应该马上就要结束了。没有比在全场高亢的合唱中结束更完美的了。男孩心里面涌出淡淡的伤感。最后总归要曲终人散的,一点办法也没有。

演唱会就要结束时,一道手电筒的光打在男人的脸上。然后手电筒又射向正坐在摩天轮上的男孩脸上,是游乐场的保安。保安从门卫室出来撒尿,他在雪地上欢快地撒了一泡尿后,抬头看到游乐场的摩天轮竟然在转动,就摸了过来。他的手上拿着一根电棍,是他刚才折回门卫室带上的。

"你们在干什么?谁让你们进来的?这可是损毁国家财产,要坐牢的。"保安说。

男人把烟叼到嘴上,夸张地举起手,说:"你手中是枪吗?"

保安说:"什么枪不枪的,我又不是警察,这是电棍,你们谁也别想跑,否则我电死你,还有那孩子。"

男人很配合,听从保安的话,让自己趴在摩天轮控制室外的墙上。控制室的门洞开着,保安走进去,但他不知道怎么关掉,他怕突然停掉让孩子悬在半空中。他可不想因此惊动游乐场的领导,引来一堆麻烦。男人说,他会操作。保安白了男人一眼,让男人进去。需要先让摩天轮降速。男人盯着屏幕,看到男孩的位置快要落到地面,他果断地关掉了摩天轮。

孩子还呆坐在椅子上。他有些担心,看了看保安,又看了看男人,男人脸上没有表情。保安向孩子挥了挥手,让孩子下来。保险带扣得很死,

153

孩子好不容易才解开，从摩天轮上跳下来。

保安把两人带到门卫室。保安一直用狐疑的目光看着他俩。

"你怎么会开摩天轮，在这儿干过？"保安问道。

男人摇摇头。

保安松了一口气。如果不是这里干过的老职工，他可以对他们凶狠一点。保安拿出一个记事本，拿手中的电棍指了指男人，让男人供述。

"怎么进来的，怎么打开操控室的门，都给我老实交代。"保安说。

男人摆着一张臭脸，没把保安放在眼里。保安奈何不了他，只是在装腔作势。保安室有空调，比较暖和，男人想多待一会儿。

男孩担心保安把他们送到警察那儿。刚才保安威胁说，这事儿够他们坐牢了。

"我只是想看对面体育场的演唱会。"男孩说。

"哟，都是些什么人啊，都到游乐场蹭演唱会了，亏你们想得出来。不会自己买张票子进去吗？连一张门票都买不起？"保安语带讥讽。

"我被骗了，黄牛给了我一张假票。"男孩把门票递给保安。

保安仔细看了看门票，好像突然意识到了什么，仔细打量男人和孩子的脸，问："他是谁？你爸？"

男孩犹豫了一下，说："是的。"

男人的目光亮了一下。

对男人的沉默，保安有些恼怒。保安突然把门票拍在桌上，说："你怎么当爹的，给孩子做这种坏榜样，怎么可以像贼一样地钻到这里来，让孩子从小学会占便宜？"

男人觉得保安有点可笑，完全没必要这么人模狗样。只要愿意，他完全可以把电棍夺过来，让保安吃上一壶。只是男人不想惹事。

仿佛是在声援男人，男孩把手伸过去，拉住男人的手，他感到男人的手在颤抖。男人是害怕吗？男人脸色很难看，也许男人是在克制自己的情绪。

男人感到手里钻进一只柔软而暖和的手，像一只小麻雀钻到手心里。男人看了男孩一眼，紧紧握住了男孩的手，怕男孩会溜走似的。保安室的空调发出沉闷的声音。

"不吭声是吧，你们想在这儿待上一夜吗？"保安威胁道。

后来保安对他们失去了兴趣。这两个家伙一点也不好玩，像游乐场外的铁闸一样屁都不放一个。铁闸你拿票子一刷还会有反应，而这两个人就是蔫尿，这会儿再怎么恶心他们，他们都不开口。他们握着对方的手，好像这样才是安全的。保安想过用电棍电男人一下，不过他从没电击过人，他不清楚会有什么后果。他放弃了。最后他像放走两只蟑螂一样放走了两人。

离开游乐场门卫室，他们一直没有松手。转弯时，男人想过松开手，可男孩并没有放手的意思。男人的心又像被什么东西扎了一下，仿佛烈酒入口，有一股暖流从胸腔流过。男人莫名地握着孩子的手往自己家里走。

"你为什么会开摩天轮？"男孩问。

"我在那操控室里待过，他们试图让我明白摩天轮是怎么转动的。"男人说。

"所以你在那儿干过？"男孩问。

"没有。"男人说。

男孩听不明白，一脸疑惑。

路过市中心广场，转入一条狭长的小巷，男人指了指前方一排木结构老屋，说："我到了，住那儿。"

男孩还是拉着他，没放手。老屋的墙已风化，没有脱落的石灰上长着一块一块黑斑，那应该是黑色霉菌。

男人像是下了天大的决心,把男孩的手拉起来,拍了拍,说:"你走吧,很晚了,你得回去睡觉了。"

男孩站在那儿,没吭声。

男人说:"怎么啦,你知道怎么回家的,对吧?永城屁点儿大,你不会不认得路吧?"

说完男人向自己屋里走去。当他回头的时候,男孩还站在那里。他手中的荧光棒已经熄灭了,应该是电池耗光了。在雪地上的男孩像某个归来的影子。男人心又热了一下,他突然回过身来,很快走到男孩面前,粗暴地抱起男孩,扛在肩头,像扛着一块木板。男孩在肩头挣扎了几下,便安静了。男人把男孩扛进屋内。

"不想回家了,嗯?"男人蹲在男孩前面说。

男孩安静地打量着屋内的陈设。客厅那对沙发的人造革皮已破损,对面的电视机还是台式的,放在一只油漆脱落的餐柜上。男孩向过道那边张望了一眼,有一个楼梯通向阁楼。男孩马上明白,这个男人家里没别人。他看了男人一眼,他和自己的父亲差不多年纪了,他没结婚吗?

男人打了个长长的哈欠,含糊地说:"我困了,要睡觉了。我陪了你一个晚上,真是活见鬼了,我上辈子没欠你吧?"

男人打哈欠时,男孩盯着他的口腔,好像穿过那个黑暗的口腔可以见到男人所有的秘密。

"别这样看我,我不是你爹。"男人说。

男人把目光投向墙上,墙上挂着一张照片,一个男孩的照片。

"他是谁?"男孩问。

"我儿子。"男人说。

"他呢?"

"你没完没了啦?"男人说。

男人推开自己房间,迅速把门关上,好像怕男孩看到什么秘密。一会儿男人抱着厚厚的棉被出来,掷在客厅的沙发上。

"这么晚了,你也别回去了,睡这儿吧。"男人说。

男孩看了看照片。那男孩穿着一件漂亮的白衬衫,在一个晴朗午后的街道上笑着,背后的蓝天映衬着他那只圆圆的脑袋,好像他会变成一只气球从这里飘走。

"今晚真倒霉,你就是个灾星,害我陪着你受一夜的罪。天知道我为什么要那么好心。我累了,要睡觉了,你看着办吧。"

男孩几乎没看男人一眼,他把沙发上的被窝摊开,钻进被子里面。被子很厚实,足够抵御寒冬了。

男人关掉客厅的灯,进了自己的房间。

隔音不是很好,一会儿,男人的房间里传来断断续续的鼾声。男孩并没睡着,一直盯着墙上的孩子。男孩想,也许这个男孩跟着他的妈妈去了更好的地方。他有点羡慕墙上的孩子。

男孩一直没睡着。今夜多么令人兴奋,他满脑子都是摩天轮转动的情形以及体育场内演唱会的热闹。阁楼上有一些奇怪的声音,也许是老鼠发出的叽叽声。男孩对阁楼之类的地方一直满怀好奇,很想去看看。半夜时分,男人房间里的鼾声突然停止。一会儿,房间门开了,房间的门缝里探出一个头,也没开灯,也许因为困,男人一直闭着眼睛。男人来到沙发前,替男孩整了整被子。被子其实裹得很严实。男人又回到自己的房间。

睡意突然降临到男孩的小脑袋里。男孩伴着脑袋里不停转动的摩天轮沉沉地睡去。

早上男人醒来时,他感到有一样东西贴着自己的身体,那东西散发出一股子热力。当他意识到是男孩躺在自己的床上时,吓了一跳。他迅速钻出被窝,披上衣服,站在床边看着那孩子。男孩还在沉睡中,他的小脑

157

袋和右手探出被窝。男人看了好一会儿,他想起客厅墙上的照片,眼神泛出朦胧的雾水,他别过头去,长长地吸了一口气,好像以此可以平复身体内的某个隐疾。他调整了一下情绪,躬下身子,把男孩的右手放入被窝里,然后把被窝整严实了,不让寒气侵入。沉睡中的孩子神情安详而甜美。让他继续睡吧,大概昨晚在摩天轮上看演唱会,他又是比画,又是喊叫的,累坏了。孩子就是能睡。

　　他得上班去。刚才他替孩子做了早点,八只从超市买来的饺子。他拿出记号笔和纸,写了几句话,让孩子记得吃桌上的饺子,出门后要把门锁上。他把纸放在床头柜上。他想,除非孩子是瞎的,不然应该看得到。他快要出门时,沉思了一下。他又拿起笔,在那张留言上面补了一句话:"下次要是周杰伦来永城开演唱会,你来找我,我替你买张门票。真正的门票,不是黄牛的假票。"这句话比刚才那些字要大,看上去很醒目。他严肃地看了眼那几个字,然后把纸放在原来的地方。

　　男人在印刷厂工作。从前印刷品的设计和工艺是个技术活,印刷工序相当繁复,单是图案的印刷技术,需要绝对的精细才能完成,需要一层一层上色,印刷几次才能完成。电脑普及后,原来的技术都废掉。男人日复一日地操纵着印刷机,只要按几个开关即可,不需要动任何脑子。

　　昨夜的积雪开始融化。那些主要马路上,养路工人们已把雪铲在一边,露出潮湿的柏油路面。雪高高地堆在路的两边。人行道上踏出成串的脚印,结成了硬硬的冰块,有点儿滑,得小心行走才行。

　　在路过永城第一医院时,一群人围在一起打一个年轻人。后来他们说那是一个小偷,被抓了。他从人堆里钻了进去,看到一个长相俊朗的年轻人。仿佛是他的英俊惹恼了他,他也对着那小偷的腰狠狠踢了几下。他看到那小偷蜷缩着,双手护着自己的头部。由于刚才的动作太过猛烈,他有点喘气。喘出的气在寒冷中迅速化成白雾。警车在这个时候过来了,车上跳下两个警察,把小偷从众人的围殴中解救出来。警察用手铐铐住了小偷。

他回到人行道边的墙上,他感到自己的身子在一点一点下滑,最后重重地坐在雪地上,掩面抽泣起来。他想控制自己,但控制不了。冰冷的空气令他有一种窒息感,他不停地喘着粗气。

边上聚起围观的人。有人问他怎么了。他并不领情,骂道:"关你们屁事啊。"那人骂了一句"神经病"走了。人群慢慢散去。

他想他真的像一个神经病,他恨这个世界。他们夺走了儿子,他不能原谅他们。

他担心自己今天难以控制好自己的情绪,拿出手机向厂里请了假,同时拜托同事帮忙顶一下自己的班。

他往回走。走进市中心广场后面那条狭长的巷子时,他看到有一个孩子正走向他,他想跑过去拥抱他。是幻觉。街上空空荡荡,只有白白的积雪。

他打开自家的门,走进自己的卧室。孩子已经不在了,他写的那张字条也不在床头柜子上,桌子上的饺子吃掉了。他觉得有些遗憾,他很想男孩这会儿还在屋子里。屋子里有一个孩子,这屋子就是活的,不再那么死气沉沉。

他关好门,屋子暗了下来。他看到阁楼里透出一道光亮,他的心提了一下,很快地跑到阁楼上。

阁楼的门敞开着,阁楼上的物品没有动过。那部老式的印刷机,那个依旧需要靠技术一层一层往上加色的印刷机还在机床上,没动过的痕迹。甚至那些印刷品还放在原处,好像压根儿没人来过似的。男人知道,那个男孩上来过了。他深吸一口气,他有不好的感觉,或许一会儿麻烦会来。

男人似乎担心印刷机坏了,用手操作了一下。一张簇新的演唱会门票从机器里吐了出来，票子落在那堆早先做成的票子上。男人抓了一把，塞进口袋。男人想了想，又把所有的图案和票子都收了起来，塞进一只竹编的筐里。一会儿，男人从阁楼里走了下来。

到了楼下，他拿来刚才煮早餐的炉子。男人把那些印刷品一张一张放到炉子里烧。他的怀中抱着儿子的照片，那是他刚刚从墙上摘下来的。男人的眼中蕴满了泪水。他想，他的心太软了，他着了魔似的，喜欢上这个孩子，昨天晚上，他本来打算把孩子丢在摩天轮上走掉的，但他还是转了回来。

男人站起来，打开手机音乐，播放起一首歌曲。男人说："这是你最想听的歌曲，周杰伦的《双截棍》。"

男孩正攀缘在阁楼窗子外面的墙上，幸好墙面风化得厉害，让他的手和脚有攀缘的地方。孩子攀缘在上的样子看上去像一只被拍死在墙上的壁虎。天太冷了，男孩的手脚有些发麻，他低下头看了看小巷的路。他处于很高的位置上。不过下面有厚厚的积雪，看上去像落在地上的一动不动的白云。

音乐从楼下传到男孩的耳朵里，虽然不是太清晰，不过还是能听出旋律。男孩喜欢这首歌曲。

一会儿男孩从攀缘的地方掉了下来，重重摔在雪地上。正在扫雪的一位老太太被这个从天而降的小孩吓了一跳。她拍了拍自己的胸口，说，我以为见到了鬼。说着向男孩走去。

男孩的脚一阵酸痛，他以为自己的脚折断了。老太太摸了摸男孩的脚，老太太的手有魔法似的，一会儿男孩的脚就好了。也许同老太太没任何关系，是时间让疼痛过去了。男孩试着走了一下，并无大碍。

老太太说："刚才我以为见到鬼了，你不知道吧，这家的孩子是摔死的，你肯定不知道，因为你是个小偷，偷了东西从上面跳下来是不是？"

男孩想,他就是想偷,这家也没值钱的东西,除了那些假的演唱会门票。或许那台手工印刷机值点钱,可他哪里搬得动。男孩把每一只袋子翻出来给老太太看,证明自己不是个小偷。他甚至把羽绒服打开来证明里面也没藏着东西。

男孩问:"这家孩子是从上面跳下来摔死的?"

男孩看了看阁楼,并不高,要是跳下来摔断腿是可能的,摔死怎么也不可能。

老太太不住地摇头,她指了指远方,说:"这家的儿子就是从那摩天轮上摔下来的,他们说是被活活摔死的。"

男孩看了看远方,从这里看得到体育场边上的游乐场,那摩天轮高高耸立在体育馆西侧。他吓了一跳,昨晚,他就在那儿观看了整场体育场内的演唱会。

"是摩天轮出了故障吗?"男孩问。

"唉——"老太太长长地叹了一口气,"不是这样的,是他儿子想看演唱会,偷了老子的钱,结果从黄牛那里买到一张假票,演唱会没看成,就偷偷溜进游乐场,爬到那家伙上面,听说那上面可以看得见演唱会,他爬到最顶上那位置,可谁能想得到呢,那大家伙突然转动起来,他儿子从上面摔了下来,摔死了。"

男孩记起来了,两年前确实有一则新闻,周杰伦来永城开演唱会,有一个孩子因为看不到演唱会摔死在了游乐场。

一股酸涩的东西塞住了孩子的喉咙,让他无法呼吸。

男孩离开小巷时,脑子是混乱的。他像一个喝醉了酒的人,处在晕眩状态。他都不知道自己是怎么离开那条小巷的。等他的意识回来时,发现自己正路过西门派出所。

男孩的手中拿着那个男人留给他的字条。他一边走,一边看着那几行字。字体非常漂亮，几乎像印刷体一样。男孩想，他是搞印刷的，连假票都做得出来，字当然可以写得很好。

"下次要是周杰伦来永城开演唱会，你来找我，我替你买张门票。真正的门票，不是黄牛的假票。"

昨天半夜他爬到男人床上，男人的身体和被窝都暖和的。

一辆警车在派出所外停了下来。车上跳下两个警察，其中一个警察带着一个年轻人，手铐的一环扣着那年轻人，另一环扣在警察手腕上。那年轻人满脸是血，应该刚刚被人揍过。男孩猜想那人可能是个小偷，人们通常只敢揍小偷，对别的罪犯则碰也不敢碰。男孩发现小偷有一张帅气的脸，这张脸让男孩想起昨晚的歌星。当然不是同一个人。男孩对自己说。

警察朝男孩这边张望。警察认出了男孩，叫住了他。男孩紧张得要命，他怕警察审问他，怕自己不小心说漏了嘴。那样的话，警察也许会去抓那个男人，他会因此坐牢吗？男孩愣在那儿，不知如何是好。

警察远远地训斥他："喂，你昨晚去哪儿了？你奶奶一宿没睡，到处找你呢，她都来报过警了。你愣着干什么，还不快回家！"

（原载《北京文学》第 6 期）

故 乡

薛忆沩

在北京的最后那场推广活动刚一结束,我就接到了出版商从上海打来的电话。他问我有没有可能"稍微"调整一下随后的行程:提早一天离开北京,并且不是像原来决定的那样乘高铁直接南下深圳,而是中途在长沙停留一下。他说长沙最大那家民营书店的老板很想请我在他位于全市最高购物中心里的本店做一场活动,还有当地的两家主要媒体也很想对我做深度的采访。"我觉得这是很好的机会。"出版商用劝说的语气说,"主要还不是为了宣传自己的新书,而是为了答谢自己的故乡。"

我皱了一下眉头。对我来说,故乡绝不是很好的理由,因为我从来就没有强烈的乡土观念。这"没有"首先由我自己的来历决定:我母亲是南方人,我父亲是北方人,我经常嘲笑自己是天生的"杂种";这"没有"也与我的性格有很大的关系:我性格内向,自幼就痴迷阅读,沉醉冥想,生活好像总流连于别处;当然,这"没有"与我后天生活经历的关系更为密切。在我年过半百的人生里,"迁徙"是一个关键词。粗略地算起来，我在长沙居住过十七年，在北京居住过五年，在深圳居住过十四年，在温哥华居住过十八年……我的故乡在哪里？这些年来我经常会想到这个问题。联系到落叶归根的常规结局，我这个已步入人生深秋之际的游子很快就应该回归的"根"究竟在哪里？如果以居住的时间长度为标准，我的根就应该是在温哥华：这样的归结当然就成了典型的"反认他乡为故乡"；而如果以出生地为标准，我的根就应该是在距离长沙大约二百公里的那个矿区小镇：可是在出生之后的第九十九天，我就随着父母的工作单位搬迁（也可以说是被移植）到了长沙，从此再也没有踏足过自己在通常的地图上没有标记的出生地；而如果以个人的主观喜好为标准，我的根就应该是在我至今居住时间最短的城市：我一直很感谢命运之神将我的大学时代安排在中国政治文化的中心以及二十世纪八十年代的前期，那是我成为今天的我的关键因素；而如果以家庭的所在地为标准，在我大学毕业的前夕，与我现在的年龄相仿（就是也应该考虑落叶归根）的父亲突然决定继续南下，举家迁居方兴未艾的经济特区，深圳因此成为我随后十四年里的家庭所在地，直到二十世纪的最后一年我带着自己的家小移居到地球的另一侧为止。如果以社会关系为标准，我的根也同样难以确定。以典型的同学关系而论吧，很多人的根都深植于自己同学最多的地方。这不是我的情况。读小学的时候，因为父母亲工作的频繁调动，我的家庭所在地虽然一直都在长沙，家庭住址却经常变动，我因此也几乎每两个学期就更换一所学校，与小学同学从来都无法建立牢固的友谊；而在中学阶段，我的离经叛道抵达极端的程度，与我的父母和老师一样，我所有的同学都对我无法理喻；进入大学阶段，我的理想与我的专业更是水火不容，我与大学同学的关系也因此失去了"社会存在"的根基……我的故乡到底在哪里？

其实在六年前，我对故乡的疑问并没有现在这么深。或者这么说吧，如果出版商是在六年前以故乡为理由劝说我"回"长沙做活动,我肯定不会皱起眉头。六年前?……那好像是另一个年代。我在那个完全不同的年代的确"回"过长沙一次。那也是我在移居海外之后唯一的一次。我必须承认,那一天走出长沙火车站的时候,我的内心深处实实在在地萌动着重返故乡的欣喜。我也不得不承认,三天之后,坐在回程的火车上,看着空旷的站台缓缓向后退去,我却不再有即将离开故乡的伤感,而只有已经失去故乡的伤痛。我甚至肯定自己不会再一次走进这座伴随着自己长大成人的城市。

那次走进长沙本来是起因于一个突发事件,但是在随后的这六年里,每次想起,我都会相信那其实是命中注定的天算。我随后六年里没有回国的冲动和行动,我随后六年里写作的风格出现明显的改变,变得尖锐、变得悲观,与那"命中注定的天算"都应该有直接的关系。当时正值我上一次回国探亲即将结束之际:我已经在深圳陪着父母度过了将近两个月,该说的话都说完了,该尽的孝也都尽到了,该煽的情也都煽过了,该生的气也都生过了……那天清早醒来,我带着残留的睡意,望着墙上的日历,只希望在剩下的那不到一个星期的时间里,大家能够心平气和地相处,不要再出现任何情绪冲动的场面。突然,客厅里的座机响了。"谁这么早来电话?!"正在准备早餐的母亲抱怨着冲出厨房,拿起话筒。接着,她的脸色变得非常严肃。她认真地听着,不停地点头,却一直到最后才开口说话。"我当然会去。"她肯定地说。

电话是她的一个堂妹从广州打来的。她告诉我母亲,她们独自住在长沙的姑妈前一天晚上去世了。她最后问我母亲会不会去参加她们姑妈原来任教的那所著名中学为她筹划的追悼会。她自己不会去,因为她的曾孙女马上要满周岁,现在她每天都在忙着准备那个"世界上最聪明的小宝宝"人生旅途中的第一个生日会。而我母亲从来就不喜欢应酬,最近这些年来对奔丧更是相当忌讳。就在前一天的下午，她还用悲观的语气与我谈起了故乡。她说她越来越不愿意听到来自故乡的消息，因为到了她这个年纪，来自故乡的消息都不是好消息。接着她又激动地说她已经决定将来不再参加任何人的追悼会。我们交谈的时候，我父亲正坐在沙发上打盹儿，发出不规则的鼾声。而当我母亲说到这里，他却突然睁开了眼睛。我母亲对我做了一个鬼脸，然后转过脸去，拍着他的大腿说："放心吧，我肯定会走在你的前头。"在那将近两个月的时间里，我经常听我的父母谈论、争论与死亡相关的话题，感觉已经麻木，对他们这新一轮的交锋也没有特别在意。不过，我母亲说的"当然会去"还真是让我有点感动。我马上想到她这位终身未婚的姑妈是她父母双方众多兄弟姊妹里的最后一位，也是我们家在长沙的亲戚里的最后一位。她的离去不仅意味着我父母双方上一辈的近亲已经从这个世界上彻底退场，也意味着我们家与故乡关系的进一步简化。接着在吃早餐的时候，我母亲突然问我已经多久没有回过长沙了。我不假思索地回答说已经有十多年了。她认真地看着我，完全出乎我意料地问："那你想跟我一起去吗？"

那是六年前的问题。我的回答同样不假思索。我说我可以陪她去。那也是深圳和长沙之间还没有高铁的时代，乘坐特快往返于两地都需要大约十二个小时。为了节省时间，我们往返都选择了夜间乘车。这样我们最多可以在长沙待三个白天。我母亲担心影响我后面的行程，提议我们还是只在那里待两个白天。而我担心我母亲的身体，坚持还是不要那么匆匆赶路。我们在追悼会的当天清早到达。那一整天当然都不可能再做其他的安排。第二天上午，我母亲按原来的计划去看望她当年就读长沙女子师范学校的时候最好的朋友，而我按原来的计划去寻找当年长沙城里名声最大的米粉店，那家见证了三个时代的百年老店。长沙米粉是我认长沙为故乡的两大理由之一。不管身处何处，关于米粉的记忆总是唤起我思乡的感觉。毫无疑问，如果能够重新品尝到记忆里那种米粉的味道，我就会再次体验到回家的温馨和喜悦。遗憾的是，我没有找到那家米粉店。我的大方向当然没错，但是走着走着，我发现城市的所有街道都变得徒有虚名，与我记忆里的现实完全脱节。而最后站在那家米粉店原来所在街道的入口，我更是不知所措：这是怎么回事？那原来只是一条大约三米宽的小街，怎么现在变成了将近二十米宽的大道？我仍然跟随着受辱的记忆左转，沿着那条"同名异构"的街道走了一段，直到最后肯定自己不可能再如愿以偿。我绝望地在那块巨大的古琦手袋广告牌前停下脚步。我不想再看到这座我自以为最为熟悉却已经变得完全陌生的城市。我拦住一辆出租车，用不耐烦的语气报出酒店的名字。接着的细节也同样出乎我的意料。车刚在酒店门口停稳，我就看到我母亲正从酒店大堂里走出来。我匆匆下车拦住了她。她说她想去找一个地方吃午餐。我奇怪她最好的朋友为什么没有留她吃饭。她气鼓鼓地说："我特意没有事先通知她，想给她一个惊喜。这倒好，我没有吃上闭门羹，却领教了帕金森。你想得到吗？！她连我是谁都已经认不出来了。"她说她与照顾痴呆母亲的儿子简单地交谈几句就离开了。我笑了起来，接着用自嘲的口气说我也"领教了帕金森"，不过我是跟她最好的朋友差不多，连自己最熟悉的街道都已经认不出来。就这样，我们根据酒店服务员的推荐，一起垂头丧气地走进了位于酒店后面小街上那家新开的米粉店。刚坐下，我母亲就深有感触地说她在回酒店的路上想着自己的朋友其实还是很有福气，有一个孝顺的儿子时刻守在身边。"将来如果我自己也变成了那种样子，又有谁会来照顾我呢？！"她接着说。我装着没有听到她的感叹，转向小店主打听那家百年老店的下落。小店主露出诧异的表情，说想不到现在还有人会问起那家米粉店。他接着说因为城市大规模改建，那家米粉店在三年前就已经拆迁到靠近江边的大农贸市场旁边的食街上去了。他接着又说其实拆不拆迁对它并没有什么意义，因为在过去的那些年里，它几经转手，声誉和口味都一落千丈，已经到了要关门的地步。他接着又说他敢担保现在长沙城里的任何一家米粉店都比那家店的口味要好。"时代不同了，"小店主在将米粉端上来的时候不无得意地说，"现在的长沙已经不是从前的长沙了。"我和我母亲相视苦笑，接着又都看了一眼我们面前冒着热气的大碗。我相信跟我一样，她也马上就看到了小店主最后这句话的证据。我们根本就不用伸筷子，就完全可以肯定大碗里盛的已经不是"从前的长沙"的米粉，那令人回味无穷的米粉。我们甚至都不屑于用语言去评价它。匆匆吃完之后，我母亲开始责怪我坚持要在长沙待三天的想法。而我底气不足地辩解说："谁又能料到事情会是这样呢？！"

我母亲在第三天本来就没有特别的安排，而我原来的计划是去寻找一个特殊的世界。或者更准确地说，应该是去寻找那个特殊世界的"遗址"。那是一家当年有将近两千名职工的国营工厂。而我说是去寻找"遗址"是因为我早就听说它已经被一家香港的房地产开发商收购，设备已经全部出卖，职工已经全部下岗……我在那家工厂的家属区里度过了自己的少年时代。那时候，我的生活笼罩在特权的光环之中，因为我父亲是工厂的领导。幸运的是，特权的光环并没有蒙蔽我的感情和感觉。甚至可以说事情的逻辑正好相反：正是因为那特殊的身份，我才更有机会看清那个小世界的无奇不有，也才更有可能理解包围它的那个大世界的光怪陆离。后来，我经常会将那一段人生里的见闻写进自己的作品。从这个意义上说，那个小世界真可以称得上是我文学生命的"故乡"。我原来的计划就是在第三天的上午重返这文学的故乡。尽管第二天的经历令我非常失望，直到晚上关灯的时候，我对这个计划并没有任何怀疑，更不要说恐惧。关灯之后，我很快就感觉到了睡意。我完全没有想到，就在我即将入睡的时候，早已经在她床上安静地躺着的母亲会突然发出那样的叹息，接着又发出了那样的抱怨。"我们与这座城市已经没有血缘关系了。"她抱怨说。这当然是在谈论她姑妈的死。我没有说什么，也不想说什么，但是我能够感觉到她的话还没有说完。出乎我的意料，我母亲并没有接着谈论她朋友的病，而是引出了一个更深的话题，一个已经困扰我自己整整两天的话题。"我们与这座城市也已经没有共同语言了。"她说。原来她也注意到了这次在长沙最令我感觉震惊的变化！我母亲的叹息和抱怨让我整晚都无法安睡，也迅速击溃了我准备早上起来之后重返"故乡"的勇气。我们的第三天过得非常平静。在准备去办理离店手续之前，我和我母亲除了下楼在酒店的餐厅里吃过一顿早午合餐之外，再没有离开过酒店的房间。

是的，长沙方言曾经是我们与这座城市的共同语言，也是我认长沙为故乡的最大理由。这习得而来的方言不仅是我的母语，也是我至今与家人（包括我说话南腔北调的父亲）交流的唯一语言。甚至在阅读和写作的过程中，控制我大脑的也从来都是长沙方言，更不要说在计数和计算的时候了。我不可能想到在这座自己仍然视为故乡的城市里，主宰日常生活的已经不再是我们曾经的共同语言。我们在火车站坐上的那辆出租车的司机是道县（湘西）人，不懂长沙方言。我们在酒店里遇到的服务员是泰安（山东）人，也不懂长沙方言。我第二天拦住的出租车的司机是永州（湘南）人，他只会用带口音的长沙方言重复那一句无聊的粗口。而那家小米粉店的店主也同样不懂长沙方言。他是常德（湘北）人，不无得意地戏称自己带口音的普通话是"德语"。而更让我难以接受的是我们在追悼会上的经历。我母亲那位做了一辈子中学语文教师的姑妈当年上课的时候都固执地使用长沙方言，而追悼会上所有人对她的追悼使用的却都是她一辈子说不好也不愿说的普通话。这与我从前在长沙经历过的所有追悼会形成了强烈的反差。从前那些追悼会正好是日常生活里最

"长沙"的社交活动，充满了落叶归根的欣慰甚至愉悦。而在前天的追悼会上，我一边听着那些冗长空洞的发言，一边想着逝者对这个世界上最后一场与自己相关的活动一定非常失望。她是一个始终将长沙当成自己故乡也将长沙方言当成自己"母语"的人啊！因为没有任何人以她的"母语"给她送行，我相信，她的灵魂正在遭受着无家可归的羞辱和折磨。

这是六年前发生的事情。从那以后，"我的故乡在哪里"就变成了困扰我的难题。在这个瞬息万变的时代，"六年"是一个漫长的时段，太长的时段，它足以搅乱世界的格局，扭曲国家的方向，更不要说改变城市的面貌和个人的命运……我自己的状况在这六年里就发生了匪夷所思的变化：我从一个默默无闻的"文学迷"变成了一个赫赫有名的"大作家"，我因此也从一个时间用不完的人变成了一个时间不够用的人，更因此从一个喜欢随便说话的人变成了一个不敢随便说话的人。而我的读者也开始出现几何级数的增长，我的作品也开始面对来自五湖四海的赞扬、批评甚至调侃……这种变化让我离那个难题的答案越来越远了。在这样的情况下，"故乡"还是说服我去长沙做活动的好理由吗？

它碰巧还是！说它"碰巧"并不是因为新书本身的成功，而是因为这成功引起的懊悔。最近一个月里，显然是受这成功的刺激，我的"下一部作品"已经浮出水面。我少年时代生活里的那个特殊世界将是这部作品的主要场景。在回国的飞机上，我已经开始懊悔自己六年前的意志薄弱，听到我母亲的叹息和抱怨就失去了去那里寻根的勇气。毫无疑问，要想写出和写好这下一部作品，我就必须再一次走进那特殊的世界，哪怕它已经本末倒置，哪怕它已经面目全非。所以，出版商碰巧没有说错：对我来说，这的确是"很好的机会"。

我回答说我可以接受这个安排。但是我接着又强调说我不想在活动上做正规的发言，因为我完全没有时间准备。出版商说这不是问题，我最后到高铁上再去准备都来得及。我心想，我怎么会舍得将自己有生以来的首次高铁体验浪费在准备发言稿上呢？！但是我没有这么说，否则出版商又会嘲笑说"你们"这些在国外住着的中国人回到自己的故乡就都变成了"老土"。他接着说他知道我肯定会接受，已经将包括改签车票在内的一切都安排妥当。他说我将在活动当天清早七点从北京出发，下午两点左右到达长沙，入住酒店之后马上就有一场采访，书店的活动是在当天晚上，另一场采访安排在第二天上午。根据这样的行程，我可以在第二天下午离开长沙，乘高铁当天晚上就抵达深圳……我刚要抱怨他没有事先征求我的意见，不知道我在长沙还有其他的安排，需要多停留一个晚上。出版商接着说，不过他觉得我没有必要将行程安排得那么紧，所以他已经请长沙那位热心的书店老板为我多订了一晚的酒店。"我想你在自己的故乡肯定还会有其他的安排吧。"他半真半假地说，"比如与自己的初恋情人重温旧情什么的。"出版商的霸道和周到都令我哭笑不得，而这黑白两道居然碰巧吻合了我寻根的安排，就更令我哭笑不得。好在他没有忘记我在深圳的首场活动时间，为我订好的是"重温旧情"之后那天清早离开长沙的车票。

　　两天之后，我终于在北京西站坐上了现在已经变成我的父老乡亲们基本出行工具的高铁。为了不影响自己的兴致，我已经提早准备好了晚上活动的发言提纲。车还没有开动，我就意识到没有像出版商说的那样到车上再去准备发言真是有先见之明，因为车厢里非常嘈杂，根本就不可能集中注意力。噪音的主要来源是此起彼伏的手机铃声和没完没了的高声应答，而且经常在同一时刻会有不同的手机同时响起，也会有不同的乘客同时应答。出版商为我安排的一等座车厢尚且如此，我相信二等座车厢里的情况应该更难以忍受。最让我感觉可气又可笑的是几乎所有的通话都从同一个语句开始："我在高铁上，信号不好。"这本来是应该马上结束通话的充足理由啊,可惜接下来的那一句不是"等下了车再说吧",而总是"你大点声说吧"。而将目光投向窗外同样是错误的选择。因为太快的车速让风景变成了"风"而不再成其为"景",盯着窗外看上五分钟,眼睛就会感觉很不舒服。就这样,我这"老土"多年以来对高铁的激情在极短的时间内就被现实彻底冷却。接下来,我紧闭双眼靠在椅背上,靠解读乘客们对手机的高声应答以及想象他们与对方的特殊关系来打发时间……这无聊的旅途令我怀念起当年乘坐的绿皮火车来。当年乘坐特快从北京到长沙需要几乎整整一天,而现在最快的一趟高铁只需要大约四分之一的时间。可是,人们为速度付出了巨大的代价:沿途的风景、沿途的地理、沿途的特产以及沿途与陌生乘客的交谈。这一切都随着速度的飞速提高而一去不复返了。而在走出高铁站的时候,我的心里更是泛起了一阵强烈的犯罪感,因为我意识到自己刚才不仅没有像从前乘坐绿皮火车旅行的时候那样去留意省与省之间的边界,甚至也像所有其他的乘客一样没有去关心自己在什么时候跨越了黄河和长江。从前乘坐绿皮火车的时候,每次跨越黄河和长江,我都会像所有其他的乘客一样激动不已。我们会同时争着朝窗外张望,就像唯恐错过了我们共同的故乡。

当天下午的采访和当天晚上的活动都进行得非常顺利,这对我可以说是及时的抚慰。在这两个场合下,我也都提到了自己清早刚乘高铁从北京下来的首轮体验。不过,我的措辞小心翼翼,一点都没有暴露出自己对高铁的失望。有意思的是,在采访结束之后,我突然对自己有生以来第一次在"故乡"的公开活动产生了奇怪的焦虑:既怕会来太多的"故人",穷于应付,又怕没有任何"故人"出现,备受冷落。这两种极端的情况肯定都会再次激起我对"故乡"的极端反应。结果这两种极端的情况都没有出现。这非常滑稽,却又好像是出于天意。在活动结束之后我准备离开书店的时候,一个与我年龄相仿的女子急匆匆地来到我的跟前。她首先充满自信地报出了自己的姓名,那是我完全没有记忆的姓名。接着,她又兴奋地报出了我们初中阶段班级的编号,我也无法将那熟悉的编号与她陌生的面孔联系在一起。最后,她着急地说出一连串同班同学的名字,我这才勉强接受了她的"故人"身份。她说她带着自己的婆婆来逛商场,无意中在入口处看到了活动的广告,就马上赶了过来。她对活动已经结束并没有表示遗憾,也显然一点都不清楚我现在的状况,对我的新书更是没有流露出任何的兴趣。不过,她告诉书店老板,她一点都不奇怪我会写书,因为我初中阶段的作文就是全年级第一。这是最令我感觉荒唐和尴尬的因果关系。我深深地叹了一口气,希望这陌生的故人不要再抛出无聊的故事。然后,这唯一出现的故人请书店老板用她的手机为我们拍照,说要传给"大家"去分享。而当我们一起面对着镜头的时候,她竟热情地挽起了我的胳臂。这也同样让我感觉荒唐和尴尬。接着,她又感叹说这么多年过去了,我还是老样子。我礼貌地顺着她的话说她也还是老样子,尽管我根本就不记得她的老样子。不过紧接着,我还是用略带不满的语气问了一句她为什么要跟我说普通话。她马上改用我们的"母语"向我解释说,她丈夫是南宁(广西)人,她平常在家里和单位上都是说普通话,他们的孩子也只会说普通话。

　　第二天上午的采访进行得也很顺利。这对我随后的安排当然也是很好的铺垫。可是想象着寻根过程中可能出现的细节,我在午餐的时候就已经有点激动,之后的午休也完全没有效果。不过我还是按原来的计划一点半起来,两点整出门。在酒店的大堂里,午餐后与我交谈过两句的那位来自江西修水的礼宾员提醒我可能会要下雨,递给我一把酒店的雨伞。接着他又为我招来了一辆出租车。我原来计划坐公共汽车去,打出租车回,看到出租车已经在等着我,就顺势坐了上去。我想这样也好,我可以回来的时候再坐公共汽车重温当年的感觉和本地人的感觉。

出租车司机看上去就像是一个未成年的高中生。他急匆匆地告诉我现在城里到处都在堵车，要想快的话就只能走环城的高速公路。我坚持要他尽量走城里的老路。我说我想看的是沿途的街景，堵车正好可以让我看个够。接着，我明确说出了希望他走的路线。年轻人吃惊地回过头来看了我一眼，问我是不是经常到长沙来出差。我觉得这真是一个十分荒谬的细节：一个人在自己的"故乡"被外地来的出租车司机当成是外地人。我微笑着告诉他，我是地道的长沙人，只是后来住在外地，而且已经很多年没有回来过。"难怪你对街名这么熟悉。"年轻人说着，又回头看了我一眼。接着，他又感叹说："你们这些地道的长沙人不离开，我们这些外地人又怎么能够变成长沙人呢？！"

但是出租车司机的"难怪"很快就变成了对我的嘲讽。就像六年前在长沙的经历一样，我熟悉的街名都变得徒有虚名，完全不能与我记忆里的街景相匹配。一路上，我不断向年轻人询问我们到了什么地方，又不断为无一例外的名不副实感叹不已。到应该下车的时候，我更是完全转向了。这招牌林立、商铺绵延的繁华地段难道就是我少年时代上学的时候必经的那个没有任何公共设施的路口吗？年轻人向我保证没有错。"不要忘了，"他有点不耐烦地说，"现在我是长沙人，你是外地人。"

向年轻人确认了方向之后，我犹犹豫豫地下了车。环顾四周，我还是不敢相信这就是当年那个大多数时候甚至连人影都罕见的路口。根据年轻人告知的方向，对面那些高层商住楼所在的位置就是当年工厂的生产区，而当年生产区的围墙现在已经被一眼望不到头的铺面和招牌取代。最醒目的当然是沃尔玛和麦当劳的标志。我横过马路，站在路边迷惘地看着这两个来自美国也遍布中国的著名标志。很明显，沃尔玛正好就占着当年紧靠围墙的加工车间的位置。在整个生产区里，我最熟悉的就是加工车间，因为我父亲每个星期都会带我在那里劳动半天。刚想到这里，我的耳边又响起了我父亲当年操作的那台车床发出的噪音……我充满疑惑地望着提着大包小包从沃尔玛走出来的顾客,不知道眼前的景象与耳边的噪音究竟哪是真实,哪是虚幻。我提醒自己不要再像六年前那样为疑惑所阻。为了自己的下一部作品,我必须勇敢地沿着马路往南走下去。我要继续自己的寻根,继续自己的考古:这里应该就是当年工厂大门所在的位置,现在它是商场地下车库的入口;这里应该就是当年工厂排放油污的那个池塘,现在它的位置上并列着一家证券公司和一家招商银行。再往前走五十米,就应该是工厂家属区的西门了。但是我又没有太大的把握,因为当年这一路上只有以大约五米为间距的小樟树,而现在却是鳞次栉比的小商铺。我认真掂算着自己的步子,又努力排除招牌和气味的干扰,果然还是错过了那个入口。接着,我更没有把握地转身往回走。结果是再一次错过。第二次转身回来之后,我开始留意商铺与商铺之间的间隙,最后发现在那家中药铺和那家水果店之间有一个狭窄的通道。我试着从那里走进去,眼前终于出现了那段与记忆有一半相似又一半相悖的坡道:那应该就是当年出入家属区西门要经过的那段坡道了。

沿着坡道走到一半的位置,迎面走来的那位老人引起了我的注意。她右边脸上有一大块烧伤的疤痕。她不就是当年那位绰号叫"半边美"的少妇吗?!她是配电间的工人,又是工厂合唱队的领唱。尽管她对我没有任何反应,唤醒记忆的擦肩而过还是激起了我回家的感觉。可惜这美好的感觉转瞬即逝。从坡道的尽头再往前走大约七十米,位于我右前方的应该就是我当年住的"七栋"。但是站在那里,我又变得没有把握了。这首先是因为我正前方和左前方原来的空地上现在矗立着两栋与那一栋高度相当的楼房,而那一栋本身的外形也与我记忆里的七栋完全不符:它的南北两面都加盖有封闭式的阳台。我迷惑不解地往左转,朝当年工厂的生活区(也就是工厂的礼堂、食堂、澡堂以及篮球场和单身职

175

工宿舍所在的区域）走去。刚走两步，我就喜出望外地大叫了一声，因为工厂的篮球场竟精准地出现在我的眼前。这是最完美的坐标。我激动地转过身去，望着与我的记忆完全不符的那一栋楼三层最西面的窗口。毫无疑问，那就是我少年时代的家。我在那个家里听到过伟大领袖离去的噩耗。我在那个家里读到过对我一生影响最大的语句（赫拉克利特的名言）。我在那个家里产生过对我一生影响最大的冲动（第一次创作的冲动）……也许这一切经久不衰的影响就是"故乡"的意义？

我带着回家的喜悦走下看台的台阶，走进工厂的篮球场。那是我少年时代里最重要的运动场地。十一岁生日那天，我父亲送给我一个篮球。他说我不能整天都抱着书看。他说男孩子不擅长运动就要被人欺负……那更是我少年时代里最重要的娱乐场所。每年一度的厂矿联赛是家属区的男孩们最痴迷的娱乐。我们当然非常遗憾我们的球队一直不能升到甲级队，但是这一点都没有妨碍我们对我们球队全体队员（包括那些我们称为"板凳队员"的替补队员）的崇拜。而我心中最大的英雄就是我们球队的队长。他是机修车间的工人。他也是全队个头儿最矮的队员。但是作为控球后卫，他却是全队的核心和支柱。我尤其是着迷他运球和上篮的动作，甚至在梦里都会盯着看，看得心潮澎湃。而春天雨季过后，工厂每周的电影放映地点就从礼堂移到了球场和球场东侧的空地上。露天电影是我们的另一项重要娱乐。在皎洁的星空下，我们首先欣赏到的电影如《金姬和银姬的命运》，接着又欣赏到的电影如《瓦尔特保卫萨拉热窝》，最后又欣赏到的电影如《摩登时代》和《尼罗河上的惨案》。矗立在球场东侧空地上的那块银幕早在二十世纪七十年代的后期就已经将我们带进了一个全球化的世界。

我将雨伞放在地上，徒手模仿着队长做了一组运球的动作和一个上篮的动作。然后，我朝球场东侧原来的空地上走去。那里现在已经变成了安装着各种器材的健身场地。而当年用来悬挂电影银幕的铸铁杆的水泥基座还存留在场地的两旁。一位老人正踏着其中的一个基座做着压腿运动。我好奇地走近他，用我的"母语"向他问好。他地道又轻松的回应说明长沙方言也是他的"母语"。接着，我问他在这个小区里住了多久。他说他"从来"就住在这里。这有点出乎我的意料，因为他的面孔与我的记忆完全绝缘。我接着说这里原来是一家很大的工厂。他吃惊地看着我，问我怎么知道。我告诉他，我原来也住在这里，因为我父亲曾经在那家工厂工作。这更加引起了他的好奇。他问我父亲叫什么名字。我犹豫了一下，说出了我父亲的名字。老人仔细地打量了我一阵，然后问我是不是有一个弟弟。我说没有。我说他印象中我的那个弟弟应该就是我。他开心地笑了。接着，他做了一个手势，说我当年只有齐他腰那么高。"那已经是四十多年前的事情了。"我笑着说。他也笑着说："你看我们怎么能不老？！"接着，他问了一下我父亲的情况，又问了一下我的情况。然后他很详细地告诉我工厂被收购和职工被安置的情况。他说原来的生产区现在变成了高档的住宅区，那也是他们这个小区里的富人区，住的大都是外来人口。而原来生活区里的礼堂、食堂和澡堂都已经全部拆掉，盖了一些普通的安置房，原来家属区里的空地也都用来盖了类似的住房，而原来的旧楼也都进行了改造，主要是加盖了前后阳台。这两个区域现在住的大都还是从前工厂的职工和家属。听他这么说，我满意地想我与大多数居民还是会像当年那样享有共同语言。这同样带给了我回家的感觉。接着，老人踢了一下跟前的水泥基座，问我还记不记得那是做什么用的。我说当然记得。然后他指着篮球场方向说："还有那里。"我也回头望过去。"如果不是一些老工人坚决抵制，你现在看到的也就是一栋楼房了。"他深有感触地说。接着，我问起了我们那个小世界里的一些大名人。老人告诉我那个绰号叫"电打鬼"的大胖子钳工（他是我们球队啦啦队的指挥，也是我至今见到过的最快乐的男人）现在还是"整天都不想事"；而那个专业篮球运动员出身的工会主席（她是我们球队的领队，也是我至今见到过的最泼辣的女人）前年移民去了美国；那个痴迷围棋的医务所主治医生（他是我们球队的"军师"，也是我至今见到过的最沉稳的男人）现在迷上了电脑……而令我毫无心理准备的是我最大的英雄早在二十年前就因为一场车祸离开了人世。

这意外的消息让我马上想起了我母亲将故乡与死亡联系在一起的那些悲观说法。我感觉这是不祥之兆，不想再继续交谈下去。看到我准备离开，老人托我向我父亲问好。"你就说供销科的'刘憨子'问他好。他肯定记得的。"他用自信的语气说。我心想，谁能够"肯定"别人的记忆呢？！昨天我与那位同班同学的见面就已经提供了最好的证明。但是我没有多说什么。我在为我们球队队长的意外而难过，也在为这消息再一次击溃了我寻根的勇气而难过。我还没有打听我最要知道的那个人的情况，却已经失去了继续交谈下去的勇气。如果听到那个人已经不在人世，我不会感到意外。坦率地说，我甚至以为他早已经不在人世。但是，我不愿听到他的"不在"也是出于意外。我不愿在自己文学的故乡再听到任何的意外。我心事重重地转过身去。我心事重重地朝篮球场方向走去。走到刚才模仿队长上篮的篮球架旁，我停下脚步，抬起头来，激动地盯着那已经锈坏的篮筐。突然，我的耳边响起了一道好像是来自内心深处的命令：你一定要将它写进下一部作品！下一部作品？是的，下一部作品！我此刻站在这个篮筐底下就是因为自己的下一部作品。我今天来文学的故乡就是因为自己的下一部作品。所以，我不能不知道那个人的情况。所以，我不能就这么离开。我猛地转过身去，迅速跑回到了刘憨子的跟前。"那个'傻杜'呢，他后来怎么样了？"我急匆匆地问。

刘憨子吃惊地看着我。"你怎么还记得他？！"他问。这是我早已经预料到的反应。我说整个工厂里我最记得的就是他。我的回答让刘憨子显得更加吃惊。我接着说他那时候经常到我们家来，一声不吭地坐在门边的椅子上，一坐就是一个小时。听我这么说，刘憨子的脸色突然一变。"我想起来了，你父亲是他的'救命恩人'！"他说。我不以为然地挥了挥手，说我父亲不过就是利用私人的关系帮他家人解决了城市户口。"那时候的城市户口可是天大的事啊！"他说，"帮他家人解决了城市户口就等于是救了他的命啊？！"稍微停顿了一下，他接着说："想想看，还有哪位厂领导会去关心一个连家属区的孩子们都看不起的普通工人呢？！"我尴尬地笑了一下，继续问傻杜后来怎么样了。刘憨子没有直接回答我的问题，而是看了一下手表，又望了一下篮球场的方向。接着，他说了一句比球队队长的结局更令我感觉不可思议的话。"他应该就快来了。"他说。这是什么意思？我后退了一步，吃惊地看着刘憨子。"他还活着？"我问。"你这是什么话？！"他说，"他不仅还活着，还比谁都活得好。"对我来说，这也是百分之百的意外。接着，刘憨子继续说，傻杜的三个儿子都发了财，做水果批发生意的老大还在富人区里买了一套大房子。而傻杜最近又刚"升了级"，做了老爷爷，得意得不得了。他每天这个时候都要去看望住在富人区的曾孙子，都会从这里经过……这一连串的信息就如同恐怖分子的连环爆炸，令我感觉天旋地转。我用雨伞的尖头撑住地面，稳住自己的重心。但是我不知道接下来还应该说什么，还能够说什么。正在这尴尬的时刻，刘憨子拍了拍我的肩膀，轻轻地说："他来了。"

　　他来了！但是他完全不是我记忆中的他。我记忆中的傻杜是一个骨瘦如柴的人，一个病态的人，而从篮球场那边走过来的那位老人体形饱满，显得相当富态。他走得很慢，却走得很稳。"傻杜，有人专门从外国来看你了。"刘憨子大声嚷着，朝老人走去。我连忙也跟了过去。老人停住脚步，朝我们这边看着，气鼓鼓地说："刘憨子，你又骗我。"来到老人跟前，我更不敢相信他就是我记忆中的傻杜,因为他面色红润,精神矍铄。我不太肯定地叫了他一声"杜师傅"。"你是谁?"老人冷冷地问。我有点激动地说出了我父亲的名字,问他是不是还记得。老人的身体摇晃了一下,如同遭受了突然的电击。我接着说我是他的儿子。老人微微抬起头,认真地打量了我一阵。毫无疑问,我也完全不是他记忆中的我了。但是,这已经不重要。重要的是我父亲的名字已经触动他的思绪。他的眼眶湿了,接着他慢慢将脸侧向左边,望着远处。这是永远都无法从我的记忆中抹去的反应。它就像 DNA 一样精准,立刻就确认了我面前这位陌生老人的真实身份……四十年前的那个黄昏,那个工厂休息日的黄昏,傻杜又一声不吭地坐在我们家门边的那张椅子上。用他自己的话说,他是在那里"等消息"。他又等了整整一个小时。我们已经习惯了他在我们家的这种特殊存在:他好像只是来展示他的"等待",不需要我们专门的理会,也不会影响我们正常的生活。但是那天他刚刚离开,我父亲突然想起了他那位在农业科学院工作的战友前一天送来的柚子。他匆匆拿出两个,让我追下楼去送给仍然没有等到消息的傻杜。当我气喘吁吁地将柚子塞到他手里的时候,傻杜的反应就跟我刚才看到的一模一样。我趁着他将脸侧向了一边,转身就往回跑。可是刚跑到楼梯口,我突然听到了从身后传来的喊声:"叔叔,谢谢你。"那是像暮色一样微微颤动的喊声。我尴尬地停下脚步,回头望去。"叔叔,谢谢你。"傻杜踮起脚,又冲着我喊了一声。这是至今每次回想起来都令我感觉揪心的喊声。而在那个原本风平浪静的黄昏,这喊声激起了我少年时代最难以承受的困惑。那是我有生以来第一次被人称为"叔叔",而这还是一个已经有三个儿子而且老大已经有我这么大的人。他为什么要这么称呼我?回到家里,我迫不及待地向我父亲倾诉自己的困惑。他开始好像并没有觉得这有什么奇怪。他说傻杜是因为不知道要如何表达自己的感激才顺口这么喊出来的。但是我们在一起准备晚餐的时候,我父亲突然又表情严肃地提起了这件事。最后,他说了一通令我感觉更加困惑的话。"他自己都不会知道这其实是给你上了一课。"我父亲说,"这是人生的大课,是你在任何学校都学不到的课,是你一辈子都不会忘记的课。"

刘憨子显然没有想到我和傻杜都会如此激动。他首先轻轻地推了我一下,然后盯着傻杜,用不满的语气说:"你怎么不说话啊?!人家明天一早就要离开长沙,今天特意抽空来看你,你怎么一句话都不说啊?!"傻杜还是固执望着远处,没有转过脸来。这时候突然下起了小雨。我连忙撑起伞,为两位老人遮挡。刘憨子将伞往我自己这边推了一点,又夸奖我仍然熟悉长沙这个季节的天气,知道随身带着伞。而我如实地告诉他这是酒店的伞,是酒店的礼宾员提醒我带的。然后,我还是转向傻杜,想着要怎么打破他一声不吭的僵局。刘憨子也继续不满地盯着傻杜。"你平常是话痨,怎么现在变成了哑巴?!"他说,"你不想知道自己'救命恩人'的情况吗?!"似乎是被这句话触动,傻杜慢慢转过脸来,又盯着我看了一阵。然后,他抬起头来,盯着伞顶上的标志和文字看了一阵。我以为接着他就会开口说话,比如询问我父亲的身体状况。没有想到他却慢慢地侧过身去,一声不吭地走开了。我慌慌张张地跟过去,想继续为他挡雨。他停了一下,好像想说什么,又什么都没有说,只是轻轻地将我撑着伞的手推开。然后,他继续迈着刚才那种缓慢又稳健的脚步走向健身场地北侧的那个出口,接着又走下那里的台阶。我没有想到我们相隔四十年的重逢竟会结束得如此平静。我更没有想到这还不是结束。我茫然地看着傻杜富态的身体一级一级地下降。就在我只能看到他头部的时候,他突然又停住了脚步。接着,他慢慢转过脸来,用颤巍巍的声音对我说:"他真是一个大好人啊。"

在回酒店的公共汽车上,我完全没有心情再去观看沿途的街景。我的头脑里反复出现的是傻杜第一次走近我们的场面。那时候，因为要错开全城用电的高峰，工厂每周的休息日不是所谓的"社会星期天"（即日历上的星期天）。而从调到工厂来的第一个星期开始，我父亲就坚持每个星期都下车间（他选择了加工车间）去劳动一天。他后来有意将那一天固定在"社会星期天"，是为了能够利用其中的半天也带我一起去体验车间里沸腾的生活。我非常珍惜那每周半天的劳动体验。那无疑是我少年时代能够享受的最大特权。我甚至一度将那半天的劳动当成是可以与厂矿联赛和露天电影相媲美的娱乐。直到那一天，直到那个身体枯瘦、头发花白、面无血色，显得十分苍老的工人畏畏缩缩地来到了我们的跟前。我父亲关掉正在操作的车床，听他说明来意。他说他是翻砂车间的工人。他说他姓杜。他说因为他傻，总是说傻话做傻事，大家都叫他"傻杜"。他说他是全厂生活最困难的职工，因为他老婆是农村户口，不能工作，全家的固定收入只有他一个人微薄的工资。他说他有三个男孩，因为孩子的户口随母亲走，所以他们也都是农村户口，没有定量的粮食配给，也不能进城里的学校读书。说到这里，他瞥了我一眼，说他的老大就像我这么大，正在长身体的时候，特别能吃。他说他的工资完全不够维持一家人的生活，所以他和他老婆经常要去卖血。他说他来找我父亲是希望他能够想办法帮他老婆和孩子解决城市户口。他说只要有了城市户口，他老婆就可以工作了，他的孩子也可以上学了，他们一家人就都得救了。我父亲耐心地听他把话说完之后，脱去沾满油污的手套，从裤口袋里掏出自己的钱包。那个工人急忙摆着双手说他来找我父亲只是希望他能够想办法帮他家人解决城市户口，没有其他的目的。他说他从来没有向任何其他人开过这样的口，因为他知道没有人会帮他，但是他知道我父亲肯定会帮他。他的这句话让我父亲笑了起来。他说："你刚才还说自己傻，现在怎么又好像说自己什么都知道。"那个工人也尴尬地笑了一下，说他"真知道"我父亲肯定会帮他。我父亲没有马上明确地答应他。他让他先回去。他还说今后生活上有什么困难要向工厂的相关部门提出来，不要再去卖血。然后，他一直将那个工人送到了加工车间的门口。我紧跟在他们的身后。看着他们比例和气势都极不相称的背影，我心里动荡起一阵奇怪的伤感。那个工人快步走着，没有再说什么。但是在离开之前，他又说了一遍他"真知道"我父亲肯定会帮他。我满怀伤感地走到父亲的身边，和他一起望着那渐行渐远的背影。我没有想到我父亲这时候会突然将我与那已经模糊的背影联系在一起。"你平常不小心出一点血就吓成那种样子，"他说，"你看人家，人家还要去卖血。"他的声音很低，有点像是自言自语。但是，这带血的联系还是让我变得更加伤感。我仰头看了我父亲一眼。"他为什么要卖血？"我问。"因为他需要养孩子，需要钱。"我父亲说。"那他为什么不要你的钱？"我接着问。我父亲显然没有料到我注意到了刚才的那个细节。他低头瞥了我一眼，肯定地说："他想自己挣钱。人应该自己去挣钱。"然后，我们沉默着回到了车床旁边。在我父亲重新戴上手套，准备开动车床的时候，我忍不住用不安的语气问："你卖过血吗？"我父亲轻松地笑了一下，说："没有。"接着，他又认真地补充说："我只献过血。"这补充激起了我新的疑问。"卖血和献血有什么不同？"我问。我父亲想了想，说："卖血是为了救自己，献血是为了救别人。"我不是太理解他说的意思，但是我意识到这正好是我可以接着提问的机会。"那你会救他们吗？"我着急地问。我父亲吃惊地看着我，好像我正在向他提出严厉的挑战。接着，他深深地叹了一口气。"这是很难的事啊，孩子。"他说，"我不知道我能不能做得到。"

回到酒店房间，我马上往深圳家里打电话。我很想与我父亲分享自己刚才的经历。正好是我父亲接起的电话，这似乎又是出于天意。我父亲以为我还是像平常那样只是想与我母亲说话，听到我的声音马上就说我母亲下楼散步还没有回来。我说我要找的正好是他。我说我刚去看了他从前工作过的那家工厂。我父亲好像没有觉得这有什么特别。"那还有什么好看的,"他说,"我听说已经全变了。"

"你猜我遇见了谁?"我迫不及待地问。

我完全没有想到我父亲竟不假思索地说出了正确的答案。

"你怎么知道?"我好奇地问。

"你不是要我猜吗?!"我父亲说,"听你的口气,我猜就是他。"

我也完全没有想到我的口气竟能给他如此清晰的提示。

"我还以为他早就不在了呢。"我父亲感叹说。

我没有奇怪我父亲也像我一样这么"以为"。"不过他完全不是从前的样子了。"我说,"他现在显得很富态。"

我父亲沉默了一下。

我不知道他是在回忆傻杜从前的样子,还是在想象傻杜现在的富态。

"他还记得我吗?"他接着问。

"当然。"我说。

我父亲长舒了一口气。接着,他好奇地问:"他还说了一些什么?"

我突然想起我母亲说过我父亲现在很容易激动,尤其是一说起过去的人和事,经常会激动得语无伦次,痛哭流涕。"我们明天就见面了,"我说,"见面了再细说吧。"

这碰巧又是有先见之明的决定。不过,我在办完离店手续之后才知道这一点。第二天清早,接到书店老板已经等在酒店门口的信息,我立刻出门下楼到前台办好了离店手续。可是刚拖着行李箱转过身来,我就大吃了一惊。傻杜居然站在我的面前!他的身边还站着一个比他自己更像我记忆中的傻杜的人。他向我介绍说那是他的老大。他说他是专门带着他来给我磕头的。傻杜刚说完,他的老大果然退后一步,如果不是我反应迅速,他接着就跪到了地上。我说我很高兴见到他们,但是磕头就真是犯傻。傻杜显然很清楚我的说法既是对他的调侃又是对他的尊重。他顺着我的话,说他可以不做傻事,却还是要说几句傻话。我担心他站着太累,问他要不要坐下来说。他示意还是站着说。接着,他问我还记不记得当年工厂附近那家邮局的门口总是坐着一个算命的瞎子。我说我记得。他接着说他算的命很准。他说他算出他会在三十八岁那一年遇到自己的"救命恩人"。他说我父亲正好就是那一年调到工厂来的。他说他第一次听我父亲在全厂大会上作报告,就知道他就是自己命中注定的"救命恩人"。但是他并没有马上发出求救信号,而是耐心地观察了整整十个月。他观察到我父亲经常下车间劳动,经常进食堂帮厨,还经常与工人们在一起打篮球……最后才"真知道"我父亲肯定会帮他。他说工厂里的男女老少都叫他"傻杜",都以为他傻,其实他一点都不傻。

如果不是书店老板进来催促,傻杜肯定还会继续说下去。我让书店老板先将我的行李箱拿到车上,然后转过身来向傻杜道别。我说我知道他一点都不傻,不然他昨天不会去留意印在伞顶上的酒店标志和名称;不然他不会活到现在,而且活得"比谁都好"。傻杜不以为然地摆了摆手。然后,他简单地询问了一下我父亲的身体状况。他接着又说其实根本就不需要问,因为他知道我父亲肯定会长命百岁。说着,他示意他的老大将那只鼓鼓囊囊的化纤口袋拿过来。他说他知道我父亲喜欢吃柚子,特意为他准备了一些请我带给他。这特别的礼物当然令我非常感动,但是我告诉他这又完全没有必要,因为深圳满街都可以买到柚子,而我带着这么一个大口袋上下车也很不方便,还有现在我父亲的肠胃不是太好,水果吃得很少。傻杜的儿子也在一旁劝说他父亲不要勉强。继续僵持了一阵之后,我同意带一个去深圳,代表"老同事"的心意。傻杜很不情愿地看了我一阵,然后猛地弯下腰去,迅速拉开化纤口袋的拉链。接着,他反复掂量比较,最后终于挑出了一个他满意的柚子递到我手上。我匆匆向他们道别之后,小跑出酒店大堂,坐进了书店老板的车里。

可是就在车刚要起步的一刹那,傻杜也从酒店大堂里跑了出来。他的手里又抱着一个柚子。他急匆匆地拍打着车窗玻璃。书店老板刚将车窗玻璃放到足够的位置,傻杜就急不可耐地将柚子塞了进来。"必须带两个!"他用命令的口气说。他话音刚落,我就已经完全清楚了这"必须"的来历和分量。我接过柚子,对傻杜会意地笑了笑。我真想再调侃他一句,问这"必须"是说明他傻,还是说明他一点都不傻。

傻杜退后一步,满足地看着车窗玻璃慢慢升起。突然,他又想起了什么,又走近一步,又急匆匆地拍打着已经升起一大半的车窗玻璃。书店老板马上松开了控制键。傻杜弯下腰,贴近车窗玻璃上方的开口,认真地交代说:"你一定要他趁着新鲜吃掉啊。"我正在纳闷他为什么会做如此奇怪的交代。他接着说:"不要像我那么傻,一直都舍不得,一直等到全长霉了才吃掉。"

这语气平和的语句对我如同是剧烈的电击,因为我立刻就明白了它的所指。紧接着,我的耳边又回响起了那微微颤动的喊声,而且持续不断。四十多年过去了,那喊声还是如此清晰,又还是如此揪心。我的鼻子感觉到一阵酸楚。我不敢再像当年的那个少年一样转过脸去,面对着傻杜。更不敢像当年的傻杜那样表达我自己的感激。我推了一下书店老板的手臂,催促他赶快开车。

一直到上了通往高铁站的高速公路,书店老板才与我交谈起来。"他是你们家的亲戚吗?"他问。

我犹豫了一下,说:"也可以说是吧。"

书店老板显然有点奇怪我这模棱两可的回答。他停顿了很久才发出自己的感叹。"这真是'人情似故乡'啊。"他说。

我隐隐约约记得这引用的是宋词里面的一句,却不记得词作者是谁以及词作者的本意,但是我好像能够理解书店老板为什么会发出这样的感叹。我瞥了他一眼,顺势问他的故乡在哪里。

"怎么说呢?我生在安顺,长在贵阳,后来又在这里读大学,在这里安家。"书店老板说。稍稍停顿了一下,他提起了我在昨天的活动上关于故乡的说法。"我也说不清自己的故乡到底在哪里。"他说。

这时候,高速公路指示当前位置的路牌上出现了一个我非常熟悉的地名。那正好是我在搬进那个特殊世界之前曾经住过的地方。我好奇地朝窗外望去。我当然不可能再看到与我的记忆有任何关联的印迹,因为那一带当年属于郊区,除了我们住的那所中学校园之外,周围是一望无际的菜地。而现在,我的视野里只有高楼和街景。当年荒无人烟的郊区现在已经是繁花似锦的市区。我迅速将视线收了回来。我不想在即将离开的时刻再一次遭受无家可归的羞辱和折磨。我盯着眼前的两个柚子,想着要如何回应书店老板关于故乡的疑惑。突然,我忍不住扑哧一笑。

书店老板侧过脸来看了我一下,脸上带着费解的表情。

"也许我们都想得太复杂了。"我说,"也许问题的答案出奇地简单。"

书店老板又侧过脸来,显然是在等待我说出简单的答案。

我对他做了一个鬼脸,然后用每只手各托起一个柚子,说:"简单得就像这两个柚子。"

书店老板轻松地笑了笑,什么也没有说。

我想他一定以为我这只是一个临时编出的玩笑。

(原载《作家》第 6 期)

喝汤的声音

迟子建

　　她跟我说的这个小镇在乌苏里江下游，叫万吉镇，所住人家多是打鱼的和养奶牛的。我说只知道有个抓吉镇，万吉镇在哪儿？

　　"万吉镇当然在万吉镇呐，就像你的屁股一准儿在你胯骨下，不能跑到你脖子上一样。"揶揄我的是个四十上下的女人，自称乌苏里江摆渡人，她长脸，高颧骨，中分直发，穿一条绛紫色麻布长袍，戴一串木珠项链，脸很黑，一双狭长的眼睛深藏着磷火似的，幽光闪烁。

　　她什么时候进的江鲜小馆我不知道，因为我压根儿没听见脚步声，她就飘落在我对面的长凳上了。她仿佛老相识，跟我眨眨眼，挑剔我不会点鱼，说这时令不该点马哈鱼，名气虽大，却不是新出水的，倒不如雅罗和船丁子新鲜好吃。她说话时喉咙像塞着团棉花，哑腔哑调的。

　　我是陪领导来饶河工作调研的，下午去过小南山遗址考古挖掘现场，三天的工作日程也就结束了。沿着微雨后湿滑的土路下山时，我望见山下水墨画般的广阔湿地上，有两只白鹤翩翩起舞，大秀恩爱，这动人的情景令我想起麦小芽，她离开我十二年了，虽然四年前我再婚了，现任妻子贤德淑惠，待我不错，但在我成功或是悲哀时刻，特别想与人分享喜悦或倾诉苦闷时，心底呼唤的名字还是麦小芽。她是个历史学者，在一次田野调查中，遭遇特大山洪，被波涛卷走，从此后我见着所有的江河，都委屈万分，觉得它们辜负了我的爱情。我太想在乌苏里江畔独享一个黄昏，喝上一顿酒，隔着遥远的时空，和麦小芽说说悄悄话了，所以下山后我跟领导谎称自己有个姑妈在饶河，多年不见，想去探望一下老人家，晚饭就不随团吃了。领导再有半个月就退休了，饶河是他任内最后的公差，一向傲慢和冷漠的他，骤然变得开明而亲民，他微笑着说你去吧，给你姑妈带好，晚上早点回来，明天咱们就回哈尔滨了！

从小南山下来，我像出笼的鸟脱离团队，奔向乌苏里江畔，择了片柔软的沙滩坐下，迫不及待地摘下口罩，让江风亲抚我的脸，望着这条波光粼粼的向北流去的江，边晒太阳边抽烟。

初秋的阳光像一束束丰收的麦穗，有股说不出的芬芳，让人有收割的欲望。我给麦小芽点了一根烟，放在鹅卵石上，淡蓝的烟雾云图一样铺展开来，仿佛她真的吸了。麦小芽嗜烟如命，我们在一起最惬意的时光，是晚饭后对坐着，沏一壶热腾腾的茶，吞云吐雾地神聊。人们都说吸烟伤肺子，但麦小芽说肺子经由烟熏，这块鲜肉就变成了腊肉，腊肉比鲜肉耐储，所以她认定吸烟能铸就铁肺，百毒不侵。我们偶尔吵架了，所道歉的方式，就是给对方点上一根烟，悄悄说声："咱熏腊肉吧。"这比献上玫瑰和热吻管用，矛盾随之烟消云散了。

天色由明媚变得暗淡，我默默和麦小芽"熏腊肉"至黄昏，留下两堆烟蒂，一堆是我的，一堆是她的。我取一棵麦小芽的烟蒂，多想发现她湿漉漉的唾液啊，可是没有，烟蒂焦干，像一堆冰冷的子弹壳，仿佛告诉我它们来自死神的世界。我把两堆烟蒂合在一起，没舍得扔进垃圾桶，而是揣进裤兜,去江畔寻吃鱼的地方。

那条街上装饰华丽的江鲜大酒楼有好几家,而我惯于钻的是小馆子。除却价格便宜,经验告诉我,小馆子不宰客,食材好,灶火旺,掌勺的师傅个个身怀绝技,能做出令人惊艳的菜肴。而且小馆子客人常来常往,热络,活泛,可以不拘小节地高声谈笑,纵酒,吸烟,甚至放屁。还有一点,这样的馆子一般望得见后厨,你相中哪棵葱哪头蒜为你的菜打江山,可指点它们上阵,店主一定会遂你心愿。

从食街主干路岔过去,有一条绿意葱茏的玉簪似的斜街,我选的这家原木打造的小馆,就像一颗琥珀,缀在斜街尽头。受"新冠肺炎"疫情影响,食街客人不多,店铺多半冷清,但我进去时,他家却很热闹。有两个男人喝得半醉了,正在划拳斗嘴,一个咕哝:"俩好呀——你丫的。"一个叫嚣:"五魁首呀——你大爷的!"小馆摆的桌子有圆有方,但供客人坐的都是长凳。随客人入店的口罩,像误入笼中的一群鸟儿,有的病恹恹地瘫在桌角,有的软塌塌地挂在客人的一只耳朵上。更多的人把口罩当袖标,戴在胳膊肘上,所以他们举杯时,五颜六色的口罩有点鸟儿挣脱樊笼的意味,向上冲去。我择了西北角的一个空位坐下,点了软煎马哈鱼、黑斑狗鱼炖茄子和椒盐江虾,还有一斤烧酒。其实我知道这时节的马哈鱼来自冷冻箱,不在盛时,但因这是麦小芽爱吃的,所以首要点的是它。

店主是个年纪轻轻的断腿男人,面貌俊朗,穿白色T恤,他摇着轮椅,自如地穿行于餐桌过道,端酒续茶。我进门时,他驾着轮椅从北侧飞快迎到门口,招呼道:"兄弟您请——"然后奔向收银台,那里摆着一紫一白两个玻璃酒罐,紫的是山葡萄酒,白的是土豆烧酒,店主说这是他们自酿的。他说所有的来客进门都可免费喝一盅,男的通常喝土豆烧酒,女的喝山葡萄酒。我说我两个人,所以两种都喝。店主打开白色酒罐的龙头,先接了一盅土豆烧酒给我,看着我喝下,然后又接了一盅紫色的山葡萄酒,摆在收银台上,说等我约的人到了,就端给她喝。我说她已跟我一起进来了,拈起那盅酒,一饮而尽。店主狐疑地看着我,半晌没说出话来。

我坐下后才明白,这青灰的水泥地面、矮矮的收银台和看得见灶房的落地窗,是为了店主的轮椅而特别设计的。

店主见我点了三道菜,提醒我说他家的菜码大,一个人吃的话,一道黑斑狗鱼炖茄子就能把人撑得半死,可以减一个菜,如今挣钱不易,省点儿是点儿。我谢过他的好意,说是喝了两种酒,菜也自然是俩人吃,请他上两套餐具。店主大约领会我的用意了,他不再犹豫,对着灶房的师傅发出号令:"同罗走菜喽!"

一开始我以为掌勺的师傅叫"同罗",低头一看餐桌上立着个扇形桌牌,上面是黑地金字的"同罗",才知这是桌名。再看邻近的几张桌,是"鳌花""哲罗"和"柳根子",便恍然明白这家店的桌牌,是以"三花五罗十八子"中的鱼类品种来命名的。

我把另套碗筷杯盏摆在对面,先给麦小芽倒了一盅酒,然后给自己的也满上,和她碰了一盅,之后又自己连干两盅。菜陆续上来了,天也黑了,客人渐多,店主的轮椅忽而在东,忽而向西,忙得不亦乐乎。我不顾左右,倾情给麦小芽夹菜,跟她说话。我说饶河小南山出土的玉器,距今约九千年,精美极了。玉就是玉啊,可以碎,但不会化为尘土。可是你呢,怎么就化成了烟啊。

我就是说完这句话,穿绛紫色麻布长袍的女人飘然而至的。她一来,我和麦小芽的对话就中断了。

这个女人气质不凡,酒量不凡,捏起酒盅,自斟自饮,连干三盅,面不改色。我一看先前叫的烧酒快见底了,嚷着添酒。店主先是劝阻我,说兄弟咱喝得差不多就行了,酒大伤身啊。我说我花钱喝酒,图的是痛快,你不想让我高兴吗?再说你没见多了个客人吗,让对面女人觉得我请不起酒,岂不是没面子?店主连声苦笑,隔了一会儿,递上一壶酒,拍了拍我的背,叮嘱道:"悠着点儿啊。"

女人喝了酒后神情愉悦,说要卖个故事给我。我说怎知我需要故事?她诡秘一笑,说她一进来,就看出我是个缺故事的家伙了。我问一个故事多少钱?她说好的故事是无价之宝,千金难买;烂故事是垃圾,臭不可闻。如果我能听完她讲的故事,说明它有价值,她要求不高,抵得上这桌酒菜就行。我说你意思自己不是白吃我的?她有点恼怒,教训我永远不要当着女人的面说她白吃。

她开始讲故事,说故事的主人公叫孟平贵,不过乌苏里江一带的人都习惯叫他的小名"哈喇泊",这是他祖母给起的。

哈喇泊出生在万吉镇,这地方依山傍水,风景优美,对岸是前苏联的一个小镇。哈喇泊的祖父是善于骑射的蒙古人,祖母是以渔猎见长的赫哲人,所以哈喇泊的父亲,是蒙古族和赫哲族的后人。

哈喇泊身高体阔,膀大腰圆,气壮如牛,圆脸上生着浅浅的络腮胡,蒜头鼻子,敦厚的嘴唇,漆黑的一字眉下,是一双和善而明亮的眼睛。他外形不乏男子气概,可身上却有一点缺彩,就是牙齿。怎么说呢,不仅是他,哈喇泊的血亲,他的祖母和父亲,没一个好牙齿的,都是满嘴的残垣断壁。

我说:"可能万吉镇的水有问题吧,比如含氟少,牙齿就容易变成核桃酥。"

女人撇了一下嘴,吃了一块黑斑狗鱼,又饮了一盅酒,说:"哈喇泊的牙齿要是跟水有关的话,我这故事还能卖得出去吗?"她警告我少插言,讲故事最怕打岔了。

女人说哈喇泊的牙齿随他父亲,而他父亲的牙齿又随他祖母。

哈喇泊的祖上是大黑河屯人,也就是海兰泡。过去那里叫孟家屯,是当时黑龙江将军管辖区域，可叹它如今不是咱们的地界了。哈喇泊的祖父是个蒙古商人，做皮毛生意的，总来大黑河屯交易，认识了哈喇泊的祖母，一个朴实能干的赫哲女人，她做的鱼皮衣，在大黑河屯很出名。说是穿着她的鱼皮衣下江捕鱼，防风防雨不说，鱼儿还爱入网上钩，所以哈喇泊的祖母吸引了不少男人的目光。

哈喇泊的祖父祖母成亲于1897年冬天，转年他们有了一个女儿。他们在大黑河屯经营两家货栈，日子过得红红火火。1900年初春，哈喇泊的祖母又怀孕了，这时哈喇泊的祖父要开一家火磨铺加工小麦，正忙着购进机器，装点铺面，所以提早就给未出生的孩子起好了名字"火磨"。然而到了七月，沙俄借口义和团运动在东北蔓延，危及边境，逮捕了许多世居于此的华人。而在太阳最灿烂的时日，火磨铺开张仅一周，喜气未散，大黑河屯华人的房子和店铺，突遭俄兵洗劫。无论妇孺，都被驱赶到黑龙江边。

人们被刀斧威逼出来的一瞬，忙着不同的活儿，所以临时带走的东西千奇百怪，有拿着烟袋锅的、擀面杖的、笤帚的、筷子的、茶碗的、针线的、算盘的、酒壶的、肥皂的、铲子的、梭子的、书籍的、纸币的、马鞭的、样子的，可见当时他们正抽着烟、擀着面、扫着地、吃着饭、喝着茶、缝着衣、算着账、饮着酒、洗着衣、炒着菜、补着网、读着书、点着钱、赶着马、烧着柴。最滑稽的，是有人当时正蹲茅坑，慌张中握着揩腚的草纸，一脸没排泄痛快的苦楚。而有的人正擦拭油灯，想着明晃晃的太阳下出了这等事，此去黑暗，大白天的举着油灯上路。

被驱赶到江边的华人，没有不回头的，他们遥望自家房屋还在不在，离散的亲人在哪儿，心爱的马和狗又在何方。而先前还一片祥和的大黑河屯，浓烟滚滚，火光冲天。俄兵用武器将人们往江里赶，那些不会水的只要反抗，刀斧便会袭来。人群中血肉飞溅，哭声震天，倒下的人越来越多,沙滩的鹅卵石被鲜血染红了,像一只只愤怒的眼。

哈喇泊的祖父抱着两岁的女儿,她手里攥着一颗糖球,惊恐让她手心发热和出汗,糖渐渐化了,她的手代替她的嘴,吃了最后的糖。祖母则拿着一把碎布条,她正打袼褙,预备给腹中的孩子做鞋子。一个俄兵用长刀挟持哈喇泊的祖父,喝令他滚回江对岸去,可这个能纵马驰骋的蒙古汉子不会游泳,粗通俄语的他跟俄兵说他怕水,怀抱的孩子更怕水,还有他的女人怀着孩子,他愿意把新开的火磨铺送给俄兵,他收购来的小麦都是最好的,能磨出上好的面,无论养家还是给军队补充给养都没的说。岂不知他的火磨铺正在燃烧,雇来的看管铺子的两个伙计已死在俄兵的斧头下了。哈喇泊的祖母多年以后回忆起那个令她肝肠寸断的日子,依然会紧咬牙齿,虽说其后她嘴里只剩两颗糟烂的后槽牙了。

没等哈喇泊的祖父说完乞求的话,一个骑兵挥舞一柄长刀,削枝丫似的,先把他怀中的女孩拦腰斩落,接着朝向哈喇泊的祖父。哈喇泊的祖父见女儿死在刀下,咆哮着反扑。他熟悉马的特性,飞身绊马,将骑兵摔落,夺刀砍向他。俄兵躲闪着,他没击中他脖颈,只废掉他一条胳膊。哈喇泊祖父的第二刀还没出手,被一个手持莫辛步枪的俄兵,迎面射杀。哈喇泊的祖母说,这种枪大黑河屯的华人都叫它"水连珠",因为枪声清脆得像山泉流过。哈喇泊的祖父被水连珠击中的一瞬,高呼:"快游过哈拉穆河——"这是他无力保护身后心爱的女人,对她发出的最后呼唤。

哈拉穆河,是哈喇泊祖父对这条江的称呼,他知道他的女人是可以搏击激流的鱼,因为赫哲人无论男女,没有不会水的。

哈喇泊的祖母带着四个月的身孕,纵身跳入黑龙江,奋力游向对岸。江水失却了往日的安详,在江流中沉浮的,是尸首和奄奄一息的人,江面漂浮着鞋子、袜子、帽子、衣裳、腰带、围巾、烟袋、算盘、木棍、草纸、包袱皮等等。尸首随着波涛一起一伏的样子,好像人们还活着。

要说这条江在大黑河屯与对岸的距离,不过千米,可黑龙江即便在盛夏,江水也冰冷刺骨,加之水流湍急,每年总有人丧命于此。哈喇泊的祖母游到江中心时,体力不支,找不到漂浮的倒木作为支撑歇息,恰好一具浮尸漂过身边,是个光着膀子面朝下的壮年男尸,哈喇泊的祖母一把抱住他的腰,叫着已死在岸边的自己男人的名字,大口大口喘息着,待体力恢复一些,她松开那冰冷的男人,说大哥你好走吧,继续朝对岸游去。

一连三天,被赶到江岸的人,数千人毙命,幸存者极少。一条没有船停泊的江,对于要渡河的人来说,无疑是流动的地狱。但哈喇泊的祖母是幸运者,她不仅活下来了,还保住了腹中胎儿,漂泊了几个月后,年底在万吉镇落脚,生下哈喇泊的父亲,也就是火磨。

女人讲到此,探询地看了看我,仿佛在问我,这故事听得下去吗?我哪敢再插言,只是奉上一盅酒。她接过酒,洒在地上,我想她在祭奠故事中的罹难者吧。

女人微微咳嗽一声,接着讲故事。

哈喇泊的祖母上岸后,发现自己的牙齿多半化为乌有,好像那些牙齿是隐藏的烟花,瞬间燃爆了,而还留在牙床上的,也都是风中败柳,摇摇欲坠。有人说她是因仇恨咬碎了牙,也有人说她当时游不动了,不咬碎牙齿,逼出身上最后的力气,早就喂江鱼了。

火磨五六岁时,就听母亲讲父亲的故事,说到他被水连珠击中的时候,火磨会把牙齿咬得"嘎吱嘎吱"响。他出生后本来有一口漂亮的白牙的,到换牙时,多半的牙被他嚼碎了。而新长出的牙齿,在他重温父亲故事的成长历程中,也多半粉身碎骨,所以他二十多岁时,已是远近闻名的没牙的男人。

因为牙齿不好,哈喇泊家族,不吃硬的东西。他们不喜单纯的米粥,嫌没滋味,更爱汤羹,所以但凡米类和谷物入锅,都是和鸡鸭鱼肉一同熬制。刺少的狗鱼，是灶上的主角。费牙齿的牛肉鹅肉，都得剔骨，取其软嫩的部位食用，所以在万吉镇，狗们嘴馋了，爱去哈喇泊家门前游荡，那是它们美食的道场，往往会捡着连着筋肉的骨头。

哈喇泊一家喝汤也就出了名。在万吉镇，晚炊时分，你若走进他家院子，没风的日子也像有风，自屋里传出呼呼呼的声音，偶尔汤匙触碰瓷碗，这风声中就多了几声清脆的哨音了。

受母亲所述故事的影响，火磨年轻时就惧怕成家。父亲和未见面的姐姐死于惨案，让他觉得世事难料，男人有时是保护不了妻儿的。他也因此变得孤僻，独来独往，与万吉镇的人格格不入，没一个姑娘看上他。

火磨四十岁时，额头的皱纹和鬓角的白发过早出现了，哈喇泊的祖母终于坐不住了，遍寻乌苏里江流域的媒人，给火磨说亲。她跟媒人介绍儿子时，总是一句话："俺儿除了牙，哪哪都好！"年纪轻轻就没了牙，媒人总要多问一句为啥，哈喇泊的祖母便讲他们家族的故事，听得媒人唏嘘，赞叹火磨是条汉子，信誓旦旦地表示要为他寻得佳偶。

火磨四十二岁时，终于娶了媳妇。这人比火磨小八岁，是个哑巴。而最终为他选定这门亲的，是火磨的母亲。媒人介绍了三个愿意嫁给火磨的人：一个是比他小五岁的寡妇，带着个六岁的儿子；一个是比火磨大三岁的悍妇；还有一个就是模样周正的哑巴。火磨的母亲当然不想儿子一成家就给人当爹，所以虽然那个寡妇善良能干，她第一个勾掉的就是她。第二个虽是黄花闺女，可她因为家底殷实，好逸恶劳，脾气暴躁，打遍邻里，不是善茬，哈喇泊的祖母可不想让儿子抱着一个火药桶过日子，所以她自然不在考虑之列。而火磨话本就不多，若跟哑巴在一起，除了能保持他沉默寡言的天性，还能让家有持久的安宁。更重要的是，哑巴一口坏牙，能适应他们家喝汤的生活习惯。

火磨娶了哑巴后，最初一年不和媳妇睡一铺炕。哑巴自是无法说，就是能说的话,也说不出口哇。哈喇泊的祖母察觉后问儿子,你这是嫌弃哑巴?火磨忧心忡忡地说,要是一起睡了,有个一儿半女,遇到大黑河屯那样的大难,你护卫不了他们咋办?哈喇泊的祖母气得心口疼,说那样的日子不会再有了!她说你不和人家睡,就别让她过门,这不是让人守活寡吗?火磨认真考虑了三天,最后答应和哑巴一起睡。东北光复的第二年,哑巴生下哈喇泊。而哈喇泊的祖母最担心的,是未来的孙儿会遗传儿媳的病,也成哑巴。所以儿媳有孕后,她跑遍了附近的寺庙,为她祈福。哈喇泊一降生,听到他那仿佛能穿透云层的哭声,作为祖母的她喜极而泣,因为哑巴的哭通常是呜咽的,几乎听不到。孙儿大名的命名权她给予了儿子,火磨给他取名孟平贵,小名"哈喇泊"则是她给起的,这是蒙古语"海兰泡"的叫法,以纪念她在大黑河屯的青春岁月和死去的男人和女儿。哈喇泊顶着这个名字,注定要听祖辈和父辈对他重复的那个故事,所以祖母谢世时,已是壮小伙的哈喇泊,一口牙齿多半为那故事殉葬,在不断的咬牙切齿声中,化为齑粉。

哈喇泊家族豁着一口坏牙,仅凭喝汤,他的祖母和父亲,竟都活过八十岁。哈喇泊不像父亲,听了这故事后惧怕有后人,他恰恰相反,觉得儿女多了,万一遭遇不测,总有人会绝处逢生,留下火种,所以他喜欢往女人堆里钻,用不着媒婆,老早就给自己觅得佳人,二十三岁就结婚了,喜得他那哑巴母亲,天天张着嘴乐,表达她那无以言说的喜悦。那姑娘是万吉镇的下乡知青,名字叫张雪,哈尔滨人,在小学教书,模样一般,但她身上的"一黑一白"格外抢眼,黑的是垂在脑后的乌油油的大辫子,白的是满口雪亮的牙。哈喇泊笑起来时,嘴里黑洞洞的,像是魔窟,所以她与他成亲时,提出的唯一条件是他笑时得抿着嘴。

哈喇泊小学文化,因为万吉镇没有中学,继续读书要去外地,而他不能离开家人,尤其是母亲。火磨得子后,觉得有了哈喇泊这个果实,足以对母亲交代了,再不和哑巴睡一铺炕。万吉镇有个老光棍,觉得有机可乘。哈喇泊的母亲去挑水,他抢她的扁担;她去铲地,他夺她的锄头。万吉镇的人见着火磨,会和他开玩笑:"你们家要来长工了!"火磨不以为意,但十一二岁的哈喇泊深以为耻,他举着镰刀捍卫父亲的权利和母亲的尊严,威胁光棍汉若再敢碰他母亲手里的工具,就割掉他裆里的玩意儿!光棍汉说工具又没长肉,咋就不能碰?哈喇泊说他母亲手里的扁担和镐头,都是父亲打制的,随他父亲姓孟,除了亲人谁都不能碰。光棍汉嘴上说我还怕你们这些豁牙的?但他再跟踪哑巴时,总要瞄着哈喇泊是否在左右。

哈喇泊小学毕业后跟父亲打过鱼,养过蜂,采过药,他成人后因为属于少数民族后裔,政府给他安排了工作,在万吉镇小学当工人,每月有工资拿,成为同龄人羡慕的对象。他就两样活儿:烧水和敲钟。不过这两样活儿把身子,他开始时很不习惯。他的工作间在水房一角,小屋总是水雾弥漫,令他昏昏欲睡。所以到了上下课的点儿,他往往因为瞌睡,而错过了敲钟。该下课了,他不打钟,而未到上课时间,他也许因为去厕所解手,顺路就把上课钟敲了,所以师生们对他都不满意,老师不愿多讲课,学生自然也不乐意被侵占休息时间。哈喇泊听到议论后恍然大悟:原来没人恋着讲台和课桌啊!他开始有意识地提前敲下课钟,而又把上课钟延后个两三分钟,师生们果然说他好话了,见了他都说孟师傅好,但他们说过后赶紧溜掉,生怕哈喇泊笑,一个没牙的人乐起来,就像张开了血盆大口,实在可怕。

哈喇泊是供销社的常客。那时祖母已过世,他买香烟和水果罐头孝敬父母,还给学生买糖,招徕他们听他讲家族故事。除此之外,每到乌苏里江通航时节,航标船停靠在万吉镇时,哈喇泊总要省下钱来,给航标工买好吃的。自家不舍得吃的猪肉罐头、刚打上的鱼,他都送过去。他对在国境线上作业的航标工有种崇拜心理，认为他们比自己敲钟伟大。所以他成了乌苏里江万吉镇段义务的航标维护工。有农人放羊图方便，把羊拴在岸标的标杆上，他巡查到了，会解开绳索，把羊牵回主人家，说这是拴的羊，你要是拴牛马这种大牲口，它们蛮力十足，万一把岸标扯断，那昭示咱领土的标记就没了，可了不得啊！有时不是人为因素损及岸标，比如麻雀在上面做窝了，他就嘟囔着岸标又不是树，没一片叶子能给你们遮风挡雨，在这做窝不是傻吗？哈喇泊给鸟挪窝。而每年开江之后，冰排流空，航标船的人开始设置浮标、安装标灯时，他的星期天就是和航标工一起度过了，帮他们打个下手，航标船的人都很喜欢哈喇泊。他们犒劳哈喇泊的方式是煮一锅浓汤，与他一起热火朝天地喝顿汤，再听他讲一遍那个令人切齿的故事，虽说他们听过多遍了。

　　哈喇泊结婚后，不像从前见着可爱的姑娘爱上前搭讪，他怕媳妇张雪吃醋。他们在同一单位工作，哈喇泊的工资她习惯一并领了，由她支配。开始时哈喇泊不以为意，但后来他每次买东西朝她要钱费劲，再到发工资的日子，他就早早去财务室候着。他和张雪常因钱拌嘴，她说拿钱给公婆买东西天经地义，可给航标船的人买吃的，纯属傻瓜，那些人都有工资，在野外作业又有补助，哪用得着你贴补？还有张雪不满意哈喇泊在水房给学生讲故事，他买了糖果藏起来，谁听他故事，他就发一颗糖。而那故事讲了千百遍，谁都知道，小孩子想糖吃时就去骗他，说想听故事了，他不厌其烦地讲，学生们虚张声势地做出痛恨的表情，骂惨案制造者，比赛着磨牙。而谁的牙咬得狠，哈喇泊就多给谁一颗糖。因为这，他有时也会误了敲钟，校方警告过他不止一次。

　　我打了个哈欠，讲故事的女人立刻警觉起来，说你嫌这故事长了？我赶紧解释说我犯烟瘾了，她倒了一盅酒干掉，夹了两只江虾塞进嘴里，说那你赶紧熏个腊肉嘛！我刚想问她怎知我和麦小芽的吸烟"密语"，她接着讲故事了。

我点燃一支烟，烟雾让摆渡人的脸蒙上了一层面纱，我看不清她的脸，但她的声音依然清晰入耳。

哈喇泊和张雪在一起过了八九年吧，始终没有孩子，这急坏了哈喇泊，他想要一堆孩子的梦想正在一天天破灭。据说张雪每次月经来潮，哈喇泊都很难过，嘟囔他的种子打了水漂，把酒当汤连喝三碗，大醉一场。不过他并不泄气，再到张雪的排卵期，他依然热情洋溢地播撒种子，渴望它们萌芽。万吉镇有女人偷听到哈喇泊跟张雪说，你不能生，俺找一个女的偷着生了，咱当亲生的养活咋样？张雪说那她就吊死在学校的钟旁，他就敲着她的尸首过下半生吧，吓得哈喇泊再也不敢提养私生子的事情。

后来张雪在知青返城的浪潮中回哈尔滨了，哈喇泊自知他们是两个世界的人了，主动提出离婚。张雪觉得自己没给哈喇泊留下一儿半女，对不起他，愿意离婚，说是离开她后，哈喇泊可找个能生养的女人，不然老了进棺材，坟前都没个烧纸钱的后人。

他们告别的故事在万吉镇广为流传，那是晚秋时令，几场霜后，田野一派荒芜。张雪那天先是起早给两个女人上坟，一个是哈喇泊的祖母，一个是刚去世的婆婆。她并不喜欢哈喇泊的祖母，觉得她的故事害了哈喇泊。但她喜欢不能开口说话的婆婆，张雪未能生养，婆婆直到生命最后一息，一直用温柔的眼神待她。张雪采了一枝傲霜的野菊献给婆婆时，一只苏雀飞近坟头，留下喳喳的叫声，仿佛婆婆开口说话了。上完坟回到镇子，张雪又去看公公，把自己做的一薄一厚两条棉裤带给他。火磨独居，垂垂老矣，每天除了喝汤就是晒太阳。他还爱讲那个大家耳熟能详的故事，但人们都听絮烦了，他没处讲了，就嘟嘟囔囔地说给自己听。儿子离婚了，他倒高兴，说是哈喇泊遭遇不测时，牺牲自己就是了，没有牵绊。所以在婆婆的葬礼上，公公没有悲伤，好像老婆死在他前面，对他是解脱。

火磨唯一惆怅的是，媳妇死了，儿媳走了，以后谁给他做棉裤呢？但他想这岁数了，也穿不了几条新棉裤了。张雪看完公公回到家，用精心备好的猪骨、牛尾、鸡胸和白鱼，花了七八个小时，为哈喇泊煲了一锅浓汤，然后穿上大红缎子袄，好好打扮了一番。据说她和哈喇泊喝了三斤烧酒，月亮升起后，他们手拉着手，醉醺醺地去学校操场散步。张雪摇晃着走到铁铸的钟旁，说是月亮要是能当钟槌就好了，到点儿了让它来打钟，哈喇泊能省力气不说，还不会误点儿。哈喇泊听后感动得蹲在地上呜呜哭了，说是舍不得她了。张雪见哈喇泊如此难过，觉得自己不牺牲点什么，就辜负了哈喇泊的真情，她把嘴张大，用牙齿撞钟，生生折损了两颗大门牙、上颚一颗尖牙及下颚两颗切牙，有的牙还没完全脱离牙床，死守根据地，她生拉硬拽地让它们"出列"，弄得下巴鲜血淋淋。她把这五颗连着肉的牙齿，放在哈喇泊掌心时，哈喇泊叫道："还是给我留下了骨肉哇——"哭得地动山摇的，惊醒了不少住在学校旁边的人。

摆渡人说，一个有情有义的男人得着这样的纪念物，能忘了他的女人吗？张雪回哈尔滨一年后，嫁了个死了老婆的啤酒厂工人，两年后生下一个男孩。万吉镇的人知晓后，爱拿哈喇泊开玩笑，说同样一片地，咋人家的种子就能发芽呢？哈喇泊说可能施的肥不一样吧，大家就笑。为了证明自己也有实力吧，哈喇泊很快娶了个比自己大五岁的离异者，她育有一子，判给前夫了。哈喇泊心想这是个下过蛋的鸡，挪个窝再给自己下一个而已，所以对她满怀信心。而这个女子也巴望着再生一个，因为前夫不许她看望儿子。但三四年过去，她的肚子不见隆起，反而瘪了下去，她吃不下饭，睡不好觉，脸色灰黄，瘦成一把骨头，去城里医院一检查，子宫癌已到晚期。第二个老婆死后，父亲火磨也死了，哈喇泊心灰意冷了好几年，才娶第三个老婆。她比哈喇泊小一旬，是媒婆介绍过来的外乡人，模样不错，就是患有癔症，一发作起来人事不知，有时哈喇泊正准备去打钟，会被匆匆赶来的人给喊走，说你老婆发癔症了，倒在大道上抽搐呢，还不去看看！他就撇下钟槌，一路快跑过去。这女人是个黄花闺女，跟他过了四年，也没怀孕，哈喇泊对她便有火气，时常找碴骂她。这女人不发病时温顺安静，持家能力也强，哈喇泊骂她，她虽不高兴，却也能忍，但哈喇泊有一天对她动了手，她终于提出不过了。说挨骂倒也罢了，挨打的日子却是一天都不能过！哈喇泊不想离，她就用纸盒做了块牌子，写上"哈喇泊打我"，坐在学校钟架下示威，引来师生围观，哈喇泊不敢来打钟了，只得同意离婚。最打击哈喇泊的是，这女人离婚一年后嫁给邻村一个养奶牛的，又过一年生下一个胖小子，癔症也不怎么发作了，哈喇泊痛苦极了，觉得老天待自己太残忍。男人们见他又开起了玩笑，说咋两块地离了你都有收成，你要想有后传承你的故事，是不是得看看你的哑巴种子了？哈喇泊嘴硬地说，子弹还有卡壳的呢，谁的种子没几颗瘪的呢，赶上我运气差！每说至此，他的眼眶都会浮上泪水，男人们赶紧鼓励他，说多冲锋，你的种子就会结果的！哈喇泊从此后不大与万吉镇的人来往了，寒暑假他不必打钟时，便买上好吃的，要么在乌苏里江畔和航标船的人待在一起，要么上山慰问边防部队。他与守卫国境线的人待在一起时，喝汤时总要用筷子先挑起点蔬菜，一块胡萝卜，一条土豆，或是一片白菜叶子，一根豆角，立在汤碗中央，当作浮标，定定地看上半晌，仿佛那泛着油光的汤，是滔滔的黑龙江水，然后夹起蔬菜的浮标吃掉，闷着头喝汤。

　　哈喇泊对自己的身体失去信心，不敢再婚了，他在私生活上变得放纵起来，进城找女人胡来。有一年扫黄打非，他被公安局的人逮个正着，消息传来万吉镇，校长气得肝疼，说他对不起祖宗，不配做男人。说归说，校长同情他，还是带着钱进城，交了罚款把他领回来。据说他每次去嫖，都喝得醉醺醺的，说不管谁怀了他的种，都会把她当王母娘娘供着。但暗地干这种营生的人，谁又愿意给个落魄者怀孕呢？

摆渡人讲到此,朝我勾了下手指,嘬了一下嘴,做出吸烟的姿势,说她也想"熏个腊肉",我赶紧递上一支烟,然后再给自己点上一支,接着听她讲故事。

哈喇泊的命运真是曲折,他最为消沉的那年,得知张雪的儿子在上学路上出了车祸,双腿截肢,张雪的丈夫觉得是妻子造成了儿子的残疾,因为那天本该是她去接孩子的,她拉肚子给耽搁了,所以夫妻俩总吵架,他打张雪成了家常便饭。知情人对哈喇泊说,张雪的牙几乎被那男人打没了,跟他一样满嘴空洞。哈喇泊听了既愤怒又心疼,说我的女人咋能容人这么揍?张雪当年撞钟留给他的连着肉的牙齿,一直被他视为珍宝,他绝不允许别人这么欺负她。哈喇泊在那年寒假,专程去哈尔滨教训那男人。他趁着酒劲,在那男人上夜班的路上堵着他,把他揍倒在工厂浴池门前的雪堆上。哈喇泊不知这男人有严重的心脏病,这一揍竟让他当场气绝身亡。哈喇泊为此坐了牢,丢了公职。

哈喇泊出狱后回到万吉镇,形容枯槁,耳聋眼花,老得不成样子。他卖掉了父亲的房子,修缮他和张雪住过的已半塌的房子,以打鱼为生。他再也不去航标船和驻边部队了,也不义务巡查岸标了。只要喝多了酒,他就去学校操场游荡。学校早已用电铃,不须打钟人了,钟架也拆除了。水房还在,只是也改用电烧水了。他看着孩子们陌生的脸孔,很想给他们讲讲祖辈的故事,可他们听说他弄死过人,见了他都逃,他就讲给牲畜听。狗若没骨头吊着,也就听个开头,便颠儿颠儿跑掉;猪本来贪吃贪睡,它们支棱着耳朵听几句,算是给了他面子,"嗯嗯"两声,就呼呼大睡了;最钟情听故事的是奶牛,哈喇泊把它们当兄弟,边讲边抚摸它们黑白花的肚子,奶牛舒服得很,所以一听到底。不过养奶牛的人家跟哈喇泊抗议,说听了他讲的故事,奶牛都不爱产奶了,让他离远点儿。

哈喇泊受不了孤单吧,从此后总去外边吃饭。万吉镇就那么几家小馆子，他都吃遍了。他依然喝汤，所以各家小馆子总备着一两样汤，让他踏进门槛就能喝上。他们可怜他，不想收他钱，但哈喇泊说一个大男人咋能白吃，人们也就象征性收点儿，哈喇泊也没觉得那是便宜他了，他对物价的认知还停留在入狱前的水平，直到他外出卖鱼，看到价格飙升的商品，才知开小馆的人多么善良，他再去时，一定多付钱，才肯喝汤。

也许人老了的缘故，他喝汤的声音不比年轻时了，没那么响亮，时常夹杂着喘息。虽然不追航标船了，但他依然会在喝汤时，用筷子夹起一种蔬菜，立在汤碗中央，当作浮标，茫然望着，直到手上的筷子哆嗦起来。

有一年冬捕时节，哈喇泊认识了乌霞。她是个热情能干的俄罗斯妇女，在黑河和一个中国人合伙，经营一家俄罗斯商品店和一家俄式餐厅。乌霞比哈喇泊小九岁，是个离婚的，有一儿一女，儿子在布拉戈维申斯克市当工程师，已成家立业，女儿在圣彼得堡读大学。乌霞每月总要通关回到布市上货，看望亲人。哈喇泊每到黑河，总要去她店里喝汤，苏伯汤、鲜肉咸鱼杂拌汤、面条菌汤，都是他喜欢的。乌霞知道哈喇泊的遭遇后，说捕鱼是个力气活儿，还得凭运气，他这岁数了，不能再风吹雪打了，不如在他们餐厅打工有保障，每月有固定收入，还管吃管住。哈喇泊说他可以来她餐厅喝汤，但绝不会给一个俄罗斯人打工。祖辈在大黑河屯的遭遇，依然是他心中的痛！乌霞几次张罗带哈喇泊去布拉戈维申斯克游览，如今过境游的手续极为简便，但哈喇泊说除非祖父当年的铺子还在，他才会去。乌霞觉得哈喇泊固执古怪，但他的执拗和专情又打动她。所以哈喇泊一两个月不来，她还惦记着，驾着半截子车去万吉镇看他。乌霞的到来，是万吉镇的节日。因为她除了给哈喇泊带来吃的，还带来一些俄罗斯商品，就地售卖。她开玩笑说不能白跑，得把汽油钱赚回来。男人们喜欢的伏特加和刮胡刀，女人们喜欢的围巾和小镜子，孩子们喜欢的奶酪饼干和巧克力，很快就卖光了。她会说汉语，但不流利，万吉镇人与她讨价还价时,她嘴跟不上,就用计算器代她说话。当数字不再变幻,买卖双方都满意时,她会亲一下计算器。

乌霞看望哈喇泊,总要在万吉镇的客店住一夜。人们和她熟了以后逗她,为啥不去哈喇泊家里住?乌霞总是说,等他把牙镶了再说。人们把话传给哈喇泊,说看来乌霞对他有意。哈喇泊沉着脸说她想得美,要是她住进来,爷爷奶奶和父亲的魂儿,还不得半夜回来,合力把我的锅砸了,让我连汤都喝不上!

万吉镇的人私下议论,除了家族往事像根刺,一直扎在哈喇泊心头,使他不愿和一个俄罗斯女人亲近,还有就是跟过他的女人都怀不上孩子,让他有了心理阴影,所以他拒绝一切女人了。

哈喇泊晚年喝汤,从万吉镇开始,一直喝到黑河、同江、抚远、孙吴和饶河。他打鱼打到哪儿,就喝汤喝到哪里,他的故事也就流传到哪里。只要你到了黑龙江流域沿岸的地方,走进馆子,听到呼噜呼噜的喝汤声,说明你可能遇见哈喇泊了。听说他近两年迷上了饶河,因为张雪在哈喇泊出狱的那年因病去世后,她那出了车祸的残疾儿子,看上了饶河的风景,来这儿开了家江鲜小馆。哈喇泊怀念张雪吧,常来饶河打鱼,把鱼低价卖给这家小馆,在此喝汤。

对面的女人把故事讲到这儿,恰好摇着轮椅的店主,端着一壶酒,风一样经过,我说难道他就是张雪的儿子?摆渡人不语,只问我,这故事值这顿饭钱吗?

我连连说太值了太值了,追问哈喇泊在哪儿。

摆渡人说,这不突发了"新冠肺炎"疫情了吗,别说是饶河,春节后乌苏里江沿岸所有的餐馆,都关门了,哈喇泊没有喝汤的地方了,听说他出狱后也不大会做汤了,饿得不轻。有人说他又去看守边境线了,他不是奔航标船去的,他帮政府义务监督,怕携带了"新冠肺炎"病毒的人,非法越境过来。当然也有人说他那是遥望乌霞呢，因为乌霞因疫情滞留在布市，他们好久不见了。

我嘀咕道："餐馆那会儿都关了，哈喇泊喝不上汤，可别饿死哇。"然后哇哇哭起来。

摆渡人就在哭声中无声无息地消失了。

我醒来时已是凌晨四点，同寝的人在我的床头柜留下张便条，说他们去乌苏里江看日出，早饭时见。我觉得头昏脑涨，不记得昨晚在江鲜小馆喝到几点，又是怎么回来的。洗漱完毕，喝了杯热茶，我精神不少，五点多来到乌苏里江畔。

太阳升得高了，江面荡漾着笑容似的波光。健身的、垂钓的、洗衣的占据了江边。我和一个骑着摩托车来刷牙的汉子攀谈起来，问他为啥来这洗漱，他说能对着乌苏里江的旭日刷牙，多有朝气啊，所以只要是好时节，他从不错过这享受。我们正聊在兴头上，单位的领导和同客房的同事过来了。他们老远就喊我的名字，说你昨晚醉成那样，还能爬起来，真是不容易啊。待他们走到近前，领导先和我握了下手，说虽然他要退休了，不该管太多的事情了，但还是得批评我，昨晚怎么能一个人去小馆子喝得人事不省？万一喝出事咋办？他说你不是说去看姑妈吗，不能因为馋酒喝了就撒谎啊。我赶紧道歉，谎称没和姑妈预先打招呼，去她家扑个空，肚子又饿，所以一个人去吃江鲜了，没想到那家小馆子土烧的酒劲大，差点把我喝到另一世了，实在罪过。

领导笑了，说你犯了错儿，态度倒不错，以后注意就是了。领导继续向前散步，同客房的同事停下脚步，对我说昨晚接到江鲜小馆打来的电话时，他吓坏了，是他赶去把我背回去的。他说你一个人咋能喝两斤酒，不要命啊。我不好意思说是和一个女人一起喝的，只问他小馆的人怎么找到他。同事说店主从我身上摸出手机，又找出酒店房卡，想着万一电话拨到亲属的号码上,让家人跟着着急不好,就按照房卡信息,拨到酒店房间,看看有没有同住的人,赶巧那时他刚洗完澡,接着了电话。他跟我道歉,说本来想悄悄把我弄回来的,可他怕带我回酒店时被领导撞着,再说他隐瞒,所以只好先报告了。

我说没关系的,换作我也会报告。

同事拍了一下我的肩膀,说你咋哭成那样呢?我背你回来时你还呜呜哇哇的,弄得我肩膀头都是眼泪和鼻涕,半夜还得洗衬衫!

我说有泪的男人都有情啊。

同事说情多了也伤身啊。

我拍了拍他肩膀,笑着告别他,说早餐想独自在外边吃,然后去了昨晚去过的江鲜小馆。

还不到早餐高峰,但这家馆子已开始营业了,有两个客人在吃香喷喷的鱼丸面,一个嚷着来点儿醋,一个叫着上点儿辣椒油。店主答应着,一边给他们递调料,一边跟我打招呼,说你昨晚回去那么晚,起得够早啊。

显然他记得我这个醉鬼,我走到老位置坐下,点了一碗鱼杂面。

店主先送来一杯柠檬蜂蜜水,说是醒酒,然后问我还在饶河住几天,我说吃过早饭就回哈尔滨了。

我问店主,昨晚跟我一起喝酒的女人,是这里的常客吗?她说自己在乌苏里江摆渡,很会讲故事,不是因为听她的故事,我也许喝不了那么多。

店主说你昨晚就一个人喝呀,不过你在桌对面摆了筷子和酒盅,一个人哇哇说话,你这是纪念谁吧?最后客人都走了,你醉得说胡话,说乌苏里江往北流,那是为了看北斗星,有北斗星的地方就有英雄的魂灵啊,最后你哭起来,我才翻了你的兜,找出酒店房卡,按照房号,试着打了电话,还好你有一同住的人。

我觉得头皮发麻,我说那个穿绛紫色麻布长袍的女人,我看得真亮儿呀。

店主善意地笑笑,说那就当她来过吧,谁的一生没有几场梦魇呢?

店主说完,又问:"你裤兜咋揣了那么多烟头?我翻房卡时翻到它们,想帮你扔了,又一想你可能留着做纪念的,就没动。"

我把手伸向裤兜,也不知是我手心出汗,还是宿在江边,烟头夜里受潮了,那堆烟蒂竟湿漉漉的,好像被人吻过。

我问店主,你母亲叫张雪是吧?

他吃惊地睁大眼睛,说你咋知道?

我用他的话回答他:"谁的一生没有几场梦魇呢?"

店主说就你这神算,后街有个彩票厅,赶紧去买一注吧,一准儿能中大奖!

鱼杂面上来了,可我胃口皆无。我把筷子插进碗里,当桨划来划去。店里客人渐渐多了,灶房也喧闹起来。就在那碗面已凉、我准备买单离开的一瞬,忽听背后传来一阵喝汤的声音。

这声音初始像穿越幽谷的强风,带着股气吞山河的力量;跟着又像乌苏里江的水流,慢了半拍,变得深沉而有节奏;忽然这像风又像流水的喝汤声,又起了变奏,一阵剧烈的喘息声闯入,就像呜咽。而喘息声过后,是急板似的更加迅猛的喝汤声,仿佛谁要把大千世界都收入腹中。

我不敢回头,怕在白天看见黑夜,只是咬紧牙齿,用筷子挑起汤面漂浮的一棵碧绿的香菜,立在汤碗中央,它像一块闪光的浮标,更像一棵常青的生命之树。

(原载《作家》第 7 期)

缓 步

班 宇

木木说,今天我在走廊里唱了首歌。我问,什么歌?木木闭上眼睛,没再说话,好像还轻轻吐了口气。在她面前,横着一块模糊的荧光屏,泛黯的塑料薄膜尚未揭去,上面鼓着不少气泡,像是里面那些企鹅、北极熊和独眼猫在水中各自的呼吸。没有声音。它们的嘴向前努着,短蹼状的前肢来回比画,不知到底在讲些什么,没过多久,便又坐着一艘墨绿色的灯笼鱼艇匆忙离去,像是要去办一件什么了不得的事情,只留下一长串气泡。大大小小的圆圈,与海水一起,从屏幕里奋力向外涌来。

很应景,木木正坐在一艘黄色的潜水艇里,毫无疑问,披头士专辑封面的造型,《黄色潜水艇》也是我最初会唱的几首英文歌之一,歌词简单,像童谣。很少有人知道,这首歌是保罗·麦卡特尼写的,鼓手林戈·斯塔尔演唱,跟列侬扯不上太大关系。我也是到了一定年龄才发现,他们乐队那些我喜欢的歌曲,基本上都不是列侬所作。但初听时不会想那么多,那阵子,我刚跟小林谈恋爱,她愿意听,我就循环播放,放着放着,她跟我说，以后要是结婚了，想把这张封面画在卧室的墙上，这样一来，每天就像睡在潜水艇里。我觉得有点俗。夜深人静，还要乘船去寻找神秘之海，十分颠簸，心力交瘁。我既没赞成，也不反对。当然，这个愿望最后也没能实现，装修把我们搞得心力交瘁，到了后期，基本是任人摆布，工程队的监理说什么样的吊顶好看，什么牌子的涂料合适，我们就起立鼓掌，完全服从。刚住进去时，家具很少，连窗帘都没有，室内空荡，说话都有回音，像在山洞里。夜间躺在床上，映着外面的光线，小林安慰自己说，还是白墙好，像一张画布，怎么想象都行，潜水艇里也应该有一面白墙。

理发器电机震动的声音时大时小，好像在闹情绪，李可皱着眉，向后使劲甩了几下，这下可好，完全没了动静，她反复推动几次开关，跟我说，哥，没电了，得充一会儿。我说，不急。她抱怨道，不扛用呢，下午刚充的。又转过头去，跟木木说，你继续看动画片，等会儿小姑再给你剪，行不？木木睁开眼睛，跟她说，今天我在走廊里唱了首歌呢。

商场里禁烟，我跟李可不敢远走，躲进休息间里偷着抽。休息间也是仓库，被杂物灌满，相当凌乱，地面上还有一摊没来得及收拾的碎发。我将一块巨大的红色凸形积木拖至门口，斜坐在上面，把烟点着，扭过身体盯紧外面的木木，她打了个哈欠，流出一小颗泪珠，似乎想去揉一揉眼睛，又伸不出手来，围布太长，只鼓出来两个拳头，上下蹿动，找不到出口，她看着乐，我也跟着乐。李可骑在一匹斑马身上，两腿蜷着，身体前后晃荡，问我说，哥，乐啥呢？我抖了抖烟灰，说，没事。李可说，哥，你的腰怎么样了？我说，不太好。李可说，医院怎么说的？我说，三四，四五，骶骨，三节突出，要么忍着，要么手术，别的都白扯。李可说，尽量别吧，听见手术俩字儿都害怕，现在什么症状啊？我说，走路或者站着时间一长，腰疼腿麻，必须得休息一会儿，间歇性跛行，有意思不，三十来岁，武功全废。李可说,那不至于,我有个朋友,家里祖传治疗腰脱,他爸是辽足的队医,我带你过去。我说,辽足都解散了,还队啥医,以后再说。李可说,小林最近怎么样啊?我说,我上哪儿知道去,应该挺好的。李可说,心真狠啊她。我说,不说这些,赶紧剪,完后我得带她回家做手工,后天万圣节,幼儿园有活动,一天天的,变着法折腾。

八点半,理发结束,李可垂着手臂,与木木同时扭过身子,一齐望向我,眼神期盼,像在征求意见。一颗蘑菇头,也像锅盖,倒扣在脑袋顶上,跃跃欲试地准备接收一些地表之外的信号。不错,这也是披头士的同款。两人的脸上都是头发茬子,眼眶盈着一圈泪水。太困了,我也不由自主地打了个哈欠,然后竖起大拇指,跟木木说,完美。木木说,南瓜。我说,什么?木木说,崔老师告诉我,明天我要演一个南瓜。我说,南瓜很可爱啊。木木说,不可爱。我说,那你想演什么?木木说,不可爱。我说,好的,不可爱。木木说,我什么都不想演。

李可送我们到电梯口,转身回到店里,把自己塞进转椅,盯着动画片愣神儿,跟个没家的小孩儿似的。理发店开了半年多,生意一般,会员卡没办出去几张,前几天又跟我借了一万五,没说做什么,我也不问。知道得越少越省心。我妈一直不同意李可做买卖,不让我拿钱,我都是偷着给。为此,小林当初还很不高兴,每次吵架都提,没完没了。不过现在无所谓了,家里只有我和木木。我们住在自己的小房子里。像歌里唱的,我们的生活如此美满,我们有着自己想要的一切,蓝色的天空,绿色的海洋,还有那艘黄色的潜水艇。听着浪漫,像一个童话。实际情况则难以描述,不过我正在一点点恢复秩序,让一切看起来尽量如常。在这一点上,木木比我做得更好些。

房子是十年前的回迁楼,现在已是弃管小区,大门四敞,任意进出。一二层是门市,开了两间小超市,一家面馆,一个按摩院,棋牌室倒是有四五家，彻夜不休，这会儿基本上是满员状态，正在酣战。有人站在玻璃窗外围观。我们绕到楼后，走上台阶，经过一条隧道似的缓步台，约有百米，平坦而狭长，我跟木木打过几次赌，比谁先跑到单元门口：总是她赢。后来我发现她对此并无兴趣，对胜负也没，只是为了陪我而已，我也就没什么心情。缓步台的左侧如悬崖，下面是无声的幽暗，另一侧是住户们的北窗，拉着厚厚的帘布，或用无数的废纸箱堆积遮挡。我时常幻想，里面住着一只等待解救的松鼠，而那些箱子是它的武器，举过头顶便能进攻，也可以作为防御，躲在里面过冬。我把这个想法跟木木讲过。木木说，不对，有一次见到了那个人，踩在箱子上，穿着厚厚的爪子拖鞋，是个女的，不过长得确实挺像松鼠，也许是花栗鼠吧，我感觉。她说，但是，我也想要一双那样的拖鞋。

太平洋上有一座不知名的岛屿，又长又窄，植物稀少，没有居民。这里不是任何一片陆地的支脉，而是直接从海底升起来的，像大海的一截脊骨。它的北面是温水，南面是冷水，走不多久，就能体会到两个不同的季节，一边是不歇的骤雨，一边是充沛的日光。山岩排成纵列，陡峭而锋利。1932年，一艘澳大利亚的科考船发现了这座小岛，刚一登陆，便被眼前的景象所震慑，到处都是船只的残骸，龙骨折成数截，柚木甲板被侵蚀风化，偶见细小的白骨，被风一吹，如在抽搐。总而言之，误入了一座孤零零的墓场。更可怖的是，这座岛屿自己还会说话，船员在岸边能听见有声音从内部传出来，一阵急促而空洞的声响，之后是另一阵，音阶无法分辨，但又极富韵律。有几个水手认为，这座岛是宇宙的窃听器，能听到天体之间的对话。这并不是一个好兆头，类似的说法总会在他们之间流传。夜晚安宁，待到次日，这种声响演变成为巨大的噪音，铺天盖地，他们被迫醒了过来，放眼一看，舱外是数万只企鹅，密密麻麻，形成一道黑白相间的旷野,朝着海岸线不断涌来,将他们的船只团团围住,来回掀动。没人知道它们竟是这样危险,并且如此有力。企鹅的面色阴沉,振着前肢,伸开脖子,长喙一开一合,喉咙里发出叹气似的哀叫,要将不速之客驱逐出境。有位科学家准备仔细观察记录,刚一下船,便被叼住裤脚,几只企鹅甚至跳到了半空,好像会飞一样,不断啄咬着他的衣衫,直至撕烂。科学家大喊大叫,带着满身的伤口,狼狈地逃了回去。

听到这里,木木笑出声来,问我,他是怎么逃的?我龇起牙,一边扬着脑袋,一边夸张地挥动胳膊,高抬双腿,向前奔跑几步,然后蹲在地上,捂紧心脏,张大了嘴使劲呼吸。木木也学着我的样子,仿佛身后有企鹅追赶,小声尖叫着,来到我的身边。风将一部分变黄的树叶吹落在地,如遗失的海星。我拾起一片,抬头递给木木。她举着叶梗,挡住自己的脸,说了几句听不懂的怪话,便又扑在我的身上,大口地喘着气。我回望过去,数盏吸顶灯的倒影映在窗里,悬于上方,模糊的反光积聚着,照出大面积的灰白色的雾,在夜晚里蔓延。空气很差。秋天总是这样,好在就要结束了,然后是冬天,木木出生的季节,像世纪一样漫长,无尽无休,骤然消逝。小林离开之后,我才意识到,原来我有了一个女儿,一个女儿,每一个时刻里,她都在为我反复出生。

睡觉之前,木木跟我妈通了个视频电话。我妈问她,你想奶奶不?木木说,我想爷爷。我妈赶紧喊我爸过来,说,气人不,说她想你呢。等我爸走到摄像头跟前,她又说,我想看一看奶奶。折腾了几回,她开始用手背揉着脸,我挂掉视频,热了牛奶,又带她去洗漱。收拾卫生间时,木木自己悄悄坐上便盆,半天没有动静,等我晾好衣物,她低声跟我说,爸爸,我尿不出来。我说,不要紧,我们去睡觉。木木说,我怕又要尿床。我说,没关系的,放松心情,尿了再洗,不怕。木木摇了摇头,看看我,又点了一下头。

我把她抱到小床上，装进睡袋，她试着跳了几下，噔，噔，噔，还给自己配了音，神态兴奋，看起来也像一只小企鹅。每天晚上我都会这么想，却没对她说起来过。穿上睡袋模仿企鹅是小林与她之间的睡前仪式。小林无论学什么都惟妙惟肖，还对我们进行过严格培训，比如，如何扮演一只企鹅：两只手放在腰部，掌心向下，指尖朝前平伸，左右手交替下降，身体随之左右摇摆。按此做法，一扭一晃，没个不像。事实上，小林的肢体语言极为丰富，不仅能模仿动物，还会表达情绪。她以前教过我，如果要表示愤怒，就将五指在胸前撮拢，瞬间向上抬动，同时伸开手掌，在心脏里放了一团烟花；如果你爱上了一个人，那就伸出一只手，用另一只手轻轻摩挲这只手的拇指指背。我照她说的做，动作不难，节奏不好把握，小林说我看着像一只正在数钱的狗熊。她的头发遮住半张脸，笑得很开心。很少有人知道，小林的一只耳朵听不到声音，先天性小耳畸形，自学过很长一段时间的手语。

木木说，爸爸。我说，闭眼睛，睡觉。木木说，我有点睡不着。我假装打了几声呼噜。木木说，爸爸，爸爸。我说，嗯？她说，大喊大叫的一天。我说，什么？她顿了一下，说，你看过没，那本书。我说，没。她说，我好像看过。我说，家里有吗？她说，我记得有。我说，明天我找找，咱俩看一遍。她说，爸爸，明天，明天我不想迟到。我说，你现在睡觉，我们就不会迟到。她安静下来，但没睡着，在床上蹬了半天，才老实了。呼气声柔和而均匀，像钟表一样，将余下的时间一一剥落。我暗暗祈祷，希望她今晚不要尿床，之前洗过的床褥还没晒干。再去买一件的话，怕是也来不及。

我问过李可，如果你是小林的话，要怎么办，会做出跟她相同的选择么？当然，我很清楚，这种事情因人而异，不可能存在统一的标准答案，他人的结论只能作为一种参照，甚至起不到任何安慰效果。问题过于复杂，没人真正清楚你生活里的全部变量。选项却总是那么几种，每一个都简单得近乎残忍，无可理喻。中间的推导过程却是极为艰难的。如果要用手语表示，也许是以食指抵住太阳穴，来回钻动几下。

  李可想了半天，不难看出来，她很想站在我的立场说话，最终不过是叹了口气，跟我说道，哥，你别问我了，我真不知道。我说，行。李可说，这事儿，有时候想想，觉得自己也有责任，我对嫂子的态度，实在谈不上多好。我说，但也没那么差，过得去，你别多想。李可说，咱家这些人你还不了解，都向着你，无论你说了啥，做了啥，都站在你这边儿，到了今天这地步，我也犯糊涂，不知道是不是害你。我说，这跟你们谁都没关系的。

  我有一万种的解释方式，来印证我和小林的行为均无原则性的问题。比方说：既然我们公认的生活是那么正确并且一贯正确，那么，不甘心自己被此俘虏之人，只好通过伪装与冒犯来展示自己的存在。再比方说：这并不是我们个人情爱之事，无所谓奉献与亏欠、忠贞与背弃，而是生命本身存有的无可弥合的裂隙，凡途经此者，必然陷落于更大的痛苦、神秘与真实。但这些说法都没什么用。尤其在我跟木木单独面对生活的时候，一切仿佛进入一个科学的、可被计量的体系之中：早上六点五十分起床，七点半出门；周一、周三有英语课，四点半带着水壶和饼干去接她，再送到培训学校；周二、周五是跆拳道和表演课，五点半放学；周六上午学半天的舞蹈，前一天晚上，要根据上次的视频将那些动作复习一遍。黄色潜水艇永远消失在深海。客厅里萦绕的，只有《小铃铛》和《蚂蚁掉进河里边》。有只小蚂蚁呀，掉进河里边。它在哭，它在喊，谁也听不见。波里滚呀，浪里翻，眼看把命丧呀。嗨呀，嗨呀，多么渴望登上岸。

  木木睡得很熟，喉咙里不时发出呼噜的声音，鼻腔也有点堵，我担心是不是今天洗澡时着了凉，毕竟还没到供暖的日子，她又很讨厌浴霸，觉得太过刺眼，不够友好。真没办法。我贴在她的床头上，仔细听了一会儿，直至声音逐渐平息，然后打开笔记本开始干活。一帧一帧地过，相当无奈，很多想法不写清楚，底下的工作人员就会把视频剪得一塌糊涂，毫无逻辑可言。我以前在台里干新闻，根据百姓提供的线索，每天到处跑一跑，也不觉得辛苦，还比较适应；年初时，家里有些变动，我就申请调去节目组，结果可好，时间虽相对可控，操的心却多出几倍，天天就是个改，上面也没有具体建议，反正就是不断调整，材料就那么多，东删西减，到后来自己都麻木了，看好几遍也不知道到底想表达啥。很长时间以来，台里的效益一直不行，工资方面就更别提，已经压了半年多，人家也不说不给，你管他要，答复就俩字儿：缓发。能挺住就挺着，挺不住就自谋出路。好像从小林走后，我就没往家里拿过什么钱。

　　有时候我想，小林辞职也有这方面的原因，不单是因为我。她在电视台上了九年的班，连个编制都没混上，确实没大意思。小林在二〇一〇年入的职，我比她早一年多，刚开始根本没注意过她，当时我在跟电台那边的一个主持人谈朋友，关系也不稳定，今天好明天分，打得不可开交，不打就更过不下去。那阵子我自己租房子住，隔三岔五，总有别的女孩过来，主持人刚发现时，完全不能接受，我一顿挽留，办法用尽，后来又有过几次，她发现了也不提，装没看见，态度冷漠。我妈比较喜欢她，毕竟嘴上能说，也很会来事儿。我妈有个关系不错的同学在台里当领导，那时还没退，费了挺大劲，好说歹说，给她弄了个台聘，然后我俩就彻底分手了。实话说，我一点儿都不怪她，主要是闹腾几个来回，也没什么热情了，办完这个编制，反而轻松一些，算有个交代。但那时的情绪确实比较差，全台都知道我俩的事情，她倒不太在意，工作照常，谈笑风生，我就不太行，不敢往大道儿上走，觉得特有压力，天天低着个脑袋抄近路，谁也不瞅，戴着耳机，放的都是死亡金属，在草坪上踩出一条荒芜的小径。不是怕谁笑话,也不是因为岁数不小了,连对象都处不明白,而是觉得年龄也不算大,精神却消耗殆尽,一切像是走到了尽头。

在此之后,有几天晚上,我在楼上加班,才开始留意到小林。每天晚上六点半左右,我在二楼的吸烟室里抽烟,看着其他部门的同事下班往外走,三五成群,有说有笑,小林每次都是自己一个人,背着双肩包,底下挂着一只戴墨镜的熊猫,摇来晃去,不断敲着她的屁股,像一条骄傲的小尾巴。她从不走大路,总是沿着我踩出来的那条小道儿,一步一步往前走,且很细心,谨慎躲避两侧的草丛,有时候还要跳一下,如遇礁石。从上面看去,很像是缓慢经过一片凶险的暗绿色深海。我觉得这人很无聊,侵占我的成果不说,内心戏还不少,下个班而已,当自己在打冒险岛。观察了四五回,有点改观,正好我有个新节目,需要跟她对接筹备事宜,就有了一些联络。只要我看到她下班,踏上那条小路,就拨一下她的电话,响一声就挂掉,然后发个信息,说点有的没的。这时,她往往会举着手机停在草坪中央,噼里啪啦地打字,措辞精确,颇有礼节。她回复过后,没等走几步,我迅速再发一条,她停下来,又开始打字,那条小路她经常要走上半个小时。我总是很恍惚,觉得自己正在控制一个游戏角色,个子小小的,脑袋瓜儿上飘着一顶白帽,胃口很好,爱吃草莓和香蕉,走路带风,前面是火焰、滚石、下沉的云彩与横着走路的饿鬼,我按一次键,她就可以顺利逃开一回,双臂摆动,继续前进,去解救被封印的恋人,而我却总想让她慢一点通关。

杰克拍着肚皮,打了个饱嗝,说道,今年的收成真不赖,我又可以快活地过冬啦。魔鬼说,好心人,你种了些什么?杰克说,土豆、白菜、西红柿。魔鬼说,能不能分我一些,我三天没吃过饭了,饿得走不动路。杰克说,那当然,当然啦。魔鬼说,我会保佑你的,亲爱的朋友。杰克说,但是,既然我们是朋友,能不能也帮我一个忙?魔鬼说,阁下,您说说看。杰克说,夏天时,我的皮球不小心卡在树杈上了,一直取不下来,而我又不会爬树。魔鬼说,乐意效劳。两人蹦跳着兜了一圈,来到一棵大树旁边,杰克指向上方。魔鬼望过去,大树忽然伸出双手,将魔鬼死死抱住。魔鬼来回扭动身体。

大树说,哈哈。杰克说,哈哈,中计了吧。魔鬼说,这是怎么一回事?杰克说,别以为我不知道你是谁。大树说,哈哈。魔鬼说,求求你,放开我吧,有什么条件,我都答应你。杰克说,我要吃不完的土豆、蛋糕,还有美味的烤肉,我要永远都过这样的好日子。魔鬼垂头丧气,点头允诺。大树说,哈哈。然后松开了手臂。魔鬼叉着腰,跺脚说道,杰克,咱们走着瞧。

大树仰面躺着,一动不动,如被伐倒。魔鬼立在后面,面目庄严,吸了两下鼻子。杰克蹲在地上,双手捂脸,眼睛在指缝间来回乱转。两个女巫走了过来,齐声问道,你怎么了?杰克抬起头,说道,为什么一直是夜晚,我什么都看不见。其中一个女巫伸出手指,对着空气画了个圈,二人若有所思。一个女巫说道,可怜的杰克。另一个说道,他真可怜。第一个说,原来这一切都是魔鬼的过错。第二个说,他真可恶。第一个说,我们来救救他吧。于是两个女巫原地转了一圈,挥了挥魔法棒,指向左右两侧。一段急促的音乐响了起来,几秒钟后,舞台后面冒出来两只胖墩墩的南瓜,夯起胳膊,横挪着步伐,来到中央。南瓜的扮相古怪,肚子上套了个橘色的救生圈,脑门儿还贴了几颗星星,闪闪发亮。女巫说,杰克,这是我们为你召唤的南瓜灯,请你把它带在身边。南瓜们主动移向杰克,将他搀扶起来,三人围着女巫们转了一圈。杰克行了个礼,说道,谢谢,我又能看见啦,世界真美好,感谢你们。两个女巫手拉着手,跳着舞离去。倒在地上的大树忽然叫了一声,哈哈。然后滚了一圈。全剧终。

木木出了一脑袋汗，我用手帕蘸了些温水，一点一点给她卸妆。木木问我，你看见我了吗？我说，看见了啊。木木说，我都化妆了，你怎么还能认得出来？我说，脱了马甲我照样认识你，今天表现不错，特别可爱。木木说，但是我什么也不想演。

出门之后，她看见了我妈，挣开我的手，直接奔了过去，贴在身上不放，非要抱着。我妈的腰也不好，就让我爸扛着她回家，走两步跑两步，一路乐得不行。我和我妈跟在后面。我妈说，今天吃饺子。我说，行，都爱吃。我妈说，没用。我说，什么？我妈说，学这些玩意儿，白花钱，我感觉没用。我说，现在都学，不能落后。我妈说，以后在社会上谁能当个南瓜啊？像你似的。我说，你也不懂，别管这些了。我妈说，小林咋没来？我说，没告诉她。我妈说，最近没联系？我说，很少。我妈说，可真够一说，这妈当的。我没说话。我妈又叹了口气，说，你这爸当的啊。

吃完饭后，外面下起雨来。木木开始流鼻涕，脸颊泛红，有点发蔫。我妈说，今天别折腾了，在这里住，我给她洗个热水澡，晚上跟我睡，得注意观察，这季节可别感冒了，不爱好。我躺在沙发上玩手机，我爸在看电视，里面放的是陈佩斯的小品。我想起许多年前，春节联欢晚会过后，总会放一部他演的电影，有时是《父子老爷车》，有时是《二子开店》，都很滑稽，每次我都下定熬夜的决心，却总是看个开头就睡着了，直到现在也没看全过。我们家已经很久没聚在一起过年了。前年是我妈生病，在医院里抢救，忙得人仰马翻，白天黑夜连轴儿转。去年是李可，被传销的骗到广东，好不容易逃出来，也没买上机票，大年三十，打电话就是个哭。今年轮到我跟小林，在家里待到正月初五，哪儿也没去，谁也没见，相互一句话也不说，只是盯着那面白色的墙壁。

木木身上裹着浴巾，脑袋上包着一条粉色的枕巾，被我妈从卫生间里拖出来，两只脚还没完全干，在地板上踩出一溜儿水印。孩子长得就是快,不知不觉,几个月前,一条浴巾也还勉强够长,现在就完全不行了。外面的雨声很大,伴随着隐隐的雷鸣,木木跑来我这边,撅着屁股,上半身趴在沙发上,很急促地喘着气,也不讲话,我伸过手背,摸了摸她的额头,又摸一下自己的,好像我的更烫。这时,手机震了一下,小林发来消息,问我:今天演节目了?我回道,是。小林说,录下来了吗?我说,没来得及。小林说,我跟她视频一下?我说,在我妈家。她就不再回复了。没记错的话,本月之内,这是她第二次跟我联系,上一次是提醒我拍生日照需要提前预约,以及记得去补一针流感疫苗。还有三个小时,这个月就要过去了。

我本来以为,向木木解释小林的离开是一件很困难的事情,确实不知怎么说为好。李可说,你可以跟她讲,爸爸妈妈虽然不住在一起了,但对你的爱是永远都不会变的。我心里说,你真是没有孩子,这种话讲不出口的。一个问题接下来就是许多个问题。为什么不在一起了,为什么别人的爸爸妈妈还在一起,为什么离开的人是妈妈,为什么对我的爱就永远不会变,你们之间的爱不是变了吗?自己答不上来,就别指望能说服得了任何人。小林刚走时,木木住在我妈家里,天天闹,使劲喊,嗓子都破了,哭得筋疲力尽才能睡着,到了后半夜,经常忽然自己在床上站起来,闭着眼睛说,妈妈呢,我要去找妈妈。我妈也心疼,一边哭,一边抱着她来回走圈,念经似的说着话,唱遍所有能想起来的歌谣,连灯也不敢开。到后来,我妈的身体实在吃不消了,住了次院,我就接回到自己这边。也是奇怪,木木跟我在一起,从没主动问过小林的事情,好像我们之间达成了某种默契。有时我觉得,我跟木木更像是一对恋人,对彼此的前任避而不谈,即便她的存在无法被抹去,像是一块坚冰,或者一座岛屿,从大海里升起来,横亘在我们中间,始终无法融化与跨越。

关灯许久,木木也不睡,一直在说着话,笑个不停,随后又下了床,跑来我的房间，跟奶奶说，我去看一眼爸爸。她在地上晃了一圈，发现我还没睡，便爬到床上来，躺在我的身边。我妈跟了过来，对木木说，快回屋，几点了都。木木说，但是我还是想跟爸爸一起睡。我跟我妈说，跟我吧，习惯了，让她在这儿睡，我看着她，没问题的。

窗外的雨声渐弱，风却刮起来了，凉飕飕的，从窗户缝儿里往屋里钻，发出一阵阵虚弱的颤声。我给木木又加了层毯子，她蹬掉，我再盖上，她又给踹开了。就是这样，在几乎所有事情上，我都犟不过她，不知道脾气随谁。木木说，爸爸，给我讲个故事。我说，没有故事，睡觉。她说，我睡不着。我想了一下，问她说，你想演女巫，是吗？她说，我不想演女巫。我又问她，那你害怕魔鬼吗？她说，不害怕。我说，其实我觉得，今天的那棵大树更像是魔鬼啊。木木说，不是。我说，为什么？她说，不像魔鬼，不是。我问，为什么呢？她说，大树是辰辰啊。

有一天下班时，刚好看见小林走去那条小路，我跟在身后，走到中间，喊了她一声，她左看看，右看看，又在原地转了一圈，终于发现了我。后来我才知道，单耳听不见的人，很难辨别声音的来源方向，所以在某些时刻，小林的动作显得有些迟缓。她的右耳健全，我们走在路上，她就总贴着我的左边，看起来像在保护我。无数车辆从她身边飞驰而去。我比较不适，总想拉过来一把。听我讲话时，她习惯性地将头侧过来，仿佛集中了全部的精神，极为虔诚，这样一来，我反而不知怎么说为好。

项目的进展并不顺畅，筹备尚未结束，就被上面喊停，我的心情却比从前好了一些。那段时间里，我跟小林相处得比较愉快，她很聪明，经常是我的话只讲一半，她就完全明白了，但会坚持着听完，确认全部细节，再去执行。到了后来，我对她的信任度逐日增加，无论遇到什么事情，都想听听她的看法。她很有耐心，一点一点为我拆解，却极少谈论自己，每次问起来时,她也只是摆摆手,对我说,实在是没什么可说的,人生履历就是这么简单——离家上学,顺利毕业,在台里实习,签合同转正,上班下班,被拖欠工资。我问她,有什么爱好。她说,也没什么,都不怎么逛街,只喜欢在家里听听歌。

我们就在她租的房子里面听歌。我带去了无数张唱片,各种风格都有,一听就是一个晚上,我喝着啤酒,她偶尔处理一些工作,或者准备公务员考试,反正总有些事情要做。她不爱听金属和朋克,觉得吵闹,喜欢古典,但听不太懂,版本复杂,没心思钻研,最喜欢的还是六七十年代的那些民谣,鲍勃·迪伦或者琼·贝兹的歌。小林问过我,如何看待他们二者之间的关系。我说,贝兹当时的名气更大一些,热衷社会运动,投身其中,迪伦很害羞的,对这些也不太感兴趣,在自传里写过,第一次看贝兹演出时,目光便久久不能移开,觉得她荣耀又圣洁,如花环一般,几乎无所不能,嗓音美妙无比,像是在为上帝献唱,能驱逐世上全部的厄运。小林又问,那你怎么看待我们之间呢?我说,我以前总在楼上抽烟,看着你自己走上那条小路,总会想起一位美国作家的诗句,他说,一片树林里分出两条路,而我选择人迹罕至的一条,从此决定了我一生的道路。小林说,你喝多了?我说,绝对没有。小林撇了撇嘴,没再讲话。我说,那你怎么看呢?小林想了想,说道,答案在风中飘,我的朋友,答案在风中飘。

木木捏了一下我的手,我以为在逗我,便回捏过去,她又用力拽紧了手指,我才反应过来,她是想让我注意到走在前面的那个人,穿着一件棕色的羽绒服,长及脚踝,在这个季节里,稍显夸张,半长的头发披在颈后,踩着一双高跟鞋,跋在地面,发出哒哒哒的响声,仿佛抬不起腿来,随时都会晕倒。我想了一下,说,松鼠?她先说,是。又说,不是,是花栗鼠。我问,有啥区别?她说,更小一点,但头很大,还演过动画片。我说,那你要不要过去打个招呼啊？她说，啊，我可不要。

木木对于命名特别严谨，我在手机里收藏了一篇很长的文章，是《小马宝莉》的角色介绍，数目近百，她总会要求翻看讲解，一遍又一遍，从不厌烦。我时常读得眼花缭乱，木木却几乎都能叫上名字来，也熟悉每一匹小马的秉性，甚至对会不会飞、在哪一集出场等细节都了如指掌。最开始她喜欢的是云宝，性格外向，热爱冒险，绝招儿是彩虹音爆。最近比较倾心于月亮公主，有点孤独，略带神秘，被放逐到月亮上一千年，曾对此很不满，企图让世界陷入永久的黑暗，后被感化，经常去解救那些噩梦里的小马。

我们走到单元门口时，长得像花栗鼠的那个女人还没进去，她的双手插在挎包里，像是在找些什么。我和木木停止对话，一起望向她，总觉得她要跟我们说点什么，她看着我们，眼睛睁得很大，睫毛一闪一闪。我有点不好意思，微笑着对她点点头。她没回应我，而是蹲了下来，将衣服前襟拢在膝盖上，说道，木木？木木往我身后躲了躲。我很好奇，转头问木木，你认识这位阿姨吗？跟她问个好啊。木木摇了摇头。她继续问，记得我吗，我是辰辰妈妈，我们见过的呀。我说，辰辰？大树辰辰？她说，什么？我说，啊，木木有个同学，前几天演了一棵树，也叫辰辰。她勉强笑了一下，说道，应该不是。我说，不好意思，那是我弄错了。她说，木木，你还记得辰辰吗？辰辰很喜欢你呀，总提到你。木木继续往后面躲，背对过去。我问她，你记得吗？她也不说话。我解释道，她就这样，比较内向，遇见生人很害羞，话也少，有空带孩子来家里玩，真巧啊，住在一个楼里。她偏过头去，扮了个鬼脸，想逗一下，可木木压根不看她，一个劲儿地拉着我的衣角。她站起身来，朝着我点了点头，说道，好，好。

我们上楼之后，木木好像有点不高兴，脸也不洗，动画片也不看，拎着一只绒毛蜗牛在客厅里走来走去。我说,你今天的表现可不太好,见人也不打招呼,有点没礼貌。木木不吭声,只是看着我。我又说,不过我也不打算勉强你,这没什么的,对吧,不是跟谁都需要讲话,我能理解你。我企图讨好一下,可她还是不理我。

木木睡得很快,我也很困,但还得两个小时后才能休息。快洗模式半个小时,混合模式一个小时,婴儿服模式则是先加热到一定的温度,洗干甩净,再进行消毒,共计两小时,这是洗衣机的标准法则,不可侵犯。我在一本书里读到过,洗衣机的语法粗暴至极,无视差异性,所有的衣服在此都是平等的,没有尊卑贵贱之分,一旦被抛入其中,便被迅速地搅拌在一起,不可避免地混作一团,其符号价值被无情吞噬。在滚筒里,没有幸存者可言。我打开阳台上的窗户,点了根烟,向外望去,觉得世界无非也是一个滚筒,重力作用,正向与反向的轮转,粗糙而强悍的旋律,不断在内部之间摔跌捶打,无可逃脱,也意味着无人生还。我将纱窗拉开,想将烟头灭在窗台外面,忽然发现有人还在单元门口,双手扒着缓步台的栏杆,探着脑袋,也刚抽完烟,与我的步调一致,正在捻着烟头,好像我们同时位于滚筒的某个位置。接下来,也许将一起接受上升或者下降。

我披了件衣服,轻带上门,又摸了摸钥匙,往楼下走,她见到我时,并不惊奇,笑着点点头,问我,木木睡着了?我说,是。她说,她好乖的。我说,今天玩累了。她说,小孩子嘛,还是比较好哄。我说,辰辰也是吧。她没讲话。我又说,不回家么,晚上凉了,钥匙没带?她说,没,想待会儿,还有烟吗?我帮她点了一根,给自己也点上。她说,你不会扎辫子吧?我说,什么?她说,所以木木总梳着个锅盖头。我笑着说,是这道理,学也不会,没这项技能。她朝着黑夜里吐了口烟,停下几秒,继续说道,你的故事都好听啊。我说,故事?她说,我就住这一层嘛,总能听到你给女儿讲故事,扭来扭去在散步的小蛇,小裁缝智斗巨人,岛屿上的科学家和企鹅,点头或者摇头的锡兵,只是个片段,没头没尾,你们边走边讲,等到了门口这边,我就什么都听不见了。我说,惭愧,乱编的,打扰到你。她说,刚才我知道你们走在后面,想着在这里等一等,兴许能听到个结局,但是也没。我说,不值一提。她说,没,我很喜欢,每天晚上,我都把窗户拉开一道缝儿,搬把椅子,守在阳台上等着,我就躲在箱子后面,有时等了很久,很担心是不是错过了,或者木木发生什么事情,但如果能听得到,就很开心,睡得也好一些,我知道她叫木木,很早就知道,但她不认识我,不要怪她。

我说,她认识你,但不认识辰辰,我们睡前聊了一会儿,她知道你一直在听我们讲话,我一点儿感觉都没有,有些话她故意要说给你听的,不管你信不信,反正就是这样。她说,木木最聪明了,你今天讲故事了吗?我一句都没听见。我说,没有,她给我讲了一个关于魔鬼的故事,很可怜的魔鬼,所有人都想尽办法要对付他,可他根本不知道自己犯了什么错,只是不停地被耍弄,不停地许诺,不停地满足他人的愿望,被钉在树上,被困在鼻烟壶里,被放逐到很远的地方,你知道,人们总是那么贪婪,魔鬼却那么软弱,无论躲在何处,最终都会被揭开真面目,无可逃脱,真是没办法啊,明明是人们先找到的他,非要来交易灵魂的,也许他唯一的错误就是扮演了一个魔鬼。她说,唯一的错误。我说,对,这也是木木说的。她说,我明天要搬走了,收拾了好几个月,终于把东西都装进箱子里,真沉啊,推都推不动。我说,祝你顺利,希望以后还有故事听,肯定比我讲得好。

我回到楼上时,洗衣机已经停止运转,我拉开舱门,将衣服一件一件抻开、铺平,晾在阳台上,窗户没关,夜风温柔,缓缓吹进来,像在为我披上一层薄薄的衣裳。木木睡得不太老实,嘟着嘴,皱紧眉头,一条小腿搭在床沿上,几乎要挣脱出来,从后面看去,睡袋像是一件很威风的斗篷,我想,她是正准备去解救那些困在噩梦中的小马。手机上有两个未接来电,都是小林打的,时间太晚,我犹豫着是否要拨过去时,收到了一条她发的消息：不用回，没什么要紧的，刚才只是想确认一件事情，现在我知道了。我的另一只耳朵也听不见了我好像再也想不起来木木的声音了。

春天的末尾，我跟我妈带着木木去了一趟海边。原本这里是一片野海，在我很小的时候，也来过一次，但没什么印象了，只记得在沙滩上铺着一张张巨大的渔网，踩在上面，仿佛随时会被捕获，高高吊起来，放在集市上售卖。如今此处被开发成一个新的小镇，充斥着现代气息，生活便利，建筑设施一应俱全，甚至还有美术馆、剧院和礼堂，无论走在哪里，都能听见一阵轻快的音乐，沁人心脾。木木很喜欢这里，她很忙，每天上午要去海边捡贝壳，中午回来休息，下午去农场里看小花，或者在草坪上打滚，玩到筋疲力尽。我妈说，她自己很久没看过海了，上次来这里时，正怀着李可，行动不便，我也不太听话，我爸更是指望不上，成天跟她对着干，她每天都很累，没有盼头，万念俱灰，夜里偷偷哭上一会儿，也不敢出声，怕吵到我们，当时觉得快要活不下去了，可一晃就是这么多年，也都过来了。

我知道她是在劝我。我假装听不出来，每天尽量鼓足气势，拧紧发条，像一匹童话里的飞马，带着木木上天入地，奔跑不息，我想，只要她开心，我就快乐，只要她愿意，做什么我都值得。我像一株寄生的植物，无法自给养分，只是日夜低语，将命运与她紧紧相依。我再也不需要成为什么，没有愿望，也不想去拥有自我，一点儿也不想，人一旦有了这种意识，就很可怕，像岛屿上丛生的密林，沙沙生长，不止不歇，直至遮蔽全部的光芒与道路，长久困在噩梦之中。我不要这些。

旅程结束的前一夜，木木睡着之后，我自己一个人来到海边，走了很久，没有月光，星星也被隐去，只是一片深色的绿。我脱掉鞋子，踩着沙砾，一步一步迈入大海，温暖轻柔的水浸过我的脚踝，我站立于此，舒了口气，抖抖肩膀，伸出两条胳膊，想要画出一道从未有过的手势，却始终不得要领。波涛涌来，身后寂静，世界如在一侧呼喊。那是一首鸥鸟、海水、岛屿与天空的奏鸣曲，为我竖起一道光亮的墙，时远时近，无法逾越。赤色的暗云落在海面上，发出火焰熄灭的微弱声响，它一刻不停地沉入水底，给予短暂如幻的照亮。接着是引擎声与浪声，贮存许久的音阶，相互抵抗，向前或者退后，保护着的同时也在毁灭。最后是清澈的鸣叫声，如垂冰一般锋利，来自鸥鸟、松鼠或者小马，上古的山林，幽暗的房间，万无一失的梦境。而那些被忘却的声音不在其中，遥不可及，我无从追寻。它曾栖于我的体内，如同昔日的私语，远在此处，如今径自飞行，去往我需要行进的方向，接续不断，消逝于失落的耳畔。总要逝去，也必将逝去，尽管此时，它正如凌晨里悄然而至的白色帆船，掠过云雾，行于水上，将无声的黑暗遗落在后面。

（原载《收获》第 4 期）

蓝 牙

黄咏梅

拖着拉杆箱轱辘轱辘走在凹凸不平的石板路上，孙芊蔚就开始不安。没想到丽江古城色彩那么明艳，好像手机屏幕的亮度被谁的手指不小心滑到了顶格。花的色彩，油纸伞的色彩，天空的色彩，游人服装的色彩，饱和度极高的阳光——将这些颜色调到至亮。这是她第一次踏入丽江古城，却不合时宜地先在心中盘点箱子里的衣服，哪一件能配得上这些鲜艳？她不是那种喜欢拗造型的女人，这可能是她近年来的一种心理惯性？出门变得有些焦虑，焦虑晴雨，焦虑衣履，焦虑酒店的枕头是否贴合她的颈椎……结果总是失算，哪一次出门都会感觉错带或漏带了一件必需品。

唯一庆幸的是，她犹豫再三最后还是放进去了那件帽衫，就在箱子里的最表层，做好了空间不够随时可放弃的准备。这两年，她调暗了自己，衣服基调脱不了黑灰藏青，在她身上找不到一朵花卉的图案。那件帽衫是例外，买来打算春天夜跑穿的，颜色是不太常见的嫩绿。不过，孙芊蔚在古城里轻易就找到了它的同色系，在那些抬眼即见叫不出名字的多肉盆栽里，有各种程度的绿，它就是那种透明、亮晶晶的绿。孙芊蔚一眼就辨别了出来。这绿色多少缓解了一些她的焦虑。

预订的房间数量不够，他们要分开两拨分住两处。她被安排住在新义街的一间民宿。门楣被垂落下来的紫藤花遮住，庭院深深，从门口望进去，只能看到尽头一块巨大的照壁。穿过一段近二十米的长廊，拐个弯，才能看到露出天空的院子，以及院子里两两相对的客房。

她的房间是103。服务员告诉她，一楼，北面是单号，南面是双号。穿过院子时，她看到一张长条茶几，几只小茶杯里余下绛色的茶，深浅不一。有根烟被搁在烟灰缸沿，慢吞吞将余生最后一口气吐向它旁边那盆又肥又矮的多肉。估计是刚坐在这里的两男两女，现在站到了院子一侧，手机对着草地上一匹卧着的木马拍照。发房卡的时候，负责团队后勤的小单告诉大家，这里是当年马帮头子的老宅。103房间门口正对着那匹木马。当中没拿手机的年轻女人朝她笑笑，说，这马好萌呀。孙芊蔚礼貌地点点头，应了声，是呢。

民宿都是木头建筑，用那种不上漆的整木。房间当中一根大梁柱，如果不是屋顶阻隔，会以为那里种着一棵老树，树皮斑驳，枝叶都在房顶之外。仔细看，才能看出人工做旧的手法。木门隔音不太好。孙芊蔚简单洗了洗脸，等热茶的温度适口，等到院子里讲话的声音消失了，她才打开房门，走近去看那匹伏地的木马。跟建筑的整木相反，它由很多块碎木条拼接而成，色调像灰岩剥落的石块，裸露着骨骼，经脉、鬃毛与木纹的沟壑纵横吻合，真像是一匹茶马古道退役下来的老马，卧下，就从此走不动了。孙芊蔚在院子里走一圈，从某一些角度看过去，那马不像马，倒像是谁即兴搭起的一堆乱木，即将燃烧起来，即将被人围着跳锅庄舞。刚才路过玉河广场，那里有一块闪动的电子大屏幕，游客在里边围着篝火跳舞，孙芊蔚觉得那是更为壮观的广场舞。

　　转过一个拐角，孙芊蔚斜眼看到了二楼走廊上的老谢。她朝他挥挥手。他随即晃了晃手上的烟。这手势如此熟悉。老谢瘦瘦的中等个，站在某个角落，朝人晃晃手中烟，漫不经心打个招呼。就算在不久的将来，他们不再有关联，在更久一点的将来，他们老得杳无音信了，孙芊蔚相信这动作也会伴随这个人的名字一起浮现。他们没再说什么，对于各怀心事的这类时刻很默契，无话也不尴尬。

　　老谢使新环境引起的那点兴奋感黯淡了下来。等她转回103房门前，那匹正对着的老马又像一匹马了，是一匹忧郁的老马。

　　来丽江是老谢的选择，作为PR的一次团建，或许说是一次为了告别的聚会更为确切些。老谢将要调离公司总部，到一个三线城市的分公司继续任PR经理。这消息瞒不住。即使老谢在公司茶水间悄悄告诉过孙芊蔚，但彼时其实早已不是秘密了。他们这次的团建不设主题，务虚，公司就当出钱给老谢请客，答谢一下团队。在梵净山和丽江之间，老谢最终选了丽江。孙芊蔚对老谢讲，我都不好意思说出来，我竟然没去过丽江。她和老谢都是七〇后。老谢在七〇头，她在七〇尾，行事风格却像隔了一江水。老谢对她的话没反应。说起千禧年前后，知识青年界忽然流行一句调侃的话："不是在丽江，就是在去丽江的路上。"孙芊蔚处于那段时间的河流里，似乎不应该掉"队伍"。老谢很不以为然。不是对丽江，而是对"文艺青年"这个词。按照孙芊蔚对老谢的了解，如果不是照顾手底下那几个"八〇后""九〇后"，他更希望去腾冲。因为最近他忽然开始对历史产生了浓厚的兴趣，仅有一小时的午休时间，他躺在办公室的沙发上，耳机里播着王树增的《1911》，闭目，迷糊时会被某个高音惊醒。他对现在进行时态的新闻和八卦丧失了议论的兴趣，倒是时不时在跟人聊天的时候会冒出"大多革命都起源于对腐败的抗议……"搞得人不知怎么接话。

在这家美国驻华公司之前，老谢是报纸的财经编辑，猎头以年薪六十万的条件把他挖过去，为公司完美处理过几桩影响恶劣的危机公关，升到 PR 经理的时候，他把孙芊蔚也从报社挖了过来。他们一直搭档得很好。老谢利用原先在报社的资源为公司摆平媒体，孙芊蔚为老板起草的新闻通稿，无论在报纸还是网站上发表都恰如其分。他们在真实与谎言之间找到了一些模糊的句式和语法，乃至标点。不过，这几年，除了负责撰写公司形象的新闻稿，他们处理负面消息显得有点束手无策。无论如何，现在人们穷追真相的呼声虽响，但耐心越来越少，而指望制造一个吸引眼球的新热点去覆盖一个负面消息，对老谢他们来说简直就像买彩票。老谢慢慢变得有点佛系，工作思路和方式都有了些莫名其妙的改变。相比对外公关他更关心企业内部文化，他在年会上跟员工大谈情怀二字，年度工作计划的第一项就是要在公司成立读书小组，定期举办读书分享会。据说老谢在公司某一次中层会上，陈述举办这种形式陈旧的活动的必要性，他打破了历来的报告流程，以沉重至痛心的语气说，整个公司里的人，都不像人，一点人的味道都没有。传出来的话说，老谢讲完，整个会场沉默了三分钟，就像集体进行了一次默哀。孙芊蔚认为这传闻有夸大的成分，但场面尴尬可以想见。最终的结果是公司随老谢去折腾，反正这类看不见收益的活动，零成本，只会为老谢的年终总结报告写上一笔。暗地里他们认为老谢对公司发展提不出有建设性的意见。

一个月当中有一个晚上，老谢让下属把咖啡室布置成沙龙，由各部门派职员轮流参加，在临时充电挂上墙的几盏温柔壁灯下，分享指定读物的读后感。参与者大多是资历较浅可差遣的年轻人，他们通常是坐在灯下，照着一张 A4 纸念，听上去内容专业得可疑，很多是从豆瓣或者知网上复制粘贴下来的文稿。孙芊蔚是读书会的组织者，负责在老谢主持的交流环节给大家递话筒，同时在多次冷场的时候运用她的机智保持活动的流畅。不过，需要孙芊蔚递话筒的机会渐渐少下来，老谢拿着话筒一直讲到了散会。

读书会办了六期下来，孙芊蔚感到有点难以为继，她甚至担心随着一些女职员带着家里没人照看的小孩过来，读书会有可能会变成亲子教育中心。多亏了《了不起的盖茨比》。

春节前夕的一个寒夜，老谢让孙芊蔚从拜访VIP客户的新年礼物里，扣下了一些多余的巧克力，用漂亮的包装纸将它们包得像一本本书，他打算给参与者一些"物质营养"。不知道是巧克力还是盖茨比的缘故，发言的年轻人比前几次都活跃。老谢很满意，孙芊蔚读出了他那种微笑里竟然有着父辈的宽容甚至宠溺的成分。几个分享者照着A4纸念出了与故事主题相近的观点，与前几次不同的是，他们用自己的话总结出诸如女主黛西是个"渣女"，盖茨比是美国中产阶级的牺牲品之类的结论。在孙芊蔚给老谢续咖啡的那会儿，老谢轻声对她说："看来选书很关键。"他庆幸遇到了《了不起的盖茨比》。

气氛的转变从一个新职员的发言开始。这个西服袖口露出一截白衬衫的年轻人，有着那种不放过任何场合表现自己的欲望，语气跟语速一样冲。他抛出了"《了不起的盖茨比》反映了人性最真实的一面，不应该特指美国或者哪一个国家的人。批判这种真实性的人，都很虚伪"的观点。他滔滔不绝地维护黛西，认为人爱慕虚荣没有什么不对，虚荣是人成功的最大动力，也赞赏盖茨比那种拼命发财之后再将心爱的人夺回来的行为。总而言之，盖茨比和黛西，就是霸道总裁和灰姑娘的故事，是今天所有年轻人的梦想。至于结局，那是因为盖茨比太讲情义，遇人不淑，被坑了。他那种一本正经地自黑的语调，引起了众人几次哄笑，在他讲完"他们完全可以有另外一个结局，女有意，郎有钱，从此过上幸福的生活"这句话之后，还出现了几阵零星的鼓掌声。这情形应该算是读书会成立以来的一次高潮了。接着这个新职员带出来的话题，有人开始抢话筒，其中一个大概处于刚失恋的状态，他拿话筒的姿势像正在喝一支百威啤酒，他哭丧着脸说很羡慕盖茨比，被女朋友甩了之后，他没有能力成为霸道总裁，他做梦都想在她家边上盖一所豪宅示威。气氛热烈起来，没抢到话筒的也开始相互议论。一些根本没看过这本书的人，从盖茨比顺利转移到了他们关心的恋爱、买房这样的现实话题上。就在某一个抢话筒的间隙，大家听到有人猛地一拍桌子，又一拍桌子。老谢接连拍了好几下桌子，震落了搁在杯子边的小勺。大家看到他掏出一根香烟，第一次在读书会上打破了室内禁止吸烟的纪律。打火机的火苗跳动了好几下，孙芊蔚在老谢接过话筒时印证了那种颤抖。

有一小段时间，老谢成为公司的热议。年轻人说，PR 的那个老谢真能装，明明自己中产了才来跟人谈铜臭味的危害。与老谢共事多年的老友则纷纷为他的职位担心，拿着厚厚的俸禄还到处散布美国梦终究破碎的原因——"美国佬总是以为钱能买下一切"。

在那次取消丽江之行后的十多年间，孙芊蔚去过很多个古城，凤凰、平遥、徽州以及与丽江相邻的香格里拉独克宗，还到过其他国家类似的古镇、古堡，奇怪的是，无论公干还是私游，她与丽江都没有机缘，这样反而使得那次取消行程的前因后果总是会跟着丽江这个地名完整地蹦到她的脑子里。来丽江的飞机上，坐在隔壁的那个男人问她是不是第一次来丽江，她又想起了这桩事。她当然不会跟一个陌生人去唠叨那件陈年往事，不过他说他是第二次来丽江，接着又随随便便地说出第一次是跟前女友一起来的时候，她也顺着说了句："我跟前男友差点就来了丽江。"天晓得这个前男友已经前到十多年前了。

男人刚落座不久，孙芊蔚就觉得他看着很舒服，模样身高都落在她的审美点上。孙芊蔚目测他三十来岁。如果不是计划生育的年代，她觉得母亲会给她生一个类似这样的弟弟，或者说，如果时光倒退十年，她想要一个这样的男朋友。他说不上帅，脑门偏大，肤色可能时常会被别人误解为过于奶油。聊过一阵之后，她认定他有着与年龄相吻合的稳重的朝气。她总是会被这种类型的男人吸引。他们聊得很愉悦。无形中孙芊蔚暗自调低了年龄，尽量以靠近他年龄的姿态跟他讲话，甚至某些不符合她人生阅历的观点，她也含糊认同。他看起来很放松，仿佛他们已经认识有一段时间了。只有她自己知道，一开始她就不是他称呼中的那个"蔚姐"。

他们坐的刚好是安全门边的两人座位，左右没有第三人打搅。他向乘务员要了两张毯子。盖着毯子抬头看电视的某个瞬间，孙芊蔚竟觉得像是两人在过居家生活。她没有婚姻生活的经验，在认识的人眼中，她结婚的概率慢慢减少只是基于她的年龄，而熟悉的人则认为如果她不改变某种坚固的挑剔，她无论处于哪个年龄段都不太可能结婚。她不是个苛刻的人，相反，她善解人意，因而在与后辈交往中自然能消弭掉一些隔阂。这个刚认识的男人，相谈不久便发出"你哪里像个四十岁的人啊！""你看着好小！"这样的赞叹，这类话她听得不少，真真假假她都受用。但在结婚这件事情上，她的固执显得很老土。如果避免用"缘分"这个俗气的词来谈她对婚姻的看法，只能笼统地说那些男性都没能与她的灵魂牵手成功。即使爱得热火朝天的时候，她都会因为发生的某件小事而冷静下来，仿佛落入了一个没法解除的咒语中，最终理性地分手。

孙芊蔚离婚姻最近的那次，便是打算一起去丽江旅行的那个前男友。在定下关系之前，她带前男友回家乡过年，见过了家长，还要见见她的几个发小好友。唱完夜场卡拉OK后，其中一个人不知从哪里搞到了点烟花，他们决定找个僻静处偷偷放烟花。在城乡接合部的一个幽暗小树林边，他们举着烟花筒，朝天空吐出一朵朵张牙舞爪的大丽花。就在这个浪漫的时刻，一束手电筒的光准确地捕捉到了他们，几个巡逻的城管叫喊着从不远处跑过来。大家一阵惊吓,商量着要如何应对。在昏暗的夜色中,孙芊蔚注意到她的前男友,悄悄地转过身,朝离他最近的小树丛里隐了进去。就像捉到了恋人出轨,这一幕如此隐秘又如此真切,以至于过去那么多年,她连当时心里那阵惊诧都还没忘。她没有告诉前男友分手的具体原因,在爱与不爱这些事情上,她总是自作主张,不拖泥带水,也尽量降低伤害。在孙芊蔚情窦初开的那个年龄,正是那部日剧《东京爱情故事》流行的年代,她跟许多同龄人一样受到赤名莉香的启蒙,只不过有的人模仿到了莉香的微笑、发型以及服饰搭配,更多一点的就是获得女生追求爱情的主动和洒脱,而她得到的却是一种被人认为不可救药的古怪——仿佛爱情是她自己一个人的事,相比分享美好,她更擅长于独自消化伤害。结束一段爱情,她总能让自己面带着莉香式的微笑,掩饰着,转身,消失于斑马线对面的人群。她没再跟那个前男友见过,倒是前不久被拉进一个同学群里,她看到了他的头像,跟很多中年人一样,发福,双手交叉搭在肚皮上,痴笑着靠在栏杆前,身后是云雾缭绕的群山。她没跟他打招呼。他也不太在群里讲话,有好些次,她看到他在群里抢某个人丢出来的红包,抢完,总会发出一个"谢谢老板"的职员鞠躬动图。她默默退出了群。

飞机落地那阵激烈的震动还没完全消失,他就迫不及待打开手机要加她的微信。

"程木易,我是实名。"

"我也是。"她手指一点,把他放了进来,在朋友权限选择那两栏,她的手指犹豫了几秒。她为他开放了自己的生活圈。她不认为跟他会发生些什么,只是觉得他不会因为日益了解她之后会对她失望。她不介意他了解自己。

"我会在古城住两晚,再去泸沽湖转转。"

"是想去泸沽湖走婚吧？那边可是母系氏族哦，当心被摩梭美女熬成药渣……"分别前，他们已经可以随意开这样的玩笑。

"哈，我最适应母系氏族啦。"

"这两天找个小酒馆，约？"他挨近她，认真地看着她。

"好啊。"她的脸莫名涌上了一股热潮，不过还没忘记大大方方地微笑，是那种她自以为的莉香式微笑。

除了吃饭集体行动之外，他们的团队在古城没有指定活动内容，可以自由组合逛逛四方街和嵌雪楼，或者在小酒馆坐坐，聊聊八卦，也可以申请为了寻找劳而不获的艳遇而独自行动。他们自然把老谢和孙芊蔚划分在了一起，笑话老同志作息应该会合拍。孙芊蔚倒是觉得古城的作息跟那些年轻人很合拍，晚睡晚起。

在客栈简单吃过一碗米线之后，孙芊蔚出门去附近转转。快九点了，街上还没几个人，凌晨时分还花样百出的小货铺、小酒吧现在都没了动静，大水车在高处独自转动。热闹的鲜花和密集的盆栽，原地等待，眼睁睁看着太阳从自己身上一点点地没收掉夜间得到的小费——露水，挂在花瓣上是耳环，围在胖嘟嘟的多肉上是项链。好在，这些稍纵即逝的馈赠被孙芊蔚用手机拍了下来。很快，在她朋友圈的九宫图下方，前后脚出现了两个名字，老谢和程木易。她的脑子里立即浮现出那个男人。她现在已经可以清清楚楚地想起他的样子了，甚至比飞机上见到的还彻底。昨晚临睡前，她花了不少时间，悄悄翻着他的朋友圈，他的照片，他的美食，他路过的地方……她屏住呼吸，手指轻轻，好像徘徊在他的家门口，生怕一不小心留下了脚印发出了声响。她还记得他身边那个女人的样子，她多次将那张合影放大到模糊，俗气地认定她的相貌其实配他是不足的。

她漫无目的，走进一条小巷，里边的建筑风格跟主街无异，只是客舍、小饭馆挨得更紧，翘在空中的屋檐与屋檐像是刚刚互诉完心事只剩相对无言。孙芋蔚忽然想到，在这么多间客舍里，他下榻在哪一家？此刻，他跟她一样已经起床到处闲逛，还是像其他同龄人一样依旧窝在被子里刷手机？这么想着，她心里竟然有点慌张，生怕在某家客栈门口遇到他刚好出来。她不应该让他看到她现在这个样子，至少，她应该穿着那件嫩绿的帽衫。她匆匆转身回去，速度快了许多，凹凸不平的石板路使她看起来走得有点仓皇。

快走到大石桥，孙芋蔚远远认出了老谢。他站在桥中央，一忽儿低头去看水，一忽儿抬头望望远处，好像天上刚落了些什么东西到水里。孙芋蔚觉得那样子还蛮有意境的，她想到了"文艺"这个词，用手机将他跟大石桥一起拍了下来。

"听说玉龙雪山的倒影会落在这水面上。"老谢指着一个方向对她说。

孙芋蔚也站到了桥中央，望望天边又望望水面。水面除了岸边花树的倒影，什么也没有。她盯着老谢指的那个方向，在一大群浓浓的云朵背后，似乎隐藏着一个比云朵更白更亮的轮廓。如果这轮廓就是玉龙雪山的话，那么等到这些云游过去，应该就能看到了吧。他们一起站了一会儿。这时已经过九点了，渐渐有游人来往，古城醒过来，店铺陆续开门，放出了急不可耐的小狗，在石板路上哒哒哒哒跑，发出撒娇的欢叫声。

孙芋蔚不确定是不是要站在这里等那一大片云过去。

老谢说，去木府转转吧，丽江紫禁城。孙芋蔚无所谓，横竖她在丽江去哪儿都是第一次。

老谢兴致很浓，一路上就跟孙芋蔚讲木老爷，说这个木老爷聪明，一方诸侯，懂得审时度势，建府邸不设城门，不去犯这个忌。你猜，明里他对人怎么解释这个做法？孙芋蔚问题不过脑，反问他，怎么解释？

"木府，要有个城门，那不就成'困'了？他妈的，绝。我们做 PR 的，

237

哪有人家这机灵劲儿？"老谢不由自主嘿嘿笑起来，被一口痰呛着了，咳嗽好一会儿。

孙芊蔚一时无语，她认为老谢自从被"贬"三线城市，就开始各种自我否定，逃避现实，佩服起这种不知真假的野史。又想到此行回去后，他们多年拍档就要散伙了，孙芊蔚有点唏嘘。

没想到来木府的人这么多。老谢请了个女导游，穿着纳西族服装，红色大褂，背上围着那种古城小店里随处可见的"披星戴月"羊皮坎肩，脚上却穿着这一季很流行的匡威小白鞋，感觉有点"跳戏"。她和老谢就跟着这双"小白鞋"，踏入了朱红色的木府大门。

孙芊蔚一向对导游的解说词不感兴趣，她喜欢自己转悠，乱看，在边边角角能发现一些有趣的东西。很快，有一拨拨游客围过来，蹭老谢的导游听，老谢只好紧紧跟着小白鞋。孙芊蔚嫌人多，故意落在人群后边。趁那株盛放得有点吓人的桃花树下没人，她拿出手机取景，眼睛一眨，屏幕里冒出了个人，那个人好像是从她手机微信里掉下来的。

"我就知道，我们肯定会遇到。"程木易咧着嘴，高高举起两只手，似乎早料到她要必经这棵桃树，已经等待多时。

"咳，古城小嘛。"孙芊蔚故作淡定，脑子里却荒唐地出现那件绿色帽衫，还摊在行李箱里的最表层。她感到有点懊恼。

他们站在桃树下说话。桃花浓艳，跟他身上那件洁白的T恤是很衬的。看清那T恤的正中央印着一行字："我们把你们想得太好了"，她笑了。昨天，他们在飞机上，关闭手机前，最后刷屏看到一条即时新闻：中国外交官在阿拉斯加霸气怒怼美国高层官员——"我们把你们想得太好了"。正是这句全民关注的话，使她和他跳过了陌生人试探性的开场白，打开了交谈的护栏，就像在某个酒馆共同看一场世界杯球赛，陌生人会因进球而忘情拥抱。

"九十九一件，这里小店到处都在卖。"程木易用手拍拍胸前那行字。

经他一提醒，孙芊蔚才注意到，在他们身边的游客当中，果然有好些人都穿着这种T恤，白T恤配黑字，黑T恤配白字，男女同款，就像突然涌进来一个规模庞大的旅行团。"动作真快,古城还蛮现代化呀。"

透过人群，孙芊蔚看到老谢跟在那个小白鞋旁边，往后面的狮子山去了。她想爬狮子山，听说上面可以看到玉龙雪山。她跟上了队伍。他跟着她。他们就这样走在最末,慢慢上山。

"你总是一个人出来玩呀？"

"嗯嗯,隔一段时间,我要出来透气。"

"透气？"孙芊蔚意味深长地看他一眼，坏笑。在丽江，"透气"这两个字几乎可以用艳遇来替换。

他从她的表情里猜到了，有点尴尬。"不是你想的那样，就是，暂时逃离一下。"

"老婆放心你呀？"孙芊蔚记起他朋友圈那张照片，那个普通得没有任何气质可言的女人。

"我老婆是那种很强势的人，认为我什么都不敢做，嘻嘻，不过，我是有底线的啦，呃，总之，不会太离谱。"他朝她调皮地眨眨眼，好像跟她能产生一些默契似的。基于这种他所认为的默契，他又讲了些关于自己家庭的事。他跟老婆是相亲成功的,结婚三年,今年老婆准备要小孩。

孙芊蔚其实不太愿意听到这些，她只愿意他是那个在飞机上一起盖着毯子看电视的男人。主要是，听到他说家里大小事都是老婆说了算的时候，她居然有点失落。后来，他长叹一口气又说，不过我已经满足啦，她们家在郊区有拆迁房，置换市内两套，给了我们一套。她是独生女。这样，等于我比同龄人少奋斗几十年哈。

的确，她从他身上不太能看到在"奋斗"或者"奋斗"过的痕迹。放松，随性，不务正业的涉猎，好像脚底踩着一块西瓜皮，滑到哪里算哪里。她不就是被他这些所吸引的吗？

"出来透气，有意思吗？"孙芊蔚故意将"透气"两个字说得很重。

"说不上，就是想能遇到一些有趣的人，比如像你这样的啊。"他笑着，忽地抬起手，伸过来，似乎是想摸摸她的头。

出于本能，她生硬地闪开，随即担心自己反应过大会不会伤害到他。这一刻，孙芊蔚特别想做点什么，哪怕像老谢那样，傻傻地顺着小白鞋的手指东张西望。这样可以阻止心里那阵隐秘的悸动奔跑进两人的沉默当中。可是，小白鞋已经领着老谢他们消失在山体的拐弯处。

他的手再次伸过来了，平摊在她眼前，是一只银色的无线耳机。

"我是想请你听首歌。"

"哦，哦，谢谢，好的，好的。"孙芊蔚有点语无伦次，幸好，耳朵里突如其来响起那一阵熟悉的过门，使她的情绪不顾一切，完全集合为一种——那是每次听到这首歌都会不期而至的感伤。

跟她一样，他研究过她的微信。几个月前，她转了这首歌："音乐响起就泪奔，小田和正七十二岁了，声音还如此清澈，像极了我们逝去的青春和爱情。"他竟很有耐心，从她一日日更新覆盖掉的生活底部找回了这首歌。

《突如其来的爱情》，莉香的微笑如在目前。1995年，坐在大学宿舍的集体电视机房看《东京爱情故事》，她们不懂一句日语，主题歌响起，她们饱含深情，咿咿呀呀跟着哼。奇怪的是，此后很多年里，这首歌曲总是在某些时刻会从她心里出现，譬如踩着点上班去追那趟正在发动的公交车，鼓足勇气去找上司提出一些异见，在某次竞争上岗演说之前，某次应酬独自返家的夜路上……那段副歌的高潮部分到来，如同战歌。妈的，二十多年后，她竟然成了这个样子——宽大舒适的灰外套罩着一个松弛、随遇而安的中年妇女。妈的，1995 年，他应该还没开始发育吧。

在歌声中，她的泪水就要夺眶而出了。她只好深吸一口气，假装欣赏前面的风光。

另一只耳机塞在他的左耳。但他什么都不懂。没准看到她这副样子，以为她是个有故事的人呢。她没有故事，生活就像现在这样，偶然撞见这首歌，突如其来，又必然地消失在日复更新的微信朋友圈里。

孙芊蔚机械地抬起腿，迈过一级级石阶。转过一个弯，豁然开阔。上山的游客现在全都集合在观景台。顺着大家目光的方向，她找到了雪山。因为角度问题，在这里只能看到与云团相连的那一点雪山尖，但还是能辨认出来，云团混沌、藕断丝连，雪山清亮、棱角分明。不过还是与预期的不同，她以为能望见画册中那座巍峨冰川。她看见了老谢，站到观景台的最边边，跟大家一样，抬头看着雪山，手掌却一直拍打着栏杆。她听不到他说了些什么。

那首歌一直在孙芊蔚的右边耳朵里播放，单曲循环。几遍后，刚才那阵浓烈的感伤消停下来，望见雪山的激情也逐渐消退。老谢找到她。他们一起下山。她没跟老谢说起程木易，那只小小的耳机不为人知地被她垂下的头发掩盖起来。他就像过往游客中的一个，默默跟在他们身后。有时候，耳朵里的歌声断了，她悄悄回头去看，他在某段狭窄的山路被人群隔远了。近了，歌声又响起。

蓝牙的接收范围，十米。他不断克服拥挤的人群，努力保持孙芊蔚耳朵里那首歌完整，一遍又一遍。

晚上，团队在一个木楼饭馆聚餐，二楼包厢。老谢姗姗来迟，大家都快把餐前凉菜全吃光了，才见他拎着一个大黑塑料袋推门进来。他先不落座，将塑料袋打开，顺时针走过去。于是每人手上都得到了一份礼物。老谢说是给大家丽江行留个纪念。年纪最轻的小赵挨着门边坐，他第一个拿到礼物，拆开看，是件 T 恤衫，抖开在自己身上比画，孙芊蔚就看到了那行黑字：我们把你们想得太好了。再仔细去看老谢，他穿一件崭新的白 T 恤，袖口的褶痕还没完全展开，那行字印在左前胸，比程木易胸前那行稍微偏向心脏位置。

老谢反复强调 T 恤是个人出钱，与公司无关。按人头发完，坐到孙芊蔚旁边的空位上，顺手将最后一件黑的递给她。

团队里一贯机灵的小赞，展开手上的 T 恤，站起来，脑袋往领口一钻。他太瘦了，T 恤里可以装进两个他，看起来很有喜剧效果。大家看着他，嘲笑一通。他索性开始表演，围着桌子夸张地走几步，忽然，朝门口的方向一望，像见到了鬼一样，"Oh, Mr.Darcy, Mr.Darcy."他对着木门点头哈腰。说完，又迅速挪到门口的位置，换了 Mr.Darcy 的语气："You are fired！ Get the heck out of my office！"靠门边的小赵惊叫几声，配合了他的表演。有段时间，不知道谁做了他们大老板 Mr.Darcy 的表情包，这句话在公司流传很广。老谢用手指着他，哭笑不得。"Oh no, you can't do anything to me！ Mr.Darcy, give me a chance, please please."小赞求饶的表情滑稽，加上他天生八字眉，皱起来真像个倒霉蛋。大家被这个倒霉蛋的形象逗笑。受到笑声的鼓励，小赞身板一挺，瘦长的脖子从空荡荡的 T 恤里抻直，指着门口那个看不见的 Mr.Darcy，抑扬顿挫、中气十足，说了出印在衣服上的字："I think we thought too well of you."

小赞用做作的英语念出这句话的时候，笑声收敛了，好像那个看不见的 Mr.Darcy 真的推开了包厢的门。

"这小兔崽子。"老谢站起来，指着他笑笑，"来，白切一杯，祝贺演出成功！"

孙芊蔚喝的是啤酒，名叫"风花雪月"，跟这两天他们在古城必点的一种叫"水性杨花"的蔬菜很配。

他们订的是全菌宴。每一道菜里都有菌,每一种菌都不重复。牛肝菌、鸡𳺥菌、羊肚菌、扫把菌……他们认不出几种,每上一道都要问服务员,转盘一转,又忘记了哪盘是什么菌,七嘴八舌讨论一番。于是老谢给大家讲个吃菌的故事。说是多年前有个朋友,吃货,吃遍了常见的食材,就去各地搜罗珍馐。有一次去了大理,当地一个朋友跟他有同好,带他去吃一种菌。这种菌长得很魔幻,菌盖肥厚,布满白色凸点,像苍穹上的星,入口,有一股说不出的腥鲜,长久挂在口腔内,辣酒都冲刮不掉。吃下半小时后,人先是涕泪肆意,继而异常亢奋,眼见一只只小人儿从桌子上咕噜噜滚落地,围着自己跳舞,而自己却变得巨大无比,头顶着苍穹,天灵盖上能感觉有星星擦过,凉飕飕。老谢讲得真真的,如同是他本人亲历。座中鸦雀无声,不知在怀疑还是吃惊。老谢讲完,小赞赶紧说,百度一下,百度一下。大家才回过神来理性分析,认为应该是一种毒菌,致幻。

孙芊蔚在老谢讲故事的时候开始坐立不安。吃饭途中她接到一条微信:我在小巴黎酒馆,你来不?他已不再称呼她"蔚姐",是坐在"我"对面的"你",一切关系开端的"我"与"你"。接着他又发了个定位过来。虽是意料之中,孙芊蔚依然忐忑。她打开那个定位图,酒吧街,在她的西北方向。从图上看,他坐着的那张吧凳与她此刻屁股下的凳子,相距不到五厘米。她觉得凳子的四只脚已经稳不住自己了。她站起来揉了几下腰椎,故作久坐腰酸的样子,扭扭脖子,就像在办公室做的习惯动作。接着她顺势走到窗前,仿佛第一次发现那上边居然摆着那么多怒放的鲜花。她在窗口延宕了一会儿,透过花丛看出去,古城像是在过着某个节日,游人熙攘热情,灯光浓妆艳抹,天上明月催人……她望不见酒吧街。坐下来,他们还在议论老谢讲的那些小人儿,她一句都听不进去。过会儿,她又起身去卫生间。在镜子里,她看见了自己,嫩绿的帽衫显得她年轻了些,"风花雪月"酒使她的脸红扑扑的。她从口袋里掏出口红,给嘴唇补了点颜色。她盯着自己看,认为完全可以从卫生间直接溜出去,小巴黎酒馆,"嗨,喝到第几瓶了?"她连第一句话都想好了。就在对着镜子表演的时候,她看到了额头上那根白发。它居然又在那了!早些时,它就像跟她玩游戏般,先是潜伏在黑发中,被她找见,她把它拔掉了,过一段时间,它又长出来,小旗杆般竖在头顶,反而特别显眼,她又用手去拔,但是太短了,手指根本没法使力,她只好用剪刀剪掉。春风吹又生,它是什么时候又悄悄发芽的?她不得不花点时间专心对付这根理直气壮的白发。对着镜子,她数次用手指拈起它,可是一用力,它就从指缝里溜掉了。最后一次,她用指甲尖夹住了它,使劲一捋。它立即柔软了下来,卷曲,钨丝一般,垂挂在她的额前,是她头发当中的一根变异,在灯光下特别耀眼。这卷曲的战栗,将会成为她与一根白头发"奋斗"过的证据,暴露在他的眼皮底下,被识破出她的努力。她认为这是不该为他所知的,连同她一开始对那件绿色帽衫的焦虑。

重新坐回到凳子上。他们的话题没变,还在讲那种魔幻的毒菌。小赞问她:"蔚姐,你有没有产生过幻觉?"孙芊蔚咕嘟喝下一大口酒,不置可否。如果此刻真的有一只只小人儿从饭桌上跑下来,她一定会命令他们,立即动身,去酒吧街,去小巴黎酒馆,看看那个等待的男人现在还在不在?她会隔一分钟命令一只小人儿出发。

1995年的那个电视机房里,她们一边掉眼泪一边大骂。永尾完治因为关口里美的到来,眼睁睁看着约定的时间一分一秒过去,而那个可爱的赤名莉香在寒风中等到了深夜。这是她们第一次感到爱情的意难平。这画面刻骨铭心,以至于孙芊蔚在现实中,遇到这类纠结、软弱的男人,掉头就走。现在,孙芊蔚始知等待有两个部分——等待时间到来和等待时间过去,不能说谁更好受一些。

大概是酒的缘故,孙芊蔚根本没有睡意。借着清醒的酒劲,她改变了他的权限,轻轻松松的。从此,他看不到她,他点开她的朋友圈,将会看到一条淡淡的灰线,她沉潜在这条灰线以下,在他看不到的时空,每一天,她跟过去一样,更新、等待,更多内容是在做着他所认为的那种"奋斗"。

做完这一切,她披了件外衣出门。草丛边的路灯,照见那匹匍匐的木马,夜色掩盖了它身上的沧桑,姿态的确是有点萌的。转了一圈后,她站到院子中央。古城灯光退去,夜空繁星毕现。她有多久没看到过这么清晰的夜空了。越看,星越密。在正北方向,一颗最明亮的星吸引了她,在这颗星导引下,她竟然幸运地串联出了那只大勺子。如此坚定的七颗,如此坚定的距离。她像发现了新大陆,差点叫出了声。很快,她的耳朵像被谁塞进了一只耳机,没有任何前奏,突如其来,直接是那段高亢的副歌。仿佛一只无形的手,摁响了天上那七颗音符,忽明忽暗,又远又近。此刻,蓝牙的接收范围是——无限。

(原载《钟山》第 4 期)

跳 马

路 内

　　小孩小名叫阿毛，姓董，副队长到嘉定拉队伍时，他正在路边讨饭，不知怎的跟定了副队长，就一起到了镇上，听口音是上海本地人。福元问了好几次，小孩不肯讲他的身世，只说爹娘都被日本人炸死了。问他几岁，回答十三。大队长对福元说，这么小的孩子，不会是奸细，就带在队伍上吧，只是不要给他耍刀玩枪，出去贴贴标语也好，暂先住到你家。福元点头，我们不管他，他就饿死了。小孩是读过点书的，国民革命、江抗、新四军、抗日救亡，全都会写，只是缺乏管教，满口脏话，两个队长调教了好些天，现在可以带出去了。
　　这支队伍上，大队长是体育教员，三十一岁，副队长是学生会的读书郎，只有十八岁。小孩有一天问福元，阿叔，我是不是跟错了人，我娘批想跟一个杀人不眨眼的大王，天天与日本人干仗，能一刀劈开汉奸的脑壳。我怎么跟了两个先生？不但不发枪给我，还要读书写字，要练游泳和跳马。福元大笑，说你要是实在不满意，就去投靠孙庆荣的队伍，他们除了抗日以外还打家劫舍。

昨天夜里，两个队长去见抗日救亡队的徐主任，商量关于孙庆荣公开投敌的事。徐主任说，不劳贵军动手，我自己清理门户。又说孙庆荣素与大队长有仇隙，如今得了日本人的钱粮军火，必来寻衅，提议队伍撤出上海。两个队长告辞出来，连夜召集人马，大队长却崴了脚，只得回家休养，副队长孤身往西走了。

天亮时，福元带着小孩去看大队长。大队长说，咦，你们两个还在？福元说，副队长留我下来做你的警卫员。大队长说，你带小孩去芦苇荡避避风头吧，若有情况再说，让你老婆也去娘家。福元嫌小孩走得慢，大队长说，这小孩在外面贴标语多日，也早就暴露了，不要留在镇上。临别，大队长摸摸小孩的头，问说，跳马练得如何？小孩说，报告司令，矮一点的木箱能跳过去。大队长说，你记得我说的话，练好体育，等你长大，去参加奥林匹克运动会，日本人的跳马水平很高，不要输给他们。小孩说，司令，都打仗了，还参加什么运动会，开运动会也是跟日本人拼刺刀罢了。大队长说，体育和读书写字一样，让你学会做人，亡国奴才是没有资格上赛场的。

两人一出门，小孩就骂，福元，娘批，我什么时候动作慢了？我跑得比你快！福元说我只是找个由头，你话太多，动静太大，带着你容易暴露。小孩说，你终归是怕死，你去参加运动会吧。福元不语，回家找他老婆阿娣。阿娣很胖，她才是那个跑不动路的人，但她比谁都不怕死，她说随便好了，老娘嫁给你，脑袋就挂在裤腰带上了，你逃进野地里，总要有人给你送吃的，不然你们两个互相吃屎吗？福元又劝了半天，阿娣答应去莲芳家的茶馆躲一躲，再也不肯多跑半步。

福元背着步枪，唉声叹气，带着小孩往西走。走了一段，福元数落小孩，阿娣前年嫁过来的时候，讲话细声细气，现在被你带坏了，你嘴巴太脏了。小孩背着箩筐，一颠一颠敲打着屁股，正要还嘴，福元大声说，副队长有命令,不许你再骂脏话! 小孩闭了嘴。

　　这是八月的天气,没有一丝风,到了湖边,福元口干舌燥,掬了水要喝,小孩大声说,司令有命令,不许喝生水,染上痢疾掉队死得快。福元把小孩拽过来,翻他身后的箩筐,只翻出两卷标语纸,写着"抗日救亡驱逐日寇"等等。福元说,你娘批,吃的喝的不带,带这个。过了一会儿又说,我都已经是游击队员了,还能指望天天早上去茶馆泡茶喝吗?小孩卸了箩筐,脱掉衣裤往水里跳,福元气急。小孩说,我捞虾给你吃,你这个不会游水的旱鸭子。

　　八月的湖水是温热的,岸边的芦苇长得很高了,福元点了一根香烟,蹲下身子,一会儿又站起来手搭凉棚看远处。道路明晃晃,无人经过,另一边是树林,福元在里面搭了两个窝棚。他数了数口袋里的子弹,还有六发。

　　阿叔,你手上这杆枪是我搞来的。小孩从水里冒出头说,当天副司令只带了我一个人去警察局,为什么?因为我年纪小,副司令说就扮个书童吧,给我换了件干净衣服,说我们去借东西,借了也不会再还,必须穿得体面些。警察一问副司令才十八岁,胆气冲天,又不像土匪,又不像帮会,吓死了,不肯借枪。后来司令进来了,司令是本地人,警察有点相信他了,问他会不会打枪。司令借了一杆,哗哗地拉了枪栓,走到街上,又往对面巷子里走了五十步,一枪就把警察局的招牌给打下来了。警察很生气,副司令就说,日本人马上要到了,你这招牌反正要换,至于你的枪嘛,日本人能留几杆给你? 警察一听就服了,问他们的来头,副司令说,区区一个学生,江抗嘉定青年团副队长。司令说,鄙人曾是中学教员,教体育的,如今是队长。警察就说,二位的气度,能带十万兵,备长枪十支、短枪两支、子弹五箱,送至府上。那是我第一次见到司令,我问他教体育的为啥会打枪,他说射击也是体育嘛。

　　你不用介绍大队长,我从小就认识他。福元说。

小孩在水里扑腾，福元扔了烟屁股。小孩嚷道，阿叔，你这样会暴露。福元说，你动静忒大，游起来哗啦哗啦的，要静悄悄地游。小孩说，游得快，动静肯定大。福元说，我们是游击队，要静悄悄地游，日本人养的狼狗，耳朵很灵，你哗啦哗啦的，我们就全暴露了。

日本人就是狼狗×他娘的×出来的。小孩游了回来，递给福元一只虾。福元放嘴里嚼着。小孩说，我饿了，我游了娘的半天才摸到一只，你将箩筐给我，我好捉多些。福元让小孩噤声，大路上有马车经过。小孩矮身，摸到岸上套裤子，福元看了看他，忍不住又打趣说，莲芳讲了，等你毛长齐了就把她堂妹许配给你，王桥村的那个小姑娘，叫啥名字？小孩说，叫芳蕙，不大识字，跑得比我还快，司令说她可以做田径运动员，司令天天想开运动会。福元说，大队长就是这样的，他是体育教员。

福元决定进树林，日近中午，想着夜里未必能睡好，窝棚里可以眯一觉。小孩却不肯跟他走，一再嚷道，跟日本人干仗，宁可跳水里，不可躲树林里。福元又气又笑，说，你搞得自己像老兵似的，你跟几个日本人干过仗？小孩还嘴说，我当然见过日本人，倒是你们，拉队伍三个月没朝日本人放过一枪，干来干去都是汉奸，徐有芳、孙庆荣、卢得奎，还有几个打家劫舍的土匪。福元说，斗争形势复杂，大队长讲过我们全凑齐了才五六十个人，大概都算上你和阿娣了，你想怎么打？小孩说，反正孙庆荣已经投敌了，砍他的脑袋就像砍日本人的脑袋。福元不想再听小孩嚷嚷，拉着他的胳膊进了树林。

这片树林很深，背靠一座小山包，林间一片空地，是平日练兵的场所。枪靶和人形草垛早已收走，如今仅剩一个大木箱，是大队长亲手量出的尺寸规格，并辟了一条跑道，让队员们练习跳马。小孩撂下箩筐，沿着跑道奔过去，箱子于他而言太高，停住了招呼福元，你来试试。福元摇头说，我也不会跳马，弹跳力不行，只是力气大，大队长说我应该去练举重。

小孩哈哈大笑，爬上木箱，腾空起来蹦到福元面前，做了三个侧手翻。福元让他动静小些，找到窝棚，用树枝扫了扫，抱枪钻了进去。

你既然睡觉了，枪不妨交给我。小孩说。

我怕你拿了枪就去找孙庆荣拼命，你一个人冲过去还不够人家填牙缝的。福元又打趣。

我娘批才不想死在汉奸手里呢，小孩说，老子的命要留着跟日本人拼刺刀的。

福元只想浅睡一会儿。小孩也算是老兵了，不必交代就能自觉地放哨站岗，迷迷糊糊听到他跑动的声音，猜想是在跳木箱。大队长曾经叹息，说我军颇有些十五六岁的少年兵，小小年纪便要上阵与日人血战，思之不忍。福元想，仗是打不完的，过了今天，还是求队长把小孩送到酱菜店去做个学徒吧。

小孩站在林间空地上，有一会儿听到福元打鼾。远处窸窸窣窣的声音，必是有动物钻过。小孩怕蛇，想起大队长教的，便捡了一根长树枝，往草丛里扫一圈，一些灰蓝色的小蛾子飞了起来，在树木阴影里浮动。小孩知道这是坟头上的蛾，又爬到木箱上，向镇子方向眺望，那一带起了薄薄的烟，没有枪声或叫喊声，必是有人家在做午饭。福元的鼾声大了起来，小孩想，像这副样子是做不了游击队的，倒头就能睡死。小孩渐感无聊，走过去看了看木箱，大队长曾说找漆匠来刷一下，日本人来了几次后，队伍化整为零，练兵场便也荒废了。他上了跑道，踢掉鞋子，挺腰抬腿，按大队长教的做了几个预备动作，随后跑向木箱。这一次居然跳了过去，且稳稳地落在地上。小孩十分高兴，寻思是否要叫醒福元，让他也看看，这时听到树林里有布谷鸟叫。游击队的暗号，不是学鸟叫，就是学猫叫。小孩喝道，是谁？只见芳蕙从一棵树后面绕了出来。

福元也醒了，吓得不轻，摸到枪，从窝棚另一头爬出去，这才站起来看。芳蕙与小孩同岁,个头比小孩还略高一点。福元问,你是怎么知道这里的?芳蕙笑嘻嘻说,阿娣带我来的,阿娣在后面,她跑不动路了,挎了一篮子烧饼。福元松了口气,又打趣,说你来看你卵子阿哥了。芳蕙脸涨得通红。春天时,她让小孩教写字,小孩抬手写了个"卵",被副队长训斥一顿,自此福元在芳蕙面前就喊他是卵子阿哥。说话间,三人听到沉重的喘息声,树枝哗啦啦响,知道是阿娣。福元心想,要都像阿娣这动静,有多少人马都得落在敌人手里。等了好一会儿,阿娣才出现,左手挎篮子,右手拎着一罐水,热得两颊通红,几乎累成一摊泥。福元和小孩欢呼一声,揭开布头各抓了一个烧饼啃,又喝饱了水。小孩说,大事不妙,我要去拉屎。从箩筐里拣了一张纸,直往山丘后面跑去。

福元还在啃饼,阿娣拽他,说,我和芳蕙来时遇到一队兵。福元即刻警惕,问是哪家的兵,有多少人。阿娣说,中国兵,二十多个人,都穿便装背长枪,往镇上去了,有个看上去是长官的还拦住盘问我,我说送自家妹子回村,他就放我走了,顺手拿了我一个饼,还拍了我的屁股。福元问,他们是鬼鬼祟祟地走,还是大摇大摆地走?阿娣说,我看他们鬼鬼祟祟的,不如你正派。福元说,你不要觉得我是你男人就正派,我是游击队员,我们出去干仗都是鬼鬼祟祟的,大摇大摆就暴露了。阿娣说,那我觉得他们大摇大摆的。福元说,这时节敢集结人马往镇上去的,十有八九,是孙庆荣的兵。

福元咽不下饼了,蹲在地上想了一会儿,将长枪背上肩,说要回镇。阿娣不解。福元说,孙庆荣已经投敌了,我得去通知大队长,实在不行就把他背出来,总之不能让他落在敌人手里。福元拍拍芳蕙的肩膀,又说,卵子阿哥拉屎回来你就让他去找副队长,我们的人都在你家王桥村的祠堂,告诉他赶紧带救兵来。说罢往镇上飞步奔去。阿娣两头不是,抱起水罐喝了几口,对芳蕙说,你就跟卵子阿哥一起回家吧。追着福元也走了。

芳蕙还是笑嘻嘻的，小孩从山丘后面跑出来时，她已经骑在木箱上。小孩说，这个木箱你跳得过去吗？芳蕙说，司令讲过，木箱是男人跳的。小孩点头。芳蕙说，司令讲我跑得快，可以去参加短跑比赛，要是他的学校没有被日本人炸掉，他就推荐我去那里训练了，专门教体育的学校，将来我可以做个女体育老师。小孩端起水罐，发现里面已经空了，问福元和阿娣去了哪里。芳蕙说，有一队兵进镇了，他们回去救司令啦，让我带你去王桥村的祠堂找副司令，找来副司令，就可以去救司令啦。小孩说，娘批啊，这么重要的任务你为何不早说，还在这里与我闲聊，笨得要死，只会瞎跑。芳蕙愣了一会儿，哇哇大哭起来，几乎从木箱上掉下来。

芳蕙是个爱哭的小姑娘，她父母是王桥村上弹棉花的，她虽然不识字但一门心思想跟着游击队走，因为大队长说她可以成为体育老师，副队长说她聪明伶俐可以成为读书郎，福元说她相貌标致可以成为女演员，总之不必跟着父母学弹棉花。这样一来，她就变得不一样了，任何人训她都会招致她大哭。小孩连忙拍打芳蕙的后背，她抽抽噎噎，讲不出一句话。小孩想，这样下去简直没完没了，便说，你再哭的话，我只能一个人去王桥村了。芳蕙说，你走，你走，你晓得王桥村在哪里？小孩摇头，说，那你别再哭了，赶紧带我去王桥村，若去晚了，只怕副司令也遭了暗算，你堂姐这一腔单相思就落进棺材板里去了。芳蕙说，啊呸。

此地距王桥村尚有十里路。两人出了树林向西走，太阳高照，没有一丝风。芳蕙步子快，一会儿工夫就走到小孩前面去了，又慢下脚步等他。小孩说，司令说过你能跑，你也不必这样吧，真跑起来我不会输给你的。说完拔腿狂奔，芳蕙喊了一声，在后面急追。跑了有半里路，芳蕙早已遥遥领先，站在一棵树下等他。小孩喊道，不行，这么跑的话，用不了多久我就瘫了。芳蕙得意，说，我能从王桥村一直跑到娄塘镇上，要不然，你在后面慢慢走，我先跑去找副司令。小孩说，那也不行，我是传令兵，任务被你做掉了,我军法从事。芳蕙问何谓军法从事,小孩说,轻则关禁闭,重则砍头。

小孩走到树下,在阴凉处喘了一会儿。芳蕙将他的箩筐背在自己身上,问道,我堂姐的事你是如何知道的?小孩吐了一口苦水,说,莲芳想嫁给副司令人人知道。芳蕙说,堂姐也跟我说过,只是不让我告诉别人。小孩说,大家看得出苗头,副司令一到镇上,莲芳就涨红了脸,催着阿娣带他去茶馆。芳蕙问,你觉得莲芳配得上副司令吗?小孩说,福元阿叔告诉我,大敌当前不可儿女情长,不过副司令少年儒将,有好女子相中他,也是人之常情。芳蕙说,我问的是他俩般不般配。小孩说,般配,般配,我现在歇够了,赶紧上路。

芳蕙从箩筐里拿出了标语纸,边走边看,那上面的字多半不认得。小孩说,这一张写的是"驱逐日寇、抗战到底"。芳蕙又展开一张,小孩说,这一张是今早写的,"孙庆荣临阵投敌,死无葬身之地"。芳蕙说,孙庆荣为啥投敌了?小孩骂道,孙庆荣这个婊子养的,全队人马齐刷刷做了汉奸,司令早就说他匪性难改,墙头草两边倒,孙庆荣的嘴就是婊子的×,靠不住。芳蕙说,副司令不许你再骂脏话。

路越来越窄,周围尽是稻田,又经过一片小树林,远远看见一座小石桥。小孩问,前面是不是王桥村?芳蕙摇头说,那是张家桥。就在这时,听到一阵嗡嗡的声音,不知从哪里传来。芳蕙四处张望,小孩顿时紧张起来,不好,日本人的飞机来啦。芳蕙大骇,往树林里跑,小孩一把拽住她背后的箩筐,说,躲到桥底下啦。两人奔了一阵,下到河里,那水却很深,不敢往桥洞下钻,只得紧贴在桥堍北侧。果然两架飞机从南边过来,飞得很低。小孩说,这是要回他们虹口的飞机场。想了想,又说,遇到飞机,你要记得,不可往树林里躲。

飞机像是在头顶盘旋了一圈,发出巨大的声响,芳蕙捂住耳朵。又等了好一会儿,见两架飞机掠过头顶,向北飞去,像两只大鸟。芳蕙觉得小孩在发抖,拍了拍他,等到飞机远了,听到小孩的牙齿发出咯咯哒哒的声音。芳蕙说,你害怕了。小孩没说话,打了自己一个耳光,方才镇定下来。

芳蕙爬上岸,鞋全湿了。小孩光着脚,从她的箩筐里拿出鞋子,套在脚上,又跑回河边,蹲下喝了两口水,洗了洗脸。芳蕙也想喝水,小孩却说,你要记得,不喝生水。芳蕙说,你刚才喝了。小孩说,我实在渴得忍不住了,我是传令兵,完成任务要紧。他站起身,看了看远处,飞机已不见踪影,这才说,孙庆荣投敌,我们的人马在镇上待不住了,要往西撤,找主力部队,什么时候回来只有天晓得,你在这里不要说认识我,也不要说认识司令他们,也不要说认识福元,这是我要交代你的第三件事。芳蕙说,前两件是什么?小孩说,飞机来了不要躲树林里,不要喝生水,其他没了。小孩说完上桥,走出几步回头去看,芳蕙捂住了脸,站在桥上不动。

我想跟你们走但我阿爸不答应,他说你们迟早都会死光。芳蕙哭道,卵子阿哥你不要去跟日本人拼刺刀。

司令说过,等到要拼刺刀的时候,哪有什么你情我愿的,是个活人就要上去。小孩说。

太阳已经西落,逐渐沉到他们眼前。小孩加快了步伐,到黄昏时,看见远处两棵大树、一间大屋,芳蕙说,那是王桥村的祠堂。小孩松了口气,跑进祠堂,见队伍里的王大贵正在香案边上抠脚底板。小孩过去踢了王大贵一脚,问副队长在哪里。王大贵说,副队长刚走,有些人肯跟他撤,有些人不肯跟他撤,有些人不知道该不该跟他撤,他在想办法。小孩说,你屁话多,找到副司令,我有要紧的情报。王大贵哦了一声,慢吞吞穿上鞋子往外走,小孩追上去问,娘批,你的枪呢?王大贵说我没领到过枪,我只有一颗手榴弹、一把刺刀。小孩揪住王大贵,说,武器留给我,天黑了你要是寻不到副司令,老子就把手榴弹丢到你家里去。王大贵一道烟地跑了。

小孩觉得很累,脱下鞋子看了看,脚上没有起泡。大队长说过,若走路脚上打泡,便没有资格做游击队员。芳蕙不知道去了哪里,猜想她是回家了。小孩想找个地方睡觉,看了看香案,觉得太短,高度与他下午跳过的木箱几乎是一样的。他只能坐在地上,背靠墙壁,双手抱腿,一会儿就打起了瞌睡。迷迷糊糊中听到有人进来,抬头看是芳蕙,她端着一碗米粥。

这碗粥怕是你的晚饭吧,我吃了,你吃啥?小孩说,与你一人一半吧?芳蕙说,我已经吃过了,你不用分给我,吃饱了去我家睡一觉。小孩说,军令如山,我得在这里等副司令。接过碗筷,粥是凉的,上面放了一块咸豆腐干。小孩说,你对我的好,我决计不会忘的。芳蕙也坐到地上,与他并排靠墙。芳蕙说,你好讲讲为啥飞机来了不能躲到树林里吗?

我吃完了告诉你。小孩说。

天色渐暗。芳蕙忽然又跑了出去,片刻后回来,手里摇着一把蒲扇。芳蕙说,我帮你赶蚊子。小孩已经把碗吃空,让芳蕙坐到身边来。

去年,日本人是从海上登陆的,离我家不远,打了七天七夜,炮声越来越近,我爷娘不敢在家待了,带着我和我阿妹逃难。到了大路上一看全是人,拖儿带女,拎着大包小包的。日本兵从后面追了上来,远远地开枪,一枪打死一个,有时一枪打死两个。大家拼了命地逃,大包小包都不要了,儿女都不要了。我被人群冲到了一个水沟里,日本人的飞机来了,很多人往树林里躲,我爷娘带着阿妹也躲了进去,喊我快点跑过去。那树林里全是人,比庙会还挤。飞机往他们头上扔了一串炸弹,轰的一下,整个树林全飞上了天,起了大火。我又被震飞到了水沟里,起来一看,很多冒烟的人尖叫着爬出树林,衣服都被炸没了,还有人在火里面跳,跳着跳着,就变成了一段焦炭,倒了下去。

我懂了。芳蕙说。

小孩讲完这些,睡了过去。梦见大队长带着自己练跳马,福元与兄弟们围观,皆尽扛着长枪短炮,歪把子机枪三挺,刺刀明晃晃。小孩沿着跑道奔跑，那木箱却越来越远。小孩转头去看大队长，他已经变成一个体育教员，穿运动背心，脖子上挂着铜哨，四面全是哨声，催促他往前跑。小孩醒了过来，睁眼看到外面天色已黑，月光笼罩田野，芳蕙仍在身边扇着蒲扇，间或扑打着他的脸和腿。问是什么时辰，芳蕙说，天刚黑不久。小孩说，我刚才听见司令吹哨子。芳蕙说，司令没在，你刚才听见的大概是蚊子叫。

小孩又睡了过去，这次睡得沉，上一个梦没有接续上。不知过了多久，被一阵讲话声惊醒，眼睛却睁不开。那声音他一听就知道是福元。福元说，大队长已经牺牲了。福元哭了起来，接着是副队长的声音，问怎么牺牲的。福元说，我要背他出来，他不肯，给了我一份名单，全是我们的人，然后让我快走，我来不及出镇，只得躲进茶馆，过了一会儿莲芳跑进来告诉我，孙庆荣的兵进了大队长家，绑了他，在后院开了枪。

小孩心想，我肯定是在做梦。努力睁开眼，见祠堂外面点着几束火把，副队长带了七八个人站在空地上，福元蹲着。大队长是条汉子啊，福元边哭边说。

小孩爬了起来，向祠堂外面跑去，被芳蕙的腿绊了一下，直刺刺扑倒在地，摔岔了气，喊不出声音来。芳蕙醒了，连忙爬过来看他，往他背上拍了好久，小孩放声大哭。

娘批啊，司令都不知道我能跳过木箱了。

（原载《小说界》第 4 期）

路遇见路

裘山山

一

丁永建离家出走了。

丁永建不是小小少年,他五十九岁,年近花甲。据说中国男人有个五十九岁现象,就是到了五十九岁快要退的时候,会很慌张,会不顾一切地捞一把,或者不顾一切地出轨一回。然后……没有然后,通常就是糟了,被统计到五十九岁现象里。丁永建第一不是官员,第二被老婆管得死死的,所以这两者都与他无关。

丁永建离家出走完全是临时起意的,没有预谋。

出走的那天很平常。早晨他睁开眼,屋里黑乎乎的。不用看表他也知道,六点半。他总是这个时候醒,冬夏都如此,上班不上班都如此。躺了一会儿,脑子里模模糊糊的,好像有活物。哦,是做了个梦。难得,很久不做梦了。

他拿起枕边的手机，再拿起老花镜，习惯性地打开微信。家庭群和同学群都静悄悄的，只有战友群已经活泛起来了，老家伙们都起得很早，问候早安的，晒自己跑步的，转发一些慷慨激昂文字的，也有写打油诗的。他在战友群里一直潜水，从不说话，但只要看到有红点儿就连忙点进去看。算忠粉吧。前一天晚上有人在讨论战友会的事，还有人发了老照片，背景是他们营部那个院子，黑白片。他放大看了又看，虽然一个人影也没有，还是保存了下来。

好遥远。那个地方就像是上辈子待过的地方。

头有点昏沉，没睡好，但他还是照旧进入了起床程序，先是用力伸两个懒腰，其实不该叫懒腰，应该叫振腰，四肢很用力地伸展到极致，全身都张开了，舒坦。然后做一百个抬腿提臀动作，再翻转来，做五十个俯卧撑，气喘吁吁的，这才爬起来穿衣服。

原先他是习惯早起去马路上跑步的，如同出操。不料前几年修高架桥，横行霸道的，把人行道挤成羊肠小道了。于是他改在宿舍区里跑，沿着围墙边跑个十圈。后来连这个条件也没有了，围墙边被利用起来修了自行车棚，断了他的路。最后只好改在阳台上锻炼。阳台才多大，还被老婆放了拖把之类的家什，他只能做一些起蹲动作，练几下哑铃。他被这世界逼得一步步后退，终于退进了斗室。

现在他改在床上锻炼了。起因是老婆嫌他打呼噜，要求分开睡。他暗自惊喜，他早就想一个人睡了。但如果是他提出来，老婆不知会怎么上纲上线，分析出他嫌弃她或者不关心她死活等重大嫌疑。现在老婆提出来了，领导说了算，他立即表示服从，住进了女儿小时候那间屋。那间屋只有九平方米，一张单人床、一个书桌、一个衣柜就塞满了，可是他觉得很惬意。每天晚上一进去就感觉全身放松，屋子里飘荡着自由的空气。

曾几何时，他可是过着披星戴月、幕天席地的生活。现在，竟然满足于一间斗室了。人的伸缩性真是大。

客厅幽暗，没有一丝声响。老婆原先就起得晚，自称霸主卧后就更晚了，早饭都不做。早上九点起来，十点去跳广场舞。其实也不算广场舞，就在小区巴掌大的空地上，和几个退休大妈一起扭扭。晚饭后还有一场。丁永建对此积极支持。因为自一天两场广场舞后，老婆不再成天拉着脸叨叨了。人真的很需要精神追求。老婆每天都发朋友圈，除了跳舞的照片，还有买菜路上的照片，和闺密喝茶的照片，蓝天白云，小狗小猫，随拍随发，并配上一段鸡汤文字。那些文字也不知哪儿抄来的，还挺有意思。比如"做一个眼中有风景，心中有喜悦的人""健康就是存款，快乐就是利息。照顾好自己，又有存款又有利息"等等。丁永建只要见到了就点赞，点赞就是表情符号，三朵鲜花加三个大拇指。老婆跟女儿吐槽说，你爸就是形式主义，其实他都没点开看。丁永建说，形式主义保险。原来，有一天老婆出去玩儿遇到降温，在朋友圈撒娇说：天哪，冷死了，风跟刀子一样。丁永建看到了，第一个念头想说，这么温柔的风怎么可能跟刀子一样？你那是没被真正的寒风吹过。后来觉得还是不多嘴为好。但此时不可能再给三个大拇指了，于是他在表情符号里找了一圈儿，终于看到有冒热气的小图，估计是馒头包子吧。于是送上三堆热气。哪知老婆大为光火：我冷死了你还幸灾乐祸？他连忙戴起老花眼镜细看，哦，原来那三个冒热气的是粪。自此，丁永建再也不敢乱用表情了，管她发啥，就是雷打不动的三个大拇指加三朵鲜花。应对她只能是形式主义了。

不过今年情况不同了。从年初到夏天，因为疫情严重，老婆的广场舞停了，天天在家，霸着遥控板，霸着话语权，可把丁永建闷坏了。他刚好退休，没什么理由再出去了。那么小个房子，两个人不得不二十四小时面对，鼻子碰鼻子。每天的话题就是：中午吃什么？晚上吃什么？明天早上吃什么？周末的合家团聚也取消了，女儿女婿不敢带外孙女过来看他们，偶尔送东西，都是在小区门口交接，戴着口罩，旁边有举着体温枪的保安监视着。

幸好五月份之后疫情缓解了，老婆恢复了广场舞，重新对生活燃起了热情，重新在朋友圈每日一歌，丁永建也随之解放。

刷牙的时候，丁永建想起早上那个梦了。他开着车，爬了无数个回头弯，到达山顶。山顶有个小镇，可镇上的人都说着他听不懂的话，也没人戴口罩，像是在外国。他找到一个看上去像中国女人的人问路，对方茫然摇头。他就拿出手机，想给她看他要去的地名，却发现手机没电了，连电话都不能打。他有些不知所措，想赶紧下山，可是转来转去怎么也找不到下山的路，那些回头弯总是把他送回山顶……

忽然场景转换，他站在操场上，面对一个面容模糊的男人，他突然怒火中烧，冲那个男人大声说，你欠我一个道歉！知道吗？你应该给我道歉！男人没听见似的，转身就走。他想拽住他，却怎么也迈不动步子……

这时有个声音说，你是在做梦吧？他一下醒了，果然是做梦。

他长舒一口气。

虽然是梦，情绪却是真实的，醒来时心还在急促地跳，感觉内心深处有什么东西在蠕动，像要钻出体内。他强行按住它。那些回头弯，那些转不完的回头弯，把他的心绕成一团一团的。

二

丁永建走进厂里的行政楼，张会计已经在等他了。他问，办好了？张会计说，办好了，激活一下就可以了。我带你去。于是两人一起出门，来到厂门口的银行，在自动柜员机上将那张卡激活。

是社保卡，丁永建的社保卡。张会计让他在自动柜员机上重新设了密码。他看到上个月和这个月的钱，都已经在里面了，另外还有两万元退休补贴，加起来有三万元，他忍不住咧嘴笑了。张会计问他，要不要把原来的工资卡绑到一起？他连连摇头说，不绑不绑。

丁永建是去年年底退休的，提前了两年。提前的原因是厂里改制，被一个什么集团吞并了，五十五岁以上的一刀切。他五十八岁，肯定在第一刀里。但他不想走，那些五十多岁的还可以找点事干，他快六十岁了还能干什么？再说他是开车的，怎么改制不也需要开车的吗？他去找厂长，他给厂长开过车，能说上话。哪知厂长上来先跟他吐槽，这日子简直没法过了，头都要炸了，天天忙得四脚朝天。然后说，我太羡慕你了丁师，终于退休了。丁永建说，退休有什么好？厂长说，怎么不好？再也不用干那些不想干的事了。丁永建说，我没什么不想干的事，我想干到六十岁。厂长说，你真是死脑筋，提前退社保一分都不少，厂里还要给补助，哪点不好？丁永建说，我不是计较钱，我就是习惯上班了。厂长说，你这个人，真是劳碌命。你也不想想，现在人的平均寿命是七十七岁，男的少几岁，算七十三岁吧，那你还剩十五年，十五年一晃就没了，难道你不想把这十五年留给自己？难道你不想开着车到处走走？难道你就没有自己想做的事？

三个"难道"把他说动了。厂长就是厂长（现在是总经理了），一套一套的，总有一套适合你。于是他办了手续，退了。没想到刚退就发生了疫情，社保卡一直没办下来，时隔大半年才拿到。

丁永建拿着社保卡，心里微微有些激动。虽然退休金比工资少了不少（老婆撇嘴算了一下，一年少五万元，两年少十万元），但每一分都在他手上了。原先工资卡一直在老婆手上，老婆每个月给他发一千元零用，其余全部充公。老婆说你不抽烟不喝酒，要那么多钱干吗？他觉得太没天理了，自己的优点还成了被剥削的理由。现在，他要牢牢地掌握这张社保卡（同时废除工资卡），直到离开这个世界。女儿早独立了，外孙女都五岁了,他们又不买房又不置地,老婆没道理再克扣他的工资了。

不过,这个关系到他后半辈子的重大经济改革,他没跟老婆商量,打算直接实施。

张会计送他到停车场,打量了一下他的车说,丁师,开自己的车感觉还是不一样吧?丁永建说,那是,以前是租房,现在住的是自己的房。张会计说,圆满。丁永建说,对,圆满。

丁永建开上自己的车,在厂区慢慢绕了一圈儿,然后离开。这是他待了二十多年的地方,角角落落都很熟悉,角角落落都有他的脚印和气息。包括那个大澡堂。从前每个周末都要去的地方,拿着澡票和盆子排队。现在大家都在家里洗了,大澡堂改造成发廊和桑拿房,他一次也没进去过。林荫道两旁的香樟树,是他进厂时种下的,现在已然绿荫满地,前人后人都可以乘凉了。树下的长椅他不知坐了多少回,后来木头烂了,搞成水泥的,冰凉,不舒服。

就这么退休了?这辈子就这样了?圆满吗?圆满个屁。丁永建心里发酸。虽然已经退了大半年,但真正拿到社保卡,感觉还是不一样。他从此没理由再来厂里了,这里不需要他了,哪儿都不需要他了。他的生命被切割了。

从走进这地方到离开这地方,丁永建始终是个工人,从青年工人到老工人。虽然当过队长,也还是工人。厂里的人都叫他丁师。他有 A 类驾照,开过卡车和客车,但更多的是轿车。有段时间还给厂长开过专车。总之,他一辈子把着方向盘。只是,从来没有决定过人们的前进方向,甚至,也从来没决定过自己的前进方向。

让他略感欣慰的是,他好歹开着自己的车离开了。车是女儿女婿送他的退休礼物,虽然不是什么大牌,但还是给了他很大安慰。女儿说,老爸你辛苦一辈子,也没啥爱好,就喜欢开车,我们无论如何也要满足你。

他接过车钥匙的时候，眼圈儿都红了。这么说来，最欣慰的不是有了一辆车，而是有个好女儿。

拿到车后，丁永建就和孩子拿到玩具一样，每天都要玩儿上一会儿，开车出去跑一圈儿，或者去给车配装备。所谓装备，就是开车需要的各种物品，行车记录仪、保温壶、电筒、充电器、军大衣，甚至把那床一直舍不得扔的军用被，都洗洗晒晒，打成背包丢在了车上。还有一套金庸小说，一直想重读的，总没时间。他在网上看到一个退休大妈就是这样，常用物品放在车里，说走就走。

每天准备这些东西时，他心里无比熨帖，那个车渐渐成了一个他恋恋不舍的地方，好像是他的第二个家。为了堵住老婆的嘴，他告诉老婆，他做这一切准备，是为了以后开车带她出去玩儿。哪知老婆撇嘴道，哪个和你出去玩儿？无聊死了。

老婆总是和她的姐妹们出去玩儿，去年春天去日本看了樱花。今年秋天原本计划去西欧看红叶的，被疫情搅了局。丁永建连连点头说，对，你们在一起好耍些。

丁永建觉得很有意思，老婆从不好好跟他说话，但经常说出正中他下怀的话。

路过行政楼，丁永建犹豫了一下，要不要再跟厂长去告个别，又一想还是算了，厂长一定是满腹牢骚。原以为傍上了大款（合并到那个集团），却不料疫情把如意算盘打烂了，那个集团自己都没米下锅了。张会计说，他们留下没走的人已经有两个月没开工资了。这么一想，自己也算歪打正着，退休金至少是有保障的。

大圈儿不圆小圈儿圆。他想。

开出了厂门，右拐，准备到前面的十字路口掉头回家。可是走到十字路口该左转时，一不留神开到直行道上了。他不想被罚，干脆继续直行。

263

到下一个路口再掉头吧。可是再到下一个路口时，他又直行了，这回好像有些故意。

反正回家也没什么事，出城兜一圈儿吧。他这么想。

其实这么想的时候，他也没打算离家出走，只是想开着车随便逛逛，理理思绪。

三

丁永建自二十六岁回到这个城市后，就再也没有离开过。虽然他是个司机，后来成了车队的头，最远也就是去下面的县城，没有出过省，也从来没有外出旅游过。说出来人家都不信。他经常在微信看到亲友们晒旅游照片，觉得不过尔尔，山没有他见过的威猛，河没有他见过的汹涌，更不要说天和地了。

退伍的时候，一辆解放牌大卡车把他和所有摘了帽徽领章的老兵一起，从驻地直接拉到了机场。有个老兵问，我们不能在拉萨玩儿两天吗？在西藏当兵几年，连布达拉宫都没去过，回去说起来都是笑话。带队干部严肃地说，什么笑话？这也是咱们军人无私奉献的一部分。接着又解释说，上级要求，我们必须把你们一直送上飞机。如果你们想来拉萨旅游，只有以后再飞过来。

大家当然服从，虽然领章帽徽已经摘掉了，但是习惯了服从，善始善终吧。

进安检之前，几个老兵抱着送行的干部号啕大哭，鼻涕都蹭到军装上了。丁永建喉头发紧，迅速快走过了安检。他不想告别，不想流泪。虽然心里有一千个不舍。

丁永建这辈子，不，是成年后就流过两次眼泪，一次是父亲去世，一次是母亲去世。尤其是母亲去世，对他打击很大。在殡仪馆送葬时，他大放悲声，用头撞墙。母亲走得太早了，不到七十岁，丁永建总觉得是和她长期生闷气有关。虽然父亲最终没和她离婚，但那道深深的裂痕一直撕扯着她。女儿出生时，丁永建暗暗发誓，自己一定不离婚，除非老婆要离，他要为女儿维持婚姻。

飞机落地成都后，几个老兵真的开始商量什么时候约着一起飞拉萨，看布达拉宫，逛逛八廓街。丁永建没有参与。他有点毅然决然的意思。回来就回来了，藕断丝连多没劲。

有时候他想，是不是自己过早地去了天边，过早地在无边无际的世界里缥缈梦游过，现在就只想蜗居了？

出城，上了高速，不知不觉速度就加快了。丁永建顺手打开了音乐。那是女婿帮他搞的，一个小音箱，连上手机蓝牙就可以听歌了。他在网上找了二三十首军旅歌曲，下载到手机里，他甚至还下载了军号，起床号、熄灯号外加紧急集合号。有一回老婆听到了，说他发神经。神经就神经。他看到一个段子，说一个退伍兵回家后，每天早上六点半，定时用手机放起床号，然后躺在床上说，我就不起来就不起来！这种段子，只有当过兵的人听了才会哈哈大笑。

现在的路可真是好，平平的顺顺的。他想起女婿说的话，你不出去自驾游，你就享受不到政府在公路上的投资。好嘛，那就享受一下。最重要的是，想去哪儿就去哪儿，真正把握住自己的前进方向。

也许真的像厂长说的，现在可以去自己想去的地方了。或者毫无目的地一直开，开到一处山清水秀、荒无人烟的地方，就躺下来看书睡觉，或者，躺下来看云、看星星，重温十八岁时的感觉。

他的右脚又加了些力。两边的树快速地朝后退去，前方的山近了，又远了，远了，又近了。身旁的车被他一辆辆超过去。几十年的老司机了，他很有把握既不超速又能超车。

不知怎么,他有点兴奋,如果此刻有人看到他,一定会用精神焕发来形容他,双颊泛红眼睛放光。其实,昨天夜里睡得并不好。

昨天夜里丁永建破天荒地失眠了。

是下午喝了茶?是张会计打电话告诉他社保卡办好了?是群里有人提议搞战友会?总之他就是睡不着。他原本睡眠很好,晚上十点半关灯,早上六点半醒,是部队给他调好的生物钟。他居然也会失眠。母亲去世那天他都没失眠,只是一夜没睡而已。

从不失眠的人对失眠完全没有对策,连颗安定都找不到,他只好躺在床上熬着。

虽然是闭着眼躺在小黑屋里,思绪却无比开阔,超过半个世纪的往昔岁月翻腾起来,一浪高过一浪。下午听到的那个消息仿佛是坨酵母,让浪头膨胀汹涌,塞满了脑子。

让他不解的是,汹涌而来的往事,全是些不愉快的事,是那种越想越生气的事。难怪天天失眠的人会得抑郁症。

嘴巴发苦,他爬起来喝了点水,上了个厕所,看看时间,已经是凌晨一点了。他索性打开床头灯,拿出本子,就是扉页上写着退休留念的笔记本,又找出笔。他想整理一下。也许把心里乱七八糟的思绪倒出来,把生气的事倒出来,会好一些。

可是拿着笔发了一会儿呆,一个字也写不出。他忽然意识到,所有的不愉快都源自一件事。若不是那件事,今天的他就不会是今天的他。

他在本子上写了一个人名,一个地名,又写下几行字,并在某个地方画了下横线,打了叹号。再关灯躺下,果然平静下来,睡着了。

等丁永建感到有些饿时,已经到了绵阳。

他很奇怪自己怎么开到绵阳来了。不过一旦到了,他又觉得这正是自己想来的地方。他拐进服务站停好车,找了一家快餐店坐下,要了一大碗牛肉面,还让老板加了多多的辣椒和芫荽。

吃面的时候,丁永建拿出手机。估计老婆已经生气,肯定又打电话又发微信,内容也完全可以想见,第一条,你跑哪儿去了?第二条,你回不回来吃午饭哦?第三条,丁永建,你搞啥子名堂?电话不接,信息也不回。他想好了怎么回了:刚才开车没看手机。我今天出来办点事情,晚饭后回家。老婆看到这条回复要气死。以前丁永建出门总是先请示报告,不假外出这是第一次。估计老婆会说,有本事你别回来!

可是打开手机,再打开微信,老婆一条信息都没发,也没有未接电话。反而是战友群有人找他,问他怎么还不报名。

昨天有人发起战友会,搞了个群接龙,报名的就添加自己名字。他一直没吭声。他的老班长见他不回,又发信息给他:你个家伙为什么不参加?上次就没来,我都多少年没见你了。以前说工作走不开,现在退休了还走不开吗?

他想了一下回复说:不是还早吗?到时候再说。

他又去看老婆的朋友圈,老婆照常发了朋友圈,花红柳绿的大妈群舞,下面的文字是:岁月陪我们走过春夏秋冬,时光陪我们走过花开花落,愿我们天天健康快乐!

他还是给她送上三个大拇指和三朵玫瑰花,以示一切如常。

看来是自己把自己想得太重要了,老婆才无所谓他在不在呢。但他还是主动给老婆发了条信息:我今天出去办点事,可能要晚回。

干脆,今天就去。免得夜里再失眠。

他拿出他的大号茶杯,泡上浓浓的普洱,再把保温壶灌满开水,然后去旁边超市买了几包方便面、一箱矿泉水,又去加油站加满油。兵马未动粮草先行,这是起码的。

坐上车,打开导航软件,输入"广元"二字,导航显示,两个多小时可以抵达。他迅速算了下时间,四点可以到广元,之后返回,夜里可以到家。

他有点小激动,好像听到了集合号。

四

丁永建开了一辈子的车。

如果少年时有人告诉他,你这辈子就是个开车的,他打死也不会相信。他从小就是个乖孩子,虽是独子,却没有被娇宠出坏毛病。小学到中学一直学习不错,称不上学霸,但一直都在好学生之列。

高三那年春天,他正充满信心地备战高考,家里突然爆发了战争:父母闹离婚,并大打出手。原来父亲背着母亲和他,在外面有了一个女人。此事不知怎么被母亲知道了,身为教师的母亲,完全没有像那些鸡汤文里说的,先隐忍,等儿子考上大学再说,而是哭天抢地,随时把丁永建叫来当裁判,要他逼父亲做出决断。而丁永建也没像那些励志文章里说的,在逆境中成长。他被严重影响了,毫无悬念地高考失利,连大专都没考上。

那是二十世纪八十年代初。之后,他就报名当兵了,不管妈妈怎么阻拦,他就是一心一意地想远离他们,远离那个破碎的家。

但现在回想起来,丁永建已经不责怪父母了。因为,当兵让他觉得很值。他庆幸自己曾经在那样一个地方生活过,就像在天边,在月球上,四周永远寂静无声,地平线把他的视线拉得很长,天穹又把他压得很矮。站在那里,说自己顶天立地一点不为过。他们这一代,上大学的人很多,发财的人很多,出国的人也很多,但是在海拔五千米的地方待过的人却很少。凭这个他就挺自豪。那个时候他十八岁,一双眼睛黑是黑,白是白。一待八年，前十八年放飞的梦想和落下的灰尘，一并抖落了。下山的时候，他感觉自己获得重生。

一辆黑色越野车突兀地出现在他的后视镜里，速度飞快且有些摇摆，丁永建连忙避让，车与他擦身而过，继续蛇形地飞奔，又和前面一辆车差点蹭上。找死啊？丁永建心里骂了句。

丁永建开车这几十年，属于自己责任的交通事故一次都没有。刚学车时，他总是撞倒训练场上的竹竿，师傅凶狠地说，你要想到那不是竹竿，是你妈！这个假设非常管用，他不但再也没撞过竹竿，甚至还延伸到了路上，感觉所有人都可能是妈妈。

但很多时候，出事故根本不是自己没好好开车，而是没提防到别人没好好开车。虽然无责，照样倒霉。这和人生路上的情形很相似，自己明明没做错什么，却得承担后果。这是丁永建悟出的人生哲理。他不是个脆弱的人，可有些事想起来，还是会心里发堵，想一回堵一回。有个诗人说，那过去了的都将成为美好的回忆。不可能，绝对不可能。

前面的车忽然慢下来，跟着，停下来。

居然堵车了。

五分钟过去，车依然一动不动。高速路堵车，通常是出了车祸。丁永建判断。他熄了火拉了手刹下车去看。好多人下车来张望。有个急性子已经到前面看过回来了，嚷嚷说，车祸，四连环。

个把小时后，路才通。

丁永建路过车祸现场时，发现肇事的果然是那辆差点和他擦剐的车，就是那辆开得飘忽的越野车。车头撞在护栏上，后面一辆车没来得及避让，追了尾，横在路中间，跟着又有两辆冲上去，地上一片狼藉。不知那辆越野车司机出了什么状况，害人害己。

丁永建自己虽然没出过什么事故，但没少遇见事故，大小车祸都遇

269

见过。常在河边走嘛。第一次是在西藏,他刚当驾驶员,跟着班长出车。那天执行任务返回时,看到路上有人挥手。路过的车都飞速离去。丁永建跟旁边的班长请示:咱们要不要看一下?班长没吱声,可能有点犹豫。他还是靠边停下了。一个满脸惊慌的男人冲过来说,谢谢解放军谢谢解放军,救救我们吧救救我们吧。

  班长先拉开车门跳下去了。丁永建也随之下车,一看,一辆出租车滚下路边的坡了,还好是缓坡,两个人瘫在地上。一个是司机,似乎没有伤,另一个是女人,满头是血。男人说,那个司机吓瘫了,怎么喊都起不来。他的老婆已经昏迷。丁永建和班长一起,把那个女人拖上来,弄上车,女人的头还在不停地流血。上车后那个男人说,他们是今天的航班,租了个车去机场,没想到翻车了,三个人都被甩出车外(都没系安全带),他老婆的头撞在石头上。又说,今天肯定走不了啦,机票会不会作废?丁永建愤怒地说,这时你还想着机票?她都要没命了!男人不说话了。丁永建打开所有应急灯,以最快的速度往军区总医院飞奔。到了医院,男人背着女人往里冲,一只鞋掉在半路上,丁永建捡起鞋拎着去挂号。女人被送进急救室。丁永建问医生,怎么样?能救活吧?医生说,我们尽力。丁永建默默地把鞋放在急救室门口,离开了。

  医院门口,班长在使劲儿擦车上的血,见到丁永建说:咱这一身的血,也得洗洗。丁永建一看,可不是,军装上糊了一大片,衬衣都浸上了。两个人先去百货店买了内衣,再去澡堂洗澡。虽然救了人,心情却很沉重,预感那个女人性命难保,血流得太多了。丁永建本来想留个男人电话,以后问情况,但班长不让他留。班长说,咱们该做的已经做了,后面的事就别管了。丁永建一想也是,如果救活了,不指望他来感谢。如果没救活,还是不知道为好。

  不料不久之后,那个男人还是找到了他们。他记下了他们的车牌号。

女人得救了,他写了封感谢信到他们部队,团里知道后,给他和班长各一个嘉奖。这让丁永建很高兴,高兴的不是嘉奖,而是他们总算没白救,没白弄一身血。

丁永建当兵六年没立过功,但嘉奖好几个,几乎每年都有。算是个好兵吧。除了第二年。第二年他坐着过山车冲上云端,然后掉回谷底。他差点动手打人。

五

黄昏时,老婆终于对他的反常做出了反应。

她打电话过来,不是,是视频,估计想看看丁永建在哪儿。丁永建没接,他不是故意不接,而是当时正在险道上,一条古栈道。

去古栈道是临时起意。

起初是因为那个车祸,耽误了个把小时,导致他下午四点无法赶到广元,那么之前计划好的环环相扣的方案,便随之泡汤。接着,其实也是更重要的,他对自己奔到广元的目的产生了怀疑。真的要那样做吗?于是一念之间,他导航到了剑门蜀道。

早就听说剑门蜀道很值得一看。路险,风景好。他对险路有一种迷恋,很久没在险路上开车了,手痒痒。哪知到了那儿,发现是个景区,明月峡景区,要买票进去,而且只能人进去,车不行。他扭头就走。免费的山都爬够了,还买票爬山。懒得!

他漫无目的地开车在山道上转。毕竟是秋天,毕竟是黄昏,风景真不错,树木呈现出各种色彩,红的黄的绿的,很是养眼。丁永建觉得心情大为舒畅,看来还是要出来跑跑,不能老憋在城里。

老婆看他不接电话,便去女儿那儿告了一状。女儿即刻发来好多个问号：爸，我妈说你离家出走了？怎么回事？你们吵架了？不是真的吧？你是吓唬她的吧？你现在在哪儿？你什么时候回家？

收到这一串问号的时候，眼前刚好出现一个很宽的弯道，凸出的地方修了栏杆，似乎是专门供游人看风景的。他索性停下车，跟女儿视频。丁永建给女儿看了周遭的大山，得意地问，你猜我在哪儿？

女儿吃惊地说，你怎么跑那么远？在哪个山里头？不会是要出家吧？他哈哈大笑，然后说，出啥子家哦。我这种人，样样都看得开。我就是出来散散心。女儿说，散心怎么跑那么远呢？他说，你不是给我买了车吗？一踩油门就那么远了嘛。女儿说，你把我妈吓到了，她说你离家出走了。他说，你妈就喜欢上纲上线。女儿说，她给你打电话你咋个不接？他说，你们又不是不晓得，我开车不接电话。女儿说，那你今晚回家不？

听到女儿这句追问，丁永建确定自己是真的离家出走了，事情可以定性了。今晚肯定回不了家，不假外出，夜不归宿。很严重。但他还是淡定地说，紧张啥子嘛。我事情还没办完，我明天回去。

女儿无奈，嘀咕了几句，又嘱咐了几句，了事。

当兵第二年，丁永建申请考军校。

高中毕业没考好，损失巨大。他不想听女友说那番"你好好复读，我等你一年"的委婉通牒，一踩脚就当兵了。到了那个寂静的地方后，他觉得他还是想读大学。不是想逃避，而是想读军校，成为一名军官。

那个时候他们连没几个高中生，连里就同意了他的申请。指导员还说，希望你能考上，给战友们提提劲儿。于是他和所有参加高考的兵一起，集中到教导队复习，其实也没人辅导，也没啥资料，就是时间集中，不出操不训练，天天看书。加上大家一起复习，有个氛围。

过程就不细说了，总之考完后他感觉发挥不错，很是期待。

可是回到连队，左等右等也没等到录取通知书。他心急火燎，坐立不安。到八月中旬,和他一起复习的陈锐告诉他,自己已经接到录取通知书了。这让他非常泄气。看来是自己没考上,心里懊恼得恨不得捶自己一顿。他报考的是炮兵学院,在西安。他很想去那里读书,因为……也没有因为,他就是想读军校。看来自己真的是没有上大学的命。

后来他才知道,他是考上了的,录取通知书也是来了的。但是团里一位干事拿到后,顺手放进了抽屉,想等有车的时候再带到他们连给他。他们连和团部相距遥远。然后他就忘了。

等那个干事想起来的时候,已经是八月底了。丁永建从连队到团部再到拉萨最后到西安,起码需要三天时间,除了飞,其他方式无论如何也赶不上了。政治处连忙以组织的名义打电话到炮兵学院,解释了丁永建没能按时报到的原因,希望能网开一面。但学校回复说,录取通知上写得很明确,必须按时报到,否则除名。军事院校对纪律这一块儿非常严格的,不能通融。

丁永建得到消息就傻了。大学和自己有仇吗?他前世欠了大学的债吗?为什么一到高考就要遇到麻烦?各种拦路虎纷纷出现?

事后,团里给了那位干事一个处分:严重警告。然后给了丁永建一个补偿,让他去学开车。当时很多战士想学开车,可以转志愿兵。于是他成了驾驶员。

命运就此被改写。

从山道下来,路过一个小镇。已经快晚上七点了,丁永建打算在此地解决晚饭,再去广元城里。至于明天,明天醒来再说。

没想到来了个突发情况。

丁永建吃完饭刚坐上车,一个年轻女子突然拉开他的车后门坐进车里,并且急声高喊:快开车快开车!丁永建条件反射道:你干什么?下去!女子说,救救我,救救我!说话间,一个男子跑过来拉开车门拽那个女子。女子大喊,救救我师傅,我不认识他。

丁永建想,居然遇到了流氓。他砰的一声关上车门,走过去一把拽住那个男子:你干什么?光天化日的,想欺负人?男子说,这是我女朋友,我要让她回家。女子说,我不是他女朋友,我不认识他。他一直跟踪我。男子说,她脑子有问题,我就是她男朋友。丁永建依然拽住男子不放,男子便掏出手机来,你看看吧。丁永建一看,手机屏保上果然是这个男人和这个女人的合影。他有些蒙了,如果真的是情侣,可不能贸然干涉"内政"。

可是女子放声大哭起来:他是个骗子,他跟踪我,跟踪我一天了,你帮帮我吧。男子仍旧说,她脑子有病,我已经和她妈老汉联系了,她妈老汉让我带她回家。

丁永建想了一下说,这样,你们两个都上车,我送你们回家。

男子马上同意了,跳上车来。女子用力地推男子下车,但显然徒劳。男子说,谢谢师傅。我们住在翠华小区,我给你导航嘛。丁永建说,不用,我自己导。

他迅速搜了一个就近的派出所,然后锁上车门,奔过去。

六

丁永建以为自己是见义勇为做好事,却不料脱不了身了。

一到派出所,那对男女突然不再吵了,就跟他们一直是一对好恋人似的,异口同声地指责丁永建:干吗把我们拉到派出所来?更可恨的是,当民警询问情况时,男子竟反咬一口,说他们俩只是搭了丁永建的车而已,言下之意,丁永建是黑的士。

丁永建鬼火冒,这是什么事儿啊?他跟那个民警讲了事情的经过,说自己是害怕女子有意外才拉到这儿来的。民警一脸怀疑,你怎么能让两个陌生人上车？丁永建说，你可以看下我车牌，我是从成都过来的，我是过来自驾游的。男子说，我们没拦车，是他主动让我们上车的。民警不吭声，好像希望他们继续互怼，怼出真相。

丁永建急了，怒吼道，如果我真的是黑的士，会拉到派出所来吗？男子说，本来说好去翠华小区的，因为价钱没谈好（丁永建要高价），所以他就把他们拉到派出所了。

丁永建恨不能冲上去给他两记老拳，谎话连篇，不怕遭雷劈吗？男子避开他的目光，若无其事地揽着一直低头不语的女子。

丁永建终于无奈了，只好跟民警说，自己也曾当过兵，并且和他们分局的王主任是战友。民警说，哪个王主任？丁永建说出了王的名字，旁边一个年纪大些的民警点点头，说了句，是我们分局的，前两年退休了。丁永建便掏出手机给王打电话。这个电话他存下很久了，几次蠢蠢欲动却一直没动，今天下午还动过念头的。

丁永建在电话里听到对方说自己就是王广林时，顿了一下，报上了自己的名字，跟着又说了当年的部队番号。对方也顿了一下，然后说，我记得你。

半小时后，王广林出现在了丁永建面前，一个头发花白的老男人，模样完全陌生。但丁永建确定是他，因为他们有相似的脸颊。民警礼貌地向王解释了刚才的情况，王很温和地却不容置疑地说，这是我战友，西藏战友，打死他也不会做那种事。

大醉一场不在丁永建的计划里，却很自然地到来了。到来时让丁永建觉得，他一直在期待它。

他和王广林坐在旅馆楼下的川菜馆里，对饮。两个大男人，两个老战友，若是面对面坐着喝茶，怎么都不对劲儿，必须喝酒。他们先要了半斤泸州老窖，很快没了，索性来了个大瓶。丁永建不善饮酒，只需一小杯就会脸红筋涨。但此时此刻,就是一醉不起,他也得喝。

刚开始,两个人还有些别扭,王顾左右而言他,说些战友们见面后常说的那些话,回忆当年的生活,交代这些年的状况。后来,酒劲儿上来了,开始掏心窝子。是王广林先开始的。王广林说,我早该联系你的。唉,我当年,真是拉稀摆带不叫话……

丁永建连忙摆手:莫提了,莫提了。他不是客气,他是真的不想提起。王广林说,不不,你让我说,我必须说出来,必须。王广林喝酒不上脸,不像丁永建已经红到脖子上了。王广林的醉意是表现在语言上,他开始说四川普通话了。

辣(那)个时候,女朋友写信来,提出分手,我心烦意乱的,心不在焉的,一天就想咋个才能把她留住。人是恍惚的,就……就误了你的大事。我后悔死了。我们主任把我骂惨了。该骂。组织上给了我一个严重警告,该给。

终于,触到这个伤口了,不是,是扒开,血丝还在,没有结痂。丁永建心里一阵发痛。他努力笑着说,那是我的命。

王广林说,是我对不起你,兄弟。他放下酒杯,抱拳,很认真地对丁永建道歉说:对不起,兄弟,老哥给你道歉了。

丁永建的眼泪出来了,他觉得很丢人。抹了一下眼窝,拿起酒瓶给两个杯子都斟满:道啥子歉哦,好不容易见个面,莫说那些。他的手发抖,洒了不少在桌子上。

王广林端起酒杯说,我连喝三杯,自罚!

丁永建还是摆手。

原本,丁永建一路奔到这里,就是要找王广林索要道歉的,他要大声对王广林说,你欠我一个道歉!你把我一辈子都耽误了!我是考上了的,考上了的,我本来可以成为一名军官的!

可是，当道歉来临，他却受之有愧似的，除了摆手，还是摆手。他怎么能在几十年后，见到一个老战友后，索要一个道歉？谁也不欠他，不欠他。父母不欠，战友也不欠。就像当时指导员跟他谈话时说的，你没能按时报到，也算牺牲奉献的一部分。何况三十多年过去了，什么事都过有效期了，但感情不会失效。他们一起在高寒缺氧的地方熬过，一起在天尽头站过，一起面对令自己无限渺小的大自然。他们有共同的生命密码。这些醒悟，竟然在喝醉之后到来了。

丁永建不想看王广林愧疚，他故作轻松地说，怎么样，最后抢救回来了吗？就是现在的嫂子吗？王广林说，对的，就是她。丁永建说，那还是对嘛，没有白费力嘛。王广林说，唉你不晓得，当年我被她迷得五迷三道的，现在又被她吼得五迷三道的。

两个人哈哈大笑。丁永建马上想起了自己的老婆。王广林又说，但是，再咋个我都忍了。当年人家顶着那么大的压力跟了我，太不容易了。你晓得的，我们那个时候没有高原工资，没有任何特殊待遇。一年见不到一回。丁永建说，对的对的，太不容易了。

丁永建也想说说自己的老婆，奇怪，老婆仿佛有感应似的，电话就打过来了。又是视频。

这回丁永建迅速接了起来。老婆胖胖的脸出现在屏幕上，怒气也是胖胖的：丁永建，你到底在搞啥子名堂？！

丁永建笑眯眯地说，没搞啥子名堂，我在和老战友喝酒，摆龙门阵，开心得很。老婆说，我的妈哟，你的脸都成猪肝了，你是不是喝醉了？丁永建说，没醉，丁点都没醉。我正在跟我战友说，你是个好婆娘，我们要北北……北头偕老。老婆说，舌头都大了，还说没醉？丁永建说，舌头大了吗？不可能，不信我喊个口令给你听：一二一，一二一！王广林在一旁喊：同志们好！丁永建喊：老婆好！

老婆笑骂一句，挂了电话。

七

天气晴好，丁永建又驾车在路上飞奔，只是身边多了王广林。

道路两旁的崇山峻岭变得越来越硬朗，预示着他们即将翻越秦岭，去远方。

昨天夜里大醉后，丁永建破天荒地睡到早上八点，醒来竟不知身在何处。渐渐地，脑海里浮现出了头天夜里的情景，天哪，自己竟然喝醉了，竟然跟王广林称兄道弟，竟然在电话里调戏老婆。酒真不是个东西。不，酒真是个好东西。他心里那个死结，终于解开了。

虽然脑壳有点疼，但心情大好，有种满血复活的感觉。他拿起手机，先去战友群，把自己的名字加到参加聚会的接龙里。然后打开朋友圈看看老婆。老婆淡定如常，发了一张仙客来的照片，好像就是他们家阳台上那盆。下面写着：世间的一切都是遇见，春遇见冬，有了岁月；天遇见地，有了永恒；路遇见路，有了远方；人遇见人，有了生命。丁永建觉得这段话特别好。尤其是路遇见路，就像是在说他。

他照例奉上了三朵玫瑰花加三个大拇指。

然后，他伸了一个振奋的懒腰，做了那套每天坚持的运动，跳下床来。好吧，轻装上阵，一切重新开始。

王广林来了，居然也背着背囊。见面就说，走，我带你去个地方。

丁永建问，什么地方？

王广林说，你母校。

丁永建一时反应不过来：我母校？哪个母校？小学还是中学？

王广林说，大学！西安炮院，你是考上了的，那就是你的母校！

他脑袋嗡的一下，对，他怎么就没想到呢？那是他的母校。这么多年来他一直珍藏着录取通知书，既不愿意拿出来看，也不愿意烧掉它，那像是他的伤疤，他却从没想过要去学校看看。真是不开窍。他为什么要难过，他是考上了的！证据确凿。

王广林笑说，走，我陪你跑一趟，算赔罪。

丁永建毫不犹豫地接受了这个"赔罪"。他们迅即出发，从广元一路向西，翻越秦岭，去那个他早就该去的地方。路太好走了，很顺畅。丁永建感觉自己的心情也和这条路一样畅快笔直。人生原来是这样的，一扇门关上了，一扇窗就打开了。窗外依然有远方，脚走不到心可以到。

王广林说，你晓得不，你母校很牛，现在叫火箭军工程大学。培养高科技人才的。丁永建故作淡定地说，那是肯定的，这么多年过去了，我都成老头了，它肯定会越来越厉害嘛。

其实他心里满是骄傲。太棒了。他想他一定要在母校大门口拍一张照片，发给老婆，发给女儿女婿，发给战友。不，他要发朋友圈！他也要像老婆那样写上一段抒情文字。写什么好呢？这个可得好好琢磨一下。

（原载《解放军文艺》第 7 期）

水漫蓝桥

杨知寒

一

老板娘是个浪漫的人,别看穿戴体形咋样,浪漫是骨子里的一段魂,要不她也不能在嗑瓜子儿的工夫里,就把店名给定下,蓝桥饭店。那阵子老板娘刚把老板踹了,应承下这个店,快五十岁的女人决定独闯下半生。我平时就在店里住,顺带负责打工,工资比别人一月多开二百。有回快夜里十二点,把第二天要用的料备好后,去拉卷帘门,听柜台里还有动静,是老板娘肩膀一耸一耸地埋头哭呢。在她面前的小电视里放着个黑白外国片儿,我看了眼标题,《魂断蓝桥》。好信儿去查了这个故事,男人因为女人沦落过风尘,和她没成眷属。至于老板娘落没落过风尘,以及因为啥她众目睽睽用擀面杖把老板赶出店门,老爷们儿不好去打听。我只知道一件事就是,她和我们这间开在犄角旮旯的东北菜小饭馆,命运自此一线,都将活得不易。

店小，加上我和老板娘一共五个人，另三位是做服务员的小庞、小孟和一个给我打下手的小军。小军半工半读，同时念大专，晚上没课了才过来。白天客人不比晚上多，我一人也能忙活开。偶尔小军提早走，只要活儿不多，我都睁一眼闭一眼，让他穿戴好了从后门撤退。这小子现在处对象呢，既然被他一口一个师傅叫着，就得有点师傅的样儿，该行方便给行方便。别看就比他大十来岁，小军对我基本跟对爹差不多，递烟勤着呢。好些次在我颠勺的时候，他也把烟塞我唇缝里，惹我挥手，别耳朵上，别着。烟灰撒锅里可是大事儿，这帮主顾没一个好伺候的，好些都是回头客，店既然小，生意就得瓷实。别说掉点烟灰了，就是落根头发丝儿，牌匾也得让人烧了又踩。从业十年，我心里有杆秤，干一行就爱一行吧，爱一行就敬一行，不说给理想敬杯酒，也给自己的营生提一杯，不管咋说，这是眼下活命的道儿。今天上午小军没来，是个冷天，老板娘没使唤我，自个儿去把门前的雪扫干净了，回来把两手缩进左右两只套袖里，巴巴等人上门。第一单是对要吃鲇鱼炖茄子的小两口，快晌午了，男的穿个大红羽绒服，横眉愣目，一字一顿问老板娘，就要吃鲇鱼，有没有？老板娘旋风似的下单，旋风似的走人。走前把单子甩给我，我一清二楚，店里没备鲇鱼，她打车现买去了，意思是让我先可别的菜做。小两口亲亲热热往包厢里钻，一路嘀咕着，这顿一百能下来不？说实话够呛，三个菜，除了鲇鱼还有一个锅包肉，一个焦熘干豆腐。干豆腐倒是没涨价，这玩意儿死便宜的，饭店不上利润。锅包肉可就两说了，猪肉赶俏的时候，价格紧追牛肉，里脊还不好留呢。我回厨房掂对这俩菜，都是快菜，一个靠炸，更主要靠熘汁，一个靠焖，掌握好火候就问题不大。锅包肉第二遍扔锅里复炸时，老板娘把个湿袋子扔进后厨，打开看，一大一小，两条鲇鱼活蹦乱跳。我这边招呼小孟端菜，那边给鲇鱼冲洗干净，鱼泡鱼子留在别的盆里，再给鱼左右横切三刀入味。鲇鱼炖茄子，吃死老爷子，这菜点得让我都有点食欲了。给鱼大火收汁时，我走到后门，抽根烟张望，袅袅紫烟混合袅袅炊烟，都是人世间的热乎气儿。咳清腔子里的油烟，心想，今儿这雪，下得有鼻子有眼，看吧，到晚上还得有人要硬菜。

晚上小军来了，帮我对付过晚高峰，客人比雪片儿来得还密实，拢共十张桌，翻台就上人。东北几个叫得出的炖菜，一晚基本过了一遍。下料的时候，我不说话，让小军说我的步骤，这样学比记菜谱来得形象，当年我师傅就是这么带的我。在这儿做菜没那么讲究，跟小军也这么说，咱们培养的，主要是抓作料的手力、察火候的眼力、记步骤的脑力。除了几个老菜得尊重规矩，其余的感觉来了，你可自由发挥。九点来钟掂对完最后一个菜，小军要回去，这点一般不上人了。刚把外套给孩子披上，老板娘进厨房，亲自给递了张单子。我一扫，骂出声。她翻着白眼仁儿说，老杨，你看着办。我劝了，没劝住，客人硬要点。我说，咱不会做。老板娘看了看后厨要收摊的架势，说，没啥活儿了，给做一个吧，我不嫌利润小。我说，你是不嫌我岁数长。她走后，寻思寻思，我问小军，没人等你吧？他说没有。我决定让小军留一阵，这菜八百年没人点一回，可就算它千年没人点，点一回，也是为难厨子。这时我发现，小家伙根本没走的意思，他把围裙重给我扎上，一手抓一个鸡蛋，淀粉袋预备好，拍在了桌案上。我让他先把鸡蛋打匀了，少放点盐，完后搁淀粉，打成浅色糊糊，颜色要均匀。找个地方，我坐着歇会儿，看他干。掂一天大勺，膀子得歇歇。

听着筷子碰盆的嗒嗒声，我有点起印象，约莫一个月前，也有人点了道折磨厨子的菜，也点在客人都基本走得差不离儿、饭馆没理由拒绝他这一单的节骨眼上。上次，是雪衣豆沙。店里没备现在大饭店里基本都有的电动打蛋器，还得凭人工，将蛋清打出云雾状，累得我边用劲边骂娘。等雪衣豆沙出锅，小孟来取，我把她支使到一边，坚持自己上给顾客，主要我想看看，快关门了，是什么样的人物在大晚上死馋这口甜食。我预期是个胖老娘儿们。撩帘一看,却是个穿黑皮夹克的窄瘦背影。这人折磨厨子不算,还有点扰民,桌上跟着他放了个戏匣子,咿咿呀呀响着早没人听的二人转。什么一更里三更里的,月牙儿出个没完。当时天还没今天这么冷,一凑近,闻见那人身上一股馊味儿,看头发都赶黏了,一缕缕地藏进他发黑的蓝衬衣领口里。回身跟老板娘嘀咕,是花子吧?老板娘说,要不看他又点了个熘肉段,高低不接待。我俩一起看着这个背身坐着的,仿佛美食家般缓慢动筷子的中年男人,谁也没说话。这么个场面,花子听戏,叫老菜,多少有点耐人琢磨。老板娘看我的眼神分明在怂恿,你上前攀攀话?我摇头,认人你比我强,下次这孙子来,就跟他说没有。本来菜单上也没这菜,现在几个饭店还给做雪衣豆沙啊?下次要再给我递这种单子,你直接扣我钱完了。这工费的,不够治膀子的呢。老板娘说,行,我记住了,咱店里不会做雪衣豆沙。而后她颇为殷勤,居然给那花子去续了两回水,倒水时,眼神左右腾挪,就期待那人抬头看她一眼。那人也奇,整个店里,除了自他戏匣子放出的腔调,就只有他嘴里若有似无的咀嚼声,不说话不念语的。等熘肉段出锅,也是我给他端的,这人只吃两筷子,搁下就走。自己擦净了嘴,留下桌上还剩半盘的几个胖乎乎的雪衣团儿,慢悠悠甩张五十到前柜。

在指导小军如何做一道酥黄菜的时候,我基本笃定,今晚菜还是那个人点的。小军额头上沁出层白毛汗,炼糖,就得这么费工夫,不然哪拔得了丝?切成菱形的鸡蛋饼块,又哪能在当中鼓起膨胀的小肚子,一咬一个嘎嘣脆?和雪衣豆沙一样,酥黄菜也属于红白喜事上的宴席菜,现在少有饭店会在菜单上明标出这俩菜了,会做的厨子少是一方面,主要是没有认真学习这道菜的动力。费时费事不说,也不上价,客人一多,这俩菜基本属于垫底上的,想吃它们,你需要的不仅是钞票,还要有种运气。小军要端菜,我拦下他,问,学会了吗?小军说,会了。我说,记住,往

283

后不碰上缘由，咱不给做这菜。厨子不是下人，不是让人欺负的。他说师傅，记下了。我又说，如果往后你喜欢的姑娘爱吃，可以给做。小军傻呵呵笑，笑的时候，嘴唇上边那点刚长出的绒毛根根都鲜明。我说，回吧，明天看天气，还下雪你就晚点来。把腰间围裙解下，我从前门送小军，顺道给客人上这道酥黄菜。这个时候，老板娘在收拾最后走的一间包厢客人剩下的桌面。小店里冷色的白炽灯，照在被人一脚雪一脚泥踩得鬼画符般的瓷砖地上，小军掀开的胶皮门帘上，油污浸透了每一寸。终于让我看清那人的脸了，他目不转睛，盯着我端上的菜。桌上还是搁着戏匣子，这回他没点熘肉段，要了瓶富裕老窖。我算明白老板娘为啥不顾惜我命长短了，这他妈还真算个主顾。菜上桌的同时，我被这人叫住，他叫人的方式是，酒盅往下一磕。

　　这男的长得真他妈好看。丹凤眼，高鼻梁，薄嘴唇，下巴颏有模有样，带点尖弧度。这是我心里第一句话。我扭过头，想看看别处，每当遇到想不明白的事儿时，我就让自己看看别处。男人抓了抓落在眼前的脏头发，从兜里往外掏东西，掏半天，还是张皱五十。将钞票按住了，往前移给我。我说，爷们儿，什么意思？他说，辛苦钱，上回加这回，烧这俩菜不易。听嗓音，这人更受端详了，磁性男低音。就是他手势有点别楞，按着钱的那只手，小手指上跷，每个指头都葱白似的，干净细嫩。我说，不收啊，不行。顾客是上帝，老板娘要看见，该埋汰我了。他将钱留在我这头，手缩回去，说，师傅，菜真好。我说，别人说好，我信。你好像不是来吃菜的，是来给我考试的。他说，还有别人给你考试不？有没有其他人，这阵子，点过这俩菜？我说，有你一个就难拿，还想来个祖宗？他追问，你记忆力好不好？我左右俩眼珠子仿佛左右俩筷子，没客气，上前尝了一块他叫的酥黄菜，噼里啪啦在嘴里碎开，慢慢嚼着。意思是，店小、利薄，人辛劳，往后少登门吧。我希望能在职业生涯里少记住你这样的，祖宗们。

二

　　上午给美光把今年的取暖费交了，头天我跟老板娘打好招呼，说今天晚点去，小军会先去饭店开门，顶一阵。交完钱我顺道买菜，车停在前妻家楼下，拎了两兜柿子豆角，给送上去。美光在家，敲开门，没让我进。不进就不进吧，她睡眼迷离给我开门，头发该是新焗过，一股药水味儿。离上次见她得有快一个月了，有些话想找她说，昨天好不容易通了个电话，问她家里热不热，她急着挂，只撇下句没钱。我来是想告诉她，钱交了。别过两天屋里突然热乎了，你不知道咋回事。今天再见到，再听到门缝里有隐约的男人呼噜声，忽然对自己的所作所为感到没味儿。过了快十年，离了三年，三年里我一天也没从心里把她放下过。为什么放不下？因为总觉得亏欠，觉得美光是因为跟了我，才没把自己日子过好。现在她找了人了，按说我不该再来，心却憋闷得比平时不见更厉害。门里，美光披了件男式羽绒服，光脚踩在地上，哆哆嗦嗦接去两兜菜，对我说，上次拿的还没吃了，往后别带了。我扭过头，看向天光昏暗的楼道，再扭回来，说，干啥跟个连取暖费都不给你交的啊？她说，你少管。我说，行，我犯贱。再不登门了。她说，死不死啊你。我说，不唠了，回去跟人睡觉吧。刚走出几步，身后两兜菜被扔出到门外。我原地点根烟，回头看了看，等烟抽没，再轻巧走回几步，菜还是得带走。

　　又回店里，这趟路不好开，早起天儿还出点太阳，这会儿先是下雨，后又飘雪，雨刮器坏了半扇，视线模糊不清，轮胎也常打滑，给我气得连按喇叭。店里卷帘门刚打开，小军一人坐在柜台后头，看老板娘的黑白小电视，他想跟我搭话聊会儿，我没心情，直接进后厨备料。快中午了，零星两桌客人来，都不是来正经吃饭的，菜没点两个，大绿棒子要得勤，就指望在我这小店儿里猫会儿冬。我和小军都在柜台后挤着，看电视里的福利彩票兑奖，那些黑白的小球一个个，从轨道里滑出，它们没啥心事，球能有啥心事？管蹦跶就完了，不会想到有多少个人家在指望它们，搏把大的，好让自己的人生回春。客人勾肩搭背往外走，小庞就顾着按她那个破手机，叫半天不答应。也是，小丫头片子都不听我的，都是员工，谁管着谁？小军去挨桌收拾了，剩我一人继续盯球，心想，要是我也能中五百万。高低给美光接回来。算了，不接，她是人家的了。要有五百万，老子找个更好的，先在市里买套楼，再自己开个小饭庄。等那些大姑娘来管我要微信。这么美滋滋地想，眼前总闪过美光的脸。嫁我时，她也是个大姑娘，笑起来眼睛细眯，一条缝，骂我时，大眼睛扑闪，跟那个雷电霹雳似的，真带人爱。雪下纷纷，雨落缠绵，中午好似黄昏，我不知道自己是在啥时候红的眼圈，好在没人看见。美光啊，凡是进我店的男女老少，不知道点个啥菜好的，我都能给掂对出一两道他们可心的。唯独对你，过十年了，也不知道你爱吃啥菜。真是我的失败。节目结束了，我一口嗑一个老板娘留在盆里的奶油瓜子，看着客人走，看俩服务员走，看小军也走，擅自给他们批了假。一会儿就准备关门，等晚上的吧，晚上再开炊烟。有人在门口徘徊，我没理会，徘徊没用，进门也没用，今天老杨也拿一把，任谁不伺候了。

　　张廷秀啊啊啊，那人进屋就啊啊个没完。只见他把顶破帽子一摘，拿眼在小屋里扫一圈，自己找了位置坐，却是正对着我。手指敲在桌案上，说不准是敲打我点菜呢，还是敲打自己唱的节奏。我也用眼扫全了他，戏词儿还真想起来一句，这叫二目细打量。祖宗又上门了，祖宗今天穿的比前两次还不如，毛衣领都开针了，皮夹克也破了两块，一块棉啊绒啊都没有，破塑料单衣。手指上每个关节，红通通都跟那个山楂果穿手上似的。脚踩二棉鞋，再一看就不合身的黑棉裤下紧着腾挪，是在桌底下也打着锣鼓点儿。我疑心,这人真是个花子。

师傅,劳烦你过来。他客客气气说话,我不能不应承。走到他桌前,与其相对坐下,把话说到头里。师傅我今天没心情,你也看见,店里没人,眼瞅要关门。你要是想再考我一把呢,赶紧,回家找点别的乐子玩。我做了个送客的手势,这人微微一笑,没回嘴。坐对面,又是白天,看得更清楚,他脸上一点不显脏,四十左右,浑身有股不知打哪儿来的文气。两手交叉一处,一会儿搁桌上,一会儿整整自己的领子,想起衣服不带扣,于是整整飞了线的毛领,眼睛清亮跟孩子似的,像想跟人要块糖。

师傅,我不点菜,也不用你受累。要瓶酒行不?想在你这儿坐一会儿。他说。我问,要啥酒?他说,二百以里的白酒吧,我想多坐会儿。我回柜上给他拿了瓶君妃,瓶上的美人像看着是昭君,英姿飒爽、红袄抱琴的,我和他都瞧着溜了神,不知不觉,两盅各自倒满。我提杯问他,能行啊?请我喝酒。他咬咬牙,行啊。我说,给你炒俩菜吧,回来下酒。他按住我的胳膊,别炒了,整点花生米、小凉菜。我端两碟小菜回桌,顺道给卷帘门全拉下来,屋里没点大灯,就他这张单桌上,亮了棚顶一个灯泡。酒杯一磕,顿时生了交情。他还在那儿咿呀着,我听不清,但来点兴趣。问他,兄弟,你是唱戏的?他却只报了自己的名号,合着他这名就该传满神州似的。刘文臣,幸会。他来个倒装句,整得我一愣一愣,举杯和他碰下说,杨义,在下。

刘文臣缓缓夹起一颗花生米,嚼着说,一个霹雷一个闪,瓢泼大雪下得欢。我说,这都啥前儿了,还打雷。他说,差不多差不多,风雪扑面,天不好。我发现他虽然背对门坐,却总回头往门瞧,不回首,门外但凡有点动静,也竖耳朵细听,手握酒盅,盅面儿一直在随手颤。我问他是不是在等人。他说没有。我俩都没说话,他又重复了一遍,没有。突然抬头盯我说,师傅,这瓶要是喝不完,能存你们柜上不?我下回再来还能喝。我乐了,小店没这项服务。我知道他咋想的，别看眼前叫刘文臣这个人小词儿一套一套，此刻他兜里要能掏出超过三百，都算我这些年白干服务业。再细端详他，记忆有点恍惚，一时惊觉，好像真在哪儿和他有过一面之缘。得是快十年前的事了，那时我刚从部队转业回来，在本市一个大酒楼里给人做学徒。也是冬天，酒楼年底聚会，我们这些干厨子服务员的，都有机会坐一桌，那时不兴看电影唱卡拉OK，请了一台戏班子在酒楼二层搞演出。我当时顾着追求当服务生的美光，上个菜，就紧着给她夹一筷，美光则和边上几个小姑娘，叽叽喳喳，拍手笑不停。后来有一男一女唱一副架的上了台，男女各着一身蓝，比起前头那些唱神调的，偶尔还甩两句粉词儿唱丑角的，别有番风采。上台先亮相，女的水蛇腰、鹅蛋脸，眉间带蹙，那叫一个俏。而美光这些十八九的小姑娘，注意力都集中在男角上，我死瞪了台上一眼，那小子眉飞色舞，举个飞花边的小扇，左右腾挪，举手投足都是彩儿。为和美光套近乎，我也问她，这啥戏？一点不招笑，咋都目不转睛，迷上了？美光说，闭嘴。我说，不闭，我文化浅，你给讲讲。她大致讲了一回，我没太记住，只顾着瞧她上下合启的红唇与银牙，还有那随讲述偶尔泛出杏红色的眼圈。听她说起这出戏，男的结局掉河里淹死了，两个人到底没成。傻玩意儿，我没忍住鼓个巴掌，惹当时美光给我这顿踢。

知道你是谁了，也知道你为啥落魄了。我心里说，给他斟了回酒，不老艺术家吗？落魄了，应该。他跟我始终客气，大哥，我自己来。我拦住他挡酒的手，意思是今天就给他这瓶造干净了，还想存柜上，瞧不起我的量啊那是。刘文臣再度回了头，门帘上纹丝不动。我说，痛快点吧，愿意唠啥你就唠。估计你也没啥朋友。他被我说中，臊眉耷眼一笑，这是我第一回见他笑。别说，笑起来，真有点过去名伶的意思，怎么形容呢，凄苦。就跟他昨天还在周扒皮家做长工似的，今天刚得解放，时时处处都把自己放得低。大哥，我是在等个人。他说，但我不知道能不能等来。我说，等的是我店里主顾？是的话，帮你留意就得了呗。看你这支支吾吾的。刘文臣说他不确定，好些年没音信了，来我这儿等，纯属碰大运。

我怀疑这人和老板娘同病相怜，我给这病起了个名，浪漫病。这病犯在小军身上，属于正常年纪正常毛病，就怕犯在这些四十啷当岁的人里头，老房子着火，不烧完不算。问他，是等女的吧？他点头，等我瑞莲妹妹。我说，名儿挺老派啊。你名儿也是。都是艺名？他说，瑞莲是戏名。师傅，其实我问过你。我说，你问我啥了？他抿口酒，辣得五官拘在一处，好半天闪动舌头，说，我问过你，雪衣豆沙、酥黄菜，最近还有没有人点过。我说，真没有，那女的也是厨子？他笑出排白牙，还拘束地挡挡嘴，德行。刘文臣给我斟回一杯，说，等的是我一副架。当年在剧团，我俩约会，下馆子，她就得意这俩甜的，女同志嘛。好些饭店不爱做，但还没有不给做的。这些年，是好多店都不给做了。有几次我提出加钱，给做一回呗。后厨师傅举个大勺，上桌就要我。我心里也有数了，想吃它们，需要的不仅是钱，还得是份运气。师傅，你是这一年里，给我做这俩菜的第一个厨子。我感谢你。谢你给我留了念想。人能找着个等的地方，也是种幸运。我起了兴趣，凭点俩菜就敢找人，敢死等，浪漫病晚期啊。我这也不是治病的地方。问他，还有什么凭证？他手指落桌面，轻点两下，哼出句九曲十八弯，等在蓝桥啊——

三

现在什么营生？我问刘文臣。他指指自己鼻梁上一块，还带点没洗净的红彩印儿，说，十五进戏校，十八进剧团，给人唱下装。总往地方上跑，忙的时候一天赶三场，村里老人多，听正戏的多。后来我一副架走了，剩我自己，只能唱小帽，偶尔打打板儿。再往后，剧团里也吃不下饭了，开始跑洗浴中心，跑俱乐部。现在这些地方也不要唱戏的了，观众不听，他们想听我唱流行歌曲，唱粉词儿。学过，不喜欢，上台不会浪，眼下吃饭就艰难点。昨晚上，给唱的《上北楼》，师傅要还活着，听我唱这个，能再给气死一回。我拆他台说，爱听啥就给唱啥呗。学学我，客人点啥我做啥。之前你不也给我出过难题，再烦再累，也给你做了。跑江湖的，腰板不用溜直。江湖江湖，将将糊口，别说你还是做戏的。刘文臣嚼完一口花生米，又把杯里干了。他说，我不是这么想道理。现在大家都在祸祸她，老人护不住，年轻人可劲祸祸，祸祸轻贱了，再嫌弃她。事情不是这个道理。你说呢，师傅？我爱她，我不忍心。不信你考我一出，看我丢没丢手艺。店里咋一直没上人？过去我在哪儿唱，哪儿的生意红火，就是出白活儿，跟其他出殡的人家唱对棚，也没让主家丢过脸。师傅，我来一出吧，当答谢你，给你热热场子，会有人听了进来吃饭的。

  我越听越糊涂，祸祸谁了？他爱谁啊？我拦住刘文臣说，别着忙，今天下午就咱俩，上人得等晚上了。乐意唱，一会儿等我听没意思了，自己搁这儿哼哼去。作为东北人，我对二人转始终没啥兴趣。像刘文臣说的正戏，估计我妈活着还能是他一个听众，我一点不指望凭他能招人进门消费。他让一步，说，师傅，我重点还是等人。唱一嗓子，万一她路过听见了呢？师傅，打第一回过你这儿，站在马路对面，我当时眼泪就掉了，就跟看见当年我俩唱过戏的台子似的。打听一下，这名儿谁起的呢？是老板娘？浪漫。蓝桥，是我俩当年唱响了的一出老戏，我来魏奎元，她去蓝瑞莲。那阵我们总一块儿，随团里，坐长途汽车到外地演出。人家在当地等得急，我们没时间换服装，去之前都换好穿在里面，外披大棉袄。她家反对她唱，要是知道和我好，更不能放她出门了。在人前，只能小心着去关心她。戏服单薄啊，车上心疼她冷，就偷摸伸进袖子攥个手吧。现在我都能想起来，她小手冰凉在我手心里留着的感觉，真想人皮能给脱了，也罩她身上暖和暖和。她气管不好，唱久了好咳嗽，一到台上，找个机会，我总暗地里掐她一下，让她歇会儿，我把词儿给多唱点，她不就能轻松了？一到台上，她就没理智了，我们都全情投入，终成眷属没少唱，相思之苦没少唱，我巴望《蓝桥》能少唱两回，这戏苦到家了，结尾也没成全人。偏偏她爱这戏，观众也爱点，总唱总唱，唱成谶语了。后来我想，有些戏做多了，你的命就被戏的命改了。结多大缘分，留多大遗憾。她和我闹了别扭，几天没来团里，到我想通了，想她想得不行了，人家退团，结婚了。嫁了个干工程的，没少挨揍，再后来，不见我了，她音信皆无。

他低下头，看着桌沿儿，盅里的酒有些没倒好，洒出去了，他用手将它们抹平、抹干。刘文臣抬眼，他眼珠已全成通红，像两只红彩的玻璃珠。我上前够了下他的肩膀，拍拍，好些事都时过境迁了。他说得对，人和人之间，尤其讲究缘分。我说，你觉得能在这儿等着她？他说，我们好的时候，约定过，唱一辈子《蓝桥》。我说，兴许她改了行了。不改行，兴许也改了口味。人家不爱吃这俩菜了。他一杯接一杯喝，一瓶酒已经下一半，他整个人的状态也有所改变，不再怯生生、低眉顺目，而是美滋滋的，似乎还身处众星捧月的舞台上，眉间跳跃俏皮和得意。

我说啥你都跟我对着唱，是吧？他笑笑。我说，得帮你看清现实。他说，用你啊？一个厨子，做的也是不上台面的菜，和我唱不上台面的戏一样，高哪儿去了？我将酒瓶和两个酒盅挪开。门帘被人掀动，小军顶着一脑袋雪，先钻进来，后跟着个戴白耳包的小姑娘。两人有说有笑，在门口停下，不往里走。小军叫我，师傅。我没看他俩，手向后摆了摆。刘文臣脸上倏然出现的期待，随之消失。他面无表情地看着站在面前的我，没半点惧色。

你说谁不上台面？我看着他。小军过来劝，喝多了这是，坐下坐下，一个花子,师傅你跟他较劲。我看了眼小军,余光里刚进门的女孩神色鹌鹑一样,头直向毛衣领里缩。猜测小军在背后没少跟她说我脾气不好,现在她得到了印证。夜晚要来了,窗外开始出现街灯的光亮。小军估计是想趁这会儿还没上人的工夫,带小女朋友来个暖和地方,两人避避风,好说话。刘文臣含笑看我怒,看我消气,再看我坐回原位。这些年在外伺候人,他估计也没少挨揍。此刻他却像个对人情摸透看破的、把这出戏唱过千万回的角儿,手拿把掐,眼里甚至有怜悯我的意思。

  我跟小军说,去,找个包厢,可一个点相处。现在四点,五点咱俩后厨集合。这一小时,前面发生啥,你都不要过来。刘文臣说,师傅,我想坐到关张。我说,五点你必须走。五点老板娘要来,见你一人霸占一桌,赶你不说,也得呲儿我。你不要脸,我得要。他慢悠悠移回酒盅,视线追踪远去的一双小情人,抿酒,兀自唱戏文:咱二人青梅竹马情不断,两小无猜心相连。多年不见盼相见,天赐良缘在今天。我摩挲把脸皮,劝他,走吧,你等不着。日子还长,换个人喜欢,死等没好结果。他说,魏奎元等到三更天。我说,我们十点半就关。他说,没事,我在门口守。我起身搡他一把,贱不贱啊你。他梗着个脖儿瞅我,脸上还是笑么滋儿的。我说,贱到家了。知道你咋贱的不?他说,不知道。我说,人家指不定都和别人过上了。挨揍咋的啊,乐意挨揍。受冻咋的啊,乐意住冷屋子。现在想起过去时候的好了,过去干啥了?这会儿来精神,知道你这叫啥吗?叫生生靠凉一桌好菜。门帘又动了,刘文臣僵坐着,感觉他心神稳了一些,喝酒速度更慢。我撇撇嘴,起身,招呼客人。一个大爷带四个大妈,风风火火进店,张口问,有没有热乎菜?那能没有吗,我用手挡着酒气,扯嗓子叫小军,叫三遍不来。刘文臣小声提醒我,孩子听话,前面发生啥,他都不过来。我把他攀过来的手推开,跟客人说稍等,我们刚开门,给老板娘去个电话,稍等啊。电话里老板娘也喝高了,说话颠三倒四,一会儿跟我说就到,一会儿跟我说，明天怎么怎么的，一会儿还问我，有没有对象。问完哈哈乐，电话里有男有女，也跟着嘲笑我。好在电话刚挂，小孟就带着小庞到了。把客人交给俩姑娘，我挨个儿站包房口喊，不敢进去，只能喊。军啊，提前上岗吧军。喊完一圈没动静，回厨房看后门开着缝，知道是小军带姑娘蹽了。

灶火拧开，熟悉的油嗞啦响，让我找回过日子的主心骨。前头动静听不着了，此刻周围只有肉和蔬菜、酱和豆油。一张张送进来的菜单子，是我同外界唯一的联系。没有小军帮手，我很快浸在了油与火的世界，机械而专注地掂对菜品。之后几个钟头里，我做了几十道菜，伺候了十多桌客人，小军什么时候出现的，没有察觉。他伸出在外头冻红了的小爪子，想替我接手时，我说了声反对的嗯。小军在我前后左右忙活，孩子今天心情属实不错，小曲儿一个接一个，是流行音乐，我听着也带劲。脑海中却更多回响着一些遥远的音符。小时候我妈听的戏匣子里的动静，小时候过年，村里戏台上的锣鼓点，以及那年酒楼聚会，刘文臣鼎盛时期，献给所有青春少女的《水漫蓝桥》。把最后一张单上的最后一道菜送出后，我和小军一同坐下，点上两根解乏的烟。他不唱了，我问他，打算结婚不？

还没到这步。他轻声回答。我好像能透过他干净的黑眼仁儿，看见那个小姑娘与之心心相印的注视。小孟进来了，神态发蒙。我问她咋的。她说，有闹事的。小军迅速扯下围裙，我嘱咐他，好好说着，别急眼。孩子没回头，跟小孟挑帘出门，剩我继续抽烟，预感随上升的烟雾一起，薄弱地被纠缠住。一根抽完，小军没回来，前面突然传来掀桌子的动静，盘子、碗，不知什么给碎了，听响儿，碎的还不止一个。擀面杖别进腰里，我动身，越往前走，响声动静越大。

刘文臣让人给揍了，呈大字，躺在一堆碎瓷片里不起来。小军不知为啥，在帮他抵御更多的拳头。对方是两个喝红脸的大哥，他俩开出租的，我熟悉，总过来吃饭。我替下小军，拦在当中，问到底因为啥。一个男人指着小军说，问这小×崽子。小军嘴角挂着一缕血，看样儿肿得不轻，不知道牙碎没碎，可到底年轻，没太吃亏，说话的大哥也被揍了个乌眼青。小军说，他们让他闭嘴。他说，不能闭啊，闭了我对象该接收不着讯号了。我看看地上的刘文臣，同小军合力把他拉起来。刘文臣像晕厥了，都这样他嘴里还唱，不怕更深夜风寒，不怕雨大河水涨，怀抱桥桩，我等瑞莲。

四

开春，饭店到了淡季，客人不再扎堆儿来，等到饭口也都是一股股散兵游勇，翻台速度慢不少。下午两点以后，店里只剩一桌大爷没走，坐大厅，菜盘都给移到桌边，腾出地方四人打娘娘呢。老头们相当节省，不玩钱，玩弹脑瓜崩的。有个大爷连当五把娘娘，被弹得脑门儿通红，抽牌动作一把较一把狠，我在旁看得直憋笑。老板娘捅咕我，卖啥呆，桌捡了去。我说，小庞小孟呢？问完转头看看，俩姑娘又跑没影了，小军则根本没来。刚要把一盘只剩了蒜头葱叶的熘肝尖捡走，大爷拦住我，别捡啊，还有汁儿呢。我说，再给拿个馒头蘸着？不是我说你，大爷，你都吃几碗米饭了，老年人吃多了，容易积食。大爷说他是死活吃不下了，汁儿味道挺好，拿回去做炒饭，又是一顿嚼谷。我说，早说啊，汁儿我收薄着点多好。不行给你兑点水吧。他说也行。老板娘跟到后厨问，是不心里乐呢？我说，乐啥？她说，刷碗容易了呗，挺知道心疼自己啊杨师傅。我说，我心疼那大爷。他这把牌不好，坐他对面当娘娘那个大爷牌兴起来了。看吧，等他也当上娘娘，得被对面老头给崩死。她笑笑，问我，你下午准备干点啥？也没啥客人了，陪我去个地方啊。我看着她说，加班钱另算。她照我肩膀来一下，说，还美的你了。

老板娘领我去了她家，我在门口踌躇半天，跟每次登门看美光似的，感觉是有点感觉,信心到底不大。她在门口脱好鞋,看我这样,先啐了口,问我把她当啥人了。我只好进门。打量她家,收拾挺立整,瓷砖地溜光水滑的,每块沙发都匹配着一块布帘。阳台摆满高低不等的植物,有些开了花。我不懂,近些端详,花儿被侍弄得不错,有模有样,绿的油润有光泽,红的鲜艳惹人眼。目测老板娘还是独居,上厕所时,我只看见一个牙缸、一把牙刷,晾衣架上也没有一件男人衣服。老板娘跟我说,帮做俩菜呗,一会儿我姑娘过来。我一时颇为失落,尽力不露在脸上,问她,咋不让我在店里炒好呢?那多方便。她说,这样显得诚心。我没再问,怎么算诚心,怎么算不诚,诚心又诚谁的心。老板娘在厨房给我打下手,发挥平日小军的作用,给土豆茄子洗净各打了皮,没一会儿土豆的细丝、茄子的滚刀块都给切好了。我这边把油坐上,准备爆锅,整个地三鲜,却被她抢在灶前,自己给下了蒜。我问,又不用我了?她拿铲子在锅里翻腾,说,杨师傅,想劳烦你个事。我说你提。她说,姑娘爱吃雪衣豆沙,看我面子,能给做一个不?我说,这么个诚心啊。她说,姑娘判给她爹,平时我见不着。孩子中考刚完,娘儿俩能好好见个面,想给她整点可口的。平时你给自己孩子做这菜不?我说,没孩子。她直勾勾看我,你没孩子?我说,别瞎想啊。我前妻身体不好,我也没因这点挑过她。她抿嘴一笑,说说呗,杨师傅,和前妻因为啥离的,当我心疼员工。我说,可拉倒吧,你心疼我让我来做雪衣豆沙?我问一嘴,你家有打蛋器没有?

一个地三鲜,一个酸菜白肉粉儿,一个雪衣豆沙,三菜一汤标准量,一汤是紫菜蛋花。把厨房简单归置好,我预备走人。老板娘坐在沙发上看电视,放的是光盘,还是那部黑白老电影,什么什么蓝桥。突然感觉,一切似曾相识,又已相去甚远,过去和美光,也是这样,我做饭,她看电视,等做好了叫她过来吃。后期美光吃我做的饭,动静越来越小,我也往往累得没有话。有回吃着吃着,一样是紫菜蛋花汤,她把眼泪滴在了汤勺里。我没问因为啥，现在我百思不解，当时为啥没有去问问。老板娘也在淌泪，电视里放着首熟悉的歌，在我的知识范畴内，听出是《友谊地久天长》。我鬼使神差走到边上，和她一起坐下看。老板娘说，和我前夫，第一回看电影，看的这个。最后一回看电影，看的也是这个。我说，有点念想，挺好。不有那句话，忘记历史，等于背叛。咱不背叛自己的历史。她自顾自说，最后一回看的时候，有女的一直给他来电话。他外面早有人了，有人也不背着我了。我问，电话接了？老板娘抽出来几张纸，按在鼻子底下说，接了。我叹息一回，感觉手上应该有点动作，犹豫合不合适。老板娘转脸看我，等会儿你也一块儿吃吧。我说，别，娘儿俩见回不易，说点心里话。她说，我觉得是时候，让我姑娘知道你了。

我还是没坐多久，听那个十五六岁的小姑娘喊了我几声叔叔，留下她们母女，自己回店里。道儿上，不觉哼出《友谊地久天长》的调儿，连等红灯时，指头也在方向盘上敲打节奏。这个时刻，让我想起刘文臣。春天总会来到的，春天这不来了吗？要耐心等候命运的转折，起码当它转折时，让命运知道你在，没溜班儿。眼前浮现出刘文臣最后一回躺在店里的画面，真想再见他一回，好好跟他说道说道。我上回状态不对，也赶在人生的凛冬了，现在则自信能有足够的耐心和信心，开解他，兄弟，你等的其实不是蓝瑞莲，是你刘文臣自己。到店，发现门锁开了，小军一人坐在桌前，刚灌下一杯啤酒。我纳闷他怎么这个时间过来，坐他对面，看看桌上，已空掉四个绿棒子。小军给我挪来一瓶，说，师傅，她考上大学了。我对嘴吹了一口，好事啊。他说，是，好事。她给我蹬了。我陪他又喝了一大口，说，天涯何处无芳草，你得给自己留出缓儿。小军笑了笑，他脸上又是红又是青，两只肿眼泡。才发现小军今天像变了一个人，不再是我的徒弟或儿子，更像个经风经雨的爷们儿了。过去我从不这样认为他。小军是好孩子，话少，靠谱，听吆喝。到底是孩子。现在他则和我平起平坐，酒瓶相

296

撞，发出清脆的动静，人眼底有了虚浮，说，我很难忘记她。剩下的酒很快喝空，店里还没上一个人。我把外套给小军罩上，说，走，带你出去散散心。他看看墙上的钟点说，快到饭口了。我说，今天老板娘有事，过不来。就算她问起，也有你师傅扛着。小军说，师傅，别让你难拿，没事，我酒散劲儿了。我心满意足一笑，难拿不难拿的，反正师傅算给老板娘拿下了。

到澡堂和小军泡了一阵，脱去衣服，小军一排肋骨，我则已养出滚圆的小肚。他破涕为笑说，我也想要你这肚子。我说，也奇了怪了，干厨子的，其实没那么馋，怎么就都个个范德彪似的。估计还是油烟，吸多了。小军在池子里不住愣神，偶尔拍一下水面，打出水花，不知道是让别人清醒，还是让他自己醒神。我说，再泡就浮囊了，去大厅躺会儿吧。这个点，一般可以上节目了。洗浴中心大厅里，人也就四五个，我和小军各自躺在铺了白浴巾的躺椅上，面前是不大的舞台，正演二人转，一个唱上装的，描眉画鬓，一个唱下装的，也涂了两个红脸蛋。不怎么唱，互相埋汰人，倒也能逗我俩一乐。我在意的是小军，想让他乐一乐，这个年纪上的事儿我经过，牛角尖一旦钻不出，就是一辈子困厄。比如刘文臣吧。听着插科打诨，小军突然坐起，指着台下一角儿说，师傅，那人。我顺势看，真是他，坐在几个弹琴拉弦的人堆里，刘文臣呆滞地打着板儿。我留小军继续看，走到离刘文臣近点的地方，看清他边打板儿边嘟囔嘴，眼睛半眯，一脸沉浸。刘文臣也看见我，点了点头。等这出戏散了，他下台，盯着我说，师傅，来了。我说，其实你板儿也打得不错。刘文臣看起来，比上次还见瘦，脸色发乌。他说，有阵儿没去你店里了。等我再给人打两天板儿，就上你那儿消费。不知为啥，我心上一阵酸楚，想到小军，更想到刘文臣上回同我说的一些话。我说，你放心。他问，放啥心？我说，要再有人点这俩菜，我高低来告诉你一声。刘文臣一笑，又该用他打板儿了，拉弦老头扯脑袋破口大骂，喊，都快他妈要饭了，还会朋友呢！和他握了一回手，刘文臣的手留在我手心里的感觉,竟和当年我握美光十分相似。他感激地抿抿嘴唇,说,师傅,我等你。我说,还有句话,好好等等你自己吧。他说,放心,咋也能活下去。

春天到了,雨季也到,云稍稍薄了一点,雨水就忍不住落下,砸得招牌上滴答作响。老板娘久不看她的黑白电影了,那台小电视也少看,现在霸占它更多的人是小军。中午又是一场不算硬仗的阵地战,几个菜信手拈来,意识到甭管做什么行业,你其实都希望能来点挑战的事情,干我这一行,希望的是能碰上个给予你挑战的客人。甭管当时怎么不情愿,其实不情愿的哪是费工夫,不情愿在于,又要开始磨炼自己。而长久没磨炼,生活便要发钝,心气如果死了,锅里怎么烈火烹油,也没用。如果再有人点酥黄菜、雪衣豆沙,我一定会格外想去认识他、认识她。雨越下越大,东北下雨就这样,总是阵势连天,也总收场极快。我和老板娘、小军,三人都在柜台后卖呆,一家三口似的,默默眺望雨帘。小军不注意时,我和老板娘眼光总会织在一起,不用言语,也知道她说什么,我想说什么。我最近都计划给老板娘写诗了,好些年不动笔,字都有点生疏,此时听雨声,第一句诗在脑袋里冒出得相当来神儿:一个霹雳一个闪,瓢泼大雨下得欢。这句话让我心里抓挠,直想给小军踹开,现在就朗诵给她。和老板娘含情脉脉的工夫里,小军自个儿去后厨了,我都没留意是啥时候进来人的,又是啥时候下的单子。

来到后厨,我打算接手,见小军正玩命鼓捣盆里的蛋黄,黄澄澄的蛋黄不住旋转,围绕最中心一个无底的旋涡,直至没有杂色。他停下手里活儿,抬头看我说,这菜我学会了,能自己上手了。我匆匆赶回前面,见老板娘的身形正完整地挡住另一个身形。女人淋了雨,冻得哆嗦,老板娘给她倒热水,后者双手捧杯,不住说谢谢。拿外套出门,出店后我迫不及待,一个电话打给现在的爱人,我下半辈子的东家,跟她说,死活把人留住了,小军手还是嫩,等我多买点鸡蛋回去,雪衣豆沙也给预备上。老板娘嗤之以鼻,你咋知道人家要点?又咋知道我能把人留住?我说,信你男人一回。她在电话里没声了,我知道,这就是感动的动静。提着一塑料袋鸡蛋,走进浴池,服务员看看鸡蛋,看看我,问,给存上不?我说不洗澡,我来找个人。

(原载《人民文学》第7期)

日光照亮北斗

蔡 东

感应灯随着脚步声依次亮起,赵佳穿过三道狭长的走廊,从天璇来到玉衡。

两个月前,赵佳和徐璐结伴来星寓看房子。那天下着雨,大雨从高处纵身而下,直扑地面。两人走出地铁口,各撑一把伞,一前一后走在雨中。一阵大风吹来,路边的大树和灌木倒向一边,雨中的世界随着风势倾斜了。两人弓着身子往前走,也不知过了多久,终于看见前方深蓝色的建筑群。

赵佳是在雨声中醒来的。窗帘拉得严严实实,屋里是阴雨天气特有的昏暗,说不好几点。她翻个身,指尖触碰到手机,屏幕亮了。就在光亮闪过的瞬间,她全身一哆嗦,她看到了睡前还不曾存在于房间里的东西。

触亮屏幕,照向墙壁,只见那里凭空多出来一簇灰褐色的蘑菇。

她拨通徐璐的电话,说被你说中了,这里真不能住了。徐璐说,我这就上去。她愣怔一会儿,听见外面有响动,随便套上一件睡衣,打开房门把徐璐迎进来。她指着窗下,怪不得你总觉得湿冷,蘑菇都长出来了。徐璐凑近了,瞅见墙壁上渗出一层稠密的水珠,角落里的蘑菇似乎正在一点点涨大。

两人冒着大雨出门,接连看了几家青年公寓。清一色急切慌乱的装修,哪里禁得起细看,处处透着平庸、粗疏和不上心,似乎所有人已达成共识,不过是个晚上回来睡觉的地方,要求别太高。去星寓的路上,两人都有些提不起精神来。

走进星寓接待处,先看到整面墙的彩绘,画面上方投下扇面般徐徐展开的光,一猫一狗一女孩待在蜜黄色、毛茸茸的光束里,宛若童话场景,边上一行字,"等你回家"。这话像一个有温度的肥皂泡,依然空洞,但至少不那么冰冷。前台带她们来到展示柜前,走近了,从高往低俯视,这才看得分明。七栋公寓楼耸立在一块绿地上,通过一道道长廊相连,赫然显出北斗七星的模样。最西边的一栋命名为"瑶光",接着是开阳、玉衡、天权、天玑、天璇、天枢。好半天,赵佳回过神来,说,北斗落在地上。徐璐摇晃她的手臂,说,不,咱俩这是要住到天上去。

怀着一丝侥幸看向价目表,侥幸即刻消散。两人在前台磨磨蹭蹭,没有租下来的决心,也舍不得就此离开。工作人员退到一边,并不相劝。好房子不愁租,推销太热情反而掉价了。

雨声渐渐稀落,赵佳透过接待处的两扇玻璃门向小区里看,玻璃门外站着一棵白玉兰树。一片叶子正离开树枝,姿态美妙地往下落,半空中随风翻转一下身体,继续飘坠,最后啪嗒一声坠入积水。接洽她们的工作人员建议,要不你们去里面转转。赵佳拉着徐璐,推开玻璃门进入小区。一只暗绿色的绣眼鸟从玉兰树的枝叶间飞出,在空中划过一道半弧。叶子上的雨珠簌簌落下,落在她们的头顶和肩上。眼前是瑶光楼,也就是勺子尾巴所在的位置,从瑶光开始,一排公寓楼交错站立,逶迤而去。赵佳测一下方位,说,还是夏天的北斗七星呢。

　　一时恍惚起来,逝去已久的夏夜从时光的深处汩汩涌出。遥想那些年,暑气最盛的日子里,晚饭就挪到院子石桌上了。那会,晚上最常吃的是凉面条。黄昏时分橘红色的天光下,面条安静地浸泡在冷水里,等候配菜和调料鱼贯而来,炒豆角、烧茄子、黄瓜丝、芝麻酱、蒜汁。吃过凉面条,赵佳把折叠钢丝床打开放在一丛月季花旁,拿把蒲葵扇躺上去。她轻轻摇动扇子,仰面看着天空。夜晚是从天空深处渐渐渗出来的,耐心弥漫出一大片宁静的深蓝色。第一颗星星出现了,接着,繁星浩浩荡荡而来。满天星辰中,北斗七星和北极星是最好辨认的。夜渐深,她半闭双眼,似睡非睡。猫在院墙上走动,时有凉风吹来,裹挟着墙角晚香玉的香气,纱门被风甩到木门框上,砰的一声,随后小院陷入更深更庞大的寂静中。时光从容、悠闲、无有穷尽,仿佛日子会一直这样过下去,无所用心地过下去。那时候并不知道,良夜去而不返,家里的平房不久便拆迁,明亮的灯火黯淡了星空,难以复现的,还有那个年纪的心境。

　　两年前,赵佳再次遇见北斗七星。她跟恋人瞿一行去黄山游玩,爬到排云亭已是下午。一路上先是毛毛细雨,接着阳光普照,忽地又一场骤雨。傍晚时分,天色依旧明亮,两人站在亭前平台上,只见前方旷然开阔,群峰郁郁苍苍。起先,浑圆的落日挨着一座瘦削的山峰,似乎站住不动了,不知不觉间,它从高处的山峰走到低处,天色暗了一层。瞿一行忽然大叫一声,赵佳循声看去,见云雾从峡谷里升起,带着澎湃的声响般轰隆隆涌上来,雪白的云块在松石间翻卷,质地轻盈的云烟被风一吹就散开了。一朵云挂在一棵老松上,缠绵缭绕许久,一丝一丝地飘走。云海消散后两人来到附近的餐厅,吃过饭,天已黑透,走出来立刻感觉到山间空气的清寒冷冽,让人浑身一凛,紧接着,远处的星空已迎面而来。旁边的小男孩喊道,那是天狼星!赵佳仰起脖子,漫天的星星蜂拥至眼前,真叫人眩晕,定定神,她先认出来的依然是北斗七星。随后,竟用肉眼看到了银河带。银河悬挂在夜空一侧,亮而轻。在意识到那是银河的一瞬,空气凝固了一般。她跟瞿一行对视一眼,两人都说不出话来,瞿一行有些笨拙地搂住她。夜静更深,银河延伸到更远的地方,银河中心似乎出现一个巨大的、无底的漩涡,浩大壮丽,又散发出令人心悸的气息,叫人忍不住低下头去,不敢多看。山风吹来,映在岩壁上的树影随风摇晃,赵佳缩缩脖子,身体紧偎着瞿一行。山上的夜晚犹在昨日,男友却早已是前男友了。

两个月前下雨的那一天,赵佳和徐璐站在瑶光楼前,只见开阳居于东北方向,玉衡、天权与开阳微有错落,天玑陡然南下,天璇转东,天枢径直北上。七星匝地,在雨水中闪动着深蓝色的幽光。

某个时刻,赵佳觉得自己被摄了魂,被什么东西深深打动了。只是理智没那么容易溃散,仍在老练地等待激荡的情感重归平静。她暗中劝自己,别为一个名字冲动,这里并不是离天空和太阳更近的地方。正转身往外走,一只手拽住她。徐璐的声音从身后传来,佳佳,等新游戏上线就有一笔奖金拿,咱们住得起。赵佳停下脚步,看同伴一眼就知道她真动心了。徐璐又说,来,这次咱俩都选有阳光的房间。听到这话,赵佳的眼睛也亮了。

一直到签合同的时候赵佳仍在做徒劳的辨析。她俩决定住进星寓,不是因为画册上"高品质青年社区、城市理想家"的宣传,那更多的是一种安慰,里头也含着些善意的;也不是因为社区里恍如美剧场景的、巨大滚筒一起转动的自助洗衣房,真实的生活像卷心菜的叶片般蜷曲在一个个单间里。可是,她们被某种更虚幻的东西打动了。狭长不规则的地块上,七座公寓楼站立成星座的形状,风雨之中,神采焕然。眼前的景象显得有些不真实,那股奇异浪漫的气息在她们的生活中已近乎绝迹。因为罕有,所以更无从抗拒。暗处里好像藏着一个人,了解她们,也知道她们想要什么。

我们住在北斗七星上。说话时徐璐一脸神往,双手用力交握在一起。她不是爱激动能咋呼的人,只是地上的小屋被命名为天上的星辰,这让人头脑发热,让人再度揣起满怀的浪漫和希望,让人误以为住进这里便拥有了真正的生活。赵佳嘴上不说扫兴丧气的话,心里却不踏实。徐璐那组开发的游戏在内部竞争中不占优势,别说拿奖金了,赵佳担心同伴很快会被优化,也就是被新鲜能干也更便宜的劳力取代。以前的人丢工作叫下岗,轮到她们时,叫被优化了。

此时,赵佳穿过三道长廊,从天璇来到玉衡。徐璐住在玉衡楼的东头,屋门已打开,火锅香味飘到楼道里。赵佳走进来,见小方桌上放着羊肉卷、平菇、冻豆腐。屋里没有多余的椅子,她往地上一坐,蒸汽立刻扑到眼镜上,眼前一片迷蒙。她上来就说,有事跟你商量。徐璐问,啥事这么严肃?赵佳摘下眼镜,用棉T恤擦拭镜片,说,我爸妈又要来。徐璐紧张起来,说,他们到底放心不下,是来看阳光吗?因为在欧佩君房间里拍的那张照片吧!

赵佳来深圳有些年头了。盛夏的季节,暮色降临的时刻,她坐上一列火车,看着求学多年的城市越退越远,逐渐消失在沉沉的夜色中。一路向南,风景变换,不变的是车轮滚过铁轨的声音,哐当哐当单调出了一种地老天荒的感觉。她想起天气预报里自北向南而来的寒流和雨雪,一场又一场,它们走的路程可真远。历经一个完整的昼夜,终点到。她拖着行李,走进潮湿稠厚的空气中,身上露出来的皮肤立刻变得湿漉漉的。出了站,先注意到的不是建筑物而是重重叠叠的绿色,凡有土的地方都生长着植物。这里树木长得密,长得野,长得健壮,绿到发黑了,成了精一般在夜色中呼呼喘着气。路边一丛丛灌木蹲伏在黑暗里,细看上去,叶片肥大,色彩浓重,散发着动物般的生命气息。

那时候，徐璐、瞿一行和欧佩君尚未走入她的生活，满眼的植物也是陌生的，叫不出名字来。她住进一家小旅馆，熬夜在网上找房子，把"性价比高"的房子登记在纸上。几天内把房子看个遍，看完一处就默默拿出笔来，用一道横线把它画掉了。标价便宜的房间大都没有窗户，她颇震惊于这个事实，一座阳光充足的南方城市里居然隐藏着这么多开不了一扇窗的房间。

她对南方最初的想象，是那里长满了一座座闪闪发光的金色城市。她喜爱阳光也渴望独居，只是承受不了两者兼得的租价。几天后，她选定一间朝西的合租房。租约签一年能打折，为了确定的折扣，她愿意承受长租一年带来的各种不确定。

小屋的窗户朝西，下午的时候，阳光会在某个时刻照进小屋，刹那间，如群鸟在长久的静默后突然开始鸣叫。她喜欢那骤然变得明亮的一瞬，黯淡局促的空间变得通透、有生气、充满希望。屋里的温度很快升高，没事，不用拉窗帘，把空调风量调大就行。小屋里，窗框的影子投在地上，悄无声息地往远处伸展。阳光乍现，如金色的潮水汹涌而来，转身离去时却是跨踏的，脚步徘徊，缓慢挪动。薄暮时分，夕阳低悬于道路的尽头，疲倦的光线斜斜地扫过来，当最后几缕光线几乎贴着地平线照过来，楼房、街道、树木仿佛被温暖的松脂包裹，正在缓缓凝固成一大块琥珀。

周末，赵佳跟家里例行通电话，父母你一句我一句，说心里闷得慌想去看看她，说着说着赵佳才发现他们已买好车票。赵佳嘴上埋怨，你俩也不问我有没有空，心里却有些难过，父母老了，老得足以变成小孩子了。对了，他们还坚信核桃露可以补脑子呢。

二老坐上南来的火车时，赵佳去宜家买了几件小摆设。细陶瓶，花瓣形的蜡烛托，人造豌豆花，花茎里面是细钢丝，可以任意弯折。十几块钱的小东西往屋里一摆，敷衍度日的气息退散，有了点用心生活的调调。

305

第二天下午，赵佳去车站接父母，在人群中乍一认出他们，她眼眶热热的。赵佳妈身穿印花连衣裙，一见女儿就说，佳佳，南方天气热，特意买了件冰丝裙子穿。赵佳不用摸就知道那是化纤的，嘴上混过去，嗯，不沾身，看着就凉快。赵佳嘱咐出租车司机绕到主干道上，好让父母对深圳有个大致印象。路上，父母对车窗外掠过的著名地标毫不在意，他们关心的是女儿的落脚之处，问房间有多大，离上班的地方远不远。虽然小屋经过突击装扮，赵佳还是觉得没什么可说的。只是个短暂停泊之地，她别过头去不愿多谈。

赵妈走进房间，没注意到精心摆放的装饰品，倒迅速发现朝西的窗户。她说，这是西晒的房子啊？

老妈，你知道这点阳光多稀罕！赵佳一步迈进阳光里。

稀罕？南方不有的是阳光吗。母亲低声说。的确，这里一年四季满城清透的阳光，不像赵佳的老家，太阳常在浓雾后挣扎，苍白的光把小城照得更加荒芜。

父亲拉动窗帘，遮住一小半窗户，说，毕竟比北向的房间好。赵佳这才注意到，窗帘早被晒得褪了色，从一种颜色变成另一种颜色。小房间变得燥热。她打开空调，空调外机总是激动地颤抖一下才开始工作。凉飕飕的风吹出来，心里的燥热仍在升腾。她猛然意识到房间有多小，一家三口挤在里面，呼吸的空气都不够用。她把父母引到客厅嘴唇形的二手沙发上。两个老人被玫红色的嘴唇含着，看上去有点滑稽。

父母快速而隐秘地交换一下眼神，母亲调整神色，说初来乍到的，有个地方住就不简单了。父亲跟着附和，先站住脚再说。他们起身去公用的厨房考察，赵佳跟在后面瞅见灶台上厚厚的油垢，这里虽算不得自己家，也还是觉得难堪。父母对陈年油垢视而不见，说能做饭就好。说到晚餐，赵佳提议出去吃，赵妈坚持为她烙茴香馅的合子，说你最爱吃茴香，现在一年四季有了，大棚的。经过一番不太激烈的争论，赵佳最后一次确认，不嫌麻烦？赵妈说，吃饭还有怕麻烦的？

三人来到附近的超市，遍寻蔬菜区，未见茴香苗。赵妈询问超市的工作人员，有的人听都没听过，有的人表示知道，把他们带到调料区，拿起一瓶小茴香递过来。赵妈摆摆手，不对，是蔬菜。工作人员一脸茫然，说那没有。这会，赵佳也开始想念那宛若绿色羽毛、散发奇异香味的菜苗了。记忆里它总在春天时出现在北方小城的菜摊上，即使远离了土地被扎成一捆一捆的，它依然是身姿优美的蔬菜，娉婷玉立，远远看过去像绿雾一般的文竹。

赵妈有些沮丧，她不得不拿起两把壮硕的芹菜，将晚饭更改为包芹菜饺子。

几天后，赵佳送父母去车站，一路活跃气氛，唯恐冷场。父母看上去多了心事，但嘴上只说让人高兴的话。优等生女儿的新生活和预想的不一样，他们心头积滞了太多需要消化的东西，羞愧和着急也是有的，凭那点退休工资，看样子也帮不上大忙。赵佳目送他们进站，在栏杆外挥手，他们真老了，脸上是怯怯的又带点恍神的表情，她故作轻松地笑，别担心，都是暂时的，只要努力，未来总比现在好。

漫长的夏天快要过去，早晚时分有了些模糊的秋意。有一天早晨，赵佳正准备出门，忽地瞅见了什么，人就定在那里了。她在小屋的墙壁上发现一小片阳光。她惊喜地看着这片淡金色的阳光，舍不得移开眼睛。长方形的光斑像精灵一样，会忽然跳动一下，又重新落回到墙壁上，静静地趴着。

大清早的，你从哪里来到朝西的小屋呢？她往窗户外面看，看到阳光蜿蜒的来路。晨间的阳光打在斜对面楼房的一块玻璃上，经过折射，穿过窗户落在小屋的墙壁上。

过了一段日子，随着太阳的移动，这一小片阳光消失不见了。她盯着空白的墙壁，盼望它会再次出现，等了一阵子才死心，看来要等到下一年了。

搬离小屋后她还是经常想起那一小片阳光，像在怀念一个亲密的好朋友。

从房门走到床铺是五步，从电脑桌走到厕所，只需要三步。地上铺着50cm×50cm的米色瓷砖，长七块瓷砖，宽四块瓷砖，就是一个房间了。

几年时间里赵佳搬家数次，在一套套合租房中辗转居住。去外面吃饭她依然喜欢找靠窗的座位，敞亮，光线好，但她已习惯居所的昏暗，进了黑洞洞的房间，如鼹鼠躲进地洞。从一块屏幕到另一块屏幕的循环往复几乎构成生活的全部。工作日从早到晚上班，靠人体工学椅支撑腰背和颈椎，所谓休息日，便在睡觉和看剧中度过。

唯一的城市历险是挤地铁。一日在地铁上看到广告，宣称"品质租住"时代到来，打广告的是一家叫"窝暖"的青年公寓。"窝暖"，这名字真叫人神往，赵佳记下电话，打算周末去看看。

一拖就是几个星期，直到一墙之隔的合租者又在弹吉他唱《花火》。每次到"现在的我，有些倦了"这句，他就试图唱出沙哑的感觉。怪异的声音透过薄墙，赵佳从《基本演绎法》的剧情里抽离出来，离开显示屏，离开穿透晶状体对视网膜造成损伤的短波蓝光，关上电脑，走出房间。去窝暖的路上，一个日光充足的亚热带世界徐徐在眼前展开，马路上，公园里，建筑物的玻璃幕墙，到处闪烁着阳光。路边的植物高低错落地生长，在争夺阳光的生存博弈中形成了交织镶嵌的精巧结构。而此刻为行进的汽车提供动力的透明燃料，亦是储存了上亿年的太阳能。她把手伸到车窗边，阳光落进掌心，生动，欢悦，它经过一亿多公里的太空旅行抵达她的手掌，带来真切的光亮和温暖。

虽然一眼就能看出窝暖是从工业厂房脱胎而出，虽然经过观察，识破了公寓管家用手机放录音、假装不断有人租下房间的小诡计，赵佳还是被管家的话打动了：哪怕房间再小，也是独立空间。是呀，不用做贼一般地上厕所，不用跟陌生人共用一个门户出入。可以大声打电话，可以慢腾腾地洗澡，可以穿着睡裙到处走，可以自在畅快地呼吸，当然也可以坐在光线最好的地方晒太阳。

从房门走到床铺是五步，从电脑桌走到厕所，只需要三步。脚步即可丈量的房间，却独门独户，还拥有一面通透的玻璃窗。窗外的围墙下栽种着一排竹子，修长的青竹，竹节圆润的罗汉竹，都是年轻竹子，像刚刚经过变身改造的公寓一样新鲜翠绿。最后选房时，她在西向的房间后勾对号，她告诉自己，因为西面能看到竹子呀。大脑绕开她冷静地计算过，朝南的房间负担起来有些吃力。人有时候就是差一点，怎么也够不着。

无论如何，她一个人住了。休班的时候她喜欢在窗下坐着，一坐就是半天。时间悄悄流逝，不知不觉间，阳光变软了，紧绷一整天的世界也松弛了下来。

黄昏是光线不断发生变化的时段，眼前熟悉而直白的景物笼罩在朦胧光晕里，有了明暗和虚实。西边天空的颜色有时是温柔的玫瑰粉，一层层微妙渐变，不露痕迹的柔缓过渡，有时热烈斑斓，不知哪里泼出来的金红色漫天流淌，简直是伦勃朗式的颜料堆积和华丽厚涂，未干的巨幅油画铺展了大半个天空，映得地上通红通红的，天地间涌动着一股摄人心魄的神秘力量。赵佳暗自感叹，最美丽的色彩往往不是来自于"产品"，而是由自然赋予，比如张掖的砂岩、五角枫的叶子、金刚鹦鹉的羽毛。当夕阳滚落光线隐没，天边的鲜丽油彩随之消失，一切都沉入到淡淡的墨色里，窗外的世界仿若一卷素净水墨。

赵佳的父母又来探望，已学会假装不在意阳光，赵妈早年住潮屋子得关节炎的旧事也不提了。赵爸把老家带来的土特产食品放在桌上，赵妈进门几步就走到床边了。她坐下来，从包里取出一样东西递给赵佳。赵佳没想到是一小株豆瓣掌，用白色塑料袋裹着。赵妈说，家里豆瓣掌折下来的。记得咱家的豆瓣掌吧，越长越旺分了好多盆。这东西皮实，插在土里就能活。赵佳拿过来放在手心里细看，豆瓣掌吸饱了阳光，叶片油亮，绿如碧玉。父母对房间的大窗户很满意，夸赞几句，但他们只在屋里略一停留就出去了。赵佳往冰箱里放土特产，听到他们在楼道里小声议论，什么青年之家，这不就是筒子间吗，又兴回来了。还有，你看见了吧，迷你冰箱迷你沙发迷你桌子，跟小孩过家家一样。

赵佳环视房间，米色地砖，蓝色窗帘，统一配备的家具固定在它们应该待的地方，不越轨，不逾矩。或许安迪·沃霍尔也不会想到，可以大量复制的不仅是可乐瓶和梦露的脸孔，还有房间和生活。入住前管家对墙面拍照留底，警示墙上不能挂画不能挂照片，管家说，可以"装饰"房间，但退租的时候要恢复原样。所有这一切，凝聚成一种叫做暂时感的东西。人们都学会说了，租来的地方也是家，但无论赵佳怎么布置，眼前都不像家居生活的场景，狭小的空间不耐分隔和迂回，缺少隐藏和留白，就这么直愣愣地把一个人的生活和盘托出了。

父母走后，赵佳把电脑里关于海洋、草原和荒野的纪录片翻出来，有空就打开，看两眼开阔苍茫的自然风景。

她也来到一个开阔的地方。四下一望，看不见墙壁在哪里，周围是大片的空地。她走两步，心里纳闷，怎么好像走在空旷的野外呢？突地一个趔趄，身体沿着一段斜坡往下滑，滑到最底下停住。坐起来，看见一道长长的白色沟壑。站直身体，用胳膊扒住沟壑上缘往外看。一个米色的世界朝着远处延伸，望不到边际。不是纯粹的米色，细看上面布满烟丝一般明暗交错的纹路。她攀爬出来，又经过几道沟壑，眼前暗下来，仰头看去，一大块厚重的帷幕沉沉垂落,帷幕表面有粗糙凸起,还垂下来一根根蓝色的绳子。她跳起来抓住一根绳子,手臂使劲,身体在空中来回荡起来。

荡了一会儿,她顺着绳子溜下来。巨幅布料的下面有两道棕色的深沟,她越过深沟,看见前方躺着一只绿色的小船。她走啊走,走到小船面前。小船通体碧绿,泛着清光,两头尖尖的,船身上排列着一道道清晰的平行纹路。她跳进小船,仰面躺下,阳光跳到她身上,在脚尖和胸口间来回蹦跳,全身变得暖烘烘的,她翻身侧躺,阳光也跟着移过来。她小睡一会,睡醒后离开小船继续往前走,走到一处阴影里,仰头看去,头顶上罩了一把黄中带绿的大伞。她走到有亮光的地方,抓住一个柔嫩的绿色弯角往上爬,伞面上竟如此宽阔,像一面巨大的手掌向四周伸开,手掌中间是一条由细变粗的路。她沿着手掌中间的路往前走,看到无数条浅绿色小路通向手掌的边缘。不知走了多久,路消失,她从路消失的地方往下跳,双手扶地,双脚重新踩在一大片米色上。地方真大,云天一般空阔无边,她在大片的米色上尽情翻滚。

可这是哪里呢?越想越迷糊。地面上有一根看上去很柔软的长棍,她俯身细看,长棍一头是白色的,一头是金黄色的。再往前走,又有一根软软的长棍,她枕着长棍躺下来。

一头是白色的,一头是金黄色的。这颜色很熟悉,记得在哪里见过。闭上眼睛再睁开时,好像一道亮光从眼前闪过,她认出来了,刹那间也明白了自己身处何地。

入住前打扫房间,扫起来一小堆猫毛,原来前任租客是养猫的。清洁后,角落里、下水口里还积着不少猫毛,扫地时也经常看到几根猫毛飘起来。猫毛上有两种颜色,根部是白色的,前梢那里变成金黄色。

原来仍在窝暖的房间里,只是她变小了。沟壑是瓷砖间的白色勾缝,表面有蓝绳子的是猫爪挠过勾丝的窗帘,棕色深沟是推拉门轨道,绿色小船是一片竹叶,黄中带绿的大手掌只能是梧桐树的落叶了。

她喉咙干渴,想喝口水。沿着桌腿往上爬,爬到桌面,看到平时使用的玻璃杯装着半杯水,此刻分明是一个透明的巨型圆柱,不慎掉进去就好比坠入深湖。她向四周呼喊,谁把我变得比蚂蚁还小,能变回原样吗?不,不用变回原样,比现在大一点就行。大一点是多大呢?大概就是玩具屋人偶的大小吧。这个比例正合适,家具和物品不再是庞然大物,可以正常使用,同时屋里又能分隔出两个空间,她不贪心,需要的仅仅是把日常活动的地方和睡觉的地方分开来而已。

继续呼喊,无人应答。突地水杯侧倒,一股洪流冲过来,她徒劳地奔跑跳跃,转瞬间就被大水淹没。

醒来时,雨已停,玻璃窗上挂满雨滴。她躺在小床上,眼睛看不见那排竹子,但脑海里浮现出一幅画面,竹叶淋了雨,颜色豁然鲜明,是一种冷冷的、清脆的绿色。一阵风吹过,竹身摇动,萧萧作响。她凝神遐想,围着她嬉戏的阳光是怎么回事呢?就叫它小阳光吧,从雨云后面偷偷溜出来,找小人一起玩耍的小阳光。

赵佳住进星寓的第一晚就认识了欧佩君。那天夜已深,她听到敲门声,还以为是徐璐过来找她。打开门,看到一个穿湖绿丝质吊带裙的女孩,妆很浓,嘴唇上敷着一层果冻般的唇釉。女孩说我叫欧佩君,住隔壁,找你借个红酒开瓶器。赵佳摇摇头,说不喝红酒。欧佩君说我再问问别人。赵佳不知道她为何深夜借开瓶器,但租房这么多年头一回有人敲她的门,"邻居"这个词重新出现在她的生活里。

这之后,她经常看到隔壁的门敞开着。她偷偷往里看,有时候看到欧佩君坐在粉红色梳妆台前,面对支起来的手机,捏着嗓子说话,有时候屋里还有一个拿相机的人,身体快趴在地上了,对着欧佩君啪啪按下快门,而欧佩君不理镜头,压住下巴低头看地面。拿相机的人时而鼓励:又仙又美！时而提点：跟身边的火烈鸟玩偶互动一下！

一个周五的晚上，赵佳接到欧佩君的邀请，说周日下午要拍一组大片，来玩吗？她问，在哪里？欧佩君说，还能在哪里，在房间。她点点头，说有个朋友也住星寓，能一起吗？欧佩君说，叫上她。

周日天气阴沉，午后开始下小雨。赵佳和徐璐来到欧佩君的房间，只见阳台堆满纸盒，床上到处是衣服，地下扔着快餐盒。欧佩君的房间似乎总是处在搬家前的紧急状态中。这会，房间中央的一块地方收拾出来了，摆着胡桃色圆几，几脚弧形雕花，看起来很不日常。圆几上立着几本外文书，嗯，外文书的书壳，还有一盆龟背竹。赵佳忍不住摸摸叶子，是塑料的。这块收拾干净的地方不具备真实感，如临时舞台的布景。

徐璐看看外面，说赶上了阴雨天，光线不好。

别担心。欧佩君转过头来，等下你们看看什么是阳光感。

让赵佳心头一震的，不是欧佩君只化了一边的眼妆，而是她嘴里的词语：阳光感。

摄影师就位，欧佩君说再等等，等小男孩到了就可以拍。赵佳和徐璐对视一眼，心里都在想，还有小男孩要来呀？

小男孩一身卷曲的白毛，眼睛像黑豆粒，毛茸茸的耳朵耷拉下来，松软的脖子上系着亮蓝色丝巾。小男孩是雪白毛线团般的贵宾犬。

欧佩君揽住小男孩，坐在圆几前，抬头，低头，时而绽开笑容，时而出神地看着远方——远方是近在咫尺的墙壁。快门迅速按动，小男孩试图从陌生的怀抱里挣脱出来，被欧佩君摁住头，凹了个亲吻的造型。

与狗狗的拍摄告一段落，欧佩君把小男孩交还给主人，说再见啦，小男孩。她走进卫生间，再走出来时，身上的拼色卫衣换成白色廓型衬衫。她坐在方凳上，转身在床上找着什么，很快，她从散落的衣服中扒出来一个东西。

赵佳定睛一看，呆住了。欧佩君扒出来一把全新的铲子，是那种中间有几道条形沟槽的漏铲。接下来，让赵佳更想不到的是，摄影师拿出一个手电筒，旋转开关，昏暗的室内立刻出现一束光。他把手电筒交给赵佳，接着，欧佩君把漏铲递给徐璐。

欧佩君说，没有阳光我们就制造阳光。

依摄影师指示，徐璐站在欧佩君的侧面挥动铲子，赵佳用手电筒照向铲子，栅栏般的光影出现在房间里。赵佳看着柔和光线中的欧佩君，眼热心跳。从未见过这样的欧佩君，几缕长发挡住她的侧脸，她似乎忘记了周围的一切，沉静地泡在光线里，睫毛在眼睛下面投下折扇状的影子。

原来这就是阳光感。

赵佳和徐璐凑到摄影师身边，通过显示屏回看照片。显示屏里没有阴天和小雨，温柔的阳光仿佛透过一层木质格栅，落在欧佩君身上。阳光是有魔力的，它照到的平淡角落会显得格外美好，它凝固在画布上会让整幅画活过来，几乎可以感受到光影和烟雾的微微颤动，阳光也会帮助照片里的人，表现出她本不具有的宁静气质。

摄影师巧妙选取角度，照片里看不出房间有多小，也看不出房间有多乱。她俩不停地发出惊叹，欧佩君倚在床头上，说有什么好稀奇的，我们圈里都是这么拍照的。打闪光再加上做后期，也能出来阳光感的照片，就好像，好像所有的阳光都迈开步子跑到你屋里来了。徐璐问，看上去假吗？欧佩君说，谁会怀疑阳光是假的？

接着，欧佩君穿上波点茶歇裙拍摄红茶系列。金边茶杯里注满热水，袋泡茶在水里一晃就拿开了，水变成漂亮的深红色，摄影师举起相机，将热气袅袅上升的画面凝固下来。

最后，摄影师准备收拾器材了，赵佳鼓足勇气开口，能给我俩也拍一张阳光感照片吗？摄影师还没接话，欧佩君满口答应，怎么不行，多拍几张,好好选一选。拍完你们要请我喝东西呀。

就这样,赵佳和徐璐也拥有了充满阳光感的照片。怀里没有小狗,手里没有红茶杯,但阳光伸出手臂,一把抱住了她们。

三人来到楼下的茶饮店,仰头看饮品挂牌,金凤还是玉露?蓝莓还是橙子?好像喝什么真是一个大问题。赵佳手扶下巴,认真挑选一番,生活中可供选择的东西并不多,这是其中之一。

她们坐在外面墨绿色的晴雨伞下,一人抱着一个高高的塑料杯。旁边,一只流浪猫蹲坐在花砖上,伸出粉色舌头濡湿爪子,接着抬起爪子,在耳朵和脸上来回画着小圆圈。欧佩君翻看新拍的照片,时而露出欣喜自得的神色,时而嘟起嘴巴抱怨:这张把我拍成死鱼眼了!

不久,赵佳发现,一直用风景照当社交媒体头像的徐璐,悄没声把头像换成"阳光感"的个人照片,而她呢,有一天没忍住,把照片发给了父母。

不管赵佳怎么劝说,二老都不肯改变主意,说不能拦着他们去珠海旅游,既到了珠海,来深圳看看也是正理。

赵佳住上了南向的房间,但房间所在的楼层并不高。星寓前横着一排写字楼,夏天的时候窗下还有一溜韭菜叶宽的阳光,现在天气转凉,大半个天璇被笼罩在前面高楼的阴影里,她又一次生活在白天也要开灯的昏暗房间里。工作这些年,细小的磨损每天都在悄悄发生,她放下了很多,放低心气随它去,她怕见到的,是父母有了心病又无能为力的模样。老经验不顶用了,他们能做什么呢,只能忧心忡忡地回到老家,只能每天并排坐在沙发上,一遍又一遍看抗日反特连续剧。

她找徐璐唠叨过几次,徐璐这样好的人,从来不嫌她烦。跟瞿一行分手那会,徐璐有空就陪着她,听她哭诉,安慰她会过去的,也提醒她,知道你心里难受,但不幸的事情不要逮着谁都说,看笑话的人多,真疼你的人少。话说瞿一行是突然不理她的,她不知道自己做错了什么,但对这样的消失不感到陌生,不过又一次遇上了异性的退缩。面对热情的追求者,开始时她冷淡抗拒,防止自己再次坠入爱情的强烈幻觉里,但随着时间推移,她总会变成更投入的那一方。每次吵架主动和好的都是她,她想过建立家庭养育孩子,憧憬过走进餐厅对服务员说"两大一小"的时刻。她当然知道一个人可以生活得下去,也预见到自己在婚姻中注定牺牲的角色,但当她鼓足勇气,对方却跑开了。瞿一行在刚认识的朋友面前,能够收起自负和自私,看上去友善、风趣、充满魅力,但他对建立长期情感关系充满恐惧和逃避。因大公司工作强度太大,"没有生活",瞿一行跳到小公司,后来很快离职,离职是委婉说法,实际是被解雇。有一阵他迷恋创业,常跟几个朋友聚会,一聊就是一下午,后来赵佳才知道创业是开一家火锅店。瞿一行在南方的暖冬里消失不见,隔年春天,赵佳已从心底原谅了他,男孩们总是更容易遭遇挫败和迷失,他们看上去强韧,却不知道哪一天忽然就彻底折断了。

这次,记挂着她的人也是徐璐。公司午餐时段,徐璐照例走过来,挨着她坐下,说不用发愁,我想到办法了。赵佳问,去其他地方租房子吗?徐璐摇头,不用那么麻烦。我的房间在东头,这些天我观察,早晨能有十几分钟的阳光呢,瞅准时机,带你爸妈来我房间就行。

能有十几分钟的阳光呢。赵佳听得鼻子发酸,心里一抖。她不让徐璐看出异样来,笑着点头,行,连房间都不用换,早晨带他们去你的地方,事情不就解决了。徐璐交给她一页纸,说这是阳光出现和消失的准确时间,连续记录了几天,短期内不会有太大变化。

临到把父母安排进星寓附近的宾馆,赵佳心里忐忑起来。回到星寓,她给徐璐打电话,说还是调换过来住一晚,我去你房间里适应适应,这样心里有底。徐璐说,也行。徐璐知道赵佳心里不踏实,单纯地想做点什么缓解焦虑。其实星寓的房间是一模一样的格局，标准化装修，个性的居住需求被泯灭，好处是拎出来一间房，说是谁的都行。

夜里，徐璐把基本生活用品用背包一装，来到赵佳所在的天璇楼。两人见了面，徐璐压低声音说，欧佩君就住在隔壁呀。她们至今不清楚欧佩君从事何种职业，如何维持生活。搁在以前自是鄙视所谓的不务正业之人，如今却觉得，星寓里住着另外一类人，不全是好好读书然后老老实实找份工作的人，这样挺好的。

第二天一早，赵佳掐算好时间，把父母领到星寓来。赵爸看到星寓门口七栋楼房的标志牌，说名字真宏大，哪个高人想出来的，有气魄。赵妈注意到小区来往的住户，说，都是体面干净的年轻人，看起来层次很高。赵佳心想，这已是租金价格筛选后的结果。至于高层次，她并不敢认领，她只知道，大家上班一个小格子，下班一个小格子。

一行人在小区花园里转了一圈，依次看到自助洗衣店、伦敦风格的红色电话亭、贴满活动照片的青年之家，赵佳爸妈不断点头对环境表示满意。前方绿草坪上散落着几个鬼脸南瓜，赵妈问，这是做什么的？赵佳说，再过一个月就是万圣节，南瓜灯是节日标志。赵爸感慨，现在年轻人过的节，我们那时候一个都没有。

赵佳看看手机，差不多到点了。她招呼大家，说我们上去吧。

阳光果然在那里等他们。窗帘已拉到一边，窗户也敞着，上午的阳光金缎一般铺在地上。阳光是赵妈心坎里的事，一见阳光她就笑了，说，见不着太阳可不行，到处长白醭，人也发霉，这才像个住的地方。赵妈吸吸鼻子，赵佳知道她闻到了阳光的味道，阳光是有味道的，温热柔软，好闻的香味。

赵爸稍作观察，说不如上一个住处宽敞，但好在是东南朝向。上一个住处是屋角长蘑菇的那一间，她和徐璐未熬过雨季就搬离了。早些时候她们以为好事真的发生,给她们租到物美价廉空间大的青年公寓"美满屋",直到雨季来临蘑菇冒出,才回过神来,美满屋是海砂房。她正想着,忽然注意到徐璐脸色一变,徐璐走到阳台上,用身子挡住什么东西。她走近,看到徐璐身后放着一盆太阳花,神态萎靡,半死不活的,眼看就快养成干制标本。太阳花容易养活,有光照就会开出五颜六色的花,而眼前这盆显然得不到足够阳光。徐璐瞅准机会,用阳台上的纸箱盖住花盆。赵佳刚松一口气,忽又想起一事,惊出一身冷汗,千里迢迢送到她手里的那枝豆瓣掌忘了拿过来。还好父母在专心研究屋里的可变形家具,忘了问问豆瓣掌长得怎么样了。

徐璐冲她使眼色,意思是受欢迎的客人——阳光——要走了。她立刻想念起小阳光来,若小阳光转身欲走,她会耍赖地拉住小阳光的手腕,把它留在房间里。

一边遐想,一边挪动脚步,引导父母往外走,说下去喝早茶吧,爸喜欢虾饺,妈爱吃萝卜糕,都记着呢。赵妈没有走的意思,说,一天能有多长时间日照?

说不准,时有时无的。赵佳语速很快,极力克制住张开胳膊把人往外赶的冲动。徐璐上前一步,挽住赵妈。赵妈又看一眼屋里的阳光,几乎被徐璐架着离开房间。

赵佳看到徐璐的身影,徐璐明明就在几步外,她却已万分舍不得她了。人活一世总喜欢攒物件,越攒越多,一直留在身边,亲近的朋友却留不住,难免四下散落,音信渐稀,直到杳如黄鹤。徐璐那一组开发的游戏在内部 PK 中又落败了,未能上线。优化危机先于中年危机而来,赵佳一直揪着心,徐璐会跟很多曾经的同事一样,被以各种理由优化掉,匆匆路过便永远离开。仅仅想一下那画面,赵佳的心就变得空荡荡的。

夜幕垂落,笼罩着叶片落尽、树枝伸向天空的枯树。半空中,一群蝙蝠张开翅膀，正飞过淡蓝色的巨大圆月。幽幽的黄光在黑暗中飘浮闪动，诡谲笑声从空心南瓜灯里传出来。眼前的一切似出自一场沉沉的梦境，站立成北斗星形状的公寓楼也仿佛陷入一场冥想中。

一路上，赵佳和徐璐遇见狼人、李小龙、海盗杰克、哆啦Ａ梦、德古拉伯爵、红心皇后，还有两位蜘蛛侠，他们穿着一模一样的红蓝紧身衣，看到彼此，停下脚步，隔着头套互致问候。赵佳和徐璐并肩走向绘有圆月、蝙蝠、枯树的背景板，迎面走来的绝地武士挥挥手中的光剑，冲她们吹口哨，她们此刻已变成另外的人了。赵佳扮作多萝茜，徐璐扮作绯红女巫。

夜晚的星寓园区很少出现这么多人。租户们是为了少出门不得不信任外卖的一代人，是春末夏初鸟类长出繁殖羽、花粉和种子在空中飞翔时也懒得动念的一代人，下了班就待在房间里，看剧，刷帖，打游戏。今天不一样，数不清有多少超级英雄在园区闲逛，到处闪动着缀满亮片波光粼粼的披风。不需要经过痛苦的变异，穿上从网上买到的廉价衣物，他们就化身为更有力量的人。

十一月，南方的天气还没有凉下来，空气里流动着令人微醺的温热气息。绯红女巫被雷神和金刚狼拉着合影，多萝茜看看身后，身后并没有跟着稻草人、胆小狮和铁皮人。也是，这个时候，谁想扮成没有脑子、没有胆量和没有心的童话人物呢？

多萝茜在园区漫步，路边的植物她大都认得了。蟛蜞菊贴着地面蔓延，再高一点的是龙船花和朱槿，叶子半红半绿的是红鳞蒲桃，叶面硕大比人脸还宽的是海芋，高大的乔木有糖胶树、黄葛树和大叶相思。

游园会之后，种植活动开启。公寓管家打开草坪上方的聚光灯，把黑暗中游荡的异能人士吸引过来。南洋楹巨大的伞形树冠下，事先平整好的泥土在静静等待接下来的种植。一对情侣拿着一棵兰花草，更多的人拿着花的种子。多萝茜听见人们的对话，你种什么？三色堇。你呢？波斯菊。多萝茜拉着绯红女巫，走，咱也种。绯红女巫说，事先没准备，你打算种什么？多萝茜捏捏身上的挎包，说过去你就知道了。

角落里，多萝茜用铁锹挖出一个四方形的洞。她从挎包里拿出一样东西，在女巫面前晃了晃。我没看错吧？女巫的眼睛在夜色中瞪大了。多萝茜说，没看错。多萝茜把东西放进洞里，说，来，把它种下去。两人用铁锹铲起新鲜的泥土，一层层覆盖上去。

离开种植区，女巫挽起同伴的胳膊，有些激动地说，你种下去的居然是一个小木房子。多萝茜凑到她耳边，说，种下去的是家。

不早了，众英雄陆续散去，回到自己的房间，脱下制服，变回凡人。星寓的小房间从各自的内部被点亮了，它们足够多，足够密集，一层层堆砌起来，就不再是一个个平淡的、无人知晓的小格子，而是汇聚成一座明亮耀眼的水晶之城，璀璨而动人。

多萝茜和绯红女巫躺在草坪上。女巫问，我们住哪里？多萝茜愣一下，马上反应过来，说，我们住在太阳系距离太阳第三近的行星上。女巫说，答对了！这重复很多次的问答总能让两人高兴一阵子。她们的经历和境遇是相似的。生长于县城，从小朴实安分爱学习，始终坐前三排，一路考前十名，高中时忍着不看书屋里租来的秘密传阅的言情小说，最后上了好大学。毕业后踏实工作，每天清晨被地铁口吐出来，像鱼群里的一条小鱼，游动着消失在庞大的集体里。无论如何，有份工作，能囫囵着受累就算好了。她们不敢多欠债，以为努力存钱就能存够首付。在上岸的人眼里，她们的头脑和眼光都不行，既看不清社会发展的趋势，也不懂人性。

此刻，她们把自己摊开在草地上，听着彼此的呼吸声，不用没话找话。夜晚温柔，多萝茜感觉到一股强烈的情感涌上来，她知道自己又在想念瞿一行。她多希望，他已买了房子，有了喜欢的工作，她多想小心翼翼地问问他，你在哪里，日子过得好不好？既不纠缠，更不哭闹，但记忆里瞿一行急于摆脱她的样子制止了这个问候。他最爱的衣服是一件红色曼联球衣，洗变形了，她现在都还想着送他一件新的。分开后她伤心过一阵子，很快就看上去跟以前一样了。只有她自己清楚，她往更黑更安全的地方退了一步，悄然把自己多封闭起来一点，她比以前更难靠近了。

欧佩君又在哪里呢？上个月她已搬走。她时不时翻翻前邻居的动态，最新动态发了一张坐在浴缸里的照片，光洁的小腿从蓬松的白泡泡里伸出来。浴缸线条优美，被四个花纹繁复的黄铜底脚支撑着。浴缸照的日期和地点当然是个谜。之前抱小狗、晒太阳、喝红茶的照片她分三次发布，三个完全不同的享受精致生活的场景，但她知道，它们都拍摄于下小雨的一天，在一个凌乱狭窄的小房间里。

几点啦？女巫先坐起来，走，多萝茜，去我那里，给你看看我做的Demo。

回到房间，她们褪去造型服装，再次成为赵佳和徐璐。徐璐一言不发，触亮手机屏幕。赵佳看到一幅熟悉的画面，是她们居住的公寓楼，排列成北斗七星的形状，只是毫无光彩，灰蒙蒙的一片。接着，徐璐伸出手指在屏幕上轻轻一滑，七座公寓楼离开地面缓缓上升，先越过树木，接着越过前面的高楼，越升越高，轻盈地飞离城市，在高高的天空中停住。

北斗七星悬挂在太阳边上。赵佳来了精神，说，别灰心，看看眼下能做点什么。要不咱俩开发一款小游戏，叫"万物向阳"？徐璐说，好，不设宝箱、点券、金币、钻石，奖励机制是阳光，照进房间的大片阳光。

到分开的时候，赵佳也不敢提优化的茬。在公司没人比徐璐更勤快，她像个秋天里忙碌的小动物，本就不爱打扮，这两年连裙子也很少穿了。两人聊到深夜，聊很多过去的事情，却无法触及说不清在哪里的未来。

赵佳穿过三道长廊，从玉衡来到天璇，走进一模一样的小格子。她打开抽屉，拿出一个软皮笔记本。这是调换房间那天徐璐不小心落下的东西。徐璐本科阶段学电信专业，研究生的时候才转到计算机，她一直说自己技术不过关，经常在本子上记要点。此时，赵佳猜测，本子上或许还有别的东西。

她翻开封皮，一页页地看，上面记录的大多是技术要点，翻到最后，一列文字出现，很像高中时代制订的学习计划。她看到，白色纸张上用黑色墨水笔写着：

了解游戏开发的最新趋势，不断磨炼技术。

不买贵衣服，只买快消品，少出去吃大餐，盒饭足矣。攒钱供一套小房子（有一个小时以上的阳光）。

争取每两个月细读一本书。

培养几个不需要开销的爱好。

注意锻炼身体，身体是工作和生活的本钱。

（原载《江南》第5期）

雪山大士

陈春成

我没有一眼认出 D 来也许是因为背景：淡季酒店空荡荡的餐厅，落地窗外连日灰蒙蒙的雨景，下午三四点钟的昏暗，他惬意地陷在角落的软椅中，而不像过去我所熟识的那样，置身于一片翠绿和山呼海啸间。十二三岁时，他的名字频繁地出现在我家餐桌上，连母亲都听得腻烦。父亲是拜仁球迷，而那时 D 刚在德甲中游球队不莱梅崭露头角。父亲老说，这小子鬼得很，怎么有点像巴乔，要小心。结果那赛季德国杯决赛，不莱梅爆了大冷门，三比一赢了拜仁。D 全场过人成功十次，送出两个助攻，还有一脚凌空劲射，可惜队友越位在前，进球不算。我们虽然失落，但彻底被他踢服了。拜仁的作风一贯是赢不了的就买，暑假结束前，父亲推开我房间的门，喜滋滋地宣布 D 加盟拜仁了。头几场他发挥出色，送出不少精妙传球，过人如麻。我们觉得他一定会成为巨星。后来我开始忙于学业，不怎么看球了，也很少听父亲提起，对 D 的后续一无所知。我算了一下，他今年应该四十多了。面容没怎么大改，增添的皱纹也恰到好处，头发全成了灰白色。下垂的眼角，年轻时显得不够英气，年纪大了反而有点儒雅。身材保持得挺好，着装也得体。反复端详，确定是他后，我没有立刻上前，而是先做了点功课，搜索了他的名字。关于他的退役有多种说法，伤病自然是一个，但三十岁也略早了些；还有说他得了抑郁症，在接受治疗。一则他昔日教练的采访中，教练提到如今谁也联系不到他。然后就是他多年前来中国任教和卸任的几则俱乐部通稿。我酝酿好开场白，终于向他走去。如我所料的，对于在此处能被认出，他感到诧异。我告诉他我和父亲对他的崇拜，稍稍有些添油加醋，他表示感谢。我说完有点难为情，就走开了。晚上，我又在餐厅旁的休闲区遇见他，他仍是临窗独坐，慢慢喝着威士忌，用毛豆下酒。他请我坐下喝一杯。那儿有个小吧台，酒类不少。我也点了威士忌。他问，我离开拜仁后，你们的新偶像是谁，克洛泽吗？我说，后来我不怎么看球了。那你父亲呢，他问，还是拜仁球迷吗？我说，我们现在不怎么说话了。他约我第二天一起游山，如果雨停的话。

第二天仍是绵绵的雨。这酒店在天星山景区周边，本来是个小景区，又逢梅雨季，客人不多。酒店带有室内温泉浴池，虽然瓷砖老旧，还算干净。我们一起泡澡，喝茶，消磨了一上午。泡澡时我忍住不去看他膝盖上可怖的疤痕。午餐时渐渐熟络起来，也聊开了。午后，我们又去休闲区，舒畅地喝了一会，谈了几句疫情和金球奖评选。我想听他讲讲球员生涯，可从搜到的结果来看，我不确定对他来说，那段经历是自豪更多，还是伤感更多，于是便不问。倒是说了自己是个写小说的，发表过几个幻想故事。他竟和我聊起了 H.G. 威尔斯，这可出乎我的意料。也许我对球员的文化素养存有偏见。他小口地抿着酒，静默了一会，忽然说，你愿意听的话，我倒是可以提供一则素材，一个充满了失败和古怪的故事。这时只有我们一桌客人，但周围太安静，他还是压低了嗓音。这简直像毛姆或茨威格笔下的场景。在那种旧时的疗养酒店，悠长的假日，或航海轮船上，渺渺烟波中，两个人相遇了，喝点酒，倾诉平生，然后分别。我当然说好。我们各往杯里添了两指深的酒。外面仍是凉雨潇潇，庭院中的松干横过窗前，针叶披纷，频频滴着水。后面是云山。他开始讲述：

我和中国有一点奇特的机缘。一九一几年，美国自然历史博物馆有个博物学家叫安德鲁斯，组织了一支亚洲考察队，到云南做动植物考察。我曾外祖父是随队的科学家之一，准确地说，是科学家的助手，负责剖制动物标本、压制植物标本，以及在旅途中管理这些标本。考察队先抵达福建，停留了两个月，期望捕猎到一只传说中的华南虎。他们在闽北深山的村落间奔走，追逐老虎出没的传闻；整夜趴在山坡上，盯着拴在峡谷里的山羊；雇用当地猎手在密林中搜捕。总之都徒劳无功。最后收集了一批动植物标本，离开了福建，转赴云南。曾外祖父自费出版的回忆录里，有两件事让我印象很深：一是他们曾闯进一个蝙蝠洞，混乱中杀死了上百头蝙蝠，我读那段描述时好像闻到了洞中的腥臭，看到岩壁上纷乱的影子；二就是这儿的天星山，风景清幽，山中有块石头，叫禅岩，石上刻着一句话："我曾这样听过。"传说石中有个声音，几百年来一直在念诵《金刚经》，明朝以来越念越慢，到我曾外祖父贴耳去听时，什么也没听见。当地的学者说，那几年正处在一个字与下一个字之间的寂静期。到这儿的第一天我就到山里转悠了一下午，没找到那块石头。跟着就来了这场大雨。

曾外祖父回国时带了几件纪念品：一盒檀香，总舍不得点，后来受潮了；一只黑色茶盏，摔碎在回程的船舱里；一尊小小的木雕。木雕是紫红色的，泛着隐隐的淡金色光泽，只有马克杯那么高。是一个瘦极了的老人，络腮胡子，半裸着，肋骨一道道很明显，坐姿，一腿盘着，一腿蜷立起来，双掌叠放在膝盖上，手背撑着下颏。眼皮低垂，像在沉思冥想，或在饥饿中弥留，也可能在瞌睡。它像是罗丹那尊思想者的老年版、消瘦版。曾外祖父在福清的古玩店里发现了它，对木质的兴趣大于造型，造型无非是表现贫苦老者的形象，但木材很稀罕，密度极大，色泽异常，便买下了。这尊木雕经历了半个一战和整个二战、德国分裂和统一，一直传到我母亲手上，放在我家电视柜边上。我从小把它看得很熟。老人的眉目须发，筋肉的线条，衣服的褶皱，那种独特的紫红色，若有若无的金光，现在仍历历在目。他们说，我还是个婴儿时，无论把我抱在客厅的哪个角落，我的眼睛总盯着它看，看得很入迷，还傻笑。

我们当时住在勃兰登堡的一个小城里，属于东德。柏林墙倒塌是我十一岁那年，这事对我生活的改变好像没那么大，可以喝可口可乐了，不再是少先队员了，教练说以后那边大俱乐部的球探会来队里看比赛，要我们提起精神，无非是这样。远不如几年后一场始于电熨斗、两小时就被扑灭的小火灾对我的影响重大。火从邻居家蔓延到我们家，烧掉了半层公寓。那尊木雕、我床头贴着的马拉多纳、九岁时拿的最佳射手奖杯，那间公寓里残留的一切东德记忆，全烧没了。后来我们搬到一栋带草坪的房子里，我可以在家门口练颠球了。

我父亲原来是国有啤酒厂的工人，后来被聘到私人办的酒坊里当技师。那酒坊生产威士忌。奇怪吧，其实勃兰登堡有顶级的威士忌，那里出产很好的麦子。那小酒坊有一片自己的麦地，员工就五人，忙的时候，老板也一起干活。他们做出了一款经典产品，几十年内卖出了很多，成了当地名产，此外还不断研发新的酒，在这上面亏了不少，总体还是赚的。我踢球挣到钱以后，把酒坊买下来送给父亲当礼物，原来的老板成了他的员工，可他们还是一起干活，关系很好，一起鼓捣新酒，兴致勃勃地分享第一杯酒心——就是二次蒸馏出来的精华。

开始说足球吧。我小学时弄到一盒录影带，是马拉多纳世纪进球的集锦，有十二个不同角度的镜头。我不想被解说员的嘶喊干扰，总是关掉声音，在睡前一遍遍地看。于是马拉多纳在寂静中舞蹈。轻盈，雄健，那是真正的即兴舞步，人类肢体的极致之美。有人能背莎士比亚的十四行诗，我能背出马拉多纳连过五人的动作。从拿球开始，迈了几步，从哪里开始变速，如何抬腿，摆臂，如何在倒地前将球打进，如何庆祝。如果能让我打进这样的一球，我愿意当场死去。这是许多球员暗中的誓词。

我的职业生涯你大概了解，算不上完全失败，但远远没达到人们的预期。我确实有个巨星式的开端。像许多横空出世的年轻球员一样，我被说成是天才。可你知道的哪个球员不是天才呢？从那么多孩子中脱颖而出，让远在中国的你在电视上看到并记住名字的，到底谁是真正的平庸之辈呢？许多球星刚成名时总是所向无前，因为他受到的是一般的防守，而他比那些人厉害一些；成名后就受到重点盯防，频繁侵犯，于是看上去表现还不如一般人。许多人就卡在这里。要成为巨星，就要比别人厉害很多。除了天分本身，还要有能实现天分的天分，比如心态好，球荒再久也不被自我怀疑摧毁；比如好胜心强，这没法后天养成，是成为顶级球员的禀赋；比如不易受伤的体质。众所周知我缺乏最后一种。我的盘带方式、惯用的加速和急停转向，注定了我的膝盖和脚踝是消耗品。

以后没人再踢古典前腰了。人们说我踢得富有观赏性，但对比赛结果没有决定性影响。炫技，黏球，对抗不强硬，说得都没错。可我就爱这样踢球，从小如此。现代足球追求的是快节奏和高强度，是一脚出球，高位逼抢，任何人都很难从容地拿球，剩不下多少优雅和细腻。防不住的，放倒就行。我不想踢那样的足球。我喜欢盘带，我享受球与脚的触感，在人群中游走，送出意想不到的妙传，或者后插上，打一脚凌空远射。马特乌斯有一次和我聊天，说我的踢法只适合在小俱乐部里当核心，任性地踢一些漂亮的比赛，拿不到什么奖杯，但赢得球迷的爱戴。那时我刚在拜仁失去首发位置,我不服气,生硬地敷衍了几句,和他喝了一杯啤酒,就走了。

我转会去拜仁时强行带走了赫尔曼,我在不莱梅俱乐部的理疗师。我对这事一直怀有愧疚。那时他已经快六十了,儿子孙女都住在不来梅市,一开始他不同意去,最后还是放心不下我。也许他很早就预感到我会伤病频发。从青训起,他就是我的理疗师,我们彼此喜欢,尽管都不太表露。他不是正规体育大学毕业的理疗师,但经验丰富,也教会我不少东西。很多肌肉问题他用手摸一下就知道。他还有个绝活,把耳朵贴在膝关节上,让你慢慢活动,他能从声音里听出异状。果然,来拜仁踢了三个月我就伤了。我努力适应着拜仁的阵形,好容易渐入佳境,伤病就找上了我。有些球员热衷于罗列自己的荣誉纪录,几个奖杯,几次金靴;我则有一连串的伤病纪录,哪个部位,伤停了几月。这就不提了。下面,我想聊聊文学。

我浅薄的文学爱好始于一次养伤期间。那是在拜仁的第二个赛季,又是膝盖。伤病本身很糟糕,更糟糕之处在于,它总在你认为一切正好转时骤然重返,这会让你今后顺利时也疑神疑鬼,觉得这好运是赊账。那次伤病前的半个赛季,我踢出了很不错的表现,八球,七助攻,德甲过人王,然后,账单到了。我摔倒时听见嘭的一声,像旧家具在深夜诡秘地一响,那声音发生在体内,只有自己能听见。得知是十字韧带撕裂,左膝要动大手术时,我几乎崩溃了,在赫尔曼肩上痛哭流涕。

手术后是漫长的养伤。康复训练可以宣泄掉一部分情绪,可最难熬的是对自己的不耐烦。我开始渴望逃离自己,逃离这一塌糊涂的剧本,逃离这无休无止没日没夜的疼痛、焦灼、自怜自艾、自我鼓舞,逃离对失败的一再反刍和对胜利的求而不得。我渴望暂时投身于他人的故事里。有一天,我请赫尔曼找几本小说给我看。他给我弄了一堆书,阿加莎、奎因。

我智商不高，总猜不出凶手，但一向喜欢侦探小说。我喜欢那种形式感，侦探在结尾召集众人，洋洋得意地说出真相。这套路我总看不腻。几天里，我专注于人物关系与时间线，忘记了自己悲惨的命运。可看到后来，没书可看了，我发现这堆书里夹了一本忘了是谁的诗集和黑塞的《悉达多》。我花一个午后翻看了后者。不知道你看过这书没有。要不是躺着无事可做，我永远也不会看。悉达多的原型就是释迦牟尼，讲的是他出身贵族，却投入空门苦修，又放弃了苦修，想参与这尘世，像孩童那样欢乐和愚蠢（读到这句时我觉得他在形容我们球员），从中获得彻悟，于是学习经商，敛财，享受欢爱，几年后又厌倦这一切，准备投河自杀。这时他听见一个声音，是一声"唵"，这音节代表圆满，是他过去说惯的祷辞的起始和收束。他在脱口而出这音节的刹那，得到了寻求已久的彻悟，领会了世间的全部真谛。后来又做了船夫，等等。就是这么一个故事，不好看，甚至算不上什么故事，说的尽是一个人怎么调理自己的内心，外在活动无非就是他走到这里，又走到那里。没有遗嘱、毒药，也没有密室。最吸引我的是悉达多和名妓用各种体位做爱，但也写得很蹩脚，都没让我产生反应。我把书抛到床尾，就睡着了。

可随后几天，我屡次想起这故事。它有种似曾相识的气味。木头的气味。我又看了一遍。睡前，我学着书里说的，试图排除种种情绪，达到所谓的空，结果酣然睡去。接下来，发生了一件无法用偶然来形容的事。慕尼黑美术博物馆举办了一场亚洲古代佛像展，为期三天。按理说，平时我是绝不会关注这类消息的，可那天我在电视上瞥见宣传海报，立刻瞪大了眼。上面有个黄金佛像，姿势竟然同我家过去那尊木雕小像一模一样：一腿盘着，一腿蜷立，双掌叠放在膝头，下巴垫在手背。也是络腮胡子，双目闭着，比一般的佛像瘦很多。那时我已经能扶拐行走了，就让女友陪我去看展览。她吓了一跳，以为我是闷坏了。我看遍了展柜，找到了海报上那尊佛像。介绍牌说这叫雪山大士像，是反映释迦牟尼修道时，在雪山中苦行坐禅，因此瘦骨嶙峋。旁边还有五尊同样造型的佛。我这才惊觉，原来我们家竟放了一尊佛像，几代人都不知道，以为是寻常工艺品。它和印象中胖墩墩的佛像确实差异过大。而我前阵子读到的悉达多，也就是释迦牟尼，也就是我家电视柜上那尊木雕。这事似乎已经超过了巧合的范畴。我细看那些佛像。每尊都很精美，静穆，有鎏金的、白瓷的、青玉的，但没一尊比得上我们家那尊。我合上眼，很认真地回想那木雕的样子，在脑中一点点描摹出来，那紫红色躯体，淡淡金光，那姿态和面容……像记忆马拉多纳的动作一样，我回想那尊释迦牟尼的样子。不知过去了多久，我居然分毫不爽地将它复原了出来。它抱膝而坐，悬浮在黑暗中。忽然我感到遍体清凉。也可能是展厅的冷气太足。

鬼使神差地，我竟对佛教那一套有了兴趣。那次养伤长达十一个月，白天复健，夜里没有事干。我买了几本佛学入门的书，但是根本看不懂。我就按小说里的法子，自己琢磨，打坐，冥想，清空情绪，清空"我"。我不敢说有什么长进，至少改善了睡眠。复健要做很多力量训练，肌肉贮满能量，又踢不了比赛，只有性爱能暂时排解，可没法排解那股焦躁和挫败感。而那天起，我涉足了一个完全异样的境界，和原来的生活简直是两极。作为一个球员，你天生要有对胜利无止境的饥渴，要有对失败的极度羞耻，咆哮庆祝和掩面痛哭可能发生在五分钟内，要惯于承受这剧烈的感情颠簸；而在闭目静坐的时刻，在回想那尊雪山大士的时刻，这一切暂时松开我了。我体验着这没有情绪的情绪，稀释着自我意识，抱膝而坐，往返于存在与消失的边缘。我不太会形容那感受。就像有一次，我玩一款射击类游戏，在雪地里迷路了，找不到敌营，就索性一直走下去，想看看究竟能走到哪。我抱着狙击枪在白茫茫雪原中走了很久，最后抵达了那个虚拟世界的尽头，摸到了那面透明的墙，再无法前移寸步。我感到无限空虚，弥漫天地的寂静，还有一点冷。

　　我日渐康复，可以参加日常训练了，只是还不能上场。那天我们去门兴格拉德巴赫市踢客场球。教练要求我随队去助威，其实是想让我保持参与感。坐在替补席上，看着球场两端不停的攻防转换，我喝了一口水，忽然觉得很没意思。我看到球场遮阳篷的钢构件上站着一只鸽子。我在心里说，鸽子啊鸽子，你是怎么看待我们这群人的？像傻瓜一样追着一个球，抢到了又把它踢飞，没命地嚷嚷。今晚你要在哪过夜？你知道吗，鸽子，我真羡慕你。这时我想起小说中，悉达多曾在入定时，把自我意识嵌入苍鹭的意识中，与它同飞，同食，同死，然后又回返自身。我也想试试。于是我出神凝视那鸽子，心中全无他物。恍然间，我正俯视着人头攒动的球场，在一阵喧腾中，鼓动双翼飞离了此处。晚风从喙两侧分流而过，带一点橡果气味。普鲁士公园球场像一个白色四方形的巢。我飞越空地，飞越暮色中的林荫道，喷泉小广场，侍者端着一杯咖啡，如黑色的圆镜，走向门口的阳伞，我在镜中窥见夕阳和自己一掠而过的影子。再往北是密林，我像受了某种指引，又像恣意而飞，扎进那片墨绿中，拣一条枝头站定，用喙理理羽毛。这时我望见林中空地上有一丛野麦，麦粒小如草籽，其中一穗，蕴含淡淡金光。我发现动物的意识与人类的大不一样。它们脑中没有多少东西，饥饿感就占了大半，简陋的思维活动，像一只水龙头，单调地滴水，可背面是一条曲曲折折的管道，伸向一切的源头。它们，所有的动物，共享一个巨大的水库，那里鲜活，浩渺，贮存所有记忆，所有因果，也许就是宇宙的意识。人类的管道则被过多的自我给堵住了，不通往那里。我以鸽子的眼睛凝视那野麦时明白了一切，洞察了物质的变迁与轮回，以下事实，不是以逻辑而是以感官的方式注入我的意识：我看到我们家代代相传的那尊雪山大士，它化成风中扬起的一把灰烬，在土壤中流走不息，沿着根须上升，化作喷薄而出的色彩和香气，又成为落叶,成为将蝴蝶托举在空中的能量,成为甲虫背上的瑰丽光泽,成为燕子的呢喃,又成为泥土,成为这密林中的野麦,并在此静候着,成为D。有人推我,我从枝头跌落,坠到替补席上,大汗淋漓。我们的前锋进球了,队友们都跳起来,教练和助教在我面前拥抱。

第二天清早,天一亮,我偷偷离开酒店,凭记忆找到那片林子。我缓步进去,徘徊了一会,有所期待,也有所提防,走入那块空地时,真的见到乱草中有一丛野麦,沾着凉露,朝阳之下,麦芒上如有光晕。仿佛在一种神秘意志的驱使下,我不假思索,采下那麦穗,扔进口中咀嚼。一阵清苦的香气。过了很久,什么也没发生。下午,我们返回了慕尼黑。

伤愈复出,踢了一个磕磕绊绊的赛季后,我被卖给那不勒斯。这一次,赫尔曼没法陪我去了。他说他已经老得学不动意大利语了。他退休了。我们偶尔联系。我不擅长在电话里表达什么,当面就更不擅长了。第一个赛季踢得不错,我挺适应这里的节奏和天气,拿到意甲助攻王。我们争到了联赛第四,明年将重返欧冠。休假时,我接到不莱梅前队友的电话,说赫尔曼住院了,心脏情况不太好,我马上打电话过去,是他儿子接的,说赫尔曼已睡着,病情算稳定了。我们尴尬而凝重地聊了一会。我居然没有立马飞过去看他,而是选择用他儿子的话安慰自己。更主要的原因是,当时我交了新的女友,一个意大利模特,我们正在南边一个小岛上度假,如胶似漆。我正疯狂地迷恋她,也明白这迷恋难以持久,但当下无法自拔。我对佛教,或者说对黑塞那本小说的兴趣,已经告一段落。我像多数人一样,想要摆脱自我,但仅限于诸事不顺的时候。人在春风得意中最不成样子。新赛季开始了。赫尔曼给我发了短信,说会在电视那头给我加油。欧冠小组赛,我们侥幸突围,淘汰赛就对上巴萨。我已经好几年没在欧冠进球了。对方阵中有罗纳尔迪尼奥,当时锋芒不可一世。更可恶的是,他踢的正是我想踢的那种球,华丽,飘逸,可他比我强得多。第一回合,我们在主场打成零比零;第二回合前往诺坎普球场。赛前几次训练,我感觉自己状态很棒,充满了进球的预感,那可是在欧冠对巴萨,在诺坎普进球,我决定做点什么。我找人帮我定制了一件背心,印上几句话和照片,准备比赛时穿在里面,进球后脱掉球衣来庆祝。没想到那天巴塞罗那全市大堵车,也许正是因为比赛,人们都拥向球场。送背心的人比赛开始前还没赶到。我努力平复焦躁,全神贯注于比赛。上半场,我发挥很好,多次过人,送出一个很有威胁的直塞球,可惜队友没把握住机会。上半场伤停补时,我们得到一个任意球,我调整呼吸,助跑,踢出一道漂亮弧线,可惜稍稍偏出,打中门梁。中场休息,队长在更衣室喊话鼓气,这时背心送到了。我穿上它,外面套上球衣,重新上场,浑身烧灼着进球的欲望。我想,赫尔曼这会一定在屏幕前看着我。罗纳尔迪尼奥那天不知怎么了,状态低迷。六十分钟,我接到后场长传,连停带过,甩开了防守球员一个身位,又利落地过掉一个人,赢得了一个宝贵的单刀机会。我加速,向球门冲去。忽然间球场异常安静。好像有只无形的手,在某处按下了静音。于是我,像录影带中的马拉多纳那样,奔跑在这安静的、辽阔的绿色中,一往无前。我在心中祈祷,我说,神啊,无论你叫什么名字,保佑我吧,我从未好好祈祷,我从未同你做交易,但这一次,无论什么代价,让我进球吧;我愿意持斋,我愿意禁欲,我愿意牺牲掉今后许多世俗的幸福,来换得这一个进球;让我进球吧,这一只小小的、圆圆的皮革制品,它滚向哪个角落对你毫无分别,但我真的太需要这个进球了;让我进球吧,让我进球吧,我就是为了这个而生的,如果进不了,就让我为这个而死去。这时我看清门将紧张的脸,准备扣过他,一个后卫赶上来(他一直紧跟在我身后),放倒了我。左膝半月板外侧断裂,六个月。比赛最后十分钟,哈维进球了,我们惨遭淘汰;那件背心不知被扔到哪去了,可能在医疗室里被人剪开了。上面写着:"赫尔曼,一切归功于你。"背面是我十五岁刚进不莱梅青训营时和赫尔曼的合影。我趴在理疗床上，他正给我按摩背部，我们冲着镜头比拇指。我至今不知道那场比赛他看了没有。希望没有。赛后我们都没给对方打电话。听到他去世的消息时，我刚能下地行走。

那段时间我开始酗酒。我一向不滥饮，我信奉我父亲的观念，滥饮是把喉咙当下水道，糟蹋身体，更糟蹋了酒。人喝到微醺时舌头已经不敏锐了，这时就不该再喝一滴。但那次我太难受了。我实在受够了，一次又一次。每当有点好转，再一次。报纸说我是玻璃人，球迷说俱乐部成了我的疗养院。我已经确信了自己不可能成为什么巨星，退役几年后没人会记得我。我唯一赢得的奖杯是德国杯，那是世界上最好看的奖杯，金光闪闪，镶嵌碧绿的宝石，就是那一次，我率领不莱梅，出乎所有人意料，赢下了拜仁。那就是我的巅峰时刻，已经过去。而我不会再赢得任何其他奖杯了。那几个月我过得昏天黑地，把气撒在理疗师身上，不配合复健。教练责骂，和女友也分手了，俱乐部高层警告，管他们呢。痛的人是我。

一天晚上我坐在床上，抱着左膝，额头贴着膝盖，不出声地哭了一会。我想，如果赫尔曼来听，不知里面是什么声音，一定一团糟。我又想到雪山大士像，我想这尊我从婴儿时起就看惯了的雕像简直是我生涯的预兆。你的膝盖也痛吗，悉达多，不然你干吗那样怜惜地捂着它？我百无聊赖，把耳朵贴到膝盖上去听。我想象会听到烂泥潭咕嘟冒泡的声音，岩浆蚀穿山体的声音。可是一片寂然。我没有抬起耳朵，就那样一动不动，脸上的泪也干了。过了很久，从骨节与骨节的深谷，从积液的湖底，从我半月板的颓垣断壁间，升起一个音节，像一粒星，越来越亮，悠长如一声钟响，是那声"唵"。这一声"唵"中包含了所有的声音。我听见远古的霹雳响彻荒野，群龙的哀啸，板块深处的吱嘎，花粉坠地时的轰然，听见水的奔涌，分不清来自江河还是叶脉中的汁液，听见战阵中兵刃的斫击，也可能是酒杯里冰块的叮叮。全人类的话语化为巨大的嗡鸣，而我像一只承接瀑布的陶罐……众声在我意识中鼓荡，纷飞盘绕，最终又凝结为那一个音节："唵……"

我不知过程有多久，长得无法丈量，也许只有几秒钟。此后再没有过那样的体验。那不是欢乐也不是痛苦，而是脱离了这两者，也脱离了自我的东西。与其说是精神遭遇，不如说是生理体验。我并没从中学到什么道理，悟出什么法则，在那个瞬间，音节回荡，我只是被那种浩大无边的状态所浸没。这状态并未对我的肉身有所改变，我没有霍然而愈，也没在癫狂中死去。我只想再次体验。我也曾痛饮过胜利的滋味，在球场听数万人齐声喊我的名字，沐浴在狂喜中，但和那状态根本不是一回事，远不能比。前者像开游艇在海上逍遥自在，后者是成为大海本身。我戒了酒，好好复健，再次复出，踢了两年。没拿奖杯，也没受大伤，但我选择在三十岁时退役了。闲居了几年，中超一家俱乐部请我当青训教练。曾外祖父不会想到他的后代将以这种方式重返中国。薪资很丰厚，我履行完两年合同，加上我之前的存款和房产，继承的酒坊的收益，我详细地算了一笔账，如果省着点花，这些钱足够我较为舒适地过完下半生了。许多年里，我漫无目的地旅行。这次重来中国，是想起曾外祖父提过的石头，不妨来看看。

我渴望再度体验那状态。每晚都附耳听半小时，等候那音节。像在冰面上开一个窟窿，等鱼跃起。至今还没听见，但我毫不着急。倾听那静默也让我心神安定。我时常注视自己的膝盖，那几条疤痕像闭合的拉链，仿佛有什么神秘的事物锁闭其中，栖居其中。我尽量调整好身体，节制地享受生活，保持平和的愉悦，静候着那状态再次降临。我将保持愉悦当成生活的主要任务，以运动员的毅力来执行，几乎无往而不利。一个人如果经过了长久的磨难，唯一的补偿就是，之后很长一段时间，连无聊都成了一种享受。像这样，什么也不做，舒服地伸展双腿，看着窗外的雨，难道还有什么不满足吗？没有病痛，钱够用，有漫长的时间，一个人还能奢求什么呢？过去我一味潜心于足球,于胜负,你知道的,对球员来说,三十多岁,人生的精华部分已经结束了,很多人退役后无所适从。要么放肆地享受,要么仍苦行般地锻炼,因为无可排遣。我则惊讶于自己在许多方面的一无所知,并决定好好利用这优势。一切乐趣都是新鲜的,像孩童一样无知而欢乐。我请了老师,去大学旁听,学着欣赏绘画和音乐,按必读名著清单,一本本地读书。我尤其钟意布鲁克纳,喝一点酒听,像是那种玄妙状态的稀释品。画我只喜欢宁静的风景画。你可能不信,我常读里尔克,介于懂和不懂之间,而且无端觉得他也听过那声"唵"。"美无非是我们恰好能承受的恐怖的开端",说的就是那音节,不是吗?此外,我是《暗黑》的剧迷。我依然享受足球,作为一个观众,我能更彻底地享受了,因为观看时不再怀有竞争心和偏见。我如今是梅西的忠实粉丝。

谈话到这里结束。次日清晨,雨小了,成了蒙蒙的雨雾。我们撑伞进山,循石阶而上,在竹林中找到了那块大石。是我先发现的。上面刻着"如是我闻"。我们都贴上去听了一会儿,没有声音。天星山出名的是另一块石头,在山顶,据说是星,也就是陨石,被雨打湿了,铁黑色,看着有点凄凉。我们在那里站了一会儿。第二天,他就离开了酒店,飞往柏林。我们再也没见过。

(原载《收获》第 5 期)

圆周定律

三 三

一

2014年的春天，我本科毕业不久，入职一家律师事务所。

抽屉里摆着绿封面的法律从业资格证，闲时常取出，翻望出神。工作则从实习律师做起，带教的是一位年长我十岁的女律师，姓陈。她几乎把办公室装扮成一个多肉植物园，我由此短暂记住过星美人、胧月、熊童子之类的名字，但很快也就忘了。

那年春天潮湿而绵长，雾涨潮似的漫上来。看不见的微生物在各处急躁地逡巡。柳絮融融，绿波间落下一场松盈的白日梦。这时节尚未轮到空调登场，室内闷热难忍，办公室的落地窗不时凝结水雾。刮开雾层，可望见对面四季酒店顶楼的游泳池。偶尔有人从水里钻出来，在泳池边坐一下午，郁郁寡欢的样貌。那时我写一些小说，但写得不好，举步维艰。我从那个春天里汲取不少灵感，偷偷写了几个开头，藏在一个命名为"一号案件"的文件夹里。其中有一则开头是：张三死在四季酒店，而现在是春季。

就在春季收尾期的一个周六早晨，我被一通电话吵醒。来电者是诉讼团队的领导，过去在一家民营公司当法务总监，业绩断流之后，识时务者也换了工作，在事务所成为焕然一新的李律师。

回到房间，只见雨水已消停，屋檐边闪着暗淡的光线。

男朋友恰好也醒了。本科毕业以后，他父亲卖掉了沿海小镇的房产，贷款置入上海郊区的一套四十平米的小房子。父亲在当地找了一份保安工作，三班倒换，看守一家钢铁冶炼厂的仓库。他母亲从来行踪不定，拖欠百万赌债，到处流亡。偶尔因赌博进监狱，反倒是最安全的时刻。我每周末去郊外看他，我们把整个小镇逛得烂熟，有一天捡了一只白猫。

"谁啊？"他问。

"单位领导，说下个月让我去北京开庭。"我说。

"你不是刚实习吗，还不能当诉讼代理人的吧。"他说。我们同校毕业，他稍长一级，主攻方向是资本市场。作为低年级律师，他只拿最低档收入，做的事情不过是随波逐流。我的专长在知识产权法，但我们很少谈及工作，并非因为业务性质的差异，而是出于厌倦。

"是不能，在旁边翻翻资料也好，总要慢慢开始的嘛。"我说。

"几号开庭？什么样的案子？"他问。

"下个月，一个专利侵权的案子，据说对方当事人是个神经病。"我笑出来。

"怕什么，说不定跟你一个精神病医院出来的。"他也笑了。

猫在外面叫。冬天时抱回家，一路痉挛不止，把它藏在棉外套里仍战栗，仿佛拢了一团叛逆的风。白猫一贯沉默寡言，只有被狗欺负时才叫喊。家里另有一只泰迪，人一进门就热切地迎上去，其他时间几乎都在吃东西。

我打开门,猫已立到桌上。午餐提前准备好,贡丸、牛丸、香肠、鸡毛菜、米线全都装在电锅里。对我们的烹饪要求,不过是按一下开关。每一顿伙食几乎雷同,因此我们常去外面吃,但镇上也无非那几家商铺。

斜对面有一家杂货店,店主夫妇看上去都年逾七十,一对灰喜鹊似的耷拉在十几平米的店面里。我们每周去买水,后来图方便网购了一番,偶然再回到店里,老太太面带歉意,说小姑娘好久没来了。我们的内疚也莫名其妙被唤起,编了理由说很久没回来,又买了些并不需要的东西。

"你听过圆周定律吗?"走在路上,我问他。

"你是说圆周角定理吧,一条弧所对圆周角等于它所对圆心角的一半?"他中学理科很好,稍一迟疑,仿佛在用镊子把它从诸多回忆里挑出来。

我一时接不上话,在心中辨别圆周角和圆心角的区别,听上去像个字谜游戏。我很快放弃了,对他直言不讳,"北京那个案子,对方当事人号称发明了六条圆周定律,结论是反牛顿力学定律的。"

"真的吗?说不定是个天才。"他笑出来。

"可能是吧,那我们就要输了。"我说。

"你小时候幻想过自己是天才吗?就是……觉得自己与众不同,周围都是低智商动物,除了制造嘈杂什么都不会。你是唯一清醒的,作为天才,你肩负着一种难以言喻的义务。"他问。

我被他逗笑,又猛地察觉到话题背后的严肃性——那种原始、微妙的挣扎,有些提问并不求解,它靠存在本身来诠释意义。

"没有吧。我从小喜欢往人群里躲,出众正是我最害怕的事,可能我就是个很无聊的人。"我如实说。

我们本来只想走一遍滚瓜烂熟的路线,可春风飘涌,把遥远的气息运过来。我提议到隔壁一个更繁华的镇上散步,他也有此意。我们绕一个与小镇同名的公园走,打算去正门坐公交车。时令变换,冬天时我们路过同一处地方,可以隔着枯枝眺望湖面上的冰,但现在榆柳荡衍开的体态使公园密不透风。小孩子尽情尖叫,尚不知道几年后自己会失去这高亢的声调。风筝在不成章法的拉扯中一一扬起,如上下颠倒的帆船始于云海之间。

男朋友忽然拉起我的手,一路飞奔起来。

"快跑,八路来了!八路来了!"他说。

我远远望见要搭乘的公共汽车,铁皮壳掉过一些漆,前方镶了兽眼般暧昧不明的车灯,再往上是 LED 打出来"宝山 8 路"。我大笑说,你这口气像电视剧里的汉奸。他也意识到了这一点,我们边剧烈喘气边大步跑着,往春日长韵里呼出发痒的气体。

那是我们在一起的第五年,距离我们日后分手,大约还有七个月左右。

二

延安中路上有一处绿地,千禧年以后便横卧进人们闲游的选项之中。有人说占地十亩,有人说不过一个只有几排房的旧小区那么大。城市的地域具有收缩性,是人们感受之间的落差塑造了魔幻。由于绿地全凭人造,一年四季都供应恰如其分的景致。野鸟偶尔也来,飞行痕迹把溪流切出不成章法的几块,行人则迷失于细微的变化之中。

那时李律师还没瘦下来,每天中午去延中绿地散步,权当锻炼。有一天,他气喘吁吁回来,告诉我们,樱花开了,但阵雨摧折了一些,地上都是花瓣片。

律所的人事戴娟,正在跟我讲她的新男朋友,一个曾来律所面试过专利代理人的男孩,但因工资谈不拢而未能入职。来龙去脉还没说清楚,李律师像一阵风卷进办公室,我们也就散开了。

"小李,案子研究得怎么样了?"李律师笑眯眯地问。闲聊式的开场。我暗想他并非真的在询问我的进展,只是对上班聊天的一种温和警示。

"陈律师让我找一些案例,已经发给她了。"我说。

"你自己有什么想法吗?取之上者得其中,你不能只以律师助理的标准来要求自己。"李律师说。

我抬头看他,他四十不到,长相如实描述年龄。他皱着眉,因为近视的缘故习惯性眯起眼睛。衬衫的左侧有一块潮湿的痕迹,不知是汗还是雨。

入职第一天,李律师曾问我,你认为一个律师最重要的是什么?他神态严肃,似乎正手握一把通往神秘地窖的钥匙,但在交付我之前,要先从我口中得到一个错误的答案。我思索半天说,大概是临场应变的能力。他摇头,又指引说,一个律师最重要的事,是保守秘密。

这个答案厚重、玄妙,作为谜底,它本身又构成多棱的谜面。很长一段时间里,我都奉为至理。既是珍视从前辈处无意取得的锦囊,又贪图作为守护者本身的虚荣。多年以后,当我的经验库累积更多的无用碎片后,这个答案最初的光环早已锈蚀。原来问题是一种镜像载体,李律师答"保守秘密",只因为他就是那样的品性——过于迷信秘密,指望利用它们来达成一些翻天覆地的效果,黑暗力量也回赠反噬:对于秘密被刺探的恐惧。这个答案恰恰证明,他还处于从前法务主管的状态。

下午三四点,陈律师出庭回来。她把头发绾成髻,代表庄严的黑色从西装淌到皮鞋。若不是她戴着蓝水滴耳环,我甚至以为她刚从葬礼回来。水元素的建议来自李律师,有一阵他自诩学会命理与卜筮,一番摆弄,断言陈律师命字属水,但五行缺水。陈律师忙打听补救的办法,李律师一思忖,说,多佩戴蓝色元素——一种源于交感巫术的逻辑。

李律师也替我占卜过，五行属金，他自己则属木。三人简浅的日常关系之余，又被命运横添一道关联。我对于命运从无明晰的立场，浮在河流上的人最惬意。直到几年后，我在云贵一带爬坡，望见漫山遍野的蓍草，一种迟来的质疑突然赶上了我：万物美得何其自在，用它们来推断人类命运，不免荒谬又苛刻。

我们三人坐在会议室里，正式讨论北京的案子。陈律师已收集不少资料，方案也备了几套。不出意外的话，先去专利复审委提出无效宣告请求，同时申请中止北京三中院的庭审，这是最妥帖的诉讼策略。

"你说任天时会不会当庭发作啊？"陈律师半开玩笑地问。任天时是对方当事人，凭着一纸发明专利，起诉驰名汽车业的 B 品牌。

"人家是科学家，怎么可能做这样的事？"李律师故意把重音放在"科学家"上。

"哎，一个木匠出身的民科发明人，无非就是想弄点动静吓唬人。"陈律师喜欢说"哎"，但不是真的叹息，似乎是她自己设置的一种停顿节奏。

"木匠怎么啦，你家里做橱柜不要叫木匠来的吗？"李律师说。

"对呀，干一行爱一行，一个木匠跑去研究什么新型汽车、液态轮胎，能成功我名字倒着写。"陈律师愤愤不平。

"倒着写怎么写啊，你能姓'娟'吗？"李律师说。

"我又不是说这个，我快忙死了。哎，不要说这些有的没的。"陈律师说。

"少娟，你这个人啊，就是阶级观念太强。"李律师端起茶杯，眯眼将龙井泡沫往边缘吹开，像个问诊间隙稍作休息的老中医。

讲到后面，他们自己都有些不知所云。我悄悄按亮手机屏幕，没人给我发消息，时间以一个静态数字的形式凝视我。屏幕暗下来，浮出一张疲倦的脸，长发，戴黑框眼镜，嘴角紧绷，尽量模仿一种职业性的神态但并不成功。

而那就是当时的我。

三

机缘巧合，我搜到了任天时的博客。页面以蓝白为基调，顶端背景图配了一辆正在高速公路上驱驰的汽车，远方的灌木林与炊烟陷入虚焦，衬得苹果绿车体如一支闪亮利箭。博客里显示有三十四篇文章，但多数经过加密，可见的不足十篇。

置顶的一篇题为《救世主重降人间》：

救世主紧迫呼吁：
人类从未如此堕落！世界从未如此污秽！
地球环境日益恶化！全球各国束手无策！《京都议定书》几十年实现不了！《联合国气候变化框架公约》《巴黎协定》拿不出任何方法！但任天时发明的《圆周定律》可以拯救人类于水火！
……

通篇感叹号，几十根切分音律的指挥棒。在博文的最底部，任天时留了一个邮箱，寻求能帮他推广发明的有志之士。

还有一篇《人类最后的赎罪机会》，从能量守恒定律写到地球磁极颠倒，恐龙化石、土星蚌壳、力差能源、诺亚飞舟计划（任天时自己命名的救世计划），种种新鲜名词缭乱地滚屏。在这篇文章里，任天时指责人类"思想僵化、情感冷漠、拒绝真理"，并回应了他人对其"狂妄"的批评，他解释说，当他进行重大发明思考时，他必须目空一切，狂妄程度与发明

343

程度成正比，这是一种天才式的迷狂。

另有一些零散的收录，"光绪年间的宫廷偏方""祖母菜谱：杂胡椒""气功入门十奥义"。最神秘的一篇叫《圆周定律》，是任天时花了十一年时间研究出的六条定律。他所有的发明都以此为基础。我看了开篇的演算，中文里夹杂着含义不明的希腊字母，读几遍都抓不住重点。只好对着屏幕发愣，不久，就顺着上涌的困意知难而退。

那段时间，我们还经手另一个案子，涉及眼镜品牌的商标侵权。为了证明客户在长三角一带极富影响力，我和陈律师跑遍各个档案馆、工商局、材料中心。

我们出行几乎都靠地铁。非高峰时期，人流冷淡而疏松，找座位并不难。我坐下，背靠塑料椅垫，然后逐一察看周围的人，从衣角的线头、单肩包上微锈的五金、两边系得不一样的鞋带推断他们的生活。所有人都相信真相隐藏在细节之中，但正是因此，利用细节散播谎言也难以被拆穿。

"北京一家五星级酒店有故宫主题的下午茶，离网红花店也很近，如果时间来得及，我们过去看看。"陈律师说，此时距开庭还有近两周。

"好啊，陈律师真文艺。"我说。

陈律师低头笑了，是那种适合圆脸的柔顺的笑，又带一些羞赧，仿佛提前为自己的愿望将妨碍他人而道歉。她打开一款消消乐游戏。这在当时很流行，地铁里尤其常见。

"哎，我和你说，我大学毕业在杭州工作，租了一张寝室床铺。我有个室友才叫文艺，我们周末去郊外爬山，她知道每一种花草的名字。杭州很适合生活，春秋多雨，绕西湖走好像能把水汽握在手里。夏天满池荷花，从苏堤过能望见远处山的影子，若有若无……"

"但还是来了上海。"我说。

"很多变化根本说不准，也不按人的意愿来。"陈律师仍然盯着屏幕中的消消乐游戏,手却停滞了几秒,又说,"其实我在杭州的时候,还写过诗,现在灵感彻底枯竭了。"

我惊叹一声,问她在哪里可以读到,她摇头说找不到了,只记得写的是秋天登山的景致。她补充说:"所以啊,你要趁年轻多玩几年,工作什么的可以慢慢来。最近还写小说吗?"

"没有,写不出来。"我说。

那几年我确实写得少,一年最多一两万字成品。当时正尝试写一个短故事,讲一个男人陪老板出差,在直升机里变异成一只巨型长颈鹿,他觉得飞机里闷得慌,和老板周旋许久,老板终于同意把机舱开一条缝,好让他将头伸出去透气。终于,油画似的淬光云幞、因遥远距离而微缩的松林、对流层里停滞的飞鸟,他看到想见的一切,便在自由中舒展起脖子。就在这时,他的头被直升机的螺旋桨切断了。

我无法口述这样的故事,怕对方问为什么。

"哎,这一关好像过不了了。"陈律师悻悻放下手机。几站下来,她还在和同一个消消乐关卡角力。

我安慰她,消消乐主要靠系统布局,有些先天格局差,怎么走都通向死局。但无论如何,你自己还能选择走哪些步数,能在无常之中拥有一些微不足道的权限。重要的正是这些。

当天,我们往黄浦公证处去。

大楼立在苏州河畔,青灰斑渍使外墙显得不均匀,仿佛那些抱有破坏意图的微生物本身也有所偏心。有时我一个人来,并不急着上楼,就去河边站着。这一段苏州河行船很少,我从未见过,只有风从空荡荡的桥洞里将来。

合作的公证员姓沈,比我大两岁,接洽时总举止冷淡,唯恐我们提出额外的要求。后来加到了他QQ,名字叫"电眼娃娃",才知道棱镜有许多面。

临走时,小沈说下午有大雾橙色预警。春天免不了这些暧昧不明。

四

那时京沪高铁还没提速,单程至少五个小时。自南向北,火车在半个中国之间切出一条虚线。同行一共四人,除了我和陈律师,还有案源人、B公司的法务。陈律师一路都在起草一份《股东合作协议书》,案源人与客户闲聊,交换一些在家庭之中不宜流露的轻微埋怨。我往窗外神游,沿线景物多有雷同,但那些迅速向后摊散的苍与绿,赋予流景一种迷幻的开放性。昏聩欲睡时,后座儿童的哭声在半梦中落成阵雨。

抵达北京已近黄昏。邮箱不断送来工作,陈律师只好先带我回酒店。我想替她分担一些,但她似乎从来不忍心多分配工作。有一次她向我道歉,说她是很自我的人,交出去的东西只有自己完成才放心,因此给我布置的工作很少,这对我的职业规划并无帮助。

好些年里,我听各种各样的人描述过自己,没有一个是准确的。

我们八点才下楼,晚饭的兴致都耗尽了,随便走进一家火锅店。陈律师点了一桌菜,牛羊肉、酥肉、虾滑、牛百叶、蔬菜拼盘、炸豆皮、宽粉、麻酱糖饼,似要弥补落空的期待。适逢晚餐与消夜的间隙,店里人不多,一个没穿制服的中年男人来给我们点火,像是老板。

"不知道客户吃了什么,本来还能一起吃。"我一边搅拌酱料一边说。

"哎,你没有看出来吗,案源人不想我们和客户太亲密。她要从每个案子里提成的,万一客户为了省钱,跳过她直接来找我们,就不好了。"陈律师说,把一盘肉倒进锅里。

"一般不好意思这样吧,以后还怎么相处……"我说。

"这种事情太多了，最后大家都能当没发生过。"陈律师摇头，不像否定评判，倒是一种不在乎。又说，"我不管这些事，我们只要把自己的事做好就行了。"

手机不断震动，是戴娟发来的消息。先问我到北京了吗，又问怎么算粗俗。这两个问题跨度太大，弄得我有些不知所措。我挑了怪异的问题回答，心想，寻常的那个只是用来寒暄的烟雾弹。我回复说，通常说优雅，大概就是不追求超过能力范畴的东西，粗俗则完全相反。戴娟立刻问，什么意思啊？我正想跟她解释，只见接二连三的信息蹦出来，大意说男朋友总嫌她粗俗，语带轻视。她被这根刺拨弄多次，那天终于爆发出来。他们大吵一架，戴娟提了分手，把男孩拉进了黑名单。

我不太擅长应对歇斯底里的情绪，哪怕情有可原。只好简短回复几句，但戴娟根本不在乎我如何回应，只是机枪扫射似的要把话说出来。戴娟说，我对他那么好，情人节送了他 Tommy Hilfiger 的衬衫，给他妈妈买过藏红花。他的简历也是我改的，一个美国留学回来的人，什么都不会弄，还一直对我挑三拣四。追我的人多多少少，我都拒绝了，偏偏跟他在一起。你知道吗，他家里的房子在闵行，又不算市中心。上海人有什么了不起的，谁稀罕。

一句，一句，满屏幕都是她语无伦次的话。等我和陈律师吃完回去，又收到戴娟的消息，说，我好难过哦，我一直在哭，停不下来。我尝试在聊天框里输入一些字，又删去，最终只发了一个拥抱的表情。

午夜延进酒店房间，另一张床上，陈律师已经入睡，仿佛一艘幸运的船准时抵达黄金口岸。而我仍在黑暗的涡流中打战、晕眩、失焦。假如没有屋顶，这个时节可在天顶偏北处望见北斗七星，勺柄四星相连，弧线直抵牧夫座的大角星——春季星空暧昧未醒，大角星排得上全天第四亮的星。但圆弧形的天空被黑色天花板遮蔽了，不是常规的黑，而是暗，人即将失明时看见的那一层浓厚色彩。

我想起中学时,在南汇郊边一个渔港学农。夜晚,我们从基地偷偷爬出去,踩在无声的湿绿上。满地野植与荒石,黄昏煽起凉意之前,我们在田里开垦,戏弄与我们手掌并不吻合的工具。也辨认各种蔬菜,水芹、鸡毛菜、油麦菜、塌棵菜、雪里蕻、韭菜、卷心菜,有一些名称似乎只在方言中存在,我们跟当地农民敷衍地念几遍,一心只想着夜晚降临后去海边。学农为期一周,我们从未到过海边,至少并未以视觉的方式抵达。空气里弥漫着咸腥的气味,有海藻浮涌、水母翻身的错杂声响,浪与风合奏赋格曲。在那些时候,冒险之念烧到了尽头。我们抬头看见星空——一生之中再未有那样的时刻,夏日将尽,璀璨银河如一条掌控权威的巨蟒。渔港边灯火稀疏,星星供应着所有的光。那大约是2006年的事情。

贫乏的人生中,孤独进攻过无数次,有时赤裸凶悍,有时裹以糖衣。但在那些年里,我不再向人叙述孤独,这个词语似囚禁在一个永不折返的时空里。因为我已然明白,很多东西说出来也无济于事,对消除孤独抱有期待是幼稚的。

当时我想的是这些,可回过头去看才发现,2014年的我那么年轻,甚至还拥有那么多任意犯错的机会。

五

第二天,任天时并未出庭。

出乎我的意料,职业生涯的第一次开庭进行得如此顺利。我们递交中止庭审的申请书,在被告缺席审理的状况下,法官当庭批准。

下午,我们往中国专利局送去宣告无效的材料。我领了一张号码——蓝色的蚁字爬在热敏纸上,一张微小的通行证,一片可以暂时止疼的楮树叶。大厅里,气温比外面低一些,各式各样的人在等待。每个窗口都窸窣作响,纸张滑过隔板,进入自己的命运。外层有一些金属座椅,我轻轻摩挲冰凉的椅面,把手指放入椅孔中如恶作剧。每天,这个大厅中有数百人流动,或许别人也做过同样的事。就是这里——对我们而言遥不可及的地方,许多次我打电话过来,辗转几条线路,想咨询的问题终究悬而未决。

娱乐或许只是白日梦,陈律师从未真的指望吃下午茶。我们赶到火车站,一道道安检过滤掉我们的危险成分,距离开车还有五分钟。在漫长的归途上,按陈律师的嘱咐,我写了一封邮件给任天时。大意说,我们已经采取了相应的行动,但基于对专利权的尊重,愿意付一定金额,达成庭外和解。客户的底线是不能高于十万,比任天时起诉的赔款低二百九十万。

我们也向李律师汇报这个案子,在会议室里,卷宗摊了满桌。

"你说他会答应吗?"李律师淡淡一问,似乎对结论并不在意。

"我怎么知道,我又不是他。换我肯定答应了,一个江湖郎中,能骗十万还不见好就收?"陈律师说。

"你这么有钱,还差十万吗?"李律师开始调侃,意味着会议临近结束。

"差呀,我三十块一顿午饭都要犹豫一下呢。"陈律师故作气愤地说。

讲完案件,李律师留我下来继续会谈。李律师的风格一贯如此,以人造的神秘感拉开下属之间的距离。这是我进律所的第三个月,类似的谈话已进行过几次。

"办公室氛围还习惯吗?"李律师眯着眼睛开场。

"大家都很好。"我说。

"你觉得陈律师人怎么样?"李律师问。

"好人,很正直。"我说。

"郭律师呢,有什么看法?"又问起合作过的一个专利律师。

"总体来说很务实,但有时优越感让他疏于细节。"话一出口就为刻薄而后悔,郭律师实际上很有能力,于是开玩笑说,"郭律师老婆很漂亮。"

"戴娟呢?"李律师点头,并未被玩笑所打动。

"轻率。"我想了想说。

李律师面不改色,但很明显他对我的评价很感兴趣,追问轻率具体是什么意思。

"她是个特质非常强的人,轻快、自恋、心软。这样的人没什么长远计划,容易把事情看得太重,会为一点风吹草动竖起防御,沉不住气。"当时我只急于表达自己的观点,并不在乎用语的分量轻重,也没想过评价同事的后果。

"有什么具体事例吗?"

"没有,只是感觉。"

"我同意。"沉默之后,李律师应了一句。又问,"你最近在写小说吗?"

"我不写了,工作排第一位。"我说。

"那怎么行,我还等着你给我在小说里安排一个角色呢。"

尽管这样说,李律师却露出一脸很高兴的模样。

六

年初时收到一本日历。每日一页,印有各种警句。有时忙起来,好几天都忘记撕,就在心血来潮时一下子撕完。再次想起任天时,距北京开庭

回来已隔了八张日历纸。我接连撕下来,只见最后一张上写着:

  唯有不抱希望爱着他的那个人才了解他。
——本雅明《弧光灯》

  前一周发给任天时的邮件石沉大海,而新的工作量涌上来,冲淡了他的存在。
  当时我正在写一份尽调报告,这个熟悉的名字浮上来时,我顺手将其打在文档的下一段。放大、缩小、调成各种字体,像一场结果未知的实验。光标在字符右侧闪烁,它囊括了各种暗示、重复、开始与终止、时光流逝。
  那个奇异的想法突然冒出来了——它从前出现过,在我第一次看到任天时邮箱的时候,我就想过给他写邮件,以一个普通网友的身份。只不过受制于懒惰与理性,这个想法最终堆在了大脑中的废弃仓库里。此刻,它带着一种不可忽视的诱惑力卷土重来。
  趁午休间隙,我再次打开邮箱,用新身份发送了一封邮件。

任老师:
  你好!自北京开庭已有一周余,你没有来。北方很干燥,过去我只听旁人谈起,加以想象并应和,但等我亲身去了以后,才明白"干燥"确切的体感。我在半夜醒过多次,喉咙里像个被枪击过后的灼烧口,喝水也没什么用,不过是一种虚妄的需求。只是北京的春天很好,门外绿杨风后絮,说的就是当时场景。日光利落得出奇,不像我们这里,物候常挟带蚀骨阴柔。
  我再次给你写邮件,想说的不再是庭外和解——你一定也知道,这只是一个程序,法官喜欢和解结案,这样有益于他们的考核。许多事情都不那么真实,但因为它不重要,所以我们愿意接受看上去光明的话术,反正本来也要做的。之所以写邮件给你,是想对你进行一次人物专访。

工作之余,我写一些小说、访谈,也出过书(见附件)。对于你的生活,我很好奇——我希望"好奇"不至于显得太冒昧。你是一个很特别的人,在日常生活中非常稀有。另外还有一些私人原因,我个性平淡,对充满激情的人总是羡慕,很想了解你是带着怎样的心情去研究发明,在几乎没有经济获利的情况下。

我看过你的博客,使我惊奇的并非那些晦涩的物理原理(实话说,我没有看懂),而是你执着的坚持。身处一个悖逆的环境中,仍然始终怀有信心,实在难能可贵。

如果可以的话,请告诉我更多你的故事,你一天怎么过,怎样发明,你的家庭是什么态度,什么都行。

三三

七

街巷愈发浓绿,热与色捻成一条上升的弧线。周六早晨,路上行人惯于懒散。唯独阳光兴致高涨,在楼房、枝叶、工厂烟囱的影子间捕捉行人,将审讯式的热情倾囊泻下。

从男朋友家到市区,要多番辗转。先坐车到一条地铁线路的终点站,经过颠荡,慢慢进入城市的核心区域。每日工作来回令男朋友疲乏,所以周末我们不出远门,与世隔绝也好。那天戴娟组了聚会,约我和另一个同事见她男友。于是我只好独自起床,穿一条短袖连衣裙,匆匆赶往人烟稠密的商场。

三人都比我到得早,我走进约好的咖啡馆,他们正在讲与星座相关的话题。戴娟一贯娇嗔,在男友身边更甚。桌上蛋糕吃了三分之二,底座的饼干碎屑散得一片狼藉。

"射手座风评很花的,你是不是谈过很多女朋友!"戴娟做出一副要打男友的姿态。要是再晚几年,我便能辨认这种人造的热情——它出于对一段更深刻的关系的憧憬,某种程度上,不妨看作对平庸的逃避。

"都是认识你以前的事情。"男友笑了,分明对评价很满意。

"这是三三,诉讼部门的律师。他们部门平时很忙的,三三经常搬着比她人还高的材料……"戴娟笑得靠在男友身上,好像她在描述一个喜剧桥段,而搬材料的人是卓别林。

"没有,没有。"我说。倒不是否认她的话,商标与专利的诉讼通常材料不少,好几次都是拖着拉杆箱去开庭的。只是眼下名不副实的戏剧性让我尴尬,我想用否定的句式去弹落身上的灰尘。

"什么星座的?"她男友随口问。

"不是什么重要的星座。"我说。

约见的地点离律所很近,下午便在我们常去的 KTV 消磨。那几年,KTV 处在红利期,开得到处都是。我和许多人唱过歌,有些仅一面之缘。后来厌倦了重复的 MV、掺水的酒、惺惺作态的醉意、丑陋的展示欲,但当时还不知道会有这样的结局。戴娟声线很甜,范晓萱的曲库信手拈来。另一个同事总在推诿,拿到话筒却也不愿放下。包厢环绕着半圈镜子,彩色旋转灯随机将晦暗笼在人脸上,好像坐在一个南方洞穴中,外界久雨未晴。

戴娟男友问起我的恋情,我如实相告,顺便讲起大学生活。法学院的课程相对松弛,因为法律终究指向一种能力,而非知识。对于法学学生而言,重要的是大四那一年通过司法考试。我毫无愧疚地滥用了自由,夜夜在网吧通宵,陪男朋友打一款叫 Dota 的游戏。戴娟男友也打,我们交流了几款英雄。他擅用地卜师,我则多选辅助角色,主要为男朋友提供视野便利。

背景歌声很响,有好几次,我们不得不把嘴唇贴近对方的耳朵。闲聊之际,我问他,你们会长久吗?他含混地笑了,仿佛有什么事秘而不宣,反问我,你说呢?你觉得我们会长久吗?

我推辞了晚饭,尽快回到郊外小镇。地铁在黄昏里行驶,商圈、高楼渐渐被一种荒蛮的力量剥离,取而代之是黯淡的沿街商铺,标准的小镇格局。地铁尽头有一家麦当劳,门口常聚着几个卖烧烤的小贩,男朋友最喜欢买烤面筋。

夜晚散步时,和男朋友说起这一天的琐碎细节。

"戴娟,你们人事吗?你不是不喜欢她嘛。"男朋友问。我们走得很慢,路边有狗,草越来越浓的气味。昏暗中,一个手捧白色桔梗的女人擦过身边。

"也不至于,我没什么不喜欢的人。"我想了想说。

"不知道哪来的印象。"他摇头。

"我只是害怕太热情的人,一旦他们亲近你,就要求你的回馈。你稍微冷淡一些,他们会以为你背叛了友谊。我从小怕这种人,相处起来很累。"我说。

"大部人都不坏,只是愚蠢,而且意志薄弱。"

"是啊,难道我们不是这样吗?"

散步路线仍然是沿着公园,行星适应于自己的轨道。店铺打烊得早,我们在漆黑乱流中趋行,橱窗里冷漠的模特目送我们。也有灯火辉煌之处,是一家娱乐城,借用了城堡的外形,孤零零落在小镇南面。我们路过一幢民房,二楼传来卡拉OK的声响,1990年代那种音效。

"这里太落后了。等明年涨工资了,我要去市区租房子住。搞不懂爸爸为什么非要来这里买房,太荒蛮了,只有老人会住。"类似的话,男朋友说过许多次。

"贷款还没还清呢,有钱交房租,不如先还贷款。"我说。

"每天这么忙,一点意义都没有。"他叹气,不是语气沉重的那种,像吹一团蒲公英。

"以后就好了,慢慢都会想通的。"我说。

那天十一点多,突然收到戴娟男友的消息,问我,听说你养猫,是不是喜欢动物?我说,还可以,顺手养的。他问,下周想去动物园吗?我说,有机会再说吧。

八

作家三三:

你好,两封邮件都收到了。

说实话,我从2004年就开始打官司,见过的律师不下几百个,那些套话的手段我再清楚不过。律师是最坏的人,他们维护的不是公平正义,而是要确保法律的天平倾向于愿意花钱的人。但我没有钱,如果有钱,我就能一心放在发明上了,也不必打官司。你是作家,我相信你和他们都不一样。真正的作家应该关心人类命运、地球未来,从这个角度来说,我们是同一种人。

我1991年从钟祥市一家油田辞职。一个三十出头的男人放弃稳定工作去搞发明,到底要下多大的决心,没有亲身体验过的人是不会明白的。1990年代中期,流行下海经商,我和朋友合伙卖过橡胶鞋,投了积蓄,两年就赔完了。这更让我确信,我天生是搞发明的料,不应该虚度在赚钱上——赚钱只是手段,是为了实现更崇高的理想。

二十多年究竟是怎样过去的,好像发生过很多事,却一件也说不上来。你问起我的生活,我也问自己。可是生活真的重要吗?当人的思想从追求自我跳跃到整个人类文明的自由,谁还会在意如何起居?

从1991年到现在,我已经有一百九十八项申请专利,其中四十三项已经得到授权。实际上,我完成的发明有几千项,只是考虑到维持专利要付钱,我没那么多钱,只好挑一些比较重要的去申请。刚开始搞发明时,朋友开玩笑,说我以后要做"钟祥爱迪生"。爱迪生一生也不过完成一千多项发明,其实只要资金足够,我三年就能超越他。

1999年,我无意发现圆周运动的神秘性,一粒电子垂直进入平均磁场,一颗人造卫星升上太空中的轨道、摩天轮、秋千、弯道,万物都在做圆周运动。我认为,所有关于永恒的密码都写在圆周运动里。十多年来,经过上万次测试,我一共总结了十条圆周定律,目前公开的是前六条。我的很多发明也是基于圆周定律,虽然现在应用还很肤浅,但早晚会震惊全世界。到那时候,人类会忏悔自己犯了一个巨大的错误:忽视圆周定律!

很多人对我有意见,认为我说话不够谦虚,但这是情非得已。这些年来,为了推广圆周定律及汽车专利,我一直在奔波呼吁,尽了最大努力,黔驴技穷。我只好把话说得夸张一些,希望能引起社会各方面的重视。在国家和人类的利益前,我根本不在乎别人怎么评论我。

附件是我和一个记者的访谈录音（仅存片段，一部分佚失），录制于十年前。当时刚开始打官司，第一次被采访，你可以听一听。

任天时

附件：

……

记者（干笑）：你觉得这个目的达到了吗？

任天时：怎么没有，全球至少二十亿人直接或间接受到我发明的好处。

记：但有人说你是疯子。

任（突然激动）：谁？他们凭什么？我的专利全国有几千家公司在用，只要有一家判下来，我就是个百万富翁，到时候看谁还落井下石。

记：但目前你非但没成富翁，连饭都吃不饱？

任（沉默）：我有很多朋友，不担心吃饭的事情。我现在住在朋友的房子里，他们送我手机、空调，空调我不开，因为电费太贵了。我还有民政局的低保补贴，每个月六十元……虽然我很穷，但有很多人支持我的事业。

记：听说你还欠了很多债？

任：嗯，大概二十万左右，是十年里欠下来的。

记：你有能力还吗？

任（声调变高）：我怎么没有能力？总有目光长远的人，他们不在乎钱，他们知道我以后能带去更多利益。我不会让他们失望的，有一天我要好好谢谢他们。

记：离婚，是你妻子提的吗？

任：是的，她不提我也要提。她不理解我，说我只会吹牛。这种蠢女人满脑子只有钱，没法过日子。

记：你和孩子还有联系吗？

任（再次沉默）：联系不多，主要是没时间。我儿子上三年级，有一次他跟我讲，爸爸，我们语文考试的作文题是《谁是我最敬佩的人》，我们班上好几个同学写的是您，说您是发明天才。不过他没有写我，好像写了一个外国人，我不知道，他心里敬佩的可能还是我。

记：现在妻离子散，你后悔过吗？

任：我从来不后悔！他们离开我，是他们没眼光。我是一个注定要为伟大事业献身的人，我的命运已经天定了，但我也不怪他们。

……

九

等我终于看见那张与慷慨陈词匹配的脸，五年已从空轴上划过。

案子归档多时，期待、假想、多余情绪，但凡抽象之物都随时间凋敝。变故来临又消失，蛀空一度确信的结论，徒留手捧蜂窝茫然失措的人。

偶然一念间，我想到最初经手的任天时案件，突然好奇他的境况，便去搜索他的信息。我在百度知道上搜到一则提问，"发明狂人任天时走出窘境了吗"，没有任何回答。又找到一些早年的采访，过去竟未察觉。其中有一张是任天时的照片：他站在一间逼仄的房间里，穿一件白背心，脖子上挂着白色的毛巾，似用来随手擦汗。写字台紧靠他的腰部，上面摆满铅笔、尺规、量角器，我们中学时常用的工具。他的脸照得特别模糊，但能看出还算年轻，嘴角左侧好像有一粒小小酒窝。

那段时间，我即将赴一次漫长的差旅，与朋友逐一约见告别，也包括分手多时的前男友。我们约在一家西班牙餐厅——"重逢"，这个词语终于被使用，它具有隐晦的情感导向，仿佛分道扬镳的两人对再见怀有一种稳固却并不强烈的期待。

恰巧讲到任天时，他问："那个人后来怎么样了？"

"不知道，也许还在搞发明吧。他都六十多了，现在回头也太残忍了。"我说。

"你们以前是不是还通信过，你怎么看？"他问。

"我不知道……但是这几年我明白了一件事，不要轻易评价一个人最珍视的东西。这和说好话还是坏话没关系，就是，不要说。"我说。

"是这样，人都太复杂了。"他叹气。那口吻好像我说了什么和我们两人有关的事，惋惜、切身。

"大家都在做太多徒劳却又可谅解的事情，没人例外。"

"你们律所的人事怎么样了，和她男朋友结婚了吗？"他问。

"我们后来没联系了。"我说。

这几年他赚到了钱，租在办公室附近，郊外的房子由他爸爸和情人居住。爸爸的情人时常闹脾气，唯有巨额的物质补偿能安抚她。于是，爸爸三番四次向他索取，他也并不在意。

狗依然活跃，生过两窝孩子，一个都没留下。白猫则被送到乡下老家奶奶处——或许早就走丢了，但是只要能忍住，不追问，我就永远不会知道真相。

那时他已掌握挥霍的技艺，注重享受过程，而非虚无的结果。他保持着月光记录，随意买奢侈品送人，不求回报，只为购买时的片刻愉悦。往日的困顿究竟能给一个人留下多少伤害，就他而言，似乎永远不懂如何真正拥有什么东西——那种能力在多年前就被剥夺了。然而，那令人痛

359

苦的只是经验吗？当一个人凝视黑暗中琥珀色的双眼时，他真的知道它是什么吗？他真的明白自己是什么样的人吗？

十

任老师：

　　突然发现周四是你五十九岁生日，提前祝你生日快乐。

　　就我所知，很多人小时候都会幻想自己是天才。那种心态很难阐释，未必完全是虚荣，或企图得到关注，在我看来，它更接近于一种交流的欲望——一个人能拥有巨大的能量，去和外界进行前所未有的交互。他们潜意识里的需求，绝不是占有资源、控制他人，而是反过来，他们愿意凭借一种热望献出自己。但随着成长，现实世界一次次的凉水令他们醒悟，自己不过是最普通的人之一。对大部分人而言，成长即一个学习面对自己无能的漫长过程。

　　认真读了你的来信，我更愿意相信你是一个真正的天才。但天才被误解、被短暂地贬损是不可避免的，这是他们获得天赋的代价。世界上许多事也是如此，平庸伤害高贵，丑嫉妒美。人们生活在各种排异机制之中，当你明白，他们诋毁高尚与美，归根结底是出于恐惧的时候，你就没有办法不谅解他们。

　　在古希腊语中，"起诉"本意是追赶禽兽的意思。这很好玩，借助一种更宏大、公正的力量去启蒙智性未开化的生物。即使未必能成功，这样的行为本身就是一种救赎。或许也是你现在做的事情。

　　你现在还做研究吗？如果做的话，研究的又是哪方面的东西？如果方便，请向我透露一些。非常感谢。

三三

十一

在我与任天时往来的所有邮件中,令我印象最深的,是一则引自《左传》的故事。

当年晋献公想讨伐虢国,为了问虞国借道,请大臣带了屈地产的马、垂棘产的璧玉送给虞国国君。虞国大臣宫之奇劝谏说,虢国和虞国是相邻的小国,就像唇与齿,假如虢国被灭,虞国必定唇亡齿寒。但虞国的国君并没有听信他,结果五年后,晋国也占领了虞国。当年送礼的晋国大臣取回了马和璧玉,重新献给晋献公,他感叹说"璧则犹是也,而马齿加长矣"。

"璧则犹是也,而马齿加长矣。"——这当中已经过了五年,璧还是原来那样,马却老了,牙齿又长了几圈。

多年后,我重溯至此,忽然感到其中的悲怆之意。

这句话中包含了太多种目光:如何看待晋国漫长的经营,如何看待宝物的失而复得,如何看待璧玉的永恒和无动于衷,如何看待马在这五年里度过的每一天,如何看待马对这一切一无所知,如何看待这些宝物还会再度失去……

有一天你突然什么都明白了,这时你没法再评判它,你只能默默忍受你的领悟。

十二

作家三三:

抱歉,很久没有回你的来信。我目前的状况比较难,此前租的房子已到期两个月,房东将我赶了出去。幸好现在天气炎热,找地方过夜非常容易。我原来住的小区里有个收废品的老头,和我是好朋友,我把书和稿纸都放在他那里。

我现在经济比较拮据,今天来网吧是为了查资料。我以前有台电脑,但搬家的时候没带走,导致如今查资料很不方便。网吧里烟味很重,我一点都不喜欢这样的地方。有时候很好奇,那些打游戏的人,如果知道坐在旁边的是一个伟大的发明家,又会有什么感受。

你的来信让我十分感动,像是说了我一直没法说出来的话。我想起自己年轻的时候,也爱好文艺。《古诗十九首》读了很多遍,"思君令人老,岁月忽已晚",不是说一想到你就发现自己老了,而是因为好多年里,反复在回想告别时尚且年轻的你,时间就这样不知不觉流逝。很多况味从前不知道,慢慢才明白过来。我也喜欢陶渊明,"平畴交远风,良苗亦怀新",我小时候在农村长大,这种景象能让我平静。如果你想读陶渊明,千万不能放过《咏荆轲》,你不读这首,就不会明白真正的陶渊明。

目前我开始研究一些比较宏观的问题,比如地球的起源。地球为何是现在这样,没人清楚,但我可以讲清楚,我在很多方面已经走在人类的最前面。

我的案子最近都不是很顺利,我有些记不清你到底是哪个案子的负责律师。我知道你们不会放我一马,但我有个提议请你们考虑。我想把我的案子卖给你们,市场上侵权人还很多,我实在没钱——去打官司。所以想让你们帮我去打,如果赢了钱,我们可以五五分成。当然,诉讼费需要你们前期垫付一下。

请你们放心,任天时是一个鞠躬尽瘁的发明人,绝不是骗子。

你看这样可以吗?我下一次来网吧应该是一星期后,麻烦尽快回复。

任天时

十三

  2014年的夏日，雨水并不丰沛，往记忆里溯洄，多是炽烈而威严的光。溽暑时至，中午一出办公楼，人如被热力绞过的湿毛巾。

  我和戴娟久未共餐。某一天起，她不再和我讲话。偶尔从我办公桌附近经过，她故意摆出一副冷淡的表情，嘴唇向下撇好似一艘沉没的轮船。我知道那些女孩常用的把戏，她也悄悄观察我，想从我脸部读出受伤害的信号，想知道我们曾有过的热络友谊究竟有多少价值。我能回馈的只有一片茫然，并不知晓自己撞上的是哪一座冰山：因为她男朋友私下邀请我去动物园？因为李律师泄露了我对她的评价？还是只因为我时常突然从无休止的网聊中抽身？到最后都会变成这样，秘密不胫而走，所有人知道了所有事，道歉、挽回当然有效，但那不过是一个新循环的开始。

  那天部门聚餐，订了淮海路上一家粤菜馆。我们穿过狭长的走廊，巨型鱼缸、水晶灯、花式鲜媚的土耳其地毯——四处是上世纪充满模仿性的装饰元素，隆重，而那勉强想凑近富丽的企图又让人暗中怜惜。这家餐厅中午特供广式茶点，颇受欢迎。大厅里人声鼎沸，多是打扮时髦的老人。每有客户来，李律师就来此请客，久而久之与经理相熟，结账会有九五折优惠。

  此次聚餐是为庆贺专利局的通知。前一日，小菁从前台送来挂号信，拆件时提心吊胆，好在结果意外令人欣慰。当律师的这几年，我拆过无数挂号信。有时我掂量信封，不足几十克，却容纳了涉及百万判决的结论，成败全不由我们掌控。实际上，律师能做的非常受限，绝非儿时港剧里那样——你不能随意站起来,慷慨陈词,法庭上的所有人都对激情脱敏了,过于投入的表演只会令人难堪。

"真没想到,复审委竟然会裁定缺乏新颖性。一下子就解围了,客户省了十万。"陈律师快乐时便容易放松,筷子剔不干净乳鸽,干脆用上了手。

"十万啊,对B公司来说根本不算什么。"李律师讳莫如深地笑起来。

"你到底什么意思,对我们笨人最好有话直说。"陈律师开玩笑。

"少娟,你到底还是年轻。依我之见,负责这案子的副总并不想赢。"李律师说。

"为什么?"陈律师一愣,仅一转瞬,又颓懒下来,仿佛突然接受了这些复杂的暗脉,"B公司这么大,有些明争暗斗又有什么稀奇呢?"

"小李律师,你怎么看?如果察觉到客户不想赢,你会故意输案子吗?"李律师问我。

当时我正对任天时怀有歉疚,饭间说话不多,握着天鹅酥的细颈便走了神。任天时所在之处比我们更靠近北京,裁定通知理应更早抵达他。此裁定一出,不只B公司获利,这个专利所涉的所有诉讼都失去了支点。

"当然要努力打赢啊。我们的客户是公司,又不是某个×总,不管怎么样要保障客户的权益。你是个律师啊,怎么能故意输呢?"见我不知所措,陈律师接上了话。

我不敢再写信给任天时。体贴或装腔作势,都显得多余,语言所供应的空间只显得虚情假意。

难道我没料到这样的结果吗?当我看到他邮件里自相矛盾的措辞、一粒粒模糊但能累积成方向标的瑕疵;当我看到他十年前后完全不同的样子,似乎这十年来,他终于构建出一套值得信任的逻辑,用来说服他人与自己,我为什么会选择视而不见?为什么不怀疑他,还故意说一些吹捧的假话，追求一种缥缈的可能性？当任天时收到专利局的通知书时，这些铺垫也许只能让他感到背叛——或更模棱两可的说法，是一次加剧的意外，使他的痛苦更加难以忍耐。

我一边思忖这些，一边检索任天时的博客，本只想看看他是否已知情。

就在此时，我才发现任天时一篇新发布的博文，《知名作家三三对任天时的肯定：天才终将超越时代》，内文是我和他多次来往的邮件。

为了突显自己，他甚至改动了我邮件的内容。一些段落之间，他加入了极为谄媚的夸赞，又虚构了一些荣誉。似犄角，看上去与其他部分很不协调，读来更让我羞耻不已。标题里"知名作家"的头衔更像是一枚闪光的图钉，理直气壮地刺入我的面孔——茫然、虚幻的面孔，久而久之，也未落下泪来。

（原载《上海文学》第 9 期）

半张脸

石一枫

"我仿佛在哪儿见过你。"

"真的是你?"

对话是这么开始的,既顺理成章又猝不及防。

夜晚明亮,但毕竟是夜,因而也有难得的、幽暗的角落。两人坐在一个过道里,头上缀满半街霓虹。滑不溜秋的台阶下,石板路通向熙攘的四方街。再往远看,那个标志性的大水车遥遥在望,白天也不动,这时却似随着光的流溢而缓缓旋转。

发起这场对话时,单眼皮男人已经给自己留好了退路——一旦对方感到冒犯,那么他可以声称认错人了,随即全身而退。而这又是多么陈腐的路数,甚至带有某种怀旧色彩。在他生活的北方城市,类似的一幕曾在不同时空反复上演。就连单眼皮男人本人也尝试过不知多少次了,在酒店大堂,在夜店舞池,在停车场里进口跑车的车窗内外。每次都是同样的话,一字儿不差:我仿佛在哪儿见过你。说得多了,近乎箴言,更像咒语。

但那往往是一句失效的咒语。大多数被搭讪的姑娘会翻个白眼儿唯恐避之不及，而他则自我安慰：这未见得说明她们讨厌他，毕竟都挺忙的。到了他这个年代，连拒绝也缺乏必要的仪式感。

哪儿像传说中的当年，"飒蜜"会啪啦抖开一柄扇子，上书两个大字：有主。

唯一有点儿意思的是在某所著名艺术院校的内部餐厅里，受其滋扰的姑娘立刻露出了八颗牙的标准微笑，转眼掏出一根签字笔来：

"我只能给你签个名，合影的话得问我经纪人。"

因此，对于这位搭讪爱好者来说，眼前双眼皮女青年的回答，不亚于一场意外收获。简直是对他锲而不舍的精神的奖励，天道酬勤啊。

单眼皮男人打了个激灵，至此才第一次认真打量起了对方。刚才，他只是晕头转向地溜到酒吧门外，找个公共厕所卸掉膀胱中的残留物。酒吧有卫生间，但和他一起的那些人正在排队，老家伙们的前列腺多半又不太好。所以他才差点儿踢到台阶上这个单薄的背影，进而腿一软坐了下来，又进而判断出对方的身份——女的、活的——随后便甩出了那句陈词滥调。那话脱口而出，滑溜得像嚼过无数遍的口香糖。即使放在单眼皮男人那并不漫长的搭讪史中加以考量，这也是少有的、未经踌躇的率性而为。

在某种意义上，也要感谢他们所处的这块地方。古城里尽是陌生人，天南海北，虽然陌生却建立了熟悉的共识，因而同时具有陌生人的轻松和熟人的热络。记得刚下飞机时，他就看见了赫然写着"约吗"的广告牌。那时他就觉得类似的召唤过分直接了。

嗯，缺乏仪式感，是他这个年代的通病。

所以现在，单眼皮男人正在尽力补上那一课——郑重而不失谨慎地凝视着双眼皮女青年。对方眼神儿没躲，令他如受激励，愈战愈勇。除去长了一双明艳的大眼睛,这位女青年给人的整体印象是清瘦、镇定,脑门儿还幽幽映着微光。头发半长、略黄,在脑后随意扎了个辫子,像喜鹊的翘尾。在他的印象中,类似面貌经常属于学校的女田径队员,脸部造型或如鹿类般温婉,或带有肉食尖嘴小兽的狡黠。在他还是个孩子的时候,就曾对上述两种脸型的异性着迷,还拖着书包郁郁寡欢地在操场外围来回假装路过。

可惜他只看见了半张脸,脸的下半部分蒙在蓝色医用外科口罩里。

这当然也不奇怪,这是今天世界的常态。在来时的大巴上,一车人只有半张脸;在民宿的前台,茶几背后端坐着半张脸;在载歌载舞的表演现场,篝火照亮的都是披金戴银的半张脸。防疫举措不能停,佩戴口罩常洗手。已经有多久了? 身边的人们习惯了除去吃和睡,仅以半张脸示人,尤其是面对陌生人。也正是在诸如此类的不懈努力下,他这样的异乡来客才有机会离开半张脸的城市,登上半张脸的飞机,降落在半张脸的古城。

没错儿,此刻他的脸上同样蒙着这玩意儿。而对面的半张脸也在盯着他,并声称认出了他的半张脸。这才是令单眼皮男青年倍感振奋的原因,同时还有些许诧异。他不确定自己的半张脸是否有那么特征突出,分明也没有刀疤或者少了条眉毛嘛。

于是单眼皮男人清了清喉咙:"我可没跟你开玩笑……"

不料,双眼皮女青年也清了清喉咙:"我像是在跟你开玩笑吗?"

听这话时,单眼皮男人忍不住竖起耳朵,试图辨别对方的口音。很可惜,那是一嘴纯正的、近乎播音腔的普通话,不带任何地域特征。经过又一轮的试探,对方的反问越发笃定,这倒令单眼皮男人有点儿心虚了。难不成他果然偶遇了一个故人,并且对方还先于他而认出了他? 倘若如此,倒真是一件神奇的事儿,不过想来也不是没有可能。毕竟这些年来,他匆匆忙忙见过太多的人,却与其中的大多数再未发生什么交集。他们变成了通讯录上的一个号码，抽屉底部的一张名片，或者社交软件上永不互动的一个好友。这是他的生活状态所决定的，也可以说，与今天人们的普遍状态相关。我们活得兵荒马乱，天知道哪个回合就被取了首级。那么话说回来，眼前这姑娘是谁？他到底在哪儿碰到过她？还有，尽管他是发起对话的那一方，但凭什么她对他有印象而他对她没有，她的记性怎么就那么好呢？

还是说，他具有某种令人过目不忘的特殊气质——起码对她而言？

这么想着，单眼皮男人不禁稍微有些得意了。但想想又是多么可笑，他这个岁数的男人了，居然还不放过任何一个自我陶醉的机会。妈的，油腻。除去建立必要的仪式感，我们生活中的另一要义就是避免油腻。单眼皮男人纠正了他的"北京瘫"，改为正襟危坐，姿态略显谦恭。他还有意无意地把右手放在左腕上，遮住了伯爵手表和硕大的紫檀手串。与此同时，他继续打量并努力辨认着对面蓝色医用外科口罩上方露出的那半张脸。

无数人影从他眼前飘过，无数场景在他心里重组。他像个积极配合警方调查的目击者，正在尝试根据草图复原嫌疑人的长相——然而未果。

这又让他焦躁起来，与之伴随的还有惭愧。

终于，他抬起手来，伸向耳畔的口罩系带——如果他这样做了，那么对方也应报以同样的坦诚和互信。世界骤变之后，也只有真正的熟人之间才能裸脸相见。再打个夸张的比方，就像老夫老妻才敢不戴避孕套去过性生活。

而按她的说法，他们不是早就认识了吗？都熟到仅凭半张脸就能彼此相认了。

但立刻，单眼皮男人听见双眼皮女青年说："别，千万别。"

他听出她话音打战，如同畏惧。难道她是一个防范意识极强的抗疫模范？这当然也不稀奇，他的生意伙伴里就有那种开门之前都要用酒精擦拭一遍把手的老大姐。只不过倘若如此,她又何必来到这个古镇,出现在摩肩接踵的酒吧街呢?

单眼皮男人站起身来,向后退了两步。他示意给对方留出了安全距离,并再次揪住了口罩。然而双眼皮女青年也警觉地站了起来,背手靠在墙上,眼光流向台阶之下,一副随时要逃之夭夭的模样。酒吧里的光换了个角度照在她的半张脸上,如同兵刃出鞘。突如其来地,单眼皮男人有了似曾相识之感——他的确认为自己"仿佛在哪儿见过她"了。但陡然,他又听见双眼皮女青年的口气软了下来,甚而是在哀求:

"……还是算了吧。"

"什么算了?"单眼皮男人愣了一愣,反问她。

"我们就戴着口罩聊会儿吧。"双眼皮女青年沉吟片刻,又说,"反正我们也早就知道对方长什么模样了……不是吗?"

单眼皮男人迟疑着点了点头,使得双眼皮女青年松懈下来,但她又像怕冷一样把外衣拉链往上提了提。这个动作其实没有必要,正是高原的春季,白天阳光肆无忌惮,留下的余温尚未褪去。单眼皮男人自己只穿了一件松松垮垮、形同道袍的定制款亚麻衬衫,还热得微微冒汗呢。他也注意到她穿得挺"潮",尽管是一身破洞牛仔裤配运动帽衫,但牌子相当讲究,做工也不像淘宝上买的冒牌货。而纵观他在与异性交往方面取得的成就,又有多久没被这种"痞帅范儿"的女青年另眼相看过了啊。

尤其这两年,在他彻底改头换面以后,贴上身来的就尽是些肉隐肉现的十八线网红,以及少数靠装疯卖傻来博取关注的女文青。没劲,俗。他一边和她们周旋却一边避免琢磨她们,他的周旋是套路,他却为她们的套路而感到乏味。

随即,双眼皮女青年的另一个动作又让单眼皮男人心里怦然一跳。何止是怦然,简直是轰然。只见她反手拽了拽运动衫背后的帽子,从里面掏出一包香烟与一只打火机来。那动作灵巧而滑稽,让人想起猴子在挠痒痒。女孩身上兜少,如此这般携带不值钱的零碎物品也情有可原。不过,她干吗宁可不背包,倒把帽子当成了百宝囊呢?

双眼皮女青年从烟盒里掏出一支,两指夹住,另一只手正要点火时却扑哧一笑。她好像这时才想起自己也戴着口罩,而口罩除了防止病毒以外还可以防止吸烟。她耸了耸肩,把那盒混合型的"中南海"放在他们之间的台阶上。

单眼皮男人接手捡起烟来,也掏出一支。

他不抽烟,但他宁可夹起一支陪着对方,尽管对方同样有烟抽不了。经由那个反手从帽子里掏烟的动作,他开始回忆。

大概是七八年前了吧。地点是他所来的那个北方城市。二环里,金融街,两栋玻璃外墙的写字楼之间。人在这种地方会幻觉自己的影像被重叠倒映,一直反弹到天上去。那时单眼皮男青年已经在一家银行工作了若干年,刚从柜台转为大堂经理。

他总会在午休时间来到写字楼之间的小花坛。花坛没花,一圈儿水泥台子,对面的垃圾箱前放了两个半满水的可乐罐,权当吸烟处。写字楼里不让抽烟,因而此处人们络绎不绝。前面说过,他不抽烟,但他愿意过来透透气。

他相当累,但越累越得拿出振奋的模样。不仅人前如此,独处更不能松懈。他会脱了西装,小心地叠好装进塑料袋,然后蹦蹦跳跳,在没有花的花坛上压腿。午饭有时也在这里解决,吃的是从自助餐厅拿出来的三明治。中午不要摄取过多的糖分和脂肪,那会造成下午犯困。饭后他还会打开手机播放广播体操的音乐,像个中学生一样做操。

这一天,身后恍然多了个人。当他停下来,扭头看见身后站着一位双眼皮女青年。不是半张脸而是一张脸,像即将上场比赛的女田径队员一样清瘦、镇定。对方从容地收拢胳膊，并起双腿。她刚跟他一起完成了一套"调整运动"。

做个操也有人凑热闹。单眼皮男人似乎这才从疲惫中醒过神来，话也滑了出来："我仿佛在哪儿见过你……"

在那时，他还没培养起和异性搭讪的勇气，更没有随时随地找点儿乐子的闲情逸致，因而这话仅仅是它字面的意思。他单纯地感到双眼皮女青年有些眼熟。

而对方朝一旁甩了甩头："没错，就那儿。"

顺着尖下巴的指向，他越过对方的肩头，往垃圾桶和可乐罐望去。那个角落簇拥着另外几个男女青年，岁数都比他小不少，虽然套着各式制服但一律衣冠不整，此外染着黄头发、打着耳钉，还有两个男孩胳膊上盘旋着大片文身。那些孩子抽着烟，嘻嘻哈哈地观望着他们。很显然，他们把双眼皮女青年的行为视为了一场即兴的游戏。

很显然，那些孩子虽然和他同在一片写字楼里，但却属于另一个族群。他们不是金融机构的雇员，连公司前台都不是，而是些楼下商店的售货员、服务员和外卖员。通常情况下，单眼皮男人也只有在叫快餐、和客户喝咖啡或者结束加班后去便利店买夜宵的时候才会与他们发生简短的对话。在他的印象里，他们也是这片楼里活得最悠闲的一个族群了，所以有大把的时间溜到外面来厮混，也不知怎么就那么大的烟瘾。他不仅会在每天中午的休息时间瞥见他们，有时呆立在银行大堂里，以肃穆的站姿两手捂裆茫然望向窗外，也会看见他们正凑在花坛旁边打闹——夸张的造型夸张的表情夸张的动作。

在那时，他又会做出经典的政治经济学判断：这些孩子活得如此悠闲，并不是因为有着悠闲的资本，而是因为注定无法获得"不悠闲"的资格。而为了不沦为这一族群中的一员，他又曾经付出过多么持久、勤奋的努力啊。

所以他再看回双眼皮女青年时,分明带有隔阂的冷漠,目光是俯视性的。

对于他的言外之意,双眼皮女青年当然有所察觉。对方本已露出了半个笑脸,突然眼里一凛,两颊也绷了起来。在对方看来,他这人起码"不太识逗"。

双眼皮女青年搪塞了一句:"我看您天天做操,也想跟着动弹动弹……"

说完转身,走向她的同伴。她一定吐了吐舌头或撇了撇嘴,男孩女孩们哄笑了起来,还有人噗地喷出一口烟。这无疑让单眼皮男人不快,如果是在对方工作的店里——通过她罩在运动帽衫里的围裙,他已经知道她是一楼茶餐厅的服务员了——那么他很可能会发起一场投诉,就像那些银行里不耐烦的客户会不分青红皂白地投诉他一样。

也就在这时,啪啦一记声响打断了他的迁怒。

地上落着一枚打火机,它掉出来的地方,居然是运动衫的连体帽。单眼皮男人这才看清,双眼皮女青年正在做出一个灵巧而滑稽的动作,试图反手从帽子里往外掏香烟,好像一只猴子正在抓痒痒。不巧围裙绷得太紧,碍手碍脚,于是没拿稳。基于条件反射,单眼皮男人捡起了打火机,递回给对方。他在银行大堂里总这么做。

双眼皮女青年接过打火机,点了颗"中南海":"谢谢啊。"

单眼皮男人顺势问:"东西干吗放这儿?"

"店里有规定,上班不让带包,身上兜儿又少。"

单眼皮男人又接口道:"这是哪门子规定?"

"老板宣布的,怕我们往外'顺'吃的。"

双眼皮女青年好像在说一桩天经地义的事儿,单眼皮男人却忍不住替她委屈了起来,同时顾影自怜。他联想到了自己工作中的种种规定。有些当然是白纸黑字,还有些就是领导的潜规则了,旨在拢住优质客户,防止被他这样的小年轻"挖角"。因为犯过此类忌讳,他还遭受了排挤,否则也不会在此时孤零零地晃悠到写字楼外。而在那一瞬间,他甚而感到和这个打搅了他的女青年同病相怜了。他们都像贼似的被人防着。

所以他面无表情,牙缝里呲出一个"操";气流很轻,听起来像"擦"。

一"擦"之下,双眼皮女青年眼里似有火苗晃动,两人之间的温度也提高了似的。在某些情况下,人们对于某些事情的态度会让他们拉近距离,好像突然认出了"自己人"。双眼皮女青年也"擦"了一声,然后把话头拽回去:

"你做的是第八套广播体操吧?"

"您"变成了"你"。单眼皮男人问:"你也学过?"

"那当然。"她说:"不过我上学的时候,已经改成第九套了。"

回忆着上述场景,单眼皮男人和双眼皮女青年正在古镇里踽踽而行。他们漫无方向,不时躲避着身穿纳西服或汉服或破洞乞丐服的游人。也不知是谁先走起来的,反正他们下了台阶,开始游荡,每人手上夹着一支无法点燃的香烟。除去吃喝以外,迎面飘来的满街男女也尽是半张脸,这是一座昼夜不分、今古不分、中外不分的半面之城。

对话是由单眼皮男人发起的,但换了个地方,就变成了双眼皮女青年喋喋不休,而他顶多在对方喘口气的时候"嗯""哦""啊"一声,像个滥竽充数的捧哏演员。但也怪了,双眼皮女青年所说的话却跟往事无关,她的注意力似乎尽被眼前的景象吸引了。当然也可以从眼下的特殊时期来理解:整个儿世界都在经历萧条,国内也刚复苏不久,因此仅仅是摩肩接踵的人群就足够令人兴奋的了。

她的话音缠绕在他耳边:

"这种'云腿'煲汤反而浪费，按伊比利亚的做法，切片配乳扇就挺好。

"国际友人寥寥无几了哈？民俗贩子们的生意不好做了。

"都什么时候了怎么还尽是敲鼓唱民谣的？哼，千篇一律的时髦。还有那些门脸的装潢，用昆德拉的话说，这就叫脱俗也即媚俗吧？"

她似乎对这地方很熟，透着来过还不止一次的样子。而她又是什么时候开始对昆德拉感兴趣的？这就有点儿不像印象中的双眼皮女青年了。即使是他这个受过高等教育的人，也是近年来才开始恶补那些拗口的文化符号——主要目的是为了混进另一个圈子，同时也有提高搭讪品位的功效。但话说回来，毕竟时隔已久，或许在这些年里，双眼皮女青年也经历了一些变化。此外还可以猜测她过得不错：昆德拉、服装牌子以及来到古镇这个行为本身，都说明她八成不再是一个职高毕业、薪水日结的服务员了。

单眼皮男人一边走神，一边揣测，一边继续回忆。如果她果真过得不错，也就说明那件事情并没对他构成什么影响。这令他心安，甚而可以说是今晚的另一个惊喜。而那件事情又是怎么发生的呢？临时起意还是酝酿已久？他仿佛第一次有了反思的愿望。

在此之前，还得说说他们在那段日子的日常交往。还和广播体操有关。有了第一次，在日复一日的午休时刻，双眼皮女青年每每会不打招呼来到他身后，和他一起做操。可见她不仅以模仿他来取乐，她的确是一个广播体操的拥趸。这当然也没什么好奇怪的，现在的孩子总有些不合时宜的复古爱好，还有人在网上收集不同版本的《毛主席语录》呢。

不光是她，就连她的那些同伴也加入了进来。孩子们在他身后列成阵势，随着手机洪亮的功放，扩胸、踢腿、下腰。初时还是凑热闹，到后来居然一个比一个认真，打完收工，每人额上一层薄汗。这就构成了两栋写字楼之间引人注目的一景。人多势众，连他都觉得此时的做操又和往日不同，不再是宣泄，倒像示威了。

同事都问他："你怎么跳上广场舞了？"

还有人评价："没想到这哥们儿是个搞行为艺术的。"

说时用力挤眼，好像意在证明他是一个多么古怪的、不合群的人。

单眼皮男人无言以对。的确，他也知道自己在原来的群落里不受待见，同时意识到自己无意间开拓出了另一个群落。在新的群落里，他拥有发言权，可以决定是做第八套广播体操还是第九套广播体操；他展示了慷慨的气度，可以把留着招待客户用的"软中华"拆开两盒分给大伙儿；他还建立了不怒自威的仪态，现在那些孩子称呼他时，都是在姓氏后面加个"哥"了，透着亲热与敬重。令他稍感可悲，孩子头儿不都是那种甘愿自降身份的成年人吗？但这个角色又给他带来了一丝欣慰。他想起自己小时候，也爱跟在工厂宿舍区里的几个青工屁股后面转悠，人家多看他一眼就能让他激动不已。只可惜当他也到了可以培养一群狐假虎威的小跟班的年纪，宿舍就拆迁了，连他父母都一并搬到远郊去了。

他甚而还获得了行侠仗义的机会。做了约莫一个多月的操，包括双眼皮女青年在内的几个孩子试用期满，拿到了劳务公司发下来的合同，围在花坛旁互相比对。而他扫了一眼就发现了纰漏：基本工资低于法定标准，没有节假日的加班费，更关键的是连保险都没上全。他把问题指出，引得众人一片"擦擦擦"，但也表示没辙，还怕一有怨言就把他们换掉，连班儿都没得上。都是本地孩子，看着挺"野"，骨子里还是老实，既好管又好骗。单眼皮男青年笑了笑，给他们讲清形势：依照劳动法，这种情况一告一个准儿；再说打工的需要店，开店的需要人，说到底都是博弈，你以为现在低端劳动力就不紧缺吗？

又是"博弈"又是"紧缺"，说得孩子们直犯愣，连那个戳人的"低端"都给忽略了。后来就决定，去找劳务公司闹一闹，有枣没枣打三竿子。他还给他们介绍了一家跟银行有业务关系的律所，那种地方为了扩大影响，会做点儿法律援助之类的公益事业。一竿子下去，果然打下来仨瓜俩枣，各人的合同条款纷纷得到了改善。一切反动派都是纸老虎，大家表示，他这个"哥"可真不是白当的。

有了战果就要庆祝，众人同去撸串，不过后来还是"哥"请的。那天他也没少喝，晕头转向地走进西二环里狭窄的胡同，身边只剩下双眼皮女青年。

前面还没说吧，这时他跟她已经很熟了。两人除了中午做操，还养成了晚上遛胡同的习惯。他们每天结束加班的时间刚好相似。遛的时候往往也没话，各怀心事。胡同其实不黑，头顶就是通体放光的写字楼，还有那些网红店的半街霓虹。他们踽踽而行，不时侧身避开迎面飘来的魑魅魍魉，就和多年以后单眼皮男人在古镇所经历的情形相仿。

往复几个来回，一个奔了地铁站，一个去赶末班公共汽车。

只是那天他没想到，双眼皮女青年会突然一拍他肩膀，接着就把脑袋拱到他胸前，在他的制服上发出了类似于擤鼻涕的声音。然后他才发现这姑娘哭了起来。不过这同样没什么好奇怪的，谁喝多了情绪都不稳定，哪个酒吧门口没坐着俩一把鼻涕一把泪的"果儿"？

接着，双眼皮女青年就说："你有对象吗？没有我去你家。"

就连这也不奇怪。混得久了，他知道她那个族群在男女关系方面相当随意，身边没合适的还能网上约。这就和他所处的环境不一样，起码占了个磊落，不像他的前女朋友，在一家赫赫有名的公司做销售，自打好上就没让他碰过，有一天正逛着街突然血崩了，送到医院急救，才知道子宫都快被刮漏了。

单眼皮男青年反问："我要有对象呢？"

双眼皮女青年就说:"那咱们去宾馆。"

说得单眼皮男人咯咯一乐,随即摊开一只手掌,按在双眼皮女青年的天灵盖上。她的脑袋在他手里像个小皮球,而按她那个岁数人的流行用语,这个动作被称为"摸头杀"。"杀"了一会儿,他把那只小皮球轻轻挪开:

"我看咱们还是聊点儿别的吧。"

也和多年以后的情况相仿,当他们走到古镇的另一端站定,单眼皮男人突然提议:"我看咱们还是聊点儿别的吧。"只不过事先省略了那记"摸头杀",这是因为对方不再是个可以让人随便胡噜脑袋的孩子了。唉,她也大了,而他都快老了。

对面的半张脸问:"咱们不是一直都在聊吗?"

单眼皮男人说:"但聊得太务虚了。我是说,可以聊点儿具体的,跟我们有关系的……"

"我们有什么关系?"双眼皮女青年突然撑了他一句,又带着十足的挑衅意味问道,"那你说吧,你想听点儿什么?"

单眼皮男人既搪塞又试探:"可以聊聊你这些年……"

"我这些年?你还有工夫关心这个?"双眼皮女青年咄咄逼人地再次插嘴,俄而一笑,古怪而讽刺,头颅也随之微微转动,向他露出了侧脸弧线。刚才的一路上,单眼皮男人注意到,她总是乐于将侧脸朝向他,或许她对自己这个角度的视觉效果更有信心。根据他所了解的知识,这叫作"侧颜杀"。只不过印象里的双眼皮女青年是没有这个习惯的,此外如果从侧面看去,眼前的双眼皮女青年似乎也和过去不太一样了……怎么说呢,她的耳朵变尖了,腮部轮廓呈现出近乎西方人的棱角……不过他好像也记不住她以前侧面的长相,再说人都在变……单眼皮男人这么说服着自己,打消了蠢蠢欲动的疑虑。

"瞧你说的。我是挺忙的,但还是会时不常地想起你来,毕竟我们……"他继续搪塞并试探着,"对了,你后来去哪儿工作了？"

这时他听见双眼皮女青年说："去了深圳那家公司,做媒体运营。你给介绍的门路还挺地道,没忽悠人——所以我得谢谢你呀,师兄。"

单眼皮男人也正是在这时意识到事情不对的。他按住了口罩,也按住了口罩下面尚未合拢的嘴,近乎惊悚地瞪着双眼皮女青年。

跑偏了,两岔儿了。单眼皮男人仿佛看到两条缠绕在一处的曲线,原本越来越近几乎重叠,突然间却往相反的方向滑去。

比方说,他记得他们是在距今更为久远的年代认识的,那时银行还可以称为一个热门行业,苹果手机也刚出到第五代。但按照双眼皮女青年的说法,当他们开始"交往"之时,大批纸媒已经开始纷纷倒闭转型了,而他送了她一台 iPhone 8 plus。再比方说,他们从没去过那座城市北部的上地和西二旗一带,可在双眼皮女青年的叙述中,两人的见面地点却总在"联想"总部斜对面的"孵化器"附近。所谓"孵化器"其实也是一栋写字楼,楼下恰巧也有一个吸烟处。还比方说,他明明记得是她先来招惹他的,如果不是她跟他有样学样,他们才不会结成一个做广播体操的小分队。然而双眼皮女青年却把他描述成了一个相当孟浪的形象——径直把手伸到她的帽子里,掏出烟来点上,然后眉飞色舞地等她相认。

更遑论他们压根儿就不是什么"师兄"和"师妹"。

一言以蔽之,认错人了。刚开始是她认错了他,后来他也认错了她。现在就像肥皂泡被戳破,留下一片真相大白的空洞。

至于认错的原因,首当其冲当然是口罩喽。他们所露出的半张脸一定与对方以为的"那个人"高度相似,无论是眉眼、年龄还是神色。其实自打习惯于戴着口罩出门,单眼皮男人就总在怀疑,如果只看半张脸的话,人与人之间的相似程度会陡然增高。你完全有可能把丑陋的认成俊俏的,把猥琐的认成端庄的,把晦暗的认成明艳的。除此之外,口罩也过滤了他们的声音，一律失真地发闷，都变成了老款收音机里的质地。他还有一个经验，在口罩的掩护下，碰上不想打招呼的人完全可以坦然地视若无睹。

可既然如此，他们又为何非要如此积极地"相认"呢？这就不能不涉及两人的另一个心态了——在某种意义上，他们也许同时渴望着他乡遇故知的戏剧性效果。

回看方才走过的那段路，也堪称一个小小的奇迹：他们不仅不明就里，而且还像真正的熟人一样相互鼓劲，已经远离了人烟稠密之处，顺着崎岖的台阶，直爬到一座半山腰上来了。朝远方望去，白天银装素裹的雪山成了一团暗影，飘浮在墨蓝色的云里。身边是一家新开的客栈，门可罗雀且散发着新木头和油漆的味道。到底氧气稀薄，双眼皮女青年两手撑膝喘了会儿气，而后走进那道门里。

临进门她说："师兄，我们坐会儿吧。"

客栈自带回廊露台，提供茶水饮料，他们相向坐在靠边的桌旁。

也奇怪了，在单眼皮男人的视线中，刚才怎么看怎么熟稔的半张脸，现在就怎么看怎么陌生了。可见在某种意义上，"认识"只是一个心理概念，要先"认"后"识"。不识庐山真面目，只认他乡作故乡。

更奇怪的是，他居然迟迟没向对方指出那个错误。现在的情形是他心知肚明，对方却还一派懵懂。这就有点儿成心了。难道他还指望着以"师兄"的身份和"师妹"发生点儿什么吗？当然，事情虽然略显诡异，但还不至于发展成一出拙劣的喜剧，"谁家师妹上错床"之类的。当双眼皮女青年喘息甫定，又开始继续她的讲述时，单眼皮男人便屡屡涌起冲动，想要结束眼下的尴尬场面了。看着对面的半张脸，他还隐隐担忧会不会陷入什么意想不到的麻烦。别人的事儿最好不要知道得太多，尤其是陌生人。只不过他又发现，局面已经变得骑虎难下——如果此刻贸然戳穿，对方又会怎么看他？会不会认为他实际上已经将错就错地窥探了自己的隐私，进而认定他是个居心叵测的变态呢？

尤其是在这样一个前提下：双眼皮女青年刚一落座就声称，当初她和"师兄"交往也并不是因为"喜欢上了对方"，而其实是"另有所图"。

"所以你大可不必自我感觉良好，至于我呢，说得损点儿跟'卖'也差不多。"说这话时，她的口吻变成了近乎恶毒的坦率。

这让单眼皮男人越发心悸。他又寄希望于外界因素能帮自己脱困，于是向吧台招了招手。什么都可以，看着上就行。上来的又是啤酒，对待仅有的一桌客人，服务员反而心不在焉。但这就够了，喝什么是其次，关键是"喝"这个动作所伴随的必要条件——单眼皮男人再次将手伸向口罩，并尽力装得像是个下意识的动作。

他又听见双眼皮女青年断然厉喝："打住——停。"

双眼皮女青年冷峻地盯着他，眸子像猫眼一样扩张放大。对于单眼皮男人的小把戏，她洞若观火。对于只能"戴着口罩聊会儿"的原则，她保持着毫不通融的坚守。单眼皮男人忍不住叫起屈来："这又何必呢？一定要蒙着脸吗？你要是不放心，我可以向你出示我的健康码，比绿帽子还绿……社区还要求我做过好几遍核酸，都没问题……"

双眼皮女青年说："你别装傻了，我不摘口罩可不是因为这个。"

"那为了什么呢？这不是自己折腾自己吗？"单眼皮男人试图说服她，"你觉不觉得闷得慌？我都快喘不过气来啦——"

双眼皮女青年又说："为了什么你还不知道？当初不是你答应，我们再不见面的吗？"

单眼皮男人恍惚道："你是说——只要戴着口罩，那我们就不算见面？"

"是这个意思。"

"这就有点儿自欺欺人了——"

"自欺欺人就自欺欺人吧,反正我就是这么觉得的:说了不见就不见。"

"那你又干吗非说认出我来了呢?你明明可以掉头就走,像碰上一个臭流氓一样让我哪儿凉快哪儿待着去。如果你那么做,朗朗乾坤我也不敢造次吧?"

"你当然不敢。但我一直好奇,如今你对那件事是怎么看的?"

"哪件事?"

"你又装傻,该不会连那件事都想否认吧?"

两人语速越来越快,又在一瞬间定格,迷茫地看着对方。

那是半张脸与半张脸的面面相觑,单眼皮男人越发猜不透对面的口罩下藏着什么了——可能并不是一个鼻子一张嘴,而是空洞,是云团,是他从未到过也难以想象的未知之境。他还心惊胆战地意识到,原来他们的心里都藏着一个"那件事"。在这个异乡之夜,令他们互相吸引的与其说是误会、是寂寞,倒不如说是"那件事"。

与双眼皮女青年那半张脸上的锋芒毕露相反,单眼皮男人的半张脸上写满了无奈。不仅无奈,还有疲倦。事实上,他已经装不下去了。他缓缓站了起来,扫了双眼皮女青年一眼,然后迟疑地转身,朝客栈门外走了两步。既然他掉进了一场错乱而对方又不给他纠正错乱的权利,那么还是适时地抽身而出吧。再多说一句,他已经察觉到这个双眼皮女青年有点儿不正常了,他很后悔自己选错了搭讪对象。

临走前,他拿起啤酒,在另一瓶啤酒上碰了一记,权当是个告别。

但他又对自己失算了。当他听见背后传来一声"回来",立刻就回来了。对面的口罩里传来一声"坐下",他立刻就乖乖地坐下了。他怎么变得这么听话?像被慑住了一般。慑住他的是双眼皮女青年那偏执的、不容争辩的态度,还是古城之夜亦幻亦真的氛围?抑或仅仅是"那件事"——藏在他们心里但又呼之欲出的"那件事"?

正当单眼皮男人既战战兢兢又魂不守舍之时,双眼皮女青年便开始了新一轮的讲述。她的嗓音不再尖锐,语调也变得和缓。她眼里的光芒熄灭了,口罩上方的半张脸也好像暗了一层。与之相应,连她所说的话都不再没头没尾,而是逻辑清晰地串联在了一起,前后照应且环环相扣。就像一个醉酒的人忽然醒了,或者一个癫狂的、胡言乱语的家伙忽然意识到自己正在做报告。但也恰因如此,单眼皮男人心里又升起了一个疑虑:如果她是在对"师兄"讲述,而师兄又是"那件事"的当事人,她又何必事无巨细地从头讲起呢?是时隔久远因此她怕"师兄"忘了,还是说,她其实早已知道他并不是她的"师兄"?

念头划过,像触电一样,令单眼皮男人脑中嗡然一响。

但还没等再深想下去,他已经被裹挟进了一个与己无关的陌生故事。他半推半就,随波逐流。故事的内容,乍听起来不过是一场常见的男欢女爱,简直常见到了男不欢女不爱的地步。双眼皮女青年也是在写字楼下的吸烟处遇到了"师兄",她那时刚毕业,正在熬过如履薄冰的试用期,并不知道自己能否留下,此外还刚结束了一场旷日持久的异地恋。乘虚而入,当"师兄"认出了她,两人就此好上了。也按照她此前的说法,双眼皮女青年之所以会开始这场逢场作戏的办公室恋爱,图的无非是在公司里有个靠山罢了。他们那个新媒体公司是做"内容服务"的,写手们采访热点事件,写成报道出售给网上的公号,再按照点击数量从广告费里分成。谁的报道上头条,谁的报道动用更多资源去推,已经混成策划总监的"师兄"还是有发言权的。毕竟不是在学校里的时候了,游戏规则大家都明白。

这样的关系,两人谁也没真当回事儿。事实上,没过多久,双眼皮女青年就不再到"师兄"那儿去过夜了。相看两厌，连自己都讨厌。又然后，"师兄"替她介绍了一个薪水不错的新职位，地方在深圳。这说起来是"替她打算"，当然更主要的还是免得为个"萌新"在公司里落人口舌。游戏规则大家都明白。

听到这里，单眼皮男人几乎在口罩后面打起哈欠来了。晚上第一场没少喝，又鬼使神差地出来遛了一圈儿，酒劲儿返上来了。对于那位"师兄"的做法，他不仅理解，而且还认为处理得相当得当呢。有那么两次，他也是如此这般摆脱麻烦的。

但他又听见双眼皮女青年说："你也别觉得我是想缠着你，我现在不用靠……男人过日子了。我想说的还是那件事。"

单眼皮男人机械地重复："那件事？"

"是啊。"双眼皮女青年再度无法压抑情绪，蓦地拖出哭腔，"咱们玩儿就玩儿，你让我走我就走，干吗逼我去害别人呢？"

话题终于绕回到了"那件事"上。而单眼皮男人意识到，他等的其实是这个。他叹了口气，任由双眼皮女青年疾风骤雨般地倾吐着言语。这时她就没有能力故作镇定了，话含在嗓子眼儿里像一口滚水，必须在最短的时间内排空，否则会把她烫伤。单眼皮男人也终于听明白了："师兄"还希望她做一件事，就是把她所在的微信"写手群"里的某些聊天记录截屏发给自己。群里有个老写手，姓岑，报社做深度调查出身，爱发些不合时宜的牢骚。而那位老岑死盯着不放的两个案子，正好与深圳那家公司有些利益冲突，人家忌恨他很久了。如果能找个由头敲打敲打老岑，让他收手，也算是双眼皮女青年带过去的投名状。

就连"师兄"也有好处：趁机整顿一下写手团队，将来做事更顺畅些。对于这一点，"师兄"未曾讳言。毕竟有此前的关系在，谁也不必遮掩什么了。

"所以你后来还不是……"听到这里，单眼皮男人插嘴道。这话几乎是替那位"师兄"说的了，他还想开导双眼皮女青年：做都做了，就别事后瞎琢磨了。

但双眼皮女青年说："对，我答应了你……我太需要一份工作了，毕业以后漂了两年，房租还得管家里要，我爸我妈唠叨得我脑袋都快炸了。那时我也没想到那么做会有多大后果，觉得顶多是内部警告老岑两句罢了。可谁想到你们把他的话断章取义放到网上去了呢？又谁想到正好赶上了一个网络风潮，那帖子会产生那么大的影响，还有那么多不相干的人旷日持久地声讨他人肉他，导致公司不得不开除了他——你知道他现在怎么样了吗？"

"怎么样了……"单眼皮男人只好再替"师兄"问道。

"你们没问过吧？我打听过。他没再找着工作，别处都不敢要他。他老婆本来就有抑郁症，后来崩溃了，从楼上跳了下去，脸都摔没了一半。去年他来到古城隐居，租了间房子住着，文章也不写了，靠在工艺品商店给人看摊儿糊口。也不瞒你说，我刚去看过他，都戴着口罩，半张脸也没被认出来……不过就算认出来也没意义，他到现在还不知道当初是谁把那些截屏传了出去，再说我也不敢承认……"

双眼皮女青年的语速慢了下来，音量渐小，但她的两眼又开始灼灼放光，死盯着单眼皮男人。她还做出了一个举动，滑开手机找出一张照片，展示在单眼皮男人面前。照片上是一家古城常见的商店，做旧的木门脸，柜台旁坐着个黑瘦男人。单眼皮男人下意识地一闪。他与此事无关，尽管被迫听了但他与此事无关，他这么提醒着自己。而再回过头去，却看见双眼皮女青年面色潮红，太阳穴上凸出了淡蓝色的青筋。

她霍地起身，连手机也没拿，快步冲向一侧的卫生间。

木板门后传来断断续续的呕吐和冲水声，单眼皮男人这才意识到对方其实也早喝多了。两人身上的酒味儿混在一处，此前竟未留意。风一吹，她终于也上头了。而他刚刚经历了什么？酒后吐真言吗？她又希望"师兄"作何反应？忏悔？道歉？无地自容？此外还有，此刻在她眼里，他又是谁？到底是不是"师兄"？如果是的话，方才的问题又回来了，她何必把"那件事"画蛇添足地再讲一遍呢？

在酒与重重疑虑的共同发酵下，单眼皮男人几乎不知自己身在何处。然而他的手却做出了一个明确的动作：拿起双眼皮女青年落在桌上的手机，点亮屏幕。刚才他就看见了对方的解锁密码，只要在沿着九个小圆点画出一个"Z"就行，也幸亏双眼皮女青年没给手机设置面部识别。这动作充满了冒险，也很不符合他现在的身份，此外他还觉得吧台后面那个半张脸的服务员正在鄙夷地审视着他。然而单眼皮男人不由自主。

微信里没什么好看的，她看起来没有男朋友，交际面也很窄，和他这种人恰好相反。关掉微信后，单眼皮男人又扫了一眼双眼皮女青年的常用软件，这才发现了那款他从没用过也没听说过的App。一个蓝色的小方格子，中间有片不规则的红色印记，看了一会儿他才辨别出那图案是一张嘴。软件的名称叫作"说出秘密的一百万种方法"，从商业推广的角度考虑，这恐怕不是一个好名字，太长了。

单眼皮男人的手指在屏幕上悬了几秒，正犹豫着是否点开那款软件，卫生间的木门吱扭响了一声。他迅速按灭了手机屏幕，重新放回桌上。完成了一场倾诉和呕吐，双眼皮女青年又复归了平静。她闭上眼睛，似乎养了会儿神才开口：

"事儿就是这么个事儿，我说完了。"

她也不管他叫"师兄"了。她吊起了他的胃口，但这时单眼皮男人才明白，她其实并不在意自己做何感想。她是一个毫无责任感的悬念制造者，说完了就完了。

果不其然，双眼皮女青年站起身来，其姿态不仅如释重负，简直身轻如燕。她拿起一瓶啤酒，在另一瓶啤酒上碰了碰。他们消耗了两支没抽的烟和两瓶没喝的酒，终于迎来了毫无仪式感的告别。但此时，他绝不能将双眼皮女青年视为一个没有仪式感的人了，相反，他认为她的仪式感有些太强了。他想劝告她，这其实不一定是个好习惯。

他还想问她：我是一百万分之一吧？

但连这也没说，他只是答道："是有点儿晚了，还有人等我。"

"……你不会怪我吧？"双眼皮女青年指了指半张脸下方的口罩。

单眼皮男人摇头："说好不见就不见，这不是大家都同意的吗？"

"谢谢你。"

"不客气。对了，还有件事……"

"您说。"

"当初你那位'师兄'……哦不，就是我……我跟你打招呼的时候，说了点儿什么呢？"

"就一句：我仿佛在哪儿见过你。"

两人点了点头，双眼皮女青年拿起手机，转身出门。她的身影缓缓飘向山下，逐渐融入黑暗之中，但在即将完全隐去之前又停下，亮起了一小团光。点烟的时候，她的口罩总算可以摘下去了吧，但单眼皮男人已经看不见她执意深藏的另外半张脸了。

坐了很久，单眼皮男人才结了账，从客栈里出去。

这才发现回去的路其实不远，十来分钟就走到了。这也与夜彻底深了下来有关，街上稀稀落落，道路变得畅通，半面之城正逐渐接近一座空城。

酒吧的包间里塞满了人，那场流动的盛宴仍在继续。朋友，朋友的朋友，天知道在这个千里之外的异乡还能遇到多少拐弯抹角的熟人。他那个圈子的人们每逢这种季节大都是要出国的,但今年特殊,假如你不想滞留在哪个海滩或者哪艘邮轮上有家不能回,那么最好把相对安全的国内景区当成备选方案。

也和他所来的那座城市一样,类似聚会上总少不了几个来路不明的"果儿",而在人困马乏的下半场,老男人们的兴趣就只剩下了跟她们穷"撩":

"别看我现在就一俗人,当年也算知识分子,还有教授职称呢。"

"您这身板儿,搁教授里绝对是比较壮硕的类型吧?"

"别听丫瞎扯,他是体育系的教授。"

"妹妹也读诗吗?"

"我特喜欢徐志摩。"

"你不必欢喜,更无须讶异——"

当单眼皮男人出现,酒桌上立时飞升起一串儿杯子:扎啤杯,红酒杯,威士忌方杯……单眼皮男人也捏起一只色彩斑斓的珐琅杯,与众人相碰后把白酒送到嘴边,这才发现隔着一层口罩。他惶然着半张脸,看着四周那片或通红或惨白,或浮肿或干枯,或涂粉或冒油但一律完整的脸,尴尬地把杯子放下,找了个溜边的沙发座,将自己缩了进去。

立时又有人大呼着"没劲"要把他揪起来,还有人咬定他不肯摘口罩是因为"在哪儿刷糨糊让人挠了"。单眼皮男人既客气又虚弱地应付着,叫来服务员添了轮酒,这才得以脱身。他点开自己的手机,下载了一个程序:"说出秘密的一百万种方法"。

再次印证了单眼皮男人的判断,这绝对是个毫无市场前景的软件:注册人数极少,其内容也类似于过时的论坛,无非是几个或真或假的心理咨询师在对会员进行义务疏导。按照那些人的说法,秘密在心里存久了会影响身心健康,就像过期食物会在地窖里腐败发酵,最终把整栋房子搞得臭气熏天。因此他们建议，要尽可能地把秘密倾倒出去，但他们又提醒大家，尽可能地不要在网上尝试这种行为，那毕竟不安全——而这也就是那个软件存在的真正意义了，会员们集思广益，互相交流着"绝对不会造成麻烦"地向陌生人说出秘密的方法。这些方法又被统称为"找树洞"，这大概来源于一个童话，而在那些人看来，世界上行走着无数个活的、可靠的、可以随时发挥作用的"树洞"，只看你能不能在恰当的时间以恰当的方式将他们激活了……

单眼皮男人瘫在沙发里，诡异地笑了一声。他刚刚经历了一场故弄玄虚的网上游戏。多幼稚啊，几乎不是他这个年龄的人所能理解的。但他确实被激活了。像个开关咔嗒响了一声，他的酒也醒了，脑子里一派澄明。

趁着酒桌上掀了新的混战，他抽了个空又溜了出去。夜凉如水，让他坦露的半张脸感到寒冷，但他隐藏的那半张脸却还闷得发热。营业场所纷纷关门，剩下的门脸就像嘴里寥寥无几的牙。在一条仿佛来过的街上，他看见了那家仿佛来过的商店。门脸不大，内里也不幽深，摆设的尽是一些"民族风"的手工艺品，东巴纸、刺绣或木雕之类的。

门口的方凳上坐一黑瘦男人，面目不清的半张脸，仿佛也是在哪里见过的。单眼皮男人走过去，累垮了似的坐在店门口的青石板台阶上。

黑瘦男人用普通话问："要点儿什么？"

单眼皮男人说："喘不上气，我歇会儿。"

黑瘦男人打量他一眼说："你口罩该换了，戴一晚上又没少说话吧？都潮了，不透气。"

说完欠身，从柜台里拿出几只口罩递给他。当地作坊做的，缎面刺绣，并不符合防疫标准，但聊胜于无。口罩上绣着各色图案，有鸳鸯戏水，有东巴文的字句，单眼皮男人挑了一副格外显眼的换上。那图案是张血

389

红的嘴,微微开启,似在言语。空气果然透亮了许多,单眼皮男人问了价,用手机扫了款。

然后他问:"你不是本地人?"

黑瘦男人一笑:"这儿就没什么本地人。"

一群外地人在外地接待外地人,构成了这座半面之城。这的确是一个适合吐露秘密的地方。黑瘦男人掏出一盒烟来,放在两人身边——对于半张脸,烟只是个摆设,但同时意味着一场对话的开始。

大家都有过往,此时恰巧又都没事可做,聊聊就聊聊。

然而单眼皮男人心里虽然涌起了一些话,却还是打消了把它们说出来的念头。和那位双眼皮女青年不一样,他已经过了吐露秘密的年龄。他的生活需要仪式感,但就像墓前的供品罢了,宣告着墓里的内容虽然永远存在但又被永远埋藏。

就像另一位双眼皮女青年,其实单眼皮男人已经记不清她的长相了。别说半张脸,就算看见了整张脸他也认不出她。然而他知道,和她相关的故事不是感伤,而是欺诈。当他还是个银行职员时,就清楚地判断出那份职业没有再做下去的价值了——网点正被大量清撤,未来的风口属于那些野蛮生长的新行当。他也早和写字楼里的一些机构的人接洽过,如果带着足够数量的客户投奔过去,可以在人家那里占据一席之地。包括双眼皮女青年在内的那些孩子都成了他的投名状。他们既缺钱又乐于相信他,是新风口新行当里难得的优质资源。至于此后那些孩子又会经历什么,却与他无关了。追债,威胁,"社死",都是下游产业的勾当。在"金融科创公司"的账面上,他们都是报表上的漂亮数字。

单眼皮男人还记得当年,在那个同样明亮而又突然空旷下来的夜里,他们松松散散地说了几句话。被一记"摸头杀"推开,双眼皮女青年点了根烟,随口问他想聊点儿什么。单眼皮男人说聊聊你吧,这份工作你还想一直做下去？双眼皮女青年说当然不想，她只是想攒点儿钱。单眼皮男人说，攒钱做什么？双眼皮女青年说了古城的名字。她想来，因为人家来过。单眼皮男人告诉她，何必攒钱呢，参加一个金融计划就可以，也不用抵押也不用证明。他还说如果能介绍更多的参与者，她的利率可以打折。但他从没告诉过她，在那份令人眼花缭乱的电子合同里，利率算法和人们通常以为的不一样。

在那以后，他就再没见过那个双眼皮女青年。他也从来不指望能见到她，直到今晚。而今晚实际已经结束，手表显示，已是第二天凌晨了。他度过了旧的一天，又换上了新的半张脸，和一个似曾相识的男人坐在一起，像古城的所有过客一样内心沉默。那两个双眼皮的女青年却早已离他们远去。

街边突然又嘈杂起来，一群夜归的游人经过，被单眼皮男人吸引了视线，旋即侧目而视着匆忙离开。那男人的半张脸上敞着一张血红的嘴，好像露出了秘密的一角。

（原载《野草》第5期）

冉冉云

张怡微

一

在一次听众见面会后,我第一次见到阿德。她给我带了很多吃的,放下袋子就走,食物里也没有夹那种写有自己联系方式和漫长头衔的卡片,是我最喜欢的那种听众。我翻了一下,袋子里有四盒凯司令掼奶油、一袋国际饭店的蝴蝶酥、一盒沈大成青团,都是我节目里提过的东西。虽说价格不贵,买齐也需要花费一整个上午。这世界上总有奇怪的人,会对陌生人倾注更多的爱意。光景好的时候,我们电台的办公室能收到更多的时鲜礼品。我在节目里提到过的东西,自己也不见得爱吃,那只是说一说嘛,混口饭吃。上海人照着节令为购买这些东西排长队,我很不理解。但在节目里,我会热情洋溢地说,这就是这座国际化大城市最有生机的……排队乡愁。"你要没有排过青团队、鲜肉月饼队啊,你就不能说自己是正宗上海人。"

阿德那时还不知道,我已是这个夕阳行业的老油条。她救了我,像把我从拾人牙慧的城市消费文化汩水中捞起来一样。

　　那天是大寒,时间再倒转几日,书店附近曾发生一起因人群拥堵引发的踩踏事件。书店老板说,因为那起踩踏事件,他们将不能提供观众座位。这场活动,最理想的售书模式,是直接在结账柜台签售。有序排队,直接结账,废话不多。我解释道,以我的销量,可以保证绝不会发生任何踩踏事件,最好还是提供一些座位给现场观众。老板却说:"你毕竟是一个名人。"这我就当好话听了。还有一句话,我不知道是真的听见了还是产生了幻觉,老板说:"他们有没有位子坐,帮侬搭啥界呢?"

　　我想我可能是听错了。

　　那是我的第一本书。我对出版人说,我想出版一本真正的书(尽管是用来评职称的),像笛卡儿《谈谈方法》或者梯利的《伦理学导论》那样朴素的封面,一看就是有干货的,当代人不一定能读懂,而不是那种封面印有我端庄肖像的机场鸡汤书。我毕竟也写了一些有价值的"史料"嘛。可出版人说:"你毕竟是一个名人。"她还说:"你到底在想什么呐?脑子坏了嘛。年轻人评职称的书你不把自己照片放大一点,台里那么多播音员,不是叫小林就是叫小超,谁记得你是谁?"

　　"等你拿到全国奖,你就会想自己的照片一直出现在封面上了。"出版人又补充说,算一种安抚性的……不让步。"上次你同事,那个谁谁,拿了几十张自己的照片给我叫我选,然后让设计师出封面,每张照片出一个封面,太吓人了。"

　　太吓人了。

　　签售时风平浪静,人不多不少,撑满了面子。没有座位,倒也没有抱怨声。我很感动。阿德就排着队,交给我这些食物,让我在印着我自己照片的书上签名。我问她叫什么名字,她说"不重要"。所以我只写了自己的名字。我客气地问她是哪里人。她说:"四川人。"又说:"也是上海人。"

我便当她是新上海人。

我有许多听众都是新上海人。他们不管是来上海念书,还是来上海工作,在业余时间里都喜欢听听上海故事,读读上海小说。我的节目,虽然收听率很低,居然也培养了一些忠诚的粉丝,愿意跟着我引流至阿基米德、喜马拉雅,下载App为平台增添装机量……他们对于这个城市的音乐、文学、民俗、饮食文化的理解,都是我们节目建立的(可惜我们节目随时可能倒闭,用文学语言说,也许明天就倒闭,也许永远也不倒闭)。与其说这些是我们节目建立的,不如说是我凿壁偷光蹭来的(祖父祖母父亲母亲幼儿园小学中学高中大学老师帮了大忙,美国时期的碎片生活也曾拿来装点过门面)。后来我随单位结对子去了新疆克拉玛依做活动,在克拉玛依市里看到类似的景观。那座城市因为缺水,经由额尔齐斯河从北冰洋借了一段水源,那是唯一一条对接到北冰洋的水源。乌尔禾和准噶尔盆地附近每年只在六月间下一场雨,但城市里有喷泉,在种花,花带里接着人工浇水的管子维持其斑斓。像极我的工作与人生。一般游客看不破,他们只觉得"哇塞厉害了、666yyds……"

但总有人很喜欢。阿德以外,我还记得一个读者,来自浙江舟山。考上了公安学院以后,他搞了一个收音机,开始听我的节目。他给我的工作邮箱写信,我的工作邮箱里有几千封信,大部分我是不看的,但是邮件标题写,"来自一个年轻警察的心声",我就点开看了。他写道:"如果我不来上海当警察,就要回老家去开船。我能看到我开上二十年船之后自己的样子。我能认出各种海产海鲜,我能认出天边云的警报,我皮肤很黑,儿子很皮,赤脚在海边跑。谢谢你的节目,让我不用变成看得见的那样,你们给了我第二个人生。"我有点感动,但这感动不是那感动。感动淤积得太多了,反而会让我觉得自己是个软弱的蠢货。这并不是给家人长脸的品格。

我父亲一直希望我当个警察，小时候给我看了不少警察故事。我还记得有个专门写"建国以来最大一宗爆炸案、盗窃案、强奸案、绑架案……"的老作家李动，是我阅读的启蒙。每当他写到"那个老警察一辈子没有立过功"，我就知道他马上就要立功了。还有一位专门写警察故事的畅销作家，最爱写女警察经不起诱惑，对组织来说是不可靠的，可对于邪恶势力，她们又表现得过于一身正气。她们同时在意两样东西，一个是正义的荣光，一个是眼前的幸福，结果被作家讥讽为"麻袋片上绣花，底子不好"。我当不了警察，可能是差不多的原因。底子不好，多愁善感油腔滑调粉饰太平，这令很多人都失望透顶。事到如今，我连警察电影都不愿意看。因为我知道他们是什么样的。从小就知道。我更知道，我可能不是那样的。我到底是怎样的呢？我也有了第二个人生，我的日常工作就是隔空跟自己聊天。

电台主播在这个时代，如果还算是社会名人，那 App 上的网红就可以算是顶流了。尤其是我们节目的嘉宾费依然定在永恒不变的"一百元"，我已经很久没有请过真正的名人来一起做节目了。在我当实习生的时候，倒是常常看到名人在办公室内外走来走去，我负责把他们没喝完的茶倒掉。现在，他们都活跃在抖音或小红书里，嬉笑怒骂，从中美关系谈到女性如何在两性关系中永远立于不败之地，再或者就是本本分分地传授养生护肤育儿之道。我没有经营抖音，是因为我注册账号后只关注了两个人，后来他们都惹上了麻烦。一位因为性侵未遂被抓起来了，另一位因为欠债被骂翻了。在我看来，短视频 App 就是虚拟世界的是非恶海、口舌凶场，还是 live 时封闭的环境更让我有安全感。领导说，我这样的人算是鸵鸟性格，年纪轻轻就丧失了斗志，应该去新媒体的领地开疆拓土，或者找一个有钱的白富美结婚。我问领导，"领导那你觉得我有啥才艺可以展示？"领导说："最近那些拉着弹性裤子的男男女女不也没有什么正经才艺。你看那个谁，多卖力，已经接到汽车广告了。我们主要的听众就是开车的司机，是不是？"

也不是吧。但我懒得说。我说："是是是，我也想接汽车广告的。多少台型。"

领导见我可怜，问我："你前几天是不是在打听养老院？爸爸妈妈要去啊？"

我说："谢谢领导。是我想去。领导你人真是太好了。领导你有路子啊？"

领导说："说你什么好啊，成天不知道在想什么。对了以后避孕套的商务不要接了，影响不好，对你以后相亲相到白富美也不太有利。你想办法多接点汽车啊养老院广告都蛮好，比较符合我们节目的气质……"

我说好好好，我一定想办法。

"现在连好的养老院，都要视频面试老人了你知道吗？搞得像儿童上幼儿园一样的。你亲戚要去，老人家要准备准备妆发，背一点有条理的话，知道吗？"

我说好好好，我一定想办法。

"子女一定要到哦。他们内部有歧视链，没有子女的老人会被有子女的霸凌。作孽，有子女还送养老院，席子帮地板，相煎何太急……"

二

公安学院搬迁以后，我没有再去过。台里领导见我商业活动少，口碑好，特地安排我去给他们讲讲课。"你就讲你那个新书，不是说上海史的吗？1950年上海大轰炸嘛，蛮好的，就当是国情教育。对了，你这个讲轰炸的书,为什么封面是你自己的脸哈哈哈哈,你是不是觉得自己卖相好,哈哈哈哈……"

(我们小时候写作文总喜欢写"银铃般的笑声"。长大了才知道,银铃般的笑声就跟真实的海鸥叫声一样,只适合出现在作文里,在现实里遇到,堪比噩梦。)

这是我童年以后,第一次看到那么多警察。确切说,他们还不算是警察,而是未来的警察。这样介绍上海文化的讲座,我讲过不下二十场,每次都用同一个PPT,笑话都是一样的。和许多上海史专家不同的是,我还会讲点美国,还会讲点上海人在美国,好多故事都是我母亲讲给我听的。她后来的丈夫,原本是一个国际海员,1990年拿着护照和海员证跳船跑了,一起跑的还有几个人。后来成了中餐馆老板,人很勤快,看得懂英文报纸。我在美国读研究生的时候,会去餐馆帮点忙。他也会给我发薪水,顺便叫我不要回上海了。我母亲替我回答,"他不肯的。他很怪的。"其实我觉得,是她不想我过多地影响他们。他还教了我两道菜,干炒牛河和炒泡面。在美国,他们过着和中国差不多的日子,甚至还要更"中国"一点。我母亲会叫她儿子"阿拉小美(国人)",令我误会他从小就决定好了性向。

讲座开场十分钟后,广播就开始分局点名。指挥中心的人在电台里显示了自己的权威,广播也是关不掉的,就这样测试声音传递的效果,惹来哄堂大笑。笑着笑着,我突然想起父亲。他的音容笑貌,他对我的诸多不满,宁死不屈的那种不满,真令人无法买账。后来他每次点名家族聚餐,我都不到,过年更是直接宣布"不在上海"。他在新家庭里逐渐建立起了新的威望,成熟的威望,时间赐予他新的天伦之乐。他也不再期望旧家庭的认同,不再指望我。我记得他曾对我说:"我跟你妈,老早那么苦都过来了,人总是有感情。"但他没有说对我有没有感情。我也很苦。我也过来了。

我本应该坐在下面。我坐在下面,和他们一起当学生,笑着笑着笑到桌肚下面去,父亲就开心了。

我最后一次接到父亲的电话,他说我在节目里胡说八道,误导年轻听众。"什么空军寡妇,有什么值得同情的。1950年杨树浦广兴码头死了多少人你知道吗?报纸上说两个人头都炸没了,人生父母养,你有没有心肠啊?扬子江拖驳公司死掉的船员,只有三个有名字,一个姓郑,一个姓邵,一个姓周。其余都没人认领尸体,横死街头。码头旁边还炸死了三头羊,活着的一头眼睛里一直在流血。这是谁干的?你读过大学的心里没点数吗?我以前在电台里听节目都做笔记,现在听你讲话只能记个屁。你跟你妈在法拉盛刷盘子把水刷到脑子里去了吧?她忘本你也忘本,你是不是活腻了,活腻了你把家里门窗关关好西装穿穿好开煤气啊,要不要你爷老头子上门来帮你啊……"

我这才知道,父亲平日里是听我节目的。他听我说到的那些节气时令,春雨惊春清谷天,夏满芒夏暑相连,秋处露秋寒霜降,冬雪雪冬小大寒,我们没有一天是在一起度过的。我的工作就是在广播里号召大家在一起过节,不过节枉为中国人,不吃攒奶油蝴蝶酥青团枉为上海人。我那么虚伪,父亲倒没有生气。

父亲是个对很多事都抱有非黑即白、刻骨仇恨的人。就和跟我握手的学院院长说的差不多,"我们这里的学生啊思想都很淳朴,人都很正派的,没什么乱七八糟的想法。"奇怪的是,他又和在北新泾桥下钓鱼顺便说说抗美援朝往事的老头子不同,他是真的很气。回想起来,父亲那时应该已经患上了毛病,身体不痛快,心里也不痛快。不过,他没有跟我说,他的徒弟(那个终于也不再年轻的老婆)也没有跟我说。父亲撩起电话骂了我一通,我都懒得骂回去,你怎么能和自己徒弟结婚呢,你脸都不要了吗？后来又过了一段日子，他就病逝了。据我继母跟我说，父亲没有留话给我，他到死都不想见我。她还说，你当时应该多给你爸爸打打电话的。他每天听你节目的。你每次在广播里"哈哈哈哈哈"笑，他都很不开心。他没亲眼见过你这么"哈哈哈哈哈"笑过。现在也没机会了，你去坟墓前，也不好"哈哈哈哈哈"笑给他听。

"你给他埋在哪？"

"金山，树葬，一棵树东南西北四面，可以放四个人。"

"你们一起？"

"没有。他一个人。"继母说。

搞得我很搓火。但我忍住了。她眼见老了不少。她也不容易。不知道图啥。再嫁，也不会容易。

所以，从某种意义上来说，我已经是一个孤儿了。上海孤儿，听上去像一部名著。我有天在电台里说了一些自己的事，没有忘记说这个梗。我说，天地之间，我只有和"上海"，有超过比和父母在一起更长久的感情。上海陪我的时间更长了，它还将越来越长，天长地久一样。随后就进了广告，再后来我又播送了一段南北高架下闸道口均有拥堵的状况发生……日复一日，生活的惯性是如此。总好像有过一点强烈的感情，愤怒、嫉妒、委屈，差一点要爆发，转眼又好像什么也没有发生过。

讲座结束后，有位教务处的工作人员加了我的微信，他说他听过我的节目，很喜欢我说长辈们的故事。他给我的留言，就像很多听众一样，是一整屏一整屏的心声，不能细看，细看会有一点难过，而我早已经过了随时随地难过起来的年纪（总有一个难听的声音在我耳边泼冷水："帮侬搭啥界呢？"）：

我爸是十八岁从上海到安徽，我是十八岁从安徽到上海。我今年三十七岁,在上海十九年,超过安徽了。我儿子有时候开玩笑,说我是外地人,我说你是上海人,不会说上海话,算啥上海小孩?

我爸喝了酒就喜欢说他插队的事情。你节目里说过的白莲泾,我也特别有感触。我爷爷家以前就在那里的,名叫大何家宅,是很多平房连成一片的住宅区。我爸小时候,会和小伙伴从白莲泾桥上跳水,有一次脚踩到河底的玻璃,骨头都扎出来了,回家还要装作没事一样,怕被爷爷骂。

具体地址应该就是现在浦东游泳馆对面。

他们那代人,用上海话说,就是很经格,不娇气。

上海话中"经格"是"经得起折腾""经受得住冲击、撞击"的意思,是一个男人词,不太用在女人身上。生猛者"经格",孱弱者"勿经格"。看得透"经格"的人,大多都是不够"经格"的。人对自己不够狠,受不了惊天霹雳,就成不了大器。

父亲对1950年上海大轰炸那么敏感的原因,是因为他就是那时候生的。七十多次空袭,现在的人简直无法想象。死去的人刚用棺材盛起来,停在空地上,米格机就又来炸一遍。十六铺、高昌庙、杨树浦、浦东杨家渡等地都一片狼藉。死的人中间,就有他的父亲,也就是我的爷爷。后来为了养活他,奶奶在码头扛大包,兼职做油漆工,女人做男人的活,很经格。更经格的是,她见过太多死人,她会用十分文学化的无锡话形容,很多人从虹口和苏州河一带涌过来,长长的三轮车队载着的那些人不知道要去哪儿,"大上海穷人可以生活的地方那么小,不知道他们要去哪唷,开盖货。"

父亲从部队复员回来,就当了警察。

"其实我父亲也是警察。"后来我对那位教务员说。

"那你警察世家啊,厉害了……"他说。

"在江南制造局对面附近有一条河叫做白莲泾,河的尽头便是川沙镇,即是沙之川的意思。从这条河进去不远,对面就是董家渡码头,路过的第一个地方叫作六里桥……"我说。

"哈哈哈,你这么说话好像在做节目!播音腔!播音腔!"他说。

如今,我就住在白莲泾路附近,却无从涉渡时间之河中的上海了。

三

那天做节目的场地距离我家太远,出发早,于是早到了。工作人员带我去了休息室,居然还给了我一条毯子。开场前半小时,她又来做了个叫醒,我睁开惺忪的睡眼,从包里翻出脚本,打起精神准备开场振奋人心的那一刻:

22:00 开场

男:大家好,欢迎来大牌秒杀日直播,我是主播邢超。今天是白色情人节,大家是不是都过得很甜蜜呢?今天是杜氏大牌秒杀日,爆款直降,整点抢99减50神券。现在离活动结束只剩两个小时了,大家赶快点击我们直播窗口右下方抢满99减50元的优惠券,这是今天送出的最后1000张优惠券,抢完即止。同时大家也可以关注我们自营旗舰店,领取79减6和139减15的优惠券。在今天的大牌秒杀活动中,还可享受3期免息,满99减3,满159减10的优惠,以及爆款商品直降、其余产品2件75折的超大优惠。朋友们赶紧打开右下角的购物袋选购。在我们接下来的两小时直播里,欢迎朋友们踊跃地点赞、留言,我们也会送出丰富的礼品哦!

今天是情人节,在这个关于爱情的节日里,我们也想做一场关于爱情的试验。网络上有个盛传已久的三十六道测试题,据说两个陌生男女一起答完这些题后再深情对视,就能快速陷入爱情。听上去倒是有些神乎其神,今天我们就要来完成这个实验!真希望这个实验成功,帮我摆脱单身狗的身份吧!

产品介绍1-2

在开始实验之前,我们先来看一下今天大牌秒杀日推出的定制款套装(拿起样品,镜头特写)。这个定制套装中包含AiR隐薄空气套10只装,听这个名字就知道是极致薄,薄如空气的质感哦,还附送一个可爱的Joy公仔,很适合狗年。这组套装原价169,今天的活动价69。还有这款空气快感三合一套装(拿起样品),包含8只AiR隐薄空气套、4只AiR润薄空气套以及4只螺纹装的组合,多种选择多种体验,原价109,活动价68.9。需要的朋友可以点击购物袋立即购买。稍后我们还会介绍其他超值优惠的产品,请大家持续关注哦。

男:你有听说过网上盛传的三十六个让人快速相爱的问题吗?例如,给你一个任意的机会,你会选择和谁共进晚餐?

我看到弹幕上有一个名字飘过,阿德。她说:"邢超。"

第十题,你最珍贵的回忆是什么?

阿德:"我家住在乐山三线,妈妈在乐山,爸爸在犍为。爸妈在家说的都是上海话。"

第二十一题,你的家庭亲密、温暖吗?你觉得你的童年是不是比其他人更幸福一些?

阿德:"长安大道横九天,峨眉山月照秦川。除此之外,没有什么值得回忆的事。"

第二十九题,你爸妈有最讨厌的人吗?

阿德:"苏联人?"

第三十六题,分享一个你的私人困扰,并向你对面那位请求解决建议,请他(她)以自己的方式来解决。然后,再询问他(她)对于这个问题的个人感受。

阿德:"我是上海人吗?"

弹幕这样东西,其实并不新鲜。我们以前做节目的时候,算是观众留言区。节目做到后半程,总会念出一两条听众留言作为互动,最多的情况是点歌,也有粉丝问嘉宾问题的。编导会自动过滤掉许多奇怪的问题,例如"人人都说你是当代著名作家代表人物之一,请问你什么时候写出《战争与和平》",又如"听说你是美女钢琴师,请问你美在哪里"等等等等。这样的话在传统广播节目里,绝不会被念出来。弹幕就不同了。在直播间人人都可以看到,"前方高能","前方还有高能","前方还有高能!!"

（改变透明度效果），"跟着我左手右手一个慢动作"（文字沿路径移动效果），大惊小怪的小黄人.gif……有时也会遭遇尴尬的情况，例如同事在做厂商直播卖泡脚桶的时候，弹幕说"脚大放不进"，另一则弹幕回应"上次卖避孕套，他们也这么说"。

上次，是哪次？我那次？我那次在卖避孕套的直播间里看到的最无厘头的弹幕明明是"敏感肌可不可以吃"。

我长久凝视着阿德的弹幕，它们烙印在我的脑海，令我失神。我用微信点收了厂商的两千块钱酬劳，没有问他们"现在政府鼓励生育了你们还好吗"。下周的商务，是要去一个企业家太太的读书会讲海派文化。在我之前，她们要在合唱团练声，在我之后，她们还要学插花。我看到自己的名字，被植入一个又一个彩色的表格里，看到自己的笑容被做成海报，听振奋人心的开场借用我的声带传播出悠扬又浑厚的效果，越来越觉得虚幻。在直播间我看不到对方是谁，我当然知道很多人都在听我说话。如今我看到的真实听众，已经远不如虚拟世界的想象来得动人。不知为何，现实生活更喜欢对称和轻微的时间错移。例如在阿德答非所问的弹幕里，似乎就留有文字沿路径移动效果的空间，召唤某种神秘的历史回忆纷至沓来，它们氤氲，弥散，渐变色，凿破了世事递迁的永恒流，泄露了生命的明辉与狼藉。

四

"上海的听众朋友们，你们知道吗？目前上海在全国共有四块飞地，这四块飞地上的人都是上海人（罪犯除外），有上海身份证：1. 上海洋山港，隶属于浙江省舟山市嵊泗县崎岖列岛，由大、小洋山等数十个岛屿组成。2. 上海梅山冶金基地，在江苏省南京市附近，是上海的钢铁基地之一，成立于 1968 年。3. 上海盐城大丰农场，在江苏省盐城市大丰市中部地区，上海在此建有三个农场安置知识青年和关押劳教人员，最盛期拥有八万知青，每年供应上海粮油等物产。4. 上海市白茅岭监狱，在安徽省皖南郎溪地区，是关押在上海刑事罪犯人员的监狱，上海在战争时期遗留的未爆弹药在此销毁，为目前四个飞地中最小的……好啦，那么我们来问个小问题，唐人街算不算飞地呢？广告之后回来。"

上海话念"唐人街"，和"荡人家"是一个音。以前自行车带人，后座上的人都是侧坐的，脚踩不到踏板，就晃荡在半空（类似《甜蜜蜜》里张曼玉坐在黎明自行车后的场景）。"荡"，是载人的"载"，又是悬空的脚的姿势，一语双关，很有意思。广告后，我就说了这个原创的方言谐音梗，听说这两年非常流行。

那天，我还请阿德来上了我们节目，她通过层层安检，出示了保证书身份证，完成了复杂的审批。我们最后会给她一百块钱嘉宾费。

她好像在弹幕上留下了自己的手机号。

我好像拨通了她的电话。鬼使神差。

她比我想象的成熟很多，与发射弹幕的无厘头很不相称。

我在节目里问阿德："你觉得你们三线的生活，算不算飞地？你看你啊，出生在四川，和爸爸妈妈在一起说的都是上海话，骂人都会骂出上海话。在美国，也有很多上海人是这样生活的，年轻人只会说英语和上海话，上海话里妈妈熟练的唠叨骂人都可以复刻得惟妙惟肖，但他们不会写汉字，也不会讲普通话，像不像？"

"那我会讲普通话，我也吃辣的呀。我是半个四川人、半个上海人。"

"像你们这样会说上海话，但身份证是 511112 开头的，还有多少人啊？"

"听你这么描述，搞得我好像脱口秀演员一样的……很多人，基本都回来了,大隐隐于上海市。"

"真想跟你们重新回去玩一下,抢救一下历史。哈哈哈哈。"

"要得。"她说。

我去过几次四川,都是出差。参观过酒厂、地震遗址,其余时间都在火锅店。记得那里群山环绕,非常潮湿,交通也不算太便利。解放前只有川陕、川黔公路和长江三条出川通道,解放后才建成了成渝和宝成铁路。三线建设期间,又新建了成昆、川黔等铁路和省内公路网。出于战备需要,正如阿德描述的,她的爷爷和外公,支援的是兵工厂建设,后来才转成机械。奶奶因为担心爷爷出轨,索性也跟去了。去的时候容易,回来就难了,只能带一个孩子。阿德的父母亲,都没有家长被选中。他们兢兢业业留在四川,只等着退休回上海养老。留给少年阿德的只有一条路,就是高考,通过考试回到上海。那也是很难很难的。办户口的时候,警员对她说,她这个情况有点复杂,因为她不算三线后代,父母没有支援建设,所以建议她写一张说明书。这张说明书,她一直留到今天,留到那位警员光荣退休,都没有拿到上海户口。她比我会讲故事,真该请她去学校跟大家说说程咬金镇压铁山獠人的古代故事。诸葛亮也是在铁山道建兵工厂造兵器的,与荣县铁厂镇的汉代冶铁炉一脉相承。到了她这里,只留下了一点困惑,一点怅然。

阿德带我去的地方非常隐蔽,重峦叠嶂,有许多树木和天然溶洞。整个厂区都是围绕着一座山头建设的,最鼎盛的时候,据说有三千多人。1970年,阿德的母亲就在那里上班。后来考了会计证,从分厂调到总厂,在总厂跟着领导做事,领导说盈利她就做盈利的账,领导说亏损她就做亏损的账,她一辈子都不知道为什么,但是执行得很好。1986年,新厂搬迁到了成都,旧厂就荒废了,交给当地政府保管。与此同时,阿德出生了。她出生在一幢四层楼高的厂区宿舍里，楼道间的窗户是十六宫格蜂窝状的，其实并没有玻璃，那只是透气口。阿德说，还有一种透气口，是菱形的。飞地乐山，如今几乎已经不见了。大渡河金口峡谷，倒是很具体。人和物，均不如山河长久。只在一些人的记忆里，过往还有一些情感记忆的存档。他们不在了，一切就都被清空了。

　　阿德闪烁着奇异的眼光，凝视着我。对我说："我刚来念大学的时候，就开始听你的节目。你语速快时，会有上海口音。我听得出来。你讲英文很好听，我们四川考来的，英文口音都一般。"

　　我突然发现她有点好看的。我也突然发现自己有点膨胀，这是我最熟悉的粉丝眼光和场景。我也早就学会了克制自己的虚荣之心。我筹措了一些谦卑的神色，说："那个读书节目，因为收听率太低，后来关掉了。"

　　"你去做杜氏的直播，应该也是为了钱吧。"

　　"谁不是呢？你也是个大人了，应该懂得生活不易的道理。你看这里的人，哪个是容易的？"我说。

　　"你把自己的头，印在自己的书上，应该也是被迫的吧。"

　　这倒戳到了我的痛处。我无话可说，只是看着她笑。这个笑容，也是拿捏熟练的笑容。不至于笑到抽筋，也不至于真的愿意笑。

　　"你以前的节目比较好听。有一次，你念过契诃夫一个短篇小说，叫作《主教》。它的结尾写到那个名叫彼得的主教死了，一个月后，一个新的主教到任，谁也不再想到彼得，他完全被人忘记了，只有他的老母亲每逢傍晚出门去找她的奶牛，在牧场上遇到别的女人，谈起自己的儿子和孙子的时候，才会说到她有个儿子，做过主教。她说这些话的时候总是生怕别人不信她的话。并不是所有人都信她的话。后来我看了那个故事，有足足四节写了主教在复活节前的活动，他与这个小镇上其他普通人几十年的交往，他牵挂的人、探望的人、理解的人，他若隐若现的疾病。结尾，人们忘记了他。"

"是，是有这么个故事。"我说，"没想到你是个这么有灵气的年轻人。我已经不是了，那个我已经死了。你要加油哦。"

我心里突然有些不是滋味的东西翻腾起来，胜过了我听说继母没有和我父亲合葬的计划时的不爽。

"你改变了我。"阿德说。

她好像越来越美了，在月色里（你披星戴月，你不辞冰雪，你穿过山野，来到我的心田）。

"嗯？你展开说说？"我好奇地问。

"那之前我随去四川的家人一样，都非常讨厌俄国人。像你父亲讨厌大轰炸。你永远不懂的。"阿德说。

天尽黑了。

我小时候听父亲说，不要等到天完全黑才下山，不然就什么也看不见了。这是他们军人的说法。我从来没有验证过，上海没有山。这常识原来是真的。之前还有的天光，很快就没了。有很长一段路，我们什么话也没有说。只听得到风声。再后来，我在漆黑里也看不见她了，看不见她的眼波，也看不见她的方向。月亮也不见了。我还想，我是不是不应该说我已经死了，而她还活着。这样爹味十足的话，让她不开心了。

摸了摸口袋，有一张触感绵软的纸，不知道是什么。没有月光了，山林里也看不清是什么纸。我摸了摸纸的纹路，闻了闻，它好像是一张百元钞票。它是不是一张百元钞票？我又抬头找光源，还叫了一声，"阿德。"

没有回音。但是，我感觉到有一片云披星戴月，不辞冰雪，穿过了山野，荡过去了。

（原载《小说界》第 5 期）

地上的天空

钟求是

朱一围病逝三个月后的一天,其妻子筱蓓给我打了电话。电话的中心意思,是让我帮忙解散掉家里的藏书。筱蓓说:"吕默,我家房子本来不大,不能让书房一直做着老大。"筱蓓说:"吕默,这些书是随着一围的,一围一走,它们早晚得散了。"筱蓓又说:"晚散不如早散……我不图钱,要是能找到合适的去处,一围会高兴的。"

这是个有点突然的求助。我握着手机静了嘴巴,把事儿想了几秒钟,又想了几秒钟,才慢着声音应接下来。

我当然明白,筱蓓把此活儿交给我,不仅是因为我原先在市图书馆当过差,容易找到收留这些书的地方,更是因为一围朋友稀少,对这种事能够上心的也许只有我。

我依着记忆算了算,一围的藏书应该有四千余册,其中作家签名本为三四百本。这些藏书在一围手里很受宠,所以占着家里的一个大间,而上高中的儿子周末返家,只能在客厅里打地铺。儿子是个未来理工男,对文学书籍压根儿瞧不上眼，显然无意继承父亲的爱好。现在一围抽身而去，书本们在家中自然也失去了贵宾身份。毕竟对三四万元一平方米的房子来说，它们的存在有些喧宾夺主。

我左右琢磨一天，又打一天电话，把事情大体办妥了。四千多册书分成两拨儿，捐给两家区图书馆。之所以没有联络老东家，是因为我心里还存着一小块别扭，而且市图书馆撑着派头，态度容易怠慢。区图书馆就不一样，不仅可以上门取书，还颁证书发消息，其中一家更掏出诚意，准备专门立一个捐赠书柜。这就有点意思了，至少对一围是个远距离的安慰。

情况跟筱蓓一说，果然获得好几声谢谢。她表示这两天就把书收拾好，分成两组。我提醒说："那些签名书送图书馆不合适，别让他们拉走。"筱蓓说："你的意思是签名书另有价值？"我说："签名书价值可大可小，你收在家里价值就不小。"筱蓓说："吕默，一直等我老了，我可能也不会打开这些书，还是早点让别人去看吧。"我停顿一下，说："那好，我另外想想办法，反正不能亏待了这批书。"

话儿说出来顺嘴，真做起来却不易。若赠送给图书馆，有朱一围三个字在扉页上号着，这些书到底派不上用场。若放在网络书店上一本一本地卖，不仅费劲儿，也会惹得一围在那一头不高兴。当然了，我也想过由自己接管，存住朋友的遗物，但我毕竟不是文学先生，不读小说久矣，又因为在图书馆待过，反而少了藏书的兴致。更重要的是，我心底里还是尊重这批书的，觉得应该有更好的投奔之处。

这批书之所以有些重要，一是因为书的作者大多是国内或省内之知名作家，笔下的文字和故事上得了台面；二是因为一围为求签名很下功夫，费了不少心思和时间。在这个城市，有好几位收藏作家签名书的爱好者，一围是其中一位，而且是比较卖力的一位。早些年，他采用写信恳求的方式，寄书向作家索要签名。这几年，作家的作品分享会、文学对话会多了，他就携着作家的一本或几本书跑去蹭会，在会后凑到作家跟前，一脸真诚地打开书页并报出自己名字。有时获得一个著名作家的签字，他会兴奋得像洗了个澡，一身痛快地拍照下来发给我看。有一次一围在微信里夸口说，自己已拿下近百位作家，按这样的节奏往前走，不出十年就能搞定中国所有的重要作家。十年不算一个很奢侈的数字，但对一围而言终于成了一个遥远的虚词。大约一年前，他一头撞上一种叫下咽癌的东西，先是在喉咙部位割开一个小洞，然后一日日地与这个小洞做着斗争。在那段时间，他失去了声音和精力，但床头一直放着一本名为《第七天》的小说。小说讲的是一个人死后进入另一个世界的故事，扉页上有作者的签名。有一天我去看他，他在白纸上写下一行字：我准备好了，去另一个世界。

往前一些年，一围有着温润的声音和满格的精力。那时他在邮政局上班，我还在图书馆做事，有一天晚上，两个人因为一位共同的朋友在一百米高的酒桌上相遇。共同的朋友刚刚炒股赚了一笔钱，想分撒一下大好的心情。为了表示股票走高，他特意订了一幢三十层大楼顶部的餐厅，又为了忆旧论今，他记起了一些久未联络的朋友。那天一大桌人，场面热闹纠缠。我和一围凑巧坐在一起，两个人在热闹中都显着安静。我酒量比较薄，喝了三两白酒便脑袋起热，耳朵受不了嘈杂。我起身出去抽根烟，找到了大厅旁边的一个小阳台。过了片刻，一围也来了。他不抽烟，是想躲一会儿清净。既然是躲清净，我们俩就没有多说话，只是靠在栏杆上，默默看着远处明明淡淡的灯光。

后来饭局收尾时，我和一围先站起身，一块儿坐电梯下楼。一围积极打了车，顺道把我捎回了家。

本来那次聚会只是蜻蜓点水似的交集，但大约是因为我的图书馆职员身份，一围第二天便联络了我。一围说自己在邮局工作，却不喜欢收集邮票，倒喜欢收集文学签名书。我说，你干这事儿我其实给不了什么帮助。一围说，我不需要帮助，我只是想让你知道我也在跟书打交道。我问他，为什么玩这个，是因为喜欢读小说诗歌吗？一围嘿嘿地笑，说自己也看不了几本书，只是日子太平淡了，总得找点儿有趣的事。他说话的口气不让人讨嫌，我接受了他的靠近。如此开了头，一年跟着一年下来，我竟成为一围为数不多的好友之一。

我是在第三天才想到一个不错主意的。城市之大，免不了市民重名，我想尝试找一位（或者两位三位）名字也叫朱一围的人。这些书在其他人眼里没价值，但到了姓名为朱一围的人手里，岂不身价大增？若新的朱一围喜好或敬重文学，那更是书之善缘。

我在脑子里编好寻人赠书的一段话，再变成手机上的文字，从微信朋友圈发出去。大约这种事比较好玩，不多时间，便引来一大群人的点赞。有人留言：纸书存之，可添雅气。又有人留言：我百度了一下，没见到朱一围的名字。也有人表示：此等趣事，我已转发。

尽管这样，我对找人之事并无过多的期待。毕竟不是刑事追人什么的，朋友圈热闹半小时便过去了，再则朱一围的名字相当稀罕，这个城市很难说有第二人的存在。

过了两日，有人在我手机里要求添加朋友，并提示与寻人赠书有关。我点了接受，对方是一位号称"衣艺者"的女士。我送一个"握手"图标给对方，问：你是哪一位？我认识你吗？对方写：你不认识我，但我知道你叫吕默，我帮你找到了一位朱一围。我吃了一惊，写：还真有人也叫朱一围？线索靠谱吗？对方：不是线索是实物，他是我男友。我给出一个疑问的"微笑"：那他为什么不亲自现身？对方：我想把书拿到手，送他一个意外惊喜。我：那我怎么相信确有其人？先给身份证让我一看。对方：人民币比身份证更可靠，我是准备用钱买书的。我：用钱买书？你知道有多少本书吗？对方：我知道你那位朱一围留下不少签名书，我全买下。我又吃一惊，之前发出的寻人文字比较简单，没说一围的病逝，也没说书的数量，看来这位"衣艺者"有备而来呀。不过真用钱买书，倒说明对方对这批书确是看重的。我问：这位女士，我想知道你的实名。对方：陈宛。我：好吧陈女士，你有什么具体打算？对方：我想早点看到这批书，然后给出价格。我答应了：那我说个时间，明天晚上吧。

第二天傍晚我在公司加一会儿班，又在食堂胡乱吃过一点东西，便出门去了一围家。筱蓓开了门，直接引我进入书房。房内的书已经基本清空，只剩下靠里的一墙书架还饱满着。我抽出几本翻到扉页，上面均有作家署名，署名之上则题"朱一围先生一阅""朱一围先生正之"等俗语，也有一本亲昵些，写着"朱一围先生在阅读中进步"。可以想见，一围待在这间书房里，回味着与"一阅""正之""进步"这些词儿相关的签书场景，心里是多么的受用。一围是个活络不足、古板有余的人，平常在场面上混酒交友的时候很少，与我酒桌结识实在是一个例外。但一围把书房的门一关，脸上大约是有亮色的，因为书架上聚着许多他结识过的人呢。

正这么走着神儿，外边响起敲门声。筱蓓走过去，很快将一位女客领进书房。这是一位三十多岁的标致女人，大约因为穿着有些轻软的绸衣，身形微胖而不显。她似乎有点紧张，一进来眼光找到我，才松了脸一笑。我说："是陈宛陈女士吧？"女人说："你叫我陈宛就好。"我一指筱蓓："她是这儿的主人，书的事她说了算。"筱蓓说："没关系的，您先看看合适否，这种事讲的是缘分。"女人点点头，眼睛慢慢扫一圈屋子，走到书架前直着脖子看。她抽出一本瞧了瞧放回去，又抽出一本瞧了瞧放回去，然后手伸到上格取下一本蓝皮书，目光停在了封面上。我凑近一步丢去一瞥，是小说《第七天》。女人说："这一本好。"说着打开扉页细细地看，仿佛淘到了一见如故的藏品。我说："不光这一本好,每一本都有点意思。"女人抬起眼睛,承认地点一下头。我说："如果你愿意,现在就可以说个价。"女人说："我还得先问一句,为什么要把这批书处理掉呢?"我看一眼筱蓓,筱蓓说："我老公一走,这些书就用不上了,放着也是放着,还不如找个用得上的地方。"女人说："为什么说还不如呢?剩下这一墙书架,也不算太占地方。"筱蓓说："人走了,这一墙书架却像是一种提醒,我不喜欢这种感觉。"女人说："像是一种提醒?提醒什么?"筱蓓微露不悦："别走题好吗?我可不是为了钱,我本来就没打算让这些书变成一桩买卖。"筱蓓这么讲有些傻了,至少会露出心里的待价底细,对方分明在话中夹着试探呢。我打着掩护说："是的,转让收藏品不是买卖,靠的是眼缘和心缘。"女人说："好吧,切入正题。我提个数字,你们看合适否。"她默一下脸,伸出两根手指说："二十万。"我暗吃一惊,同时瞧见筱蓓的眼睛使劲睁大了一下。这个数字远远超过期望,让人觉得是耳朵听错了。

书房似乎安静了片刻。我用手推推鼻子,一边生出一些警惕,说："你开的这个价,含有别的附加条件吗?"女人摇摇头说："没有。这么多签名书,值这个钱。"筱蓓说："您这样说我挺欣慰。我能不能知道,您是做什么的?"女人淡笑着说："别以为我很有钱,我是想让男友高兴。我相信我这么做,他会高兴的。"我说："我也问一句,你男友喜欢文学吗?"女人拍拍手中的《第七天》,说："喜欢的。他爱读小说,还向我推荐过这一本。"噢,若是这样,逻辑是成立的。我舒口气说："那你这一次做对了!女人要拿住男人,不能光喂他好话,你得让他真正地心跳一回。"这句自作幽默的话有点勉强,但多少把气氛说松了。随后双方又来回讲些话,议定了付款方式和搬运时间。

在我的眼里,两个女人的脸上都渗出了满意。

日子的推移有时是不知不觉的。四五月间，我在公司里帮着打理一个非遗产品展示会，出策划书、做VCR什么的，嘴巴和手脚经常一起忙碌着。待弄完了松口气，天气已经转热。站在办公室窗口抽烟时往街上一瞧，路人们开始躲着阳光了。

这天午休小憩后，我习惯地滑开手机，瞧见筱蓓一条微信：事情不明白，有空电话一下。我坐到办公桌前，打电话过去。筱蓓在手机里咿咿呀呀发着声音，讲了十多分钟。原来昨天晚上她跟住校的儿子进行每日例行电话时，儿子顺口丢了一句，说学校图书馆出现咱家的藏书。她问什么藏书？儿子说小说签名本呀，上面有老爸的名字。她有些纳闷，说你也开始读起小说啦？儿子说我眼睛哪里忙得过来呀，是班里一同学在看。她想一下，让儿子去拍张小说扉页照片。过一会儿，照片真的发过来了，情况属实。为此她琢磨一晚上再加一上午，脑子还是糊涂。

我一边听着一边也直眨眼睛。花一笔钱买签名旧书，一转身送了学校，这实在有些稀奇。不过让书籍到达图书馆，也算物尽其用，没什么不高兴的。我说："这种事儿是人家的权利，咱们不能说她做得不对。"筱蓓说："我没有说她做得不对，我只是感到奇怪。"我说："干什么事儿都有内在逻辑，只是咱们不知道而已。"筱蓓说："一围的书，我多少得知道一些吧？方便的时候你联络一下她呗。"

我静一静脑子，在手机微信里找到"衣艺者"，先打一声招呼，然后试探地问：那批书给男友后，他惊喜了吗？对方许久没有回复，过了半小时才跳出一句话：你这是产品售后调查吗？我写：毕竟是朋友的书，我得关心一下。对方：那你来一趟吧，我允许你见一面。我给一个微笑图标：我又没提出这个要求。对方：透过手机屏幕，我看到了你脸上的企图。我：那怎样才能找到你？对方：浣纱路北边，衣艺者。我：呀，你是衣店女老板。对方打出一个眯起单眼的调皮图标。

放下手机,我脑子似乎有点不稳定,坐了片刻终于按捺不住,就找个借口离开办公室去了街上。坐几站公交车又走一截路,到了浣纱路北段。两旁有一溜儿花花绿绿的商店,我东张西望一会儿,眼睛一亮见到了"衣艺者"三个字。这是一间门面不大的售衣店,推门进去,里边倒是清爽开阔,挂卖的衣服热闹而有秩序。一位年轻店员迎出来刚想说什么,我已绕过去往里走,因为我看到了坐在售台后面的陈宛。

我说:"大隐隐于市,原来陈女士藏在了这里。"陈宛站起身一笑说:"来得挺快。就不能叫陈宛吗?"我说:"好吧陈宛,这个店开几年啦?生意不错吧?"陈宛说:"三年了,生意马马虎虎。"我说:"不能马马虎虎,马马虎虎怎么能掏钱买书再送出去呢?!"陈宛翘了眉毛给我一眼:"知道这个啦?怪不得又是微信又是打上门来。"我说:"我可不敢打上门来,我这是上门求教。"陈宛说:"想打探为什么把那批书赠送给学校图书馆吧?"我点点头:"我有点好奇。"陈宛说:"我那位朱一围早年在那个学校上过学,放在那儿比放在家里好。就是这么简单!"我说:"那个中学是你男友朱一围的母校?真是巧了。"陈宛说:"巧什么?"我说:"我朋友朱一围的儿子也在那儿上着学。"陈宛"噢"了一声:"这不挺好吗?父亲的书最终到了儿子的学校,用报纸语言叫一段佳话。"我说:"可是,玩这样的佳话代价不小。"陈宛说:"我明白你的意思,我也不是把书全送去学校的。"她一摆头,引着我走到T恤挂墙前——其中几件T恤不同颜色,胸前均印着《第七天》的扉页签名,图案清晰别致。陈宛说:"我做了三百件文化衫,我可以赚些钱的。"我用手指推一推鼻子,说:"有点意思,到底是衣艺者。"陈宛说:"要是喜欢,可以送你一件,你自己挑个颜色。"我呵呵一声没有拒绝,左右看一看,选了一件浅蓝色的。衣服上的作家签名挺有力道,我用手摸了一下。

陈宛说:"看着这衣服,你心里的问号有没有去掉?"我说:"没有!

三百件文化衫就是全卖掉，又能赚多少钱呢。"陈宛说："看来你是个较真儿的人。朱一围有你这么个朋友也是幸运。"我说："朱一围才是个较真儿的人。他已经不能溜达过来说话了，我是替他较真儿。"陈宛说："好吧，为了去掉你心里的问号，我再请你喝个茶。"我说："又是送衣服又是请喝茶，我是不是应该不好意思？"陈宛笑了说："其实呀让你过来一趟，我就是想和你去茶室说些话的。"

年轻店员将T恤包好，我卷起来塞入携包。陈宛引领着我，出了店门右拐走一段路，进了一家外相低调的茶室。茶室厅堂不大，但看上去藏着安静。陈宛熟络地要下一个小包厢，点了绿茶和茶点。我说："瞧这架势，要跟我长谈呀。"陈宛说："不长谈，一小时内把事儿说明白。"我说："一小时够长了，抵得上大半部电影。"陈宛说："长话短说。我刚才撒了个谎，那个受书的中学其实不是朱一围的母校。"我说："那为什么把书送去？"陈宛说："因为他儿子在那儿上学。在儿子眼里，他是个没有能力不能出彩的人。他曾经说过要为儿子挣点儿面子……"我说："等等！你是说你那位朱一围也有一个儿子在那儿上学？"陈宛说："我说的就是你的朋友朱一围。"我端着杯子一笑："嘿嘿，你把我说糊涂了。"陈宛说："我的朱一围其实也是你的朱一围，两个人是同一个人。"我喉咙差一点被呛着，使劲伸一伸脖子吞下茶水，又咳出一口粗气。陈宛笑一笑说："你别把惊讶动作弄得太夸张，我做的事里没有阴谋。"我说："之前你一直在说，朱一围是你的男友。"陈宛说："男友这个说法还真是不准确，可我找不到一个合适的词儿扣住我和他的关系。"

在接下来的时间里，陈宛轻着声音讲述了她和朱一围之间的故事。她清晰地记得，俩人的相识是在小说《第七天》的作品分享会上。那天她正在一家书店大厅里买流行服装的书，听到好几个人说着话儿往旁边活动室走。她好奇地过去瞧一眼，原来是一位著名作家与一位主持人对话，介绍一本三年前出版现在仍被讨论的书。她没见过这样的场面，就怂恿自己留下来听一会儿。周围的脑袋很多，把整个活动室挤满了，她只能在中间通道上站着。站了片刻，有人指挥通道里的人坐到地板上。她穿着白色裙子，又不是粗条随意的人，神情便有些犹豫。这时旁边椅子上的男人站起身让出座位，自己坐到了地板上。她不好意思地坐下，朝让座的男人送出一笑。分享会结束后，她受了诱惑，到文学书柜找《第七天》，这时又遇到了那位让座的男人，他刚好也来取此书。让座的男人告诉她，自己有八折优惠卡，可以替她付款。她认真地道了谢，因为省下的小钱里有人家的好意。随后她加上对方微信，将打折的书钱发去——此时她知道了对方名字叫朱一围。

　　到了晚上，朱一围在微信里打招呼，并把作家签名发来给她看。从此开始，两个人时不时进行文字聊天，她说些服装走势的事，他说些签名收藏的事。陈宛很快知道，朱一围是个实诚的人，朋友很少，但认对了人就会往深里走。此时陈宛离了婚正单着身，心里装着一堆郁闷，这也促进了双方交往。过了不久，两个人把对方视为可以讲心里话的人。又过了不久，两个人约在一起泡茶室、逛书店，偶尔还一块儿看一部电影。再往后的一些情节可按快进键，因为陈宛没有细说。她对此的表达是：两个人的朋友等级相当高，除了身体没有合并。

　　大约一年半前，陈宛想开一间服装店，"衣艺者"的店名都想好了，可左腾右挪仍缺一截资金。把情况说给朱一围，暗想也许能获援三五万的，不料几天后她的银行卡上颇有气势地长出二十万。她吃了一惊，又有些不安的感动。在她的印象里，朱一围花钱并不豪放，在家中也不打理财事，所以凑起这笔款子得花多少心思呀。这么一想，她觉得自己跟他更贴近了一步。又过了一些日子，有一次两个人一起喝茶，喝着喝着朱一围起了感叹，说咱们相遇太晚，这一辈子不能娶你，下一辈子你嫁给我吧。陈宛说行呀,下一辈子咱们早点儿遇上。朱一围说,这不是玩笑话,为这个念头我已经琢磨了好几天。陈宛便笑,说不就是来世嫁你吗?没问题的,你对我这么上心,我不能那么小气。

这样的话说过,陈宛仍然以为是玩笑。她不信佛不进教堂,从未想过瞧不见摸不着的来世之事,再说自己的年纪离终点线还差着几条街呢。不料过了两天与朱一围再见面,他从衣兜里取出一只信封,再从信封里取出两张相同内容的纸,纸上放着醒目一行字:下一世婚姻协议书。下面文字则简约清晰,写明了两个人下一世自愿结为夫妻,共同敬爱相处,不违背对方。陈宛问,这是什么意思?让我签名字吗?朱一围说,这是自由婚姻,你愿意了就签上,一式两份。陈宛说,下一辈子的我能由这一辈子的我来做决定?朱一围说,转了世你还是你,你的婚事当然由你做主。陈宛说,这协议签了你拿在手里真觉得有用?朱一围说,我相信哪个世界都有律条也都有规约,拿着这份协议我心里踏实。话说到这个份上,朱一围又拿着如此的认真劲儿,陈宛就不好拒推了。她嘻嘻一笑,又拍拍朱一围的手臂,在纸上写上自己的名字。完了她调皮地说,今天算是领结婚证的日子,你怎么不备些彩礼?至少也得送束鲜花递个戒指呀。朱一围说,我想过了,那二十万就折成一份彩礼,虽然有些少,但总归按着规矩走了步骤。陈宛说,你还真给彩礼呀?朱一围说,当然得给,不然把这份协议显轻了也显假了。

陈宛讲述的时候,没有理会我脸上的惊讶表情,因为这是她能预料到的。大约口渴的提醒,她缓一缓气,端起茶杯喝了两口水。我这时才想起自己应该讲些话,便:"一围是个二分之一认真二分之一古板的人,有时候不通世俗但不会迂腐,他真的认定下一辈子事情可以弄到纸上?"陈宛说:"一围是个二分之一认真二分之一古板的人,所以在外边也不应该有一位我这样的女人,对吧?"我无法应答,就没有吭声。陈宛又说:"在这几年里,一围多次跟我提到你,但他没有跟你提到我,这不是对朋友留一手。我的意思是说,一个人在最好的朋友跟前,也会有属于自己的秘密东西,譬如女人啦譬如对来世的看法啦。换一句话说,他对来世的看法是一种秘密态度,跟迂腐什么的没有关系。"

显然,陈宛是个细腻的女人,她的话并不浅淡。我沉默一会儿,说:"也许你说得对,对别人包括对一围,我只是看到了能够看到的那一部分。现在我想看看另一部分可以吗?我是说那份协议。"陈宛有准备似的点点头,摁几下手机调出协议图片,递给我看。我细看一遍协议文字,又盯看一眼下面的签名。两个人的名字一个认真一个随意。

我将手机递还,问:"签了这份东西,你有什么感觉?"陈宛说:"开始没怎么在意,不就是一张纸吗?后来慢慢地生出异样的感觉。"我追问:"什么异样的感觉?"陈宛说:"你想呀,以前两个人喝茶逛店看电影,再靠近也还是朋友。有了这张协议垫着,待一起时我偶尔会恍惚,觉得自己像一位未婚妻。"我说:"你喜欢这种感觉吗?"陈宛说:"不喜欢。"我说:"为什么?"陈宛沉吟一下说:"我对一围有好感,但没有依靠感。"我说:"你是说不爱他?"陈宛"嗯"了一声说:"还不到那个程度,这也是我……没把身体交给他的原因。"我说:"那你相信有来世吗?"陈宛说:"以前呀真没注意这种事儿,眼下的日子还应付不过来,哪有心思去想很远的未来。但自打签了这张纸,心里像是多了一件事,时不时地会琢磨一下。不是说人的认识是有限的嘛,万一真有转世呢,万一灵魂长生呢?"我说:"这么说你有了担心,担心那张协议以后真的会生效。"陈宛轻笑一声说:"那会儿我想起手头还有一本小说《第七天》,以前没正经打开看呢。我读了一遍,好像没有读懂,就又读了一遍。读着读着我对自己说,不管人死后有没有来世,你得先把这事儿看作有。"

陈宛把自己的故事讲完,一个小时刚好过去。但我的沉默拖住了她,两个人仍坐在那里，似乎还有话要说。过了片刻，我问："你把二十万元还回去，是想单方面撤出协议？"陈宛说："也别这么说，这毕竟是我欠一围的债，他治病也花了不少钱。"我说："如果一围还活着，你会把解除协议的想法说出来吗？"陈宛说："不知道会不会马上说出来，我原以为将来的事还远着呢。可他走了，走得这么快。来世的事情他已经知道了真相，而我什么也不知道。"我说："在这一个小时里，我接收到了你的不安，同时我也一直在琢磨，你把这个故事告诉我为的是什么。"陈宛说："是的，我把你约过来是有目的的，你是一围最好的朋友，我想请您帮个忙。"我说："讲讲看。"陈宛说："那协议一式两份，另一份在一围手里。"我明白了："你想把另一份协议也拿到手，然后一起撕掉。"陈宛吸一口气吐出来，说："拜托你先探问一下，好让我心里有个数。那份协议现在变成了危险的东西，要是抖搂出来对谁都不好，吕哥你说对吗？"她第一次叫了我吕哥，在这个下午结束的时候。

  是的，这是个让人吃惊的下午，一张协议书更改了我对一围的认识，至少是部分认识。在许多个日子里，一围除了收藏一些书，对生活基本没有想象力。他的工作是平淡的，坐在柜台里办理汇款取款，还有订阅杂志什么的。他的家庭是平静的，与筱蓓相处得不热也不冷，有点一起慢慢老去的样子。他还跟我说过，自己在家中不乐意担事儿，时间一久，排起序来便做不上一号人物。就是这么一位配角男人，却悄悄自己给自己做了一回主。

  我无法揣测一围怎么保管自己那一份协议。也许已经撕了或烧了，反正他内心认定协议将在约定世界里生效。也许放在某个暗处，随着他的离去而彻底消失。但日子里哪有彻底的事，若是某一天筱蓓一不留神看到，心中会长出一个长久的痛点吗？

我可以肯定，陈宛所要的忙我是帮不上的。或许她也只是一说而已，并不真的指望我能取到那份协议。但此时我心里又探出好奇的手，想抓住一些未知的东西。我甚至负责地觉得，既然自己听到了这件事，就不能再做一个偷懒的局外人。

　　从茶室出来我没有回家，在街上闲逛一会儿又用过简单的晚餐，看看时间合适了，向筱蓓递一声招呼，随后打车去了她家。一围的书房已经变成卧室，无法再进去了，我只能坐在客厅沙发上，像一个派遣出去的打听者向女主人通报书籍的事。我告诉筱蓓，自己已见过陈宛，那批签名本确实赠给了学校图书馆，因为那中学也是另一位朱一围的母校，他想给自己添点面子。筱蓓随即做出一个判断："看来他们是有钱人。"我说："这个不知道。眼下这年头有钱没钱哪能一下子看出来。"筱蓓说："不然为什么要花这笔钱呢？"我说："那位陈宛在街上开了一家服装店，她把扉页签名图做到T恤上。这种文化衫现在挺流行，应该能赚钱的。"我从携包里取出那件T恤，铺在沙发上让筱蓓看。她摸了摸衣服胸前的图案，脸上出现解惑后的满意。她说："想不到签名还能在衣服上派到用处。"又说："那些书放在学校里挺好的，虽然是那位朱一围捐送，但儿子的同学都知道书的真正出处。"我说："一围知道了这样，心里也会高兴的——我说的是咱们的朱一围。"筱蓓思忖着说："他们毕竟花了一笔不小的钱，我心里好像过意不去，我得感谢一下。"我说："怎么个感谢？"筱蓓说："我想请他们吃个饭，你也一块儿去。"我摇摇头说："不用的，这只是一次花钱购书，你没必要跟他们交朋友的。"筱蓓说："我想见见那位朱一围，共用一个名字怎么也是缘分。"我心里摇晃一下，嘴里已形成一句谎言："他们俩是双城记，那位朱一围不在这个城市。"说完了觉出漏洞，赶紧又补一句："陈宛告诉我，他在这儿读的中学，大学毕业后留在了外地。"筱蓓说："那好吧，就跟那位陈宛聚个餐也行。两个女人都找了名字叫朱一围的男人,总有些话可聊的。"我不能马上再否决,就点点脑袋"嗯"了一声,又记起什么似的转过话头:"有句话我一直想问,一围临走时说了什么话吗?"筱蓓一指自己喉咙说:"吕默你迷糊了,一围那时候已经不能开口说话。"我耸耸肩说:"我是说他有没有留下文字?"筱蓓说:"你为什么问这个?"我说:"不知怎么,这两天我挺惦念一围的,我在回想他最后的那些日子。"筱蓓沉默几秒钟,让话题进入了我想要的轨道。

筱蓓说:"吕默你有没有记起来,最后那些日子你到医院探望时,在一围脸上看到了什么?"我眨眨眼说:"是骨头浮上来的那种消瘦。"筱蓓说:"消瘦里还有东西……是高兴。"我愣了一下,最后几次去见一围,他的情绪的确不差,但那应该是面对朋友时的强打精神。我说:"那高兴是撑着的吧?朋友一走就收回去了。"筱蓓说:"不是的,那些日子他一直挺愉快。"

筱蓓停一停,回忆了一些细节。一围刚住院时,心情也是不好的。做了喉部手术后病情不仅没刹住,反而向坏的方向滑去。那些天他因为不能说话,整天想着什么,想着想着忽然就开朗了。微笑先来到他的嘴角,然后出现在眼睛里。他开始找些书看,譬如那本《第七天》。再到后来,他身上力气少了下去,看字儿容易累眼,便让筱蓓读小说。有时筱蓓读着读着,他眼睛慢慢眯上就睡过去,脸上还搁着安适的神情。

筱蓓抿一抿嘴,慢慢地说:"一个人离死亡很近时,一般是恐惧的或者痛苦的。如果此时这个人开心起来,你觉得他会是什么样子?"我回答不了这样的问题,摇一下头。筱蓓说:"诗人。我是说诗人的样子。"我说:"为什么这么说?"筱蓓说:"那会儿一围整个人是轻的,不是瘦了以后身体的轻,而是心里丢开负担后的轻。他脑子里时不时会出来一些好词好句。"我说:"好词好句?他不是不能动口吗?"筱蓓说:"不是动口是动笔,有一天他取了一张纸,先写一句:有一种动静,叫太阳的声音。又

423

写一句：蓝天上的白云结了冰。再写一句：真正无限的，不是死亡而是生命。我奇怪地瞧着他，他笑一下用笔告诉我，这些话是作家们说的。"

随后几日，一围还试图体验作家们说的这些话。他穿着棉衣坐在轮椅上，让筱蓓推到住院部楼下院子里。冬日的阳光有些松软，把他的影子投到地上。他瞧着地面却没有在看，因为他静着耳朵去听太阳的声音。听了片刻，进入耳朵的只有院子里一些嘈杂的声响。他有些不满意，便让筱蓓推着轮椅出了医院，往安静的地方走。远处有一片草地，颜色已成枯黄。在枯黄之中，卧着一块不大的水池。经过水池时，一围突然激动起来。他看到水面结了一层清亮的薄冰，上面倒映着蓝色的天空和天空上的白云。他身上似乎长出了力气，想从轮椅上站起来，但没有成功。筱蓓将轮椅再往水边靠几步。一围安静了，身子久久不动。也许在此时，他眼睛看到的是水池里的白云在结冰，耳朵听到的是太阳化开冰面的声音。在他的意识里，那应该是一种冲突中的美丽。

筱蓓说："在那一刻，他喉咙里竟嘶嘶地发出一些声响。他好像要发点儿感慨，可是我没法听明白。"我说："白云结冰呀太阳声音呀这些虚的东西有啥含意吗？对一围意味着什么？"筱蓓说："谁知道呢！人在这个时候吧，脑子里出现一些古怪念头也不奇怪。"筱蓓顿一顿又说："那天从水池边回到病房，一围又在纸上写了一些字递给我看，意思是白云可以从天上到地上，人也可以从地上到天上，天空也是一个大水池。"我轻笑一声说："这时的一围，的确越来越像诗人了。"筱蓓说："这时我也知道，一围剩下的日子不多了。"我说："那后来他还有什么遗言吗？"筱蓓说："也没什么正儿八经的遗书，但他写了几句话，让我把书房里的书处理掉，不要存在家里。"我愣了一下："把书散掉是他的意思呀？他为什么呢？"筱蓓说："他知道这些书对我和儿子没啥用，想让它们遇到阅读的人，这是我的猜测。"我点点头，一围虽然爱书，可这种想法到底没有错。

该问的话已经问过，时间也不早了，我站起身准备告辞。筱蓓想起来说："对了，一围最后还写了两句话，只是我不明白。"我问："什么话？"筱蓓说："一句是：对书上的文字，一双眼睛便是一次公证。另一句是：在对不起上面贴上邮票，从那边寄给这边的你。"我沉吟一下用手推推鼻子，说："这也是哪个作家说的吗？"筱蓓说："也许吧，那会儿我已习惯了他这样，也就没问。"我说："真像是半个诗人呀，也不枉藏了这么多年书。"筱蓓沉默一下说："我跟他也待了这么多年，可他的一些想法我还是不明白。"

告辞出门来到街上，我心里晃晃的还不想回家，上出租车后往市中心随便指一个方向，最后在一个灯光热闹的路口停下。

我站在人行道上给陈宛打了电话，告诉她已见过筱蓓。陈宛嘴里出来几个问号，想知道筱蓓的反应和协议的下落。我说筱蓓神情没有异常，不像知道了这件事。我又说那张协议的藏身处只有朱一围知道，所以也许是永远安全的。陈宛说："也许是永远安全也许是定时炸弹。"我哈了一声说："你不能把这份协议说成是定时炸弹，不然一围会不高兴的。"陈宛不吭声了，过几秒钟才说："吕哥你说得也对，我不应该担心。我又没做亏心事。"我把筱蓓约请吃饭的事说了，问她愿不愿意在一张餐桌上聊聊。陈宛说："聊什么呢？"我说："两个女人在一起，总可以聊些话的。"陈宛哑笑了一声说："可以呀，我和她又不是敌人。"我说："到时候我陪着你们，让一个男人听两个女人聊话。"

摁了手机，我沿着人行道无目的地往前走。两旁一些商店已关了门，一些商店还没关门。我走过一些关了门的商店，又走过一些没关门的商店。我脑子里突然跳出一个念头，一围也许把那张协议书夹在某本书里呢，这是很好的存放方法。临走之际，他改变了躲藏的想法，要让协议跟着书籍流出去,到达某一位有缘分的读者眼里。"对书上的文字,一双眼睛便是一次公证",他不怕了,他愿意让别人见证自己收藏的情感和来世的日子。当然啦,这只是我的猜想,一时无法去验证。说实话,我现在有些吃不准一围内心的真正样子了。

这么溜着神儿,我的目光就有点散,不经意间掠过街道对面一幢高楼里的灯火。又走一小截路,我刹住脚步再望那高楼一眼,正是一些年前我和一围首次相遇的地方。我脑子一醒,原来今晚我是想让自己到这儿来呢。我掉转脚步,穿过斑马线走几分钟来到大楼跟前。在这个时间点,大门仍进进出出不少胖瘦不一的男女。我想一想,走了进去。

坐电梯上了顶层,那家餐馆还存活着,而且吃喝的喧闹此刻仍未散尽。我一时不知道干什么,就在待客区的椅子上坐下,把携包搁在腿上。我微眯眼睛,脑子里出现了第一次遇见一围的情景。那天他撑着精神,脸上有一种认真的和气,而且老露出微笑,但他的内心,对酒桌上的豪华气氛是有些胆怯的。这一点被我瞧出来了,因为我当时的心情也是这样。可能正是这种暗中的相似,让两个人能够走近。在后来相处的日子里,我不时能见到一围收的一面——不是收敛的收,而是收缩的收。记得有一次我们聊话,不知怎么说到"撤退"这个词,我起了点想法,认为自己和一围的性格里都藏着"撤退"元素,可称为"撤退人士"。之所以这么说,是由于此前我因一件挺无聊的公事跟馆长闹了不快,他觉得这件公事不仅不无聊还很重要,指责我办砸了。我在单位并无斗志,正好借此怂恿自己从图书馆撤退,去了闲散一些的文化公司。

当时一围问:"这撤退人士怎么个理解?"我没有拿出自己的事,而是举了生活例子:"譬如撤退人士是A,那么三个人散步,A十次有九次不会走在中间,而一堆人拍集体照,A十次有九次是站在旁边的。"一围说:"这话儿也是在说,十次中还有一次是例外的。"我一提声音说:"九次往旁边靠的人,会在剩下的那一次使劲往中间挤吗?"一围嘴角露出一丝神秘的微笑,说:"只有在例外的地方,才能找到秘密的出口。"一围又说,"这是一个作家说的。"

旁侧响起什么声音,我弹开眼睛望过去,有一个男人从一扇甩门里出来,手里还拿着一只烟盒。噢,想起来了,那是个小阳台,我和一围曾经在那儿站过一会儿。我起身走过去推开门,仍然是记忆中的样子——一个外伸的弧形阳台,面积不大却有点儿凌空感。

我站在栏杆前,目光往下扫过去,看见了一大片与房子们相缠的灯光。又抬一抬眼睛,看见了更大的一片天空。此刻站在高处,天空似乎也近了一些,几朵白云和几颗星星在夜幕中显出来。夏风吹过来,让人似乎轻了身体。我举着脑袋,突然想到如果让自己跳出阳台,会不会在身子下落的同时灵魂飞向白云?一围就是这么认为的:白云可以从天上到地上,人也可以从地上到天上。

当然,我是不会允许自己这样做的。不过很快,我脑袋里又生出一个念头。我拉开携包,取出那件T恤抖展开来,又看一看胸前的签名图案。图案在暗色里仍是清晰的。

我吸一口气,将T恤伸出阳台,一片浅蓝色在我手里飘动起来。我一松手,衣服猛地蹿了出去,先在空中兴奋地转一个身子,然后轻盈地跑向远处。我的目光跟着它,就像跟着一个移动的秘密。

但夜色中我终于没有看清,那片浅蓝色是落到地上,还是飘向了上空。

(原载《收获》第 5 期)

传 灯

斯继东

一

翁雁，来禀皆收悉。各人之钱亦照付，报未有遗失。家中诸人均平顺。惟生物高涨，维持绝拮据。予收入因高物价大受困难。二哥每月补贴四五十万元，终不够开支。绍地米价每石六十八万元，皂每半块一万五千元，菜一千八百元一斤，鸭子每个一千五百元，麻油每斤一万九千六百元。阿赖胃口已好，要抱不肯停坐，人极乖。汝一切要谨慎。父字。十月卅日。

博物馆的展都去看了吧？有留心到那封手札吗——就是徐生翁写给儿子翁雁，抱怨绍地物价飞涨，什么米价每石六十八万、皂每半块一万五千元那封？

札末有一句："阿赖胃口已好，要抱不肯停坐，人极乖。"

那个"阿赖"就是我。

翁雁是我爹爹。我的叔叔伯伯都叫我爹爹老四，其实严格说我爹爹行五。老四是从我娘娘那儿排的，如果从我爷爷那儿排的话我爹爹就得是老五。为什么？因为在我娘娘肩上，我爷爷还有一个大娘娘。大娘娘是在我爷爷三十岁那年病故的，据说是发痧不治——是啊，那年头好像什么病都能索人的命。老店王拢总七子三女，大娘娘留下一儿一女，另外六个儿子两个女儿是我娘娘生的。

我爷爷生于光绪元年，光绪元年就是1875年，鉴湖女侠秋瑾生于这一年，那个做过状元夫人的赛金花好像也生于这一年，如果我没记错的话——我早些年看过她的传记。但她们都比我爷爷小，我爷爷的生日是正月初一——比生日哪个大得过伊？老店王死于1964年，阳寿八十九岁——绍兴人说"九难过"嘛，那一年我十六岁。

对，我跟我爷爷一道生活了十六年，我是看着伊过背的。我爹爹那时在上海货物税局谋差，但家眷却一塌括子都留在老家。

爷爷晚年一直住在这里。对对，这地方就是老店王润格上署的"东郭孟家桥三十六号"。门牌号码调龙灯样换，地方还是这地方。那时属城郊，极为偏僻。后来城市像摊大饼越摊越大，原先白墙黑瓦的平房大多都被拆了，只保留下东边这么几间。西边本来有一片旱竹园，还有个弄堂，现在都建了楼房。后司门的河倒还是那条河，埠头和踏道也还大体保留着原先的样貌。

因为地势低，加上毗邻竹园，书房时不时有老鼠出没，老店王就养了只大花猫。饭时，我时常看见伊从自己碗里小心翼翼拨出一些饭菜来饲猫。

这屋里已经没什么旧物了。噢对，这眠床是伊困过的。夏天青草蚊子多，床架上会搭个青纱帐。喏，那张照片也是旧物。那时候摄影已勿稀奇，但老店王好像不喜欢拍照，一辈子就留下了这一张半身照，现在各处在用的全都是这一张娘本翻印的。爷爷属猪，可整天虎着一张脸——照我们绍兴话讲，是很"威势"。他极少笑，我基本没见过伊笑，孙辈们聊起来似乎都想象勿出伊笑的样子。你们看看——是不是板着脸，好像谁都亏欠伊似的？

爷爷极少出门做嬉客。他总是把自己关在房间里，不是看书，就是写字。明明整日宅家，却从来不帮娘娘做家务，百事不管，眼鼻头底下扫帚倒了也勿晓得扶一扶。老店王还时常深更半夜勿困。据我娘娘讲，落雪天公早起，道地屋顶都积起尺把厚的雪，爷爷的房顶却总有一个勿积雪的"坑"——那底下是他放灯烛的地方。"灯油那么贵，老死尸就勿晓得日里写？"讲到这里，我娘娘总要骂上一句。

爷爷偶尔会从房间出来踱步，也不走远，就在家门口转转，立到河埠头呆望望，或者冷眼看我们在竹园里拔草、挖笋，玩游戏，嬉笑打闹。小猢狲哪怕闹得沸反盈天，他也从不出声帮腔。

二

　　行草书，六尺屏四十元，联十元；五尺屏三十二元，联八元；四尺屏二十四元，联六元；屏以四条计，三尺屏同四尺横、直，整幅，视屏减半，六尺以上暨长联，来句另议。纨折扇四元。右行数难限，大小随书，如界丝格作楷者另议，泥金笺另议。冷金笺、绢倍之。堂匾、斋匾另议。篆、古隶真倍之。金石刻辞卷册署另议。竹、木、茜、卉画视行草书倍之。润资先惠，劣纸不书，立促不应。丙寅春三月，寓浙江绍兴东郭孟家桥三十六号。

——李生翁书画润格

430

那个润格是我娘娘逼着我爷爷立的。

你们见过那润格吗？写得真是夹缠。行草书是一个价，篆隶真翻倍，画又是另一个价，尺幅三至六尺不等，形式屏联横直不同，匾笺扇面另议，金石刻辞卷册署又是各种另议，来句再是一个另议。

有必要定得那么啰里啰唆吗？你看现时的书法家多干脆：六千一平尺。一万一平尺。哪来那么多废话？

我娘娘为什么要逼伊立润格？因为我爷爷他老人家脸皮薄，时常干些"赔肟赔眼床"的行事。明明非亲非故，一府两县，拐上三个弯，凭谁都能跟你拉扯上关系。斯文人碰上木脸皮，客气当福气。人家求字画，侬勿收铜钿，便等于倒贴纸墨——这不是"赔肟赔眼床"吗？可一家老小十几号，就等着他鬻书卖画济口度日呢，日长夕久，如何使得？我娘娘于是对爷爷出恶声了："人家和尚讲随缘乐助，那是供的泥菩萨，侬也讲随缘乐助，侬把家里十几号活口都当泥塑木雕啊？"

我娘娘其实也是大户人家出身，祖上点过翰林，后来家道中落，加上父母走得早，勿得已续弦给穷书生，真是活唧唧神仙落了凡尘。

价格拟好了，爷爷提笔加一句——"润资先惠"，娘娘点点头。

爷爷蘸墨再添一句——"劣纸不书，立促不应。"

娘娘摇摇头，叹了口气。

我娘娘叹什么气？"画蛇还要添足，那是读书人自己给自己留颜面。"我爹爹答我。

自此，老店王的书房里就多了这份用四号字印制的润格。

来了人客，我娘娘笑盈盈地进去敬茶。看见这一张热脸的同时，来客也便带眼瞧见了背后那一张冷面孔的润格。

三

　　戊寅小春月朔，贺公培心，暨松泉、秋农、生翁、雪侯、红茶、荔丞、鸿梁、沄簃、印西雅集春水闲鸥馆，内子雪清出肥螯旧醅饷客，酒酣，处德以素笺索画兰蕙，宾主九人合作是帧，良可宝也，为之记。

——张天汉《九友图》跋

　　关于戊寅年春头的这次雅集，来我这儿坐的人都会聊到。一般都称之为小云栖寺雅集，但其实张天汉的跋文中只有"雅集春水闲鸥馆"一句，并未提到小云栖寺。照此理解的话，春水闲鸥馆应该就在小云栖寺内。但另有书家却言之凿凿，春水闲鸥馆是张天汉的室号，当然在八字桥张家台门。

　　提起八字桥张家台门，绍兴人无人勿晓。绍兴是座水城，城内外河道星罗棋布，出门都须以船代步。一般人家出门就是普通的乌篷船，本地叫脚划船，讲究点的便得是三明瓦的画舫。据我娘娘讲，当时整个绍兴城豪华画舫只有三艘——下大路许家、南街姚家和八字桥张家。这其中名头最大的就是张天汉家的那艘"烟波画舫"。民国六年，孙中山来绍兴考察，说绍兴"三多"，什么石牌坊多、坟墓多、粪缸多，坐的就是"烟波画舫"。民国二十五年，浙江省主席黄绍竑受贺扬灵之邀来绍公祭大禹，坐的也是"烟波画舫"。1939年，周恩来战时视察绍兴顺带祭祖，坐的还是这艘"烟波画舫"。这画舫的名称也有来历。张天汉自称张岱后人，而据他考证，张志和又是张岱先人。先人的先人张志和自号"烟波钓徒"，于是后辈的后辈张天汉就借了名。

　　"烟波画舫"平时极少闲在八字桥下，因为三日两头张天汉就会邀书家画友荡舟于耶溪鉴水之间,喝酒赋诗,挥毫泼墨。据我爹爹讲,我娘娘找勿到老店王,便会骂:"乌大菱壳总是汆到一起,老死尸又去烟波画舫鬼混了。"

小云栖寺雅集其实也就是一次家常的小聚,但因为留下了一幅画,张天汉还仿效兰亭雅集题了个跋,日历被定了格,流水宴也便传了下来。

但是,雅集也好鬼混也好,说来说去好像跟小云栖寺没有半点关系啊?你们说,会勿会张天汉的春水闲鸥馆就设在烟波画舫里,而凑巧那一次画舫就泊在小云栖寺门口呢?

那幅《九友图》倒确实有点意思。惯常书画家合作都是各施其长,你画块石头,我添点花卉,他再题个款,相映成趣,所谓珠联璧合。《九友图》上却一式都是兰,而且是各画各兰,不顾不盼。我估计都是老酒喝得稀里糊涂了。不合常理的还有:参加聚会明明有十三人,除去"出肥鳌旧醅饷客"的雪清和"以素笺索画"的处德是小辈外,尚有同好十一人,怎么就被署成了"九友"?《九友图》现藏于我爷爷的弟子沈先生处,他极少示人,我有幸见过,沈松泉和朱秋农只见其名,其余九人捉笔,因贺扬灵只写了叶,由印西和尚补花,共成兰蕙八株。座中诸君皆为越中名流,但其中有一个叫沄髹的,名字陌生,我问了不少书画圈高人,居然都话勿出。

小云栖寺雅集的时间是1938年春。三年后,日寇侵入绍兴城,我爷爷和朋友们的好日子就此结束了。在是年的一次空袭中,烟波画舫被炸得八码粉碎。应该也是在同一年,我爷爷不明不白失了他的四子翁旦,连尸首也没下落。

贺扬灵撤离绍兴时是邀过我爷爷的,让他随同去西天目避祸。可一家老小十数口,是管自己跑,还是携家带口走啊?爷爷选择了留下——"不管谁当朝,平头百姓么总还是过自己的小日子"。但爷爷想错了。日本人占了城,自然需要找个有头有脸的本地乡绅出来维持秩序。稍有点脑子的人都晓得,这活儿接勿得。三十六计,走为上计。名单打头的王子余,早两天就躲到了张墅沈复生家,据说金汤侯在寿材里断吃断喝躺了三天,朱仲华也阴声勿响藏了起来。名单再排下来排到了商会会长冯虚舟。冯虚舟也想逃,脚划船出南渡桥时却被鬼子截住,于是就成了维持会会长,再后来又做了绍兴县伪县长。有市面灵的朋友还讲,特务班长长岛最喜欢书画,这下真把爷爷吓着了。城里没法待,去哪呢?爷爷就想到了西郭门外的小云栖寺。住持印西也随贺扬灵去了西天目,看寺的小和尚倒是认得写寺匾的老先生。栖身之处有了,可是总不能十几口人天天随僧食粥吧?乱世惶惶,书画是换勿成盐米了。亏得小和尚机灵,不久就从寺庙老施主那里给接了裱褙锡纸、糊火柴盒的活计,于是老少上阵,每日借此换米,再自种些菜蔬捱日。慢慢地朋友们也知道了音讯,王贶甫、金汤侯等殷实户勿时会着人来求点字索张画,所谓的"求字索画"其实就是接济——命都勿保了,谁还有原先那份闲情逸致啊?

四

旧时屡过绍兴开元寺,激赏翁三字题榜,峻健开豁,想见早年功力。晚年短札随手写记,拙而不矫,望之类敦煌碎纸,难得。

——沙孟海

我幼小印象最深的事是陪爷爷去东街理发。爷爷平日勿出门,要出门的话便是去东街理发,定煞数每月一次。好像每次都是走着去的——自孟家桥朝西,过东昌坊口到大云桥,再沿大街笔直朝北,至东街口再右折。听我这么一说,即便你们外地客,也知道是绕了远路。去理发为什么要带上两个小猢狲?现在想想,应该是老店王借机给我们做趟嬉客吧。

那一日老店王的兴致总是很高,平时端着的"威势"好像也放下了。一路走走停停、游游荡荡,他会絮絮叨叨给我们讲这个城市的逸事野史,卧薪尝胆的越王勾践、"飞鸟尽,良弓藏"的范蠡文种,王羲之的题扇桥、躲婆弄,徐文长的"山阴勿收,会稽勿管",姚长子化人坛灭倭,刘宗周水心庵绝食,张岱夜航船伸脚,还有"泥马渡康王"的故事,"王城寺里的和尚——去了大半"的典故。大多当时都似懂非懂,唯有徐文长的故事听着发靥,后来祖孙再出门一路就都是徐文长长徐文长短了。在绍兴人嘴里,徐文长的故事是讲勿完的。他们其实更欢喜把徐文长称作徐老三,什么恶作剧——反正只要侬想得出,都可以挂靠到伊头上。

东街西首自大街到大坊口那一截,以前一直是绍兴城最闹热的地段。邮局、医院、真神教堂皆集中于此,其间店铺鳞次栉比,沿街是各式摊贩,我爷爷光顾的人民理发店就夹在中间。

爷爷理光头,推子推一推,剃刀再刮一刮,花不了多少工夫。但人民理发店生意好,常常得等,一等就是半日。

蹲在街沿,爷爷跟我说,解放以前这里一直叫开元寺前。开元寺在哪?爷爷用手指指人民医院。开元寺一度曾是绍兴城香火最旺的寺庙,寺内塑有罗汉伍佰,一到正月初一,城里老老小小都会到开元寺来数罗汉。左脚先进左边数起,右脚迈进右首数起,按岁数数到的那个罗汉就代表了你的年运。爷爷又告诉我,开元寺的寺额就是他写的,三个榜字,字大盈丈。"盈丈"是多大,有白篮那么大吗?大得多。这就有点难以想象了。开元寺毁于抗战期间,爷爷比白篮还要大得多的匾额,我自然也就见勿着了。

老店王三十岁开始在本地有书名,之后给许多地方题过匾额,但留存下来的很少。香炉峰禹穴后壁尚有半卷心经,你们有兴趣可以去看看。据沈先生讲,当时是香炉峰了了和尚请我爷爷写大字心经,拟刻于禹穴后侧摩崖。刻至半途,我爷爷去观瞻,连连摇头,说是刻工失真,须翻倒重来。了了和尚却面有难色,大约是铜钿银子不济。很快抗战事起,此事便半途而废。石刻自"般若波罗蜜多"起,至"无挂碍无"止,存一百四十四字。我啊,我勿会写字,只会看看,我们子孙辈没有一个是吃书法米饭的。提到学书法,老店王总是反对,说写字太苦。七子三女中,最有天分的是翁旦,爷爷大概是想托以衣钵的,却偏偏走得最早。据说抗战胜利后,爷爷曾专门邀请文茂山房刻师王宝贤、王伯超等人前往禹庙,在《唐往生碑》上补镌"丁丑浴佛日生翁偕四子翁旦同观"字句,念念至此,可见其不舍。

相比爷爷的字,那时更吸引我的却是满街的行贩。内中有个卖甜酒酿的水泉矮子,最是勾魂。别看伊人矮,嗓门却高——"哎——水泉的甜酒酿来大哉——"癞子多花头,其兜揽顾客的方式也稀刁,甜酒酿装在两只特制的木桶里,水泉用白粉笔在木桶盖上写着几排字,谁要认得出就能白吃一碗甜酒酿。第一次我挤进去看西洋镜,那时我已识得勿少字,但桶盖上的粉笔字看半天却一个也念勿出。边上的人东猜西详,也都不对。老店王理完发出来,我弟弟搬救兵,拉了伊来认。爷爷从头至尾扫一遍,一声不响退出人堆。我和弟弟都非常失望,连小贩写的字都勿识得,你还威势什么啊?归到家后,老头子破例把我俩喊到了书房。"那些字我都识得,但我识得勿等于你们识得。""你们来看——"在一本厚沓沓的书里,爷爷把桶盖上的字一个一个找了出来。"天下只有写勿出的字,无有认勿得的字——想吃免费的甜酒酿,那得靠自己本事。"爷爷拿在手里的那本厚沓沓的书,就是《康熙字典》。爷爷出身贫寒,父亲早卒,只在十岁时上过勿到一年的私塾,此后就是靠这一本《康熙字典》识字断文起家,后来专攻书画,也全靠自己摸索钻研。

免费的甜酒酿我和弟弟一直没吃到,因为水泉矮子桶盖上的字总是在换,但我却因此识得了勿少的生僻字,还无师自通地学会了反切法。

五

　　李徐亦布衣,当代绍兴人,年六十余矣,非贵显,亦不往来贵显者之门,又远离沪上书家之互相标榜,其书名仅绍兴人知之,而绍兴人亦鲜有知书之精湛在沈康吴之上,而其博大雍容且在邓石如之上者。

——胡兰成

　　爷爷一辈子偏安一隅,足不出绍兴。唯一的例外可能就是四十六岁时的淳安之行。

　　关于这次远足,爷爷一直闭口不谈。其间发生了什么没人晓得。娘娘知道的也就是"族人相邀,回原籍看看"一句。爷爷的爷爷辈自淳安迁至绍兴檀渎村,所以淳安算是爷爷的原籍。归来之后,爷爷倒是写了几首诗,极见文采。我读过勿少遍,都能背了。你们且听听——"逆水行舟听楫师,朝朝那有顺风吹。溟朦细雨富春路,贪看桃花不厌迟。"——这首题为《富春江行》。"湿云初散雨犹蒙,隐隐轻雷隔断虹。舴艋不掀风浪静,夕阳如茜染江红。"——这首叫《江上晚霁》。"轻寒挹袖雨余风,独立湖堤夕照中。仿佛宋人团扇画,水天如醉柳花红。"——这一首名《夕照》。后来,他还为朋友章天觉的"翟琴峰山水画卷"题过诗——"野风发发水泛泛,江上人家冷夕曛。如此波光不荡桨,朝朝闲煞白鸥群。"那诗境应该也来自此前的淳安之行。勿是我自道好——你们能想象这些诗是一个只读过勿到一年私塾的人写出来的吗?出去走走多好,开开眼,发发兴。整天克蛇龟一样蛰在屋里干吗啊,真是懂勿着老头子。

大概是在六十五岁那年，爷爷忽然提出了改姓。此前爷爷一直姓李，他早年的落款是李徐，中年为李生翁，晚年伊决定"复姓为徐"。意思是伊本该姓徐。那他又是怎么从徐姓变成李姓的呢？一种说法是他出生后即寄养于别家，这户人家姓李；另一种说法是其父——也就是我的曾祖——幼小时曾寄养于外婆家，就随了外公的姓。孰真孰假反正现在已成了糊涂官司。

姓了大半辈子的姓要改，我娘娘第一个反对，半路杀出个徐生翁，谁认识啊，这不自断财路吗？直骂老头子是"发昏"。书友们也都劝阻，成名成家后改姓，总归是件犯忌的事。爷爷却一意孤行，说改便改。后来在给朋友的信中，爷爷写道，"今已复姓为徐，留不久，死无憾矣"。在旁人看来说改便改的事，也许于爷爷却是深思熟虑的结果。而最早触发他动这个念头的，我猜应该就是二十年前的淳安之行——虽然我并勿知道淳安之行发生了什么。也许，还跟他的父祖辈有关。至于怎么个有关法我就不晓得了。我只知道，他的爷爷是檀渎村种田的赤脚农民，他的父亲后来进了城，在一家商店做文牍，但在爷爷十多岁时便故去了。

都说世事如棋。拿爷爷这一生讲，淳安之行好似一着闲棋，但是谁都想勿到却在许多年之后抲了大龙。

爷爷的"复姓为徐"倒是给后来的研究者提供了便利。大家很自然地以落款将其作品划成了早中晚三个阶段，你们都看到了——这次博物馆的展就是这样布的：李徐时代，李生翁时代，徐生翁时代。

六

红茶仁兄，数年不晤，辱书。得悉勒定多豫，深慰驰系。生翁百忧薰心，日为饥饿挣扎，精力益颓，惟书画差有进境耳。属作画册二叶,意颇自好,足下能许颉颃汉人否?函达赐复,不宣。弟徐生翁上复。六月廿四日。画册二附。

爷爷的书名被更多人晓得,应该是在二十世纪八十年代中后期,那时他已过背二十多年。当时社会上有一股书法热,大气候又提倡创新,于是一批隐而不显的书画界人士文物样被挖了出来。

爷爷作为"丑书"代表,由隐到显重出江湖,中间起关键作用的人是他的弟子沈先生。沈先生后来成了隶书大家,记者去采访,他总是讲:你们别写我,写写我的老师徐生翁吧。但是徐生翁是谁啊——记者都闻所未闻。七老八十的沈先生就自己捉了笔写,叙师生机缘情谊,论老师书风为人,写完再投稿给书法报刊。此外他还广罗材料,收集整理作品,撰写生翁年谱,自印生翁事略,各种场合不遗余力推介其师。

爷爷一辈子就收了这么一个弟子。以他当时在绍兴的名声,想拜入山门的人自然很多,但他都一一拒绝。据说这中间就有贺扬灵的夫人林太太,贺扬灵当时是绍兴的县长,两人又有私交,这面子换谁都不能不给,我爷爷也真是做得出,偏生就没松口。他后来谢绝贺的西天目之邀,很难说跟此事没有关系。收沈先生时,爷爷已届耄耋之年,首次授徒,一时传为佳话。按沈先生的说法:"我六岁即受先生嘉勉,时隔二十多年,才执弟子礼。"

爷爷为什么不收弟子呢?这个问题好像从来没人深究。书画圈历来是讲究师承的,所谓师出有门,否则就会被视为野路子。而我的爷爷似乎就是野路子,他一辈子都没拜过师。以我的理解,可能我爷爷骨子里是不相信书法可以教的。要说师,无碑无帖不是师,谁都可以学,万事万物皆为师,何用得上拜?至于学勿学得到,最后能修炼到哪个份上,那就要看各人的悟性和造化了。舍姆娘靠自健,别人是帮勿上多少忙的。

爷爷曾经在文章中写道："我从小爱好书画，但家无藏弆，乏师友为之指导。今兹略有所获，多靠自己钻研得来。"

爷爷早年习颜。家里买勿起纸，便每日以废纸旧簿本临习。沈先生的年谱中说，爷爷"曾用端正的颜字为家中新置板桌书写年月及名号"，那张四仙桌我确实是看到过的。据说我曾祖当时极为开心，期望儿子长大后写字能像翁同龢一样有名。翁同龢是谁啊，人家可是当朝宰相，皇帝的老师，我曾祖真是异想天开。

要说老师，罗振玉、王国维编的《流沙坠简》可能才是我爷爷这辈子最要紧的老师。这本被称作解读汉简开山之作的书，是我爷爷四十六岁生日时张天汉送他的。书中这些墨迹的敦煌汉简，真是让爷爷开了天眼。你们想啊，之前的汉代书法都是碑，写的人和看的人中间插了个来路勿明的刻工，现在碑刻变为墨迹，你居然可以跟千年前的汉代人面对面了，这种感觉得有多神奇啊？要我看，爷爷的书风真正脱胎换骨就是从接触《流沙坠简》开始的，他后期的书法写得东倒西歪，外行人都看勿懂，被戏称为"孩儿体"。那种生拙、古朴和天真，当是胎息于敦煌汉简。那段时间他给好朋友沈红茶写信，说："生翁百忧薰心，日为饥饿挣扎，精力益颓——"又说："惟书画差有进境耳。属作画册二叶，意颇自好，足下能许颉颃汉人否？"想跟汉代的人掰掰手腕，论论短长，应该是他在朋友面前心境的自然流露吧？

说了不收徒子徒孙的，可执拗的爷爷怎么又会在暮年破戒呢？

沈先生立雪徐门的想法由来已久。但是想法归想法，沈先生一直不敢明言。出口的话，就是泼出去的水。一旦我爷爷拒绝，活棋便生生下死了。后来代为出面的是王贶甫、朱仲华、陶冶公"三驾马车"。据沈先生自己的说法，这三位老前辈去之前也是瞒着他的，他们心里也没底，独怕碰壁。后来事情办成了，才兴冲冲跑到学校告知他。爷爷在圈子里是出了名的"硬头颈""劝勿进",这三位老先生到底讲了些什么话,让他突然转了念头?

说是师傅徒弟,沈先生的字倒是跟我爷爷一些勿像。这话沙孟海也讲过,他说:"上海有个王蘧常,写的字不像他老师沈寐叟。会稽沈定庵师从徐生翁,作品亦难见生翁的痕迹。"

七

我学书画,不欲专从碑帖古画中寻求资根,笔法材料多数还是从各种事物中若木工之运斤,泥水工之垩壁,石工之锤石,或诗歌、音乐及自然间一切动静物中取得之。有人问我学何种碑帖图画,我无以举拟。其实我习涂抹数十年,皆自造意,未尝师过一人,宗过一家。我的书画以欲自造,故不做临摹工夫,有时也走入歧途,乃至自觉不知已费去多少年月,迄今尚未有艾。我的书画要避免取巧,要笔少而意足,又要出诸自然,所以有时作一帧画,写一幅字,要换上多少纸,若冶金之一铸而就者极罕。因此我的书画不能多作,人讥笨伯,我亦首肯。我学书画,始终在学造我的书画,能否达到:鹄的是一。

——徐生翁

沈先生曾经跟记者讲过一桩事情。抗战胜利第二年,他从湛江子然一身逃难回到绍兴,特意带了两幅作品去看望我爷爷,这两幅作品是早年我爷爷送给他父亲华山先生的。颠沛流离中,凡百身外之物都散失,一家七口也独余其一人,这两幅字画能留下实在要算大头天话。展开来看,我爷爷却说勿好勿好——我给你换。沈先生内心万般不舍,在他,这两幅字画已不单是字画,而是劫后余生的一点念想。但作为小辈又勿好拂老人的意，最终自然只能放落字画，怏怏而归。等到下次再去，我爷爷果真给了他两幅新作：一张画的梅，另一张写的是陶渊明那首"种豆南山下"。

那收回的旧的两幅呢？烧了。

烧了？烧了。

祖父大半辈子累于家室，我后来读到他寄至上海的信，仿佛秦桧召岳飞的十二道金牌，每一封都在催逼：三哥吉期临近聘礼待办，弟妹学费要缴，小妹牙痛得看，七弟学校要做大衣要买英文书，各式人情世故皆大于债，而物价总在涨，已接力的二哥六弟预支了薪水，却总还是不够开销。

到得晚年，子女都有了出路，自己被省文史馆聘为馆员，每月可领津贴六十元，节头年尾统战部还会送上几块慰问金。总算再也勿用为生计忧心了，爷爷却像是入了魔怔。

按我娘娘的说法，老东西是前世作孽，越老越"变死"。借口耳聋，闭门杜客，连家人也不理不睬。年岁大了耳聋最正常，我娘娘却说老死尸是装的。想耳根清净时，铜锣震天也听勿到，要紧关头——侬讲伊一句闲话试试一耳朵煞骨洞亮。整日关在房间里，说是写字，却"写了撕，撕了写"，仿佛跟纸墨结上了仇。我娘娘次日一早进去，总是满地狼藉。老东西最是见勿得自己的字画，遇上了挖骨脑髓都想要归来，要归来干吗，毁尸灭迹——不是撕毁就是烧掉。那些年家里人时常能看见他蹲在堂前一只破搪瓷脸盆面前烧，乌面灶司的，没人劝得进。

老店王怎么入的魔？要我看，应该就是从"复姓为徐"起头的。以前与朋友品书论画，老店王总是讲"出处"、究"来历"。舌头没骨头，涂抹数十年，忽然话锋一转，说是"熟易生难，巧易拙难"，要"自造"，要"笔笔脱尽碑帖"。爷爷给朋友写信："吾姓固是徐，岂可久假？"又说："吾书吾自乐耳，讵必人知？"现在回过头再看，这两句话其实是一句话。

剔骨还父、割肉归母——晚年的爷爷总让我想到《封神榜》里那个六亲勿认的混世哪吒。

那段时间,为防老东西闷出毛病,我娘娘时不时会差他出门去办些有要无紧的事体。爷爷出去了,总是整半日勿见归来。娘娘必得再差我或弟弟出去找寻。两蛮汉在当街角力,爷爷围观得津津有味。脚划船从桥洞下过去,爷爷看得痴痴呆呆。府山上两棵半枯的古柏,泥水工用泥夹罨一堵墙,也能让他停驻半天。至于娘娘差他办的事,自然还得我或弟弟再行代劳。

祖父晚年闭门造车,凡俗不识,却也有零星知音。上海的邓散木慕名来绍兴拜访,祖父示以书幅,邓散木看得莫名其妙,隔日拿给他的老师萧蜕庵看,萧蜕庵却拍案叫绝,认为是天人运化之笔。黄宾虹看了祖父书画后,评价说:"以书法入画,其晚年所作画,萧疏淡远,虽寥寥几笔,而气韵生动,乃八大山人、徐青藤、倪迂一派风格,为我所拜倒。"其后又专门委托张慕槎上门,转达荐贤出山的意愿,祖父婉谢,答说:我老啰,活不了几年了。那一年祖父八十岁。

到得1963年冬天,在为越王台新立的木刻勾践像题写"卧薪尝胆"后,祖父患上了重感冒,此后慢性肾病、痔疮等旧症并发,病势日重。挨到次年一月初,祖父去世。临终前,环顾满堂孝子孝孙,老店王嘴里喃喃,似有交代我爹爹把耳朵贴到伊嘴边,祖父再喃喃一句,最后那口气塌了下去。

爷爷一死,就有人来将他的书房贴了封条。等出殡之后,又有一帮人上门来搬他的书画、书籍,足足装了有三大箱。箱子出门时,有人还问了句:要不要开个收据?家里不知是谁回答:不用不用。过了些时日,我放学回家,看到家里人在堂前用一些小本子发煤炉。我上前一看,这不是爷爷的小本子吗?我知道爷爷平时读书,都会将喜欢的诗句、对联摘抄下来,用的就是这种他自己装订的黄色小本。看看煤饼炉边还有很高一沓,我就顺手抓了四本。沙孟海说我爷爷"晚年短札随手写记,拙而不矫,望之类敦煌碎纸,难得",指的应该就是这种本子。

　　许多年后,我爹爹大限将至,病榻前忽然跟我提起一桩旧事。"你知道你爷爷临终时讲了什么吗?"我自然勿晓得。父亲告诉我说,祖父弥留之际,最后喃喃的那句话是:"呆子孙,呆子孙。"

(原载《人民文学》第 10 期)

狼 踪

韩 东

一

曾小帆和韩梦是大学同学。本科没有毕业，韩梦就追随段志伟陪读去了美国。接下来的二十年是各人的奋斗期，曾小帆事业有成，韩梦两口子也在美国扎了根，并育有一子。再次见面时曾小帆和韩梦已经人到中年。曾小帆有时会想，如果大家都混得不咋样，她和梦梦还会再续前缘吗？这以后，来往就频繁了，曾小帆每年都会去美国出差，无论公务有多繁忙，她都会去韩梦他们纽约郊区的别墅里小住几天。说来也怪，两人从来没有在国内见过。韩梦两口子回老家探亲，每次都是返回纽约后才告知曾小帆的。

每次见面，韩梦都会大哭一场。她告诉曾小帆，"我知道自己会哭，每次都会告诫自己，这次不要，不要，但还是没有忍住。"韩梦说她心理上有问题，可能到了更年期。曾小帆觉得韩梦只是太寂寞了，她想了想，最后也没有说出口。

韩梦哭诉的内容一概和家人有关。比如她爸爸,开始是生病,韩梦无法飞回去尽孝(段志伟和儿子都离不开韩梦照顾);然后她爸病逝,韩梦她妈不愿来美国和他们共同生活,因为恋上了一个小白脸(韩梦语)。小白脸以前是韩梦爸爸的司机,比韩梦小三岁。"倒也不是因为年龄或者层次不同,"韩梦说,"美国人只讲爱情,不会考虑这些。但……我还是接受不了!"曾小帆问为什么?韩梦说这是对她父亲的一种侮辱。"我爸是那种人,到了八十岁腰杆都挺得笔直,一点也不驼。"这是一位父亲在女儿心目中的形象,无可厚非,但曾小帆不知道这和韩梦她妈恋上小白脸有什么关系。韩梦又说起,爸爸身体一向健康,怎么说走就走了呢?八成她爸活着的时候两人就已经勾搭上了……说到伤心处韩梦不禁落泪。曾小帆说,"你真的想多了,八十三已经很高寿了。"

真正让韩梦号啕不已的还是她的歉疚。说着说着她就掉转了枪口,开始对准自己。无论她妈的表现如何,她都得尽孝,孝顺孝顺,有一个顺字在里面。韩梦觉得自己真是不孝啊,而且还那么恶毒,心理要多阴暗有多阴暗。

大概的模式就是这样,韩梦先是控诉,转而针对自己。她所控诉和歉疚的对象都是最亲近的人,他们的儿子自然首当其冲。韩梦说起 David 在波士顿读书时每周她都会前往探望,一个人开车,当天往返,七百多公里,途中只吃一个汉堡充饥。而她捎给 David 的毛血旺(韩梦亲手做的)在保温瓶里还热乎着呢。现在倒好,David 经济上独立了,连她的电话都懒得接。即使接听了,口气也很不耐烦,一语不合就挂妈妈的电话。"可能是我有问题,"韩梦说,"不,不是可能,就是我的问题。我儿子是美国人,却摊上了一个中国妈妈,能没有压力吗?"她又开始流泪,继而泣不成声,"我不应该把他当成一个小 baby,当成我们的私有财产,总是唠唠叨叨。"韩梦表示要改变自己,和儿子共同进步,她说需要跟上David的步伐。具体的方法就是做David的朋友。第二年曾小帆又来纽约,问起这件事,韩梦又哭了,说David说了,他根本不需要她这样的朋友。David说,朋友关系是自愿的,怎么可以强迫呢?

就像看电视剧一样,主线不变,主角也就是那几个人,但每集都会有一些新内容。在韩梦的故事中,段志伟自然是最大的主角,反倒是这条线索变化不大。即便如此韩梦也会反复提及,类似于情节进行中必要的闪回。韩梦和段志伟如何来到美国,如何一无所有、面临绝境……韩梦特别提到那段在中餐馆打工的岁月,段志伟课余帮人家进货、记账,自己则洗碗、端盘子。至今韩梦右手手腕的神经都有问题,手掌弯不到位,就是当年让托盘压的,留下病根儿了。那么大的不锈钢盘,上面叠了三层得有多重?韩梦那么小的个子,在店堂里飞来飞去,托盘跟着旋转,特别具有画面感。韩梦说这些当然不是为了镜头,强调的是自己的贡献,她为这个家也算尽力了。可现在日子过好了,段志伟再也不会对她说,"I love you, darling 加油!努力!"韩梦问段志伟,"你爱我吗?"他回答说,"那还用说吗?"尤其是如果母子两人发生冲突,段志伟总是站在David那边。

对段志伟韩梦也有很歉疚的地方。差不多十年前,段志伟有一个回国工作的机会,待遇都谈妥了,韩梦死活不同意。她说,"如果你回去我就去死!"段志伟不得不屈服。

"我能放他走吗?"韩梦后来对曾小帆说,"国内多乱呀,他又是以这么个身份回去,不要脸的还不尽往上扑?我妈老成那样了还有人扑。"

韩梦说得有道理,但也不尽然。曾小帆现身说法,"我这身份怎么样,也还不到你妈的年纪,怎么还是一个人?扑不扑的,最后还得看个人。"

"你的情况不一样。"

"怎么就不一样了?"

韩梦看了曾小帆一眼，不肯再往下说了。

她又开始哭，说自己对不起段志伟，硬是把他摁在了美国，而他是一心想回中国的。她改变了他的人生，至少是下半生，完全是因为自私，家庭和感情只不过是一个借口。David 说朋友不可以强迫，遑论爱情？只有在可以爱可以不爱的情况下然后爱了，那才是真爱，非爱不可那还是爱吗？爱情的前提是自由选择。自己真是太卑鄙了，利用了对方的同情和弱点……

曾小帆只能听着，除了不断地给韩梦递纸巾就不知道说什么了。实际上也不需要说什么。任何一个话题韩梦都有可能转移到她的伤心事上，而任何一种伤心韩梦都会自行转弯，批判起自己，并不需要曾小帆劝解。但曾小帆必须在场，韩梦的双手互搏才能进行。她看似纠结得厉害，不过是自我治疗的一种手段。如果曾小帆不慎多嘴，没准韩梦就会转而针对她了。"你也是的，"韩梦说，"这么多年了，也不联系我们！在学校的时候咱俩多好呀，钻一个被窝，衣服也换着穿，要不是我跟段志伟来了美国，我们真就成一对儿了。"

这是怨。然后韩梦的眼圈又红了。"你说你难得来一次，千山万水的，一来我就把你当成了垃圾桶。有我这样的吗？你是个没良心的，我比你还要没良心……"

无论是哀怨还是歉疚，韩梦只针对最亲近的人。曾小帆想，承蒙韩梦看得起，自己应该是对方除家人以外最近的人了。

二

这次曾小帆来纽约，按惯例去韩梦他们的郊区别墅住了四天。四天下来韩梦竟然没有哭诉过。曾小帆心想，这次她大概不会哭了。曾小帆回国的航班是第二天一大早,距现在不足十六小时。下午两点左右,她们坐在一楼的餐厅里喝咖啡,咖啡是韩梦在咖啡机上现做的。曾小帆一面搅动着小勺子,一面看向窗外。由于窗户的下半截围了一圈韩梦亲手绣花的薄纱窗帘,曾小帆只能看见外面的树顶。树顶之上则蓝天如洗。曾小帆说,"这里的环境太好了。"

"好有什么用,她又不肯来!"

曾小帆自然知道韩梦口中的"她"是说谁,心想,又开始了。她赶紧喝完杯子里的咖啡,说,"不如我们去你们小区里走走。""不是说好去奥特莱斯吗?""购物啥时候不行?又不是没去过。"曾小帆不由分说地站起来,"你们这儿我还真没逛过呢。"就这样,两人没有换衣服,也没化妆,打了一把遮阳伞就出去了。一直走到了外面韩梦还在说,"我们社区的确值得一看,连参议员都在这儿买了房子……"

的确如此,树木开花,粉红一片或者粉白一片。那些树就像是只开花不长叶子一样。而且这个地方大得超出想象,一条车道随着山势蜿蜒起伏;别墅建在道路两侧,也错落有致,间距不是一般的大。关键是一个人都没有,路上也没有车。曾小帆和韩梦走了五六分钟,只看见一个白人妇女推着一辆婴儿车,从远处拐进一个围了木栅栏的院子里。

"从这条土路下去前面就是森林。"韩梦说,"要不要去看下?"

曾小帆向那条岔出去的土路走了两步,发现遮阳伞的阴影没有跟过来。她回过头,见韩梦仍然站在主路上。"有狼。"韩梦说。

"什么,什么?"曾小帆退回到车道上。韩梦这才说,"也不是啦,是有狼踪。冬天的时候下大雪,社区里发现了狼踪,就是狼的爪印。"

"还真有狼啊。"

"说不好,"韩梦说,"可能是狼,也可能是狼狗,但美国很少有流浪狗的,而且是我们这样的地方。"

她们放弃了前往森林，只是沿车道散步。仍然能听见风吹树摇的声音，鸟叫声尖锐而短促，就像子弹飞过去时的哨音。突然，一个女人出现在她们面前，穿着一身黑衣服，戴着草帽，鼻梁上卡了一副很大的墨镜。曾小帆觉得她就像是从树枝上飞下来的一只大鸟，特别是女人的嗓音，简直和乌鸦一模一样。

"你们是中国人吧，我听见你们说中文。"那女人用中文说，显然她也是中国人，"只有我们中国女人才会这样，裹得严严实实的，戴草帽、打伞。我们不像老美，皮肤经不起这儿的阳光，一晒就黑得不成样子。"

这是个自来熟的女人，自称姓车。车女士说她在这儿住了十年了。当得知韩梦在这里也住了七年，她惊呼说，"我怎么一次也没有见过你呀，怎么可能！"不等韩梦回答，车女士马上说起了她女儿，如何的聪明、漂亮，从小学开始就一路拿奖。讲演比赛获奖，英文比赛获奖，女童选美冠军，音乐考级十级。女儿从小学钢琴，有两台钢琴，一台女儿上大学以后就卖掉了，还有一台白色的专业三角大钢琴现在还在家里放着呢……曾小帆对美国的情况不是太了解，看见韩梦不停点头，心想车女士应该不是吹牛。车女士也不再走她原来的路了（她们是迎面碰上），很自然地掉转方向，跟着韩梦、曾小帆向前而去。就像一开始三人就是一伙的。

由于车女士谈话的对象主要是韩梦，她不由自主地挤进遮阳伞的阴影里。谈话过程中，车女士意识到曾小帆被挤出了伞下，"不好意思。"她说，但也没有退出来。她取下头上的草帽，递给曾小帆，后者扣上，很自觉地落后了一步。车女士于是取代了曾小帆的位置。曾小帆心想，作为回报韩梦该谈论 David 了，但是没有。仍然是车女士在说话，说的仍然是她女儿。这不，女儿最近迎来了人生中的重大考验，半年前她跑去学武术，和武术教练谈起了恋爱。武术教练是有家庭的，女儿被对方抛弃，伤心不已。"我对女儿说，这很正常。"车女士说，"总不能谈的第一个男人就要结婚吧,又不是在中国,就算中国现在也不这样了。需要尝试,不断尝试,就像你学钢琴,不可能一上来就弹一支整曲子……"

说话间到了小区边缘,车女士指着山坡上的一栋白色别墅说,"我就住这里。"韩梦发出一声惊叹,"啊,这是你的房子?""是呀。"车女士说,并没有回家的意思。眼前的房子不仅通体雪白,也大得异乎寻常,有韩梦家的别墅两三个不止。如果在国内,这样的房子就应该被称作"楼王"了。曾小帆取下草帽,递还车女士,后者就像没看见一样,挽上韩梦的胳膊绕着那房子兜了一个大圈。她们又回到了来路上,往回继续散步。

说完女儿,车女士开始说她养的狗。一条拉布拉多,车女士称它为儿子。女儿上大学住校以后,就是儿子和她做伴了。一个月以前儿子被小区里的一辆车撞死了。当时车女士正在家做一幅绣品,听见汽车急刹车的声音知道大事不好,放下手上的活儿马上跑了出来。儿子倒在血泊中,肇事车辆逃之夭夭。还是一个白人邻居开车带他们去医院的,行驶途中儿子就伏在车女士的腿上断气了。车女士抑制不住地大哭,老白人说,"你就哭吧,没有关系,我完全可以理解。"

"Blood, there is blood…(血,血。)"

"It's ok. This is an old car. It's seen…(没有关系,我的车很老,它见过很多的血。)"

说到这里车女士停下了,蹲下身去然后坐在路上开始哭号。曾小帆、韩梦吓坏了,以为回忆勾起了她的伤心,车女士一时无法自禁。由于她戴着墨镜,她们看不见她的眼睛,也不见有眼泪。正在疑惑,车女士站了起来,挽上韩梦又开始向前走。原来她是在模仿当时的情形。

"后来呢?"曾小帆忍不住问。

"后来我们就把儿子埋葬了,举行了葬礼。我女儿回来哭得要死……"车女士说,掏出纸巾擤了几下鼻子,"我儿子就埋在那栋房子里。"

她说的就是那栋"楼王",此刻再次出现在前方的山坡上,白晃晃一栋,不过距离尚远。韩梦说,"怪不得呢,一周前业主委员会开会,我们家是我去的,讨论了狼和狗的问题。"狼的问题就是小区里出现了狼踪,再次提醒业主们小心防范。狗的问题显然是由车女士的狗引起的;最后大家一致通过,今后在小区内部开车不得超过十五迈。

"原来是你家的狗狗呀。"韩梦不无兴奋地说,"你怎么没去?他们还以为是我家的狗,好几个老外跑过来安慰我……"

"中国人的脸他们分不清。"车女士说,"我能去吗……不过,我要是去了就能早几天认识你了。"

然后,她们第二次到了那栋白色的大别墅前面,车女士邀请韩梦、曾小帆去家里坐坐,喝一杯咖啡。曾小帆本来有一点好奇,但车女士说"儿子"埋在里面,曾小帆不免忌讳。韩梦大概也是这么想的,于是两人不约而同地谢绝了。本以为车女士会就此告别,回到那房子里去,但她没有。既然韩梦、曾小帆不愿意进去坐坐,她也就没有必要回家了。和上次一样,她们绕着那栋房子转了一圈行完注目礼又转回来了。

直到第三次,曾小帆和韩梦交换了一个眼神,在房子前面站定了。就这么站着她们又说了半天,车女士丝毫也没有回家的动向。最后,曾小帆说她是明天一大早的航班,行李还没有收拾,车女士这才 sorry 不已,说自己打搅她们了。车女士对曾小帆说,"下次再来纽约住我家,我的房子大,可以随便耍,你一定要来住啊!"对韩梦她倒没说什么。还用说吗?下次曾小帆再来的时候,她们肯定已经成为朋友了。

回去的路上韩梦说,"美国人从来不这样,哪儿有第一次见面就让去家里住的?"看得出来她不高兴了。

"不会啦,你就放心吧。"曾小帆说,"那房子里埋了一条狗,还有一台没人弹的白色大钢琴,瘆不瘆人啊。"

"我有什么不放心的,你尽管去住,反正她的房子大。"

"小样儿,就算我去住,那也得叫上你。"

"我才不去呢,谁给段志伟做饭。"

"那就把志伟拉去一起住。"

"便宜他了,一个男的三个女的,妻妾成群呀!"

"哈哈哈。"

"哈哈哈。"

三

回到韩梦他们的别墅已经五点多钟。韩梦准备晚餐,曾小帆上楼去客房收拾箱子。她想,韩梦终于没有机会哭诉了,待会儿段志伟回家又是三个人的格局。韩梦只是独自面对曾小帆时才会那样,有段志伟在场她一向表现正常。

曾小帆下楼,韩梦已经摆放好了餐桌。煮菜在火上炖着,炒菜则要等段志伟回家现炒。韩梦解下围裙,关上煤气灶,和曾小帆下到楼下的车库,发动汽车去火车站接段志伟。

韩梦和段志伟在纽约市区有一处小房子,平时两个人住那儿。虽然离段志伟的公司很近,步行不到十分钟,韩梦仍然坚持每天两次接送段志伟。后者的午饭和晚饭都是在家里吃的。只是在周末或者节假日,他们才会回到郊区的别墅里。每次曾小帆来纽约,市区的小房子摆布不开,他们的生活重心也会转移过去。韩梦仍然要做饭,仍然得开车接送老公,只不过两顿饭变成了一顿饭(早餐段志伟在路上解决),接送也变成了各一次。当然韩梦不可能把段志伟一直送到公司,距离太远。小区附近有一个小火车站,段志伟乘坐火车上下班,韩梦只需要一大早把他送到火车

453

站就行了。晚上再去接。也就十来分钟的车程，出了小区大门拐一个弯下一个坡就到了。早上送段志伟是韩梦单独去送，曾小帆起不了那么早。傍晚时分则是两个人一起去接。

曾小帆很喜欢去车站接段志伟的感觉。那时天已经黑透，前方的火车站亮起了灯，虽说灯光明亮，但在群山的环抱下那片房子还是显得很孤零。她们在停车场的一个固定位置上泊了车，韩梦不下车，每次曾小帆都会从副驾上下来。她点起一支香烟，遥望车站的出口。然后，一些人影出现了，都是向停车场方向而来的。直到她们辨认出段志伟微微摇摆的身形。曾小帆踩灭烟蒂迎上去，同时展开双臂给男主人一个大大的拥抱。段志伟的第一句话必然是，"抽支烟再走。"曾小帆于是再次拿出香烟，两个人各点了一支。车窗后面的韩梦不禁皱眉。一根烟没有抽完，她就会按喇叭，提醒他们上车。

这是此次曾小帆美国之行的最后一晚，情形和前几个晚上一样，没有任何特别之处，更没有特别的伤感。就像明天曾小帆还会和韩梦一起，来火车站接段志伟。抽罢香烟两人上车，韩梦启动，沿原路开回去。大概上了一天班，又来回折腾（坐火车到市区需要一个多小时），段志伟说话不多。倒是韩梦问起段志伟公司里的事，段志伟一一做了回答。这也是惯例了。好在路途很短，不一会儿他们就到了。

段志伟上楼洗了一个脸，换上居家的衣服，下楼来到餐厅里。到了这时他才缓过来，人也变得兴奋，或者是装得很兴奋。

"亲爱的，今天做了什么好吃的？"他对韩梦说，"明天帆帆就走了，我们得好好喝一下。"

一瓶红酒早就放在餐桌上了，旁边是开瓶器。段志伟忙着开启红酒。

吃饭的时候段志伟问，"下午你们去奥特莱斯了，有什么收获？"

韩梦说没去。段志伟又问，"没去中央公园走走？"

韩梦说,"来不及,帆帆又不是没去过。"

"哦。"段志伟说,端起高脚杯和曾小帆碰了一下,"你这次来得不巧,中间如果有一个周末,我们就可以开车出纽约玩儿了。"

曾小帆说起下午她和韩梦散步的事,"你们小区就是一个天然的公园,风景不比任何地方差。"

"那是那是。"段志伟说,"穿过社区东边的树林就到哈德逊河边了,站在悬崖上能看见我每天去上班的小火车,就像在水上行驶一样……"

自然说到了路遇车女士,说起车女士的女儿、她的狗儿子以及那栋可称之为"楼王"的大房子。"你没见过她?"韩梦问。

"没见过。"

"她是这里除我们之外唯一的中国人。"

"车女士没有丈夫?"

"没有,要不就不住在一起。"韩梦突然看着段志伟说,"你问这些干什么?她有丈夫没丈夫和你有什么关系?"

"是没关系,但那么大的房子……"

"她自己就不能挣钱买啊?非得靠男人……"

眼看气氛不对,曾小帆连忙打岔,说,"车女士特别热情,以后和梦梦肯定能成为朋友。"

"才不会呢,我们不是一路人!"韩梦说。

"我和你打赌。"曾小帆说,"今儿我把话撂这儿,如果你们不好成一个头,我就不姓曾。"

"喊……"

段志伟还想再开一瓶红酒,被韩梦制止了。"明天起大早还要送帆帆。"她说,同时站起来开始收拾碗筷。段志伟也站了起来,对曾小帆说,"我们去干我们的事吧。"他说的"我们的事"是指饭后一支烟,这也是惯例了。韩梦照例翻了段志伟一个大白眼。

　　差不多三十年前,段志伟年轻的时候是吸烟的,而那时曾小帆并不吸烟。二十年后,曾小帆再次见到韩梦他们,段志伟早就戒了,曾小帆却抽上了。曾小帆抽烟很大的成分是因为工作需要,她得像男人一样去拼搏。实际上曾小帆没有什么烟瘾。韩梦讨厌烟味儿,所以她们单独相处时曾小帆从不吸烟。曾小帆保留抽烟的权利并随身携带香烟,是为了段志伟;只有在曾小帆来他们家的这段时间里,段志伟被允许抽上两根。曾小帆一走,段志伟立马戒掉。曾小帆真够佩服对方的。

　　每天两次,一次是在接段志伟的时候,一次就是饭后。他们当然不能在房子里抽烟。由于曾小帆第一次来的时候是一个冬天,他俩就下到楼下的车库里,升起一半卷帘门在车库里抽。这也形成了习惯,后来无论季节,饭后抽烟总是在车库里。这次亦然,身边是那辆宽大的越野牧马人,两个人在车和储物架之间的空隙里站成竖列。段志伟手上拿着一只一次性塑料杯,里面盛了半杯清水。两人吸烟,将烟灰弹在杯子里。顶灯的照射下,那杯水变黄了。卷帘门完全升起,外面的空气新鲜甚至凛冽。他们没有走出去,轻声细语地说了点什么。就像他们的话会像烟雾一样,弄不好的话会飘上楼去,惊吓到韩梦。在关了车库的灯,卷帘门尚未全部降下,他们准备上楼返回去的一个片刻,曾小帆瞥见了外面的星空,星星密密麻麻的,就像头皮屑。也许是曾小帆的幻觉吧。

四

　　2020年,曾小帆的日程中至少有两个重要会议要去美国参加。但由于疫情,新年一开始曾小帆就被封闭在湖北的一家酒店里了。封了两个多月,连房间门都出不去。甚至春节曾小帆也是在酒店过的。好在她向来一个人，早就习惯了。曾小帆随身携带了一台笔记本电脑，除了上网处理公司事务、召集视频会议，剩下的时间就是躺在床上刷手机。各种消息、舆情，国内、国际……偌大的一张双人床垫，她向来只睡半边，最后那张床向靠窗一面倾斜。曾小帆下床走动，吃饭、打电脑、做瑜伽，即便离开两三个小时床垫也不会复原。按她的话说，"隔离期间我把酒店的床都睡塌了。"

微信朋友圈自然热闹不已，和朋友们的互动也增加了。曾小帆和韩梦夫妇有一个三人小群，曾小帆和韩梦互加了微信，和段志伟却没有互加，但并不妨碍通过小群互通消息。韩梦两口子几乎每天都会问候曾小帆，发来美国媒体的报道。当时美国的情况相对宽松，韩梦他们的日常起居和平时也相差无几。美国人也恐惧，但停留在观念和抽象阶段，对灾难的认知还是一种想象，不那么切身……

全世界的目光都集中在中国。对韩梦他们来说，除了国内的家人，最担心的就是曾小帆了。韩梦专门打了一个越洋电话，慰问曾小帆。大概是开了免提，韩梦说完段志伟说，段志伟说完韩梦又说，直到曾小帆的手机被打得发烫。

韩梦问对方，需不需要给她邮寄一些物品，口罩、消毒液、药品或者罐头？曾小帆说，完全没有这个必要，反倒是他们应该储备一些物资，以防万一。韩梦说他们已经储备了，就堆放在郊区别墅的地下室里。

一个多月后，整个西方包括美国告急。纽约开始实行有关措施，段志伟也不去公司上班了，和韩梦搬到郊区的别墅里自我隔离。韩梦很兴奋，在小群里说，这么多年了，她和段志伟从没有这么亲密过，二十四小时须臾不离，完全是二人世界。然后，纽约开始下大雪，韩梦在群里发了不少照片。小区里银装素裹，别有一番风景；段志伟拿着铲子在别墅门前堆雪人，或是韩梦躺在雪地上撒野。照片上始终是一个人，因为另一个人是拍摄者。要么就是空境。那个世界一如既往地缺少人气，甚至更加空廓寂寞了。

457

再后来，小群里就没动静了。曾小帆发过几次信息，无论韩梦还是段志伟都没有反应。当时，针对湖北的封锁已经解除，曾小帆已回到上海的公司上班。工作积压如山，曾小帆基本没时间顾及私事，三人小群就此停摆。但她的心里始终有一个疑问，隐隐约约的。

一天深夜，结束了一天的工作准备躺下，曾小帆突然心有所动，再次翻出那个名为"纽约三人行"的小群。依然没有新内容。"你们还好吗？"她发了一条信息，等了一两个小时不见回复。这时凌晨三点已过，纽约应该是下午时间。曾小帆想，也许是段志伟在群里，韩梦说话不方便吧。她给韩梦单独发了一条私信，问他们那边的情况如何，为什么不回她信息。仍然没有回复。

这不免激起了曾小帆某种心理。本来不算什么事情，但现在必须知道答案了。两天后，曾小帆忙里偷闲再次私信韩梦，"现在你和车女士成一对儿了吧，不需要我了。"没想到韩梦秒回，"怎么可能。不过倒是有人和她成一对了。"曾小帆追问韩梦什么意思？后者又不说话了。

曾小帆别无选择，思考片刻后给韩梦打了一个电话。以前，她不主动打电话给韩梦，是因为对方会抱着电话不放，有时还会在电话里哭。但这次不一样，韩梦话里有话，肯定是出什么事了。

果然，电话铃一声没有响完，韩梦就接了起来。就像她一直在电话边上，一直在等曾小帆的电话。并且，马上就泣不成声。韩梦边哭边说，纽约的大雪、社区里的狼踪、山坡上的大房子、史密斯威森左轮手枪……她的叙述疯狂而混乱，曾小帆不禁骇然，一时半会儿没有理出头绪。后来，总算锁定了主角，曾小帆这才大致能将韩梦的故事连成了一篇。

一天，段志伟外出散步未归，打他手机放在家里了。韩梦走出别墅寻找段志伟，意外发现了雪地上的狼踪——业主会议上曾放过有关投影，狼踪比狗爪印要大，前端更尖锐，痕迹则相对要浅。关键是，狼行是一条直线，狗走路一般是双行。韩梦一眼就认出了狼踪，立刻反身回去去保险柜里取了段志伟的手枪。带着枪韩梦第二次来到室外，沿着狼踪绕别墅的房子转了一个圈。脑袋里自然出现了一些可怕的想象，段志伟被狼叼走了。但他已经不是小孩子，体重接近一百公斤，而且雪地上也没有血迹……不知道怎么回事，她就来到了小区的车道上，那条路一直把她引向了小区尽头的那栋大房子，也就是车女士的家。

这条路曾小帆和韩梦一起走过，因此曾小帆的眼前出现了相应的画面，繁花似锦被置换成银白一片。除此之外曾小帆不免恍惚。尤其令她不解的是，雪地上的狼踪怎么变成了段志伟的鞋印？是韩梦没有说清楚吗，或者那印迹真的变换了？韩梦又是怎么知道那是段志伟的鞋印的？然而事情因狼踪而起，最后落实到段志伟、车女士这里却千真万确，否则的话韩梦为什么会如此伤心呢？曾小帆惊讶于韩梦的直觉，狼踪、雪地之类的不过是直觉所需的情景演绎，就像做梦一样。梦有所谓的谜底，而韩梦的遭遇也指向一个现实的结论……

曾小帆无暇顾及自己的思路，此刻她有更关心的事。"那支枪呢？"

"枪？"就像狼踪一样，枪已经被韩梦忘记了。她想了起来，说，"枪没响，我忘装子弹了。"

"哦。"曾小帆总算松了一口气。

这之后韩梦就在电话里哭开了，撕心裂肺。曾小帆静静地听着，每次韩梦发作时都是这样。直到韩梦彻底平静下来，狠狠地擤了一通鼻子后不再出声。

"下面怎么办，你准备离婚？"

"离了，他就会搬过去，但还是会来找我。"

"会吗？"

"以前，他和我在一起的时间多，和姓车的只是偶尔见面。"韩梦说，

"如果他搬过去,他们就整天在一起了,什么时候来找我那就难说了。"

"你什么意思?"

"我的意思就是不想和姓车的对调。"

看来,韩梦已经想得很清楚,毕竟这件事不是昨天发生的。但曾小帆还是说,"我认为这么处理不太合适……"

"知道吗,"韩梦打断曾小帆,"为什么我们分开二十年,我从没有找过你?"

"为什么?"曾小帆有点发蒙。

"为什么再次联系上了,你每年都来纽约,来看我?"

曾小帆完全不知道该作何回答。

"告诉你帆帆,我心里跟明镜儿似的。"韩梦继续道,"别以为你们在车库里干的那些事我不知道,别以为我不知道你喜欢段志伟。"

曾小帆深深地吸了一口气,说,"也许吧,那是以前的事了……"

"你为什么一直不结婚?"

"我……"

"我没有谴责你的意思哈,只是想说,我一贯是这么处理事情的,不用你来告诉我怎么做!"

曾小帆突然感觉到一阵空虚,就像剧痛一样占据了她的全身。她没有生过孩子,此时此刻只是记起了一次看牙,就是这样的感觉。实习医生钩动了她的某根神经,曾小帆疼得从椅子上坐直了身体。那一瞬间好像有什么东西把她的里面全塞满了,只有疼痛,已经没有曾小帆了。此刻的空虚就像那疼痛一样实在,她也已经不存在了。眼泪唰地从两颊流了下来,不是伤心,不是屈辱,只是机械作用。

曾小帆轻轻地按下了手机的结束键。

(原载《当代》第 6 期)

无法完成的画像

刘建东

屋子里弥漫着一股淡淡的烧焦的味道。女孩被一个中年妇女领进来。中年妇女是女孩的舅妈,脸圆圆的,眉清目秀,却是男人嗓。我们已经见过几次,对她并不陌生。女孩几乎是被她拎着放到我们面前。她粗声说:"我外甥女,小卿。"

我们正端着茶杯百无聊赖地喝水,看到瘦弱的女孩,我师傅杨宝丰赶紧站起来,端详着瑟瑟发抖的女孩。女孩宽宽的额头散落着稀稀的头发,有几根遮掩着大大的眼睛,露出惊恐的眼神。我师傅愣了一下,然后轻轻抚摩着她发黄的头发说:"别害怕,我们是给你娘画像的。"

时间停留在1944年的春末。这一年我十五岁,我师傅大约四十岁。我师傅杨宝丰是城里唯一的炭精画画师。三年前,他来到城里,在南关开了家画像馆,专门给人画像,给活着的人画,也为故去的人画。师傅保持着一个传统,画遗像一定得到死者的家里去画。我想,可能是不想把晦气留在自己家里吧。我已经跟他学徒一年,能够简单地比着照片画人像了。

舅妈说:"平时就她们娘儿俩一起生活。我这小姑子比较任性,因为恋爱的原因,几乎断了和我们来往。我一年也就能见她几面。三年前的秋天,我婆婆病重,临死前就是想见她这个小女儿一面。我和小卿舅舅来找她时,已经看不到她了,只剩下我这小外甥女独自在家。听小卿说,她娘是刚刚不见了,小卿也不知道她娘去了哪里。我们找了她整整三年,这三年里,我想让小卿到我们家里住,可小卿就是不离开这儿,说要等她娘回来。我只好每天过来照顾她。这三年里,我男人去了很多地方寻找,我那小姑子就是活不见人死不见尸,慢慢地,我们也就不抱什么希望了,只好放弃了,就当我这小姑子是死了,所以才请您来给画一张像,算是有个着落,有个结果。"她说得很平静。

是的,师傅来是给人画遗像的。师傅并不关心这些,他只想着如何对得起这份邀请,把他的工作做好。他把目光从女孩身上移到舅妈脸上:"我需要她的照片,你们找出来,我来挑一张。"

舅妈转向小卿:"快去把照片拿出来。"

因为一下子来了两个陌生人,小卿吓得只顾低头看地,对舅妈的话充耳不闻。只有两间屋子,找起来也不难。舅妈只好自己动手,来来回回在屋子里转了好几趟,却没有找到一张小姑子的照片,只找到了一本薄薄的相册,里面的照片却不见了。可以清楚地看到贴过照片的痕迹,照片一张也不见了。舅妈把相册递到小卿跟前,问:"照片呢,照片咋就都不见了?"

小卿落下泪来,抽抽搭搭的。舅妈脸色大变,黑黑的,训斥小卿:"你哭啥?又没打你骂你。"

师傅冲舅妈挥挥手,弯下腰来,和颜悦色地对小卿说:"孩子,别哭。我们是替你娘画像的,只有知道你娘长什么样,我才能把她画出来。你知道照片在哪儿吗?"

小卿眼中带泪,点点头,"我知道。"她说。

她领着我们走出屋,左拐,在墙角处放着一个红花的搪瓷脸盆,已经掉了很多瓷,红花已经残缺不全。她指着脸盆里,小声凄凄地说:"喏,都在这里。"

我们顺着她手指的方向,低头观看,脸盆底有一层燃烧后的灰烬。那可怜的灰烬还保持着照片的模样,竖着、横卧着、侧躺着,张牙舞爪。这时,刮过来一阵风,灰烬犹豫地颤动着,然后开始盘旋向上,轻飘飘地飞到空中。隔着散成碎片的灰烬,向阳光密布的天空望去,天似乎阴了。怪不得我刚才一直能闻到一股淡淡的烧焦味。舅妈的声音尖厉起来,抓住小卿的细胳膊:"你把照片都烧了!这是为啥?"

小卿嘤嘤地哭出声来。

我们重新回到屋内,气氛便有些紧张和不安,没有照片,等于是巧妇难为无米之炊。小卿垂手而立,脸上还挂着不屈的泪珠。师傅面露难色,对舅妈说:"没有照片,我画不出来。你还是另请高人吧。"

舅妈一时也没了主意,她并不是一个从容淡定的人,一遇到难题便慌了手脚,只会埋怨小卿,对小卿横加指责。还是师傅处事冷静沉着,提醒她,除了这里,哪里还能找到她小姑子的照片。这一下,舅妈茅塞顿开,跺了一下脚,拍一下脑门:"我都被她气糊涂了,我去找,我去找,我们家里一定有。"

我们便和小卿一起等待她的舅妈回来。

屋子里烧焦的味道渐渐散去。没有了舅妈在身旁,小卿反而没有那么胆怯,她逐渐活泼起来,看看我师傅,又看看我。舅妈说小卿只有十岁,或许是营养不良的缘故,她看上去比实际年龄要小。从开始到现在,我一直背着装满画画工具的布包,没有说一句话,她就对我有些好感,向我招招手,说:"你来。"我犹豫地看了看师傅,师傅掏出烟来,点着,闭上眼。

这就说明师傅并不反对。

我跟着小卿进了另一间屋子，里面摆着一张单人床，叠好的被子上还放着一个草编的娃娃。她把门关上，神秘地对我说："我还有一张照片。"

我大吃一惊："那你赶快拿出来呀。"

她拿起草娃娃，用手摸着娃娃的头："我不拿。"

我着急地说："我去告诉师傅。"

她说："你去吧，你去告密，我就说是你撒谎，根本没这回事儿。"

我说："我不告诉他。那你拿出来吧，让我看看。"

她绷着的脸便松弛下来，露出微微的笑容，她指指自己的心脏："在这里。"

我泄了气，转身要出去，听到她问："你们来干啥？"

"画画。你舅妈请我们来给你娘画像，把她的像挂在墙上，你就能天天看到她。我师傅画得可好了，就跟活着一样。"我向她解释。

她却噘起嘴巴，翻着白眼，不满地说："我娘没死。"

我猜想，她是不愿承认她母亲离世的事实。这不能怪她，搁到谁身上，都无法接受。于是我问她："那你娘去哪儿了？"

她摆弄着手里的草娃娃："找我爹去了。"

"那你爹去哪儿了？"

"我娘说，我爹去的地方不能让别人知道。"说到这里，她突然警惕地盯着我的眼睛，"你不能给别人说。"

我说："我都不知道你爹去了哪里，我咋告诉别人？"

她把掉落地上的一根细草，轻轻地捡起来，吹了吹，想插回到娃娃身上，可她尝试了几次，都没有成功。我说："我来试试。"我把草插回去，交给她。

开门的声音把我们召唤回师傅身边。师傅面前的桌子上，烟灰铺满了一张纸。师傅手中的香烟燃到了一半，一缕细细的白烟腾空而起，线一样直直地飘上去，似乎是静止的。小卿舅妈手里拿着一张泛黄的照片，递给我师傅："您看，这个行不行，我只找到这一张。"

她拿回来的是一张全家福，六个人，坐在前面椅子上的像是一对夫妻，后面是四个孩子，两男两女。她指着第二排右手边那个年轻的姑娘说："这就是她，小卿的娘。"

师傅掐灭香烟，盯着照片，似是在认真辨认照片中的人，半天没有说话。

舅妈焦急地催师傅："您倒是给个准话，行不行啊？"

"啊。"师傅像是刚刚有了结论，"这张照片是什么时候的？"

"大概十三年前吧。这之后没多久，她就离家出走了。"舅妈说。

师傅没有说话。

舅妈又问："可以吗？"

师傅再次把照片拿近端详着，"好吧，就它吧。"他平静地说。

师傅的判断并不总是正确。我看到的那张七寸旧照片，在时间无情的作用下，清晰度已经大打折扣。照片色彩的饱和度明显减弱，眉眼、鼻子和嘴巴虽然还能分得清，但边际间的灰色调正在慢慢地退化，有些暗淡。我有些奇怪，以往，师傅在对照片质量的要求上是很挑剔的。而这一次，在小卿舅妈真诚的邀请下，他是在勉为其难，在冒一个很大的险。

此时，我才把背包打开，依次拿出画画的工具，素描纸、炭精粉盒、画笔盒、尺子、放大镜、橡皮，把它们按照顺序放到已经清走烟灰和茶杯的桌面上。我坐下来，开始在那张发黄的照片上画线条，横的线条和竖的线条，交叉形成一个个的小方格。因为人头很小，所以我必须小心地以毫米为单位画线。师傅坐在那里，闭目养神，他没有抽烟，画画前，他都会让自己的心静下来。舅妈出去准备午饭，屋子里没有了她的声音，很安静。折腾了一上午，已近中午，我边打方格，边能听到肚子里的叫声。偶尔，还能听到远处传来的隐隐约约的枪炮声。这两种声音，在我的耳朵里交替回响，就让我有些分心。师傅闭着眼都能感觉到我的神不守舍，他轻轻敲了敲桌面："把耳朵放到照片上。"

我安下心来，继续打格子。

小卿在一旁好奇地看着，她问："你把我娘怎么了？你把她关到笼子里了？"

我说："这不是笼子，这是方格。我把照片上的你娘挪到这张大纸上，她就更清楚了，更像活的一样了。"

她便安静下来，站在一边，静静地看我打格子。

简单地吃过午饭，我在铺展的素描纸上，以放大二十倍的比例，开始打格子。铅笔在尺子的指引下，上下为竖，左右成横，雪白的素描纸被逐渐分成二百八十个方格。小卿显然没有见过画像的过程，她看得兴高采烈，笑逐颜开，脸上早就没了泪水。

我放下笔，把铅笔放在打好格的素描纸旁，放大镜放在打好格的照片上，压好素描纸，看着师傅。师傅缓缓睁开眼，目光在纸上扫视一遍。阳光正好照在密密麻麻、方方正正的格子上，那格子犹如一个个开着天窗的房间，敞亮而温暖。师傅起身，净手，擦干，揉揉眼睛，松松筋骨，然后端坐在桌子前，拿起铅笔开始画头像的轮廓。他画得很慢，比平时要慢许多。我从来没有见他如此小心谨慎、畏首畏尾。铅笔拉成的浅浅的线在一个一个的格子间缓慢地前行，犹疑不定地寻找着方向。平时干净利落的线条也显得笨拙而胆怯。我站在旁边，感觉特别紧张，仿佛这不是平日里的一次寻常的画像,而是一次艰难的在丛林中的探险。我暗暗地捏着一把汗,开始为师傅担忧,不知道师傅是不是能够把人物肖像画好,是不是能得到亲属的首肯。这还是我学徒以来,第一次为师傅忧虑。

还有小卿舅妈的唠叨,对师傅是另一种干扰。她坐在一边,并不像小卿那样安静,她控制不住自己想要数落小姑子的欲望。也许,对这个倔强的小姑子,她早就心存不满。她说:"这兵荒马乱的世道,您说一个年轻女子,不好好在家,找个安分守己的男人,守着自己那个小家,好好过活。天天在外面疯跑,净和一些陌生的人打交道。谁知道她找的那个男人是谁,是干啥的。是好人还是坏人。她都自己决定了,也不让我们参考一下意见,甚至都不让我们见上一面。您说,哪有这样的?"

师傅紧皱眉头。

"后来我们连她也见不到了,不知道她去了哪里,大约有三年的时间。等她再出现在我们面前时,她怀里抱着一个娃娃,就是小卿。我们问她,那个男人去哪儿了,在干什么,为啥他不管她们娘儿俩了。我这小姑子啊,倔得像头驴,死活就是不说。还是我男人东打听西踅摸,找了间房子,把她们娘儿俩安置在这儿。"她继续喋喋不休。

师傅手中的笔前行的速度越来越慢。

我把小卿舅妈请到了屋外,悄悄告诉她,我师傅画画时需要绝对的安静,不能和他说话,让他分心。

舅妈说:"真是毛病多,我闭嘴就是。我又不喜欢看画画,多无聊。"

屋子里能听到铅笔在纸上滑动的声音。师傅缓慢的勾勒无法吸引小卿的注意力,她看了一会儿就没了兴致,拉了拉我的衣袖,示意我出去。我跟着她悄悄地出了房间,来到院子里。院子里种着一棵枣树,枣树婆娑的影子正好遮住我们。她问我:"画到那张纸上的人就死了吗?"

我奇怪地看看她,那双大大的眼睛,衬托得她的脸更瘦削。"不一定啊,我师傅也给活人画像,有年纪轻的,还有小孩子,还有人请我师傅给他们家的猫画过像。我师傅画得可好了,他们都说,比照片上的人还好看,比真人还耐看。不过,我们是来给你娘画遗像的。"我细致地解释道。

"那人死了为啥要画到那张纸上?"她还是有太多的疑问。

我挠挠头:"我也不知道,反正有人愿意挂在家里,愿意找我们画,我们就画。"

"你画过没?"

我摇摇头:"还没有,我画得还不大像。我师傅说,我得再画两年,才能够正儿八经地给人画像。"

"那你能不能给我也画一张?"

我犹豫着说:"能,只要我师傅同意。"

她撇撇嘴:"真没出息。"

聊天中,我看不出她有多么悲伤,也许,三年的等待和期盼,对于一个孩子也有些倦怠了,麻木了。

天擦黑的时候,师傅才把人像的铅笔稿画完。白色的素描纸铺在桌面上,借助灯光,我们看到了一个清秀的脸的轮廓,眼睛、鼻子、嘴巴、耳朵都已经就位。虽然漫长,但那是一个好的开始。小卿盯着那张画稿,看了半天,晃着脑袋说:"这不是我娘。"

我对她说:"别着急,这是草稿。明天就让你见证奇迹。"

披着夜色,我们告别了小卿和她的舅妈。那张画好轮廓的素描纸就放在桌面上,慢慢地被黑夜覆盖。在同一屋檐下的黑暗中,可能还有一双明亮的眼睛在闪烁。

并不像我承诺的那样,奇迹来得并不及时。第二天画像的过程仍然延续着昨日的艰辛。

这是画像的关键环节。

师傅净手后闭目而坐，等着我把一切准备就绪。师傅的表情看上去波澜不惊。微风穿堂而过，师傅的头发微微颤动。炭精粉盒打开，露出细细的黑黑的炭精粉。小卿对灰烬一样的黑色粉状物十分感兴趣，伸手想摸一摸盒中的炭精粉。我抓住她的手腕，制止了她。

而后是毛笔，按照大、中、小号，并排放在右手边。这些毛笔都是经过特殊处理的，把柔软的笔头浸入糨糊中半个小时，等每一根狼毫都与糨糊充分而亲密地接触，拿出，在阴凉干燥处慢慢阴干。此时的毛笔头是饱满的、坚硬的，再把笔头捏松，修剪好，适于沾上炭精粉。一根根黑头的毛笔面朝桌外，等待着我师傅的召唤。

一切准备停当，师傅开始作画。每一次，都是从眼睛画起，这是老规矩。师傅告诉我说，眼睛是一幅肖像画的魂魄，只要魂魄活了，这幅画就成功了一大半。而这一天，1944年春天的一天，面对草稿，他稍微犹豫了片刻，然后，用小楷毛笔沾上炭精粉，笔落在了鼻子上。我万分诧异地看着师傅的手。一旦落笔，他的右手便没有犹豫，没有迟疑。鼻头的阴影慢慢地擦出来了，然后是深色的鼻孔。当师傅用炭精粉擦出第一笔黑色的线条时，像是广阔的平原上，吹过来一股春风，等风慢慢地吹遍了平原，黑色的线条铺满了一张白白的纸，人物浮现了，春天也就到来了。

往常，师傅画出一幅八开的人像，大约是一白天的时间。可是今天，我向小卿夸下海口的奇迹却迟迟没有到来。一天下来，他只画了鼻子和嘴巴。但即使是如此，当那秀气挺拔的鼻子和有些倔强的嘴巴，以黑白灰的搭配变得立体，呼之欲出时，也足以令在场的小卿舅妈不住地赞叹："真像，真像！"小卿则牢牢地盯着那鼻子和嘴巴，眼睛瞪得很大，睫毛不住地闪动。

太阳快落山时，师傅便停止了作画，这也是一贯的规矩。我用一张宣纸把那张素描纸蒙住，细心地在四边压上镇尺。我叮嘱舅妈和小卿："谁也别动下面的纸!"

第三天,师傅画了脸部、耳朵和头发。第四天,他才最后画眼睛,画一幅肖像的魂魄。一直到傍晚,漫长的作画过程还未能结束。只留下一只眼睛,他再也画不动了。那一小块空白,像是一个深不见底的洞,特别突兀刺眼。我看到,师傅的右手手背上已经布满了密密的汗珠。而我自己也已经筋疲力尽,依稀是跑了四天三夜。从来没有,从来没有过,这么难熬的作画过程。我反复看着那张旧照片,看着照片上青春而朦胧的脸庞,再看看素描纸上,那一个意气风发而清晰的面孔是多么得来不易啊。

师傅疲惫不堪而虚弱地说:"明天早晨收尾。"

按照惯常的规矩,我把缺了一只眼睛的肖像画用宣纸蒙住,镇尺压住,嘱咐小卿和舅妈,别动那张画。我们走到街上,师傅的身子一软,险些摔到路上。我扶住他,说:"师傅,您累了。"

第五天一早,我们就赶到了小卿家。清晨,金黄的阳光里有一股甜甜的蜂蜜味道。舅妈忙着给我们倒水沏茶。照例,我开始为师傅做准备。我掀开宣纸,惊得大叫一声:"哎呀!"镇尺掉到了地上。

宣纸下面是空荡荡的桌面,陈年的桌面映着冷森森的光。听到我的惊叫,师傅站起来,凝着眉,有些惊恐地看着空空的桌面。我伸出手摸摸桌面,桌上桌下,都找了个遍,也未见踪影。我哭丧着脸,看着师傅。师傅便叫住在眼前晃来晃去的小卿舅妈,问她看到那张画没有。舅妈说:"没有啊,你们走后不久我也回家了,我走之前,还看了看桌子上,和你们走时一样,蒙着一张白纸。"她又风风火火地把屋子里能找的地方,挨个找了一遍,最后无奈地对师傅说:"没有,哪儿也没有,怪事了,难不成是有贼了?可是贼不偷别的偷一张遗像有啥用,又不能卖钱。"

师傅对舅妈说:"你把小卿叫来。"

舅妈把小卿从院子外领进来。小卿垂着手,一脸无辜地看着师傅。师傅想拉拉她垂着的手,可她缩了回去,师傅只好和蔼地拍拍她的头,问:"你见那张画像没?"整晚,只有她一个人在家里。

小卿摇摇头,又摇摇头。

站在一边的舅妈把她一把拽过去,手上的力气明显加重了。小卿被舅妈拉扯着,龇着牙,咧着嘴,眼里闪着泪花。舅妈吼道:"是不是你?你说到底是不是你?前两天你把你娘的照片烧了,这次你又把你娘的画像弄到哪里去了?你说呀,你倒是快说呀!"

舅妈越是逼迫,小卿越是不从。她倔强地憋着眼泪不流出眼眶,昂着头不回答舅妈的问话。舅妈气鼓鼓地说:"你们看看,跟她娘一样一样的,死倔死倔的,认准了理,八头牛都拉不回来。"

师傅上前扒开舅妈愤怒的手,劝慰她:"让我来。"

师傅轻轻地抚了抚小卿发红的手臂,安抚她:"没有人怪你。不关你的事。你别怕。"又拍拍她的头。小卿怯怯地看了看师傅,又垂手站在那里,默不作声。

师傅挥了挥手,然后坐在椅子上,大口大口地喘着粗气。我胆战心惊地看着他,束手无策。

舅妈跺着脚说:"这可咋办,这可咋办?"

师傅淡定地说:"我重新画。"

重新画像的决定让小卿舅妈放宽了心,却令我忧心忡忡,我知道,师傅做出这样的决定是非同寻常的。在这一年学徒时间当中,类似的事情从来没有发生过,师傅最忌讳的就是重画。他说过,重画就是对自己的否定。

不出所料,重画的过程是一场灾难。我师傅杨宝丰要克服他内心的那份执念,并不是一件容易的事。每一天下来,他都疲态尽显,像是经历了一场永无尽头的长跑似的。他甚至忘记喝水,吃起饭来,也毫无胃口,如同吃糠。返回的路上,他走得比平日里要慢许多。夜幕四合,街道上人流稀少。偶尔有辆自行车响着铃铛疾驰而过,还把他惊得歇息几分钟才继续前行。我听着他软弱无力的脚步声,能感觉到,两只脚几乎是拖着在行走,我不忍心地说:"师傅,要不我们放弃吧。"

师傅说:"不能。"

师傅回答得那么坚决,我就愈发觉得肩上的分量重了。我背着大大的画夹,里面是没有完成的画像。那张薄薄的素描纸,因为有了未完成的人物肖像,仿佛有雕塑般的形态,厚重了许多。我几乎能感觉到已经画完的鼻子、嘴巴的重量。除了要应对师傅心里的信念,我们还得防着画像再次消失。所以,我背来了画夹,每天回家时,我都把未完成的画像小心地装进画夹,而每次,小卿都非常庄重地看着那幅半成品的画像,在她的眼皮底下消失,她说:"你为啥要把它带走?晚上我给你守着,一定不能再丢了。"

我不能把心里要说的话全盘托出,我不能告诉她,我们不信任她,不敢把画像留在她身边。我哄着她说:"我师傅回去还要加班画。你看看,这幅画像画得时间太久了,耽误好多事。必须加班加点把它画出来。你舅妈放心,我们也安心。"

小卿嘟着嘴,不信任地看着我。

如此谨慎,如此艰辛,又过了五天,时间像是在一个个的铅笔线条围成的方格中,缓慢度过的。小卿母亲年轻时的画像,即将大功告成。除了要修正一下细微处的头发,连最后的那只眼睛都已经画好了。那一刻,在傍晚来临之前到达,师傅四肢摊开,瘫坐在椅子上,面色苍白,汗湿衣袖,头发打着绺垂在额头上。我轻轻地给他捶着肩膀。

师傅闭上眼,没有说一句话。小卿和舅妈并排站在桌子旁,她们已经忘记了我们的存在。她们被那幅画像吸引了,静静地观看着基本成形的画像,一向爱说的舅妈,也变得沉默了,她盯着那幅画,我在她脸上看到了一丝羞愧。小卿看了一会儿,突然间趴在桌子上,放声痛哭。我害怕她的泪水把画像打湿,急忙把那幅画像向里挪了挪,尽量离她一起一伏的头远一点。三年多来,舅妈说她从来没有哭过,她一直相信,她的母亲,一定会在某个黎明时刻,在她睁开眼的一瞬间,回到她的身边。现在,当她看到自己的母亲以这样的方式出现在她面前时,也许她意识到了那个黎明永远不会到来。她的绝望与痛苦,就这样,把时间重重地推向了夜晚。她的哭声嘹亮而尖厉,高亢而饱满,像是色彩浓烈的炭精粉,把没有点灯的房间染得漆黑。

没有人阻止她。

也没有人,说一句话。

就让那夜晚,快速地降临,快速地把所有人吞没。

等她的哭声渐渐地减缓,变成溪流样的节奏,我师傅才站起来,把她揽在怀里,像哄睡觉的婴儿一样拍着她的背。在师傅的安抚下,哭声才来到了溪流的尽头,她安静下来。我感觉到,夜色像水一样缓缓地分开。

我照旧背着画夹,回到了店里。这几日,我都没有回家,而是在店里看护着画像。画夹被我放在柜台上。柜台里的墙上,贴着几张画像,有一个七八岁少女的画像,画像上明眸皓齿的少女笑颜盛开。师傅睡在里间,而我睡在柜台旁边。临睡前,我看了画夹最后一眼,眼睛才沉沉地闭上。黑夜像是流动着的炭精粉。躺在黑暗中,我似乎能听到细细的炭精粉流动的沙沙的声音。一粒粒一颗颗,互相依靠着拥挤着,成为磅礴而密集的黑色力量,柔软而不顾一切地吞没了一切。

不知睡了多久,我突然醒来,暗夜中恍若传来细碎的声音。顿时睡意全无,我侧耳细听,那声音细若游丝,若有若无。我从床铺上爬起来,蹑手蹑脚地摸向柜台,柜台上的画夹已经不见了。我惊出了一身的冷汗。我摸索着走到里屋门口,轻声喊道:"师傅,师傅。"没有人回应。也许师傅太累了。我只好放弃打扰他,循着声音而去,声音仿佛来自屋外,店门虚掩着,我轻轻推开它,脚落下去,感觉像是落进了深渊之中。我深一脚浅一脚地迈出来,汗毛都立了起来,身后的画像馆好像立即就远去了。借着淡淡的月光,浓浓的夜色中隐约有一个人,正专注地站在那里。我掐了掐自己的大腿,算是壮胆。我停下来,不再向前走,唯恐惊动了那个人。我屏气凝神,躲在黑暗处,观察着前方的人。夜晚仿佛是由无数黑色方格组成的世界,每一个方格里都藏着一个妖怪。我缩成一团,想赶快回去。前边那人终于有了动静,他打着了火,他在烧什么东西。他点了几次,才点着,我立即闻到了燃烧的味道。燃烧的面积越来越大,被火映照的地方也扩展得越来越大,我的视线顺着火光向上移动,一屁股坐到了地上。那个人竟是师傅。我的脑子瞬间便凝固了。

我不知道自己是怎么回到店里的。我躺着,眼睛闭着,能听到轻微的脚步声由远而近,关门,上锁,从我身边过去,在柜台边停留片刻,折进了里屋,然后一切归于宁静。夜晚再也无眠。泪水从我的眼角慢慢地滑落,在等待黎明的过程中,变成干枯的泪痕。

画像的事就此结束。师傅彻底放弃了为小卿母亲画像。我和师傅,谁也没有再提起画像的事。一年之后的某一天,我在店里等着师傅,等了一天,两天,一个月,两个月,没有等到他。师傅杨宝丰再也没有出现,我不死心,走遍了整个城里,也没有见到他的踪影。没有人告诉我发生了什么。我央求父亲,替我盘下了那个小店,我继续着师傅未教授完的技艺,渐渐地成了城里一个有名的炭精画的画师。我想一边画像,一边等待着师傅回来。就像小卿等待她的母亲一样,我相信有一天,师傅也会突然站在我的面前,他一定会为我的炭精画而骄傲的,我能够滔滔不绝地给他讲,我攻克的各种技术难题,画出的令人难忘的肖像。又过了一年,遥远的枪炮声终于来到了城外,清晰而响亮。

1951年的一天，我的画店里走进来一个年轻的姑娘，她面色凝重，年轻的脸上写满了哀伤。她端详着墙上的画，再看看我，说："我想请你画一张肖像。"

我觉得这个陌生的姑娘有些眼熟："好的，把照片给我。"

她摇摇头："有照片，但不在我手里。"

我微笑着向她解释："没有照片我画不了。"

"你肯定能画。"她坚定地说，"也只有你能画。"

我诧异地看着她："为什么？"

"因为你画过。"她确定地说，用忧伤的目光鼓励我。

我更加疑惑。

"我是小卿。"她说。

我一下子明白了，为什么我觉得在哪里见到过她。记忆像是泄下来的洪水。数年前的接触虽然短暂，却给我留下永生难忘的记忆。我内心涌动着一股暖流，不知道是因为见到小卿，还是想到了当年画像时的师傅。我急忙热情、手忙脚乱地请她坐下来，给她沏茶。我小心地问她："找到你娘了吗？"

坐下后，小卿努力克制着自己悲伤的情绪，对我说："邯郸解放后，我一直在寻找我娘，我不相信她会丢下我不管，我相信一定有什么原因，阻碍了她回家。我找了很多地方，就像我舅舅当年寻找她一样。虽然我一无所获，可我并没有像舅妈他们那样绝望，那样灰心丧气。我漫无目的地找啊找啊，找了一年又一年，直到去年秋天。有一天，舅舅突然来到学校，把我从教室里叫出来，他满头大汗，气喘吁吁，表情很奇怪。他并没有告诉我是什么事。他骑着自行车，骑得飞快。坐在后座上的我能听到耳朵边的风声。我们停在了晋冀鲁豫烈士陵园门口，舅舅连车锁都来不及锁上，拉着我就向里跑。烈士陵园刚刚落成,有很多单位在组织参观瞻仰。今天轮到舅舅单位。我一路跟跟跄跄,被舅舅拉着狂奔到烈士纪念堂里。我们站在一张照片前,一张模糊的照片,是一张合影。我能感觉到舅舅的身体在颤抖。合影上是四个微笑着的人,两个年轻的男人和两个年轻的女人,女人在中间,男人在两边。我站在那里,惊呆了,我越看,其中一个年轻女人越像我娘。而照片中的人像,似乎也越来越清楚。我确信,她就是我娘。我蹲在那里失声痛哭,根本不顾及周围有多少人。后来,一个陌生的女人走到我身边,问我为啥哭泣。我指着照片说,那是我娘。她把我揽在怀里,也是放声大哭。等我们哭完,她脸上挂着泪花,告诉我说,她是照片中的另一个女人,他们四个是曾经的战友,这是他们分别时的照片。她让我叫她黄姨,我觉得她特别亲,我喜欢听她讲话,软软的,带着南方口音。她指着我娘左边的那个年轻男子问我,你知道他是谁吗?我摇摇头。她说,那是你爹。我泪眼婆娑地看着那个陌生的男人,他的形象并没有像照片上的母亲那样越来越清晰,相反,却愈发难辨。我告诉她,我娘找我爹去了。她再次把我抱在怀里,她的眼泪冰凉的,落到我的脸上。"

  我默然无语,看着她眼角不断滑落的泪水,不知道如何安慰她,这既是一个好消息,又令人伤心不已。

  她的脸上除了哀伤,还挂着几分自豪,"我想请你给我娘画一张像。"她说。

  我跟着她来到晋冀鲁豫烈士陵园,在烈士纪念堂,看到了那张照片。她指着那张照片,对我说:"你看,我娘,还有我爹。"

  我的目光随着她手指的方向望去。小卿的爹头发很密很长,看上去刚毅英武。那张照片虽然清晰度不高,但他们四人快乐的笑容溢出了照片,明显感染着小卿。她看着照片,眼里含着泪,却微笑着。我的目光重新回到照片上,我紧紧盯着照片右首的那个男人,我有点怀疑自己的眼睛。

我使劲揉了揉眼睛,指着照片惊呼道:"小卿,你看,那个人,那人是我师傅。"

黄姨领着我和小卿来到一个烈士墓前,她告诉我说,这就是你师傅,这里面埋着他的一顶帽子。黄姨说,他曾经化名杨宝丰,在城里工作过几年,他在南关开了一家画像馆,专门给人画像。我这才知道,我师傅叫宋咸德。

我潸然泪下。

(原载《十月》第6期)

奇迹之年

东 来

一

"我爷爷是个赤脚医生。"

对面的男子掸去身上的烟灰，起身把头顶的遮阳伞撑开了。在沙漠的浓烈阳光下，我们获得一小块珍贵的荫蔽。在继续讲述之前，我和他一起看向沙漠。绵绵无尽的红沙堆砌起的绵绵无尽的沙丘，地上只有一些枯死的白草和水波似的涟漪，看一眼都觉得眼睛干痛。旅馆老板用脸盆种了些仙人掌，土块结得硬邦邦的，仙人掌绿油油，硬刺横生。有丝丝微风吹着，薄汗蒸发，并不热。

这家青年旅舍很有名，出现在很多旅行必去清单之中，因为它孤独地建在沙漠深处，乘车抵达时，若值傍晚，可见晚霞和沙漠温柔地包裹几间矮矮的土屋，周围绝无人烟，许多旅行者将这里视为世界的尽头——旅行的终点。有些人甚至会用"圣地"来标榜它，住两个晚上之后就折返，也有人向沙漠更深处继续进发。旅馆养了一队骆驼，雇了三个向导。交两千块钱就可以租一匹骆驼和一顶帐篷，走上两天，去看两处已经风化成丘的古城遗址、一片已经干死的沙棘林、一条没有一滴水的古河道。

两天前，交完两千块钱，临走时我突然感到厌倦，没有出发，只是目送了骆驼队的离开，早上的露水打湿沙地，骆驼的脚印在地上印出乱纹，不一会儿就被风刮走。我的骆驼仍被拴在原地，不停地反刍。我看了它一会儿，喂了它一些玉米粒，跑去旅馆的餐厅喝酒。旅馆的老板跟我说，晚上会有个男人住进来，他自己开车来的，微信名字叫作阿来，头像是只飞奔的豹子。

我说："怎么要特意说起这人？"

旅馆老板说："我感觉，已经很多年没有看到用豹子做头像的人了。"

我说："还真是！好久没遇到了，有那么一段时间，有不少。"

老板说："用豹子做头像很傻。"

对话结束。

夜晚九点，旅馆的狗全部狂吠，一辆车开进了院子，一个长手长脚宛如螳螂的男人在群狗的围攻之下，淡定地劈开道路，走进了屋子。那就是阿来吧，我见他拿了房卡，要了一大份面、两瓶啤酒，坐在我对面吃起来。我一眼瞥着电视，一眼瞥着他，期待看到一张豹子似的面孔，但他的面孔始终埋在阴影之中，看不清楚。阿来吃完了饭，穿过院子走去客房区。所有的狗又叫起来。他咳嗽一声，狗子们噤声，退回狗舍去了。我问老板，那是阿来吗？老板努努嘴，当作回答。

隔日，我在天台上坐着，喝冰镇啤酒。阿来拿了一堆衣服，走到晾衣杆边，将衣服晾好，他随即坐到我的身边。他自然没有长出豹子的面孔，那张脸眉眼平淡，只有一双又圆又厚的嘴唇突兀地挂在脸上，头发稍长，面孔倒是整洁，一丝胡茬也没有，有些恹恹的病态，年纪四十五往上，也许更年长一些。异于常人之处唯他的眼睛，眼眶红红的，应该是长期睡眠不足所致的慢性角膜炎，乍一眼看去像是刚刚哭红了眼。

他问我借个火，我说我不抽烟，没有火。他笑笑，从口袋里掏出一盒火柴来，划着一根，点着了根烟，深闷一口，长长吐出来。

"我爷爷是个赤脚医生。"他很自然地说，声线尖细，话茬便立起来。我们像是认识了很久，不必做任何开场、背景阐述、自我介绍云云，直说想说的话，我也没觉得有任何异常，"他以前在粤北山区的村庄里给人看病，山里面蛇多，人总是被咬，所以第一要学会的就是治蛇毒。他因此认得很多草药，凭它什么蛇咬伤，咬成什么样，送到他跟前，几帖药敷下去都能好。他认得一种叫作'卡子草'的植物，包治百病，比仙丹还灵，比人参还难找。这草药的脾气也大，春分时候，卡子草的叶子从土里冒出来，长得和芋头叶子差不多，就个尖尖儿冒着。见到也别心急去拔，得坐它边上和它说会儿话，或唱支山歌，趁它听得认真时，轻轻地揪着它的茎，把它从土里拉出来，一路上还得好话哄劝，把它哄高兴了，它才给治病，要是它不高兴，病人吃它敷它也治不了病。"

我笑了笑，阿来见我笑，问："卡子草，你信吗？"

我摇头。

"我知道你不信。"阿来说，"你跟其他人一样，只信自己看见的，自己听见的也只信五分，但是只要……给你看见了，你就信。一旦超于常规，你们就不理解，视为异端，可是你们把'常规'划得那么小。"他用大拇指抵住小拇指的最上节，比了一下，"就这么大。"

我又笑，因他过于认真的口吻，反倒无法生气，心里或已一一承认，他说的是对的。我说："你爷爷与卡子草后来怎么样了？"

"1998 年，镇上有人被毒蛇咬伤，送来时已经晚了，我爷爷说没救了。那家人不死心,八百里加急送到省医院去,靠打蛇血清活了下来。那之后,我爷爷再没见过一株活的卡子草,它们全都躲去了深山。再后来,我爷爷退休,在鹭城养老。他说鹭城以前也有卡子草,九十年代绝迹,与此同时,蛇也快没了,不到穷乡僻壤见不着。

"应该是从九十年代末开始,人变得只信自己眼见与耳听的,但是一个人能看到多远、听到多少呢?相比世界之大,肉眼看见的、耳朵听见的,都太短浅,而且容易受到蒙蔽。卡子草的叶心有一层细密的黄绿色绒毛,返照淡淡的昏光。如果你走在山中,遇见了卡子草,就算你不认识它,你也会知道,这是仙草。很好认,如果能碰见的话。"

上午十点半,旅店里已经两天没有来新的客人,旅店老板送了两瓶沙漠啤酒过来,算作送给我们的礼物。他用多年收入买了一整套日本酿酒设备,加入沙棘枝和油柑汁,酿出一种入口极苦、回甘如蜜的沙漠啤酒,一旦熟悉那个苦味,尝过回潮的甜味,便十分上瘾。

我对旅店老板说,等我回到上海后,请他寄一些沙漠啤酒过来。他说,寄不得,在沙漠喝沙漠啤酒才能喝出甜,回到城市里再喝这个啤酒,要么纯粹是苦,要么淡得像水。或许是路上颠簸,让酒变质了,也或许是喝酒的人回去之后,舌头不再敏锐了,沙漠啤酒只能存在于沙漠之中,这也是一种在地魔法。

阿来一口气喝完两瓶,虾皮红随即爬满他的全身皮肤,红眼眶也不显红了。他说,这个酒很有能量。能量,我思考着他的用词。

"你来这里做什么,来看沙漠吗?"我问他。

他摆摆手,说:"两个月前,梦见有人对我说,你往西去吧。我从家里跑出来,一路朝西,每到一个城市就停两天,睡梦中还是有人说,你往西去吧。到了这里,如果晚上还是做那奇怪的梦,我就还得往西去,直到那个梦消失。只是我又有些担心……"

"担心什么?"

"担心这个梦不停,我就得一直往西走,地球是圆的,我会回到原点,要是这梦不停,得绕个大圈子。"他皱了皱眉,为这个事情真实苦恼着。

事到如今,我已经确定眼前的中年人有些精神问题,臆想与偏执已深。但另一方面,我又很乐意和他说说话,若在上海,我们不大有机会打上照面,甚至不会朝对方看一眼,他的疯癫会被城市放大,他肯定也瞧不上我,一个中规中矩、疲于奔命的上班族。

旅馆断网三天了,只能打电话和发短信,之前网络未断时,刷个网页或者微博也要好几分钟。而这三天之中,天上没有任何云彩,今天的景致与昨日别无二致,风也如昨一样徐徐,带着巨大的擦刮声,时间似乎停滞了。

我主动揽下了喂骆驼的活,阿来没有来之前,我主要与骆驼和狗待一块儿。时间似乎在此停滞,因为没有高楼大厦和车水马龙的对比,这里的辽阔还与千年之前一模一样,似乎现代社会的雨露不会洒落在这里,身在这里就是做梦,梦的内容就是空无。旅馆、沙漠啤酒、阿来就是梦中的点缀,烈风刮过皮肤留下的微灼,就是梦的质地,而在梦中,阿来又给我讲了另一个梦。

"这个梦听着像是宗教故事里才有的东西。"我说,"你看啊,故事里都是这么写的,《西游记》也是这么写的,历经九九八十一难,最终取得真经,出门之前他连真经是什么都不知道,就这么上路了。"

阿来嘎嘎笑,说:"要真是这样,我可能会死在路上。你呢,你为什么来这里?"

"休年假,看到网上有一篇帖子写到这里,说这里人少,就买了一张机票飞到邻近的城市,再坐了六个小时汽车过来。"我说,"想远离热闹,越远越好。"

"一个人吗？"

"太太和小孩去了巴厘岛，她们觉得那里有乐子，那地方我们都去过三次了，到处都是中国人，沙滩、大王椰、海鲜、潜水……我早都腻了。她们还没有腻，也许就是有人会腻烦，有些人不会。其实年假一个星期前已经结束，但我还不想回去，又多请了十天假，多待几天。"

"为什么？"

"啤酒好喝。"我说，"晚上刮大风的声音也特别好听，好入睡，网络不通畅，那些逼着人不断往前的东西，看起来很重要很紧迫的事项，都被甩到了外面。

"刚开始那几天，我好像还有一半的身体和脑子还在上班，想到好多事情还没做完，想到其他人都在忙，睡觉都不踏实，数字在梦里蹦，涨了跌了，红了绿了。那阵焦虑劲儿过去之后，待在这里就很舒服了。时代的进程在不同地方确实不同，在某些地方，我们不配得到这样的平静。这份平静很奢侈，也很短暂，一旦离开这里便会失去，所以想多待几天。"我话说得有些多了。急于分享，也是都市人的毛病之一。

因为无所想，心里面有种东西正在复苏，眼睛是眼睛，鼻子是鼻子，耳朵是耳朵，五感敏锐起来，可以感知到空气中很细微的变化，世界变得极为清晰，甚至能感觉到时间流逝的节拍——只是一个比方，时间流逝不会发出声响，所以我们才察觉不出它的流逝——我已十几年没有过这种感觉。

有那么几天，我每天坐在阳台上，四下里看，只是看，只是听。数公里外一只隼飞过我都听得见，它滑翔过去，羽翼震动，发出轻微的哨声。我就随着那哨声飞脱了，从山巅俯冲下来，肾上腺激素飙升，多巴胺疯狂分泌，全身骨头通过风一样痛快。这么极致的痛快，没法跟人说。阿来之前，旅馆老板不理睬我，他被沙漠同化了，变成了一种木头似的无悲无喜的人，我说的这些他司空见惯。

我继续说:"我肯定要回去的,此地不宜久留,山中一日,世上千年,就怕自己回去,城市换了个样子。这个世道真像跑道,再不跑,就要负担不起我太太和小孩的旅行费用了。"

阿来一脸"我很懂"的表情,四肢扭绳一样盘着,周身的怪异又加了几分,有些嘲讽的意味。我知道他不是故意的,他肯定自诩活得比我明白,我短暂的平静与长久的焦虑本来就是城市小资产阶级的快乐与忧烦,在此时身处的广袤天地间,渺小得不值一提。

"有一团黑色……"他说,"盘旋在你的头顶。"

我仰头看了看自己的头顶,头顶之上是遮阳伞,遮阳伞之上是被阳光炙得发灰的天空。

"每个人头顶都有颜色,你仔细看,一定也能看见。"阿来指着我的头顶,"每个人都可以看见。"

我有些不耐烦,说:"我看不见。"

"得学会一种特别的看世界的方式,不只是用眼睛,还得用鼻子、耳朵、皮肤、五脏肺腑,一起来看,全息地看,站在制高点看。如果只用眼睛,一定看不到。虽说不难,但也不容易,绝不多数人找不到门径,找到了门径也不容易学会,学会了又容易忘记,所以它仍是极少数人才能掌握的能力。小孩子头顶的颜色通常是干净的,没有杂质的红色、黄色、蓝色、绿色。有些能够看见颜色的人以为这是性格的标识,但我以为应该更复杂一些,颜色里不只包含性格,也许还有健康、命运,可能类似人的八字……破解颜色犹如破解密码。我没兴趣,我只是看看,就像看人的相貌,再自然不过。人年纪越大,头顶的颜色越趋于浑浊,染上灰调,中年人的色彩多半是灰或者黑,很正常。有时候,你会看到一些特别清秀的人,不一定是相貌上有什么特别之处。哪怕他浑身是泥,你也只会觉得这个人很干净,周边的灰尘扑不到他身上。这种人头顶的色彩没有变灰,仍像小孩子一样没什么杂质,这种人你碰到一个,就算只打个照面,过十年二十年想起,仍然会鲜明地出现在脑海里。还有人——这种人就更少,可能你终其一生都碰不上,他们头顶的光七彩流溢,他们与你同在一个世界,又在不同的世界。不能用言语解释清楚,不过也没什么可解释的,可解释的都不足。"

"你看,你果然是做大事的人。"我不无揶揄地说,"我不会做神奇的梦,也看不到人身上的彩光。"

"我知道你不信,我说出来不是为了让你信,要让你这样的人信一样东西,得费好大力气去论证。论证一件你看不见的事物实在太难,就算我能够论证,你也会因为无法看见而选择不信。别费那力气了。"他说,"那么,你相信世界末日吗?"

"不相信。"我说,"应该说,我觉得那就是个笑话。"

"差不多吧。"阿来说,"但世界确实毁灭过了,现在的世界是一片废墟,我们以捡垃圾为乐。"

"我得去喂骆驼了。"

"2012年12月21日,就是那个众所周知的日子,世界毁灭过一次了。"他郑重其事地说。

"骆驼……"

话题逐渐奔着巫蛊的方向去,我看了一眼阿来的面孔,发现他变得年轻了许多,眼尾的鱼尾纹不知道哪里去了,也许是我的错觉,光线抚平了他的皱纹。我要赶去喂骆驼,和阿来约定晚上去他的房间里喝酒,十瓶沙漠啤酒,我来出酒钱。他愿意告诉我,世界毁灭的过程。

我把饲料倒在石槽里,抬起头,在目见的尽头,天边染上一层紫灰色。旅馆老板说,也许今年第一场风暴要来了,明天或者后天。

沙暴来时会怎么样?

刮大风，沙子全部都被吹起来，之后又恢复如初。

风要把表面的沙尘全部吹起来，意欲找出一层平滑的地层，建立在浮沙之上的一切都会被抹去。但常识告诉我们，风没有意志，浮沙之下，也没有什么光滑得像鸡蛋壳一样的岩石地面，浮沙之下仍是浮沙。

二

我当然不愿意接受世界已经毁灭过一次的说法，不然我所生存的这个世界，作为一个普通人为之奋斗的一切，感受的欢愉、承受的煎熬全没有了依据。那一天，世界并没有发生任何变化，甚至连微小停顿也没有。世界依旧不管不顾地向前，较之以前，速度更快，几乎要飞。

那一年，我刚过三十岁，看完那部名为《2012》的灾难片，我和当时的女朋友约定，如果12月21日世界没有毁灭，我们仍能见到第二天的太阳，那我们一定要结婚。这当然是玩笑话，我们根本不信世界末日，但谁的内心没有过片刻希冀，地球在一瞬间灰飞烟灭，誓言、许诺全都因此无法兑现，因此可以放肆胡言。

12月22日早晨，她发信息给我，只有三个字"我愿意"。末日预言反而成婚姻生活的开端，足以在我的生活中留下一个小小标记。个人生活，与另一个人生活合并，分量变轻，变成一团混沌毛絮，脆弱且容易飘散。就好像那辆倚靠在路边的公交车，本来一直在等你，你还在路边买冰淇淋呢，车忽然发动了，你得跑起来才能追上它。

2012年之后，进程确实加快了，结婚、买房、生孩子、卖房、换房、小孩上幼儿园（转个眼要上小学），事情一件赶着一件，比小孩的脚掌都长得快，却都是具体的烦恼，是必然应然全然的煎熬，与欲望和物价赛跑的生活本身。跑着吧，跑到中途，就会忘记了肢体和头脑，只剩下跑这么一件事情——幸好跑道几乎是固定的,不需要格外去探索,不然真的会累死。

世界没有毁灭,只是加速了,如我奔向中年。

阿来和我一起吃了一顿羊肉抓饭,各自揣了一个生洋葱当餐后水果,走到他房间,一边吃洋葱,一边喝啤酒。冰过的沙漠啤酒有股杏仁香,但是温度一过十度,那股杏仁香就自然捉摸不到了。吃生洋葱,我这几天才学会,仍然会被辣得流眼泪,辛辣感之后满嘴是清甜,可以持续很久。总的来说,沙漠中的一切甜都不会来得那么容易,也不会那么容易消逝。

我给阿来看过妻女的照片。阿来说,太太漂亮,女儿也漂亮。

他也递过手机来,我就着他的手机看见一家三口在海边相拥,照片像素不清,应该是几年前的照片。他一家都比例修长,走在街口,堪称醒目。阿来说,这是他的老婆、孩子,孩子在读大学,夫妻都是中学教师,他老婆教语文,他教地理,不过他去年已经被学校解聘,因为在课堂上反复宣扬封建迷信思想,被家长投诉多次,丢了饭碗。我大概猜到了他对学生们说了些什么。

这倒是出乎意料,我下意识以为阿来是单身,有着完整家庭的男人不大做这么出格的事。

我不禁好奇他太太对他的远足有什么看法。

"她,"他说,"她不管我,她知道我疯。"

"你也知道自己疯。"

"你要是也知道世界末日是什么,不疯才怪。你们这种人多么幸福,仍以为自己生活在一个了不起的时候。"他冷着脸,环着手臂,比画出一个球形,像一个先知,说:"世界末日,并不是指你所见到的这个世界一瞬间消亡。好比苹果烂,不是从表面烂掉的,是从心里,等到烂到表面,内里已经化成一团苦泥,要到那时候你们才看得到末日的景象,不过敏感一点的人，早已闻到了腐烂的味道。那一天，你肯定以为什么变化都没有，一切照旧，说不定你还跑去电影院里看那部《2012》，看大地震怒摧毁人类，黄石公园和海底火山一起喷溅岩浆，大洪水把城市卷走……从电影院走出来，感慨活着真好。可是，就在你们看电影的时候，这个世界的一条支线消失了——神秘消失了，巫术消失了，能量消失了，奇迹消失了。其实在那天之前，它已经衰微很久了，但那天，是彻彻底底消失了。一就是一，二就是二，零不再是事物的原点，'一生二，二生三，三生万物'，没了。事物恪守法则，法则越收越小，最终缩到你以为的常识那部分，指甲盖那么小。我们现在就生活在这样的现实里，没有神迹了，没有预言了，没有巫术了，祈祷也没有用了，许愿不会实现，惩罚自然也不会降临。曾经拥有着神力的人，在一夜之间失去了能力，没有任何东西会超脱轨道，一切都在常规下进行。你想想看，是不是 2012 年之后，怪力乱神的传闻逐渐消失了，其实不是传闻变少，而是怪力乱神真的消失了。很快，这个世界就要长不出杂草了，但是表面上，生活不会受影响，可能要过个几百年，人们才能体会出其中的差异。"

我仍旧笑了笑。

"是不是很可笑？"

"与其说觉得可笑，更多的是不可思议，二十一世纪已经过去了五分之一，却还有人对我说这些话。"

"你相信特异功能吗？"他说。

我摇了摇头。

"那就是在末日中消失的东西之一。"

话题至此才进入正题。初见阿来时，他应该长一张奇怪的豹子的面孔。这张面孔即便不长在他的脸上，也应长在他的心里。又听到"特异功能"这个词，我还是笑了出来，这是一个距离现代文明过于遥远的词汇，古老，而且带着欺骗的原罪。我以为它已经消失在现代世界了。正如"卡子草"在世间的消失，它们同属于一个日渐陌生的世代。可是阿来讲来毫不违和，他便是从那里来。如年轻人嘲笑老年人的迂腐，自诩理性的人嘲笑感性的无用无知，笃信科学的人嘲笑信徒的迷信。我来到这里，花费十瓶啤酒，不过是为了猎奇和嘲弄，阿来也知道我的来意，但毫无保留，他意在倾诉。

在八九十年代特异功能曾经盛极一时，那时间的新闻里到处都是异能人士，他们有着各种各样的神通。说是神通，听上去又微不足道，或难以求证，诸如把药片从药瓶里面抖出来，用鼻子嗅字，耳朵听字，肚子吸住勺子，手心发热煎鸡蛋，发射常人感受不到，机器也无法检测的辐射，双脚离地半毫米，把蛇变进人的肚子再取出来……一个个像极了玩笑。人像追逐明星一样追逐他们，眼巴巴地指望他们表演异能，这些异能者受邀在大小城市表演，收割信众。

有那么一段时间，就连我的父亲——一个接受过良好教育的气象学者，也沉迷于此，买了许多特异功能方面的地摊书，每天起个大早去公园里练习气功，企图用特异功能治愈多年风湿与心脏病，让秃顶长出头发，打通透视天眼。幼年的我，也曾经梦想自己可以透视，找到我妈藏起来的零钱罐和电视遥控器。当然，这些激情早就过去了。

我父亲五十六岁时接受了心脏搭桥手术，之后兴趣更多放在养花种草和拉小提琴上，提起那段经历，多半以戏谑的口吻提起——人生无望的寄托，不沉迷于此，便沉迷于彼，总得找个事情来度过中年危机。至少在我的记忆中，"特异功能"四个字并不光彩。

九十年代中期之后，那些超人一个个被证为骗子，报端和电视也再见不着这些人的踪影，像是魔力轰轰烈烈地从地底涌出，短时间内又钻了回去。

多年之后,再回想那段岁月,感觉到的更多是天真与狂热,从七十年代的狂热,进入到八十年代的狂热,再进入到九十年代的狂热。总要有些个事物,成为狂热的出口,然后被人遗弃,成为集体记忆的废墟,之后再有人提起旧事,倒像是在废墟中去刨文物一样艰难。

阿来打开了啤酒,一口气喝完一瓶。

我说:"你也有特异功能咯?"

"我可以把勺子盯弯。"

"又是勺子?"我看向他,口气极尽尖酸,"总是勺子。"

"我应该给你表演一下。"他并没有被冒犯,说,"但是我现在做不到了。我从旅馆餐厅拿了两个铝勺子来,想试一试,盯得眼睛酸痛也不行。算了,我已经失去它了。

"我九岁就发现自己仅用注视就能掰弯勺子,盯着看十秒钟,勺柄会自动弯曲五度,塑料、金属、陶瓷、木头,材质无关紧要,只要是勺子,都可以。这个特异功能,可能是梦里面得来的,也可能是出生就有,只是后来才发现,毕竟谁没事盯着勺子看呢?五度正好肉眼可以分辨,乍一眼看去也并不会觉得这个勺子有什么怪异,要很仔细地去看,才能找出这五度的差别。弯曲五度,不能叠加,五度就是极限,也不能使其复原。

"为什么是勺子,为什么是十秒钟,为什么是五度?我也百思不得其解,说起来这个特异功能真的一点用也没有,可是它落在你身上,有什么法子。后来我还想弄弯其它东西,看见什么都使劲盯一下,可是除了勺子,什么都没有变化。我还想试试自己还能不能干点别的,比如眼睛点火、隔空移物、心电交流、透视、穿墙……都不行,万物自有规律,丝毫不服从于我。

"那时候恰好是大家对特异功能最为狂热的时候,我认识的每个人都在谈论特异功能、气功、超人、水变油、铜变金,种种不可能的可能性,不在科学范畴内的科学。

"我给家人表演眼睛盯弯勺子,我爸妈看完之后,几乎不敢相信。然后是我爷爷——他特地从粤北山区赶回来,看完之后又坐车回去。他一直不支持我在人前表演,觉得这事儿最好埋在家里,别到处抖搂,特异功能和卡子草差不多,会跑走。可我爸觉得,这是个宝,不给人现一下他难受。他拉着我给其他人表演,我的老师、同学、大院里的那些人、报社记者,这事儿便传开了。我的名气越来越大,传出了县城,传到省里,传到全国。他们用'神童'来称呼我,我挺不好意思的,以前他们这么叫顶聪明的孩子,我是个笨人。

"有两三年的时间,我每天和无数勺子打交道,把它们盯弯。梦里面也都是勺子,勺子们在我的头顶旋转,扭得奇形怪状,砸在我头上。看客们不厌其烦,让我'发功',我便假装十分费力,皱着眉头,眼睛冒火,其实这件事对我来说一点也不难,简单得像是伸伸手脚,不费力气。每次一结束,台下的人哄上台来,把勺子一抢而光,他们都相信我有一股神力,那么弯曲的勺子也会沾上神力,包治百病。

"有段时间大小报纸上总是出现我的名字,如果你去查1985年9月7日的《**日报》,会在第七个版的右下角豆腐块里找到我,虽然只是很小一块,却登载了一张我拿着勺子拍下的照片。

"几年间,我走过全国好多地方,省城、北京、上海、厦门……给领导表演,给日本访问学者表演,给科学家们表演,给医院里的癌症病人表演。我妈妈有剪报的习惯,我出名了,她一直很兴奋,家里八辈贫农连秀才都没出过一个,现在竟出了个'神童'。她把报纸杂志上所有关于我的新闻都剪了下来,贴了足有四五本笔记本,一直当宝贝。她去世之后,这些剪报集作为遗物,放在我家书架的角落里,再也没人翻开过。

"那几年我总是想,为什么别人都没有,偏偏我有,我必是被选中的人，'天将降大任于斯人也'，但有另一种感觉也无法摆脱，那就是这项能力即便是罕见的，甚至是绝无仅有的，但它也是无用的。我最怕别人问我，'你这特异功能到底有什么用'，要是有人问出来，我会愣住，或者假装没有听见，或直接逃走。不过，没有一个人问这个问题，大家似乎被特异功能本身迷住了，来不及去想这些。"

窗外的风吹得门框哗哗作响，今天的风更大，远处传来悠长的狼嚎声，狼嚎声飘到这里。我在信和不信间徘徊，不信更多一点，但每当有人笃定地对我讲述，我又忍不住信，不是信话语，而是信此时此刻，话语中的空隙。

"你知道那个用耳朵听字的唐愚吗？"

"知道。"我说。我比阿来年轻几岁，仍有一些故事传递下来，只是其中的意味截然不同。耳朵听字，其人其事，我在初中物理课上听到。物理老师说，学了初中物理，初步具备了解现实运行规律的能力，不可以信耳朵听字、天眼猜字的事了，那些都是假的！

那时候才知道，七十年代末，在四川，曾有个名为唐愚的男孩可以通过听觉辨字，无论在纸上写什么，卷成小球，他放在耳边听上几分钟，一定能辨出是什么字，甚至用笔的颜色，他都说得清。唐愚之后听音辨字的人多起来，各处都有儿童拥有这项特异功能。可以说，是唐愚开启了中国的特异功能时代，在那之后，拥有特异功能的人多起来，种类越来越丰富，能力越来越强，短时间内进化到匪夷所思的程度。

在想象的初期，"耳朵听字"这种并不突出的功能，便是一种试探，像用脚沾沾水，测一下温度，不冷，甚至还有点温暖，那些人便一头扎入河中去畅游了。我在我父亲留下来的有关特异功能的书上看到过唐愚的画报，他手扶着耳郭，侧耳听着什么，脸色红润，神情乖巧，是那个年代某种标准里的儿童模样。

"我见过他。"阿来说,"我们当时一起受邀为日本特异功能协会表演。一行十人,唐愚也在其中。他比我大几岁,已经是个大小伙子,当时骂他是骗子的人很多,他已不太露面。日本人出了一笔钱,他才出场。

"我一看见唐愚,就知道他真的有本事。他呆呆坐在一角,不言不语,脸晒得极黑,穿一件不大合身的新衬衫。我坐在他旁边。他扭头看了我一眼,就那一眼,让我鸡皮疙瘩起来。他那双木木呆呆的眼睛,倒要看到人心里去。日本人写的是日文,为了防止作弊,一人在另一个房间写好字,卷成团递到他的面前。唐愚从始至终蒙住眼睛,拿起纸团在耳边听,然后在纸上依样画出字形来。

"他一共听了五次,每次都很轻松。那些日本人将全过程用录像机录下,反复确认他是否作弊。但在那种情况下,作弊几乎不可能。

"晚上我们住同一家招待所,在同一间房。我问他,听字是什么感觉。他说,把纸团靠近耳朵,呼吸放缓一点,一两分钟之后,无论是图画还是文字,都在脑中自然浮现出来,只需照描下来就可以。我说,这特异功能听上去有用,考试的时候可以作弊。唐愚笑起来憨憨的,说,离远了不行,总不能把耳朵贴到人家的试卷上去听,有那工夫还不如瞎蒙。

"我问他后来为什么不多出来几次,他的名气那么大。他说,这种东西没有给他带来什么好处,每天听字,他都腻味了。他那时已经下学了,跟着他父亲做泥瓦匠,盖房子远比在人前表演用耳朵听字有趣得多,一砖一瓦盖踏实了,人才踏实。意思是,他放弃了特异功能,如果特异功能算个礼物,他决定退货了。"

我说:"后来好像再也没有听过唐愚的消息了。"

阿来说:"那时候也没有网络,报纸不报道他了,他自然消失在人前。我只记得第二天,我们一起吃过午饭,分别时,他说我头顶的光是浅黄色。我问他,那是什么。他说,他也不知道那光是什么,每个人都有,而且颜色不同。他教我怎么看,我按着他教的方法,便看见了旋在人头顶不散的一圈光晕。从此我走入人群,发现人们除了面貌不同,还有色彩的分别。我也看见了唐愚头顶的光,是纯度极高的蓝色,只是我不知道那意味着什么。"

"到底怎么看?"

"就那样看,我已经教过你了。"

我眯起眼睛,想依照阿来所说,调动五感,全息地看,站在制高点看,什么也看不出,只看见他投在墙壁上灰色的影子。

阿来大笑,说:"多加练习,你一定行的。"

我大概已经掉入他的圈套。与阿来交谈让我依稀想起我爸,两个人都喜欢用神秘来渲染事物。我爸已于三年前去世,死因是心脏病发作,走得匆忙,没有留下遗言。他一生的爱好就是在路边漫步,判断未来的天气。接下来几个小时的气温、湿度、风速,往往与他的预判分毫不差。

有时我们一起走在路上,他从胸口拿出老派的丝质手帕,在风中扬一下,拿出纸笔,记下一些数字。"三个小时后会有一场六级大风""一场只下五分钟的小雨",或者"记得带伞,下午四点钟会下雨,你放学后半小时才停",他总是这样说。在幼年的我看来,这差不多也是一项特异功能。我缠着他,求他把秘诀传授给我。我爸指着道旁树说:"小朋友,你不要把自己看成一个人,要把自己看成一棵树,头发是叶子,皮肤就是树皮,站着别动,想象你的根须扎到土里,想象你没有眼睛,叶片伸向天空,从空气中获得天气的信息。风一吹,你就知道了一切。"我按照他说的,站得笔直,闭上眼睛,假装自己是一棵树,试图听见草木的低语。

诚然,我爸在打发小孩子,隐去了他多年的专业积淀,但他多年来一直都试图让我知道气象不仅是数字和计算,还须感受。有时直觉才能穿透许多认知的雾障,暗中交给我们答案。这种感受力脆弱而珍贵,需要持之以恒的训练，不然会随年龄退化，或致完全丧失。依赖理性和计算，毕竟是更容易的事情。因为这一层缘故，我对阿来有了些亲近感。

"后来呢？"我说。

"电视里面整天滚着'特异功能'四字，没几个人说得清这四个字的含义，听得多看得多，睡梦里也想，就着了魔。那时候，苏联和美国都在搞人体特异功能的研究，咱们也不能落人后。我正读初中，听说美国有个小孩能够用意念把勺子拧成麻花。我呢，我也还在跟勺子杠，却只能把勺子弯曲五度。五度和麻花，云泥之别！几年来毫无长进，这样下去超英赶美是不可能了。

"众人早就看腻了我的把戏，花样那么多，这算什么菜。我也想不通，为什么不能让勺子更弯一些，为什么不能弯点别的。别人都开始穿墙、透视、飞升了，我还在弯勺子……虽说是超人，但只超一点点，就和一个人长得高点、耳朵大点、长个六指一样，没什么可稀奇，也没什么可骄傲。

"我也真是怕了勺子，看见勺子眼睛就痛。我爸也觉得，我的异能肯定不止于此，露出来的那点，不过是冰山一角，只要好好挖掘，地下还有富矿。我们不信，怎么只给这么点甜头，小甜头之后，应该跟着更大的甜头。"阿来停了停，喝口水，说，"为了尝尝那更大的甜头，我跑去练气功了。"

"哈哈，果然。躲不开。"

"其实是受我爸的影响，他是个气功迷，那时候练气功是时髦的事。一开始只是一小群人练，后来无一人不在练，只要你有手有脚能跑会跳，干吗不去练气功，打发时间，强身健体，又没坏处。那会儿闲人多，生活节奏也慢，大家也不着急去挣钱。我爸是最早开始练气功的那撮人。他退休后，无所事事，就跟着下山的老道练硬气功，冬练三九夏练三伏，坚持了好几年。那时候流行的说法是，气功练得好，就会持有特异功能；有了特异功能，就是超人——超出一般人。其实'超人'是什么意思，也没有几个人知道,只是这两个字听上去就离地三尺,这个世界不能有神仙,却可以有超人,神仙是迷信,超人是科学。我开始跟着我爸练习气功,希望能开发出更多的特异功能。"

"开发出来了吗?"我问道。

"你猜。"

"我猜没有。"我说。

阿来挠了挠头,伸手摁死了一只旱蚤,旅馆的床上有很多这种小虫,初来时,我被咬得满身红包,无论什么驱虫药水都没有用,这也是在沙漠必须忍受的事物之一。阿来看起来并不是在意虫子的人,他只是需要一个停顿。

"是,没有。"他说,"现在想起来,仍然觉得意难平,早知道是这样无用而微小的东西,干脆别给了,倒叫人花了好多时间、好大力气去追,最后一场梦。"他抬起头,看了一眼天花板,又有些飞蛾乱窜,往灯上不知疲倦地撞,"我见了许多气功大师,都是骗子。很多骗术现在看起来很低级,可那时候的人单纯,他们说什么,我们便信。他们头顶的光,无一不浑浊昏暗。不过会几招障眼法,说些大话。可是别人都信的时候,你信不信?心志不坚定的时候,一定会信,就算你真的不信,也不要说出来,不然你就有问题,还会被人说眼瞎心盲,还会有人咒你肚肠烂穿。信仰比真实更不可动摇,信仰会改变真实的模样。

"那几年,常有气功大师开研讨会,不同的人来来去去,名字记不住,只好'马大师''刘大师'地乱叫。场地多选在工人文化宫,门票两三块钱,我爸都会带我去,开开眼,见场面,凑热闹。大师们总要表演一些神通,说些逗乐的话,门票钱能值回来。那会儿娱乐生活太贫瘠,就当听相声了。

"印象最深的是笑功,进去百十人,也不开灯,只台上亮着,大师坐在中间，笑得满脸褶子，说'笑一笑，十年少；再一笑，登仙了'，手一抬，百十号人忽然放声大笑起来，黑暗中好洪亮痛快，好似发了大水，滚滚而来，要将一切都冲走。你在里面，忍不住跟着笑，好像摁下了一个按钮，你也不知道自己在笑些什么，只管朝着天花板大笑，笑到腹痛，眼泪乱飞，满地乱爬，背过气去。尤其是那些经了事的大人们，心里面憋着一口气，平常哪有机会喊出来，这一笑，真是不得了，还要互相攀比，比谁笑得时间久，笑得大声，笑得夸张。'笑功'流行了很久，到二〇〇几年，练这功的人才少了。有时候大师们来表演，我也会被叫去热场子，在他们出场之前表演一下弯勺子，收点好处费。有个很有名的姓颜的气功大师，你记得吗？"

我说："不知道。"我记事时，气功的时代已经过去，我所听见的，仅是漩涡般的回响。

"1987年大兴安岭特大火灾，烧了近一个月，有人请颜大师远程发功灭火，三天之后，大火果然被扑灭了。报纸上到处宣传大师气功的神奇，他名声大噪。除了会气功，颜大师还被外星人请去喝过茶，坐过宇宙飞船，能和外星人用脑电波交流。他来我们那儿传授气功，三天培训费三百块，那是当时工薪阶层半年的工资，收钱之前，说叫人心服口服。他找到我，叫我小骗子，他说他知道我的把戏，他见过不少我这样的小孩，只会扯谎，小骗子最终会成长为他这样的大骗子，小骗不长久，大骗能成真。

"我爸把我交给颜大师，让我跟着好好学学——其实就是当托儿。表演之前，我们彩排了好几次，他要表演的是天眼辨字，让台下的观众写字条揉成团交上去，他发功，用天眼逐一辨认出来。这个骗术其实特别简单，只不过是移花接木，第一个应验的人其实是托儿。颜大师拿出第一个字条来，假装费老大劲认出来，然后问台下的人，是不是写了他的名字。托儿只管答应。颜大师就可以当众验证，打开那张纸条。其实第一个人根本没交纸条，颜大师当众偷看了人们交上去的纸条，只需一个个念出来就可以了。拙劣吧？然而无人不信。多年来，颜大师就靠这一招鲜吃遍天下。那时候我打定主意，真要碰上一个真有大本事的人，我一定跟他走，跟着要饭也行。"

我说："听起来像是武侠小说里才有的情节。"

阿来笑起来，说："是啊。那时候的人都在做梦，做特异功能梦、气功梦、武侠梦、外星人梦、发财梦。造个梦，不管你这梦多荒诞，无数的人往里钻。"

"你后来找着了这么一个人吗？"

"差点儿找着了。"

"找着了就是找着了，没找着就是没找着，怎么是差点儿？"

"到了九十年代，气功热退下去一些，一般的骗术已经不管用，种种新奇已经见过，如果不是用特异功能飞上天，众人都不要看了。几年间，我练了不下三种气功，搭了不少时间进去，一点用也没有，因为并没有一个屏障等待我去突破。我终于如唐愚所说，感到厌倦。不仅厌倦，还幻灭，没指望。我才是个高中生，已不易轻信，来来去去沉沉浮浮都看遍了。不过说幻灭，又没有完全幻灭，还有火种，一引就燃，我还是信特异功能，信超人，不然我没法解释自己。后来，我碰见过一个气功大师，我以为我找着那个人了，差点儿跟他走了。"

我看了一眼钟，已经深夜十一点。阿来的讲述未至中途，离世界末日尚远。

阿来很识趣，说，天晚了，明天再说。

半夜，妻子打来电话，口气很着急，略带哭腔，说在巴厘岛上遇到了麻烦事。两天前，女儿的后背长出红疹，起初只有一小片，现在发成了一大片，还发起高烧，可能是食物中毒。我说，你赶紧带她去医院。她说，她们现在在一个非常偏僻的小岛上,岛上只有一个小村子和潜水中心,没有医院,也没有乡村医所,唯一的医生不在岛上,要几天之后才回。岛上两天才一个船次,暂时也无法返回大岛,她正束手无策。

我听了,想着她们远在热带孤岛,女儿气息奄奄,妻子近乎崩溃,心中冰凉,却说不上慌乱,浮思之下,甚至有一层隐藏得非常深的想法:我希望女儿就此死去,死在热带岛屿,不要归葬,直接沉入海中,就此远去,不必忍受漫长的人生。可一想到她柔软的声音和头发、小小的手掌和脚丫,就迫不及待见到她。希望她死,又希望她活,两种互相交织蚕食的心情,不能与妻子说。

妻子说,她快急死了,只好找了村里的巫婆来帮忙,死马当成活马医。巫婆六十来岁,慈眉善目的,说女儿在路上直视了鬼魂,因长得可爱,所以被缠上了,这鬼不是恶鬼,只是贪玩,容易请走。老婆子围着床乱跳了一通,口中念念有词,把蕉叶敷在女儿头上,收了几百块,已经走了。目前女儿的烧退下去一些,但还是有热度,如果明天情况不好,就要打电话给大岛的医院,请求支援。

我说,希望巫婆把鬼捉干净。这愿望是真诚的。

她又问:"你呢,你现在怎么样?"

我说:"沙暴快来了,还没来,沙漠现在很平静。"

她说:"你还在沙漠里吗?我以为你早就回去了。"

我说:"快了,沙暴结束了,我就回去。"

"你为什么一个电话都不打给我?你一点都不担心我们吗?"

"这里信号不好。"我说,"我很想你们。"

她轻微地叹了口气,挂掉电话,想必内心失望。近几年,我们的生活已陷入停滞,只是顺着自然形成的漩涡向前,或许更近于缓慢下坠,譬如说,生了孩子,需要换个大房子,那便东拼西凑,负百万的债务去购更大的房子。我们始终拮据，也无力跳出这个怪圈，被死死地钉住。如我父母所说，"哪里有那么好过的日子，都是挣扎"，说起来，我们总觉得过得比父母那辈好多了，其实是物质爆炸给予的错觉。在2012年世界末日那一天，我并不是这样向她允诺的，她也向我许诺了什么，我们已记不清。

我走到旅馆的院中，往沙暴来的方向看了一天，什么都看不出，漫天星光，深蓝色天空如绒布高挑，天地无悲无喜，默然广袤无际。旅馆老板说，沙暴明天就会到来，至今为止没有任何明显征兆。

如果此时沙暴到来，我愿意走入其中。

三

第二天，门外的群狗吠成一团，时间还早，不到凌晨四点，天光还是青蓝色，只夹了三分光亮，正是日夜交替时分。旅馆老板来敲我的门，请我帮他做些风暴来临前的准备，将露台上的天线和太阳能电池板收进屋子里。天台上，阿来坐在那里，面向西方，满地烟头。

"不去吃点早饭吗？"我一边忙活一边说，已是满头汗。

"等会就去。"

"沙暴就要来了，别坐太久。"

"昨天晚上，我刚躺下，又做了那个梦，那声音又说，你要继续往西边去。"他说，"我听了那个声音，立刻醒过来，再也睡不着。"

"你别听它的。回家去吧。"我说，"是癔症啊！"

"嘿嘿，我倒是想回去，好几次动了折返的念头，半途又觉得好奇，'幻听''癔症'都无法说服我。我还是继续往西，总得看看那边有什么，这一趟非去不可。"

我先下楼去了，过会儿再上来，天色不再清透，也不至浑浊。起得太早，本该有困意，却因沙暴将至而精神亢奋。我端了凳子坐过来，也直面西方。

"你昨天说，差点跟个人走了，那人是谁。"我续着昨日的话头。

阿来从呆愣中回过神，说："哦，那个人啊，我只记得他姓蓝，他不喜欢别人叫他大师，因他原本是中学里面教俄文的，所以大家叫他蓝老师。我初见那人，就觉得他比那些江湖术士强，斯斯文文，他头顶的光是淡蓝色的，与他的姓相合。那时候，他坐在宾馆房间的沙发上，伸手递了一颗糖给我，让我吃了。过会儿，我走路打飘，两只脚踩在棉花上，看路都是拐的，一伸手能摸着天，耳目忽然放大了好几百倍，外面自行车的铃声、行人的说话声都听得清清楚楚，风一吹，人就像小船一样荡起来。

"蓝老师附在我耳边说了一句，你飞回去吧。我便觉得自己从窗户口飞了出去，贴着地面飞了二三里，到了家。一到家就睡着了，醒过来已经是半夜了，我跟我妈说自己是飞回来的。我妈说，哪呢，你像是喝醉了酒，跟跟跄跄进了门，话也不说一句，立刻爬床上去了。我从来没有遇到这么神奇的事儿。

"第二天一早又跑去找蓝老师，要拜他为师，请他把我带走。蓝老师说，行啊，他那一身本事正要教给别人。我跟我爸说，我要跟着蓝老师，他在我耳边吹了口气，我就可以飞了。那种贴地飞行的感觉，我一辈子也忘不掉。

"蓝老师来我们那，也是为了教气功。他的功法叫宇宙波，是指通过运气，打通人体与宇宙的自然连接。蓝老师说，其实宇宙无时无刻不充斥着巨大的能量，人在宇宙之中，都能接收这些信号，但仅接收信号没用，还得懂得如何运用，学习宇宙波气功，便可以自如地调用这些宇宙能量。你别笑啊，不好笑，气功中有一支，就是勾连宇宙的，我是亲眼见过其中神奇的人，所以蓝老师说什么我都信。

"那时是十一月，赶上狮子座流星雨，蓝老师说，流星雨落下时正是宇宙力场聚集的时刻，参与的人数越多，聚集的宇宙力场越强。傍晚天未暗，几百个人聚集在中心广场，每人带一口信息锅，其实就是铝锅。蓝老师说，这套气功方法已经有了科学依据，需要配合一点药物，每个人到前面领了一杯药水。药水蓝老师已经发过功，可以事半功倍。我喝过了，还是觉得苦，有人喝了一杯嫌不足，又喝一杯。几百个手电筒将道路照得透明，虽然是冬天最冷的时候，大家心头全是热意，吵吵哄哄。

"十点钟全城熄灯，陷入一片宁静，人群喃喃，十三分钟后，零星流星降临，大家戴好铝锅，双手举过头顶，开始接受宇宙波，噪声平息。有人说有滋滋电流穿过头顶钻进地下，有人说在锅内看见飘浮绿光，有人说感觉到一股回旋热风快把自己掀翻。

"我也顶着一口锅，锅太深，完全遮蔽视线，闷得有点喘不过气。暂时把铝锅取下来，看向东北，正见两颗流星划过去，拖出长尾，眨个眼消失了。说是流星雨，其实流星并不密集，一分钟几颗。我记得那天没有月亮，空气里好像有一层蓝色的雾，柔软地围裹着我们。我也听到了有人不小心睡着的鼾声，也听到有人低声念诵咒语，几百口铝锅反射出晦暗的光，像好多双眼睛盯着你瞧。深秋天凉，我竟然一点都不觉得冷。蓝老师坐着一动不动。我把信息锅盖回头上去，闭上眼，身处一团黑暗。我快睡过去了。

"忽然，身体变得很轻，直接飘了起来，地心引力对我失效了，我像个火箭，极速往上飞，低头一看，人变得像蚂蚁那般小。随之，城市也缩成晦暗不明的一团，山川、河流、高原、河谷俱在脚下，'坐地日行八万里，巡天遥看一千河'。突然之间，我什么都看见了，那本不该是人应有的视角，蹿出地球，面见灰白的月亮，以及巨大的沸腾的白色太阳，刺眼得几乎无法睁眼，可我的眼睛好好睁着，看着无限新鲜的一切。我大概明白，在那个时刻，我不是我，只是一缕微弱的意识，意识是不会感到刺眼的，刺眼只是感知的惯性。意识可以去任何想去的地方。我继续往上，直至整个太阳系缩成蚕豆那么大小，我身处银河之中，无数星球运转，仿佛近在咫尺。很难向你描绘银河的样子，因为人的视野太小，根本不能够穷其大穷其远。黑暗之中随时随地充斥巨大的如山崩一样的声音，轰隆轰隆，不绝于耳。我飘浮在无边无际的黑暗之中，周围是那些我叫不出名字的星体，在那里，我不是蝼蚁，也不是微尘，而是空无，不存在。

"我感觉自己蹿得太远，正不知怎么回去，忽然有人在喊我的名字，有人摇晃我的身体，意识一下子又回到地球，回到那个小广场上。

"我爸用手电筒照我，问我是不是睡着了。我没有跟他说我灵魂出窍看见了什么，我所见所闻，短时间内无法向任何人解释，我只是点头。我爸又说，死人了，赶紧走。广场的东南角确实围了好些人，警车的鸣笛声自远处传来。我站起身来，两条腿已经发麻，和我爸互相搀扶，走出这片宇宙力场聚集的地方，忍着剧烈的头痛，摸着夜路回家去了。"

我说："这可真是新奇的体验，后来呢？这位蓝老师怎么样了？"

"呵，被抓了。判了死刑。"

"为什么？"这倒是个奇妙的转折。

"因为投毒。其实蓝老师根本没有什么特异功能，自然也不会调动什么宇宙能量，只是会配一些让人产生幻觉的草药，在幻觉中人上天入地无所不能。我猜里面有一些神经毒素，副作用很大，那次聚集中，有个老头连喝五六碗，当场死了。蓝老师隔天就被抓了。

"后来我爸开始做副食品批发的生意，开始忙起来，气功自然也不练了，这个话题渐渐从我家餐桌聊天里消失。我也不再提，不过还是会偷偷买一些特异功能研究的书和杂志。高三那年，走了狗屎运，竟让我考上了一个很不错的大学，在图书馆的报纸上看到了哈勃望远镜传回来的第一批太空影像。那些巨大的星体、五彩的星云、正在缓慢流动的星河，就在那次狮子座流星雨的幻觉中，我都见过了，甚至比望远镜拍到的还要精彩千万倍。一丝虚无的意识，曾经飘浮到那样的地方，以那样的角度，看过万物，逃脱了物理。如果这不是奇迹，那我就没有什么好说了。"

"你也说过，那是嗑药的幻觉。也可能是记忆偏差，将幻觉中所见的事物和现实对应，通常会出问题。"我话一说出口，已经后悔，无神论者的一切导向都是无神，而有神论者的一切导向都是有神，理解太难，反驳容易。

阿来虚弱地笑一笑，说："在幻觉中触及的真实就不真了吗？"

"我不是那个意思。"我说。

"我学的是师范类，毕业之后是要去做老师的，还可以赶得上最后一批工作分配。不过我的理想是毕业之后，去美国研究特异功能。我查到美国有大学在研究特异功能，当时翻译作'超心理学'，透视、遥视、预知等等都在研究范围内。日思夜想，有点着魔了。我跟老师说，想去美国研究特异功能，他们的表情和你一样，三分不解，七分嘲讽。我不在乎他们怎么看我，他们不曾知我所知，见我所见，自然不能理解。

"我在大学的时候加入了特异功能研究协会，那会儿几乎每省每市都有这样的协会，九十年代就式微了，变成骗子窝。我加入进去，不为别的，只为披沙拣金，找到其他真正拥有特异功能的人。两年间，我见到了许许多多自称怀着特异功能的人找上门来——撇去骗子，有一些人是真厉害。譬如有个人身体特别柔软，可以把自己折起来，塞进一个小米缸中；有人能过目不忘，扫一眼报纸，能复述内容，但这些不是特异功能，只是人的物理极限。真正的——像我一样，真正有特异功能的人，我只见过两个。"

我忍不住笑了，阿来是有些幽默感的人。

他看我笑，摆出教师的威严，说："严肃一点，正说着严肃的事，不要笑。你发现没有？唐愚、我，还有这俩人的特异功能，有个最大的共同点——"

不等我回答，他自己抢答了："没用，不只没用，还很好笑，宛如嘲讽。食之无味，弃之可惜。豁达点的人，比如唐愚，直接丢了；也有像我这样的人，一直抱着不放，妄图突破。我早该想明白，见过那么大的星云之后，我就应该明白，所谓的'超人'，不过是超出常理，既然你们把常理划分得如此之小，超出是很容易的事。可是，有特异功能和没有特异功能是两回事，有特异功能的世界和没有特异功能的世界也是两回事。有些东西它不在常理之中，不符合规范，不遵循规则，但它们存在，就让人觉得松一口气，原来不是一切都是定数，不是什么都被精密的定理包裹着。"

他叹口气，引得我也叹口气。事实是，一切如常，毫无意外。

"你后来去美国了吗？"我说。

"当然没有。"他苦笑一下，说，"那时候能去美国的人都是个顶个的聪明人，我说过，自己是个笨人，能力有限，考上大学不过是走了狗屎运。不过，苏联解体之后，国际上关于特异功能的研究就走下坡路了。1995年，美国停掉了有关特异功能的研究，'超心理学'这个学科被除名了，我们国家也没人再对特异功能进行研究，各大特异功能协会和气功协会也悄然解散。到大学毕业之前，我已经转换了想法，想去做数学和物理研究，在脑中推演整个宇宙，找到那个能够涵盖特异功能的规律。"

"你最后去做了老师，教地理，地理和物理之间的差别挺大的。"我说。

"我学过量子物理，自学，不过硬件不行。"他指了一下自己的脑袋说，"越是具象的事物越好理解，越是抽象越难，学到一定阶段后，就会发现自己的脑袋原来是一团糨糊。有个很大很醒目的真理就在前面闪耀，但是你跑不动，追不上，只能看到光，却不知道到底是什么在发光。这不是普通人能做得了的事，就算我把脑袋想破，也想不出什么有用的东西来，可有些人的脑子倒像是为这个而生的。"

"毕业之后,我顺理成章当了老师,分配在我们那儿最好的高中。你别看我这样,我是个很好的老师,教书很有一套,中学那点东西太简单了,语文、数学、物理都教过,成果不俗。

"后来校长说,我们学校少个地理老师,你去吧,我就去了。我娶了校长的小女儿,很快评了一级教师。我老婆赚钱上有点天分,很早就从学校跳出来搞高考培训班,做得很大……"

"你后来没有再给人表演过特异功能吗?"

"给我老婆表演过,也给我的小孩表演过。把弯掉的勺子给她们看,我老婆说,她有时候能看出来弯曲,有时候看不出来。我知道她在哄我,她根本不信。课余时,我也会跟学生说点特异功能的事,他们只当听笑话,把我当成个怪人。现实越来越狭隘了,人却越来越现实,孩子也一样。

"我有时候会想,特异功能会不会是我的臆想、偏执,是一场过分真实的梦境。每当自我怀疑时,我就去拿个勺子,看着勺柄在没有任何作用力的情况下,轻微地偏过头去。我知道它是真的,只是它不重要,没有任何用处,因此也不知道该往哪里放。我接受它是我的一部分,我也接受它是这个物理世界的一点意外,仅此而已。"

我说:"假作真时真亦假,无为有处有还无。"

天已经亮了,不像前几天那么明净透亮,有一朵强势的黑云压在地平线上。无论是狼还是狐狸、鹰隼,都已经嗅到危险的味道,各自找地方躲起来。我向远处眺望,仿佛看见什么。群狗不安,在院子里狂吠不休,大声制止无用。旅馆老板从里面探出头来,说,让它们叫会儿,等会儿就消停了。沙暴来临前,酿酒机器停掉,里面的啤酒必须全部罐装,所以沙漠啤酒免费敞开供应,只限沙暴这两天。我下楼拿了几瓶啤酒并两块饼,与阿来边吃边聊。我一直看向地平线,还想穿过地平线,看地平线的地平线。尽管我们已经身处空旷之地,碍于肉眼,那种遥视的渴望仍然很强烈。

"直到那日，2012年12月21日晚，我像往常一样吃过了饭，但心里一直不安。"他指着那些狂吠的狗说，"和它们一样，感觉到有什么不好的事情要发生，但不知道自己将面对什么。我也不是没有想过，地球会突然间炸开，岩浆到处灌到处淌，或者一场巨大的海啸把全世界给淹了。哈哈，我也知道那荒诞不经，就算真的有末日，也不会来得这么轻易。我惴惴不安地睡了。

　　"半夜，大概两三点，我忽然觉得身体变轻，没有做梦，却半夜惊醒，醒来一身冷汗。第二天早上，我出门给孩子买早点，脚步变得很轻便，一沾地身体就弹起来，像踩着了弹簧一样，回去称了一下体重，少了六斤。我想，坏了，赶紧去拿了个勺子，盯了十秒之后，勺子纹丝不动。特异功能失灵了，以前从来没有过，更让我惊讶的是，它居然有重量，压在我身上。我一个人在房间里待了一天，手里一直拿着那个勺子，脑中一团乌糟。我老婆在外面一直敲门，我也不应，坐到天黑。一个明知无用的东西，在你的怀里揣了几十年，一下子拿走，也叫人无法适应。我本以为，它与我的肉长在了一起，是我的一部分，但它悄无声息地溜走了。"

　　"不告而别。"我说，"一定伤心。"

　　"不仅是伤心，感觉被抛弃了，就好比一个蚌，被人取走了珍珠，你说，这个蚌它会不会慌？我慌不择路，跑到网上去发帖，问他们，有没有感觉到自己的特异功能消失了。"

　　"有人回复吗？"

　　他苦笑，说："很多，一夜之间五百多个回复。大部分人都是嘲讽，还有人劝我去医院看一下精神科。也有零星回复，说有和我一样的感觉，但他们那才叫臆想，话不能当真。这些事情，只能慢慢求证。我找了另外两个人问，他们的特异功能也消失了。我又特意去了一趟四川，想找唐愚，但没有找到，他早不知道去了哪里。好几年之后，我才得出结果——

507

2012之后的世界，缩小了，超出常理的部分全部被剪除了，平滑得像块新草坪。没有什么不解之谜了，一切都可以解释，可以发现，可以求证，真和伪之间的界限从此分明。从某种层面来说，世界末日确实发生了，只是不那么剧烈，肯定会有长期的副作用，但以我的脑筋想不明白。"

"一个没有了例外的世界确实变得更加无趣了。"我说。

"是啊，无趣，希望副作用仅止于无趣。"阿来说。

"就像卡子草的失踪。"我们也许失去了一个更加丰富的世界。

他的眼眶仍然发红，喃喃地说："对啊……"他起身走下楼，穿越群狗的吠叫，回到自己的房间中去，我也梦游般回到餐厅。

远处的那片紫色转为浑浊的淡黄色，天色仍然晴朗，却有些错乱的风，似乎风也在逃窜。沙暴快要来了，旅馆老板已经将一切可能被吹走的东西拿进屋子或地窖，关掉发电机，狗牵入门，门窗掩牢。有两队旅客还在外面，暂时失联，老板说，他并不担心他们，向导懂得应付沙暴，沙漠里的人自然知道哪里可以躲藏。不过，这种级别的风沙他已经有数年没有遇到过，危险还是有的。

"每年都有人因为沙暴而死。"旅馆老板淡淡地说，"正常。"

风中开始夹沙，擦刮着房屋，如砂纸来回打磨，鼻翼里甚至开始有了一丝潮湿，嘴里也有了细沙，屋子里的陈年膻味，因为封闭更加明显，叫人头皮发麻。此时应该喝两瓶沙漠啤酒定定神。因为这场沙暴，浪漫且微醺的沙漠生活忽然震荡，滑向晦暗与危险，到了该回去的时刻了，城市生活在向我招手，还有半个月积压下来的账单，任性之后岌岌可危的工作。

我想起骆驼没有拴紧，担心它们会被沙暴惊到，冒着风沙，冲到骆驼棚。骆驼们坐下来围成一圈，互相埋着头。我把缰绳拴得更紧一些，脸被刮得生疼，又吃了满嘴沙子。

回到屋子里，短短十几分钟，天色已经全变，灰黄灰黄的，可见距离不足五米，屋里需要点灯才能看清。我坐在窗边，徒然看着窗外，一个黑色的影子在沙尘中若隐若现，逆着风沙前进，一会儿便不见影踪。我想，一定是骆驼的缰绳没有拴紧，跑出去一只。老板说，不用担心，骆驼比人更懂得如何应对沙暴。

其他几个旅客都待在房间里没出来，餐厅只有我和旅馆老板二人。我把阿来对我说的那些悉数告诉他，问他怎么看。

"你相信他说的吗？"我问。

他说："早几年，也许是二十年前，附近村子里生活着一个先知，能够预言很多事。你在沙漠里丢了一个金镯子，他会指给你遗失之处。最近几年不怎么听说他的消息，可能老了，可能死了，也可能像那个人说的，世上的预言失效了。"

因为找不到蜡烛，我们只能坐在昏暗之中。风沙拍打窗户，我听着耳边的风沙声，想起多年前和父亲一起等候一场台风。

空气忽然不可思议地干燥，与数小时前的潮湿截然不同，气温骤降，窗外的树冠子被风拉扯，滚动着要向北而去。电风扇懒懒地吹着，我几乎要睡过去，又清醒地睁着眼睛，想等大雨到来，大雨马上就要到来。

"想象一下，台风的形成。"父亲说。他斜靠在沙发上，眼睛眯着，似乎要睡着了。

"嗯？"我像只小虾，蜷在他的胳膊下。

"要从太平洋开始，你是赤道附近的一滴水，蒸发了，升入空中，与其他的水汽紧紧团在一起，躲在一大片积雨云里。从地面看去，你们是一片翻涌的白色云彩。热空气上升，冷空气下沉，快速循环，云带不断扩大。地球旋转，云带逆时针旋转，形成热带气旋，周围空气涌向中心，又遇热上升，能量聚集，中心区域附近的风力升高，气旋中心的气压进一步降低——现在，它不再是一个热带气旋了，而是热带风暴，或者说，台风，超强台风,它像只巨大的蜘蛛趴在海面上,携带着几十亿吨的雨水往大陆飞奔而去,没有什么可以拦住它。它长驱直入,深入到内地,你落下的时候,直线距离已经移动了万千公里。过程太过激烈,可能连雨滴都会忘记,自己来自赤道最宁静的海域。"

雨已经落下,天已经全黑,雨声密集,几个小时候忽即逝,我们没有开灯,也不知道到了几点钟,没有人来打搅我们。我只顾着听窗外的风雨,想象自己就是那颗水滴,在极短的时间内被风力裹挟,跨越千重万重,从不固定,又从未变化,世间一切与之相比,都如此渺小。等我回过神来,父亲的话正像果实落下——

"是不是奇迹?"

沙暴结束之后,通信一天之后才恢复,听说沙暴放倒了附近一座信号塔,抢修了一整天才好。

我们度过一整日无水无电的生活,许多设备被吹坏了,或者灌满了沙子,阳台上仙人掌连盆一起消失。我帮着清扫院子,把屋子里的东西搬出来,有些坏到不能用的,直接丢出去。忙完之后,又走到骆驼棚里,查看骆驼的状态,它们早已恢复了镇定,嚼着玉米粒。我数了数它们的数量,并没有少。我只怕数错了,又数了一遍,还是没少。但我曾见一个黑影走入狂沙之中,如果不是骆驼,那会是什么呢?旅馆老板说,也许是看花了眼,天色黑,看错了很正常。

到了晚上,我在餐厅吃饭,旅馆老板说,阿来还没有过来退房,去他房间看过,行李不见了,桌上放着几张现金,人不知哪里去了。他趁着沙暴离去了,车还停在院子里。我仍有些不可思议,沙暴中人寸步难行,阿来如何能够像骆驼一般,一步一步地朝西挪去。

我走出门去,朝着西方看去,想从中看出一个小小的人影,离开的,或返回的。无数无数的沙丘,绵延而去,其中并无阿来。

妻子打电话过来,说女儿在岛上退烧了,她们已经返回大岛,隔日就回程。

"也许真的遇到了鬼魂。"她说,"总是听他们说东南亚有些脏东西,碰到了会生病。之前不信,这次有点信了。我们在村子里散步时,女儿曾经从地上捡起过一根骨头,不太像动物的,倒像是人的胫骨,我让她赶紧丢掉。"

"应该是食物中毒吧。"我说。

妻子说:"回上海再到医院检查一遍。你回去没有?"

"准备回了。"

"这话你上次就这么说。"

"沙暴……"

"早点回吧。"她说,"你不能在那里待一辈子,我不喊你回来,你是不是就不回来了?"

"哪能,瞧你说的,我马上收拾行李。"

那些去往沙漠更深处的游客接连返回,大家谈论这场巨大的沙暴,都说这会是他们毕生难忘的经历。我问他们是否撞见一个长手长脚的男人,他独自一人往西去。大家都说不曾见过。我又在旅馆待了三天,想等阿来回来,始终没有等到,只好回到城市。

工作一旦恢复正轨,人便像陀螺一样转起来,渐渐无法顾及沙漠旅馆里的诸事。半年之后,我终于想起给旅馆打电话,问老板阿来回来没有。旅馆老板说,啊,那个人啊,他始终没回来,车在院子里停了太久,已经快报废了,正不知道怎么处理。

(选自《奇迹之年》,人民文学出版社2021年4月出版)